DOM CZWARTY

KATARZYNA PUZYŃSKA

DOM CZWARTY

Prószyński i S-ka

Projekt okładki
Mariusz Banachowicz

Redaktor prowadzący
Anna Derengowska

Redakcja
Małgorzata Grudnik-Zwolińska

Korekta
Maciej Korbasiński

Łamanie
Ewa Wójcik

Mapa
Aleksandra Olszewska

ISBN 978-83-8097-014-4

Warszawa 2016

Wydawca
Prószyński Media Sp. z o.o.
02-697 Warszawa, ul. Rzymowskiego 28
www.proszynski.pl

Druk i oprawa
Drukarnia POZKAL Spółka z o.o.
88–100 Inowrocław, ul. Cegielna 10–12.

*Ta opowieść to fikcja literacka. Będę jednak zaszczycona,
jeżeli choć w drobnej mierze przyczyni się do zachowania
pamięci o ofiarach egzekucji, które miały miejsce
w okolicach jeziora Bachotek w 1939 roku.*

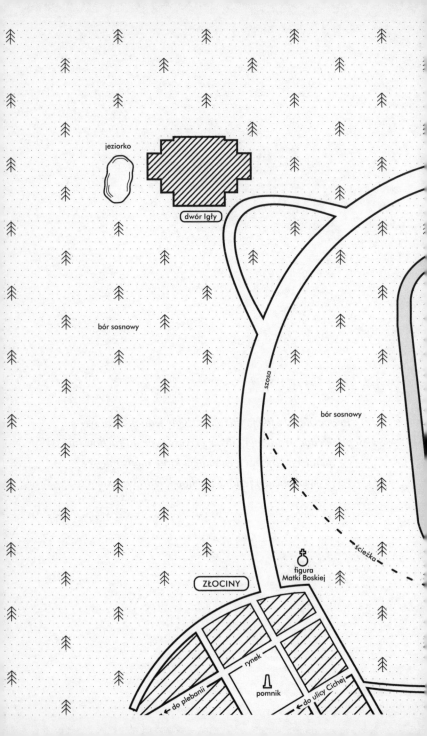

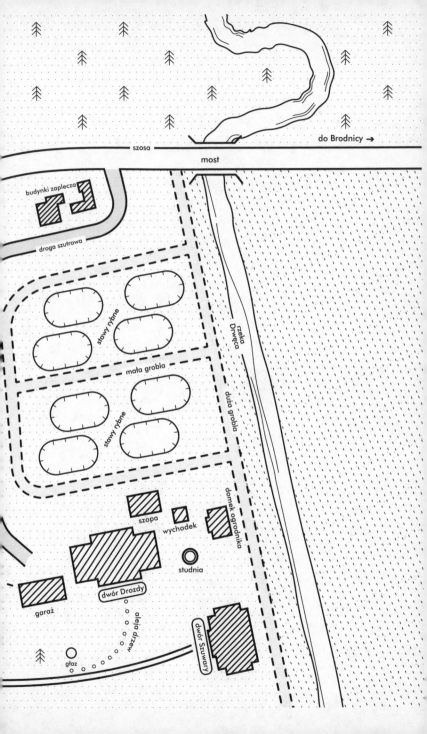

PROLOG

Birkenek. Wtorek, 10 października 1939.
Godzina 19.45.
Estera

Nie potrafiła odwrócić wzroku. Uparcie patrzyła na dwa oblepione krwią ciała leżące na brudnej podłodze ciężarówki. Podskakiwały przy każdym ruchu pojazdu, jakby mężczyźni ciągle jeszcze żyli. Miała wrażenie, że zaraz zwariuje z przerażenia. To uczucie zupełnie nią zawładnęło. Chciała krzyczeć, ale nie mogła wydusić ani słowa. Pozostali więźniowie też milczeli. Nawet jej szwagier, który zawsze był przecież taki wygadany.

Nie wiedziała, gdzie ich wiozą, ale musieli zjechać z szosy na polną drogę, bo samochód podskoczył kilka razy na większych wybojach. Jej zmaltretowane po przesłuchaniach ciało zaprotestowało, kiedy straciła równowagę i zatoczyła się na plandekę. Gdyby nie była związana rękami ze szwagrem, upadłaby pewnie na podłogę. Tuż obok zabitych.

Gdzieś w oddali szczekały psy. Kiedyś tak bardzo je lubiła. Jednak po torturach w willi nienawidziła tego ujadania.

9

Za bardzo kojarzyło się ze strażnikami przechadzającymi się na zewnątrz z wielkimi owczarkami niemieckimi u nogi. Na samą myśl ciarki przebiegły jej po skórze. Chętnie by się rozpłakała, ale oczy miała tak podpuchnięte, że ledwie się otwierały, a poparzona skóra piekłaby od pełnych soli łez.

Starała się skupić na głośnych jękach resorów ciężarówki, a nie na wspomnieniach. One tylko potęgowały wszechogarniającą panikę. Tak bardzo nie chciała umierać. Wstyd i gorycz, że nie wytrwała, paliły.

W końcu ciężarówka się zatrzymała. Po chwili plandeka z tyłu została odchylona.

– *Raus! Raus!* – krzyczeli strażnicy, ciągnąc więźniów i poganiając ich kolbami karabinów.

Szwagier pomógł jej zeskoczyć na ziemię, ale i tak omal nie upadła. Z trudem oddychała. Auta esesmanów zostały ustawione tak, że oświetlały rowy wykopane wśród drzew. Las tonął w ciemności jesiennej nocy. Mimo to wiedziała już, gdzie się znajdują. Tuż obok jeziora Bachotek. Przy niewielkim kamiennym moście nad rzeczką.

Strażnicy poprowadzili ich w kierunku rowów. Próbowała zapierać się nogami, ale to na nic się zdało. Mimo zimna całe ciało miała zlane potem. Drżała.

– Już dobrze – pocieszył ją szwagier. – Już dobrze. Zrobiliśmy wszystko, co w naszej mocy. Najgorsze minęło. Umrzemy z honorem.

Chciała krzyknąć, że szwagier i pozostali więźniowie zrobili wszystko, co mogli, ale ona na pewno nie. Nagle usłyszała cichy trel kosa. Dochodził gdzieś z ciemności. Październik, a jemu jeszcze chciało się śpiewać? To dodało jej odwagi.

CZĘŚĆ PIERWSZA

RÓŻA GRABOWSKA

ROZDZIAŁ 1

Przed Komendą Powiatową Policji w Brodnicy.
Sobota, 19 marca 2016. Godzina 10.15.
Weronika Nowakowska

Weronika Nowakowska zerknęła na zegarek niezadowolona. Była już dziesiąta piętnaście. Komendant Cybulski miał się zjawić kwadrans temu. Zawiał wiatr. Dziś dzień wstał słoneczny. Przyjemna odmiana po wczorajszej ponurej aurze. Niestety zrobiło się też zimno, więc żałowała, że umówili się przed budynkiem.

Zadrżała. Mogło być niecałe trzy stopnie powyżej zera. Karygodnie mało jak na początek wiosny! Oby tylko Cybulski wreszcie przyszedł. W przeciwnym razie Weronika tu zamarznie. Niepotrzebnie wyciągnęła z szafy lżejszą kurtkę i wiosenne buty. Przydałaby się pikowana parka, którą nosiła przez całą zimę.

Zaczęła przestępować z nogi na nogę, żeby się chociaż troszkę ogrzać. Kilku umundurowanych policjantów, którzy dyskutowali o czymś żywo na parkingu przed komendą, zaczęło zerkać na nią z rozbawieniem. Nie zamierzała się tym przejmować.

– Dzień dobry – rzucił jeden z funkcjonariuszy z pewnym zakłopotaniem.

Skinęła mu głową. Znała go dość dobrze z gabinetu. Po tym, jak prowadził dochodzenie w sprawie pewnej dzieciobójczyni, poprosił o kilka spotkań. Od dwóch lat współpracowała z komendą jako psycholog. Nie na pełny etat, raczej kiedy jej pomoc była potrzebna. Czas poświęcała głównie rozbudowywaniu swojej stajni w Lipowie. Dziś miało się to zmienić. O ile oczywiście dobrze zrozumiała, co komendant Cybulski chciał jej zaproponować.

Nie była wcale pewna, czy się cieszy. Szczerze mówiąc, bała się nowego wyzwania. Jej dotychczasowe zapędy detektywistyczne zawsze kończyły się fiaskiem. Tymczasem Cybulski z jakiegoś powodu uparł się, że ma podszkolić warsztat i zostać profilerką kryminalną.

Znowu zerknęła na zegarek. Trzydzieści minut spóźnienia. Gdyby wiedziała, że Cybulski nie przyjdzie o umówionej porze, zostałaby z Danielem na siłowni. Zabawnie było obserwować, jak Podgórski wyciska z siebie siódme poty. Albo raczej byłoby zabawnie, gdyby nie to, że trochę bała się tej jego nowej obsesji.

– Weroniko!

Nareszcie, pomyślała, odwracając się. Komendant Cybulski nadchodził szybkim krokiem. Jak zwykle ubrany był w dwurzędowy płaszcz i jedwabny szalik. Jak zwykle bardzo elegancko. Pomachała mu ręką na przywitanie. Przyspieszył jeszcze kroku.

– Bardzo przepraszam za spóźnienie – powiedział i poprawił okulary w szylkretowej oprawce. Miały upodabniać go chyba do słynnego aktora o tym samym nazwisku. – Byłem u lekarza. Myślałem, że badania się wcześniej skończą. Nawet nie mogłem zadzwonić. To naprawdę nieuprzejme z mojej strony. Weroniko, mam nadzieję, że mi wybaczysz.

– Nic się nie stało – skłamała. Przyszło jej to z pewnym trudem, bo przecież już cała skostniała z zimna.

– Wejdziemy?

– Może poczekajmy jeszcze chwilę. Daniel zaraz powinien podjechać.

– Jest na siłowni?

Pokiwała głową zamiast odpowiedzi.

– Przemyślałaś moją propozycję, Weroniko?

– Nie jestem profilerem – powiedziała powoli.

– Ale jesteś psychologiem.

– To nie to samo. Zupełnie nie to samo – podkreśliła dla pewności.

Komendant uśmiechnął się tylko uprzejmie, jak to miał w zwyczaju.

– Rozmawiałem z Gawrońskim. On i pozostali w prokuraturze też uważają, że to bardzo dobry pomysł. Byłabyś dumą naszej jednostki. Myślę, że mogłabyś wnieść świeży powiew do naszej pracy, i to wszystko – Cybulski zatoczył ręką po budynku komendy – znalazłoby się na zupełnie nowym poziomie. Światowym poziomie. Naprawdę zależy mi, żebyśmy podążali z duchem czasu.

– No nie wiem…

– Już rozmawiałem z województwem. Fundusze na szkolenie się znajdą, tym się nie przejmuj. Wyślemy cię do Stanów Zjednoczonych albo do Wielkiej Brytanii.

– I na to są pieniądze? – zapytała z niedowierzaniem.

– Z tego, co wiem, ciągle są jakieś braki i…

– Już powiedziałem, że fundusze się znajdą.

Przez chwilę stali w milczeniu.

– Po prostu nie jestem pewna, czy się nadaję do tego typu pracy i tyle – przyznała Weronika. – To duża odpowiedzialność.

Komendant nie zdążył odpowiedzieć, bo od strony parku przy wieży krzyżackiej dało się słyszeć głośną pracę silnika. Spojrzała w tamtą stronę z pewnym rozbawieniem. Nie trzeba było długo czekać, aż w zasięgu wzroku pojawiło się błękitne subaru Podgórskiego.

Daniel zaparkował obok rozgadanej grupki mundurowych. Wysiadł i przystanął, żeby chwilę z nimi porozmawiać. Jakiś młodzik oparty o motocykl drogówki podał mu ogień. Z tej odległości Weronika nie widziała dokładnie, ale mogłaby przysiąc, że chłopakowi dopiero sypnął się wąs. Dzieciak patrzył na Podgórskiego jak w obrazek. Daniel klepnął go po przyjacielsku w ramię i wydmuchał przed siebie kłąb dymu. Powiedział coś do kolegów. Potem ruszył w stronę budynku.

– Taka tragedia… – mruknął komendant cicho, przypatrując się idącemu w ich kierunku policjantowi. – Całe szczęście, że jakoś się wszystko ułożyło.

Weronika nie odpowiedziała. Podgórski faktycznie mógł teraz uchodzić za wyjątkowo poukładanego. Z tego, co wiedziała, od miesięcy nie pił, a z dawnych słabości zostało mu jedynie palenie. Mogła się z niego podśmiewać, ale godziny na siłowni też zrobiły swoje. Plecy miał szerokie, a ramiona umięśnione. Przy jego wzroście wyglądało to doprawdy imponująco. Jeżeli dodać do tego kilkudniowy zarost i niski głos, na pewno mógł robić wrażenie.

Zupełnie nie przypominał misiowatego policjanta z prowincjonalnego komisariatu, którego poznała kilka lat temu. A już na pewno nie zaglądającego zbyt często do kieliszka bywalca szemranych nocnych klubów, w jakiego stopniowo się zmienił. Tak. Wiele kobiet na pewno uznałoby teraz Daniela za pociągającego mężczyznę. Tylko że Weronika wciąż nie mogła przestać myśleć o jego oczach.

Kiedyś były niebieskie. Teraz zdawały się czarne i nieprzeniknione. Widziała w nich jedynie nieprzyjemny chłód i dystans. Jakby pozornie okiełznane smutek i rozpacz właśnie w tych niepokojących oczach znajdowały swoje ujście.

A przecież oczy nigdy nie kłamią. Może chodzi o mikroekspresje, zastanawiała się Weronika. Pojawiają się automatycznie i trwają ułamki sekund. Większość z nas nie potrafi ich kontrolować. Jakkolwiek było, oczy Daniela sprawiały, że ogarniał ją lęk.

– Poćwiczone? – zagadnął komendant Podgórskiego, kiedy ten do nich podszedł.

Głos Cybulskiego wydawał się teraz przesadnie wesoły, jakby zawstydził się swojego wcześniejszego komentarza albo obawiał, że Daniel mógł go usłyszeć.

– Jasne.

– Imponujące samozaparcie – pochwalił komendant z tym samym fałszywym entuzjazmem. – Chyba będę musiał wziąć z ciebie przykład. Jak wiecie, jestem amatorem dobrej kuchni, więc ostatnio tu i ówdzie mi trochę przybyło.

Cybulski klepnął się po brzuchu. Daniel uśmiechnął się uprzejmie. Zapewne doskonale wyczuwał sztuczność w tonie komendanta.

– Możemy porozmawiać chwilę o tej sprawie, co wspominałem wczoraj? – zapytał. – Mam kilka wątpliwości. Poza tym chłopaki z plutonu* mówią, że kolejnego nurka** ktoś zajebał. Kosa*** w brzuch.

Weronika spojrzała na Daniela. Nawet mówił teraz inaczej. Naprawdę wydawał się jej kimś obcym.

– Niby nic, co by mogło budzić podejrzenia, ale było tam jakieś ustrojstwo w rodzaju wahadełka – dodał Podgórski. – Jak w tamtej...

– Daniel, masz wolny weekend. Odpocznijże trochę – żartobliwie przerwał mu komendant. – Sam się tym zajmę, bo czuję, że za biurkiem rdzewieję. Nie musisz brać się do wszystkich spraw. Roboty wystarczy dla każdego.

Daniel nie wyglądał na szczególnie przekonanego, ale w końcu popatrzył na Weronikę z uśmiechem.

– To co, wszystko ustalone? Mamy nową koleżankę?

Zrobiła do niego minę. Doskonale przecież wiedział o jej wątpliwościach w kwestii propozycji komendanta. W końcu ją tu odwiózł. Klarowała mu to przez całą drogę. Zanim zdążyła odpowiedzieć, Daniel odwrócił się w stronę ulicy Zamkowej.

– Liliana? – zdziwił się.

Rzeczywiście w kierunku komendy szła długowłosa blondynka w kremowym płaszczu. Pomachała im wielką kopertówką. Zapewne od znanego projektanta. Weronika nie przypominała sobie, żeby widziała ją kiedykolwiek mniej elegancko ubraną. Nie to, żeby szczególnie często

* Pluton (slang.) – policjanci z ogniwa patrolowo-interwencyjnego.
** Nurek (slang.) – bezdomny.
*** Kosa (slang.) – nóż.

się spotykały. Liliana była partnerką komisarz Klementyny Kopp. Poznały się podczas jednego ze śledztw. Klementyna nie należała do osób towarzyskich, więc jakiekolwiek wspólne wyjścia ograniczała do minimum. Potem, kiedy Weronika i Daniel się rozstali, siłą rzeczy i te kontakty się skończyły.

Na ich widok kobieta zaczęła biec. W szpilkach musiało być to niełatwe.

– Klementyna zniknęła! – zawołała. – Musicie coś zrobić!

ROZDZIAŁ 2

Drozdy. Sobota, 22 listopada 2014. Godzina 7.30.
Róża Grabowska

Hej, Różo!

Róża Grabowska nie mogła w to uwierzyć. Dopiero co wyszła z domku ogrodnika, a pani Kopp znowu swoje? Stoi na ganku z tyłu dworu od samego rana i nic, tylko obserwuje?

– Pozwól no na chwileczkę! – zawołała znowu Helena.

Róża, nadal zgięta wpół, odwróciła się w stronę Drozdów. Ledwie widziała zarysy budynku. Tonął w gęstej porannej mgle. Jesienią, zimą i wczesną wiosną wilgoć ciągnąca od stawów była właściwie nie do zniesienia. W takie dni jak ten Róża tęskniła za powrotem do domu ojca w Złocinach. Mama tak pięknie go urządziła. Urocza kuchnia cała w pastelach, grube dywany. Zupełnie nie to co ponure korytarze Drozdów i te niewiele od nich lepsze w domku ogrodnika.

Odetchnęła głębiej i wyprostowała się powoli. Czy pani Helena naprawdę nie może zrozumieć, że Róży jest teraz ciężko? Jak ktoś stoi oparty o ścianę wychodka z głową pochyloną w dół, jakby zaraz miał się wyrzygać, może chyba oczekiwać odrobiny zrozumienia, prawda? I nie chodziło wyłącznie o poranne nudności pierwszych miesięcy ciąży. Znowu znalazła martwego kosa na ganku. Ile można? To zaczynał być obłęd!

– Już idę! – zawołała z uśmiechem.

Jak tylko, cholera, dojdę do siebie, dodała w duchu. Do pani Heleny oczywiście nigdy by tak nie pyskowała. Nie zrobiłaby tego Błażejowi. Był z przyszywaną ciotką bardzo blisko. Zwłaszcza teraz, kiedy jego matka Aniela była tak bardzo chora i mogła w każdej chwili umrzeć.

Właściwie trudno się dziwić, że relacje tak się zacieśniły. Oprócz państwa Kopp Błażej nie miał przecież innej rodziny. Jego dziadkowie zginęli podczas wojny. Oprócz państwa Kopp miał więc tylko księdza Ignacego. Aniela latami pracowała na plebanii jako gospodyni, więc niektórzy szeptali nawet, że to ksiądz jest ojcem Błażeja. Żaden z zainteresowanych nigdy się nie wypowiedział w tej sprawie.

– Powinnaś zapiąć kurtkę, Różo. Już prawie grudzień – upomniała ją delikatnie pani Helena, kiedy dziewczyna podeszła do ganku z tyłu hotelu. Był mniejszy niż ten z przodu i w zdecydowanie gorszym stanie. Tak naprawdę wszystko się tu sypało.

– Wyszłam tylko na chwilę. Błażej poszedł z Oskarem do szopy po strzelby. Właśnie szłam, żeby do nich dołączyć. To przecież blisko. Nie chciało mi się zapinać.

– Błażej wybiera się na polowanie? – zapytała Helena.

Róża pokiwała głową. Mimo wszystko zapięła kurtkę. Nie tylko ze względu na panią Kopp. Jakby mgły było

21

mało, zaczęła siąpić mżawka, więc naprawdę zrobiło jej się zimno. A kto wie, jak długo będzie musiała tu sterczeć, zanim staruszka wypuści ją ze swoich szponów.

– Jo. Bardzo martwi się chorobą Anieli. Przyda mu się trochę relaksu.

Pani Kopp westchnęła głośno.

– Tak. Zdecydowanie. Jak przyjdzie ten dzień, kiedy moja siostra odejdzie, na pewno będzie mu bardzo trudno.

– Na pewno – powtórzyła Róża.

Doskonale pamiętała, jak sama przeżywała śmierć swojej mamy. Nie chciała nawet wracać myślami do tamtego czasu. A teraz dość miała tej rozmowy. Zaczęła przestępować z nogi na nogę w nadziei, że ta niezbyt subtelna aluzja trafi do pani Heleny.

– Jak się czujesz? – zapytała niestety tamta tonem pogawędki. Zerknęła na brzuch Róży, więc pewnie chodziło jej o dziecko.

– W porządku.

– Słuchaj… – zaczęła pani Kopp. Jej twarz przybrała teraz uroczysty wyraz. Wyglądało na to, że miała do zakomunikowania coś ważnego. – Zobacz.

Wyciągnęła z kieszeni tweedowego żakietu czarno-białe zdjęcie. Róża wzięła je ostrożnie do ręki. To była ślubna fotografia Klementyny i Jędrzeja. Nieco zniszczona, jakby ktoś często ją oglądał.

Róża przyjrzała się zdjęciu chciwie. Córki państwa Kopp nie było tu od siedemdziesiątego szóstego roku. Z tego, co wiedziała, tata załatwił jej wtedy pracę w Gdańsku. Podobno po latach wróciła w te okolice i była teraz policjantką w Brodnicy.

– Pomyślałam, że mogłabyś pięknie wyglądać w sukience Klementyny – szepnęła pani Kopp. – Myślę, że kilka poprawek tu i ówdzie i pasowałaby idealnie na twój ślub z Błażejkiem.

Róża poczuła, że ze zdenerwowania serce zaczyna bić jej coraz szybciej. Nie chodziło o to, że zmieniła zdanie co do ślubu. Po prostu wszystko trochę się pokomplikowało. Po pierwsze Borys. Ale to mniejszy kłopot. Sprawę z nim załatwi jeszcze dzisiaj. Idealnie się składało, że Błażej jedzie na polowanie.

Tak, Borys to był zdecydowanie mniejszy kłopot. Bardziej martwiła Różę wizytówka, którą dostała od tamtego Niemca. Ileż to razy chciała ją spalić, ale jakoś ciągle się na to nie zdobyła. Nie wiadomo dlaczego schowała ją pomiędzy bielizną i udawała, że kartonik nie istnieje.

– Co ty na to? – zapytała Helena. – Chciałabyś tę sukienkę?

– Och, nie mogłabym…

– Ależ oczywiście, że tak – powiedziała pani Kopp z uśmiechem. – Leży na stryszku i tylko się kurzy.

Róża nie wiedziała, jak potraktować te słowa. Na wszelki wypadek się uśmiechnęła. Nawet jeżeli miała dostać tę suknię, bo „i tak leży i się kurzy", to chyba powinna się cieszyć, bo przecież Nadziei, pierwszej żonie Błażeja, pani Helena sukni nie dała. Można było czerpać z tego jakąś satysfakcję. Róża wreszcie nie była traktowana tylko jako kochanka. Intruzka, która rozbiła wspaniałe małżeństwo Błażeja i Nadziei. No przynajmniej pani Helena się ocknęła, bo pan Romuald nadal nie do końca Różę akceptował.

Być może nigdy się to nie stanie. Stary był zbikowany na punkcie rozbijania małżeństw i nie aprobował rozwodów.

– Tylko musisz sama sobie ją przynieść, bo ja już nie dam rady wdrapać się na stryszek. Za stromo tam.

– Mówi pani o tym stryszku w szopie? – upewniła się Róża.

Nigdy dotąd nie wchodziła na pięterko drewnianego budynku przy grobli. Na dole Błażej trzymał swoją kolekcję broni i narzędzia ogrodnicze. Na górę nie było po co włazić.

– Tak, tak. Sukienka powinna być w pudle z rzeczami Klementyny. Na pewno ją znajdziesz.

ROZDZIAŁ 3

Komenda Powiatowa Policji w Brodnicy. Sobota,
19 marca 2016. Godzina 10.30.
Weronika Nowakowska

Poszli do gabinetu komendanta Cybulskiego. Po kilkudziesięciu minutach stania na zimnie pomieszczenie wydawało
się duszne i aż nazbyt gorące. Mimo to Weronikę szybko
opanowało wręcz błogie zadowolenie. Wreszcie mogła
ogrzać ręce.

Cybulski pomógł Lilianie zdjąć płaszcz. Powiesił go
razem z ich nakryciami na wieszaku przy drzwiach. Liliana
ubrana była w koszulę w kolorze złamanej bieli i szare garniturowe spodnie. Klementyna Kopp w skórzanej
kurtce, bojówkach i wojskowych buciorach, z rękami po-
krytymi starymi tatuażami, i ta elegantka, która nigdy nie
zapomniała wyprasować garsonki? Naprawdę trudno było
wyobrazić sobie bardziej niedobraną parę.

Ludzie często mówią, że przeciwieństwa się przyciągają.
Weronika uśmiechnęła się pod nosem. Badania prowa-
dzone przez rozlicznych naukowców temu przeczyły. Tak

naprawdę Nowakowska podejrzewała, że wcześniej czy później Liliana i Kopp się rozstaną.

– Proszę usiąść – zaproponował komendant uprzejmie.

Liliana pokręciła natychmiast głową.

– Jestem zbyt zdenerwowana, żeby siadać.

– Możesz wyjaśnić dokładnie, co się stało? – zapytał Daniel.

– Już mówiłam! Klementyna zniknęła! I to wszystko moja wina!

Weronika mogłaby przysiąc, że widzi w jej oczach łzy.

– Co ma pani na myśli? – zapytał Cybulski. Trudno było oprzeć się wrażeniu, że to on idealnie pasowałby do wymuskanej Liliany.

– To ja namówiłam Klementynę na tę idiotyczną zabawę w detektywa.

– Chodzi pani o konsultacje dla komendy? – zapytał Cybulski z godnością.

Po tym, co się wydarzyło w trakcie śledztwa w Utopcach, Klementyna musiała zrezygnować z czynnej służby w policji. Na pewien czas trafiła do szpitala psychiatrycznego, w czym, chcąc nie chcąc, Weronika miała swój udział. To ona przybiła pieczątkę na decyzji o wysłaniu Kopp na obserwację. To wydawało się wtedy najlepszym wyjściem.

Klementyna wróciła ze szpitala w czerwcu zeszłego roku i w dużej mierze przyczyniła się do ujęcia Łaskuna. Od tamtej pory jako niezależny konsultant wspierała czasem wydział kryminalny. Komendant Cybulski za bardzo cenił umiejętności byłej pani komisarz, żeby z nich zrezygnować. Mimo pewnego niezadowolenia komendy wojewódzkiej.

Liliana pokręciła głową energicznie.

– Nie. Nie. Żadne tam konsultacje. Nie to miałam na myśli. Może zacznę od początku…

– Tak chyba będzie najlepiej – rzucił Daniel.

– To było wtedy, kiedy zajmowałam się jej mieszkaniem. Wtedy, kiedy wsadziliście ją do szpitala – podjęła Liliana. W jej głosie zabrzmiała delikatna nuta pretensji.

Twarz Podgórskiego pozostała nieprzenikniona. Klementyna nigdy mu do końca nie wybaczyła, że pozwolił na to, żeby zamknięto ją w szpitalu. Od tamtego czasu uparcie nazywała go zdrajcą. Weronika podejrzewała jednak, że tak naprawdę Daniel jest jedynym przyjacielem pani komisarz. Kopp nie należała do osób, które łatwo zjednują sobie ludzi. Wręcz przeciwnie.

– Karmiłam kota, podlewałam ten jej jeden jedyny smętny kwiatek, i tak dalej – podjęła Liliana. Westchnęła i zdecydowała się jednak usiąść na krześle przygotowanym przez Cybulskiego. – Sprawdzałam też pocztę. Klementyna dostaje tylko rachunki, więc zupełnie mnie zaskoczyło, kiedy któregoś dnia w skrzynce znalazłam pocztówkę.

Liliana założyła nogę na nogę i splotła ręce na piersi. Zamilkła, jakby nie miała nic więcej do powiedzenia. A może zdenerwowanie znowu wzięło górę.

– Pocztówkę? – zapytała więc Weronika, żeby zachęcić ją do mówienia.

– Tak.

Znowu milczenie.

– Od kogo? – tym razem zapytał Podgórski.

– Od Heleny Kopp.

– Od Heleny Kopp? – powtórzył za Lilianą komendant Cybulski.

Weronika uśmiechnęła się pod nosem. Rozmowa zaczynała przypominać partyjkę ping-ponga. Pytanie. Odpowiedź. Pytanie. Odpowiedź.

– To jej matka.

– Klementyna nigdy o niej nie wspominała – powiedział Cybulski.

– Od lat nie miały kontaktu – wyjaśniła Liliana. – Dokładnie od czterdziestu. No i nagle napisała do Klementyny kartkę. Po czterdziestu latach! Nie mogłam się powstrzymać i zerknęłam.

– Co napisała?

– Prosiła o pomoc. Nawet błagała. Podała też swój numer telefonu i adres. Cholera, kto podaje swój numer telefonu i adres na kartce pocztowej, którą każdy może przeczytać? To… – Liliana zawahała się, jakby szukała odpowiedniego słowa – …nieodpowiedzialne.

– Co było dalej? – zapytał znowu Daniel.

– Początkowo odłożyłam kartkę do pliku korespondencji, który miałam zawieźć Klementynie do szpitala. Potem pomyślałam, że ona na pewno to podrze albo wyrzuci. W każdym razie nie przeczyta. Nie rozmawiałyśmy nigdy zbyt wiele na temat przeszłości którejkolwiek z nas, ale jakiś cholerny powód musiał być, że ona i jej matka nie odezwały się do siebie przez tyle lat. Ja i moja matka też nie miałyśmy najłatwiejszych relacji. Może dlatego tak wzięłam to sobie do serca i postanowiłam sprawdzić, o co chodzi.

– Zadzwoniłaś do jej matki? – upewnił się Podgórski. – Bez wiedzy Klementyny?

Liliana pokiwała głową powoli. Nie wyglądała na zaskoczoną tonem niedowierzania w głosie policjanta. Weronika nie znała Klementyny aż tak dobrze, ale i tak nietrudno było jej sobie wyobrazić reakcję Klementyny. Niezadowolenie to z pewnością byłoby łagodne określenie.

– Nie zamierzałam jej mówić o kartce, póki nie dowiem się od Heleny Kopp, o co dokładnie chodzi.

– I dowiedziała się pani, czego miała dotyczyć ta pomoc? – zapytał Cybulski.

– Sprawy kryminalnej.

– Sprawy kryminalnej? – zdziwił się komendant.

Liliana pokiwała głową.

– Chodziło o morderstwo z dwa tysiące czternastego roku. Zabito niejaką Różę Grabowską. Wyrok już zapadł, ale Helena Kopp chciała, żeby Klementyna jeszcze raz przyjrzała się sprawie.

– Uważała, że coś było nie tak? – zapytał Cybulski, poprawiając okulary. Nie wyglądał na zadowolonego z insynuacji, że ktoś z komendy mógłby źle wykonać swoje obowiązki.

– Do więzienia trafił siostrzeniec Heleny, Błażej. Ale ona uważała, że jest niewinny.

– Rodzina często tak uważa.

– Wtedy pomyślałam sobie, że to mógłby być dobry powód, żeby Klementyna mogła odnowić relacje z matką – podjęła Liliana, ignorując komentarz komendanta.

– Niewinnie skazany człowiek? No, to mogłoby Klementynę zainteresować. Liczyłam też na to, że może słyszała o tej sprawie, bo przecież pracowała w wydziale kryminalnym, więc postanowiłam, że jej to przedstawię... Że przekonam ją, żeby została prywatnym detektywem. To wydawało się najlepszym pomysłem. Przecież Klementyna kochała

29

pracę w policji. Nie mogliście jej zrobić nic gorszego niż zabrać odznakę.

W głosie Liliany zabrzmiał wyraźny wyrzut.

– Nie łatwiej kurwa było powiedzieć jej prawdę? – zapytał Podgórski z irytacją. – Po co te gierki?

Uniósł brwi i skrzyżował ręce na piersi. Nadal miał na sobie czarny T-shirt z logo siłowni. Mięśnie na jego przedramionach były napięte, a pod skórą wyraźnie rysowały się żyły. Weronika wzdrygnęła się mimo woli. Szkoda, że zdjął kurtkę. Te nowe muskularne ręce były obce i niepokojące. Przypominały Nowakowskiej o jego czarnych oczach.

Odwróciła wzrok zawstydzona swoimi idiotycznymi obawami. Pewnie jak zwykle przesadzała. Doświadczenie w pracy psychologa podpowiadało jej jednak, że Podgórski buduje wokół siebie mur. A mury mają to do siebie, że mogą runąć. I to zaskakująco łatwo. Dla człowieka, który przeszedł przez piekło olbrzymiej straty, moment krytyczny może być nieoczekiwanie trywialny.

– Sam przecież wiesz, jaka jest Klementyna – odparła Liliana defensywnie. – Gdybym jej tylko wspomniała o matce, to byłby koniec. Chciałam opisać sprawę, zainteresować ją i dopiero potem powiedzieć, że chodzi o jej rodzinę. Liczyłam na to, że wtedy połknie haczyk.

– I tak się stało? – zapytał Cybulski tonem badacza.

– Nie od razu. Opowiedziałam jej o sprawie niedługo po tym, jak skończyliście rozpracowywać Łaskuna. W czerwcu zeszłego roku. Zdecydowała się tam pojechać dopiero teraz. Dziewięć miesięcy potrzebowała na to, by podjąć decyzję.

Weronika zerknęła na Daniela ostrożnie, nie wiedząc, jak zareaguje na wspomnienie o tamtym okresie. Twarz policjanta zdawała się nieprzenikniona. Za to komendant Cybulski odchrząknął znowu zakłopotany. Być może czuł się winny, że w porę nie wysłał ciężarnej Emilii do domu. Może wtedy nie doszłoby do najgorszego.

Liliana ukryła twarz w dłoniach niepomna chyba tego, że atmosfera zdecydowanie się zagęściła.

– To naprawdę idiotyczne – powiedziała po chwili nieco mocniejszym tonem. – Nie wiem, co sobie myślałam! Pewnie chodziło o to, że ja i moja matka spieprzyłyśmy sprawę i wydawało mi się, że za wszelką cenę powinnam naprawiać świat. Zabawa w Pana Boga nigdy nikomu na dobre nie wychodzi. No i proszę. Teraz też nie. Klementyna zniknęła.

– Kiedy?

– Od czwartku jej nie ma. Wyjechała tam po południu.

– „Tam", czyli gdzie konkretnie? – zapytał Podgórski.

– Do Złocin. To niedaleko, pod Brodnicą. Jej rodzice mają tam hotel. Nazywa się Drozdy. Klementyna zadzwoniła do mnie, kiedy dojeżdżała na miejsce. Powiedziała, że rozejrzy się i wróci wieczorem. Miałyśmy pójść do Teksasu na Hallera. Tylko że nie przyjechała. I nie ma jej do tej pory. To już prawie czterdzieści osiem godzin.

– Próbowała pani do niej telefonować? – włączył się Cybulski.

Liliana zmierzyła komendanta wściekłym spojrzeniem.

– Oczywiście, że tak – sarknęła. – Od razu zgłasza się poczta głosowa. Najwyraźniej Klementyna ma wyłączony telefon. Martwiłam się... W końcu nie wytrzymałam i pojechałam tam wczoraj wieczorem. Miejsce jest dosyć ponure… W każdym razie widziałam jej matkę i ojca.

– I co mówili? – odezwała się Weronika. Czuła się tu teraz jak piąte koło u wozu.

– Że Klementyna nigdy do Drozdów nie dotarła. A przecież mnie mówiła przez telefon, że jest już prawie na miejscu.

– Takiego określenia użyła? – zapytał Daniel. – Że jest prawie na miejscu?

– Nie wiem. Nie pamiętam, jakie to były dokładnie słowa! To była zwykła rozmowa. Nie przyszło mi do głowy, że muszę zapamiętywać każde pieprzone słowo – zirytowała się Liliana. Gniew zdawał się jednak podszyty wyrzutami sumienia. – Ale mniej więcej taki był sens. Nie wiem, co teraz robić. Od rana próbuję się do ciebie dodzwonić, ale nie odbierałeś.

Liliana wycelowała palec w Podgórskiego.

– Byłem na siłowni. Nie słyszałem, że dzwonisz.

– Zamiast bezsensownie się pocić, mógłbyś się do czegoś przydać!

Daniel nie zareagował na jej słowa.

– W końcu nie wytrzymałam i tu przyszłam – powiedziała więc Liliana. – Akurat na was trafiłam… No i co powinnam zrobić? Zgłosić zaginięcie? Co mam robić?

Komendant Cybulski westchnął głośno.

– Pani Liliano, może pani oczywiście zgłosić zaginięcie. Tyle że nie mamy pewności, że doszło do…

– Nie macie pewności? – przerwała mu. – Chodzi o Klementynę! Była jedną z was, a teraz nagle umywacie ręce? Cóż za lojalność wobec swoich! I tak! Sprawdziłam w internecie, jak to działa. Pewnie zaliczylibyście ją do drugiej kategorii, czy jak to się nazywa. Że mogła odejść z własnej woli i tak dalej. Że niby wystarczy zamieścić jej zdjęcie na jakiejś tam stronie internetowej i to wszystko. Naprawdę nie obchodzi was, że zniknęła?!

– Nie mówię, że nas nie obchodzi – odpowiedział szybko komendant. – Tylko naprawdę nie ma na razie przesłanek... Sama pani zna Klementynę. Równie dobrze mogła gdzieś się wybrać. Znam ją nie od dziś. Nieraz znikała. Nie należy do osób, które się z czegokolwiek tłumaczą.

Liliana poderwała się z krzesła.

– To...

– Pojadę tam jeszcze dzisiaj – przerwał jej Daniel. – Zobaczę, co i jak.

Cybulski zerknął na niego spod oka.

– W końcu mam wolny dzień, prawda, komendancie? – przypomniał Podgórski.

– Świetnie – powiedział Cybulski z nagłym entuzjazmem i spojrzał na Weronikę. Nowakowska z miejsca poczuła niepokój. – Weroniko, masz świetną okazję, żeby sprawdzić, czy praca śledczego ci odpowiada. Zajmij się tym razem z Danielem.

– Ale jeżeli Klementynie naprawdę coś się stało? – zapytała Weronika. – Myślę, że trzeba potraktować to poważnie...

– Nareszcie ktoś mówi do rzeczy – weszła jej w słowo Liliana.

– Ja biorę to bardzo poważnie – zaręczył Podgórski.

– Sprawdzimy, co się tam stało. Jeżeli zajdzie taka potrzeba, to zaangażujemy więcej ludzi, prawda, Wiktorze?

Cybulski pokiwał głową.

– Oczywiście. Tylko pamiętajcie, że patrzą mi na ręce i środki mamy ograniczone. A zważywszy na charakterek Klementyny, nie widzę przesłanek, żeby coś złego mogło się zdarzyć.

– Ograniczone środki? – zapytała Weronika. – Przecież przed chwilą…

Komendant zbył ją ruchem ręki. Nowakowska poczuła irytację. Nie lubiła być tak traktowana.

– Poproszę chłopaków, żeby na początek namierzyli jej komórkę – powiedział tymczasem Daniel. – Trzeba to też wrzucić na bęben i sprawdzić, czy gdzieś nie znaleziono… – zawahał się. Najwyraźniej chciał powiedzieć „ciała", ale zmienił zdanie. – Czy gdzieś nie znaleziono NN, która odpowiadałaby opisowi. Może na przykład miała wypadek i trafiła do szpitala.

Liliana pokiwała głową jakby nieco uspokojona, że Daniel wszystkim się zajmie.

– Muszę jeszcze tylko na chwilę wrócić do Lipowa – dodał Podgórski ciszej. – Mam tam coś ważnego do zrobienia. Potem jedziemy do Złocin. Znajdę Klementynę. Obiecuję.

ROZDZIAŁ 4

Drozdy. Sobota, 22 listopada 2014. Godzina 7.45.
Róża Grabowska

Kiedy Róża weszła do szopy, Błażej właśnie tłumaczył coś Oskarowi. Ojciec i syn stali przy witrynie, gdzie wisiały strzelby, sztucery, kniejówki i co tam jeszcze. Nigdy się w tym nie rozeznawała. Drzwiczki szafki były teraz otwarte, a na podłodze leżała torba myśliwska. Róża wzdrygnęła się nieznacznie. Broń napawała ją lękiem. Tata był co prawda kiedyś milicjantem i nadal trzymał w domu stary pistolet, ale nigdy nie przywykła do widoku broni palnej.

– Cześć, kochanie! – zawołał na jej widok Błażej. Ubrany był już w kurtkę myśliwską i czapkę, którą tak lubił.

Podeszła, by pocałować narzeczonego. Przy okazji zmierzwiła włosy Oskarowi. Chłopiec nawet na nią nie spojrzał. Opanowały ją wyrzuty sumienia z powodu wczorajszej kłótni. Przecież miała zostać jego macochą. Powinna traktować go jak własnego syna. Nie myśleć o tym, że to ta piekielna, szalona Nadzieja go urodziła.

– Idę na strych. Pójdziesz ze mną? – zapytała.

Każdy chłopiec uwielbia przygody, prawda? Oby wspólna wyprawa na górę ostatecznie doprowadziła do zawieszenia broni. Jeżeli to zawiedzie, miała jeszcze tajną broń w postaci naleśników na śniadanie. Umiała robić obłędne amerykańskie *pancakes*.

Oskar nie wyglądał na udobruchanego, ale ostatecznie pobiegł w kierunku drabinki.

– Tylko ostrożnie z tym wspinaniem – powiedział Błażej i wymownie spojrzał na jej zaokrąglony brzuszek.

Dała mu lekkiego kuksańca w bok i poszła za Oskarem do drabinki. Zanim wdrapała się na strych, Oskar zdążył już rozsunąć zasłonki w przybrudzonych okienkach. Mimo to pomieszczenie nadal tonęło w półmroku. W powietrzu latały drobiny kurzu. Kręciło ją od tego w nosie. Kichnęła.

– Czego właściwie szukamy? – zapytał Oskar.

– Sukienki ślubnej. Powinno tu być jakieś pudło po Klementynie.

Chłopiec zaczął myszkować po strychu i szybko zlokalizował drewnianą skrzynię.

– Może to?

Róża uchyliła wieka. Zapach stęchlizny buchnął prosto w nos. Nawet jeżeli sukienka jest w środku, pewnie do niczego nie będzie się nadawała. Przypuszczalnie zjadły ją mole.

– I co? – zainteresował się Oskar.

– Muszę to przejrzeć.

Pochyliła się nad skrzynią i zaczęła powoli badać jej zawartość. Stare ubrania, trochę książek. Jakieś *Wichrowe wzgórza* i *Duma i uprzedzenie*. Tytuły nic Róży nie mówiły.

Oskar początkowo przyglądał się jej poczynaniom, ale w końcu zszedł z powrotem na dół znudzony.

Nagle znowu usłyszała skrzypienie drabinki.

– Już wróciłeś? – rzuciła, myśląc, że to Oskar.

Odwróciła się i zobaczyła Błażeja. Jego spojrzenie wyraźnie mówiło, że ma ochotę na małe co nieco, zanim pojedzie na polowanie. Podszedł i objął Różę delikatnie. Nie miała na to zbytniej ochoty. Głównie przez wizytówkę Niemca. No i trochę przez nierozwiązaną kwestię Borysa. Nie miała jednak serca odmówić narzeczonemu. Wiedziała, jak bardzo martwił się chorobą matki. Obiecała sobie, że póki Aniela nie wydobrzeje, nie będzie mu odmawiała.

– Już się nie spieszysz? – zażartowała, żeby podgrzać jeszcze atmosferę.

– Na pewne rzeczy zawsze jest czas i miejsce – odparł z uśmiechem.

Wprawdzie Błażej był dużo od niej starszy, ale to tylko sprawiało, że zdawał się atrakcyjniejszy. Lubiła w nim wszystko, od uśmiechu po charakterystyczny pieprzyk na policzku.

– A jak Oskar wróci? – szepnęła, kiedy dotykał jej piersi.

Jak na zawołanie na dole rozległy się jakieś trzaski.

– Najwyraźniej jest zajęty – zaśmiał się Błażej. Pocałował ją w czoło. Znowu poczuła wyrzuty sumienia. Pocieszała się, że kiedy spotkają się wieczorem, będzie już po wszystkim. Przynajmniej jeśli chodzi o Borysa. Bo wizytówka Niemca nadal będzie ukryta pomiędzy majtkami.

– Znowu znalazłam martwego kosa – poinformowała go, kiedy było już po wszystkim i zapinał spodnie. – Nie możesz porozmawiać o tym z Nadzieją? Zachowuje się trochę makabrycznie. Nie może zrozumieć, że wasze małżeństwo to już przeszłość?

Błażej pogłaskał ją uspokajająco po głowie.

– Wszystko będzie dobrze.

– Ale czy ona musi podrzucać mi martwe ptaki? Naprawdę jej odbiło.

– Wszystko będzie dobrze – zapewnił ją znowu czule Błażej. – Będę się zbierał. Do zobaczenia wieczorem, kochanie. Jeżeli położysz się wcześniej, to nie zapomnij zostawić mi otwartych drzwi, dobrze?

– Jasne – mruknęła Róża, patrząc, jak narzeczony schodzi po drabince na dół.

Miała dziwne wrażenie, że wcale dobrze nie będzie. Westchnęła i wróciła do przeglądania kufra z rzeczami Klementyny. Z jednej z książek wypadła pożółkła koperta. Róża sięgnęła po nią zaciekawiona. Zajrzała do środka i zaraz wrzuciła ją z powrotem do kufra ze wstrętem. Czy dobrze widziała?

Sięgnęła po kopertę raz jeszcze dopiero po dłuższej chwili. Mimo wstrętu musiała się upewnić.

ROZDZIAŁ 5

Cmentarz w Lipowie. Sobota, 19 marca 2016.
Godzina 12.00.
Aspirant Daniel Podgórski

Wiało. Ostre słońce zniknęło za chmurami. Z nieba posypały się delikatne drobinki śniegu. Trwało to minutę, może dwie. Nie więcej. Potem znowu się rozjaśniło. Kalendarzowa wiosna miała rozpocząć się lada chwila, tymczasem wciąż było zimno. Aspirant Daniel Podgórski szczelniej otulił się kurtką, ale nie zapiął zamka. Z jakiegoś powodu chłód sprawiał mu w tym momencie przyjemność.

Ukląkł i położył na maleńkim grobie herbacianą różyczkę. Leżały tam już dwie podobne. Od Emilii i Łukasza. Przyszli we trójkę. Prawie jak rodzina.

Policjant omijał wzrokiem napis na nagrobku. Nie musiał już przecież go czytać. Tak naprawdę znał doskonale każdy najdrobniejszy szczegół. Na przykład plamkę tuż obok litery „u" czy nieco zbyt długi ogonek przy „ą". Może ręka kamieniarza zadrżała, kiedy uderzał dłutem w płytę szarego marmuru? A może wcale już się tak tego nie robiło?

Emilia zapłakała cicho, skulona w objęciach ich nastoletniego syna. W tym ledwie dosłyszalnym szlochu było tyle rozpaczy, że Daniel myślał, że i z jego oczu popłyną łzy. Nic takiego się jednak nie stało. Weronika powtarzała mu, że żałobę trzeba przepracować, pozwolić sobie na nią. Była psychologiem, więc pewnie miała rację. Tylko że on kurwa jakoś nie potrafił. A przynajmniej nie tak, jak wszyscy tego oczekiwali.

Łzy pojawiły się tylko tamtego dnia, kiedy córeczka umarła. Potem już ani razu. Może nie umiał płakać? Albo po prostu nie chciał. Łzy oznaczały przecież przyznanie, że to naprawdę się stało, że Justynki nigdy już nie będzie. Dziecka, którego tak naprawdę nie poznał, bo całe siedem dni swojego króciutkiego życia spędziło w szpitalu na oddziale neonatologii. Wcześniej też nie było okazji, bo kiedy Emilia była w ciąży, Daniel trzeźwiał tylko w pracy, i to też nie zawsze. Ciężko było teraz myśleć o tym straconym czasie.

Potem przyszła sprawa Łaskuna i oskarżenia. Podgórski stał się jednym z podejrzanych o podwójne morderstwo. Uciekał, bo sam chciał rozwiązać sprawę i odzyskać dobre imię. Mimo zaawansowanej ciąży Emilia pracowała wtedy w oficjalnej grupie śledczej.

Skończyło się to trudnym, przedwczesnym porodem. Potem przyszły komplikacje i… Podgórski nie miał ochoty kończyć myśli. Chciał wierzyć, że lekarze zrobili wszystko, co było można, ale gniew gdzieś tam ciągle się tlił. Na nich. Na Emilię. A przede wszystkim na siebie samego.

Kolejny podmuch wiatru szarpnął poły jego wiosennej kurtki. Daniel zmusił się, żeby jednak spojrzeć na nagrobek. *Justyna Podgórska, ur. 12.06.15, zm. 19.06.15. Jedną maluczką duszą tak wiele ubyło...*

Dziś minęło dokładnie dziewięć miesięcy od tamtego dnia, ale cytat z ósmego trenu Kochanowskiego nadal zdawał się palić do żywego. Jak ogień z samych piekieł. Porównanie było nieco histeryczne i pretensjonalne, ale jak dotąd Daniel nie umiał znaleźć lepszego. Rodzice nie powinni przeżyć swoich dzieci. Ile razy to słyszał? Zrozumiał dopiero tamtego dnia.

– Trudno uwierzyć, że to już dziewięć miesięcy – odezwała się nieoczekiwanie Strzałkowska. Otarła łzy wierzchem dłoni. – Mam wrażenie, jakby to było wczoraj.

– Ja też – powiedział Łukasz. Syn kończył w tym roku szesnaście lat. Trudno było w to uwierzyć. Prawie tak samo trudno jak w to, że Justynka nigdy tego wieku nie doczeka.

Daniel podszedł do nagrobka i delikatnie dotknął zimnego kamienia. Znowu zawiało. Zeszłoroczne liście tańczyły wokół grobów. Zakrystian nie nadążał z zamiataniem, mimo że uwijał się, jak mógł. Chłopak był w Lipowie nowy. Podgórski nie znał go jeszcze zbyt dobrze. Skinął mu głową na przywitanie, kiedy tamten przemykał pomiędzy grobami ukradkiem, próbując chyba uszanować ich cierpienie. Mężczyzna odpowiedział tym samym, ale szybko odwrócił wzrok.

Nikt nie wiedział, jak się zachować wobec kogoś, kto kilka miesięcy temu stracił dziecko. Człowiek stawał się jakby trędowaty. Dla Daniela to było równie przerażające jak dopuszczenie do siebie cierpienia. Ludzie milkli na jego widok albo uśmiechali się pokrzepiająco. W ich oczach Daniel zawsze jednak widział niepewność. Co powiedzieć? Czy można już przy nim zażartować, czy na to jeszcze za wcześnie? Nawiązać do tematu, wspomnieć o córeczce czy raczej tego za wszelką cenę unikać?

Chyba właśnie dlatego Podgórski wolał towarzystwo nieznajomych. Na siłowni był człowiekiem bez bagażu, bez historii. Tylko na początku wspomniał, że jest policjantem. Psy też mile widziane, rzucił szef przybytku. Nikt nie pytał o więcej. Interesowali się jedynie przyrostem masy, zdrową dietą, suplementami i innymi wspomagaczami. Szczerze mówiąc, to było odświeżające uczucie.

Kruki nawoływały się głośno z dzwonnicy ceglanego kościoła. Jeden z nich przysiadł dwa groby dalej i zajął się grzebaniem w liściach. Nagle rozdzwonił się telefon. Ptak zerwał się błyskawicznie do lotu.

– Tato?

Daniel spojrzał na Łukasza pytająco.

– Telefon – dodał chłopak.

Chwilę trwało, zanim Podgórski zorientował się, że to jego komórka przerwała spokój na cmentarzu. Sygnał dzwonka brzmiał obco. Niedawno zrezygnował ze starego, co traktował jako kolejny symbol zerwania z poprzednim życiem. Nie zdążył się jeszcze przyzwyczaić.

Wydobył telefon z kieszeni i spojrzał na wyświetlacz. Ziółkowski.

– Przepraszam, muszę to odebrać – powiedział Podgórski do Emilii i Łukasza.

Strzałkowska odwróciła się bez słowa, a syn zmierzył go karcącym spojrzeniem. Daniel uśmiechnął się przepraszająco. To ważne, chciał powiedzieć, ale Łukasz odwrócił się szybko i znowu objął matkę obronnym gestem.

– Halo? Daniel? – rozległo się tymczasem ze słuchawki.

Szef techników kryminalnych też ostatnio się zmienił. Kiedyś nigdy nie nazwałby nikogo po imieniu, a to był przecież tylko wierzchołek góry lodowej. Daniel nie wiedział, dlaczego Ziółkowski wywraca swoje życie do góry nogami. Może jemu również chodziło o wydarzenia, które miały miejsce podczas śledztwa dotyczącego Łaskuna? Nie tylko dla Daniela to był moment przełomowy.

– Mam dobre i złe wieści – oznajmił bez wstępów Ziółkowski. – Dobra to taka, że w ewidencji nie mamy żadnych ciał, które chociaż trochę przypominałyby panią Kopp.

Klementyna nienawidziła, jak się ją tak nazywało, ale Daniel postanowił nie tracić czasu, żeby o tym przypominać.

– Domyślam się, że nikt niezidentyfikowany też się nie znalazł?

– Nie.

Ulga. To wszystko nie oznaczało jeszcze, że Klementyna jest cała i zdrowa, jak twierdził komendant, ale stanowiło obiecujący początek.

– Udało wam się zlokalizować jej telefon?

– Niestety nie.

Daniel westchnął zawiedziony. Miał nadzieję, że pójdzie to łatwiej. Nie był pewien, co tak naprawdę myśleć o nagłym zniknięciu komisarz Kopp. Czy naprawdę jej coś groziło? Po śmierci Justynki widzieli się kilka razy. Rozmawiali całkiem szczerze. Daniel miał wrażenie, że była komisarz jako jedna z nielicznych dobrze rozumie jego ból i strach przed zmierzeniem się z cierpieniem. Tak po prostu, otwarcie. Ona z kolei zwierzyła się z niepewności dotyczących związku z Lilianą i ich wspólną przyszłością. Czyżby Klementyna po prostu odeszła?

Nie, to chyba było niemożliwe. Być może sobie schlebiał, ale wydawało mu się, że w takiej sytuacji na pewno by się z nim pożegnała. W taki czy inny sposób. Niestety ta konkluzja prowadziła do bardzo nieprzyjemnych wniosków.

– Nie masz zupełnie nic? – zapytał Daniel.

– Problem w tym, że Złociny to właściwie wieś. Zupełnie jak u was w Lipowie.

Podgórski zdążył już zebrać podstawowe informacje na temat wsi, z której pochodziła Klementyna. Był zaskoczony, że Złociny leżą tak blisko Brodnicy. Zanim komisarz Kopp dołączyła do wydziału kryminalnego w ich mieście, wiele lat pracowała w komendzie w Gdańsku. Pewnie dlatego podświadomie założył, że pochodzi z Wybrzeża. Szczerze mówiąc, tak naprawdę niewiele o niej wiedział. Nie należała do osób, które chętnie mówią o przeszłości.

– Za mało tam anten, żebym mógł zawęzić obszar do takiego stopnia, jak można to zrobić w mieście – podjął Ziółkowski. – Triangulacja, jak sama nazwa wskazuje, wymaga, żeby telefon był w zasięgu przynajmniej trzech anten. Tam są w okolicy dwie. Mogę tylko ustalić kilkukilometrowy wycinek...

– A można sprawdzić, do której anteny loguje się teraz? – przerwał mu Daniel. – Chcę potwierdzenia, czy Klementyna jest w okolicy.

Na te słowa Emilia uniosła głowę i spojrzała na niego pytająco. Nie powiedział jej jeszcze, co się stało. Tak naprawdę nie było kiedy. Spotkali się na cmentarzu.

– Telefon nie loguje się obecnie do żadnej anteny – oznajmił technik.

– Do żadnej?

Daniel przejechał ręką po włosach. Palce miał zesztywniałe od chłodu. Kilka dni w tym tygodniu było prawdziwie wiosennych, ale najwyraźniej zima nie chciała jeszcze całkiem odpuścić.

– Tak.

– Ale wcześniej logował się właśnie w okolicy Złocin?

– Tak. Tylko nie powiem ci dokładnie gdzie. Już mówiłem, że anten jest za mało, żeby to precyzyjnie ustalić.

– Kiedy był ostatni sygnał?

– W czwartek.

Daniel skinął głową. To się zgadzało ze słowami Liliany.

– Dzięki – rzucił i się rozłączył.

Mimo że właściwie wieści nie były najgorsze, opanował go niepokój. Cieszył się, że Weronika czeka w samochodzie i będą mogli za chwilę ruszyć do Złocin. Wstąpi tylko do domu przebrać się i wziąć rzeczy. Może coś zje. Trener był bezwzględny. Kazał mu pakować w siebie tony kalorii z taką regularnością, że można było według posiłków ustawiać zegarek.

Kolejny kruk podleciał i przysiadł na grobie Justynki. Łukasz przepędził go szybkim ruchem ręki. Podgórski miał wrażenie, że twarz nastolatka ostatnio nienaturalnie wydoroślała. Być może dlatego, że chłopak czuł, że to na nim spoczywa konieczność zajęcia się matką.

Emilia bardzo ciężko zniosła śmierć córeczki i właściwie dopiero teraz zaczynała odzyskiwać powoli siły. Daniel próbował pomagać, ale nie dopuszczała go do siebie. Nie chciał naciskać. Nie tylko ze względu na nią. To pewnie było okrutne, ale nie czuł się gotowy, żeby przebywać ze Strzałkowską dłuższy czas. Tylko że w ten sposób aż nazbyt wiele spadło na barki Łukasza.

– Co się stało? – zapytała Emilia.

– Klementyna zniknęła. Ja…

– Jadę z tobą – oznajmiła zupełnie nieoczekiwanie Strzałkowska.

Daniel nie wiedział, co powiedzieć. Tego zdecydowanie się nie spodziewał.

– Mamo, to chyba nie jest dobry pomysł – mruknął Łukasz.

Emilia uśmiechnęła się do niego i pocałowała go delikatnie w policzek.

– Poradzę sobie – zapewniła. Na ustach nadal miała uśmiech, ale oczy były smutne. – Będziesz miał wreszcie wolną sobotę, jak matka się czymś zajmie.

Spojrzała na grób Justynki.

– Chyba już pora, żebym wróciła do pracy – dodała cicho.

ROZDZIAŁ 6

Domek ogrodnika. Sobota, 22 listopada 2014.
Godzina 8.40.
Róża Grabowska

Róża wlała ciasto na patelnię. Zaskwierczało. Była tak wściekła, że naleśniki zupełnie jej nie wychodziły. Miały być grube, w amerykańskim stylu, a przypominały jakieś nieforemne klopsy. Miała tylko nadzieję, że Oskar mimo wszystko je zje.

– Czyli się nie mylę, tak?! – wrzasnęła do telefonu, przerzucając naleśnik na drugą stronę. Nie chciała się kłócić z tatą przy Oskarze, ale nie mogła się powstrzymać i zadzwoniła do niego, zanim skończyła przygotowywać śniadanie. – Ta data na zdjęciu…

– Nie mylisz się – przyznał ojciec. Pewnie siedział w pięknej kuchni umeblowanej przez mamę. Jak zwykle nad kanapką i gorzką herbatą. Nigdy nie słodził.

– Jak mogłeś to zrobić? Jak mogłeś? No jak mogłeś, kurwa?

Rzadko przeklinała, ale teraz jakoś samo to przyszło. Zerknęła na Oskara. Patrzył zakłopotany w blat stołu.

Nadzieja absolutnie i kategorycznie zakazywała używania brzydkich słów przy jej synu. Róża uważała, że to głupota. Chłopak na pewno słyszał gorsze rzeczy w szkole. Jednak biorąc pod uwagę, że Nadzieja była szalona, nie warto było się nią przejmować. Zresztą Róża teraz i tak nie miała do tego głowy. Nie po tym, co zobaczyła w rzeczach Klementyny na stryszku.

Ojciec przez chwilę nic nie mówił.

– Tak naprawdę to nie twoja sprawa – oznajmił, kiedy właśnie miała zażądać jakiejś odpowiedzi. – Nie zamierzam z tobą o tym rozmawiać. I nie życzę sobie, żebyś ty poruszała ten temat. Zrozumiano?

– Ta dziwka… – zaczęła Róża, ale tata już się rozłączył. Tak po prostu! Różę aż zatkało. Omal nie rzuciła telefonem o ziemię.

– Chyba naleśnik się przypala – odezwał się ostrożnie Oskar.

Chwyciła patelnię i podrzuciła ciasto. Mama ją tego nauczyła, kiedy Róża była jeszcze małą dziewczynką. Tego i innych rzeczy o gotowaniu. Ciekawe, co by powiedziała, gdyby zobaczyła to zdjęcie. Na pewno byłaby załamana. Przecież dla Zofii rodzina była najważniejsza.

Róża zdjęła przypalony naleśnik z patelni i położyła na talerzu Oskara. Nieforemny *pancake* nie prezentował się za dobrze. Polała go więc dużą ilością syropu klonowego.

– Jedz – rozkazała, stawiając talerz przed Oskarem.

– O co się kłóciliście z panem Grabowskim? Kto jest dziwką?

– Nieważne – warknęła. Pewnie nie powinna oceniać. Sama przecież… ale to z Borysem to co innego, powiedziała sobie w duchu. – Poza tym nie powinieneś używać takich słów, dobrze?

Oskar dolał sobie jeszcze syropu klonowego, ale nie zareagowała. Nie będzie jak jego matka. Zresztą była mu winna przeprosiny za wczorajszą kłótnię o jego pokój. Przecież w domku ogrodnika było więcej pomieszczeń. Nie była pewna, dlaczego tak się uparła. Pewnie hormony wzięły górę.

Pogłaskała się po brzuchu, ale nawet to jej nie uspokoiło. Czuła się, jakby tata wbił jej nóż w plecy.

– Zjadłem – oznajmił Oskar. – Mogę iść do swojego pokoju?

– Okej.

– A mogę wziąć kilka puszek po fasoli?

Pokiwała głową. Nie pytała, po co mu one. Znowu sięgnęła po telefon, nie czekając nawet, aż chłopiec wyjdzie. Wykręciła numer taty. Sama nie była pewna, czego oczekuje. Może jakichś przeprosin, które mogłaby przyjąć w imieniu mamy?

Nie odbierał. Wykręciła numer ponownie. Nie zamierzała dać mu spokoju. O nie. Może do niego wydzwaniać choćby przez cały dzień. W końcu będzie musiał odebrać. A jak nie, to Róża pójdzie do niego do Złocin i wykrzyczy mu prosto w twarz wszystko, co o tym myśli. Chociaż może nie, uznała po krótkim namyśle. Wcale nie miała ochoty go widzieć. Nie po tym, jak zobaczyła to wstrętne zdjęcie.

Wybrała numer po raz kolejny. Tym razem ojciec odebrał.

– Jak nie przestaniesz wydzwaniać, to pożałujesz – oznajmił bez wstępów. – A jak nazwiesz Klementynę dziwką jeszcze raz, to cię zabiję.

49

Jego głos był teraz jak stal. Czasem tak się działo, kiedy robił się bardzo, ale to bardzo zdenerwowany. Mówił wtedy cicho i powoli, ale słowa brzmiały metalicznie i ostro. Róża zadrżała. Mimo to usta same ułożyły się w słowo.

– Dziwka.

ROZDZIAŁ 7

W drodze do Złocin. Sobota, 19 marca 2016.
Godzina 13.20.
Sierżant sztabowa Emilia Strzałkowska

Opona wpadła do dziury w asfalcie. Subaru podskoczyło i Emilia Strzałkowska niemal uderzyła głową w podsufitkę. Stłumiła przekleństwo. I łzy. Od czasu śmierci Justynki nawet najdrobniejsze niedogodności sprawiały, że natychmiast płakała.

Tym razem z całych sił starała się powstrzymać. Nie chciała dać Danielowi i Weronice pretekstu do użalania się nad nią. Nie zasłużyła na to. Przecież śmierć córeczki to była jej wina. Powinna słuchać zaleceń lekarza. Może wtedy nie stałoby się to, co się stało.

Tak właściwie to dołączyła do nich trochę na gapę. Nie chciała, żeby odstawili ją do domu, bo za bardzo marudzi. Nie chodziło nawet o to, że jakoś szczególnie lubiła Klementynę Kopp. Kto tak naprawdę darzył ją sympatią? To była raczej kwestia solidarności z koleżanką z firmy*. No i może trochę tego, że Strzałkowska zatęskniła za pracą.

Sama nie wiedziała, kiedy to się stało. Przez pierwsze miesiące po śmierci córeczki była na zwolnieniu zaordynowanym przez psychiatrę i brała silne leki przeciwdepresyjne. Od pewnego czasu lekarze stopniowo zmniejszali dawki, ale nadal czuła się otumaniona.

Po powrocie do lipowskiego komisariatu tylko snuła się po korytarzach albo wpatrywała w zegar, czekając, aż minie kolejny dzień cierpienia. Koledzy nie wchodzili jej w drogę. Przymykano oko na jej niedyspozycję. W Warszawie pewnie dawno już by straciła pracę.

Paradoksalnie właśnie dziś, dokładnie dziewięć miesięcy po śmierci córeczki, niespodziewanie poczuła chęć do działania. Nie chciała tego stracić. Miała wrażenie, że jeżeli teraz wróci do domu, już nigdy się nie podniesie.

– Złapaliśmy gumę? – zapytała Weronika z siedzenia z przodu.

Emilia zdecydowanie wolałaby siedzieć tam, na jej miejscu, zamiast niewygodnie kulić się z tyłu. Z drugiej strony sama się tu wepchała, więc nie mogła liczyć na honorowe miejsce.

– Chyba nie – mruknął Daniel, ale i tak przyhamował. – Lepiej sprawdzę.

Przejechali przez niewielki most nad Drwęcą i Podgórski zjechał na pobocze. Wysiadł i zapalił papierosa. Zaczął niespiesznie przyglądać się kołom.

– Ładnie tu – zagadnęła Weronika.

* Firma (slang.) – policja.

Emilia pokiwała tylko głową. Nie ufała jeszcze własnemu głosowi. Przez ostatnie miesiące nie raz się na nim zawiodła. Czasem zmieniał nagle barwę albo zaczynał drżeć. Wyjrzała przez okno. Okolica faktycznie była malownicza. Rzeka torowała sobie drogę przez łąki. Wśród brązów i zeszłorocznych żółci pojawiła się już gdzieniegdzie wyraźna sugestia zieleni. Niedaleko widać było połyskujące w świetle chłodnego wiosennego słońca stawy rybne. Za nimi ciągnął się bór sosnowy. Okolicę szpeciły jedynie stare, pomalowane sprayem budynki, które przycupnęły niemal przy szosie. Wyglądały na opuszczone.

– To chyba tereny Drozdów – kontynuowała Nowakowska niestrudzenie. – Jakieś zaplecze. Budynki gospodarcze albo coś takiego.

– Może – mruknęła Emilia i spojrzała na budynki. Graffiti było niezdarne. Przeważało HWDP i inne tego typu wyznania. Nic oryginalnego.

Pomyślała o murze, który okalał teren Wyścigów Konnych w Warszawie. Przez długi czas mieszkała w pobliżu i oglądała malunki grafficiarzy prawie codziennie. Wiele z nich można by uznać za prawdziwe dzieła sztuki. Te zupełnie ich nie przypominały.

– Sprawdzałam na mapie – dodała Weronika. – Tak to wyglądało. Widzisz tę szutrową drogę? Chyba tamtędy dałoby się na skróty dojechać do hotelu.

Daniel wsiadł do samochodu z papierosem w ustach.

– Wszystko w porządku – oznajmił.

– Możesz tu nie palić? – rzuciła Emilia ostro.

Od miesięcy próbowała samą siebie przekonać, że to, co się stało, to jego wina. Czasem nawet w to wierzyła.

Niestety tęsknota za córeczką nie stawała się wtedy ani odrobinę mniejsza.

– To mój samochód – odparł spokojnie Podgórski.

– Ale nas truć nie musisz – powiedziała Weronika, nieoczekiwanie idąc Strzałkowskiej w sukurs.

Emilia była ciekawa, czy do siebie wrócili. Nie pytała o to Daniela. Szczerze mówiąc, o nic go przez te miesiące nie pytała, mimo że ciągle uparcie ją odwiedzał. Pewnie robił to głównie ze względu na Łukasza. Syn potrzebował wsparcia, którego ona nie potrafiła mu zapewnić. W końcu nie tylko stracił siostrę, ale miał szesnaście lat. Trudny wiek. Moment, kiedy wszystko urasta do rangi olbrzymiego problemu. Przynajmniej tak to pamiętała.

– Słyszałeś?

Podgórski nie odpowiedział. Papierosa też nie zgasił. Włączył za to radio, jakby chciał dać do zrozumienia, że więcej nic nie chce słyszeć na ten temat. Podkręcił głośność i rozległy się pierwsze takty którejś z piosenek Iron Maiden. Emilia nie potrafiła odgadnąć tytułu. Próbowała skupić się na słowach, ale przychodziło jej to z trudem. Jakby przez miesiące apatii zupełnie wyszła z wprawy.

Daniel odpalił silnik i wjechał z powrotem na szosę. Wkrótce otoczył ich gęsty sosnowy bór. Las dopiero zaczynał budzić się z zimowego snu, więc promienie słońca na razie bez problemu torowały sobie drogę pomiędzy strzelistymi drzewami. Wnętrze samochodu nagrzewało się od nich przyjemnie i dawało mylne wrażenie, jakby na dworze było ciepło.

Emilia wpatrywała się w mijane drzewa, leśne drogi, prowadzące w głąb boru. Miała nawet wrażenie, że dostrzegła sarnę. Milczenie, które zapadło w samochodzie, zupełnie jej teraz nie przeszkadzało. Tylko dym wypełniający wnętrze auta.

W końcu zauważyła skraj lasu. Na granicy drzew zobaczyła tablicę witającą przyjezdnych w Złocinach. Jakiś domorosły grafficiarz przekreślił nazwę i czarnym sprayem zmienił ją na „Złe czyny". Nie była to zbyt lotna gra słów, ale Emilia z jakiegoś powodu zadrżała. Czuła się trochę tak jak wtedy, kiedy jechali do Utopców. Miała nadzieję, że to śledztwo nie skończy się podobną katastrofą.

– Miejsce docelowe jest po lewej stronie – poinformowała nagle nawigacja.

Daniel przyhamował i wszyscy spojrzeli w lewo. Na poboczu przykucnęła mała drewniana kapliczka Matki Boskiej. Święta figurka miała uniesione do góry ręce, jakby witała przyjezdnych we wsi. Albo ostrzegała przed wjazdem, pomyślała policjantka. Głowę Maryi okalała złota chusta. Korpulentny ksiądz stał przy figurze i szorował jej twarz. Dopiero teraz Emilia zobaczyła, że ktoś pomalował ją tak, że przypominała czaszkę.

– Chyba coś nie działa – mruknęła Emilia.

– Co ty kurwa nie powiesz – syknął Podgórski. Zgasił papierosa w popielniczce i otworzył okno. – Przepraszam, którędy do hotelu Drozdy?

Kapłan nawet nie spojrzał w ich stronę, nadal zajęty czyszczeniem świętej figury.

– Proszę księdza?

Znowu żadnej reakcji.

– Pojedźmy dalej, może spotkamy kogoś innego – zasugerowała Weronika.

Łatwiej było powiedzieć niż zrobić. Obrzeża wsi były zupełnie opustoszałe. Obejścia zdawały się zadbane, ale jak okiem sięgnąć nigdzie ani żywej duszy. Zabudowania stopniowo gęstniały, aż Złociny zaczęły bardziej przypominać niewielkie miasteczko niż wieś. Nadal jednak nigdzie nie było widać żadnych mieszkańców.

W końcu dotarli na kwadratowy, wyłożony kostką brukową ryneczek. Pośrodku stał nieproporcjonalnie wielki pomnik przedstawiający grupę ludzi. Niektórzy padali, jakby właśnie zostali postrzeleni. U ich stóp leżały wiązanki świeżych kwiatów.

– Nikogo tu nie ma? – powiedział Podgórski jakby do siebie.

– O, tam jest jakiś facet! – zawołała Weronika.

Emilia spojrzała w tamtą stronę. W rogu rynku przycupnęła stara apteka z popękaną tablicą „U Dawida". Obok pysznił się sklep z nowym żółtym szyldem z niezbyt twórczym napisem „Sklep". Mężczyzna właśnie stamtąd wyszedł. Zamknął za sobą starannie drzwi. Strzałkowska zobaczyła, że i one stały się ofiarą grafficiarza. Wymalowano na nich wielką czarną szubienicę. Nad nią znajdowała się widziana z profilu czaszka. Zamiast skrzyżowanych piszczeli miała napis „Złociny = Złe czyny". Wandal był widać monotematyczny.

Daniel podjechał jeszcze kawałek i zawołał przez uchylone okno:

– Przepraszam! Szukamy hotelu Drozdy.

Mężczyzna stanął w pół kroku i przyjrzał się policjantowi zza kwadratowych oprawek okularów. Trzymał się prosto niczym były wojskowy. Włosy mu siwiały, a kąciki ust opadały lekko, jakby w grymasie niezadowolenia. W rękach ściskał siatkę z zakupami.

– Chcecie zatrzymać się w hotelu? – zapytał. W jego głosie słychać było wyraźne powątpiewanie.

Zanim którekolwiek z nich zdążyło odpowiedzieć, z bocznej uliczki wytoczyła się dwójka mężczyzn w trudnym do zidentyfikowania wieku. Szli, przytrzymując się jeden drugiego. Najwyraźniej mieli ciężką noc. Ich twarze były czerwone i podpuchnięte od alkoholu.

– Goście do Drozdów? Ho, ho! To się pani Helena ucieszy – rzucił jeden z nich.

– Dzień dobry, panie Grabowski! – zawołał drugi.

– Kilka groszy dla braci Cegielskich?

Mężczyzna w okularach spojrzał na nich niechętnie.

– Do roboty byście się wzięli!

– Pieprzony esbek – warknął niższy z braci. Na głowie miał rybacką czapeczkę z haczykiem wetkniętym za rondo. Ciekawe, czy należące do hotelu stawy były udostępniane tym ludziom, przebiegło Emilii przez myśl.

– Zasrany komuch – dodał wyższy Cegielski.

Grabowski wzdrygnął się nieznacznie na te słowa, ale nie odpowiedział na zaczepkę. Poczekał, aż mężczyźni się oddalą, i pochylił w stronę uchylonego okna samochodu. Roztaczał wokół siebie zapach taniej wody kolońskiej, która aspiruje do czegoś więcej.

– Tam prosto pan pojedzie – poinformował, wskazując drugą stronę rynku. – Droga wyprowadzi was z miasteczka na pole. Przy głazie narzutowym na rozstaje. Pojedzie pan w lewo. Zresztą stamtąd powinien pan już widzieć Drozdy.

Głos Grabowskiego był głęboki. Silny. Stalowy. Emilia nie była pewna, skąd przyszło jej do głowy takie porównanie. Może wariowała z nadmiaru wylanych łez?

– Dzięki wielkie – rzucił Daniel.

Grabowski oparł się o samochód i jeszcze bardziej pochylił do środka.

– Policja? – zapytał.

Emilia widziała w lusterku zdziwienie na twarzy Podgórskiego.

– Pani też. – Grabowski wycelował palec prosto w Strzałkowską. Kąciki jego ust po raz pierwszy powędrowały do góry. Do twarzy mu było z tą wesołością. Kiedyś musiał być przystojnym mężczyzną. – Swój pozna swego nawet bez munduru. Dawne dzieje, ale robiłem w psiarni. Milicja Obywatelska. No nic, dobrego dnia.

Grabowski machnął im ręką na pożegnanie i odszedł, nie odwracając się. Mógł dobiegać siedemdziesiątki, ale chód miał sprężysty, jakby był o wiele młodszy.

– Dziwny człowiek – zauważyła Weronika.

– Moim zdaniem w porządku – powiedziała Emilia. Sama nie wiedziała, skąd w niej tyle sympatii dla nieznajomego.

Pojechali według wskazań Grabowskiego i wkrótce wydostali się z miasteczka na rozległe pola. Na wielkiej pustej przestrzeni hulał wiatr. Latem, kiedy zboża były wysokie, pewnie wyglądało to inaczej. Teraz jednak zaorane pola zdawały się bezkresne. Emilia miała wrażenie, że jadą gruntową drogą bez końca.

Wreszcie dotarli na rozstaje dróg. Na poboczu faktycznie leżał wielki głaz. Kiedy Podgórski skręcał w lewo,

Strzałkowska spojrzała w drugą stronę. Droga pięła się tam w górę. Na szczycie wzniesienia stał jakiś dom.

Subaru podskoczyło na wyboistej drodze, ale Podgórski nie zwolnił. Odwróciła głowę i spojrzała znowu przed siebie. Wjechali w aleję łysych jeszcze drzew. U szczytu drogi stał duży, piętrowy dwór. Obok niego postawiono zupełnie niepasujący do całości kwadratowy garaż.

– W internecie wyglądało to zdecydowanie lepiej – skomentowała Weronika.

Budynki wyraźnie chyliły się ku upadkowi. Na porośniętym mchem dachu odpadło wiele dachówek. Ściany gwałtownie domagały się tynkowania. W szyldzie nad gankiem brakowało liter. Zamiast „Drozdy" widniało tam „D oz y". Mimo że świeciło słońce, teren wyglądał ponuro i nieprzyjemnie.

– Nic dziwnego, że byli zaskoczeni, że tu jedziemy – powiedziała Emilia, przypominając sobie pełen niedowierzania ton Grabowskiego.

Wysiedli z samochodu. Słychać było powolne, miarowe skrzypienie. Rozejrzała się. Dopiero teraz zauważyła, że po prawej stronie, trochę z tyłu, krył się mniejszy, nieco bardziej zadbany budynek. W połowie drogi pomiędzy dworami znajdowała się staromodna studnia. Drewniany kołowrót obracał się powoli, mimo że nikt nim nie kręcił.

– Co do cholery? – szepnęła Weronika.

– Jest tam kto?! – zawołała Strzałkowska.

Zza kamiennego obramowania studni wyszedł maleńki człowieczek. Najwyraźniej z tyłu musiał być jakiś dodatkowy mechanizm sterujący kołowrotem, bo nie było możliwości, żeby sięgnął do rączki. Na oko miał nie więcej niż metr wzrostu. Rysy jego twarzy zdawały się dziecięce, ale sieć drobnych zmarszczek zdradzała dojrzałość.

– A wy to kto, jeśli można wiedzieć?

Opryskliwość nie pasowała do wysokiego głosu i rumianych policzków.

– Szukamy państwa Kopp – wyjaśnił Daniel.

– Po co?

– Tak naprawdę chodzi nam o Klementynę – wtrąciła się Weronika. – Jest tu?

Drobny mężczyzna oparł się o mur studni i wyciągnął fajkę. Była normalnych rozmiarów, więc w jego dłoni wydawała się wielka.

– Ze czterdzieści lat jej nie widziałem – odparł niezbyt grzecznie. – Jeżeli to o nią wam chodzi, to nie macie tu czego szukać.

– Mimo wszystko chcielibyśmy porozmawiać z Heleną Kopp i jej mężem – odezwał się Daniel. – Zastaliśmy ich?

Nieznajomy zmierzył ich po kolei niechętnym spojrzeniem.

– Jesteście od tej blondyny, co to wczoraj przyjechała tu z histerią i wyrzutami, że porwaliśmy jej Klementynę?

– Jesteśmy z policji – poinformował Podgórski.

Mężczyzna wyraźnie spiął się na te słowa.

– Mówię przecież, że Klementyny tu nie ma i nie było od czterdziestu lat. Nie dochodzi do tych zakutych łbów? Zmykajcie!

– Najpierw trochę się rozejrzymy – oznajmił Daniel i ruszył w kierunku Drozdów.

– Te, duży!

Podgórski zatrzymał się w pół kroku i odwrócił. Emilia wstrzymała oddech. W tym momencie bardzo przypominał

Łukasza. A właściwie na odwrót. To syn coraz bardziej przypominał Daniela. Jak wyglądałaby Justynka, gdyby dane jej było dożyć dorosłości? Czy córeczka byłaby do niej podobna, czy też wdałaby się w ojca? Strzałkowska poczuła, że do oczu napływają jej łzy. Starła je szybko wierzchem dłoni.

– Tak? – powiedział Daniel powoli.

– Im szybciej stąd znikniecie, tym lepiej, więc ułatwmy to sobie wszyscy. Pani Helena i pan Romuald robią inspekcję na Okrąglaku.

– Czyli?

– No Okrąglak – zniecierpliwił się ich rozmówca, jakby miał do czynienia z bandą idiotów. – Tak nazywamy tu groblę, która biegnie wokół stawów. Zresztą równie dobrze mogę was tam zaprowadzić. Im szybciej to załatwicie, tym szybciej wyjedziecie.

– Bardzo miłe przyjęcie. Nie powiem.

Emilia dopiero po chwili zorientowała się, że to jej własne słowa. Otarła do końca łzy i odchrząknęła z godnością.

– A niby czemu miałbym was miło przyjmować? Nie jestem tu od zabawiania gości! Chociaż nieraz mnie w życiu nazwano cudakiem. Pewnie kiedyś tam mógłbym występować w cyrku osobliwości. Drugi Harry Doll Earles. I co z tego, ja się pytam, co z tego? Też mi społeczeństwo. Nie moja wina, że geny spłatały mi figla.

Zrobiło jej się głupio.

– Emilia Strzałkowska – przedstawiła się, żeby zatrzeć złe wrażenie.

– Weronika Nowakowska – pospieszyła za nią towarzyszka.

Tylko Daniel uparcie milczał.

– Duży się nie przedstawi? Nie łaska?

– Aspirant Daniel Podgórski – odparł w końcu policjant.

– Ja jestem Kaj. Zaprowadzę was do państwa Kopp, ale załatwcie to szybko. Nie chcę was tu.

– Klementyny też nie chciałeś? – zapytał Podgórski.

Kaj zaśmiał się cicho.

– Co wy tam wiecie!

ROZDZIAŁ 8

Drozdy. Sobota, 22 listopada 2014. Godzina 14.00.
Róża Grabowska

Róża zerknęła na zegarek. Dochodziła czternasta. Sama nie wiedziała, kiedy czas tak szybko minął. Wymyła naczynia po śniadaniu i przyszła od razu do Drozdów. Nie czuła się najlepiej, ale uznała, że trochę pracy fizycznej dobrze jej zrobi. Sprzątając hotel, rozładuje się po kłótni z tatą. Może przemyśli sprawę Niemca. Bo jeśli chodzi o Borysa, to już podjęła decyzję.

Skończyła właśnie zamiatać w recepcji. Poszłoby znacznie szybciej, gdyby dało się uruchomić odkurzacz. Niestety był na tyle stary i wysłużony, że tydzień temu po prostu wybuchł. Wybuchł! Był ogień i huk! Mało jej przy tym nie przyprawił o zawał serca. Silnik zapewne się przegrzał i dlatego się zapalił. W każdym razie teraz została tylko szczotka.

– Przeczyść jeszcze zbroję hetmana Drozdowskiego – poprosiła pani Helena. – Ja pójdę szykować obiad.

Całe szczęście nie pytała o to, czy Róża znalazła sukienkę. Może dlatego, że pan Romuald siedział obok na kanapie w holu i przeglądał gazetę z chmurną twarzą.

– Już to robię – zapewniła Róża.

Pani Kopp uśmiechnęła się szeroko. Była dumna ze swojego walecznego przodka. Co do Róży, to nienawidziła tej zbroi prawie równie mocno jak kolekcji strzelb Błażeja. Zawsze się bała, że kiedy będzie ścierać kurz, nagle ożyje i uderzy ją tą okropną buławą albo mieczem. Wolała czyścić wyleniały kontusz, który wisiał obok. To zdawało się znacznie bezpieczniejsze, mimo że niemożliwie śmierdział.

Przejechała ścierką po zbroi i odsunęła się szybko. O mało nie wpadła na Kaja.

– Uważaj trochę łaskawie – mruknął po swojemu wściekle.

Oczywiście nie zauważyła nawet, kiedy się zbliżył. Zawsze potrafił się zakraść i ją przestraszyć. Chyba nadal sprawiało mu to przyjemność. Zawsze był dziwny. Doskonale pamiętała, że kiedy była mała, przychodził do Złocin i straszył dzieciaki bawiące się na rynku. Wtedy jeszcze częściej wychodził z Drozdów.

Lubił podkraść się, kiedy grała w klasy z koleżankami, nagle szturchnąć ją w plecy. Czasem coś krzyknął tym swoim piskliwym głosikiem. Uciekały wtedy wszystkie w popłochu, ale Róża zawsze miała wrażenie, że to ją sobie najbardziej upodobał i to ją zawsze najbardziej nękał. Potem chyba mu się znudziło.

Teraz, odkąd rok temu zaczęła pracować w Drozdach, miała wrażenie, że wszystko wróciło. Właściwie nie chciała tu pracować, ale nie było innego wyjścia. Nie znalazła pracy nigdzie indziej, więc musiała przyjąć, co było. Siedziała trochę w recepcji, ale głównie sprzątała. Gości i tak nigdy nie było.

Prawdę mówiąc, nie powinna narzekać, uznała w duchu, bo dzięki pracy w Drozdach zbliżyła się do Błażeja. Szybko zostali parą. A teraz nosiła pod sercem jego dziecko. Będzie musiała przyzwyczaić się do Kaja. Rozejrzała się po ponurym, obwieszonym obrazami korytarzu. I całej reszty też.

Zerknęła na zegarek. Został jej już tylko jeden pokój do sprzątnięcia. Pokój Kaja.

– Zrobiło się późno – powiedziała. – Mogę pójść do ciebie?

– Oczywiście, że nie – niemal krzyknął.

Zapytała bez sensu. Kaj nigdy nie pozwalał jej sprzątać pod swoją nieobecność.

– Chciałabym mieć to już zrobione, bo idę do pani Walerii do Szuwarów – wyjaśniła z prośbą w głosie. – Potem będzie bardzo późno.

– Poczekasz, aż zjem.

– Pani Helena nawet jeszcze nie przygotowała obiadu.

– Posiedzę w jadalni – mruknął złośliwie.

– Nie możemy teraz pójść do ciebie? Miałabym to już załatwione.

– Nie.

To powiedziawszy, Kaj otworzył sobie drzwi do sali hetmańskiej. Przyszło mu to z trudem, bo ledwie dosięgał do klamki. Róża powstrzymała odruch, żeby mu pomóc. Niech mały złośliwiec sam sobie radzi, skoro jest taki.

– Ja też już pójdę – oznajmił pan Romuald, odkładając gazetę.

Róża została w holu sama. Spojrzała w stronę recepcji. Wisiały tam klucze do wszystkich pokoi. Haczyk z numerem 217 był pusty, ale w szafce musiał być zapasowy kluczyk. Był ich tam cały pęk. Do każdego pokoju. Nie zamierzała czekać, aż Kaj wróci.

Zaopatrzona w pęk kluczy pobiegła szybko korytarzem. Otworzyła drzwi bez trudu i stanęła w progu. Przed sobą miała miniaturowe królestwo Kaja. Zawahała się. Przecież chyba raz może tam wejść bez jego nadzoru, prawda? Miała dosyć terroru, który wprowadzał. I tej jego okropnej złośliwości. Tego przede wszystkim.

Zakasała rękawy i zaczęła zamiatać. Niech Kaj się wścieka, co więcej może jej zrobić? Właściwie w jego pokoju i tak zawsze było czysto. Odstawiła szczotkę i zaczęła przecierać szmatką półki robionych na miarę regalików. Pełno tam było zdjęć jego siostry. Blada Matylda. Róża wzdrygnęła się mimo woli.

Pamiętała, że kiedyś wybrały się z koleżankami pod spalony dwór, żeby zobaczyć, czy Blada Matylda naprawdę tam straszy. Miały chyba z osiem lat. Igły robiły tak przerażające wrażenie, że dziewczynki nie ośmieliły się podejść nawet do podjazdu. Zawróciły i uciekły. Nigdy więcej tam już nie poszła. Nawet kiedy dorosła.

Ruszyła w kierunku biurka, z ulgą zostawiając zdjęcia za sobą. Pośrodku stołu stała pozytywka z baletnicą. Kaj często ją nakręcał. Smętną melodię było wtedy słychać w całych Drozdach. Róża podeszła z miotełką do kurzu. Pozytywka stała na jakichś papierach. Pewnie nie powinna czytać cudzych dokumentów, ale zauważyła nazwisko Walerii. Nie mogła się powstrzymać i przesunęła pozytywkę na bok.

– Miałaś tu nie wchodzić!

Róża cofnęła rękę i odwróciła się natychmiast. W progu stał Kaj. Jego twarz wykrzywiała wściekłość. Róża zadrżała. Powtarzała sobie w duchu, że nie ma czego się bać. Przecież jest taki mały, że nic jej nie może zrobić.

– Wynocha stąd! – wrzasnął. – Wynocha!

– Chętnie sobie pójdę – powiedziała urażona. Nie rozumiała, czemu zdenerwował się jeszcze bardziej niż zwykle.

– To na co jeszcze czekasz? – warknął.

Chwycił pozytywkę i wdrapał się po drabince na parapet. Nakręcił ją ze złością. Korciło ją, żeby zapytać o papiery na stole, ale Kaj wyglądał na tak wściekłego, że chyba nie było warto. Wyszła bez słowa z pokoju. Nie odwracała się, ale i tak czuła jego spojrzenie na swoich plecach.

ROZDZIAŁ 9

Przy stawach. Sobota, 19 marca 2016. Godzina 14.00.
Aspirant Daniel Podgórski

Kaj poprowadził ich po rozległym, nieco pożółkłym po zimie trawniku. Minęli Drozdy i mniejszy dworek ukryty za głównym budynkiem.

– To domek ogrodnika – oznajmił ich przewodnik. Szedł powoli i oddychał ciężko. – Tam mieszkali Błażej i Róża przed morderstwem. Zgaduję, że wiecie o tej sprawie? Skoro szukacie Klementyny, to się orientujecie, że po to miała tu przyjechać.

Miała przyjechać. Daniel spojrzał na Kaja w zamyśleniu.

– Po aresztowaniu Błażeja domek ogrodnika zajął Borys – podjął Kaj.

– Kto to jest Borys? – zapytała Weronika.

– To nowy ogrodnik. Dziwny typ, jeżeli mnie pytacie.

– W jakim sensie? – włączyła się do rozmowy Emilia.

Kaj wzruszył ramionami. Na jego twarzy pojawił się złośliwy uśmieszek.

– Już ja swoje wiem. Ale nieważne. Spójrzcie tam. – Wskazał palcem jedno z okien na parterze domku ogrodnika. – Tam jest sypialnia i tam właśnie doszło do morderstwa. Równie dobrze możecie teraz rzucić okiem. Szybciej się potem zwiniecie.

Podgórski spojrzał na domek ogrodnika. Budynek był znacznie bardziej zadbany niż główny dwór. Wyglądało na to, że Borys stara się, by jego własne obejście mogło być powodem do dumy. Klomby zostały przekopane i przygotowane pod zasiew. Bardzo prawdopodobne, że za jakiś czas będą tonęły w kwiatach. Krzaki były poprzycinane i gotowe na przyjście wiosny. Sam dom niedawno odmalowano.

– Najpierw porozmawiamy z państwem Kopp. Potem wszystko po kolei obejrzymy – zdecydował policjant, rzucając przelotnie okiem do środka.

Nie ufał Kajowi ani trochę. Nie chodziło tylko o nieprzyjemne przyjęcie, jakie im zgotował przed hotelem. Było w nim coś jeszcze. Podgórski widział w swoim życiu wystarczająco dużo ludzi, którzy coś ukrywali, żeby teraz nie dać się zrobić w chuja. Kaj miał swoje sekrety. Daniel ciekaw był jedynie, czy ma to coś wspólnego ze zniknięciem Klementyny.

– Jak tam sobie chcesz, duży. Tylko żeby potem nie było, że nie pomagam.

– A co nagle jesteś taki chętny do pomocy? – zażartowała niemal Emilia.

Daniel spojrzał na nią zaskoczony. Odkąd tu przyjechali, wydawała się prawie taka jak przed śmiercią Justynki. Może i niepozorna z wyglądu, ale za to niezłomna i wyszczekana prawie tak bardzo jak Klementyna. Być może to, że chciała tu dziś przyjechać, stanowiło pierwszy krok do pogodzenia się ze śmiercią córki. Podgórski jej zazdrościł. Z całego serca. Wcale nie był pewien, czy ten wyjazd jemu równie dobrze służy.

– Co wy tam wiecie! Tu jest wychodek, jakby ktoś chciał pójść za potrzebą – warknął Kaj w odpowiedzi. Przystanął, jakby sławojka stanowiła punkt kulminacyjny ich wycieczki.

– Połowa łazienek w Drozdach nie działa, więc czasem się przydaje. Radzę pójść teraz, bo jak się ściemni, to robi się tu czarno jak w dupie i trudno trafić.

– Jeszcze jest dość wcześnie – odchrząknęła Weronika. Wpatrywała się w drewnianą budkę z niechęcią. – Poradzimy sobie.

– Jak tam sobie paniusia chce. – Kaj zaśmiał się złośliwie. – Ale to tym lepiej, bo szybciej się stąd zwiniecie.

Ruszyli dalej, dopasowując tempo do drobnego kroku przewodnika. W powietrzu unosił się silny zapach wody. Minęli dwupiętrowy drewniany budyneczek.

– To jest szopa – poinformował Kaj natychmiast.

Wdrapali się na sporą groblę okalającą teren stawów. Brzegi jeziorek porośnięte były pożółkłymi trzcinami. W zaroślach ukryło się kilka kaczek. Na ich widok odpłynęły szybko w stronę głębszej wody. W oddali majaczyło graffiti na zabudowaniach, które mijali po zjeździe z mostu. Po prawej stronie wiła się Drwęca, a po lewej majestatycznie falowały sosny. Gdyby nie niepokój o Klementynę, można by uznać, że jest tu nawet przyjemnie.

– To jest właśnie Okrąglak – poinformował Kaj i tupnął nogą, jakby chciał zaakcentować, że chodzi mu o groblę.

– Pani Helena i pan Romuald powinni gdzieś tu być. Chodźmy.

Kaj pociągnął Daniela za kurtkę. Zrobił to zadziwiająco silnie. Ruszyli groblą w kierunku boru sosnowego po lewej stronie. Wzdłuż grobli biegła tam wąska szutrowa droga.

– A jednak dojechalibyśmy do Drozdów tym skrótem – stwierdziła Weronika z wyraźną satysfakcją.

– Od zaplecza to jeżdżą tylko mieszkańcy – mruknął Kaj, przystając, żeby odpocząć. – Tacy jak wy muszą na okrągło. Przez Złociny.

Podgórski sięgnął do kieszeni po papierosa i zapalniczkę. Odwrócił się plecami do wiatru, żeby zapalić. Kątem oka zauważył dwójkę starszych ludzi w towarzystwie ogromnego rudowłosego mężczyzny. Nawet z tej odległości widać było, jaki jest wielki. Podgórski miał niecałe dwa metry wzrostu. Tamten musiał grubo tę granicę przekraczać. Cała trójka stała przy rozłożystej wierzbie. Drzewo rosło na granicy grobli i wyglądało, jakby miało za chwilę osunąć się do stawu.

– Ten tam to właśnie Borys? – zapytał Daniel, wskazując trójkę debatującą przy wierzbie.

– Tak – potwierdził niechętnie Kaj. – Idźcie dalej sami. Ja wracam. Nie lubię typa.

Kaj odwrócił się na pięcie i bez dalszych wyjaśnień ruszył z powrotem w stronę Drozdów. Weronika otwierała usta, żeby coś powiedzieć, ale w tym momencie trójka zgromadzona wokół drzewa ich zauważyła.

– Państwo to do kogo? – krzyknął Borys. Sięgnął za plecy. Na długim pasie zaczepiony miał myśliwski sztucer.

– Wziąłeś szmatę*? – zapytała Emilia cicho. – Ja swojej nie wzięłam…

Wyglądała na zawstydzoną. Nic dziwnego. Daniel nie pamiętał, kiedy ostatnio nie wziął ze sobą dokumentów. Zgasił papierosa i wyciągnął odznakę. Zamachał nią w powietrzu, ale legitymacji nie wyjął. Nie było potrzeby. Blacha** z reguły robiła wystarczające wrażenie.

– A więc jesteście! – zawołała pani Kopp, zanim zdążył cokolwiek wyjaśnić.

Na te słowa Borys przewiesił sobie sztucer przez ramię.

– Aspirant Daniel Podgórski z Komendy Powiatowej Policji w Brodnicy – przedstawił się Daniel. – To sierżant sztabowa Emilia Strzałkowska i profilerka kryminalna Weronika Nowakowska.

– Ja nie… – zaczęła Weronika, ale Podgórski rzucił jej wymowne spojrzenie. Nie było teraz czasu na wyjaśnianie.

– Była u nas wczoraj pani Liliana – powiedziała kobieta, podchodząc do nich. – Mówiła, że pójdzie z tym na policję. Co za szczęście. Ja jestem Helena, a to mój mąż Romuald. Rodzice Klementyny.

Pan Kopp ukłonił się nieznacznie. Stanowili dziwną parę. Ona elegancka i mimo upływających lat ciągle posągowo piękna. On w powyciąganej starej kurtce, dziurawych spodniach i zabłoconych gumiakach. Ubranie wisiało na nim, jakby starzec z wiekiem dużo schudł, ale nie zmienił garderoby. Podgórski szukał w ich twarzach i sylwetkach podobieństwa do Klementyny. Niczego takiego się nie dopatrzył. Równie dobrze mogli być obcymi ludźmi.

* Szmata (slang.) – legitymacja policyjna.
** Blacha (slang.) – odznaka policyjna.

– To ja może państwa zostawię, żebyście mogli spokojnie porozmawiać – zaproponował Borys. Mówił spokojnym, powolnym basem, który doskonale pasował do jego niedźwiedziej, nieco nalanej sylwetki. – Dokończymy potem.

– Tak chyba będzie najlepiej – uznała Helena. – Prawda, Romualdzie?

Pan Kopp skinął głową, więc jego żona odwróciła się do gości.

– A państwa zapraszam do hotelu – powiedziała do nich. – Niby już wiosna idzie, ale nadal zimno, czyż nie?

– Idź z nimi sama – mruknął Romuald teatralnym szeptem. Zachowywał się, jakby nie mogli go usłyszeć.

– A pan gdzie się wybiera? – zapytała Emilia nieco szorstko.

– Będę czekał na Klementynę. Tydzień się jeszcze nie skończył.

– Co to ma do rzeczy? – chciała wiedzieć policjantka.

Helena westchnęła głośno i odwróciła się do męża:

– Obawiam się, że ona nie przyjedzie, Romualdzie. Pani Liliana mówiła, że Klementyna nie kontaktuje się z nią od czwartku i…

– No i co? – przerwał jej mąż. – Mnie powiedziała, że przyjedzie. To zamierzam czekać. Zawsze była słowna.

– Romualdzie, obawiam się, że coś mogło się stać. – Głos pani Kopp zadrżał lekko, kiedy to mówiła.

– Rozumiem, że Klementyna się z państwem kontaktowała, tak? – zapytał Daniel.

– Zadzwoniła w zeszły piątek, żeby się zapowiedzieć – wyjaśniła Helena.

– Powiedziała wtedy, że będzie w tym tygodniu, to zamierzam na nią czekać – nie ustępował Romuald.

– Obawiamy się, że coś mogło się stać – włączyła się do rozmowy Weronika. Mówiła delikatnie, uspokajająco.

Helena otarła ukradkiem łzy.

– Póki sobota nie minęła, tydzień się nie skończył – stwierdził Romuald. – Jutro już czekać nie będę, ale dziś nie zamierzam z tego zrezygnować.

Pan Kopp wyglądał na wzburzonego. Żona położyła mu dłoń na ramieniu. Gest był uspokajający i opiekuńczy.

– Poradzimy sobie bez męża, prawda? – Odwróciła się w stronę Daniela.

Policjant skinął głową. Na razie chciał zorientować się w sytuacji. Może nawet lepiej, jeżeli porozmawiają z rodzicami Klementyny oddzielnie.

Pan Kopp ruszył groblą w towarzystwie Borysa. Ogrodnik pomagał mu omijać koleiny wyżłobione przez wodę. Przy wielkim rudowłosym mężczyźnie starzec wyglądał na jeszcze słabszego. Jakby w każdej chwili mógł porwać go wiatr.

– Gdzie on właściwie idzie? – zapytała Emilia.

– Na zaplecze. – Helena pokazała w stronę pokrytych graffiti budynków, które widzieli, kiedy zatrzymali się na mostku. – Klementyna powiedziała, że przyjedzie w przyszłym tygodniu, ale nie podała dnia. Tak więc od zeszłej niedzieli mój mąż codziennie bez wyjątku wychodzi na szuter i na nią czeka.

– Dlaczego akurat tam? – zapytał Daniel.

– My zawsze tędy wjeżdżamy, kiedy jedziemy z Brodnicy. Tak jest bliżej niż przez wieś. Kiedy Klementyna jeszcze tu mieszkała, też zawsze tamtędy wjeżdżała na teren. Czy to na rowerze, czy później autem. Mąż założył chyba, że przez te lata nic się nie zmieniło.

– Czemu właściwie straciliście kontakt z córką? – zapytała Weronika.

Pani Kopp milczała. Zapatrzyła się w wodę najbliższego stawu.

– Nie chcę o tym mówić – oznajmiła w końcu, nadal nie odrywając wzroku od powierzchni wody.

– Zdaję sobie sprawę, że to trudne – powiedziała znów nad wyraz delikatnie Weronika. Daniel cieszył się, że przyjechała. Wprowadzała element spokoju. – Wydaje mi się jednak, że na tym etapie każda informacja może być ważna. Dlaczego nie utrzymywałyście kontaktu?

– Tak czasem w życiu bywa – odparła enigmatycznie Helena Kopp.

– A konkretniej? – włączyła się do rozmowy Emilia. Ten wyjazd zaczynał jej służyć. Twarz policjantki nabrała rumieńców, a głos siły. Podgórski nie widział jej takiej od czerwca. Od śmierci Justynki. Z jakiegoś powodu ta nagła przemiana, zamiast cieszyć, napełniała go dziwnym gniewem. Może to była zazdrość?

– To przez różnice poglądów – mruknęła pani Kopp równie niejasno jak wcześniej.

– A konkretniej? – nie ustępowała Strzałkowska.

Matka Klementyny milczała.

– A konkretniej? – zapytała po raz trzeci Emilia. Zdecydowanie zaczynała przypominać dawną siebie.

– Pokłóciłyśmy się – poinformowała sucho Helena.

– O co? – chciała wiedzieć Weronika.

Pani Kopp spojrzała błagalnie na Daniela, jakby spodziewała się, że tylko z jego strony może przyjść pomoc. Jej długie siwe włosy zatańczyły na wiosennym wietrze. Nadal były grube i mocne. Ciekawe, czy Klementyna miałaby takie same, gdyby nie goliła głowy na łyso.

– Czy to naprawdę ma teraz znaczenie? – powiedziała Helena wobec braku wsparcia z jego strony. – Minęło czterdzieści lat.

– Wszyscy przecież chcemy pomóc – zapewniła Weronika. – Nie pytamy z ciekawości ani po to, żeby pogrzebać w państwa życiu rodzinnym. Chodzi o dobro Klementyny.

Delikatny, empatyczny ton Nowakowskiej najwyraźniej przekonał panią Kopp. Skinęła nieznacznie głową w stronę oddalającego się męża i powiedziała szybko:

– Ja i Romuald… Rozwód córki był dla nas ciosem. Nie potrafiliśmy tego zaakceptować. Tym bardziej że Jędrzej był takim dobrym chłopcem.

Weronika spojrzała na Daniela pytająco. Podgórski pokręcił delikatnie głową. Postanowił, że nie warto na razie drążyć tego tematu. Być może przyjdzie na to czas później. Głównie dlatego, że Klementyna na pewno nie chciałaby, żeby grzebali w jej życiorysie bez potrzeby. Tego był w stu procentach pewny.

Kiedy pracowali nad sprawą Mordercy Dziewic, komisarz Kopp powiedziała mu trochę o swoim byłym mężu. Z jej słów wynikało, że był z niego kawał skurwiela, a i to było grubym niedopowiedzeniem.

– Skoro nie miały panie kontaktu przez tak długi czas, dlaczego ją pani teraz wezwała? – wtrąciła się Emilia.

Przez chwilę panowało pełne napięcia milczenie. Ciszę przerwał trel ukrytego gdzieś w zaroślach ptaka.

– Błażej miał kiedyś tresowanego kosa. Wiele lat temu. Ten to dopiero pięknie śpiewał – szepnęła Helena Kopp. Wyglądała na pogrążoną we wspomnieniach. – Którejś nocy niestety przepadł bez wieści. Pamiętam, że Błażej bardzo to przeżywał. Dobrze, że potem znalazł kolejnego.

– Mogłaby pani odpowiedzieć na pytanie? – poprosił Daniel.

Helena zmierzyła go przeciągłym spojrzeniem.

– Zapraszam do Drozdów. Tam opowiem o śmierci Róży i dlaczego chciałam, żeby to Klementyna pomogła rozwiązać tę zagadkę. Przekroczyłam osiemdziesiąt wiosen i przestałam liczyć. To tylko działa człowiekowi na nerwy. Ale bądź co bądź takie stanie na zimnie to już nie na moje lata.

ROZDZIAŁ 10

Szuwary. Sobota, 22 listopada 2014. Godzina 16.00.
Róża Grabowska

Zegar w gabinecie Walerii wybił szesnastą. W pokoju paliła się tylko pojedyncza lampka stojąca na biurku. Reszta pomieszczenia tonęła w mroku jesiennego popołudnia. Za oknem szumiał wiatr, a wielkie krople deszczu uderzały o szyby, jakby do taktu miarowego stukania klawiatury pisarki.

Róża uśmiechnęła się z prawdziwą przyjemnością. Mogła nienawidzić tej szalonej Nadziei, ale wprost uwielbiała książki jej matki. Dlatego przychodziła sprzątać do Szuwarów. Kontakt z pisarką to było wielkie wyróżnienie. Tym bardziej że nikt tak jak Waleria nie umiał oddać kobiecej natury.

– Nowa powieść? – zagadnęła Róża. Nie mogła się powstrzymać.

Waleria podniosła wzrok znad komputera. Ekran laptopa rzucał światło na jej twarz. Zmarszczki były wyraźnie widoczne mimo grubej warstwy podkładu. Nawet takie kobiety jak ona w końcu się starzały.

– Nie, nie. Muszę teraz odpowiedzieć na maile od czytelników. Zresztą przy tobie i tak bym nie pisała. Do tego potrzeba mi pełnego skupienia – dodała Waleria. Uśmiechnęła się przy tym uprzejmie, jakby nie chciała Róży urazić.

– Jasne. Już kończę – zapewniła Róża. Pod żadnym pozorem nie chciała pisarce przeszkadzać. – Tylko zetrę kurze tam na regale.

Przez chwilę żadna z nich się nie odzywała. Waleria skupiała się na komputerze, a Róża starała się jej nie przeszkadzać.

– Tak się zastanawiam... – powiedziała w końcu. To, co zobaczyła na biurku u Kaja, nie dawało jej spokoju.

Waleria uniosła głowę.

– Nad czym?

– Nic... tylko że... Pani nowa książka będzie się nazywała *Dom czwarty*?

Stukanie klawiatury ustało.

– Skąd wiesz? Zaglądałaś do mojego komputera? – warknęła pisarka, zamykając laptop z trzaskiem.

Róża aż się cofnęła. Nie przypuszczała, że Waleria może aż tak się zdenerwować. Przecież nic złego nie miała na myśli.

– Oczywiście, że nie. Po prostu...

– Nieważne, skąd wiesz, ale nikomu nie wolno ci zdradzić tytułu, rozumiesz? Zwłaszcza twojemu ojcu. Przysięgasz? Przysięgasz?!

ROZDZIAŁ 11

Drozdy. Sobota, 19 marca 2016. Godzina 14.20.
Weronika Nowakowska

Fasada Drozdów wyglądała ponuro, ale to było nic w porównaniu z wnętrzem starego dworu. Helena Kopp wprowadziła ich do holu drzwiami z tyłu budynku. Z miejsca otoczyła ich nieprzyjemna, lepka wilgoć, która sprawiała, że w środku wydawało się jeszcze zimniej niż na zewnątrz. Sytuacji nie poprawiał fakt, że większość okien zasłonięto grubymi kotarami. Ciężki materiał nie przepuszczał wiosennego słońca, więc w pomieszczeniach panował półmrok. Ponurej atmosfery dopełniały niekompletna zbroja i wyleniały kontusz ustawione obok podwójnych drzwi w końcu holu. O niekończących się rzędach portretów posępnych szlachciców nie wspominając.

– Gdyby chcieli państwo skorzystać z toalety, to te drzwi obok recepcji. – Najwyraźniej wszyscy mieli tu obsesję łazienek. – A jak nie, to spocznijcie państwo, a ja pójdę szybko przygotować herbatę. To nas rozgrzeje.

Matka Klementyny wskazała ustawiony przy recepcji komplet zakurzonych mebli w stylu empire i zniknęła w drzwiach pilnowanych przez kontusz i zbroję. Dopiero teraz Weronika zauważyła wypłowiały napis nad wejściem. Sala hetmańska.

– Te obrazy są makabryczne – mruknęła Emilia, rozglądając się po korytarzu.

Weronika przytaknęła. Nie sposób było nie przyznać Strzałkowskiej racji. Choć to przecież nie było możliwe, miała wrażenie, że portrety przypatrywały się im uważnie. Recepcja znajdowała się w miejscu przecięcia dwóch korytarzy. Formowały coś w rodzaju wielkiej litery L. Z tego, co Weronika widziała, galeria obrazów ciągnęła się bez końca w obie strony.

Nagle Strzałkowska przytrzymała się oparcia fotela, jakby zrobiło jej się słabo.

– Wszystko w porządku? – zapytał Daniel.

– Tak, jasne. Muszę tylko odetchnąć świeżym powietrzem.

Podgórski podszedł do okna i odsunął kotarę. Weronika przymrużyła oczy, kiedy promienie wiosennego słońca wdarły się do środka. Policjant siłował się przez chwilę ze starą klamką, ale wreszcie udało mu się otworzyć okno. Emilia przysiadła na parapecie i zaczęła głęboko oddychać.

– Nie, nie. Tego nie wolno otwierać!

Nie zauważyli nawet, kiedy Helena wróciła z tacą w dłoniach. Na jej twarzy malowała się teraz niechęć.

– Kontusz i zbroja hetmana Drozdowskiego! Jego buława i miecz! – zawołała przerażona. – To wszystko musi mieć zapewnione odpowiednie warunki, odpowiednią temperaturę! To antyki!

Weronika miała ochotę powiedzieć, że to wilgotne, cuchnące zgnilizną wnętrze raczej nie stanowiło odpowiednich warunków, żeby przetrzymywać cenne pamiątki rodzinne. Powstrzymała się jednak.

– Mieliśmy tu jeszcze kiedyś zabytkowe lustro, które zostało nieopatrznie rozbite podczas przeciągu – kontynuowała gospodyni gorączkowo. – Nie chcę stracić tego, co zostało. Te rzeczy naprawdę potrzebują odpowiednich warunków...

– Otworzyliśmy okno tylko na chwilę. Koleżanka się źle poczuła – poinformował Podgórski twardo.

– Daj spokój, Daniel. Już w porządku – zapewniła Emilia i sama zamknęła okno. – Nie lubię ograniczonych przestrzeni i tyle.

– Hetman Drozdowski to mój przodek. Duma rodziny. Bo widzą państwo, moje nazwisko panieńskie to Drozdowska. Ten dwór należał do mojego ojca, a przedtem dziadka, pradziadka i tak aż do hetmana Drozdowskiego. Chociaż mój małżonek zawsze sobie ze mnie dworuje, że hetman Drozdowski to tylko rodzinna legenda. Tak jak ta o domu czwartym. Ja mu na to, że zbroja jest, stoi tu, istnieje, więc to żadna legenda, tylko najszczersza prawda.

Helena Kopp położyła tacę na stoliku i rozstawiła filiżanki. Sięgnęła po dzbanek i zaczęła nalewać herbatę. Napar pachniał bardzo przyjemnie. Przez chwilę wnętrze zdawało się przyjazne i swojskie. Nie na długo, bo gospodyni podeszła do okna i szybkim ruchem zaciągnęła znowu kotarę. Mrok sprawił, że czar prysł.

– Usiądźmy – niemal rozkazała matka Klementyny.

Emilia zajęła szybko miejsce na fotelu. Weronice pozostało więc usiąść z Podgórskim na sofie. Była na tyle wąska, że stykali się ramionami. Przesunęła się bliżej do podłokietnika, ale to niewiele dało.

– Proszę się częstować – zachęciła gospodyni. – Nie chcę być zarozumiała, ale jestem znana z mojej doskonałej herbaty. Mogą państwo zapytać pierwszej lepszej osoby w Złocinach. Nie mam jakiejś szczególnej tajemnicy. Każda jedna odpowiednio przygotowana ma naprawdę niesamowity smak.

Weronika sięgnęła po cukier. Daniel zrobił to samo. Uśmiechnął się do niej nieznacznie, kiwając głową, żeby posłodziła pierwsza. Przez chwilę przypominał przy tym dawnego siebie. Weronika z nagłą siłą poczuła, że za nim tęskniła.

Odwróciła się szybko, próbując zignorować przyspieszone bicie serca. Była na siebie wściekła. Ten etap miała już przecież zakończony. Ich relacje były niejasne, ale stabilne. Poza tym dawnego Daniela już nie ma. Powinna o tym pamiętać.

Z rozpędu wsypała do szklanki trzy kopiaste łyżki cukru, mimo że nigdy tyle nie słodziła. Ręka jej drżała. Posmakowała herbaty. Napar miał teraz konsystencję syropu. Raczej nie dało się tego pić. Mimo to wychyliła pół szklanki. Czuła się przy tym jak idiotka.

– Po wizycie pani Liliany pochodziłam po Złocinach i popytałam – podjęła Helena Kopp. – Nikt nie widział Klementyny.

– Na pewno porozmawiamy z mieszkańcami – oznajmił Podgórski. W jego głosie pobrzmiewała ostra nuta.

Tak. Dawnego Daniela już nie ma. Weronika powinna o tym pamiętać. – Na razie przejdźmy do rzeczy. Liliana powiedziała, że Klementyna przyjechała tu, żeby przyjrzeć się sprawie morderstwa z dwa tysiące czternastego roku. Nie mylę się?

Helena pokręciła głową. Zwinęła długie włosy w niski kok i sięgnęła do kieszeni tweedowej marynarki. Wyciągnęła stamtąd kilka wsuwek i umocowała fryzurę. Odsłonięta twarz wydawała się szczupła. Mimo zaawansowanego wieku prawie nie miała zmarszczek. Zupełnie nie przypominała pod tym względem córki. Twarz komisarz Kopp zawsze wydawała się przedwcześnie postarzała.

– Może pani powiedzieć coś więcej? – zapytał Podgórski i wyciągnął notes z plecaka.

– Mój siostrzeniec Błażej Dąbrowski zamordował wtedy swoją narzeczoną. Podobno zamordował... – poprawiła się. – Ja... Ona nazywała się Róża. Ona... Ja... Czekaj! Plączę się.

Czekaj. Ileż to razy Weronika słyszała to charakterystyczne powiedzonko w ustach Klementyny. Czyżby Kopp zapożyczyła je od matki?

– Spokojnie, nie ma pośpiechu – zapewniła Nowakowska.

Helena odetchnęła głębiej i upiła łyk herbaty.

– Błażej jest synem mojej przyszywanej siostry. Aniela już nie żyje. Zmarła niedługo po tym, jak to się stało – wyjaśniła Helena, mając zapewne na myśli śmierć Róży. – Chorowała biedaczka od dłuższego czasu i ta tragedia ją dobiła. Właściwie to Błażeja zawsze traktowaliśmy jak syna. Aniela była gospodynią księdza Ignacego w Złocinach.

Tam mieszkali, ale Błażej spędzał czas głównie u nas. Lubił pomagać Romualdowi przy stawach i tak dalej. Kiedy skończył osiemnaście lat, zatrudnialiśmy go. Hotel działał wtedy prężnie, bo jedna z fabryk tu miała swój ośrodek pracowniczy. Muszą państwo wiedzieć, że Drozdy wyglądały wtedy inaczej niż dziś. Powinni byli państwo zobaczyć, jak pięknie tu było w latach siedemdziesiątych. No ale do tego potrzeba było rąk do pracy. Jak Klementyna rozwiodła się z Jędrkiem, straciliśmy nie tylko zięcia, ale i pomocnika. To był początek końca... Ależ tu było kiedyś pięknie.

Na twarzy pani Kopp pojawił się błogi uśmiech. Usiadła głębiej w fotelu i popijała herbatę drobnymi łykami. Oczy miała półprzymknięte, jakby próbowała przywołać obrazy dni świetności hotelu.

– I co dalej? – zapytała Strzałkowska.

Weronika wolałaby, żeby Emilia zachowała więcej cierpliwości. Człowiek niekiedy potrzebuje czasu, żeby w pełni się otworzyć, i zbytni pośpiech nie jest wskazany. Nowakowska miała wrażenie, że tak jest teraz.

Helena otworzyła oczy i przez chwilę rozglądała się po holu, jakby zaskoczona tym, gdzie się znajduje.

– No tak. Czas niestety z każdym robi swoje – powiedziała cicho. – Kilka chudych lat, brak możliwości napraw. Z każdą kolejną zimą na karku jest się coraz to niedołężniejszym. I ani się człowiek obejrzy, a goście już nie przyjeżdżają, łowiska podupadają i zostaje to, co teraz tu państwo widzą. Zupełnie to sobie inaczej wyobrażaliśmy. Ja i Romuald. Myśleliśmy, że Klementyna i Jędrek przejmą kiedyś hotel. Niestety wszystko potoczyło się inaczej. W siedemdziesiątym szóstym wzięli rozwód. Niedługo później Jędrek nas opuścił. Później Klementyna odeszła na dobre.

– Odeszła? – powtórzył Podgórski z naciskiem.

Pani Kopp nalała sobie kolejną filiżankę herbaty.

– To była jej decyzja – odparła sztywno. – Nie wypędzaliśmy jej stąd, jeżeli to pan sugeruje. Mieszkała w domku ogrodnika, jak przed ślubem. Pozwoliliśmy jej na to. Sama chciała odejść. Może podać ciastka do tej herbaty? Co prawda jest post i Romuald byłby bardzo zły, gdyby się dowiedział, ale mam trochę dla Kaja i Borysa. Z pana taki duży mężczyzna, panie władzo. Na pewno się pan chętnie poczęstuje kilkoma.

– Nie trzeba – odparł Podgórski cierpko. Kolejny dowód na to, że dawnego Daniela już nie ma, uznała Weronika. Kiedyś nigdy by nie odmówił żadnych słodkości. – Proszę nam opowiedzieć, co się tu stało w dwa tysiące czternastym roku.

Gospodyni ukryła twarz w dłoniach. Weronika zastanawiała się, czy do niej nie podejść. Uznała jednak, że jeszcze nie czas na to.

– Błażej ożenił się dość wcześnie. Z Nadzieją Żak. Nawiasem mówiąc, Nadzieja to siostrzenica Jędrka Klementyny. Żakowie mieszkają w Szuwarach. Może państwo widzieli ten dwór, jadąc tu do nas. Na rozstaju przy głazie trzeba by skręcić w prawo. Dom stoi na wzniesieniu. Zarówno Drozdy, jak i Szuwary są już poza granicą Złocin, więc może to dlatego młodzi tak tu do siebie lgnęli. Najpierw Klementyna i Jędrzej. Potem Błażejek i Nadzieja.

– I co dalej? – zapytała Emilia.

– No i to chyba jakaś klątwa – szepnęła pani Kopp.

– Co ma pani na myśli? – zapytał Podgórski.

Helena przetarła oczy i spojrzała w jego stronę.

– Kolejny rozwód, a właściwie najpierw separacja. Przez to wszystko do rozwodu nie doszło. – Gospodyni znowu unikała nazwania rzeczy po imieniu. Słowo „morderstwo" chyba nie przechodziło jej przez gardło. – Taka szkoda. A przecież byli szczęśliwi. Błażej i Nadzieja. Urodził im się wspaniały syn. Oskar ma teraz jedenaście lat. Myśleliśmy z Romualdem, że wszystko się ułoży cudownie. Niestety po raz kolejny się myliliśmy. Co gorsza, Błażej zakochał się w naszej sprzątaczce. W Róży. Młoda, zdrowa dziewczyna. Mężczyźni w pewnym wieku podatni są na takie rzeczy.

Weronika miała ochotę dodać, że właściwie to chyba nie zależy od wieku, ale się powstrzymała. Nie miała teraz ochoty wchodzić w żadne scysje. Ani z Danielem, ani z Emilią. Co się stało, to się nie odstanie, a oboje zapłacili aż nazbyt wysoką cenę za tę jedną wspólną noc.

– Co dalej? – zapytała Strzałkowska. Wyglądała na zakłopotaną, ale może Weronika tylko to sobie wyobraziła.

– Od dwa tysiące trzynastego Błażej i Nadzieja żyli w separacji. Nadzieja wróciła do Szuwarów, a Róża wprowadziła się do domku ogrodnika, do Błażeja. Oskar został z nimi. Chociaż tyle udało nam się uzyskać, że nie straciliśmy wnuka. Nadzieja walczyła jak lwica, ale w końcu zgodziła się, że to będzie najlepsze rozwiązanie dla nich wszystkich.

– Niby dlaczego zabranie syna matce miałoby być najlepszym rozwiązaniem? – syknęła wściekle Emilia.

– Nie chcieliśmy jej przecież zakazać widywania się z nim – odparła pani Kopp defensywnie. – Po prostu uważaliśmy, że Oskarowi lepiej będzie tu u nas niż w Szuwarach.

– Czyli Klementynę stąd wyrzuciliście, bo rozwiodła się z mężem, a Błażej mógł sobie spokojnie żyć z nową kobietą w domku ogrodnika? – zaatakowała znowu Emilia. – Dobrze zrozumiałam?

Pani Kopp spojrzała na Daniela niemal błagalnie. Na Weronikę nawet nie próbowała, jakby znowu wydawało jej się, że tylko mężczyzna ją zrozumie. Aż trudno było uwierzyć, że Klementyna była córką tej uległej kobiety.

– Nie chcieliśmy stracić drugiego dziecka... Proszę mi uwierzyć, że tęskniłam za Klementyną przez te lata... Przecież gdyby tylko przeprosiła za rozwód, Romuald na pewno przywitałby ją z otwartymi ramionami. Wystarczy spojrzeć, jak teraz na nią czeka. Przez cały tydzień. Codziennie całe dnie. Nawet teraz. Już nie mówiąc o mnie. Mam nawet album z wycinkami prasowymi o jej sukcesach. Pan też tam jest. Wiem, że razem pracowaliście przy kilku sprawach.

Skinęła głową w stronę Podgórskiego.

– Pokazać panu?

– Nie trzeba – powiedział Daniel. Brzmiało to jeszcze bardziej cierpko niż wcześniej. – Proszę mi wybaczyć, ale słyszałem co nieco o mężu Klementyny i wydaje mi się, że rozwód był jak najbardziej uzasadniony.

Weronika pokiwała powoli głową. Klementyna zwierzyła się jej również. To było, kiedy pracowali nad sprawą Mordercy Dziewic. Kopp miała wrażenie, że sprawca z nią igra i wykorzystuje pewne fakty z jej życia. Może dlatego zdecydowała się odsłonić rąbek tajemnicy. Według jej słów mąż ją maltretował.

– To była ich sprawa. Nie wnikałam w to! – krzyknęła niemal Helena. Oddychała teraz ciężko. – Sprawy małżeńskie powinny zostać w małżeństwie.

– Proszę dać spokój, żyjemy w dwudziestym pierwszym wieku – żachnęła się Emilia, która jako jedyna nie wiedziała, co spotkało Klementynę. Najwyraźniej nie przeszkadzało jej to jednak zabrać głosu.

Zapadło pełne napięcia milczenie. Weronika poczuła, że powinna spróbować załagodzić sytuację. Jeżeli chcieli usłyszeć więcej na temat śmierci Róży, nie było chyba innego wyjścia. Klementyna przyjechała tu, by przyjrzeć się temu morderstwu. Było prawdopodobne, że jej zniknięcie miało z tamtymi wypadkami coś wspólnego. Innych pomysłów na razie nie mieli.

– Wróćmy do rzeczy – poprosiła więc delikatnie.

Helena Kopp głośno przełknęła ślinę.

– To było w listopadzie dwa tysiące czternastego roku. W sobotę dwudziestego drugiego. Błażej wyruszył rano na polowanie. Muszą państwo wiedzieć, że jest myśliwym z głębokiego zamiłowania. To znaczył był, zanim trafił do więzienia – poprawiła się. – Czasem nawet zabierał na polowania Oskara. Chłopak nieźle sobie radzi ze strzelbą. Uwielbiali tak razem spędzać czas.

Weronika zadrżała. Od kilkunastu lat była wegetarianką i to, że ktoś czerpie radość z polowań, napawało ją wstrętem. Z miejsca zapałała do Błażeja i jego syna niechęcią.

– No więc tamtego dnia przyłapałam Różę na zdradzie – syknęła Helena Kopp. – Dziewucha nie dość, że rozbiła małżeństwo mojego siostrzeńca z Nadzieją, to jeszcze Błażeja zdradzała! Co gorsza, z Borysem… Poznaliście go państwo. To nasz ogrodnik. Musicie wiedzieć, że Borys to też Żak. Z Szuwarów. Brat Błażejowej Nadziei. Strasznie się to wszystko pokomplikowało.

Opowieść zaczynała przypominać operę mydlaną. Weronika chętnie by się zaśmiała, tylko że to aż nadto przypominało trójkąt, w którym sama się znalazła.

– Czyli nakryła pani Borysa i Różę w niedwuznacznej sytuacji? – zapytała.

Helena pokiwała głową.

– Nie mogłam tego tak zostawić. Czułam, że Błażej powinien się dowiedzieć. Przecież miał brać ślub z tą dziewuchą. Długo nie wracał, ale to nie było nic dziwnego. Kiedy jeździł na polowanie, nieraz wracał nawet po północy. Leżałam w łóżku i czekałam. Silnik jego samochodu usłyszałam dopiero przed dwudziestą trzecią. Wyszłam przed garaż i o wszystkim mu powiedziałam.

– Jak to przyjął? – zapytał Podgórski i zapisał coś w swoim notesie.

Weronika zerknęła mu przez ramię zaciekawiona, ale trzymał kajecik tak, że nic nie widziała.

– Nie najlepiej – przyznała tymczasem pani Kopp.

Podgórski zamknął notes i wrzucił z powrotem do plecaka. Wyglądało na to, że ma ochotę skończyć tę rozmowę.

– Pani Heleno, przyznam, że przyjechaliśmy tu od razu, kiedy dowiedzieliśmy się o zniknięciu Klementyny. Nie miałem jeszcze możliwości zajrzeć do akt sprawy, o której pani mówi. Natomiast Liliana wspomniała, że uznano pani siostrzeńca za winnego morderstwa w afekcie.

Po twarzy pani Kopp przebiegł grymas. Odstawiła pustą filiżankę na stolik. Weronika miała wrażenie, że dźwięk niesie się po ponurych korytarzach Drozdów i wraca z powrotem do nich.

– Tak, dostał dziesięć lat.

– Sędzia nie był zbyt hojny – mruknęła Strzałkowska i również odsunęła filiżankę. Kolejne brzęknięcie zwielokrotnione przez echo. Emilia zerknęła tęsknie w stronę zasłoniętego grubą kotarą okna. Weronika zauważyła krople potu na czole policjantki.

Helena znowu zadrżała.

– Uznano, że działał pod wpływem silnych emocji. Po tym, jak mu powiedziałam o zdradzie.

– Pani z kolei, jak rozumiem, uważa, że Błażej jest niewinny? – sprecyzował Podgórski. – Dlatego zaprosiła tu pani Klementynę?

– Tak. Uważałam, że będzie najlepsza. Zresztą z kim miałam mówić, jak nie z własną córką?

– Skąd czerpie pani przekonanie, że Błażej nie zabił Róży?

– Nie wiem. Sama nie wiem. Po prostu nie chcę go stracić...

– Spokojnie. Za dziesięć lat wróci jak nowy – burknęła Strzałkowska.

Weronika rzuciła jej karcące spojrzenie. Tego typu komentarze mogą spowodować, że Helena nie będzie chciała z nimi współpracować.

– Ja... To moja wina... Pomyślałam, że Klementyna mogłaby się tu po prostu rozejrzeć. Zobaczyć, czy śledztwo w sprawie Błażejka odbyło się, jak trzeba. Nie wiem, co właściwie myślałam. To wszystko moja wina, bo przecież teraz...

Pani Kopp urwała i znowu schowała twarz w dłoniach.

– Bo teraz Klementyna zniknęła – dokończył za nią Podgórski.

Weronika nie mogła oprzeć się wrażeniu, że w jego głosie po raz kolejny pobrzmiewała niepokojąca, obca nuta.

ROZDZIAŁ 12

Szuwary. Sobota, 22 listopada 2014. Godzina 16.10.
Róża Grabowska

Waleria Żak patrzyła na Różę intensywnie.

– Nieważne, skąd wiesz, ale nikomu nie wolno ci zdradzić tytułu mojej nowej powieści, rozumiesz? Zwłaszcza twojemu ojcu. Przysięgasz?

Róża nie zdążyła odpowiedzieć, bo w drzwiach gabinetu stanęła Nadzieja. Jak zwykle ubrana była nieporządnie i zupełnie bez finezji. Nic dziwnego, że Błażej się nią znudził. Powyciągany sweter i dżinsy z podwyższonym stanem. I to takie, które modne były chyba na początku lat dziewięćdziesiątych. Róża w życiu by czegoś takiego nie włożyła.

Po twarzy Walerii przebiegł grymas. Może pomyślała o tym samym.

– Jeszcze tu jesteś? – warknęła Nadzieja na widok Róży.

Oczywiście. Jak zwykle milusińska i nieustająca w staraniach, żeby wykurzyć Różę nie tylko z życia Błażeja, ale i z pracy u Walerii. Chociażby dlatego Róża nie zamierzała rezygnować ze sprzątania w Szuwarach. O nie. Nie sprawi Nadziei tej satysfakcji.

– Jak widać – odparła i spojrzała hardo na rywalkę.

– Jeżeli macie się kłócić, to bardzo proszę, wyjdźcie obie – powiedziała kategorycznie Waleria. – Nie mam czasu na te wasze przepychanki. Muszę odpowiedzieć na maile od czytelniczek. Nie chcę potem siedzieć nad tym do północy.

– I tak już kończę – oświadczyła z godnością Róża.

Zebrała swoje rzeczy i wyszła na korytarz. Szuwary były pięknym domem. Wyremontowanym i odnowionym, ale urządzonym w starym stylu, tak że wystrój wnętrza pasował do klasycznego wyglądu budynku. Jesienią i zimą w kominku w salonie zawsze buzował ogień. Nigdy nie było nieprzyjemnie wilgotno, jak w Drozdach. O ileż przyjemniej mieszkałoby się tu, przeszło jej przez myśl. I ten piękny widok na dolinę Drwęcy.

– Niezbyt dokładnie posprzątałaś, pomywaczko.

Tak. Świetnie by się tu mieszkało. Gdyby nie Nadzieja. Róża nie zamierzała zaszczycić jej zaczepki odpowiedzią. Nie będzie zniżała się do poziomu tamtej. Włożyła kurtkę i buty. Nie będzie dłużej tracić czasu. Musiała jeszcze wyczyścić wychodek. No i porozmawiać z Borysem. Pomyślała, że rozmowa z nim będzie gorsza niż szorowanie latryny.

Wyszła na dwór, nie oglądając się na Nadzieję. Wiatr smagał wielkimi kroplami deszczu. Chmury całkowicie zakryły niebo i zrobiło się zupełnie ciemno. Z Szuwarów do domku ogrodnika nie jest daleko, pocieszyła się Róża w duchu. Trzeba tylko przejść na przełaj przez pola. Nic strasznego.

Przyspieszyła kroku i wyszła na targaną wichrem łąkę. Za każdym razem, kiedy pokonywała ten kawałek, myślała o Jędrzeju Żaku, którego dopadł nożownik. Od tamtego czasu minęło czterdzieści lat, ale serce i tak zaczęło jej szybciej bić z niepokoju. To musiało się stać jakoś w tym miejscu.

Nie ma się czego bać, powtarzała sobie w duchu. Przecież nożownik nie żył od lat. Tata aresztował go w siedemdziesiątym szóstym. Facet umarł w więzieniu. Oczekiwanie, że to on straszy w ciemności, było równie niedorzeczne jak wiara w Bladą Matyldę.

Tylko że jak zwykle rozum mówił jedno, a nieracjonalny strach sprawiał, że serce biło niemiłosiernie szybko. To na pewno nie jest dobre dla dziecka, skarciła samą siebie Róża. Nakazała sobie spokój. Przecież nie ma nikogo. Tylko rozległe, pogrążone w ciemnościach łąki.

Wciągnęła gwałtownie powietrze, kiedy ktoś pociągnął ją za ramię.

ROZDZIAŁ 13

Drozdy. Sobota, 19 marca 2016. Godzina 15.15.
Sierżant sztabowa Emilia Strzałkowska

Emilia odetchnęła z ulgą, kiedy znaleźli się z powrotem na dziedzińcu przed Drozdami. Od zawsze miała trudności z przebywaniem w zamkniętych pomieszczeniach. Korytarze starego dworu były co prawda szerokie, a sufity wysokie. Jednak ciężkie kotary zasłaniające okna i niesamowita liczba portretów w złoconych ramach robiły przytłaczające wrażenie.

Policjantka zmrużyła oczy. Po wyjściu na zewnątrz ostre promienie wiosennego słońca raziły, ale dodawały też energii i nowej nadziei. Po trawniku jakby nigdy nic przechadzało się kilka kosów, a wśród niezbyt równo przystrzyżonych krzewów ich pobratymcy oddawali się głośnym śpiewom. Emilia poczuła dziwne ciepło gdzieś w środku. Przymknęła oczy i po raz pierwszy od dawna odetchnęła pełną piersią.

– Jedziemy samochodem czy idziemy piechotą? – zapytał Daniel.

Strzałkowska otworzyła oczy i napotkała jego spojrzenie. Uśmiechał się, ale miała wrażenie, że dostrzega w nim jakiś chłód. Jakby karcił ją za to, że pozwoliła sobie na chwilę radości. Od razu poczuła wstyd. Miał rację. To dopiero dziewięć miesięcy od śmierci Justynki. Kropla w morzu reszty życia, którą przyjdzie jej spędzić bez córeczki.

– Jest piękna pogoda, może się przejdziemy? – zaproponowała Weronika. – Do Złocin chyba nie jest zbyt daleko.

Ona z kolei uśmiechała się do Strzałkowskiej przyjaźnie. Skinęła nawet głową. Tak delikatnie, że policjantka nie była pewna, czy po prostu sobie tego nie wyobraziła.

– Może lepiej nie traćmy czasu na przechadzki – stwierdził Podgórski, zapalając papierosa.

– Musisz kopcić jak lokomotywa? – zapytała Emilia. Nie mogła się powstrzymać.

Daniel zmierzył ją jeszcze jednym chłodnym spojrzeniem i ruszył do samochodu, nie oglądając się.

– Im szybciej porozmawiamy z Grabowskim, tym lepiej – rzucił tylko. – Klementyna może być w niebezpieczeństwie. Pospieszmy się po prostu. Tak będzie najlepiej.

Emilia i Weronika wymieniły spojrzenia. Z tym akurat trudno było się kłócić. Wsiedli do błękitnego subaru Podgórskiego. Policjant wycofał na kamienistym podjeździe Drozdów i samochód potoczył się powoli po zrytej koleinami alei. Kiedy mijali rozstaje dróg, Strzałkowska spojrzała na majaczący na wzgórzu dwór. To właśnie były Szuwary, o których wspominała Helena Kopp. Z tej odległości Emilia nie widziała budynku zbyt dobrze, ale promienie słońca tańczyły na białych ścianach. Musiał być odnowiony.

Odwróciła się dopiero, kiedy wjechali na drogę do Złocin. Ciekawa była mieszkańców Szuwarów. Wyglądało na to, że są silnie związani z Drozdami. Nadzieja Żak, żona Błażeja. Ogrodnik Borys, kochanek Róży. I wreszcie wiele lat temu Jędrzej Żak, były mąż Klementyny.

– Myślicie, że ten Grabowski będzie wiedział coś więcej? – odezwała się Weronika. – Jeżeli to naprawdę ten, który wskazał nam drogę do Drozdów, to wydawał się trochę dziwny.

– Już to mówiłaś. Moim zdaniem jest w porządku – stwierdziła Emilia. Cały czas nie mogła zapomnieć jego głębokiego głosu o przejmującej stalowej barwie.

– Tak czy inaczej musimy z nim porozmawiać – powiedział Daniel. – Raz, że jest ojcem Róży. Dwa, że może powie nam coś więcej o dochodzeniu z dwa tysiące czternastego. Skoro kiedyś pracował w milicji, to był lepiej zorientowany niż matka Klementyny. Szkoda, że nie przejrzeliśmy akt sprawy przed przyjazdem. Jak wrócimy, będę musiał się tym zająć. Na razie oprzemy się na jego relacji.

– Myślałam, że tobie też się nie spodobał – powiedziała Weronika.

– Nie. Dlaczego?

Podgórski zaciągnął się głęboko papierosem i wydmuchał przed siebie kłąb dymu.

– Możemy chociaż uchylić okno? – mruknęła Strzałkowska.

– Myślę, że przynajmniej roboczo możemy założyć, że Błażej faktycznie jest niewinny – powiedział Podgórski, ignorując jej słowa. – Wyobrażam sobie taki scenariusz: Ktoś inny zastrzelił Różę. Prawdziwemu sprawcy przyjazd Klementyny był wybitnie nie na rękę. Rozgrzebywanie tego, co miało już być zagrzebane i tak dalej. Wkurwił się. Dotychczas był przecież bezpieczny, a teraz to wszystko mogło zacząć się od nowa.

– Dlatego pozbył się Klementyny – dodała Strzałkowska.

Dopiero kiedy skończyła mówić, zorientowała się, jak to zabrzmiało. Widziała we wstecznym lusterku, że Podgórski się skrzywił. Nikt z nich nie mówił na razie głośno o tym, że tak naprawdę mogło dojść do najgorszego.

– Coś w tym stylu – powiedział Daniel, gasząc papierosa w przepełnionej popielniczce.

– Mógłbyś przynajmniej wywalić te pety – mruknęła Emilia.

Podgórski spojrzał na nią we wstecznym lusterku. Wyglądał na rozsierdzonego.

– Wiesz co? Tak szczerze to wolałem, jak się, kurwa, nie odzywałaś.

Zapadło pełne napięcia milczenie. Policjant wyciągnął z kieszeni paczkę papierosów i włożył kolejnego do ust.

– Masz na myśli wtedy, kiedy opłakiwałam Justynkę? – odparowała Emilia. Łzy same napływały jej do oczu. Z całych sił próbowała je powstrzymać. – A ty szprycowałeś się teściem, czy jak wy tam mówicie na siłowni, jakby zupełnie nic się nie stało?! Właśnie to masz na myśli?

Miała wielką nadzieję, że zaprzeczy. Że powie cokolwiek.

– Mniej więcej wtedy – warknął tylko Podgórski. – Przynajmniej był, kurwa, pierdolony spokój.

Weronika odchrząknęła głośno.

– Słuchajcie, to chyba nie jest pora na tego typu rozmowy. Musimy ustalić, co się stało z Klementyną. – Mówiła spokojnie, ale coś w jej tonie sugerowało, że powinni skończyć z kłótniami. – A ty, Daniel, chyba trochę przesadziłeś, co?

Podgórski nie odpowiedział. Patrzył na drogę przed sobą i z wściekłością palił papierosa. Tuż przed wjazdem na rynek skręcił w lewo. Tym razem w miasteczku kręciło się trochę ludzi. Nie wyglądało już na takie wymarłe. Kilka osób pracowało w ogródkach przed domami, przygotowując je do zbliżającej się wiosny.

Emilia wolała nie myśleć, w jakim stanie jest otoczenie jej domu. Od śmierci córeczki w ogóle się nim nie zajmowała. Wątpiła, żeby Łukasz to robił. Szesnastolatkowie mają zapewne lepsze zajęcia niż grabienie zeszłorocznych liści. Może na początku tygodnia pozbiera się i spróbuje zrobić to sama.

– Chyba tu jest Cicha – powiedziała Weronika, wskazując boczną drogę. – Teraz musimy znaleźć numer dziewięć.

Uliczka była na tyle wąska, że subaru ledwie się tam mieściło. Droga przypominała rynnę. Podgórski zwolnił i zaczął ostrożnie manewrować pomiędzy wysokimi krawężnikami. Przejazd zdawał się trwać w nieskończoność, bo dom Grabowskiego znajdował się na samym końcu, oddzielony od parceli numer trzy i cztery pustymi działkami.

Daniel zatrzymał subaru na podjeździe obok srebrnego focusa kombi poprzedniej generacji. Emilia wysiadła z samochodu pierwsza. Musiała skupić się na działaniu, a nie na tym, co przed chwilą usłyszała od Daniela.

– W porządku? – zapytała Weronika cicho, podchodząc do policjantki.

– Tak, jasne – odparła Strzałkowska.

Rozejrzała się wokoło. Dom ojca Róży był zadbany. Front szpeciło tylko kolejne dzieło upartego grafficiarza. Numer budynku był częściowo oderwany. Dziewiątka opadła i zmieniła się w szóstkę. Obok domalowano czarnym sprayem szubienicę i wkomponowano liczbę w rysunek tak, że odwrócona dziewiątka wyglądała jak stryczek. Obok znajdowała się odwrócona profilem czaszka. Emilia zadrżała wbrew sobie. Te znaki zaczynały przyprawiać ją o dreszcze.

– Coś takiego było na rynku – powiedział Daniel, podchodząc. – Nad szyldem sklepu. I na drzwiach. Zauważyłyście?

Zachowywał się, jakby nic się nie stało. Emilia miała ochotę go uderzyć. Z całej siły. Poszedł przodem i zapukał głośno do drzwi. Otworzyły się niemal od razu. Grabowski spojrzał na nich znad okularów.

– To państwo – powiedział zaskoczony. – Nie trafiliście do Drozdów?

– Trafiliśmy, ale teraz chcielibyśmy zamienić kilka słów z panem – wyjaśnił Daniel. – Ma pan chwilę?

– Zapraszam.

Były milicjant przepuścił ich w drzwiach. Kiedy Emilia go mijała, uśmiechnął się uprzejmie. Odpowiedziała tym samym.

– Ktoś panu zrobił graffiti na ścianie – dodała cicho.

– Tak? Nawet nie zauważyłem. To pewnie znowu chłopaki Cegielskich. Golą głowy na łyso i myślą, że tacy z nich patrioci. Wszyscy we wsi mają już ich serdecznie dosyć. Neonaziści się znaleźli! I to tu w Złocinach, gdzie tyle osób straciło życie z rąk hitlerowców. Prawie pół wsi poszło na rozstrzelanie w październiku trzydziestego dziewiątego. Rysować totenkopf*? Swastyki? Człowiek by oczekiwał, że młodzież ma choć trochę oleju w głowie.

– Nie można ich trochę ostudzić? Zniszczenie mienia i tak dalej.

Grabowski wzruszył ramionami.

– Gnojki są sprytne. Nikt ich nie przyłapał. Zresztą ludzie się ich boją i nie za bardzo chcą mówić, mimo że u nas nazistów bardzo się nie lubi – odparł nieco sztywno, jakby nie miał szczególnej ochoty rozwijać tematu. – Usiądźmy tu w kuchni. Reszta domu nie jest sprzątnięta.

Zaprowadził ich do pomieszczenia bezpośrednio po lewej od drzwi. Kuchnia urządzona była w pastelowych kolorach. Na parapecie królowały zioła. Czego tam nie było. Mięta, bazylia, tymianek, koperek, lubczyk, majeranek. Świeża zieleń kontrastowała z białymi osłonkami doniczek i firaneczką zasłaniającą okno do połowy. Pomieszczenie zupełnie nie pasowało do Grabowskiego.

– Nie będę proponował herbaty, bo pewnie zostaliście poczęstowani w Drozdach?

– Tak. Mieliśmy tę przyjemność – powiedziała Weronika.

Grabowski pokiwał głową jakby w zamyśleniu.

– Tak, Helena to najlepsza herbaciarka w Złocinach. Niewiele im powodów do dumy pozostało poza tym

* Totenkopf (niem.) – dosłownie „trupia głowa". Symbol używany m.in. przez SS.

– powiedział. Jego głos znowu stał się głęboki i metaliczny. – Żałuję, że w ogóle pozwoliłem mojej córce pójść tam do pracy. Człowiek oczywiście jest mądry po szkodzie... Ale nie mogę przestać myśleć, że Róża by tu jeszcze była, gdybym zakazał jej się spotykać z Błażejem. Tylko czyby ojca posłuchała? Raczej nie. Młodzież nigdy nie słucha.

Mężczyzna usiadł ciężko przy przykrytym kraciastą ceratą stoliku. Zajęli miejsca obok niego.

– Może chociaż coca-coli? – wskazał kilka butelek stojących na blacie.

Na ich widok Emilii od razu przyszła do głowy Klementyna. Kopp miała zawsze awaryjną butelkę tego napoju w swoim czarnym plecaku i pociągała z niej krótkie łyki, nie bacząc na czas i miejsce. Czy to możliwe, że naprawdę coś jej się stało? Że ktoś ją zabił? Czy ten ktoś nadal był na wolności, podczas gdy niewinny Błażej odsiadywał karę?

– Nie, naprawdę dziękujemy – zapewnił Podgórski. Emilia zauważyła, że on też zerkał na butelki coca-coli z wyrazem zatroskania na twarzy. Bardzo możliwe, że pomyślał o tym samym. – Proszę sobie nie robić kłopotu. Chodzi nam po prostu o rozmowę.

– To żaden kłopot. Wręcz dziwnie się czuję, że tak państwa przyjmuję bez żadnego poczęstunku. Moja świętej pamięci żona dostałaby chyba zawału, gdyby wiedziała. – Grabowski zaśmiał się bez odrobiny wesołości. – Zresztą i tak kupiłem za wiele. Była jakaś promocja, to człowiek czasem da się nabrać i kupi więcej, niż potrzebuje.

– Mieszka pan tu sam? – zapytała Emilia, przyglądając się pastelowym ściereczkom na haczykach i uroczym garnuszkom poustawianym na półkach.

– Tak. Zośka… Moja żona zmarła kilka lat temu – wyjaśnił. – Na raka.

– Bardzo nam przykro – powiedziała w ich imieniu Weronika i położyła mu rękę na dłoni w pocieszającym geście.

– Tak. Na początku było trudno, ale już doszedłem do siebie. Człowiek musi jakoś przez to przejść. Trzeba jednak szczerze powiedzieć, że to nic w porównaniu ze stratą dziecka…

Strzałkowska miała wrażenie, że zdanie zawisło w powietrzu i nie ma najmniejszej ochoty zniknąć. Do oczu znowu napłynęły jej łzy. Otarła je szybko. Nie chciała teraz myśleć o tym, jak od razu po porodzie wyrwano jej dziecko niemal siłą i gdzieś zabrano. Nie chciała myśleć o tym, jak potem obserwowała Justynkę przez ścianki inkubatora. Nie chciała wspominać, jak modliła się, kiedy dziewczynka walczyła z powikłaniami. Emilia robiła to tak zapamiętale, że nie odwiedziła nawet syna poszkodowanego podczas śledztwa w sprawie Łaskuna. Nie chciała opuścić córeczki ani na moment. Walczyła histerycznie, kiedy próbowano ją stamtąd usunąć choć na chwilę.

– No więc po śmierci mojej żony zostaliśmy z Różą tylko we dwoje – podjął Grabowski. – Potem córka się wyprowadziła do Błażeja i zostałem tu sam. No a potem ten skurwiel mi ją odebrał.

– Została zastrzelona, tak? – upewnił się Daniel.

Grabowski skinął głową. Otarł oczy wierzchem dłoni. Emilia zrobiła to samo. Justynka miała równo tydzień, kiedy odeszła. Córka Grabowskiego była w chwili śmierci młodą kobietą. Wychowywał ją, uczył chodzić, opowiadał bajki na dobranoc. Miał zaprowadzić do ołtarza, a ostatecznie pochował. Co musiał wtedy czuć? A może było mu łatwiej, bo śmierć dziecka nie była jego winą, przeszło Strzałkowskiej przez myśl i znowu otarła łzy.

– Ufała mu – powiedział bardzo cicho Grabowski. – Róża mu ufała, a Błażej strzelił jej w głowę z tego cholernego sztucera. Jakby była zwierzyną łowną. A wiedzą państwo, co mnie w tym wszystkim najbardziej mierzi?

Wyglądało to na pytanie retoryczne. Czekali więc, aż dokończy, ale on najwyraźniej spodziewał się jakiejś zachęty z ich strony.

– Nie – powiedziała więc Emilia. Nie mogła już dłużej znieść tej ciszy.

– Nie wiem, czy państwo wiedzą, ale Róża nosiła wtedy pod sercem pierwsze dziecko. Miałem zostać dziadkiem.

Strzałkowska czekała, aż do oczu znowu napłyną jej łzy. Tym razem jednak tak się nie stało. Zamiast smutku poczuła gniew. Wielki, niemal niemożliwy do ogarnięcia. Postanowiła, że zrobi wszystko, żeby upewnić się, czy to prawdziwy sprawca odsiaduje wyrok. Jeżeli będzie miała choć cień podejrzenia, że winny jest na wolności, nie odpuści. Zrobi to dla Róży. Jak jedna matka dla drugiej.

Przez chwilę w pastelowej kuchni panowało całkowite milczenie. Ciszę przerywało tylko tykanie porcelanowego zegara stojącego na lodówce.

– Mieliśmy wszyscy całe życie przed sobą – szepnął w końcu Grabowski. – A ten… jebany kutas dostał dziesięć lat! Dziesięć lat! Morderstwo w afekcie i nieumyślne spowodowanie śmierci mojego wnuka. Słyszeliście kiedyś większe bzdury? Powinien był dostać podwójne dożywocie.

Najlepiej, żeby nie pozwolili mu ubiegać się o warunek przez co najmniej czterdzieści lat. A tu dziesięć. Dziesięć! Co to do kurwy nędzy jest? Sprawiedliwość?

Głęboki głos byłego milicjanta przeszedł w falset. Grabowski odchrząknął, a kiedy to nie pomogło, podszedł do blatu i nalał sobie szklankę coca-coli.

– Państwo na pewno nie chcą?

– Nie, nie trzeba – zapewnił znowu Daniel.

– Ja się napiję – powiedziała Weronika.

– Ja też – dodała Emilia.

Grabowski spojrzał na nie z wdzięcznością i sięgnął po szklanki.

– Czego właściwie ode mnie oczekujecie? – zapytał, kiedy każda z nich dostała już swoją porcję napoju. – O czym chcecie rozmawiać?

– Po pierwsze, chcielibyśmy się upewnić, czy nie widział pan w okolicy Klementyny Kopp?

Daniel wyciągnął telefon i pokazał Grabowskiemu aktualne zdjęcie byłej pani komisarz. Gospodarz uśmiechnął się pod nosem.

– Zupełnie inaczej ją pamiętam – oznajmił. – I nie, nie widziałem jej tu. Helena była u mnie i wypytywała. Czyli prowadzicie śledztwo w sprawie jej zniknięcia?

Podgórski skinął głową.

– Wiedział pan, że Klementyna miała tu przyjechać? Mówiło się o tym w Złocinach?

– Tak. Poszła taka plotka. Chyba Helena się uparła, że w śledztwie w sprawie śmierci mojej córki były jakieś uchybienia i do puchy wsadzono nie tego człowieka, co trzeba.

– A były uchybienia? – zapytała Weronika.

– Nie prowadziłem tej sprawy. Od lat jestem na emeryturze. To pan powinien lepiej wiedzieć. – Grabowski wskazał Daniela. – Jest pan z komendy?

– Jo, ale w dwa tysiące czternastym roku pracowałem jeszcze na komisariacie w Lipowie. Nie znam tej sprawy. Na pewno uważnie pan śledził przebieg śledztwa, prawda?

– Oczywiście. Chodziło przecież o śmierć mojej córki.

– Czy jest jakakolwiek możliwość, że ktoś jednak to zjebał i Błażej nie zabił Róży?

Grabowski spojrzał na Daniela, a potem na Emilię. Weronikę zupełnie zignorował, jakby czuł, że nie jest funkcjonariuszką.

– Wie pan, jak to czasem bywa. Z tym że chuj się przyznał, więc...

– Błażej się przyznał? – podchwyciła Strzałkowska.

– No tak. Ale skoro już się tak zastanawiamy, to sami wiecie, że przesłuchanie można różnie poprowadzić. Sam nieraz to robiłem. Każdą odpowiedź można od klienta uzyskać, jak człowiek dobrze się postara.

Podgórski odchrząknął cicho na tę sugestię.

– A co pan myśli? – zapytał. – Błażej jest winny?

Grabowski znowu zmierzył ich długim spojrzeniem.

– Nigdy nie brałem pod uwagę innej możliwości, ale tak naprawdę, skoro już to rozważamy, teoretycznie każdy mógł to zrobić.

– Co pan ma na myśli? – chciała wiedzieć Emilia.

– Sposobność oczywiście. Błażej i moja Róża mieszkali w domku ogrodnika. To ten mniejszy budynek obok Drozdów. Pewnie państwo widzieliście?

Cała trójka pokiwała głowami.

– No właśnie. Więc kiedy mój niedoszły zięć – Grabowski niemal splunął, wymawiając to słowo – wybierał się na te swoje polowania, Róża zawsze zostawiała otwarte drzwi. Tam są stare zamki, więc strasznie skrzypią przy otwieraniu. Zwłaszcza w nocy. A Błażej lubił wracać późno. Nie chciała, żeby ją obudził.

– Czyli tamtej nocy dom ogrodnika był otwarty? – podchwyciła Emilia.

– Syn Błażeja, Oskar, spał na górze. Dzieciak zeznał, że nie słyszał, jak ojciec wrócił. Obudził się dopiero, kiedy rozległy się strzały. To z kolei znaczy, że na sto procent drzwi były otwarte. Inaczej usłyszałby zgrzyt klucza. Czyli teoretycznie każdy mógł wejść. Tyle że nie tylko o to przecież chodzi. Zrobili balistykę. Próba parafinowa też potwierdziła, że strzelał Błażej. Nie muszę państwu chyba tłumaczyć, jak to działa?

Emilia pokręciła głową. To była podstawowa wiedza. Pierwszy lepszy wielbiciel seriali kryminalnych wie, że temu, kto pociągnie za spust, zawsze pozostają na rękach choćby mikroskopijne ślady prochu i innych substancji. Na przykład tych inicjujących wystrzał, ale także metalowych elementów naboju czy samej broni.

Kiedyś szczególnie popularne było przeprowadzanie testów parafinowych, o których wspomniał Grabowski. Polegało to na pokryciu dłoni badanego ciepłą parafiną. Wchłania ona ewentualne pozostałości wystrzału. Później przeprowadza się ich analizę.

– Przeprowadzono właśnie próbę parafinową? – zapytał Podgórski.

– Tak.

– Będę musiał zadzwonić do techników, popytać – stwierdził Daniel, jakby mówił do siebie. – Jeżelibyśmy założyli, że Błażej jest niewinny, przychodzi panu do głowy ktoś inny, kto miałby motyw, żeby zabić pańską córkę?

– Uważacie, że to nie Błażej zabił i teraz prawdziwy sprawca zrobił coś Klementynie, żeby nie odkryła prawdy?

– Mniej więcej.

– Jeżeli już miałbym kogoś wymienić, to byłaby to oczywiście Nadzieja Żak – odpowiedział bez dłuższego zastanowienia Grabowski.

– Była żona Błażeja? – upewnił się Podgórski.

– Właściwie obecna żona. Sprawa rozwodowa była jeszcze w toku, kiedy to się stało. Potem Błażej trafił do puchy i chyba tego nie sfinalizowali.

– Nadzieja nie akceptowała sytuacji? – podrzuciła Weronika.

– Zupełnie nie – przytaknął Grabowski. – W pewnym momencie zrobiło się paskudnie.

– To znaczy? – zapytał Daniel.

– Nadzieja przychodziła do domku ogrodnika. Pod pretekstem, że odwiedza Oskara oczywiście, ale tak naprawdę wcale nie chodziło jej o syna. Wykorzystywała każdą taką wizytę, żeby ubliżać Róży. Córka dopiero pod koniec przyznała mi się, że ta kobieta jej groziła.

– Na czym polegały te groźby?

– Na przykład lubiła podrzucać martwe ptaki.

– Martwe ptaki? – powtórzyła Weronika. Wyglądała na poruszoną.

– Tak. Sporo tu w okolicy kosów.

– Skąd wiadomo, że to ona je podrzucała? – zapytał Daniel.

– Oprócz tego oczywiście groziła wprost. Podczas rozmów. Mówiła też, że to ona powinna mieszkać w domku ogrodnika, że pozbędzie się Róży. Ale córce najbardziej na sercu leżały te kosy, bo zawsze lubiła ptaki. Dziwiłem się nawet, że związała się z mężczyzną, który polował. A wracając do Nadziei, bo to was najbardziej interesuje. W dzień śmierci Róży widziałem nawet, jak się kłóciły. Ona i moja córka.

– O co poszło? – zapytała Emilia.

– Nie wiem. Przejeżdżałem akurat na rowerze. Mam taką swoją stałą trasę. Jadę dużą groblą wzdłuż Drwęcy, aż do mostu. Potem szosą w lewo. W zależności, czy czuję się na siłach, wracam od razu do Złocin albo w lepsze dni skręcam do spalonego dworu. Ponure miejsce. Mało kto się tam teraz zapuszcza.

Grabowski uśmiechnął się nieznacznie.

– Nawet chłopaki od Cegielskich boją się tam chodzić, a przecież takie z nich niby byki. Ludzie gadają, że tam straszy Blada Matylda. Pewnie spotkaliście w Drozdach Kaja. Igły, czyli ten spalony dwór, należały kiedyś do jego rodziny. To znaczy nadal należą, ale nigdy nie zostały wyremontowane i stoją puste. Matylda była jego siostrą. Umarła w pożarze dworu w siedemdziesiątym trzecim. Od tamtego czasu podobno tam straszy. No ale ludzie gadają bzdury. Ja się nie przejmuję takimi zabobonami.

Strzałkowska zadrżała. Kiedyś pewnie by się z nim zgodziła, ale po śledztwie, które prowadzili dwa lata temu w Utopcach, gotowa była uwierzyć już chyba we wszystko.

Złociny, Drozdy i cała okolica napawały ją podobnym niepokojem.

– Tak więc tamtego dnia też wybrałem się na przejażdżkę – podjął wątek Grabowski. – Było co prawda ciemno, bo to koniec listopada, ale nie rezygnowałem. Koppowie nie chcą mnie na groblach, ale nie ma tam płotu, więc się nie przejmuję ich zakazami. Jestem na to za stary. Nie widziałem ich dokładnie w ciemności, ale słyszałem głosy. Były wyraźnie podniesione.

– Jest pan pewien, że Róża kłóciła się właśnie z Nadzieją?

– Tak. Oczywiście. Nie wiem tylko, co mówiły. Podejrzewam jednak, że to była ta sama śpiewka co zwykle. Że Róża ma jej oddać Błażeja itede.

– Czy Nadzieja nadal mieszka w tym dworze blisko Drozdów? – zapytał Daniel. – Trzeba będzie z nią pomówić.

Grabowski pokiwał głową.

– Mieszka w Szuwarach. To trzeci dwór, skoro już wam opowiadam o naszych okolicach tak szczegółowo. Najmniejszy z kompleksu. Drozdy są średnie, a Igły były największe. Co mi przywodzi na myśl jeszcze jedną osobę. – Emilia zauważyła, że głos Grabowskiego znowu się obniżył. Pojawiła się w nim wcześniejsza metaliczna nuta, która zniknęła gdzieś podczas rozmowy. – Walerię Żak.

– Waleria Żak? Ta autorka romansów? – zdziwiła się Weronika.

Emilia i Daniel spojrzeli na Nowakowską zaskoczeni. Wzruszyła ramionami.

– Moja mama czyta je nałogowo – wyjaśniła nieco speszona.

Strzałkowska nie była pewna, czy chodziło o fakt czytania romansów, czy o wspomnienie niedoszłej teściowej Podgórskiego, która sporo przecież w życiu ich wszystkich namieszała. Gdyby ta demoniczna baba nie zalazła Danielowi za skórę, prawdopodobnie ożeniłby się z Weroniką. A już na pewno on i Emilia nie wylądowaliby w łóżku. A gdyby to się nie stało, nie byłoby Justynki… Strzałkowska odetchnęła głębiej, żeby się uspokoić.

– Tak. Waleria jest bardzo popularna wśród pań w pewnym wieku – zażartował Grabowski. Nie było w tym szczególnej zajadłości. Raczej autentyczne rozbawienie.

– Nie nazwałabym mojej matki „panią w pewnym wieku" – zaśmiała się Weronika. – Nie wiedziałam, że Waleria Żak mieszka w okolicy.

– Tak. To matka Nadziei i Borysa. Siostra Jędrzeja. To z kolei były mąż waszej Klementyny, skoro streszczam wam wszystkie rodzinne koligacje.

Cała trójka skinęła głowami. To już wiedzieli.

– Dlaczego właśnie ta pisarka przyszła panu do głowy? – zapytał Podgórski.

– Jest ku temu bardzo dobry powód. Zaraz wszystko wytłumaczę.

ROZDZIAŁ 14

Łąki. Sobota, 22 listopada 2014. Godzina 16.35.
Róża Grabowska

Róża złapała gwałtownie powietrze, kiedy ktoś nagle pociągnął ją za ramię. Wiatr wiał tak silnie, że nawet nie słyszała, że ktoś za nią idzie. Odwróciła się natychmiast, gotowa walczyć o życie. Za jej plecami stała Nadzieja. Róża poczuła dziwną mieszaninę ulgi i wściekłości. Nie była pewna, kogo się spodziewała, ale oczywiście nie tej wariatki.

– Ty to naprawdę jesteś psychiczna! – krzyknęła.

Wiatr i deszcz skutecznie zagłuszały jej słowa. Chociaż część z nich niewątpliwie do Nadziei dotarła, bo jej twarz wykrzywił grymas.

– Nic nie powiesz?! – zawołała znowu Róża. Musiała przytrzymywać kaptur ręką. Deszcz zacinał, więc twarz miała całą mokrą. Włosy przylepiły jej się strąkami do czoła. Nadzieja nie wyglądała lepiej.

Tamta tylko patrzyła. Szczerze mówiąc, to zaczynało się robić przerażające. Róża dostrzegła kątem oka niewielkie światełko. Bardzo prawdopodobne, że to tata jedzie jak zwykle rowerem na groblę. Niepogoda i wcześnie zapadający zmrok nigdy mu nie przeszkadzały.

Róża zastanawiała się, czy go nie zawołać, ale zrezygnowała. Po porannej kłótni może nawet nie zechciałby podjechać. Naprawdę rozeźliła go, nazywając Klementynę dziwką. Będzie musiała poradzić sobie sama.

– Nadal masz zamiar podrzucać te martwe kosy? – zaatakowała więc. Czasem to była najlepsza obrona. – Odbiło ci zupełnie.

– Kosy? – powtórzyła Nadzieja.

Róża zaśmiała się, znowu walcząc z kurtką.

– A owszem. Kosy. Takie ptaki! Nie udawaj, że nie wiesz, wariatko! Kobieto, weź no się w garść, bo naprawdę zachowujesz się jak idiotka. Błażej jest teraz ze mną i powinnaś się z tym pogodzić. Dla dobra Oskara, bo on najbardziej cierpi na tych wszystkich kłótniach.

Po znalezieniu tego ohydnego zdjęcia w rzeczach Klementyny Róża miała wrażenie, że zdecydowanie lepiej chłopca rozumie. Naprawdę musi bardziej się do niego zbliżyć. W końcu mieli być rodziną. Przecież to nie jego wina, że ma pieprzniętą matkę.

– Nie będziesz mi mówiła, co jest dobre dla mojego syna! – zawołała Nadzieja.

Mokre kosmyki włosów przylepiły jej się do głowy i w tych ciemnościach wyglądała jak topielica z czaszką oblepioną wodorostami. Róża zadrżała. Odwróciła się i pobiegła przed siebie.

– Jeszcze tam wrócę! – wrzasnęła Nadzieja za nią.
– Do domu ogrodnika i do Drozdów. Do Błażeja!

– Po moim trupie! – odkrzyknęła Róża, potykając się w jakimś zagłębieniu. Cudem nie upadła. Musiała uważać. Przecież nosiła pod sercem dziecko Błażeja.

– Żebyś wiedziała! – usłyszała jeszcze z daleka krzyk Nadziei.

ROZDZIAŁ 15

Złociny. Sobota, 19 marca 2016. Godzina 16.20.
Aspirant Daniel Podgórski

Podziękowali Grabowskiemu i wyszli przed dom. Daniel wyciągnął z kieszeni paczkę papierosów. Była prawie pusta. Dobrze, że wziął jeszcze jedną. Trener pewnie by się wkurwił, ale Podgórski zamierzał to olać. Facet sam przecież też nie jest święty.

Nagle Daniel poczuł, że jest obserwowany. I to nie tylko przez Emilię i Weronikę, które uważnie śledziły ruch jego ręki, kiedy zapalał zapalniczkę. Daniel odwrócił się powoli. Faktycznie, Grabowski stał w kuchennym oknie i patrzył prosto na niego. Kiedy napotkał spojrzenie Podgórskiego, skinął głową i zniknął we wnętrzu domu.

Podgórski nie wiedział, co myśleć o Grabowskim i czy można mu ufać. Trudno było sobie co prawda wyobrazić, że emerytowany milicjant mógłby zabić własną córkę. Chociaż tak naprawdę i tego nie można było wykluczyć. Nie byłby to pierwszy raz, kiedy rodzic podniósł rękę na własne dziecko.

– Co myślicie o jego teorii na temat Walerii Żak? – zapytała Emilia.

– Szczerze mówiąc, wydaje się wyssana z palca – stwierdził Daniel.

Grabowski nie był przekonany co do niewinności Błażeja, ale wskazał też dwie ewentualne podejrzane. Żonę Błażeja, Nadzieję, i jej matkę, Walerię. O ile Nadzieja zdawała się dość oczywistą kandydatką, o tyle Waleria już nieco mniej. Na temat pisarki miał całą historię.

– I tak musimy pogadać z Nadzieją, więc równie dobrze możemy sprawdzić obie – dodał Daniel, otwierając drzwi samochodu.

– Mógłbyś chociaż skończyć palić na zewnątrz? – zapytała Emilia ostro. – To, że ty kopcisz jak lokomotywa, nie oznacza od razu, że ja muszę.

Weronika nic nie powiedziała. Posłała mu za to karcące spojrzenie. Podgórski czuł, że ogarnia go gniew. Szczerze mówiąc, gdyby nie chodziło o Klementynę, zabrałby się stąd natychmiast, zostawiając w Złocinach je obie.

– Chodź na chwilę. – Weronika pociągnęła go za rękaw kurtki.

Odeszli kawałek. Emilia została przy samochodzie.

– No naprawdę? – szepnęła Nowakowska z wyraźną irytacją.

Daniel spojrzał na nią bez słowa. Nie miał najmniejszej ochoty na dyskusje. Zwłaszcza na ten temat.

– Naprawdę nie możesz choć chwilę się powstrzymać? – mruknęła znowu z irytacją. – Po co prowokujesz kłótnie? Bawi cię to?

– Uwierz mi. Nie za bardzo.

– A wygląda, jakby było inaczej.

Podgórski zaciągnął się papierosem. Miał nadzieję, że to go uspokoi, ale poziom wkurwienia osiągnął taki poziom, że miał ochotę po prostu w coś przypierdolić. Odetchnął głębiej, żeby się uspokoić. Odkąd przyjechali do Złocin, miał wrażenie, że dzieje się z nim coś niedobrego.

– To jak? Korona ci z głowy spadnie, jeżeli skończysz tu? – Weronika kiwnęła głową w stronę żarzącego się papierosa.

– Zadzwonię do Ziółkowskiego, żeby sprawdzić tę parafinę – odpowiedział Daniel szybko.

Miał wrażenie, że jeżeli jeszcze chwilę pogada w ten sposób, źle się to skończy. Sięgnął po telefon i na wszelki wypadek odwrócił się od Weroniki. Słyszał jej oddalające się kroki, kiedy czekał na połączenie.

– Halo? – szef techników kryminalnych nie wyglądał na zachwyconego, że jest niepokojony w sobotę po południu.

– Krótka piłka – obiecał więc Podgórski. – Mam taką sprawę. Test parafinowy pokazał, że facet strzelał. Istnieje jakaś możliwość pomyłki?

– My robiliśmy?

– Szczerze mówiąc, nie wiem. Możliwe. Chodzi o morderstwo sprzed dwóch lat. Niejaki Błażej Dąbrowski zajebał swoją konkubinę. Nie czytałem jeszcze akt. To się stało pod Brodnicą, w Złocinach, więc teoretycznie to była nasza działka.

Ziółkowski zastanawiał się przez chwilę.

– Nie jestem w bazie. Nie mogę teraz sprawdzić. Ale nie pamiętam, żebym ja to robił. Może skierowaliśmy to gdzieś indziej.

– Nieważne. Chodzi mi o tę próbę parafinową – wyjaśnił Podgórski i rzucił peta na chodnik. – Jest jakaś opcja, że ktoś to spierdolił?

Odwrócił się i ruszył do samochodu. Weronika i Emilia już siedziały w środku. Chyba o czymś rozmawiały. Może o nim. W każdym razie umilkły, kiedy zajął miejsce za kierownicą.

– Zawsze jest – odparł Ziółkowski nieco urażony. – Słuchaj, tak czy inaczej to nie jest idealna metoda.

– Tak mi się właśnie wydawało – powiedział Daniel.

Zaczął powoli wycofywać samochód z podjazdu. Manewrowanie jedną ręką na tej niewielkiej powierzchni nie było łatwe, ale nie chciało mu się czekać do końca rozmowy. I tak przez całą drogę do Szuwarów będzie musiał znosić wyniosłe milczenie dwóch obrażonych kobiet.

– Metoda jest nastawiona na szukanie związków nitrowych.

– Co z tego?

– A no to, że one znajdują się też na przykład w lakierach. Albo w farbach i tak dalej. To wszystko może powodować przekłamania. Dlatego teraz coraz częściej używa się nowocześniejszych metod. Na przykład mikroskopii.

Podgórski wycofał z wąskiej uliczki i zjechał na drogę, która miała ich wyprowadzić ze Złocin z powrotem na pola.

– Wtedy szuka się kombinacji trzech pierwiastków. Dokładniej mówiąc, ołowiu, antymonu i baru. One wchodzą w skład substancji inicjujących wystrzał. Są obecne na dłoniach strzelającego w postaci kulistych cząsteczek. Tak że musiałbym dokładnie obejrzeć wyniki, żeby ci coś konkretnie powiedzieć. Teraz nie mogę. Jestem na… ważnym spotkaniu.

Zakłopotanie Ziółkowskiego było wyraźnie wyczuwalne.

– Z pewną panią – dodał ciszej technik. – Mam wrażenie, że coś z tego może będzie.

Coś z tego będzie? Daniel miał ochotę się śmiać. Kiedyś też był romantykiem. Jak widać, nie skończyło się to najlepiej.

– Dobra. Będę się jeszcze odzywał, jak dowiem się czegoś więcej. Powodzenia – dodał mimo wszystko policjant.

Technik rozłączył się bez pożegnania. Samochód z miejsca wypełniła pełna wyrzutów cisza, a przecież Podgórski nawet jeszcze nie sięgnął po szlugi.

ROZDZIAŁ 16

Drozdy. Sobota, 22 listopada 2014. Godzina 16.55.
Róża Grabowska

Róża odetchnęła z ulgą, kiedy dotarła pod domek ogrodnika i zostawiła za sobą smagane wiatrem i deszczem łąki. W pokoju na piętrze paliło się światło. Pewnie Oskar rysował w tym swoim notesie, do którego nie pozwalał nikomu zajrzeć.

Walczyła ze sobą przez chwilę. Z chęcią wróciłaby już do domu, zjadła późny obiad i usiadła przed telewizorem. Najlepiej z kubkiem parującego kakao i nogami opartymi o stolik. Tymczasem musiała jeszcze sprzątnąć wychodek. Przeklinała się za to, że zostawiła to na koniec. Nie było tam może sporo pracy, ale zupełnie nie miała ochoty się tym teraz zajmować.

W końcu doszła do wniosku, że trzeba załatwić to jak najszybciej. Odkładanie na potem nic nie da. Jak na przykład tego Niemca i jego wizytówki. Róża ciągle nie wiedziała, co zrobić z wręczonym jej kartonikiem. Powiedzieć Błażejowi czy nie? Skłaniała się ku decyzji o milczeniu.

Przecież to by go zupełnie załamało. Nie mogła mu tego zrobić, kiedy Aniela umierała.

Tak, milczenie chyba jest najlepszym wyborem, uznała Róża, dochodząc pod sławojkę. Czuła się zadowolona, że podjęła decyzję. Nagle nie przeszkadzało jej nawet, że od latryny śmierdziało już z daleka.

Otworzyła drewniane drzwiczki ozdobione niezbyt kształtnym serduszkiem. Smród buchnął ze zdwojoną mocą. Straciła humor w mgnieniu oka. Targały nią ciążowe hormony, była przemoknięta, zmęczona i rozeźlona utarczkami ze wszystkimi po kolei. Co za fatalny dzień! Przynajmniej daruje sobie rozmowę z Borysem. Załatwi to kiedy indziej.

Weszła do wychodka. Starała się oddychać przez usta, żeby nie czuć smrodu. Ktoś zastukał w ściankę sławojki.

– Różyczka?

– Borys – odpowiedziała z irytacją. Czy wszyscy muszą się dziś tak skradać i ją zaskakiwać? Poza tym obiecała sobie, że porozmawia z nim kiedy indziej, a oto się zjawia nieproszony.

– Słuchaj, moja siostra pewnie by się zdenerwowała, ale widziałem dziś, jak Oskar… A zresztą! Tak sobie pomyślałem, że może bym wpadł dziś wieczorem pooglądać film.

Nie, no to już naprawdę była przesada. Cała rodzinka Żaków ma popieprzone w głowach.

– Do mnie? – zapytała ostro.

Borys wzruszył ramionami i uśmiechnął się dobrodusznie.

– Nadal nie mam zamontowanej anteny – wyjaśnił jakby nigdy nic. – Puszczają komedię romantyczną, miałem oglądać z Nadzieją, ale może... skoro Błażeja nie ma, pomyślałem, że moglibyśmy spędzić wspólnie wieczór.

Pokręciła głową z niedowierzaniem. W ostatnich tygodniach trochę z nim flirtowała. Był młody i przystojny. Dobrze się z nim rozmawiało, ale nie chciała posuwać się za daleko. Przecież miała wziąć z Błażejem ślub, nosiła jego dziecko. Nie wypadało w takim momencie oglądać się za innymi mężczyznami. Nawet jeżeli to były tylko niewinne amory.

– Borys, słuchaj... Musimy z tym skończyć.

Nie sprecyzowała, z czym, bo nie za bardzo wiedziała, jak ma to nazwać.

– Przecież miło jest, prawda?

Spojrzała na niego. Na jego twarzy pojawił się wyraz jakiejś dziwnej determinacji.

– Jasne, że jest miło, ale...

Borys nie pozwolił jej dokończyć. Położył palec na jej ustach, jak małej dziewczynce.

– To posłuchaj, tak sobie myślę, że to chyba czas, żebyśmy wiesz...

– Nie, nie wiem – tym razem starała się, żeby zabrzmiało ostrzej.

Nie podobał jej się kierunek, w którym zmierzała ta rozmowa. Spróbowała wyjść, ale Borys stał niewzruszenie i tarasował drzwi wychodka.

– Mogę przejść? Trochę tu śmierdzi. Niedobrze mi.

– Ale na zewnątrz pada.

– Wiem. Ale ja chcę stąd wyjść!

Zabrzmiało to piskliwie. Nic na to nie mogła poradzić, że zaczynała się trochę bać Borysa. Nagle nie wydawał się już taki dobroduszny jak zwykle. Jego wielkie ciało tarasowało wyjście i nie było najmniejszej szansy, żeby jakoś się przecisnęła.

Może powinnam zawołać po pomoc, zastanawiała się Róża gorączkowo. Może Oskar by ją usłyszał? Tylko co dziecko mogłoby zrobić takiemu olbrzymowi. A państwo Kopp w Drozdach? Nie, nikt by jej nie usłyszał. Za bardzo wiało. Kogo ona oszukiwała?

– Poczekaj jeszcze chwileczkę – poprosił tymczasem ogrodnik.

– Nie czujesz, że tu śmierdzi?! – wrzasnęła. – Jesteśmy w budce pełnej gówna!

– Nie, prawie nikt nie korzysta z tego kibla – powiedział, jakby stwierdzał prosty fakt. – Ja i Błażej sikamy w krzakach, kiedy pracujemy przy stawach. Komu by się chciało iść aż tu.

– Pan Romuald czasem tu przychodzi.

– Ile on może zrobić? Kilka kropelek?

Róża nie wierzyła, że to się dzieje naprawdę. Borys więził ją w latrynie i rozmawiali o sikaniu. To naprawdę fatalny dzień! Czuła, że łzy napływają jej do oczu.

– Borys, boję się ciebie – wyznała szczerze.

ROZDZIAŁ 17

Daniel zapukał do drzwi domu rodziny Żaków. Szuwary w niczym nie przypominały zapuszczonych Drozdów. Może i były mniejsze, ale za to zostały gruntownie odnowione. Biel ścian aż błyszczała w promieniach ostrego wiosennego słońca. Nazwa willi pyszniła się dumnymi, wielkimi literami nad werandą. Podjazd wyłożono drobną kamienną kostką. Przy garażu stał czarny mercedes GLE i jego sportowy kuzyn AMG GT w kolorze ognistej czerwieni.

– Ludzie najwyraźniej kochają romanse – mruknęła Emilia na widok tego przepychu.

Podgórski pokiwał głową. On też pomyślał o tym samym. Książki Walerii faktycznie musiały być bestsellerami, skoro mogła pozwolić sobie na taki luksus.

– Jej na pewno – potwierdziła Weronika. – Zwłaszcza jej. Waleria Żak jest jedną z najbardziej poczytnych pisarek w Polsce. Dziwię się, że o niej nie słyszeliście.

Drzwi willi otworzyły się powoli. Stanęła w nich kobieta około sześćdziesiątki. Miała natapirowane ciemne włosy i ostry makijaż w stylu lat osiemdziesiątych. Daniel uśmiechnął się pod nosem. Pamiętał, jak matka fascynowała się kiedyś serialem *Dynastia*. Waleria przypominała mu słynną Alexis. Nie widział za to w jej twarzy żadnego podobieństwa do rudowłosego Borysa. Trudno było uwierzyć, że nalany olbrzym jest jej synem.

– Pani Waleria Żak? – zapytał, żeby jakoś zacząć.

– Och, proszę, mówcie mi Valerie – zaśmiała się kokieteryjnie pisarka. – Odkąd moje książki są wydawane za granicą, wybrałam wersję bardziej zrozumiałą dla ludzi stamtąd. Wy pewnie po autografy, tak? Muszę sprawdzić, czy mam jeszcze wolne egzemplarze. Poczekajcie tu.

Odwróciła się natychmiast, nie czekając na odpowiedź. Zamknęła drzwi z hukiem, jakby chciała dać im do zrozumienia, że dalej ich nie wpuści. Daniel poczuł, że fala irytacji wraca. Odetchnął głębiej, próbując się uspokoić. Niewiele to pomagało. Przejechał ręką po twarzy. Starał się skupić na sprawie, na córeczce. Na wszystkim, byle nie na wzrastającym poziomie wkurwienia.

W końcu drzwi otworzyły się i w progu znowu stanęła Waleria. W rękach trzymała trzy cienkie książeczki w miękkich okładkach.

– Macie szczęście – oznajmiła wyraźnie zadowolona z siebie. – Trochę mi zostało z ostatniego wieczoru autorskiego. No to szybciutko mówcie, dla kogo mam wpisywać dedykację. Tylko pamiętajcie, pięćdziesiąt złotych za sztukę.

– Pięćdziesiąt złotych? – wyrwało się Podgórskiemu. Spojrzał na cieniuteńkie książeczki z niedowierzaniem. Wyglądały jak broszury reklamowe.

– Przecież ja też nie dostaję ich za darmo – wyjaśniła Waleria znudzona. Jej ton świadczył o tym, że ma ich co najmniej za idiotów. – Chyba to rozumiecie? No więc jak się nazywacie?

Otworzyła jedną z książek i popatrzyła na nich nagląco. Ręka z długopisem zawisła nad kartką. Szkarłatny lakier na paznokciach przypominał krople krwi.

– Aspirant Daniel Podgórski – powiedział policjant, kładąc nacisk na swój stopień.

Wyciągnął blachę i uniósł ją na wysokość oczu Walerii. Pisarka zamknęła książkę i przycisnęła ją do opiętej w czerwoną bluzkę piersi.

– Sierżant sztabowa Emilia Strzałkowska – poszła w jego ślady Emilia.

Oparła przy tym ręce na biodrach. Mimo że była w cywilkach*, wyglądała, jakby przed chwilą wysiadła z radiowozu i miała właśnie pisać fakturę**. Niemal się uśmiechnął.

Waleria spojrzała pytająco na Weronikę, która jako jedyna się nie przedstawiła.

– Weronika Nowakowska – pospieszyła z wyjaśnieniami tamta.

– Nasza profilerka kryminalna – dodał Daniel.

Weronika posłała mu karcące spojrzenie.

* Cywilki (slang.) – cywilne ubrania.
** Faktura (slang.) – mandat.

– Jesteście z policji – stwierdziła Waleria, jakby z trudem to do niej dochodziło.

– Na to wygląda – odparł Daniel spokojnie.

– O co znowu chodzi?! – krzyknęła pisarka niespodziewanie. – Grabowski znowu zaczął gadać te swoje głupoty?! Tak? O to chodzi? Mam tego dosyć! Po to przychodzicie?

– Chcielibyśmy po prostu zadać kilka pytań – wyjaśnił Daniel, nie wchodząc w szczegóły. Na początek lepiej było niczego nie sugerować. – Nie zajmiemy pani wiele czasu.

Waleria zmierzyła Podgórskiego niechętnym spojrzeniem. Chylące się powoli ku zachodowi słońce świeciło jej prosto w oczy. Źrenice miała jak szpileczki. Nadało jej to wygląd podstarzałej ćpunki.

– Przecież śledztwo zostało już zamknięte dwa lata temu. Po co znowu mnie nachodzicie? – zaatakowała. – Tym bardziej że ten komuch plecie kompletne dyrdymały. Nienawidzi mnie i mojej rodziny. I to od dawna zresztą.

– Jest jakiś konkretny powód tej nienawiści?

– A żeby pan wiedział, że jest. Mój brat walczył z komunizmem – wyjaśniła z dumą. – A ten esbek go tępił, gnębił. Wszystko!

Waleria poprawiła włosy z godnością i zrobiła ruch, jakby chciała zatrzasnąć im drzwi przed nosem. Daniel przytrzymał je ręką. Chciał sprawdzić trop zaproponowany przez Grabowskiego, nawet jeżeli wydawał się pozbawiony sensu.

Pisarka puściła klamkę i zacisnęła obie dłonie na książeczkach.

– Poza tym... Dobre sobie! – zakpiła, jakby przed chwilą nic się nie stało. – To przecież ta jego córka, Puszczalska

128

Różyczka, rozbiła małżeństwo mojej Nadziei. To my mamy wszelkie prawo, żeby nienawidzić wszystkich Grabowskich, którzy chodzą po tej ziemi. Swoją drogą całe szczęście, że tylko on jeden został. Nie to, żebym popierała zabójstwa, ale Błażej przynajmniej jedną rzecz zrobił dobrze. Posłał paskudną Puszczalską do piekła.

– Myślałam, że lubi pani kobiety o… silnych charakterach – odezwała się Weronika. – Z tego, co wiem, większość taka jest w pani książkach.

Waleria uśmiechnęła się, jakby zadowolona, że Nowakowska zna jej prozę.

– Chyba rozumie pani podstawową różnicę pomiędzy fikcją a rzeczywistością, pani profilerko, prawda? – powiedziała jednak z wyższością. – No więc chcecie te książki czy nie?

Uniosła książeczki, jak to wcześniej zrobił Daniel ze swoją odznaką. Policjant zauważył, że jedną z nich był *Dom czwarty*, czyli dokładnie ta powieść, o której wspomniał im Grabowski.

– Ja wezmę jedną – oznajmiła Weronika z uśmiechem. – Moja mama panią wprost uwielbia.

Pisarka wyglądała teraz na udobruchaną. Strategia Nowakowskiej najwyraźniej zadziałała.

– Którą?

Weronika zerknęła na Daniela.

– *Dom czwarty* – powiedziała.

– Dla kogo dedykacja? – zapytała pisarka. Chyba nie spodobał jej się wybór Nowakowskiej. Na powrót zerkała na nich z podejrzliwością.

– Dla Dominiki. Na pewno bardzo się ucieszy.

– Czyli piszę „Dla Dominiki" – oznajmiła chłodno pisarka. Wyciągnęła z kieszeni długopis i oparła książkę o framugę drzwi. Tusz widocznie spłynął, bo długopis przestał pisać, zanim dokończyła dedykację. – Cholera! Zresztą po co ta farsa! Skoro chcecie *Dom czwarty*, to pewnie i tak chodzi o te bzdury Grabowskiego. Równie dobrze mogę nie podpisywać.

Pisarka wcisnęła książkę Danielowi, omijając wzrokiem Weronikę. Policjant przekartkował powieść. Trzeba będzie to przeczytać i przekonać się, czy Grabowski ma rację. Podgórskiemu nie za bardzo uśmiechała się ta lektura. Może któraś z jego bojowych towarzyszek tego się podejmie.

– Moja mama naprawdę panią lubi – zapewniła Nowakowska.

– To wybrałaby pani *Namiętności Joanny* – stwierdziła Waleria urażonym tonem i uniosła powieść w czerwonej obwolucie. – To mój słynny debiut z tysiąc dziewięćset siedemdziesiątego siódmego roku. Rzecz kultowa dla wszystkich moich fanów.

– *Dom czwarty* nam wystarczy – powiedział Podgórski. Odwrócił książkę i zerknął na opis z tyłu okładki. „Opowieść o makabrycznej zbrodni, o namiętności nie do powstrzymania". – Czy nie pisze pani z reguły romansów?

– Oczywiście, że tak. To moja specjalność. Nie ma w tym kraju nikogo lepszego ode mnie.

– Skąd w takim razie pomysł na kryminał?

– Kryminał? – zaśmiała się Waleria z wyższością. – *Dom czwarty* to nie jest żaden tam kryminał. To powieść na miarę *Wichrowych wzgórz*.

Daniel postukał palcem w książkę.

– Podobno to jest o „makabrycznej zbrodni".

– Teraz ludziom nie wystarcza zwykły romans. Chcą zbrodni i krwi. Więc im dałam.

Podgórski spojrzał na nią uważniej. Jej słowa zabrzmiały nieco dwuznacznie. Czy sugestie Grabowskiego miały w sobie jednak ziarno prawdy?

– Nie czytałam co prawda pani powieści, ale z tego, co mówił pan Grabowski, główna bohaterka ginie z ręki swojego ukochanego – włączyła się do rozmowy Emilia.

– Dzieje się to tuż po tym, jak go zdradziła. Zostaje zabita strzałem w głowę. Podobieństwo do śmierci Róży jest ewidentne.

Waleria wpatrywała się w nich z niesmakiem. Znowu spróbowała przymknąć drzwi, ale Podgórski mocno je przytrzymywał.

– No i co z tego? Insynuacje Grabowskiego, jakobym sama to zaplanowała i przeprowadziła, a potem opisała, są śmieszne. Chyba państwo w nie nie wierzą? Zresztą napisałam tę książkę po śmierci Róży. To był hołd dla zmarłych! Grabowski jest zbyt głupi, żeby to zrozumieć. Ubek jeden.

– Pan Grabowski wspomniał, że powieść została wydana zaledwie trzy miesiące po śmierci jego córki – nie ustępowała Emilia. – Tak szybko udało się pani to napisać i wydać?

Podgórski mógłby przysiąc, że usta pisarki na chwilę wykrzywił grymas. Zaraz się jednak opanowała.

– Wena sama do mnie przyszła – oznajmiła stanowczo.

– Coś jeszcze? Bo jestem zajęta.

– A ten tytuł? – zagadnął Daniel.

Grabowski twierdził, że „dom czwarty" odnosi się konkretnie do domku ogrodnika, w którym mieszkali Róża i Błażej, czyli do miejsca przestępstwa. Pierwsze trzy domy to miał być kompleks dworów – Drozdy, Szuwary i spalone Igły. Dom czwarty. Podgórski mógłby przysiąc, że słyszał już to określenie w jakimś innym kontekście. Nie mógł sobie jednak przypomnieć, o co chodziło.

– Moja bohaterka mieszkała w domu numer cztery i tyle – rzuciła gniewnie Waleria. – To jej adres. Żadna tajemnica.

– Czyli nie opisywała pani domku ogrodnika?

– W żadnym razie. Gdyby pan zmusił się do wysiłku i przeczytał powieść, toby pan wiedział. – Spiorunowała go spojrzeniem wymalowanego oka. Kolejna rozjuszona tygrysica. – Zresztą nie sądzę, żeby w ogóle pan czytał.

Daniel westchnął. Kiedyś lubił czytać. Teraz zdawało się to oddalone o całe lata świetlne. Jakby wieczory nad książką wydarzyły się w zupełnie innym życiu.

– Coś jeszcze? – dorzuciła wściekle Waleria.

– Na razie nie.

– Świetnie.

Waleria znowu próbowała zamknąć drzwi, ale Podgórski na to nie pozwolił.

– Niech pan puści drzwi!

– Zastaliśmy pani córkę? – zapytał, ignorując jej słowa. – Podobno tu mieszka.

– Nadzieję też chcecie nękać? Założę się, że komuch naopowiadał wam, że Nadziejka podrzucała Róży martwe ptaki. Kolejna bzdura! Ile można kłamać?

– Czy pani córka jest w domu? – zapytał Daniel. Zabrzmiało to ostrzej, niż zaplanował. Zaczynał tracić cierpliwość.

Waleria znowu spróbowała zamknąć drzwi, ale policjant kolejny raz na to nie pozwolił. Pisarka wyglądała teraz na przestraszoną.

– Daniel – upomniała go delikatnie Weronika. Nie odpuścił.

– Czy Nadzieja jest w domu? – powtórzył pytanie.

– Poszła z Oskarkiem nad rzekę.

Pisarka pokazała w dół wzgórza, na którym wybudowano Szuwary. Drwęca torowała sobie drogę wśród zarośli. Dolina rzeki była w tym miejscu wyjątkowo malownicza.

– Mój wnuk ma w poniedziałek klasówkę z matematyki – dodała nieco spokojniej. – Uczył się całe popołudnie i teraz wyszli się przewietrzyć. Wolałabym, żebyście zostawili ich w spokoju. Oboje tyle przeszli przez Błażeja. Zresztą Klementyny tu i tak nie ma.

Podgórskiego właściwie nie zdziwiło, że Waleria wie, po co tak naprawdę do niej przyszli, mimo że nie wspomnieli o Kopp ani słowem. W takich środowiskach wieści roznosiły się szybko.

– Skąd pani wie, że chodzi nam o Klementynę? – zapytał mimo to.

Waleria zaśmiała się głośno. Czaiła się w tym nieco histeryczna nuta.

– Macie mnie za idiotkę?

– To po co te ceregiele? – żachnęła się Emilia.

– A czemu nie? Mam dosyć tych wszystkich przepychanek – warknęła pisarka. – Doszło do tragedii, której nie powinno się rozgrzebywać. Po co było sprowadzać tu Klementynę? Lepiej by siedziała tam, gdzie jej miejsce. Helena sama jest sobie winna, że ją wezwała. Nie zamierzam pomagać w poszukiwaniu kobiety, która zabiła mojego brata. Co to, to nie! Za bardzo kochałam Jędrzejka, żeby robić mu takie świństwo. Dla mnie to Klementyna może leżeć głęboko w piachu. Tak jak mój brat od czterdziestu lat. Morderczyni!

ROZDZIAŁ 18

Wychodek w Drozdach. Sobota, 22 listopada 2014.
Godzina 17.20.
Róża Grabowska

Boisz się mnie? Różyczka, co ty mówisz! Przecież ja nigdy bym cię nie skrzywdził – zapewnił Borys, ale się nie przesunął i nadal tarasował wyjście z wychodka.

Róża nie mogła już dłużej znieść smrodu i zamknięcia. Zaczęła z całych sił go pchać, próbując przebić się na zewnątrz.

– To ja rozumiem – powiedział ogrodnik zadowolony. W tym swoim durnym łbie myślał chyba, że Róża się do niego przytula. To było niedorzeczne.

– Wypuść mnie – stęknęła. Traciła już siły.

– Co będę z tego miał? – powiedział tonem, który w zamierzeniu miał być chyba zalotny, a sprawił tylko, że ciarki przebiegły jej po plecach. W co ona się wpakowała?

– Przestań już. Proszę. Bo o wszystkim powiem Błażejowi, jak wróci z polowania! Powiem, że mnie zgwałciłeś!

– Dasz mi buzi, to cię wypuszczę – powiedział Borys lekko, jakby nie słyszał jej groźby.

– Nie chcę. Chcę wracać do domu.

Dotknął się palcem w policzek.

– Czekam.

– Zawołam pomocy!

Tylko się zaśmiał. Nie wiedziała, co robić, więc w końcu wspięła się na palce i pocałowała go.

– Tylko tyle? Czekam na coś więcej – wymruczał.

Nie było wyjścia. Musiała pocałować go prosto w usta, chociaż teraz się nim brzydziła.

– Tak lepiej – pochwalił. – Jeszcze raz.

– Mówiłeś…

– Zmieniłem zdanie. Jeszcze raz!

Zaczęła całować te jego wielkie wargi. Był cały sztywny, jakby się denerwował.

– Co tu się dzieje?!

Róża i Borys odskoczyli od siebie. Państwo Kopp szli w ich kierunku od strony hotelu. Pewnie wybierali się nad stawy dla zabicia czasu. Po południu i wieczorem w Drozdach nie było zupełnie nic do roboty. Nie mieli przecież nawet telewizora.

– A ja chciałam ci dać sukienkę! – zawołała pani Helena. Na jej pięknej twarzy malowało się rozczarowanie i smutek.

– To nie tak – wydusiła Róża.

– Jutro masz ją odnieść!

– Nawet jej jeszcze nie znalazłam – szepnęła Róża.

– Tym lepiej – wysyczała Helena.

– No widzisz – powiedział pan Romuald. – Mówiłem, że z tego nie będzie nic dobrego.

– Ale… – wydusiła Róża.

Niespodziewanie Borys objął ją ramieniem, jakby chciał przypieczętować ich związek. Próbowała strącić jego rękę, ale była jak głaz. Czy on zupełnie zwariował?

– Zostaw mnie! – rozkazała mu. – Co ty robisz?

– Chodźmy do domu – powiedział pan Romuald do żony i spojrzał na Różę pogardliwie.

Borys puścił ją od razu, kiedy tylko państwo Kopp zawrócili do hotelu.

– Co ci strzeliło do głowy?! – zawołała. – Przecież oni teraz wszystko powiedzą Błażejowi!

– I bardzo dobrze – powiedział Borys z uśmiechem. – Bardzo dobrze.

Róża nie rozumiała, o co mu chodzi.

ROZDZIAŁ 19

Nad Drwęcą. Sobota, 19 marca 2016.
Godzina 17.00.
Weronika Nowakowska

Zostawili Szuwary za plecami. Szli wąską ścieżką w dół wzgórza, na którym zbudowano dworek. Dróżka wyłożona była starannie dobranymi płaskimi kamieniami. Zbocze porastały równo poprzycinane krzewy. Na gałązkach widać już było pierwsze pąki i nieśmiałe zielone listeczki. Oby tylko dzisiejszy chłód im nie zaszkodził.

Weronika bardzo czekała na wiosnę. Teraz jednak trudno było cieszyć się jej pierwszymi oznakami. Nie mogła przestać myśleć o tym, co powiedziała im przed chwilą Waleria.

– Myślicie, że to prawda? – zapytała.

– Co? Że Kopp zabiła swojego byłego męża w siedemdziesiątym szóstym roku? – upewniła się Emilia. – Wy powinniście lepiej się orientować. Mam wrażenie, że wiecie o tej sprawie więcej niż ja.

Weronika odwróciła się do Daniela. Szedł kawałek z tyłu z nieodłącznym obecnie papierosem. Wyglądał na zamyślonego, jakby nie słyszał ich rozmowy.

– Wiem tylko tyle, że nie traktował jej zbyt dobrze. Nie wspomniała nawet, że on nie żyje.

– Otworzyła się przed tobą tak po prostu? – zdziwiła się Emilia.

– Nie. To było podczas jednego ze śledztw. Tak naprawdę wiem tylko tyle, że Klementyna należała do organizacji wspierającej kobiety, ofiary przemocy domowej. Nie powiedziała więcej, niż musiała. Znasz ją przecież.

– To jej sprawy. Ma prawo do prywatności – odezwał się Podgórski nieoczekiwanie. – Zresztą Waleria sama przyznała, że Klementyna nie została postawiona w stan oskarżenia.

Kiedy wychodzili z Szuwarów, pisarka faktycznie powiedziała, że podczas śledztwa w siedemdziesiątym szóstym roku aresztowano i skazano kogoś innego. Mimo to Weronice wcale nie było trudno wyobrazić sobie, że Klementyna rzeczywiście zabiła Jędrzeja Żaka, a potem jakoś udało jej się to ukryć.

Nie chodziło tylko o charakter byłej pani komisarz. W swojej pracy psychologa Nowakowska poznała kilka tego typu historii. Kobiety z różnych powodów latami znosiły cierpienie, a potem któregoś dnia nie wytrzymywały.

Zabijały na różne sposoby. Czasem pod wpływem chwili, a czasem z premedytacją, mając konkretny, przemyślany plan. Z reguły jednak efekt był podobny: poczucie winy stopniowo je wyniszczało. Większość nie potrafiła poradzić sobie z tym, co zrobiły. Nie czuły się usprawiedliwione, nawet jeżeli podniosły rękę na własnego kata. Po wyjściu z więzienia ich życie stawało się jeszcze trudniejsze.

– Zastanawiam się nad tymi dwiema sprawami – powiedziała Emilia. – Waleria twierdzi, że Klementyna zabiła Jędrzeja, ale skazano kogoś innego. Teraz mamy Błażeja, który według Heleny Kopp został niesłusznie skazany, a prawdziwy sprawca jest na wolności. No i fakt, że...

Strzałkowska przerwała i pokazała w dół zbocza.

– Tam są! – powiedziała.

Weronika spojrzała w stronę rzeki. Stała tam wysoka kobieta w towarzystwie pulchnego chłopca. Ubrani byli w identyczne granatowe dresy i czarne polary z lamówką. Spoglądali na ich trójkę nieco niepewnie. Nadzieja ściskała w dłoni telefon komórkowy. Prawdopodobnie Waleria ostrzegła ją, że zaraz tu przyjdą.

– Dzień dobry! – zawołał Daniel. – Aspirant Daniel Podgórski. Komenda Powiatowa Policji w Brodnicy.

Nadzieja machnęła ręką na przywitanie. Była bardzo wysoką kobietą o nijakiej, szarej twarzy. Długie włosy związała w niedbały koński ogon, a okulary w niemodnej drucianej oprawce i znoszony sportowy strój nie dodawały jej uroku.

– Możemy zająć chwilę?

– Nie widziałam Klementyny – odezwała się z miejsca defensywnie. – Helena była u nas i już jej to mówiłam. Nie mam nic więcej do dodania. Chodźmy, Oskar.

Nadzieja pociągnęła syna za sobą i ruszyła po grobli, ścieżką biegnącą wzdłuż rzeki. Oskar poszedł za matką, ale po kilku krokach odwrócił się zaciekawiony. Kiedy napotkał spojrzenie Weroniki, na policzkach wykwitły mu rumieńce. Czy to z chłodu, czy z zawstydzenia.

– Sądzimy, że zniknięcie Klementyny może mieć coś wspólnego ze śmiercią Róży Grabowskiej. Z zabójstwem dokonanym przez pani męża – zawołał za Nadzieją Podgórski. – Zajmiemy tylko chwilę. Mamy dosłownie kilka wątpliwości.

Na wspomnienie Błażeja kobieta zatrzymała się w pół kroku. Odwróciła się powoli. Mrużyła oczy, jakby mimo okularów nie widziała ich zbyt dokładnie.

– Musimy do tego wracać? – zapytała, kiwając głową w stronę syna.

– Mamo, mam już jedenaście lat – powiedział Oskar. Wysoki dziecinny głos kontrastował z powagą tonu. – Nie musisz się tak o mnie martwić. Wiem przecież, co się stało. Byłem wtedy w domu. Słyszałem strzały.

– Och, synku.

Nadzieja objęła Oskara opiekuńczym gestem. Chłopak spojrzał na Weronikę, jakby szukał u niej ratunku. Jego oczy zdawały się nadmiernie dojrzałe. Nie było to szczególnie dziwne, zważywszy na okoliczności.

– Czego ode mnie chcecie? – zapytała Nadzieja. – W jaki sposób zniknięcie Klementyny może się wiązać z tym, co zrobił Błażej?

– Nie lubiła pani Róży, prawda? – zapytał Podgórski zamiast odpowiedzi. Głos miał teraz lekko zachrypnięty. Może od nadmiaru wypalonych papierosów, a może od wczesnowiosennego chłodu.

Kobieta zaśmiała się głośno.

– Ukradła mi męża. Nie będę ukrywać, że nie darzyłam jej sympatią. Co to ma do rzeczy?

– Nie lubiła jej pani aż tak, żeby podrzucać na próg martwe kosy? – zapytała powoli Weronika.

Do pewnego stopnia rozumiała gorycz, którą zapewne czuła Nadzieja. Nowakowska sama przecież została zdradzona i był czas, kiedy szczerze nienawidziła zarówno Emilii, jak i Daniela. To, co nie mieściło jej się w głowie, to niepotrzebne okrucieństwo wobec zwierząt.

Nadzieja nie odpowiedziała. Jak na zawołanie z zarośli porastających brzeg rzeki doszedł ich głośny śpiew ptaka. Dopiero po chwili Weronika zauważyła kosa, który przysiadł wśród gałęzi i przyglądał im się uważnie.

– Robiła to pani? – zapytała z kolei Emilia.

Kobieta uparcie milczała.

– Grabowski powiedział nam, że słyszał kłótnię pomiędzy panią a Różą – powiedział więc Daniel.

– O którą chodzi? – zaśmiała się z wyraźną goryczą Nadzieja. – Było ich co najmniej kilka.

– Tamtego dnia. W dzień morderstwa. Mijał was na rowerze, kiedy wybrał się na przejażdżkę. O co poszło?

Kobieta zaśmiała się złośliwie. Ostra nuta nie pasowała do jej bezbarwnej twarzy. Podeszła do Podgórskiego i spojrzała mu prosto w oczy. Była prawie tak wysoka jak on.

– O nic wielkiego – przeliterowała niemal. – Róża sprzątała u mojej matki. Nie byłam z tego zadowolona, nie będę udawać. Ale Valerie nie lubi zmian. Róża sprzątała w Szuwarach, zanim ukradła mi męża, i sprzątała po tym, jak jej się to udało. Musiałam jakoś ją znosić. Chociaż czasem przychodziło mi to z trudem. Ciągle kłóciłyśmy się o jakieś głupstwa.

– Na przykład?

– Że nie sprzątnęła dokładnie łazienki albo coś takiego. Róża nie była zbyt dokładna. Wszystko robiła po łebkach. Moja matka sporo jej płaciła, więc uważałam, że dziewczyna powinna się bardziej starać. Skąd te pytania? Chyba nie sugerujecie, że to ja ją zabiłam?

Kos znowu zaśpiewał melodyjnie. Jego piosenka idealnie komponowała się z delikatnym szumem wartkiego nurtu Drwęcy.

– Śledztwo wykazało, że zrobił to pani mąż – przypomniał Podgórski lekkim tonem.

Uśmiechnął się przy tym delikatnie. Teraz znowu wyglądał jak dawniej. Weronika nie mogła oderwać od niego wzroku. Policjant odwrócił się w jej stronę, jakby wyczuł jej spojrzenie. Myliła się. Znowu te ciemne, niepokojące oczy. Odwróciła się szybko, żeby w nie nie patrzeć.

– Tak. Więc tym bardziej nie rozumiem, po co te pytania – powiedziała Nadzieja.

– Będzie pani przeszkadzało, jeżeli zapalę? – zapytał policjant równie lekko jak przedtem.

Nadzieja zmierzyła go lustrującym spojrzeniem.

– O ile mnie pan poczęstuje – odpowiedziała powoli. Z boku wyglądało to, jakby toczyli jakąś dziwną walkę bez słów.

Podgórski wyciągnął paczkę papierosów i podał Nadziei ogień. Zaciągnęła się głęboko, nie odrywając od niego spojrzenia.

– Gdzie pani była, kiedy Róża została zastrzelona? – zapytał policjant.

– Tu w Szuwarach.

Nadzieja wskazała dworek przycupnięty na szczycie wzgórza. Od strony rzeki pysznił się wielki taras. Musiał być stamtąd piękny widok na dolinę Drwęcy.

– Byłam z matką i z bratem. Wiem, że zaraz wyciągniecie fakt, że Borys spotykał się z Różą – zaśmiała się smutno Nadzieja. Trzymała papierosa w dłoni, ale nie włożyła go już do ust. – Szkoda, że nie spiknęli się od razu. Może te wszystkie nieszczęścia by się nie wydarzyły? Ja byłabym z Błażejem. Borys z Różą i tyle. A tak…

Nie dokończyła. Nagle Weronika poczuła, że powinna o coś zapytać. Myśl uleciała jednak równie szybko, jak się pojawiła. Próbowała się skoncentrować, ale wszystko na nic. Zerknęła na Emilię, jakby policjantka mogła jej coś podpowiedzieć. Strzałkowska stała jednak z rękami splecionymi na piersi i patrzyła na rzekę.

– Zresztą chyba powinniście dokładniej przepytać pana Grabowskiego – dodała Nadzieja, wyrywając Weronikę z zamyślenia.

– Co ma pani na myśli? – zapytała.

– Szukacie Klementyny, prawda?

– Tak.

– To powinniście się przyjrzeć Grabowskiemu, a nie nam – oznajmiła Nadzieja. Spojrzała z odrazą na żarzącego się papierosa. Rzuciła na ziemię i zdeptała. – Ja nawet nie palę. Zawsze uważałam, że to ohydne. Oskar, ty też tak uważasz, prawda?

Chłopak pokiwał szybko głową.

– Dlaczego? – zapytał Daniel.

– Niezbyt to zdrowe, nie uważa pan, panie władzo? – szepnęła Nadzieja uwodzicielsko. Przez ten krótki moment przypominała Walerię. Niepozorny wygląd nagle przestał mieć znaczenie.

Podgórski uśmiechnął się pod nosem. Nadzieja odpowiedziała tym samym. Weronika zobaczyła, że Emilia przewraca oczami i kręci głową.

– Pytałem, dlaczego mielibyśmy przyjrzeć się Grabowskiemu – uściślił policjant.

– Wcale się nie dziwię, że nas oczernia. Ma do tego powody. Po pierwsze, nie wiem, czy wiecie, że mój wuj Jędrzej brał udział w protestach studenckich w sześćdziesiątym ósmym roku. Grabowski był z kolei komuchem pełną gębą. Jakby mógł, toby codziennie lizał wszystkim partyjniakom dupy. Och, nie powinnam używać takich słów! To niekulturalnie.

Nadzieja pogłaskała syna po głowie.

– Mamo, znam takie słowa – zapewnił Oskar.

– To mnie właśnie martwi.

– A drugi powód? – przypomniał Daniel.

– Grabowski kochał się w Klementynie. Na zabój, że tak to określę. Esbek jest pamiętliwy. Do tej pory żywi urazę, że Klementyna wolała mojego wuja, a jemu została ta zezowata Zośka. – Głos Nadziei ociekał teraz jadem. – Zresztą rozmawialiście z Valerie, więc pewnie powiedziała wam już, co o tym myśli?

– Wspomniała, że jej zdaniem Klementyna zabiła Jędrzeja – odezwała się Weronika.

Nadzieja skinęła głową.

– Też tak uważam.

– Nie była pani wtedy przypadkiem dzieckiem? – zapytała Emilia nieco szorstko. – W siedemdziesiątym szóstym mogła pani mieć co najwyżej kilka lat.

Nadzieja zaczerwieniła się lekko i przyciągnęła syna bliżej do siebie, jakby teraz Oskar mógł być dla niej obroną.

– Miałam rok – przyznała. – Ale Waleria dużo mi o tym mówiła i wyrobiłam sobie własną opinię.

– Doprawdy – mruknęła Emilia. – Proszę nas w takim razie oświecić z łaski swojej.

Nowakowska spojrzała na policjantkę zaskoczona. Strzałkowska i Kopp nigdy szczególnie się nie lubiły. Teraz wyglądało jednak na to, że Emilia zamierza bronić byłej pani komisarz.

– Wuj Jędrzej poszedł do Klementyny tamtego wieczoru i nie wrócił.

– Po co właściwie do niej poszedł, skoro byli już po rozwodzie? – atakowała dalej Emilia.

Nadzieja wzruszyła ramionami.

– Pewnie chciał porozmawiać.

– Doprawdy – zadrwiła znowu Strzałkowska. Jej twarz nabrała kolorów, a oczy zaczynały odzyskiwać dawny błysk. Wyglądała zdecydowanie lepiej niż rano.

– Chyba wszystko jedno, prawda? – warknęła Nadzieja.

– Ważniejsze, że nie wrócił już potem nigdy do domu. Klementyna była ostatnią osobą, która widziała go żywego. Sama zresztą się do tego przyznała.

– Pani matka powiedziała nam, że skazano kogoś innego.

– Tak, jakiegoś faceta, który grasował po okolicy z nożem. Tylko że to się niezbyt trzyma kupy. Wuj Jędrzej miał do przejścia tylko ten kawałek z Szuwarów do domku ogrodnika. Tam Klementyna wtedy mieszkała. I na tym odcinku spotkał jakiegoś wariata? Nie, to zupełnie mi nie pasuje. Zdecydowanie łatwiej uwierzyć, że to Klementyna zabiła.

Przez chwilę panowało milczenie. Ciszę przerywała jedynie piosenka kosa i delikatny szum Drwęcy. Słońce powoli zmierzało ku horyzontowi i robiło się jeszcze zimniej. Weronika cieszyła się, że zmieniła kurtkę na cieplejszą. Tym bardziej że zerwał się wiatr. Jego silne podmuchy przepychały chmury na ciemniejącym niebie.

– Tak. Złapali jakiegoś wariata i twierdzili, że to on. Ale jest jeszcze jedna rzecz – dodała Nadzieja. – Zgadnijcie, kto był jednym ze śledczych, którzy prowadzili sprawę śmierci mojego wuja?

Nikt nie odpowiedział, bo pytanie zabrzmiało retorycznie.

– No zgadnijcie – ponagliła ich Nadzieja.

– Grabowski – powiedział Daniel powoli.

– Bingo! – krzyknęła Nadzieja. Na jej policzki wystąpiły czerwone plamy. – Grabowski! Tak był zauroczony Klementyną, że ją z tego wyciągnął. A teraz oskarża mnie i Valerie, że zabiłyśmy Różę! Bardzo ciekawe. Zresztą w ogóle nie rozumiem, po co to rozgrzebywać, skoro Błażej odsiaduje karę. Matko jedyna.

– Mamo… – zaczął Oskar nieśmiało.

– Co, synku?

– Teraz mi się coś przypomniało.

– Co, kochanie? Tylko nie mów, że masz jeszcze jakiś sprawdzian. Przecież już mamy całą powtórkę rozplanowaną!

– Nie. Nie. Chodzi o pana Grabowskiego i o Różę…

– Co z nimi?

Oskar zerknął w stronę Daniela, Emilii i Weroniki.

– Czy teraz mam mówić? – zapytał niepewnie. – Przy nich?

– Mów! – rozkazała niemal Nadzieja.

– Wtedy…

– Kiedy, synku?

– No kiedy Róża umarła – powiedział chłopak z wahaniem.

Zacisnął usta. Wyglądało na to, że zupełnie się speszył i nie powie nic więcej.

– No mów! – rozkazała znowu Nadzieja.

Oskar skulił się nieco, słysząc jej ostry ton.

– Proszę pani, nerwy są zupełnie niepotrzebne – włączył się Daniel. – Możemy porozmawiać trochę później. I tak chcemy się tu jeszcze rozejrzeć. Będzie czas.

– Nie, nie. Niech Oskar mówi! – rzuciła Nadzieja zupełnie już rozgorączkowana. Teraz nietrudno było uwierzyć, że córka pisarki gotowa byłaby pociągnąć za spust i zabić Różę. – Niech mówi! Teraz!

Jej krzyk spłoszył kosa. Trel urwał się w połowie nuty, a ptak poszybował w stronę stawów za Drozdami. Szybko zniknął na tle ciemniejącego nieba.

– Jedliśmy śniadanie – podjął chłopak. – Róża zrobiła mi naleśniki.

– Naleśniki na śniadanie? – fuknęła Nadzieja. – Przecież wiesz, że lekarz kazał ci zrzucić kilka kilo! A ja się dziwię, że nam się nie udaje. Oskar, tu chodzi o twoje zdrowie. Zaczynam tracić cierpliwość.

– Niechże się pani uspokoi – huknęła nieoczekiwanie Emilia. – Najważniejsze, że możecie być razem. Nie rozumie pani tego? Nie wszyscy mają takie szczęście.

Znowu zapadła cisza. Strzałkowska oddychała ciężko.

– Co było dalej z tym śniadaniem? – zapytał Daniel, ostrożnie przerywając milczenie.

– No, Róża zrobiła mi śniadanie. Naleśniki – powiedział Oskar na nowo zakłopotany. – Z syropem klonowym. Takie grube, jak w amerykańskich filmach.

Nadzieja pokręciła głową zniesmaczona.

– Synku...

– No i wtedy Róża zadzwoniła do pana Grabowskiego. Przypaliła tego naleśnika. Kłócili się. I to bardzo.

– Pamiętasz, o co? – zapytała Emilia. Głos drżał jej nieznacznie, ale zaczynała chyba dochodzić do siebie.

– Nie wiem. Nie przysłuchiwałem się aż tak.

– Dlaczego nie powiedziałeś o tym wcześniej?! – zawołała Nadzieja i potrząsnęła synem, jakby był szmacianą lalką, a nie pulchnym jedenastolatkiem.

Daniel podszedł do nich i stanowczo odsunął Nadzieję od syna.

– Proszę się tak nie denerwować. Naprawdę nic takiego się nie dzieje.

Kobieta nie spojrzała nawet na policjanta. Była całkowicie skupiona na synu.

– Dlaczego nie wspomniałeś o tym wcześniej, gdy toczyło się postępowanie?

– Nikt mnie nie pytał – stwierdził z wyrzutem Oskar. – Uważaliście, że jestem tylko dzieckiem i nie mam oczu i uszu.

– Przecież wiesz, że tak nie jest – zapewniła go matka. – Zostałeś przesłuchany jak dorosły. Mówiłeś o tym, że obudziły cię strzały i tak dalej.

– Właśnie, a drzwi? – przypomniała sobie Weronika. Chciała się upewnić co do tego, o czym mówił Grabowski.

– Nie słyszałeś, żeby ktoś przekręcał klucz w zamku?

Oskar pokręcił głową.

– No widzisz, synku – powiedziała Nadzieja. – Wszyscy traktujemy cię jak dorosłego.

Chłopak wyglądał, jakby miał się rozpłakać.

– Tylko co z tego, skoro mój tata jest mordercą?! – wrzasnął i pobiegł w górę wzgórza w kierunku Szuwarów.

– No i widzicie, do czego doprowadziliście?! – warknęła Nadzieja zupełnie już czerwona na twarzy.

ROZDZIAŁ 20

Drożdy. Sobota, 22 listopada 2014. Godzina 17.40.
Róża Grabowska

Róża poszła szybkim krokiem w stronę Drozdów, zostawiając Borysa koło wychodka. Bała się, że ogrodnik za nią pójdzie, ale nie ruszył się z miejsca. Dogoniła państwa Kopp przy ganku z tyłu budynku. Pani Helena wycierała właśnie kalosze z wody. Nawet na nią nie spojrzała. Pan Romuald za to nie spuszczał z Róży wzroku. Cały czas kręcił przy tym głową.

– To nie tak, jak państwo myślą – zapewniła Róża. Już kiedy to mówiła, wiedziała, że zabrzmiało słabo. – Ja i Borys... To nic takiego!

– Doprawdy – zakpiła pani Kopp. – To jak to było?

– Borys...

Róża nie dokończyła. Nie wiedziała, co właściwie ma powiedzieć. Oni i tak wiedzieli swoje.

– Tak jak myślałam – orzekła Helena. – Pomyliłam się co do ciebie.

– Gdzie jest Oskar? – zapytał tymczasem Romuald zupełnie bez związku z rozmową.

– Cały dzień siedzi w domu i odrabia lekcje – odpowiedziała szybko Róża. Przynajmniej w tym względzie nie mogli jej nic zarzucić.

– Chyba raczej nie. Widziałem go z Borysem na grobli w ciągu dnia. Powinnaś lepiej przypilnować chłopaka. Chyba nie chcemy, żeby miał zaległości w nauce.

Niby jak mam go pilnować, chciała zapytać Róża, skoro każecie mi całe dnie sprzątać tę zapyziałą dziurę. Nic jednak nie powiedziała. To nie był najlepszy moment na pyskowanie. Zdecydowanie nie.

– O wilku mowa – powiedziała pani Kopp.

Róża odwróciła się szybko. Myślała, że Oskar wyszedł z domu, ale to Borys zmierzał w ich stronę. Czego znowu chciał? Jeszcze za mało namieszał?

– Dzwoni ksiądz Ignacy – oznajmił Borys, zbliżając się. Państwo Kopp nie mieli komórki, więc często korzystali z jego uprzejmości. – Podobno pani Anieli znowu się pogorszyło. Niewiele czasu jej zostało.

Pani Kopp pokręciła głową zmartwiona i wzięła od niego telefon.

– Powiem o wszystkim Błażejowi – rzuciła jeszcze w stronę Róży.

– Teraz, kiedy jego matka umiera? – zapytała ostro dziewczyna. Najwyraźniej tylko ona miała skrupuły i chciała oszczędzić Błażejowi dodatkowych zmartwień w tym trudnym czasie.

– Na prawdę zawsze jest czas – powiedział Romuald sentencjonalnie.

ROZDZIAŁ 21

Złociny. Sobota, 19 marca 2016. Godzina 18.20.
Sierżant sztabowa Emilia Strzałkowska

Grabowski stał w drzwiach z rękami skrzyżowanymi na piersiach. Najwyraźniej nie miał ochoty drugi raz zapraszać ich do swojego pastelowego domku. Przyjechali do niego po rozmowie z Nadzieją. Na razie trudno było stwierdzić, czy śmierć męża Klementyny w siedemdziesiątym szóstym ma jakiś związek z morderstwem Róży w dwa tysiące czternastym roku albo ze zniknięciem Klementyny. Mimo to uznali, że warto o to popytać.

– Ja? Zakochany w Klementynie? – zaśmiał się emerytowany milicjant dudniąco. – Żakowe znowu swoje?

– Czyli to nieprawda? – zapytał Daniel.

Podgórski stał oparty o poręcz ganku. Ręce skrzyżował na piersi, jakby kopiował zachowanie ich gospodarza. W ciemnozielonej wiosennej parce wyglądał bardziej jak żołnierz niż policjant. Na twarzy nie wiadomo skąd pojawiły mu się głębokie bruzdy. Emilia była pewna, że jeszcze dziś rano ich tam nie było.

– Może kiedy byliśmy dzieciakami – odparł Grabowski.

– Potem każde z nas poszło w swoją stronę. Klementyna wyszła za mąż za Jędrka, a ja za moją Zośkę. Tyle.

– Ale to pan prowadził dochodzenie w sprawie śmierci Jędrzeja Żaka, tak? – upewniła się Strzałkowska. Nadzieja może i zachowywała się jak histeryczka, ale nie wykluczało to, że w pewnych kwestiach mogła mieć rację.

Emerytowany milicjant znowu się zaśmiał. Włożył ręce do kieszeni i stanął na szeroko rozstawionych nogach. Jego twarz ginęła w mroku, bo nie zapalił lampy ani w korytarzu, ani na ganku. Ostatnia latarnia stała przy zabudowaniach na początku ulicy. Jej światło praktycznie tu nie dochodziło.

Emilia wzdrygnęła się. Starała się nie patrzeć na róg domu, gdzie obok przekrzywionego numeru widać było ohydne graffiti z szubienicą i czaszką. Na miejscu Grabowskiego postarałaby się to od razu zmyć. Rysunek sprawiał, że z jakiegoś powodu czuła wszechogarniający niepokój.

– Raczej pomagałem prowadzić dochodzenie – uściślił Grabowski. – Nie byłem wtedy jeszcze zbyt doświadczonym milicjantem.

– Może nam pan powiedzieć kilka słów o śmierci Jędrzeja Żaka? – zapytał Daniel.

Grabowski westchnął zniechęcony.

– W okolicy grasował wtedy nożownik. Potem się okazało, że facet to wariat. Schizofrenik czy coś. Niestety zabił kilka osób, zanim udało nam się go unieszkodliwić. W tym Jędrzeja.

– Seryjny zabójca? – podsunęła Weronika.

– Można i tak to ująć, chociaż w latach siedemdziesiątych tak nie mówiliśmy. Nie słyszało się jeszcze o takich

154

dziwach. – Zaśmiał się. – Razem z Jędrzejem było pięć ofiar. On był ostatni z serii. Niedługo później udało nam się złapać nożownika. No i to wszystko. Żadna tajemnica.

– Czyli Jędrzej Żak zginął od ciosów noża? – upewniła się Emilia.

Grabowski skinął głową.

– Tak. Kilkadziesiąt ran kłutych i ciętych. Nożownik zadawał je na oślep. Musiały nim targać niezłe emocje. Uszkodził płuca i żyły. Krwotok wewnętrzny zrobił swoje. Tak to było. Zarówno z mężem Klementyny, jak z wcześniejszymi ofiarami.

– Nie pomyśleliście, że Jędrzeja mógł zabić ktoś inny? – zapytał Daniel.

– Teraz chcecie się cofać do siedemdziesiątego szóstego roku? – Grabowski zaśmiał się głośno. Tym razem zabrzmiało to niemal wesoło. – Dwa tysiące czternasty i śmierć mojej córki już wam nie wystarczają?

Emilia postanowiła zignorować zaczepkę. Spieszno jej było zakończyć rozmowę, bo od kilku minut strasznie burczało jej w brzuchu. Po raz pierwszy od miesięcy była naprawdę zdrowo głodna. Być może to kolejna oznaka, że zaczynała dochodzić do siebie po śmierci córeczki. A przecież minęło dopiero dziewięć miesięcy. Za mało. Za mało! Nie miała prawa do radości. I powinna o tym pamiętać.

– To byliście pewni czy nie? – zapytała, starając się skupić na tu i teraz.

– Jasne, że byliśmy pewni. Nie znaleźliśmy żadnych dowodów, że mogło być inaczej.

155

– Nadzieja mówiła, że Klementyna była ostatnią osobą, która widziała Jędrzeja – włączyła się do rozmowy Weronika. – To prawda?

Grabowski pokiwał głową.

– Fakty są takie, że Jędrek nachodził Klementynę prawie codziennie. Próbował ją przekonywać, że powinni do siebie wrócić. Miał przy tym poparcie Koppów. Zwłaszcza Romualda, który uważa, że za coś takiego jak rozwód idzie się od razu do piekła. Już mówiłem, że to fanatyk. No więc Klementyna przyznała podczas przesłuchania, że tamtej nocy Jędrzej jak zwykle do niej przyszedł. Nie wpuściła go. W końcu sobie poszedł, a ona już nigdy więcej go nie widziała.

– Nie że Klementyna zabiła męża w obronie własnej, a potem upozorowała jego śmierć na działanie nożownika, o którym pan mówi? – zapytała Weronika.

Grabowski odwrócił się w jej stronę. Emilia próbowała wyczytać coś z jego spojrzenia, ale w ciemności było to trudne. Wcześniej wywarł na niej pozytywne wrażenie. Teraz zaczynała zmieniać zdanie.

– Już mówiłem, został zabity identycznie jak poprzednie ofiary nożownika.

– To nie jest odpowiedź – odezwał się cicho Daniel.

– Przykro mi. Tylko taką mam.

Przez chwilę panowało milczenie. W końcu Grabowski ponownie skrzyżował ramiona na piersi i powiedział z niejakim rozbawieniem:

– A zresztą skoro Nadzieja i Waleria wysuwają taką artylerię, to chyba raczej powinniście porozmawiać sobie z Kajem, a nie ze mną.

ROZDZIAŁ 22

Domek ogrodnika. Sobota, 22 listopada 2014.
Godzina 20.30.
Róża Grabowska

Nie zjemy razem? – zapytała Róża.

Oskar chwycił kanapkę.

– Kończę oglądać serial na komputerze! – krzyknął, wbiegając po schodach na piętro.

– Lekcje odrobione?! – zawołała za nim.

Coś tam odburknął. Nadzieja pewnie wściekłaby się na takie maniery, ale Róża nie miała siły go zatrzymywać. Usiadła do kolacji sama, choć bardzo tego nie lubiła. W jej rodzinie zawsze jadało się razem. Kuchnia to było najważniejsze pomieszczenie w całym domu. Dlatego mama włożyła tyle pracy, żeby pięknie ją urządzić. Tata też pomagał. Rodzina. To było coś, co liczyło się najbardziej. Tak jej się przynajmniej wydawało.

Pomyślała o zdjęciu, które znalazła rano w rzeczach Klementyny. Rodzina… Czy to wszystko było w takim razie kłamstwem? O tej porze nie miała siły już się nad tym zastanawiać. W każdym razie gniew na tatę trochę zelżał. Róża zastanawiała się nawet, czy do niego zadzwonić. Choćby po to, żeby wspomnieć mu o tym, co najwyraźniej planowała Waleria. Dom czwarty? Ten tytuł nie mógł być przypadkowy.

A może lepiej nie? Przecież tata na pewno by się zdenerwował, gdyby się dowiedział. Róża wstała od stołu i poszła zmyć naczynia. Tata był taki kochany, ale jak coś go zezłościło, to nawet ona się go bała.

ROZDZIAŁ 23

Złociny. Sobota, 19 marca 2016. Godzina 18.30.
Weronika Nowakowska

Dlaczego powinniśmy porozmawiać z Kajem? – zapytała Weronika, przyglądając się uważnie Grabowskiemu. – Co pan sugeruje?

Mężczyzna odwzajemnił jej spojrzenie bez cienia wahania. Z jego twarzy trudno było cokolwiek wyczytać. Nie chodziło tylko o ciemność panującą na ulicy Cichej. Oblicze byłego milicjanta przypominało maskę. Nie od razu zwróciła na to uwagę, ale teraz zdawało jej się, że każde spojrzenie, każdy uśmiech mężczyzny są precyzyjnie wypracowane.

– Tylko tyle, że skoro Żakowe rzucają absurdalne oskarżenia w stylu: „Kto się kochał w Klementynie, ten na pewno pomógł jej zamordować Jędrka", to powinniście państwo porozmawiać z Kajem, a nie ze mną.

– Klementyna i Kaj? – zapytała Weronika.

– A dlaczego nie? – zapytał oschle Grabowski.

Nowakowska poczuła, że się rumieni. Zawsze uważała się za osobę otwartą, która nikogo nie dyskryminuje.

Tymczasem romantyczne relacje Kaja z kimkolwiek wydały jej się niemożliwe. Zawstydziło ją to.

– Byli parą? – zapytał Podgórski.

– Tamtego lata w siedemdziesiątym szóstym ciągle ze sobą latali – wyjaśnił emerytowany milicjant z krzywym uśmiechem. – Jak dwa zakochane gołąbeczki. Przy Kaju Klementyna zapominała, że jest rozwódką. Była jak młódka na wydaniu.

– Nie wydawało mi się, żeby Klementyna należała do kochliwych – stwierdziła Emilia, przyglądając się Grabowskiemu podejrzliwie.

– Nie wiem, jaka jest obecnie, ale wtedy owszem.

Strzałkowska nie wyglądała na przekonaną.

– Przecież ona woli kobiety – powiedziała.

Teraz z kolei Grabowski wyglądał na zaskoczonego.

– Doprawdy? Nic dziwnego, że Koppowie się jej pozbyli – powiedział, odzyskując rezon. – Z ich poglądami pewnie nie mogli tego znieść. Tak czy inaczej dziwny gość z tego Kaja. I nie mówię tu tylko i wyłącznie o wyglądzie. Nie jego wina. Podobno jakaś bardzo rzadka choroba genetyczna.

– To co ma pan na myśli? – zapytał Podgórski.

Grabowski zrobił krok w ich stronę, jakby chciał przekazać im jakiś sekret.

– Nie wiem, co o nim wiecie.

– Właściwie nic. Tyle, że mieszka w Drozdach.

– Od siedemdziesiątego szóstego – uściślił Grabowski.

– Mieszka w hotelu od czterdziestu lat? – zdziwiła się Weronika.

– Właśnie. Już państwu rano mówiłem, że spalony dwór w lesie należy do jego rodziny. Miejsce nazywa się

Igły. Chyba wspominałem, że Złociny szczyciły się kiedyś kompleksem trzech dworów. Igły były największe, Drozdy średnie, a Szuwary najmniejsze.

– No i domek ogrodnika jako dom czwarty, tak? – zapytała Weronika, nawiązując do ich wcześniejszej rozmowy o książce Walerii. Swoją drogą naprawdę będzie musiała dać podpisaną powieść matce. Dominika na pewno się ucieszy.

Grabowski skinął głową nieznacznie.

– Można tak powiedzieć. W każdym razie rodzina Kaja siedziała w Igłach jak paniska – podjął opowieść. – Ludzie tracili po wojnie majątki ziemskie, ale nie oni. Potem za komuny też nieźle sobie radzili. Nie to co kiedyś, ale nie klepali biedy jak reszta. Nie ma innej możliwości, musieli mieć znajomości w partii. Ale ich jakoś nikt od komuchów nie wyzywał. Tylko mnie, bo mundur nosiłem. Ludziom się w głowie nie mieści, że można było w ten system naprawdę wierzyć. I w mundur też. Cóż, ja zawsze byłem idealistą. Chciałem ich ochraniać, ale oni są za głupi, żeby to zrozumieć. Sami pewnie państwo nieraz słyszeli niewybredne słowa na swój temat, może się mylę? Nikt nas nie lubi, tylko ciekawe, kto się zjawia, kiedy są kłopoty? Ciekawe, kto naraża życie? A jak psu się noga powinie, chociażby to był jeden raz, to nikt już wtedy nie pamięta, że milicjant też człowiek, prawda? Ani o tym, ile dobrego robi w codziennej służbie. Może się mylę?

Ani Daniel, ani Emilia nie odpowiedzieli. Może nie ufali Grabowskiemu na tyle, żeby się przed nim otworzyć. Przez chwilę nikt nic nie mówił.

– Dlaczego Kaj zamieszkał w Drozdach? – zapytała w końcu Weronika. Czas było wrócić do tematu. – Z powodu tego pożaru, o którym pan mówił?

Grabowski skinął głową.

– Paskudna historia. To było w siedemdziesiątym trzecim. Kaj trochę wtedy hulał w Brodnicy. Bunt młodzieńczy czy coś. Może i jest mały, ale kłopotów potrafił wtedy narobić za dwóch, a nawet trzech dużych. Co chwila trzeba go było a to na wytrzeźwiałkę, a to na dołek.

– I co dalej?

– Tamtej nocy trafił na dołek do Brodnicy. Rodzice pojechali, żeby go odebrać. W Igłach została Matylda.

– Blada Matylda, która straszy w spalonym dworze – powiedziała bardzo cicho Emilia. Weronika ledwie ją słyszała.

– Tak, Blada Matylda. Jak mówiłem, ludzie potrafią gadać bzdury, ale o nią właśnie chodzi. To była młodsza siostra Kaja. Tylko ona była w Igłach, kiedy wybuchł pożar. Spłonęła tam żywcem, zanim przyjechała straż. Mieliśmy szczęście, że cały las się nie zajął. Rodzina Kaja nigdy nie odbudowała dworu. Zamieszkali w mieście. Tam Kaj robił coraz więcej problemów, więc trzy lata później wysłali go do Drozdów. Właśnie w siedemdziesiątym szóstym. Wysłali na trochę, a został na stałe.

– Po powrocie do Złocin nadal szalał? – zapytał Daniel.

– Nie. Już mówiłem, że wtedy spiknęli się z Klementyną. Głównie zajmowali się sobą. Potem, jak się stąd wyprowadziła, też siedział cicho.

– Więc z jakiego powodu Kaj pana niepokoi?

Grabowski nie odpowiedział od razu. Znowu zerwał się wiatr. Na niebie gromadziło się coraz więcej chmur.

Wyglądało na to, że jutro pogoda się pogorszy. Weronika zadrżała. Znowu było jej zimno i szczerze mówiąc, miała wielką ochotę wrócić już do domu. Pójść na krótki spacer z Igorem, posprzątać w stajni, a potem położyć się i poczytać jakąś książkę. Poza tym strasznie chciało jej się jeść. Wydawało się, że Emilia i Daniel są w zdecydowanie lepszej formie. Widocznie ona faktycznie nie nadawała się do prowadzenia śledztw.

– Kaj od czterdziestu lat mieszka w Drozdach – powiedział w końcu Grabowski. – To nie jest hotel pięciogwiazdkowy, ale Helena na pewno nie daje mu pokoju za darmo. I tak Koppowie ledwie przędą, jak się pewnie zorientowaliście. Drozdy popadają w ruinę.

– Do czego pan zmierza? – zapytał Daniel.

– Kiedy byłem jakiś czas temu w Brodnicy, odkryłem coś interesującego.

– A konkretnie?

– Przejeżdżałem akurat koło domu, który rodzina Kaja miała w mieście. Mówiłem już, że byli raczej majętni, więc nawet za komuny było ich stać na dwa domy. To właśnie tam przeprowadzili się po pożarze Igieł. Byłem pewien, że do dziś tam są. Tymczasem już tam nie mieszkają.

– Co w tym dziwnego? – zapytała Weronika. Zaczynała już się niecierpliwić.

– A to, że Kaj cały czas twierdzi, że za hotel płaci z pieniędzy, które dostaje od rodziców.

– Nie za bardzo rozumiem, co pan sugeruje – powiedział Podgórski. – Co ma do rzeczy ich wyprowadzka?

– Już tłumaczę – obiecał Grabowski. Jego głos przybrał mocną, metaliczną nutę. – No więc byłem tam w okolicy i okazało się, że rodzice Kaja już w swoim brodnickim domu nie mieszkają. Jest tam teraz prywatne przedszkole. Z ciekawości porozmawiałem sobie z właścicielami. Mówili, że kupili tamten dom, bo poprzedni lokatorzy nie mieli funduszy, żeby go utrzymać. Przenieśli się do domu starców, a właściwie do jakiegoś domu opieki społecznej. Są biedni. Skąd w takim razie Kaj nadal ma pieniądze, żeby mieszkać w Drozdach?

ROZDZIAŁ 24

Domek ogrodnika. Sobota, 22 listopada 2014.
Godzina 21.55.
Róża Grabowska

Róża pościeliła Oskarowi łóżko i zapaliła nocną lampkę. Przestało już padać, ale za oknem nadal hulał listopadowy wicher. Okna zdawały się wibrować pod jego wściekłymi podmuchami. Z tej strony domu zawsze miało się wrażenie, że zostaną wyrwane z framug, bo wiatr dął od rzeki i pól, które były na jej drugim brzegu. Miał gdzie się rozpędzić. Błażej wielokrotnie ją zapewniał, że okno w pokoju dziecięcym wytrzyma, ale i tak zawsze w takich sytuacjach przebiegał jej dreszcz po plecach. Wicher ją przerażał.

– Jesteś pewien, że nie chcesz dziś spać na dole? – zapytała miło. – Strasznie wieje.

Dzień był bezsprzecznie fatalny i, prawdę mówiąc, nie miała już siły. Mimo to bardzo się starała, żeby na Oskara nie krzyczeć. Nie zamierzała nawet wypytywać go, gdzie łaził, zamiast odrabiać lekcje, jak mu kazała.

– Nie. To jest mój pokój – powiedział Oskar uparcie.

– Mój!

Wyglądało na to, że wziął sobie do serca wczorajszą kłótnię. Róża niepotrzebnie mu powiedziała, że to wkrótce będzie pokój jego braciszka albo siostrzyczki. Chociaż teraz, po całym dniu awantur, miała ochotę powtórzyć to samo. Jedna sprzeczka mniej czy więcej. Naprawdę wszystko jedno.

– Musisz nauczyć się dzielić – powiedziała i wyszła z pokoju.

Ogarnęła ją idiotyczna satysfakcja, że przynajmniej nad Oskarem była górą. Zamknęła za sobą drzwi. Na korytarzu całe szczęście nie było słychać wichru. Zeszła na dół do kuchni. Strasznie chciało jej się spać, ale postanowiła poczekać, aż Błażej wróci z polowania. Chciała porozmawiać z nim o Borysie, zanim pani Kopp przedstawi jutro swoją wersję wydarzeń.

Usiadła przy stole. Spróbowała zadzwonić do Błażeja na komórkę, ale nie odbierał. Właściwie nic dziwnego. Nigdy nie odbierał, kiedy jechał na polowanie. To był dla niego święty czas. Szczęście w nieszczęściu, bo pani Helena pewnie już wisiałaby na komórce. Chociaż nie, musiałaby przecież skorzystać z pomocy Borysa, zaśmiała się Róża gorzko.

Zrobiła sobie herbaty i zjadła kawałek ciasta. Zapach szarlotki z cynamonem przyjemnie wypełnił kuchnię. Pewnie nie powinna jeść tak późno. Przez ciążę i tak niepokojąco szybko nabierała ciała. Ale co tam. Po tak fatalnym dniu należało jej się coś dobrego.

Posiedziała jeszcze chwilę, ale oczy jej się kleiły. Zaczęła przechadzać się po kuchni w tę i z powrotem. Pięć kroków w jedną, pięć w drugą. I znowu. Nie pomagało.

– Bez sensu – mruknęła.

Wyszła na korytarz i poszła sprawdzić, czy na pewno zostawiła otwarte drzwi wejściowe. Jeżeli zaśnie i Błażej zastanie je zamknięte, to się zdenerwuje. Chciała tego uniknąć. Nacisnęła klamkę i wyjrzała w noc. Tym razem na ganku nie leżał martwy ptak. Widocznie Nadzieja zadowoliła się kłótnią albo przynajmniej na dziś miała dosyć. Róża nie śmiała nawet marzyć, żeby ta wariatka zmądrzała na dłużej.

A jeżeli to tylko cisza przed burzą?, przeszło Róży przez myśl. Jeżeli ta psycholka przyjdzie w nocy i wejdzie do domu, kiedy Róża będzie spała? Albo Borys! Jeżeli się zjawi, zanim przyjedzie Błażej? Przecież dziś w wychodku zachowywał się co najmniej dziwnie. Był niebezpieczny? Może jednak lepiej zamknąć drzwi?

ROZDZIAŁ 25

Drozdy. Sobota, 19 marca 2016. Godzina 19.10.
Aspirant Daniel Podgórski

Podgórski zatrzymał subaru przed garażem obok Drozdów.
Nie czuł się najlepiej. Nie jadł nic od kilku godzin. Ułożony
w ostatnich miesiącach rytm dnia został zaburzony i ciało
zaczynało protestować.

Przekręcił kluczyk i silnik zgasł. Zrobiło się zupełnie
cicho. Cicho i ciemno. Okna starego dworu były zupełnie
czarne. Nawet jeżeli gdzieś w środku paliło się światło,
grube kotary skutecznie je ukrywały.

– Po co tu przyjechaliśmy? – zapytała Weronika nieco
zaczepnie.

Naprawdę nie miał już na to siły.

– Nie podoba mi się, że nadal nie wiemy, co się dzieje
z Klementyną. – W drodze do Drozdów wykręcił jej numer, ale nadal nie odpowiadała. – Poza tym już mówiłem,
że jeszcze dziś chcę pogadać z Kajem. Sprawdzić, co ma
do powiedzenia.

– Nie możemy tego załatwić jutro? Szczerze mówiąc, chętnie wróciłabym już do domu. I tak jesteśmy tu cały dzień. Muszę wyprowadzić Igora. Przecież Kaj raczej stąd nie ucieknie, prawda?

Daniel spojrzał w stronę Drozdów. Zniszczony dwór dziwnie go teraz przyciągał. Wcale nie chciał stąd odjeżdżać.

– To nie zajmie długo – zapewnił.

– Przecież doskonale wiesz, że zajmie. Emilia, ty nie chcesz wracać do Łukasza?

Strzałkowska poruszyła się nieco nerwowo.

– Łukasz umie się sobą zająć – powiedziała powoli. – Przyda mu się odpoczynek ode mnie. Obawiam się, że przez ostatnie miesiące trochę nadużywałam jego pomocy…

Daniel znowu zerknął na Drozdy. Tym razem tknięty nagłą, nieco szaloną myślą. Tyle pustych pokoi. Mógłby się gdzieś tam przespać. Bo gdzie miał wracać? Po rozstaniu z Weroniką znowu mieszkał w suterenie domu matki. Świetna perspektywa na wieczór. Już wolał Drozdy. Tu przynajmniej zrobi coś konstruktywnego. Poza tym się bał. Zwyczajnie się bał nadchodzącego wieczoru. To wtedy z dokładnością pieprzonego szwajcarskiego zegarka wracały myśli o piciu.

Sięgnął nerwowo po papierosy i zapalił, żeby się uspokoić. Długo mu się wydawało, że tak łatwo będzie zerwać z poprzednimi nawykami. Że pije wieczorami, bo tak jest łatwiej poradzić sobie z rozgardiaszem, w jaki zmieniło się jego życie. Jak się trochę ustabilizuje, to wróci do dawnych, dobrych zwyczajów. Powtarzał to sobie przed każdym pójściem w tango.

Z tym słodkim kłamstwem w głowie wpakował się w kłopoty podczas śledztwa dotyczącego Łaskuna. No i w efekcie Justynka... Justynka odeszła. Bo przecież gdyby urodziła się w terminie, miałaby większe szanse, prawda? Tamtego dnia, dziewięć miesięcy temu, obiecał sobie, że nigdy więcej się nie najebie. Nowe życie. Zadośćuczynienie.

Zaczął chodzić na siłownię. Trener namówił go na wspomaganie. Zero picia podczas cyklu, bo ci to zryje banię, powtarzał. Wystarczyło kilka sugestywnych przykładów i Daniel wziął sobie do serca jego słowa. Tylko że nie było wieczoru, by Podgórski nie zastanawiał się nad tym, jak by to było, gdyby wypił chociaż kilka łyków. Następnego dnia przecież to wypoci. Nie odważył się.

Kłopot w tym, że teraz cykl i odblok się skończyły. Trener straszył spadkiem masy, ale uznał, że Danielowi przyda się przerwa. Podgórski wytrwał już co prawda jakiś czas, ale był pewien, że dziś się nie uda. Nie po całym dniu w tych pieprzonych Złocinach. Nie było już nic, co mogłoby go powstrzymać przed pełną wyrzutów sumienia wizytą w monopolowym. Wtedy dziewięć miesięcy na nic. Nowe życie na nic. Zadośćuczynienie chuj kurwa weźmie.

Chyba że...

– Zostanę tu na noc – oznajmił, wysiadając z samochodu.

Weronika i Emilia zrobiły to samo.

– Żartujesz? – zaśmiała się Nowakowska. – Przecież przez noc i tak nic się nie zmieni. Jutro możemy tu być z samego rana.

– Weźcie mój samochód i wracajcie do Lipowa.

Przez chwilę obie milczały niezdecydowane, a może zaskoczone jego stanowczością. Nagle ciszę przerwało skrzypienie kołowrotu studni. Odwrócili się w tamtą stronę. Daniel spodziewał się zobaczyć tam Kaja, jak wtedy, kiedy tu przyjechali. Tym razem jednak wodę czerpał ze studni Borys. Musiał się pochylać przy każdym ruchu, bo imponujący wzrost nie pozwalał mu inaczej obsługiwać mechanizmu. Machnął do nich ręką i skupił się na pracy.

– Ja też zostanę – oznajmiła nagle Emilia. – Zaraz napiszę Łukaszowi esemesa. Myślę, że się ucieszy, że ma dom dla siebie.

Daniel spojrzał na Strzałkowską niechętnie. Zdecydowanie wolałby zostać tu sam. Wstydził się swojej słabości bardziej niż kiedykolwiek. No i były też te pierdolone łzy. Przez dziewięć miesięcy nic, a teraz nagle napływały do oczu i trudno było je powstrzymać. Jeden dzień w Złocinach i, kurwa, leżał rozłożony na łopatki.

– Jak chcecie – poddała się Weronika. Jej rude włosy tańczyły na coraz silniejszym wietrze. – Mam z wami iść do Kaja?

– Jedź już. I tak jest późno.

Podgórski rzucił Weronice kluczyki od subaru. Złapała je w locie.

– Jesteś pewien?

Skinął tylko głową. Nie ufał teraz swojemu głosowi na tyle, żeby coś powiedzieć. Chyba pierwszy raz pożyczał komuś swój samochód. Błękitna impreza miała już prawie osiemnaście lat, ale nadal potrafiła swoje. Była jego dumą i zawsze bardzo o nią dbał.

Sięgnął na tylne siedzenie po plecak. Książka Walerii leżała obok, ale jej nie wziął. Zdecydowanie nie miał ochoty jej dziś przeglądać. Zajmie się tym jutro. Zamknął delikatnie drzwi. Oby to wszystko dobrze się skończyło.

– Przyjadę rano – powiedziała Nowakowska i wsiadła do subaru.

Silnik zawarczał głośno, kiedy próbowała wycofać z podjazdu. Skrzynia biegów zawyła. Samochód zgasł na chwilę i znowu ruszył. Krótkimi skokami. Podgórski skrzywił się. Miał ochotę pobiec za Weroniką i odebrać jej kluczyki. Było już jednak za późno. Subaru zniknęło w tumanie kurzu i ciemności, zostawiając jego i Emilię przed tonącymi w mroku Drozdami.

– Zanim dojedzie do Lipowa, na pewno wyczuje sprzęgło – powiedziała Strzałkowska z nieco cierpkim uśmiechem na twarzy.

Ruszyła do hotelu, nie czekając na Daniela. Poszedł za nią szybkim krokiem.

– Jak uważasz, skąd Kaj ma pieniądze, żeby tu mieszkać? – zapytała, kiedy do niej dołączył.

– Dasz mi chwilę, żebym jeszcze zajarał?

Skinęła głową. Tym razem nie skomentowała, że dopiero zgasił poprzedniego szluga. Był jej za to wdzięczny. Stanęli w pewnej odległości od ganku, nie patrząc sobie w oczy. Podgórski wyciągnął paczkę papierosów i zapalniczkę. Znowu drżały mu ręce. Czuł, jakby te wszystkie miesiące pozornego poukładania ostatecznie brały nad nim górę. Zapalił papierosa z niezdarnością dzieciaka ukrywającego się w bramie za szkołą z pierwszą w życiu fajką.

– Wszystko w porządku? – zapytała Emilia.

– Nie wiem, skąd ma pieniądze – powiedział, pomijając jej pytanie. – Trudno powiedzieć, czy to ma związek ze zniknięciem Klementyny, ale o to też go zapytamy.

Oboje spojrzeli na Drozdy. Ciemne okna potęgowały ponure wrażenie opuszczenia. Kolejny ostry podmuch wiatru sprawił, że zrobiło się naprawdę zimno. Równie dobrze temperatura mogła spaść do zera. Dopalił szluga i znowu rzucił peta na ziemię. Nie było to może zbyt kulturalne, ale nigdzie nie widział śmietników ani ogrodowych popielnic.

– Potrafisz sobie wyobrazić Klementynę w roli kobiety frywolnej? – zapytała tymczasem Emilia. W jej głosie można było wyczuć niemal wesołość. – Grabowski, Kaj, mąż zabity przez nożownika. Prawdziwy czworokąt!

– Chodźmy – uciął Daniel sucho. Zdecydowanie nie miał ochoty na żarty. Nie w momencie, kiedy Klementynie naprawdę mogło się stać coś złego.

Wspięli się po schodach na ganek i weszli do holu. Helena Kopp stała przy kontuarze recepcji i notowała coś w grubym zeszycie. Romuald drzemał w fotelu obok.

– Och, są państwo. Udało się coś ustalić? – zapytała gospodyni na ich widok. Twarz miała zafrasowaną.

– Niestety na razie niewiele – przyznał Podgórski.

– Co? Co? – zapytał pan Kopp, rozbudzając się powoli. – Klementyna? Jest już? Przyjechała?

– Niestety nadal nie, Romualdzie – wyjaśniła mu Helena cierpliwie. – Co teraz?

– Chcielibyśmy zatrzymać się w państwa hotelu na noc – wyjaśnił policjant.

Państwo Kopp wymienili spojrzenia. Wyglądali na zupełnie zaskoczonych tym pomysłem.

– Ależ oczywiście – zreflektowała się w końcu Helena.
– Zapraszamy serdecznie. Tylko nie wiedzieliśmy. Nie mamy gotowych pokoi. My... To znaczy większość jest zamknięta i nie za bardzo się...

– Jest apartament – powiedział pan Kopp, jakby sobie coś uświadomił. – Przecież miesiąc temu mieli tam być ludzie. Dobrze pamiętam? Ci, co w końcu zrezygnowali, pamiętasz?

Pani Kopp skinęła głową i zaczerwieniła się zawstydzona.

– Możemy im dać apartament, Heleno – powtórzył Romuald, który najwyraźniej zupełnie się nie przejmował utrzymywaniem pozorów doskonałego funkcjonowania hotelu.

– Świetny pomysł – ucieszyła się pani Kopp. Wyszło to nieco sztucznie. – Zapraszam na nasz koszt, przecież państwo szukają Klementyny.

– Nie, nie. Zapłacimy oczywiście – zapewniła szybko Emilia.

Podgórski skinął natychmiast głową. On też nie chciał stawiać tych ludzi w niezręcznej sytuacji. Był pewien, że Cybulski nie zwróci im kosztów, ale w tej sytuacji nie zamierzał się targować.

– W takim razie zapraszam chociaż na kolację – nie ustępowała Helena Kopp. – Nic specjalnego. Proste wiejskie jedzenie, ale pewnie są państwo głodni.

– Bardzo – przyznała Emilia.

– Najpierw chcielibyśmy jeszcze porozmawiać z Kajem – powiedział Daniel. – Jest w swoim pokoju?

– Tak. Romualdzie, zaprowadzisz państwa? Ja pójdę już do kuchni wszystko przygotować.

Pan Kopp wstał niepewnie z fotela i wygładził swoje zbyt obszerne, znoszone ubrania.

– Im szybciej będzie kolacja, tym lepiej – mruknął. – Cały dzień czekałem na Klementynę i jestem głodny jak wilk.

– Rzeczywiście czekał pan na nią cały dzień na tej szutrowej drodze? – zapytała Emilia. W jej głosie słychać było nutę czułości, jakby wzruszyła ją ta ojcowska miłość.

– Tak. Tak. Na zapleczu. Ale dziś ostatni raz – zapowiedział Romuald gniewnie. – Jutro niedziela i zaczyna się nowy tydzień. Nie zamierzam już tam chodzić. Jeżeli Klementyna z nas zrezygnowała, mimo że wyciągnęliśmy do niej rękę pierwsi, to trudno. Ale dziwię się, bo przecież mówiła, że przyjedzie. A kiedyś była bardzo słowna. Złamała tylko jedną przysięgę. Małżeńską.

– Och, Romualdzie – wtrąciła się pani Kopp. – Przestań już z tym rozwodem. Minęło czterdzieści lat! Teraz mamy poważniejsze sprawy na głowie. Klementyna zniknęła, nie rozumiesz? Może nigdy już jej nie zobaczymy! Nie dociera to do ciebie? Zniknęła, bo chciała nam pomóc! Nasza córka!

Podgórski poczuł, że na te słowa napływają mu łzy do oczu. Otarł je ręką szybko. Miał wielką nadzieję, że nikt tego nie zobaczył. Głos zrozpaczonej starszej kobiety sprawił, że znowu pomyślał o Justynce. O jej niedorzecznie małym grobie. *Jedną maluczką duszą tak wiele ubyło*. W nim na pewno. Czuł się zupełnie pusty.

– Nie powinna była się rozwodzić z Jędrkiem! – nie ustępował pan Kopp. – Jędrzej to był dobry chłopak. Opozycjonista. Nie to co ten Grabowski. Ubek i konfident.

Potem jeszcze Klementynie załatwił miejsce w milicji. I to w Gdańsku. W Gdańsku! Żeby była jak najdalej od nas. Przez niego się stąd wyniosła! Ja jej nie wyrzucałem! To wszystko wina tego komucha! Jakby nie wystarczyło, że Jędrzeja zabito!

Starszy pan oddychał ciężko. Twarz cała mu poczerwieniała z emocji.

– No już zostawmy to. Co było, to było – powiedziała ugodowo pani Kopp. – Lekarz mówił, że nie powinieneś się denerwować, pamiętasz? Zaprowadź państwa do Kaja, a ja przygotuję szybko posiłek. Dobrze, Romualdzie?

Ojciec Klementyny wahał się, ale w końcu skinął głową.

– Chodźmy – powiedział do Daniela i Emilii, robiąc przyzywający ruch ręką. – To w zachodnim skrzydle.

– Kaj mieszka już u państwa bardzo długo – zagadał Podgórski, kiedy ruszyli powoli holem. Miał nadzieję, że wyszło to naturalnie. Chciał sprawdzić teorię Grabowskiego bez budzenia niepotrzebnych emocji.

– Ano tak się złożyło.

Pan Kopp szedł niepewnym starczym krokiem. Prawą ręką przytrzymywał się ściany. Podgórski nie zauważył wcześniej, żeby chodzenie sprawiało Romualdowi aż tyle kłopotów. Być może cały dzień na wiosennym chłodzie mu nie posłużył.

– Czy on płaci za pokój? – włączyła się Emilia.

Daniel westchnął. Miał nadzieję na więcej finezji. Pan Kopp zatrzymał się w pół kroku i posłał im niezbyt przychylne spojrzenie.

– Skąd to pytanie? – zapytał podejrzliwie. – Jesteście z urzędu skarbowego czy co?

– Nie, nie – zapewnił Podgórski szybko. – Już mówiłem, że jesteśmy z policji. Z wydziału kryminalnego. Pytamy bardziej przez ciekawość.

– Zastanawialiśmy się, skąd Kaj ma na to pieniądze – Emilia brnęła dalej w swojej bezpośredniości. – Stać go?

– Nie liczymy sobie zbyt wiele – wyjaśnił pan Kopp. – Zresztą dla jego rodziny to nic wielkiego. Od zawsze byli majętni. Kaj co miesiąc dostaje kopertę z pieniędzmi od rodziców.

– Tak przez cały czas, kiedy tu mieszka? – zapytał Daniel.

– Tak. Chociaż nie. Jakiś czas w latach dziewięćdziesiątych nie przychodziły. W połowie. Dziewięćdziesiąty piąty, może szósty. Albo siódmy. Nie pamiętam dokładnie. Chyba się posprzeczali, ale potem znowu wszystko wróciło do normy. Chodźmy, bo nie zdążycie przed kolacją. Kaj mieszka w pokoju dwieście siedemnaście.

ROZDZIAŁ 26

Domek ogrodnika. Sobota, 22 listopada 2014.
Godzina 22.05.
Róża Grabowska

Róża stała od kilku minut na ganku, wpatrując się w mokrą ciemność listopadowej nocy. W końcu uznała, że mimo strachu przed Nadzieją i Borysem zostawi drzwi otwarte, tak jak obiecała Błażejowi. Poszła do sypialni. Chciała zasunąć zasłony, ale coś ją powstrzymało. Wyjrzała przez okno. W ciemności widziała tylko zarys potężnej sylwetki Drozdów. Światła we wschodniej części dworu były pogaszone. Nic dziwnego. Kaj miał pokój w zachodnim skrzydle i jego okna wychodziły na podjazd. Okna pokoju państwa Kopp miały widok na stawy. Z tej strony nikt nie mieszkał.

Zadrżała. Znowu ogarnęło ją nieprzyjemne wrażenie, że gdyby zjawił się Borys albo Nadzieja, a ona by zaczęła krzyczeć, nikt jej nie usłyszy. No może oprócz Oskara, który spał na górze. Ale co może dziecko?

Odetchnęła głębiej. Naprawdę za bardzo się wszystkim denerwuję, pomyślała. Mimo to postanowiła nie zasuwać zasłon i zostawić w sypialni zapalone światło. Gdyby jednak doszło do czegoś nieprzewidzianego, może ktoś jakimś cudem zobaczy jej rozpaczliwą walkę.

– Ale jesteś głupia – powiedziała do siebie.

Starała się mówić rzeczowym tonem. Niewiele pomogło. Podeszła do komody, żeby zmienić bieliznę. W ciąży przytyła kilka kilogramów, ale wciąż była atrakcyjna. Jeżeli włoży coś seksownego, może Błażej nie będzie nawet przejmował się tymi głupotami związanymi z Borysem.

Wysunęła szufladę i zaczęła grzebać w walających się bez ładu i składu majtkach. Jej palce od razu trafiły na mały kartonik. Zupełnie jakby to właśnie jego szukała. Wyciągnęła wizytówkę. Obracała ją przez chwilę w dłoniach. Niemiec zupełnie ją zaskoczył. Całe szczęście udało jej się szybko go spławić. Gdyby zaczął chodzić po Złocinach i wypytywać, wszystko by się wydało, a tak tylko ona znała tajemnicę.

Wyjęła z szufladki w szafce nocnej niewielką zapalniczkę. Od czasu kiedy dowiedziała się, że jest w ciąży, nie paliła, ale schowała paczkę mentolowych papierosów i kryształową popielniczkę na czarną godzinę. No i proszę, teraz się przydadzą.

Podpaliła kartonik. Wkrótce po wizytówce Sebastiana Fischera nie było już śladu.

ROZDZIAŁ 27

Koło zaplecza. Sobota, 19 marca 2016. Godzina 19.25.
Weronika Nowakowska

Weronika przycisnęła pedał gazu najdelikatniej, jak umiała, ale subaru i tak skoczyło do przodu w niekontrolowany sposób. Jechała przez sosnowy bór z duszą na ramieniu. Nie sądziła, że prowadzenie sportowego samochodu przysporzy jej tylu kłopotów. Była przyzwyczajona do swojego starego terenowego auta, w którym zarówno gaz, jak i hamulec wymagały silnego dociśnięcia. W samochodzie Daniela wszystko działało inaczej.

Zacisnęła mocniej ręce na kierownicy. Dłonie miała spocone. Zastanawiała się, jak uda jej się dojechać do Lipowa. Ledwie wydostała się ze Złocin. Co będzie, kiedy wyjedzie na główną drogę?

Sosnowy bór stopniowo się przerzedził. Miało to swoje plusy. Przynajmniej zrobiło się trochę jaśniej. Odetchnęła głębiej, żeby dodać sobie otuchy. Widziała już przed sobą most, na którym zatrzymali się wcześniej tego dnia. Teraz wydawało się, że to wieki temu.

Nagle na drogę wbiegło jakieś zwierzę. Weronika z całej siły wcisnęła pedał hamulca. Subaru niemal stanęło w miejscu. Puściła niechcący sprzęgło. Silnik zgasł. Zapanowała głucha cisza. Sarna pomknęła na drugą stronę szosy i zniknęła w ciemności.

Nowakowska oparła głowę o kierownicę. Serce biło jej jak szalone. Musiała się trochę uspokoić. Mało brakowało, a wyciągnęłaby telefon i zadzwoniła po Daniela. Mógłby przecież przyjść tu z Drozdów po grobli i nie zajęłoby to zbyt wiele czasu.

Spojrzała w lewo w kierunku stawów. Pokryte graffiti zabudowania zaplecza zasłaniały widok na stojący w oddali dwór. W nocy tu wszystko wygląda dość makabrycznie, uznała. Za nic nie chciała wracać do tego okropnego hotelu.

Znowu zadrżała. Marzyła tylko o tym, żeby wreszcie znaleźć się w domu. Nie ma co dzwonić po Daniela. Jakoś sama da sobie radę. Jutro będzie się zastanawiać, jak tu dotrzeć do Złocin z powrotem. Może po prostu weźmie swój samochód, przyszło jej do głowy.

– Nie ma to jak najprostsze rozwiązanie – powiedziała do siebie zadowolona, przekręcając kluczyk w stacyjce.

Silnik zawarczał głośno. Nagle zobaczyła jakiś ruch przy tonących w ciemnościach budynkach gospodarczych. Wytężyła wzrok. Czyżby ktoś tam stał? Klementyna? Chmury zasnuły już całe niebo. Trudno było cokolwiek dostrzec w niemal nieprzeniknionej czerni.

Weronika zastanawiała się, czy nie wysiąść i nie zawołać, ale mrok skutecznie do tego zniechęcał. Była sama. Skąd mogła wiedzieć, kto tam jest? Chyba lepiej wrócić tu jutro. Za dnia. Zresztą może jej się przywidziało?

Wcisnęła pedał gazu i subaru skoczyło do przodu jak oszalałe. Tym razem bardzo się z tego cieszyła.

CZĘŚĆ DRUGA

ZABÓJCA PTAKÓW

Jestem Zabójca Ptaków
pOgrOmCa
MścicieL
Kot i wilk. Perfekcyjny ŁowCa
Nikt mnie nie pokona Nikt sobie ze mną nie pOradzi
Zawsze zwycięŻę. <u>Zawsze</u>!!!
Patrzą na mnie ufnie a ja wiem że za chWilę złamię
ten ich kark
Ufne oczy
Tu i Tu
Potem powykręcane ciała
Miękkie!!! ~~Wcale nie twarde~~!
Krew
KreW
kReW
Tu też
Kocham KREW!!!
Ale nie ma jej <u>za dużo</u>
Tylko te powykręcane KARKI
Głowa patrzy w jedną a tułów w ~~drógą~~ DrugĄ
Strasznie lubię ten moment. To jest <u>strasznie</u> fajne.
Róża to kurwa!
!kUrWa!

CZĘŚĆ TRZECIA

KTO ZABIŁ RÓŻĘ GRABOWSKĄ?

ROZDZIAŁ 28

Drozdy. Sobota, 19 marca 2016. Godzina 19.35.
Aspirant Daniel Podgórski

To tu. Pokój dwieście siedemnaście – oznajmił Romuald Kopp. – Tu mieszka Kaj.

Odwrócił się na pięcie i bez dalszych wyjaśnień ruszył z powrotem w kierunku recepcji. Jego powolne kroki rozbrzmiewały nieoczekiwanie głośnym echem w obwieszonych portretami szlachty korytarzach.

– Zaczynam czuć się trochę jak w Utopcach – mruknęła Emilia.

Daniel skinął głową. Niestety zaczynał odnosić podobne wrażenie.

– Dziwne, że Klementyna nie wspomniała wtedy, że jej dom rodzinny wygląda jak nawiedzone zamczysko – dodała Strzałkowska.

– Może czterdzieści lat temu było tu inaczej.

– Może.

– I jeszcze numer dwieście siedemnaście – dodał Podgórski, wskazując drzwi do pokoju Kaja.

– I co z tego?

– Nie czytałaś *Lśnienia* Kinga?

– Nie przepadam za horrorami – przyznała policjantka, rozglądając się niespokojnie.

Nagle ciszę przerwał dźwięk delikatnej melodii. Dochodził z pokoju Kaja. Daniel miał dziwne wrażenie, że zna skądś tę piosenkę. Nie mógł jednak przypomnieć sobie skąd.

– To pozytywka? – zapytał.

– Tak mi się wydaje. Ta piosenka. Czy to nie jest…

Emilia nie dokończyła, bo drzwi otworzyły się z trzaskiem. Kaj stał w progu na palcach. Z powodu niskiego wzrostu z trudem sięgał do klamki.

– Długo tak będziecie tu jeszcze sterczeć i gadać? – warknął.

– Możemy zająć chwilkę? – zapytał Daniel.

– Nie. Spieszę się.

– Dokąd, jeżeli można wiedzieć? – włączyła się Emilia.

– Na kolację. A niby gdzie indziej? Zawsze jest punkt dwudziesta. Helena nigdy się z tym nie spóźnia.

– Obawiam się, że trochę ją przetrzymaliśmy – powiedział Daniel. – Możemy porozmawiać?

W odpowiedzi Kaj zmierzył policjanta niechętnym spojrzeniem.

– To jak?

– Już rozmawialiśmy.

– To nie potrwa długo – obiecał Podgórski raz jeszcze.

– Nie jestem zbyt wylewny. Powiedziałem już, co miałem powiedzieć. Teraz przepraszam.

Kaj zaczął przepychać się w stronę korytarza.

– To tylko kilka pytań – zapewniła go Emilia. – Przecież chyba wszyscy chcemy dowiedzieć się, czy Klementyna jest bezpieczna, prawda?

Kaj zadarł wysoko głowę i spojrzał jej prosto w oczy. Potem odwrócił się do Daniela i również zmierzył go świdrującym wzrokiem. Podgórski dopiero teraz zauważył, jak intensywnie zielone były tęczówki jego oczu.

– Wchodźcie – powiedział Kaj w końcu. – Niech już stracę.

Pokój dostosowano do wzrostu jego mieszkańca. Pomieszczenie zapełniały miniaturowe szafeczki, maleńkie łóżko i stolik, który sięgał Danielowi do kolan. Obrazy powieszono gdzieś na wysokości pasa, przez co sufit zdawał się nienaturalnie wysoki. Na parapet okna, które w tym otoczeniu wyglądało na ogromne, prowadziła drabinka z nieoheblowanych desek. Na parapecie stała zdobiona pozytywka. Ubrana w czarną sukienkę baletnica kręciła się do ostatnich taktów dziwnie znajomej piosenki.

– Nie będę proponował, żebyście usiedli, bo zniszczycie mi meble – stwierdził Kaj. Zaśmiał się złośliwie i skrzyżował ręce na piersi. – Zresztą sami widzicie, że raczej nie ukrywam tu ciała Klementyny. No chyba że pod łóżkiem.

Znowu zaśmiał się zjadliwie i wskazał mebel stojący w kącie. Trudno byłoby cokolwiek pod nim umieścić, a na pewno nie ciało dorosłego człowieka.

– Nie zakładamy na razie, że Klementynie coś się stało – powiedział Daniel.

– Taaa, jasne. To po co tu przyjechaliście? Jesteście pewni, że ona nie żyje.

– Na razie to pan jest tego zadziwiająco pewien – odcięła się Emilia.

– Czas na kolację – warknął Kaj i ruszył do drzwi.

– Moment! – zawołał za nim Daniel. – Jedno pytanie.

Kaj zatrzymał się, ale nie odwrócił.

– Przychodzi panu do głowy ktoś, kto mógłby chcieć śmierci Róży Grabowskiej? Ktoś inny niż Błażej.

Daniel chciał poprowadzić rozmowę tak, jakby przyszedł do Kaja zapytać o radę. Mężczyzna i tak nastawiony był niezbyt przychylnie, więc wyskakiwanie z pytaniami o jego relacje z Klementyną czy finanse nie wydawało się teraz zbyt dobrą strategią. Przynajmniej na początek.

Kaj przejechał ręką po twarzy w teatralnym geście zniecierpliwienia.

– Ludzie kochani! Przecież ta sprawa jest jasna, rozwiązana i zakończona. Zakończona – przeliterował niemal to słowo. – Słuchajcie… Wiem, że Helena obwinia siebie o to, że doniosła Błażejowi o zdradzie Róży, ale przecież to nie ona pociągnęła za spust. Moim zdaniem czas już z tym skończyć. Błażej odsiedzi swoje i tu wróci. I tak nie dostał zbyt wiele. Co to jest dziesięć lat? Tyle co nic.

– Załóżmy jednak, że zrobił to ktoś inny – poprosił Daniel. Starał się mówić spokojnie, ale sarkazm Kaja zaczynał go wkurwiać. Może dlatego, że nie mógł przestać myśleć o tym, jak dobrze byłoby się napić. Jedno małe piwo. To wszystko. W Złocinach musi być jakiś lokal otwarty do późna, prawda?

Kaj odwrócił się powoli.

– Czemu tak na to naciskacie?

– Rozważamy możliwość, że był inny sprawca i że ten ktoś skrzywdził teraz Klementynę – oznajmiła Emilia.

Daniel westchnął cicho. Naprawdę zebrało jej się na szczerość.

– Głupoty. Kto by tam sobie mógł z nią poradzić? Z Klementyny zawsze była twarda sztuka. Żartowałem sobie tylko z tym trupem. Ta kobieta nie zginie. Mówię wam. Cokolwiek by jej zrobili, przetrwa.

Złośliwość zniknęła z głosu Kaja. Po raz pierwszy mówił z wyraźnym szacunkiem. Możliwe, że Grabowski się nie mylił i tę dwójkę rzeczywiście łączyło kiedyś uczucie. A przynajmniej przyjaźń.

– Chciałbym podzielać pański optymizm – powiedział Podgórski. Tak właśnie było. Choć sam się zdziwił swoją szczerością.

– Cóż, wszyscy jesteśmy śmiertelni. Nic na to nie poradzimy. Na każdego przyjdzie kres – stwierdził Kaj sentencjonalnie. – Taki już nasz los.

Wspiął się po drabince na parapet. Jego drobna sylwetka wydawała się jeszcze mniejsza w wielkim oknie. Za szybą majaczył w ciemności pusty teraz podjazd przed hotelem. Gdyby stało tam subaru, Daniel mógłby pojechać do sklepu. Jeżeli w Złocinach wszystko pozamykali, to chociażby do Brodnicy. Nic w tym złego. Mógłby nawet kupić coś dla państwa Kopp, przecież tego wymagała uprzejmość. I jedno, dwa piwa dla siebie. To nawet nie alkohol.

Kaj nakręcił pozytywkę raz jeszcze, wyrywając Podgórskiego z zamyślenia. Baletnica kręciła się przez chwilę w ciszy, zanim zabrzmiały pierwsze takty znajomej melodii.

– Mieliście kontakt, odkąd Klementyna się stąd wyprowadziła? – zapytał policjant.

– Nie. Ostatni raz widziałem ją w siedemdziesiątym szóstym. Zwinęła się, kiedy tylko mogła wreszcie stąd wyjechać. O niczym innym nie marzyła.

– Dlaczego?

– Nienawidziła tego miejsca – powiedział Kaj z nieoczekiwanym żarem.

– Bo?

– Dusiła się tu. Zresztą Helena i Romuald nie ułatwiali sprawy. No a potem doszły oskarżenia Walerii. Nie wiem, czy wiecie, ale mąż Klementyny został zabity. Nazywał się Jędrzej.

– Słyszeliśmy.

– No więc Klementyna nie mogła wyjść z domu, żeby ta wariatka Waleria na nią nie czekała i nie wyzywała od morderczyń. Do tej pory jej to nie minęło.

– A może mieć rację? – zapytała Emilia. – Klementyna mogła zabić tego Jędrzeja?

Kaj wzruszył ramionami. Przez chwilę słuchali melodii pozytywki w milczeniu.

– Nie wiem, chociaż przyjaźniliśmy się – odezwał się w końcu. – Nauczyłem ją nawet tego i owego.

Daniel nie mógł oprzeć się wrażeniu, że zabrzmiało to dwuznacznie. Strzałkowska zaczerwieniła się lekko. Być może przyszło jej do głowy to samo.

– To znaczy? – zapytał Podgórski.

– Takie tam – mruknął Kaj, przyglądając im się spod oka.

– A konkretniej?

194

– Chodzi wam o seks? Nic z tego. Po tym, co przeszła, nie śmiałbym nawet jej do tego namawiać. Skupialiśmy się na innych rzeczach. Nauczyłem ją na przykład otwierania wszystkich zamków w kilkanaście sekund. Byłem wtedy mistrzem włamu – niski mężczyzna zaśmiał się zadowolony. – To były czasy! Teraz zupełnie już skapcaniałem, ale kiedyś to całkiem szalony był ze mnie gość.

– Grabowski coś nam o tym wspomniał – przyznała Emilia.

Kaj zaśmiał się złośliwie.

– Grabowski! Zawsze mi zazdrościł. Zresztą Jędrzej też mnie nienawidził. Obaj byli wściekli, że Klementyna spędzała ze mną czas tamtego lata. Ale czego się spodziewali? Przecież Grabowski był już wtedy żonaty. Miała przesiadywać z jego Zośką czy co? A z Jędrzeja to był naprawdę wredny skurwiel.

– Co ma pan na myśli? – zapytała Emilia.

– Z policji, a takich słów nie zna?

– Wiem, co to znaczy. Chodziło mi…

– Lał dziewczynę, ile wlezie – przerwał jej Kaj rzeczowym tonem. – Państwo Kopp to tradycjonaliści. Uważali chyba, że przysięga dana w kościele zobowiązuje do wytrwania w małżeństwie nawet w najgorszych warunkach. Nie chcieli słyszeć o rozwodzie. Klementyna długo się im podporządkowywała, ale w końcu miarka się przebrała.

– Wydarzyło się coś konkretnego? – zapytał powoli Daniel. Był pewien, że Klementyna wkurwiłaby się, że tak wypytuje. Uznał jednak, że w tej sytuacji nie będzie się tym przejmował. Wszystkie informacje mogły okazać się ważne.

Kaj nakręcił pozytywkę raz jeszcze. Melodia zaczynała działać Podgórskiemu na nerwy. Był pewien, że ją zna, ale tytuł ciągle mu ulatywał.

– Jak Jędrek sprawił, że straciła dziecko, to powiedziała basta i go wywaliła. No to już wiecie, dlaczego nawet nie proponowałem jej seksu.

Zapadło milczenie. Muzyka z pozytywki była teraz jedynym dźwiękiem rozpraszającym noc.

– Klementyna była w ciąży? – wydusiła Strzałkowska.

Podgórski bał się spojrzeć w jej stronę. Czuł, że jego własne emocje mogą wtedy wziąć górę. Nie po to starał się trzymać je na wodzy przez tyle miesięcy, żeby teraz wybuchnąć w najmniej odpowiednim momencie.

– Jędrzej pobił Klementynę, a potem zepchnął ze schodów i poroniła – wyjaśnił Kaj oficjalnym tonem, jakby składał oświadczenie w sądzie. – Taki był właśnie z niego przyjemny gość. Nawet wtedy państwo Kopp byli przeciwni rozwodowi. Cały czas powtarzali, że Jędrek to dobry chłopak. Romuald ciągle gadał, jak katarynka, że Jędrek walczy z komunizmem i tak dalej. Nie to co ten esbek Grabowski i tak dalej, i tak dalej. Co z tego, że Żak był po prostu chujem i damskim bokserem, a cała jego walka z komunizmem ograniczała się do jednego strajku. Równie dobrze mógł znaleźć się przed pomnikiem Mickiewicza przypadkiem. Nie no, cholernie muszę teraz zapalić.

Kaj zszedł po drabince z parapetu i podszedł do jednej z szafek. Wyciągnął stamtąd drewnianą fajkę. Nabił ją wprawnym ruchem. Po chwili pomieszczenie wypełnił ostry zapach tytoniu. Danielowi też zachciało się nikotyny.

Włożył rękę do kieszeni. W paczce zostały tylko dwa szlugi. Tego jeszcze kurwa brakowało.

– Mogę zapalić? – zapytał mimo to.

– A czemu by nie.

Daniel zapalił i zajrzał nerwowo do plecaka, żeby się upewnić, że jest tam druga paczka papierosów. Notes, torebki na dowody, rękawiczki i kilka innych drobnych rzeczy. Do tego służbowy glock. Tak naprawdę powinien go mieć w kaburze przy pasku albo zamocowany na specjalnych szelkach. Teraz było mu jakoś wszystko jedno. Zwłaszcza że szlugów nie było. Kurwa, nie zauważył nawet, kiedy wypalił drugą paczkę. A miał to przecież ograniczać.

Kaj zmierzył go krótkim spojrzeniem.

– Szklaneczkę czegoś mocniejszego? – zapytał. – Przy moim wzroście niewiele trzeba, żeby się urżnąć. To wielki plus.

– Nie trzeba – powiedziała Emilia twardo, zanim Daniel zdążył odpowiedzieć.

– Nie panią pytałem. Ale też mogę poczęstować.

Sarkastyczny śmiech Kaja zabrzmiał świdrująco. Znowu sięgnął do szafeczki. Postawił na stoliczku butelkę bez etykiety i trzy kieliszki do wódki. Daniel patrzył na to, nie mogąc uwierzyć w to, co się dzieje. Został tu, żeby się nie najebać. Tymczasem prawie tuż przy nim stała butelka czegoś, co prawdopodobnie nadawało się do tego wprost idealnie. Czy ta noc może potoczyć się jeszcze gorzej?

– Czasem robię naleweczki – poinformował Kaj. – Czymś się trzeba w życiu zajmować.

– Podziękujemy – powiedziała Emilia.

Kaj spojrzał na Daniela wyczekująco. Podgórski przełknął z trudem ślinę. Od dziewięciu miesięcy nie miał w ustach ani kropli alkoholu. Desperacko przygotowywał zdrowe soki i wyciskał siódme poty na siłowni. Tylko że nie pomagało. Ani jedno, ani drugie. Córeczki nie było i nie będzie. Jedną maluczką duszą tak wiele ubyło, jak pisał Kochanowski. Policjant miał wrażenie, że zniknął cały i nie zostało nic z dawnego Daniela. Cokolwiek zrobi, to się nie odstanie. Justynka nie żyła.

– Ja też dziękuję – powiedział głucho, chociaż miał wielką ochotę sięgnąć po tę butelkę i wypić wszystko do dna. Tylko ten jeden raz. Potem wróci do treningów i zdrowego jedzenia. Tylko ten jeden raz.

Kaj zmierzył go krótkim spojrzeniem. Na jego dziecinnej twarzy znów pojawił się złośliwy wyraz. Nalał sobie kieliszek i wypił szybko. Potem schował butelkę z powrotem do szafeczki. Podgórski przyglądał się temu z wstydliwą tęsknotą. Zapalił szybko ostatniego szluga. Musiał zająć czymś ręce. Będzie się martwił później, że nie ma czego jarać.

– Kiepscy z was kompani, ale to może nawet dla mnie lepiej.

Tymczasem pozytywka zakończyła swój śpiew. Baletnica zatrzymała się w połowie okrążenia. Patrzyła teraz prosto na Daniela. Oczy miała zielone, a twarz oblewał niewinny różowy rumieniec. Wydawała się żywa. Jakby zaraz miała otworzyć usta i coś powiedzieć.

– Piękna robota – pochwalił Podgórski, wskazując pozytywkę. Trzeba było wziąć się w garść.

– To fakt. Zamówiłem dawno temu u mistrza w tym fachu – wyjaśnił Kaj. – Kosztowała fortunę, ale warto było. Przez te lata nic nie straciła na uroku, mimo że nakręcam ją codziennie.

– Pańska rodzina była majętna, prawda? – zapytała Emilia.

Kaj zaśmiał się swoim zwyczajem. Pyknął z fajeczki i puścił kółko z dymu.

– Podobno już nie jest – dodała policjantka.

– Słucham?

– Pan Grabowski był jakiś czas temu w mieście i przejeżdżał obok rezydencji pańskich rodziców. Podobno została sprzedana na przedszkole, bo pana rodzina nie mogła jej utrzymać. Podobno pańscy rodzice są obecnie w przytułku.

Twarz Kaja wykrzywił gniew.

– Podobno to pan Grabowski powinien pilnować własnego nosa – powiedział dobitnie. – Moi rodzice nie są w żadnym przytułku, tylko w eleganckim domu spokojnej starości. Ze względu na moją chorobę nie za bardzo mogę sam otoczyć ich opieką. To chyba normalne, że ktoś się nimi zajmuje na starość, prawda? Nie są w żadnym przytułku!

Kaj wdrapał się z powrotem na parapet i po raz kolejny sięgnął po pozytywkę. Maleńkie dłonie drżały mu tak, że nie mógł nakręcić mechanizmu.

– Czyli nie uważa pan, żeby Różę Grabowską mógł zabić kto inny niż Błażej? – zapytał Daniel, wracając do poprzedniego tematu. Kontynuowanie kwestii finansów rodziny Kaja nie miało teraz sensu.

– Podejrzewacie mnie? – prychnął Kaj. Pozytywki nadal nie udało mu się nakręcić. – No to was ucieszę. Nie mam alibi na noc śmierci Róży. Byłem tu w pokoju. Sam. Cholera, czemu to nie działa!

Kaj odstawił pozytywkę na parapet z trzaskiem. Oddychał ciężko. Podgórski podszedł do parapetu i podniósł pozytywkę. Była cięższa, niż się spodziewał. Nakręcił ją ostrożnie. Melodia znowu wypełniła pokój.

– Jak to się odbyło? – zapytał. – Mówię o tej nocy, kiedy zginęła Róża.

– Pewnie już słyszeliście. Po co pytacie?

Ani Daniel, ani Emilia nie odpowiedzieli. Czasem to była najlepsza taktyka. Kaj westchnął teatralnie.

– Błażej wyjechał rano na polowanie. W ciągu dnia Helena nakryła Borysa na całowaniu się z Różą. Czekała, aż Błażej wróci, żeby mu o tym donieść. Błażej wpadł w szał. Poszedł do domu i strzelił Róży dwa razy w głowę. Jak już powiedziałem, ja w tym czasie byłem tu w pokoju.

– Usłyszał pan strzały? – zapytała Strzałkowska.

Kaj pokiwał głową.

– Domek ogrodnika jest z drugiej strony, ale w nocy panuje tu taka cisza, że myszy słychać w polu. Pierwszy strzał mnie obudził. Leżałem i nasłuchiwałem. Początkowo nie byłem pewny, co to. Po jakimś czasie padł drugi i wtedy już nie miałem wątpliwości, że to jakaś strzelanina. Wyszedłem na korytarz. Spotkałem Romualda, który też się zaniepokoił, co się dzieje. Razem wyszliśmy drzwiami z tyłu budynku, bo tamtędy jest bliżej do domku ogrodnika. Tyle.

Pozytywka zatrzymała się nagle z trzaskiem.

– Cholera! Dopiero co pochwaliłem, że świetnie działa!

Kaj znowu próbował nakręcić urządzenie, ale bez skutku. Daniel wziął od niego pozytywkę i przekręcił mechanizm. Tym razem poszło to z pewnym trudem. Policjant odłożył ją na parapet, ale niechcący potrącił przy tym baletnicę. Figurka odłączyła się od pozytywki z dziwną łatwością i upadła na podłogę. Podgórski spojrzał na nią zaskoczony. Zupełnie nie spodziewał się tego, co zobaczył.

ROZDZIAŁ 29

Złociny. Sobota, 22 listopada 2014. Godzina 22.10.
Piotr Grabowski

Grabowski szedł przez pogrążone we śnie Złociny. Prawie w żadnym oknie nie paliło się światło. Mieszkańcy wcześnie się kładli spać. Zwłaszcza późną jesienią. Listopadowy wicher nie zachęcał do opuszczania domów. Mimo to przyspieszył kroku i starał się iść w cieniu budynków.

Miał wrażenie, że całe jego ciało drży. Ubrał się ciepło, ale wiatr i tak zdawał się przewiewać na wylot. Ale nie chodziło tylko o chłód. Raczej o to, co miał zamiar tej nocy zrobić. Tyle emocji. Nawet nie podejrzewał, że ma ich w sobie aż tyle. Przecież minęło tak dużo czasu... Mimo to... wtedy kiedy Róża tak źle o Klementynie mówiła...

– Dobry wieczór – rozległo się, kiedy właśnie wychodził na polną drogę wiodącą do głazu na rozstaju.

Borys Żak skinął mu głową na przywitanie. Grabowski przeklął w duchu. Tak bardzo przecież chciał, żeby jego nocna wyprawa pozostała niezauważona.

– Dobry wieczór – odpowiedział, nie siląc się nawet na uprzejmość.

– Gdzie tak pan idzie po nocy, panie Grabowski? – zagadał Borys. Jego piegowata twarz jak zwykle rozpromieniła się w uśmiechu.

– Idę się przejść – skłamał emerytowany milicjant. Oby ogrodnik się nie zorientował.

– O tej porze? Przy takiej pogodzie?

– Nie zważam na pogodę. Dla zdrowotności warto się ruszać. A sąsiad dokąd?

Jakiś czas temu Borys wyprowadził się od Walerii i zamieszkał w Złocinach. Całkiem niedaleko od Grabowskiego. U wylotu ulicy Cichej.

– To przesłuchanie? – zaśmiał się Borys serdecznie.

– Pytam po prostu – warknął Grabowski. Był zły na siebie, że widać po nim emocje. Wyszedł już chyba z wprawy. Trzeba było naprawić złe wrażenie. – Pewnie do rodziny? – dodał więc. – Do Szuwarów?

– A no tak – powiedział Borys szybko.

Teraz z jakiegoś powodu on też wyglądał na lekko zdenerwowanego. I bardzo dobrze, ucieszył się Grabowski. Cokolwiek olbrzymowi chodziło po tej rudej głowie, niech się tym zajmie. Najlepiej, żeby ogrodnik zapomniał, że w ogóle się spotkali tego listopadowego wieczoru.

ROZDZIAŁ 30

Emilia i Daniel patrzyli na podłogę. Figurka baletnicy jakby rozpadła się na dwa kawałki. W środku ukryty był niewielki sztylet. Kaj podniósł go szybko. Krótka rękojeść idealnie pasowała do jego małej dłoni.

– No i co zrobiłeś?! – krzyknął do Podgórskiego.

– Przepraszam – powiedział policjant, ale Strzałkowska dostrzegła w jego oczach podejrzliwość.

– Idźcie już – rozkazał Kaj. – Chcę się jeszcze przebrać przed kolacją. No idźcie sobie. I tak jesteśmy spóźnieni. Już po dwudziestej!

Strzałkowska i Podgórski wymienili spojrzenia. W końcu Daniel skinął głową delikatnie i skierował się do drzwi. Emilia poszła za nim. Kiedy znaleźli się na korytarzu, z pokoju Kaja znowu dobiegł ich dźwięk pozytywki. Najwyraźniej udało mu się ją znowu nakręcić.

– Kojarzysz, co to za melodia? – zapytał Daniel cicho.

Emilia pokiwała głową. Pomyśleli chyba o tym samym.

203

– Oczywiście. Myślisz, że to ma znaczenie?

– Może. Tylko kłopot w tym, że nie mogę sobie przypomnieć, co to za piosenka – stwierdził z ledwie skrywanym sarkazmem.

Szczerze mówiąc, Podgórski wyglądał na roztrzęsionego. Spoglądał na drzwi z dziwnym wyrazem twarzy. Emilia zadrżała. Nie podobało jej się to ani trochę.

– *Oh, My Darling Clementine* – odpowiedziała szybko.

– Trudno nie skojarzyć tego z Klementyną. Myślałam, że do tego się odnosisz.

– Kurwa – mruknął tylko.

Skrzywiła się. Nie chodziło o to, że jakoś szczególnie przeszkadzało jej tego typu słownictwo. Nie mogło. Nie w policyjnym światku. Chodziło raczej o to, że akurat Daniel kiedyś prawie nie przeklinał. Nie podobała jej się ta odmiana.

– Myślisz, że to Kaj ma coś wspólnego ze zniknięciem Kopp? – Strzałkowska zniżyła głos do szeptu.

Oboje spojrzeli na drzwi opatrzone numerem dwieście siedemnaście. Emilii ta liczba nic nie mówiła, ale jeżeli wierzyć Podgórskiemu, mogła budzić niezbyt przyjemne skojarzenia. Policjantka znowu zadrżała. Drozdy sprawiały, że choć czuła, że ma więcej energii do działania, zaczynał ogarniać ją też dziwny, pierwotny lęk. Zdecydowanie nie był to sielankowy hotel na prowincji. Zaczynała żałować, że wpadła na idiotyczny pomysł, żeby zostać w tym miejscu na noc.

– Ten nóż – powiedział Daniel jakby do siebie.

– Chodzi ci o śmierć Jędrzeja? O nożownika, który go zabił?

Pozytywka ucichła i w hotelu zapanowała zupełna cisza.

– Może – odparł policjant enigmatycznie. Jego ręka powędrowała do kieszeni spodni. Wyjął pustą paczkę po papierosach i spojrzał na nią z wyraźnym niepokojem.

– Jeszcze nie masz dosyć? Kopcisz cały dzień!

– To moja sprawa.

– Chyba widziałam gdzieś znak z zakazem palenia – mruknęła Emilia zirytowana.

Podgórski rozejrzał się po korytarzu, jakby dopiero teraz zorientował się, gdzie jest. Szlachcice z portretów zdawali się przypatrywać im w dziwnym skupieniu. To było wyjątkowo nieprzyjemne uczucie.

– Kojarzysz tekst tej piosenki? – zapytała. Trzeba było skupić się na czymś innym. – *Oh, My Darling Clementine*?

– Nie, niezbyt. Raczej samą melodię.

– A ja tak. Łukasz musiał się uczyć tej piosenki w podstawówce na angielskim. Pomagałam mu – wyjaśniła szybko Emilia. – Tam jest mowa o dziewczynie, która umarła. Nazywała się oczywiście Klementyna.

Daniel zgniótł paczkę i wrzucił ją do plecaka. Spojrzał na Strzałkowską w nieco większym skupieniu.

– Jak umarła ta dziewczyna z piosenki?

– Z tego, co pamiętam, utopiła się. Było tam trochę trudnych słów. Musiałam wertować słownik. Coś z morską pianą. W każdym razie facet, narrator piosenki, nie zdążył tej Klementyny uratować. Myślisz o tym samym co ja?

Policjant nie odpowiedział.

– Stawy rybne? Drwęca? Albo ta studnia na terenie. Ta ze skrzypiącym kołowrotem – wymieniała Emilia. – Tu jest mnóstwo miejsc, gdzie można kogoś utopić. Nie uważasz?

Zanim Podgórski zdążył cokolwiek odpowiedzieć, ciszę przerwało głośne skrzypnięcie i drzwi pokoju numer dwieście siedemnaście otworzyły się nagle.

– A wy nadal tu sterczycie? – warknął na ich widok Kaj. Był w tym samym ubraniu co wcześniej. Najwyraźniej wcale nie miał zamiaru się przebierać. Być może nawet stał przez ten cały czas za drzwiami i podsłuchiwał ich rozmowę. Zmierzył ich przeciągłym spojrzeniem. Potem zniknął na chwilę z powrotem w pokoju. Wrócił na korytarz z butelką nalewki w ręku.

– To na czarną godzinę – powiedział i podał ją Danielowi.

Podgórski wziął butelkę z wyrazem zakłopotania na twarzy. Kaj zaśmiał się ochryple.

– Swój pozna swego – oznajmił, zamykając drzwi pokoju na klucz. Potem ruszył korytarzem, nie odwracając się już w ich stronę.

– Zwariowałeś? – rzuciła Emilia wściekle.

Nie mogła się powstrzymać. Znowu dopadły ją obezwładniające wspomnienia ostatnich miesięcy ciąży. Ani jeden raz więcej nie chciała widzieć Daniela pijanego. Przecież między innymi przez jego cholerne picie doszło do tragedii. Złość była tak wielka, że z trudem oddychała. Po raz pierwszy od tamtego czasu czuła, że jest w stanie obwinić o śmierć córeczki kogokolwiek innego, nie siebie.

– Co miałem zrobić? – zapytał obronnym tonem. – Rzucić mu tę butelkę w twarz?

– Więc bardzo proszę, oddaj mi to, skoroś taki mądry.

Wyciągnęła do niego rękę. Podgórski wahał się przez chwilę, ale w końcu schował butelkę do kieszeni kurtki.

– A co byś z tym zrobiła? – zapytał jakby nigdy nic.

– Jeżeli wypijesz chociaż kroplę, to cię osobiście zabiję! – krzyknęła. – Konsekwencje mnie nie obchodzą. Rozumiesz?

Tylko się uśmiechnął. Czuła, że łzy napływają jej do oczu. Nie mogła teraz na niego patrzeć. Musiała pobyć przez chwilę sama. Przypomniała sobie o toalecie koło recepcji. Pobiegła korytarzem w tamtą stronę. Miała wrażenie, że ściany zaczynają napierać na siebie i zaraz ją zgniotą. Jej własny oddech dudnił w uszach.

– Mila! – zawołał za nią Daniel.

Nie zatrzymała się. W tym momencie nienawidziła go z całej siły. Minęła recepcję i wejście do sali hetmańskiej. Zbroja i kontusz hetmana Drozdowskiego przypominały jej teraz parę strażników broniących dostępu do jadalni. Kaj musiał już wejść do środka, bo nigdzie go nie widziała. Przecięła hol i otworzyła drzwi toalety drżącymi rękami. Wskoczyła do środka i zamknęła je szybko na zasuwkę.

Łazienka była niewielka. Normalnie atak klaustrofobii byłby nieunikniony, ale teraz brak przestrzeni jakoś jej nie przeszkadzał. Musiała pobyć chociaż chwilę sama.

– Emilia! Otwórz, proszę cię.

Daniel zapukał delikatnie. Podeszła do drzwi tak, że prawie dotykała ich twarzą. Z jakiegoś powodu była pewna, że Podgórski po drugiej stronie zrobił to samo. To było dziwne uczucie znajdować się tak blisko niego. Oddzielała ich tylko grubość deski.

Odetchnęła głębiej. Nie chciała, żeby głos jej drżał. Za dużo łez wypłakała przez te miesiące. Nie chciała kolejnych. Nie w tym miejscu. Nie w taki sposób. Nie przy Danielu.

– Muszę skorzystać z toalety – skłamała gładko. – Zaraz przyjdę.

– Emilia...

– Mogę mieć prawo do odrobiny prywatności?!

Czekała, ale Daniel nie odpowiedział. Albo jej uwierzył, albo dał za wygraną. Kiedy mocniej się skupiła, wydawało jej się, że nadal słyszy jego oddech tuż za drzwiami.

Podeszła do kranu i przemyła twarz zimną wodą. Czuła się dziwnie rozpalona. Pozytywka Kaja dodatkowo ją rozczuliła. Przypomniała czasy, kiedy Łukasz był mały i po powrocie z pracy pomagała mu odrabiać lekcje. Jego dziecięcy pokój oklejony tapetą w kolorowe samochody stanowił zupełnie inny świat niż korytarze komendy policji na warszawskim Ursynowie, gdzie wtedy pracowała.

Odkręciła mocniej kran i nabrała wody w ręce. Napiła się łapczywie. Dopiero teraz uświadomiła sobie, że nie piła nic od rana. Z emocji głód trochę zelżał, ale pragnienie wróciło ze zdwojoną siłą. Pochyliła się nad kranem i upiła jeszcze kilka łyków. Woda zostawiła na języku dziwny posmak. Dodatkowo miała rdzawe zabarwienie. Prawdopodobnie wina starych rur. Pewnie od dawna ich nie wymieniano. Strzałkowska zakręciła kurek z nagłym obrzydzeniem.

– Na pewno wszystko w porządku? – usłyszała stłumiony głos Daniela.

Chciała wrzeszczeć, że nic nie jest w porządku, ale uznała, że to nie ma sensu.

– Tak, tak. Muszę tylko skorzystać z toalety – zapewniła.

Poczuła, że łzy znowu napływają jej do oczu. Przypomniała sobie, jak bardzo narzekała, kiedy była w ciąży z Justynką. Prowadziła śledztwo w sprawie Łaskuna, a musiała co rusz biegać do toalety. Co by dała, żeby do tego wrócić. Co by dała, żeby jej córeczka żyła.

Podeszła do odrapanego sedesu i spojrzała na deskę. Nie budziła zaufania. Państwo Kopp chyba zupełnie dali sobie spokój ze sprzątaniem, skoro właściwie nie mieli gości oprócz Kaja. Nacisnęła spłuczkę, żeby uwiarygodnić swoje bezsensowne kłamstwo. Nie była pewna, po co właściwie udaje przed Danielem, że się wysikała. Czy można zrobić coś bardziej idiotycznego?

Woda poleciała drobnym ciurkiem. Coś było najwyraźniej nie w porządku ze spłuczką. Emilia podwinęła rękawy i sięgnęła do dolnopłuku. Nie lubiła, kiedy coś nie działało. Przez lata mieszkała sama z synem i zdążyła się już nauczyć, jak wykonać drobne domowe naprawy. Niepotrzebny jej był do tego ani Daniel, ani żaden inny facet. Po co w ogóle przyjeżdżała do Lipowa i na siłę próbowała to zmienić?

Otworzyła dolnopłuk i zajrzała do środka. Jakiś druciany haczyk blokował częściowo spłuczkę. Ostrożnie przesunęła drucik, na wypadek gdyby to był jakiś element mechanizmu. Tym razem woda poleciała silnym strumieniem.

Emilia otarła łzy, zadowolona z siebie. Haczyk z jakiegoś powodu nie dawał jej jednak spokoju. Pochyliła się i zajrzała za dolnopłuk. Drucik podtrzymywał coś w rodzaju niewielkiego stelażu na nuty. Po co ktoś coś takiego umieścił za sedesem? To zupełnie nie miało sensu.

ROZDZIAŁ 31

Szuwary. Sobota, 22 listopada 2014. Godzina 22.35.
Borys Żak

Borys wspinał się na wzgórze szybkim krokiem. Nie mógł przestać myśleć o spotkaniu z Grabowskim. Gdzie ten stary hycel wybierał się tak późno? I to w taką okropną noc, kiedy człowiek wolałby wygrzewać się pod kołdrą w najlepsze.

Ogrodnik wdrapał się na podjazd domu matki. Park wokół Szuwarów oświetlony był lampkami. Waleria niedawno kazała mu je zamontować. Musiał przyznać, że w ciemnościach wyglądało to całkiem nieźle.

Wszedł do dworku bez pukania. Otoczyło go przyjemne ciepło. Salon pogrążony był w złotym świetle płonącego w kominku ognia. Grube polana trzaskały głośno. Na listopadową słotę nie ma nic lepszego niż żywy ogień.

– Spóźniłeś się! – zawołała Nadzieja. – Film już się zaczął!

Siostra siedziała na kanapie przed telewizorem. Na stole przygotowała przekąski. Trochę chipsów, popcorn z mikrofalówki, małe kanapeczki z serem i dwie butelki piwa.

– Matka u siebie? – zapytał Borys, sadowiąc się na kanapie.

Właściwie niepotrzebnie pytał. Słyszał głośne stukanie przedpotopowej klawiatury. Matka nie chciała jej wymienić na nowszą. Mówiła, że do tej starej jest przyzwyczajona. Może przypominała jej maszynę do pisania?

– Tak jak zwykle o tej porze.

Siedzieli przez chwilę cicho. Wpatrywali się w ekran telewizora, niby oglądając, jak blondwłosa aktorka zakochuje się w pewnym niezbyt rozgarniętym facecie po przejściach. Tak naprawdę jednak oboje doskonale wiedzieli, po co Borys tu przyszedł. Musieli porozmawiać.

– Udało się – oznajmił więc w końcu cicho.

Nie musiał tłumaczyć, bo Nadzieja przecież doskonale wiedziała, o co chodziło. O tym, że znowu przyłapał Oskara z puszkami, nie zamierzał teraz wspominać.

– Cudownie – powiedziała siostra, ale po jej twarzy popłynęły łzy.

Borys położył rękę na jej ramieniu. Chciał ją trochę uspokoić. Współczuł jej, że tak bardzo cierpiała. To musiało się wreszcie skończyć. Rzadko odczuwał gniew, ale wściekłość na Różę dosłownie go wypełniała. Dlaczego nie może być tak jak kiedyś? Coś trzeba z tym będzie zrobić. I to szybko. Tym bardziej że życie Grabowskiej i jego własne zostały wywrócone do góry nogami.

ROZDZIAŁ 32

Drozdy. Sobota, 19 marca 2016. Godzina 20.25.
Aspirant Daniel Podgórski

Ciszę przerwał wibrujący dźwięk dzwoneczka. Daniel uniósł głowę.

– Kolacja – doszło go stłumione wołanie Heleny Kopp.

W tym samym momencie drzwi łazienki otworzyły się i na korytarz wyszła Emilia. Twarz miała zaczerwienioną. Unikała jego wzroku. Nie był pewien, co właściwie powinien powiedzieć. Butelka od Kaja ciążyła w wewnętrznej kieszeni kurtki jak wyrzut sumienia. Powinien ją po prostu gdzieś odłożyć. Rozejrzał się po holu. Chociażby na kontuar w recepcji albo na stolik obok. Powinien, ale kurwa nie potrafił. Stało się dokładnie to, czego tak bardzo się bał. Nie potrafił.

– Pani Kopp wołała na kolację – powiedział.

– Słyszałam.

Przez chwilę stali w dziwnym zawieszeniu.

– Emilia…

– Tam jest coś…

Zaczęli mówić w tym samym momencie. Daniel dał Strzałkowskiej znak, żeby kontynuowała. Przecież tak naprawdę cokolwiek on sam by teraz powiedział, nie zabrzmiałoby to dobrze.

– Tam za kiblem jest coś dziwnego – dokończyła policjantka, wskazując łazienkę. – Ale to pewnie nic ważnego.

– Pokaż – poprosił z nieco większym entuzjazmem, niż było konieczne.

– Kolacja! – rozległo się znowu.

– Nie no, to naprawdę nic takiego – uparła się Emilia i ruszyła do sali hetmańskiej. – Umieram z głodu. Chodźmy coś zjeść.

Dwuskrzydłowe drzwi do jadalni zaskrzypiały głośno, kiedy wchodzili do środka. Pomieszczenie sprawiało równie przygnębiające wrażenie jak reszta hotelu. Krzesła poustawiane były do góry nogami na blatach. Tylko trzy stoły nakryto do posiłku. Wybrano najbardziej od siebie oddalone, jakby państwo Kopp chcieli zapewnić każdemu z gości maksimum intymności.

Przy jednym ze stołów siedział Kaj. Przy drugim usadowił się Borys Żak. Imponująca różnica wzrostu, która ich dzieliła, sprawiała dość surrealistyczne wrażenie. Ogrodnik pochłonięty był lekturą jakiegoś magazynu, ale kiedy weszli, uniósł wzrok i delikatnie skinął im na powitanie. Kaj natomiast uparcie wpatrywał się w blat, ignorując ich obecność. Daniel bardzo się z tego ucieszył. Nie chciał żadnych porozumiewawczych uśmieszków.

– Siadamy? – zapytał Emilię, wskazując trzeci z przygotowanych stolików.

Nie odpowiedziała, ale zajęła miejsce. Nadal unikała patrzenia na niego. Przez chwilę w wielkiej jadalni panowała cisza przerywana jedynie odgłosami dochodzącymi zza drzwi w rogu pomieszczenia. Najwyraźniej to tam mieściła się kuchnia.

Rzeczywiście kilka minut później drzwi się otworzyły i do jadalni weszli państwo Kopp. Romuald pchał wózeczek z jedzeniem. W wyszczerbionej wazie parował rosół. W nieco zużytym koszyku poukładano grube pajdy chleba. Na talerzyku obok znajdowało się trochę pokrojonego w plastry żółtego sera. To było wszystko. Niezbyt obfita uczta jak na sześć osób. Nie to, żeby Daniel sam był teraz szczególnie głodny. Szczerze mówiąc, myślał tylko o butelce, która ciążyła mu w kieszeni.

– Nie, nie! To nasz stolik! – zawołał Romuald na ich widok. – Państwo tu nie siedzą!

Helena Kopp uśmiechnęła się przepraszająco.

– Rzeczywiście z reguły my tu jadamy. Państwo wybaczą. Takie przyzwyczajenie. Mąż nie lubi zmian.

– Ależ nie ma problemu – zapewniła Strzałkowska.

Daniel pokiwał głową na poparcie jej słów.

– Świetnie – ucieszyła się pani Kopp. – Tak pomyślałam, że nic się nie stanie, jeżeli usiądziecie dziś razem z Borysem. To przecież tylko jedna kolacja. Nie chciałam odkrywać niepotrzebnie kolejnego stołu.

Zdjęcie krzeseł z blatu nie wydawało się Danielowi wielkim problemem, ale postanowił nie komplikować sytuacji. Tym bardziej że nawet dobrze się składało. Będzie można zamienić kilka słów z ogrodnikiem. Przez cały dzień nie było po temu okazji. Syn pisarki ciągle stanowił więc zagadkę.

– Jasne. To żaden problem – zapewnił Podgórski.

– Oczywiście jeżeli pan Żak nie ma nic przeciwko temu, że do niego dołączymy.

Borys uniósł głowę znad magazynu, słysząc swoje nazwisko. Uśmiechnął się zapraszająco.

– Nie, nie. Proszę do mnie. Nie za ciepło? Nie zdejmiecie kurtek?

Ogrodnik przyglądał się ich wierzchnim okryciom z zainteresowaniem. Sam nadal miał na sobie kraciastą koszulę, w której pracował przy stawach, kiedy poznali go wcześniej tego dnia.

– Trochę przemarzłam – wyjaśniła Emilia.

Podgórski zdjął kurtkę i zaraz tego pożałował. Nie tylko dlatego, że butelka nalewki od Kaja zadźwięczała głośno, uderzając o oparcie krzesła. W jadalni panował dojmujący chłód, chociaż stali mieszkańcy Drozdów zdawali się tym zupełnie nie przejmować.

– Zupa was rozgrzeje – zapewnił Borys z uśmiechem.

Miał szeroką, porośniętą rudą szczeciną twarz. Sprawiał wrażenie prostolinijnego mężczyzny z zasadami. Solidnego i prawdomównego. Powolne ruchy olbrzymiego ciała potęgowały jeszcze to odczucie. Podgórskiemu naprawdę trudno było uwierzyć, że ten spokojny, zdawałoby się poczciwy człowiek wdał się w romans z narzeczoną swojego szefa. Borys nie wyglądał na tego typu mężczyznę. A już zupełnie nie przypominał swojej egzaltowanej matki ani nadmiernie opiekuńczej siostry.

Państwo Kopp podjechali z wózeczkiem do ich stolika. Helena zaczęła nalewać zupę. Daniela i Emilię potraktowała z prawdziwą elegancją, ale Borysa niemal oblała rosołem. Nie przeprosiła. Najwyraźniej relacje pomiędzy ogrodnikiem a jego pracodawcami nadal były napięte. W tej sytuacji trudno się było dziwić.

– Z wami będzie mi nawet milej – powiedział Borys, kiedy Helena i Romuald pojechali do stolika Kaja. – Doskonale wiem, że mnie tu nie chcą, ale i tak jadam, skoro dają. Zwłaszcza kiedy pracuję do późna. Państwo Kopp nie zawsze mogą mi zapłacić, więc chociaż tak to sobie wynagradzam.

– Nie mógłby pan jadać u siebie? – zapytała Emilia.

Zabrzmiało to niemal złośliwie. Borys jednak zupełnie się tym nie przejął. Uśmiechnął się do policjantki szeroko.

– Mógłbym oczywiście. Albo u mamy i siostry w Szuwarach, ale co tam. Skoro opiekuję się stawami i mieszkam w domku ogrodnika, to jestem jakby częścią Drozdów. Czy Helena i Romuald tego chcą, czy nie. Zawsze tak było.

Borys uśmiechnął się pod nosem.

– Tylko nie zaczynajcie jeszcze jeść – dodał. – Najpierw modlitwa.

Rzeczywiście państwo Kopp skończyli roznosić jedzenie i Romuald wyjął z kieszeni małą pożółkłą Biblię. Daniel spodziewał się, że gospodarz przeczyta jakiś stosowny ustęp, ale ojciec Klementyny położył jedynie książeczkę na stole. Stał chwilę w ciszy, trzymając na niej pokrytą starczymi plamami dłoń. Potem zrobił znak krzyża na piersi. Helena, Borys i Kaj uczynili to samo. Daniel zerknął na Emilię. Wyglądała na równie zaskoczoną jak on.

– Teraz już można – poinformował ich ogrodnik i zajął się swoim rosołem. Co jakiś czas sięgał po pajdę chleba i maczał ją w zupie.

216

Daniel zajrzał ostrożnie do swojego talerza. Dziwna ciecz w niczym nie przypominała zup, które przygotowywała jego matka. To była raczej gorąca woda z kilkoma kawałkami warzyw i jednym smętnym okiem tłuszczu przy brzegu talerza.

– Ciężko samemu to wszystko ogarnąć – powiedział tymczasem tonem pogawędki Borys. Najwyraźniej był spragniony towarzystwa. – Nawet jak był tu Błażej, to we dwóch ledwie dawaliśmy radę. Kiedyś pan Kopp z nami pracował, ale biedak już się zestarzał. Ani głowa, ani ciało już nie te co kiedyś.

Emilia zaczęła jeść, ale Daniel zupełnie stracił apetyt. Nie mógł przestać myśleć o butelce schowanej w kurtce i o tym, że zawartość mogłaby przynieść błyskawiczne zapomnienie. Po miesiącach abstynencji alkohol zapewne zadziałałby ze zdwojoną siłą. Ból po stracie córeczki, a nawet wstyd za własną słabość zniknęłyby w jednej chwili. To takie proste.

– Skąd pomysł, żeby tu pracować? – zapytał Podgórski, starając się odegnać od siebie te myśli. Musiał skupić się na sprawie. Nie wolno zapominać, że ma zadanie do wykonania.

– Zwłaszcza po tym, co się stało – dodała Emilia. Nadal nie patrzyła na Daniela.

Borys zaśmiał się cicho i zerknął na stolik, przy którym siedzieli państwo Kopp. Znajdował się po drugiej stronie sali jadalnej, więc Podgórski wątpił, żeby mogli słyszeć ich przyciszoną rozmowę.

– Moja matka ma tyle forsy, że nie musiałbym tyrać – powiedział ogrodnik. – To jest fakt. No ale co poradzę,

217

że kocham to dłubanie w ziemi! Każdy ma jakieś swoje powołanie. To jest moje. Cieszę się jak dzieciak, że mogę doglądać stawów i całego terenu. Od zawsze chciałem to robić. W Szuwarach też mamy ogród, ale to nie jest to co Drozdy. Ja oczywiście nie pamiętam czasów świetności Igieł, ale tam podobno było jeszcze piękniej.

Daniel zerknął na Kaja, który siedział kilka stolików dalej skupiony na swoim talerzu. Krzesło zostało zrobione specjalnie na jego wymiar. Miało długie nogi i niewielkie siedzisko.

– Ale po tym, co się stało z Różą? – naciskała dalej Emilia. – Przecież przez waszą relację...

– Nie łudzę się, że państwo Kopp mnie lubią. – Borys uśmiechnął się znowu dobrodusznie. – Ale w sumie nie widuję ich zbyt często. Cały czas jestem w terenie. Przychodzę tu z reguły na kolację i tyle. Może i mnie nie lubią, ale ufają, że dobrze wszystkiego doglądam. Za to darzę ich szacunkiem. Zresztą oni mnie nie lubią nie tylko z powodu historii z Różą. Chodzi też o moją matkę. Uwielbiali wuja Jędrzeja, ale chyba mają dosyć, że ciągle oskarża Klementynę.

– Jak to się stało, że zeszliście się z Różą? – zapytał Daniel. Przełknął kilka łyżek rosołu, ale gardło miał ściśnięte.

– Głupio to wyszło. Wiem o tym. Była przecież narzeczoną Błażeja, a on mnie wszystkiego nauczył. Powinienem był się powstrzymać, ale Róża miała wiele uroku. Czarowała mnie. Próbowałem z nią zerwać. Nawet tamtego dnia też. Tyle że ona nie chciała. Człowiek czasem jest taki słaby.

Zabrzmiało to nieco sztucznie.

– Naprawdę głupio wyszło – podjął Borys, ściszając jeszcze głos. – Nie wiem, dlaczego pani Helena wyrwała się z tym, żeby o wszystkim donieść Błażejowi. Próbowałem jej tłumaczyć, że ja i Róża to nic poważnego, ale nie słuchała. W głosie ogrodnika czaiła się teraz uraza. Przechylił talerz i wypił ostatnie krople zupy.

– Ma pan do niej żal? – zapytała Emilia powoli.

– Trochę tak – przyznał Borys, odstawiając talerz. – Przecież gdyby nic tamtej nocy nie powiedziała Błażejowi, ja bym zakończył flirtować z Różą. Oni wzięliby ślub, i Róża by żyła, i teraz by chowali z Błażejem tego ich dzieciaka, co go miała urodzić. Oskar miałby rodzeństwo. Chociaż dużo młodsze, ale zawsze coś. Nie byłby taki sam. Żadnych kolegów. Nic. Nadzieja niechętnie go puszcza do Złocin. Do szkoły i tyle. A do miasta wcale. Moja siostra jest trochę przewrażliwiona. Wielu rzeczy boi się zupełnie niepotrzebnie.

– Gdzie pan był tamtej nocy? – zapytał Daniel.

– Kiedy Błażej zabił Różę?

– Jo.

– Z siostrą i matką w Szuwarach – wyjaśnił spokojnie Borys i rozsmarował trochę masła na ostatniej pajdzie chleba. – Przepraszam, gdzie moje maniery. Państwo nie będą już jedli?

– Nie, nie. W porządku – zapewnił Daniel.

Emilia popatrzyła tęsknie na chleb. Policjant podsunął jej swój kawałek. I tak nie miał ochoty na jedzenie. Wahała się, ale w końcu podziękowała mu skinieniem głowy.

– Tamtej nocy poszedłem do Szuwarów, żeby obejrzeć film – wyjaśnił Borys. – Siostra wybrała jakąś komedię

romantyczną. Aktorka miała blond włosy. Taka znana...
Nigdy nie pamiętam ich nazwisk.

– Komedię romantyczną? – powtórzyła Emilia z pełnymi ustami.

Ogrodnik wzruszył ramionami.

– Siostra wybrała, a ja miałem ochotę coś pooglądać.
U siebie nie mogłem, bo nie miałem zamontowanej anteny, jakoś się nie składało. Mieszkałem wtedy na Cichej
w Złocinach. Potem kiedy to wszystko się stało, przeniosłem
się do domku ogrodnika, no i problemu z anteną już nie
mam. Błażej dawno ją zamontował.

– Przychodzi panu do głowy ktokolwiek inny oprócz
Błażeja, kto mógłby chcieć śmierci Róży? – wrócił do sprawy
Daniel.

– No raczej nie. Co prawda były różne takie tam...

– Co ma pan na myśli?

– Takie różne niejasności.

– Niejasności? – powtórzył Daniel.

Borys pokiwał głową.

– No na przykład skobelek w szopie był wyłamany.

– O jaką szopę panu chodzi?

– No o tę przy grobli. Błażej trzymał tam broń do polowań.

– Przecież wracał z polowania i miał ją ze sobą?

– No miał, ale w szopie miał więcej. Całą kolekcję.

– I ktoś wyłamał skobelek, tak? – upewnił się Podgórski.
Ciekaw był, dlaczego nikt o tym wcześniej nie wspomniał.
To mógł być bardzo istotny szczegół.

– No tak, jak mówię.

– Coś zginęło? – zapytała Emilia.

– Nie. No właśnie nic. Dlatego nikt nie zwrócił na to uwagi. Miałem to naprawić, ale nie było już potem potrzeby. Błażej przybił ten skobelek, aby zamykać w szopie broń. Policja ją skonfiskowała, więc nie było już potrzeby. Grabi nikt nam kraść nie będzie, a swój sztucer trzymam w domu – zaśmiał się znowu Borys. – Tak naprawdę to ciekaw jestem, co z nią zrobili. Nie orientują się może państwo?

Daniel pokręcił głową.

– Szkoda – powiedział Borys. – Należałaby się tak właściwie rodzinie. Oskar lubi sobie postrzelać. Błażej go nauczył, więc miałby na przyszłość. Słuchajcie, a tak z innej beczki. Wy przyjechaliście subaru, więc pewnie to nie wasze, no ale jak nabierałem wodę, to znalazłem coś takiego przy studni. I tak się zastanawiałem.

Borys sięgnął do kieszeni.

ROZDZIAŁ 33

Drozdy. Sobota, 22 listopada 2014. Godzina 22.35.
Kaj Wrona

Kaj nakręcił pozytywkę i zaczął się przyglądać, jak baletnica robi kolejne obroty. Kiedy skupiał na niej wzrok wystarczająco długo, miał wrażenie, że wiruje tak w tańcu razem z nią. Lubił to uczucie wolności i jedności z tą, która odeszła. Mógł wtedy na chwilę zapomnieć o wyrzutach sumienia i o tym, że jego zdeformowane ciało było więzieniem. A ukryty u podstawy figurki nóż dawał dodatkowe poczucie satysfakcji. Kontroli nad życiem własnym i innych. Poczucie mocy i odkupienia.

Zszedł z parapetu dopiero, kiedy melodia dobiegła końca. Kiedyś był zwinny jak sarna, ale teraz z biegiem lat niski wzrost i uwarunkowane tym komplikacje coraz bardziej mu przeszkadzały. Dawały też o sobie znać dolegliwości związane z wiekiem. Nasilone zapewne przez jego przypadłość. Tak naprawdę nie przeszkadzało mu, że ludzie nazywali go karłem. Wolał to niż jakieś pseudopoprawne, dziwne twory w stylu „osoba niskiego wzrostu".

Osoba niskiego wzrostu? No naprawdę? Jeżeli miałby siebie tak postrzegać, zwariowałby.

Zapalił fajkę i wypił kilka łyków nalewki, którą przygotował jakiś czas temu. Myślał o Róży i o tym, jak weszła dziś do jego pokoju bez pytania. Czy to zdarzyło się pierwszy raz, czy robiła to już wcześniej? Co zdążyła zobaczyć? Co wiedziała? I przede wszystkim jakie to będzie miało konsekwencje?

Róża zawsze irytowała Kaja. Już jako dziecko. Może dlatego, że tak bardzo przypominała mu Matyldę? Trochę ją z tego powodu prześladował, ale to było nic w porównaniu z niechęcią, którą teraz odczuwał.

Odłożył butelkę z powrotem do szafki i zgasił fajkę. Dość jałowego rozmyślania. To nic nie da. Teraz trzeba działać. Był gotowy. Zawsze irytowało go, że na filmach osoby jego postury albo były pośmiewiskiem, albo grały elfy czy krasnoludki. Nigdy niczego normalnego.

A gdyby tak dla odmiany jakiś czarny charakter, zaśmiał się pod nosem. Ale nie taki komiksowy, tylko z prawdziwego zdarzenia. Oj, chyba nadawałby się do tej roli doskonale. Złociny jeszcze o nim usłyszą. Ważniaki myślą, że mogą wszystko? Oj, nie będzie tu spokoju. Już on o to zadba.

Przy okazji może nawet wyrówna własne rachunki. Wstyd. Oj tak, to bardzo destrukcyjne uczucie...

ROZDZIAŁ 34

Drozdy. Sobota, 19 marca 2016. Godzina 20.45.
Sierżant sztabowa Emilia Strzałkowska

Borys Żak sięgnął do kieszeni spodni i wyciągnął breloczek z rodzaju tych, które dilerzy samochodów dołączali do kluczyków. Napis „Skoda" był nieco zatarty, ale nadal widoczny.

– Znalazł pan to przy studni? – zapytał Daniel głośno.

Strzałkowska spojrzała na policjanta zaniepokojona jego ostrym tonem. W drugim końcu jadalni Helena Kopp zerwała się z krzesła. Kaj i Romuald też spojrzeli w ich stronę. Borys wyglądał na zaskoczonego reakcją wszystkich.

– Zrobiłem coś złego?

– Klementyna jeździ skodą fabią – wyjaśniła Emilia.

Na te słowa Helena i Romuald natychmiast podeszli do ich stolika. Kaj został na swoim miejscu, ale nie odrywał od całej sceny ciekawskich oczu.

– Kolejny dowód na to, że tu była – uznał Podgórski.

– To jeszcze nie musi nic oznaczać – powiedziała Strzałkowska mitygująco. Chociaż sama zaczynała się denerwować. Przecież nie tak dawno rozmawiali o piosence wygrywanej przez pozytywkę i o tym, że jej bohaterka się utopiła. – Zresztą to nawet nie musi być Klementyny...

– O mój Boże – powiedziała Helena, załamując ręce. Ton paniki zupełnie nie pasował do jej posągowego wyglądu. – Czyli jednak...

Romuald pokręcił głową.

– Czyli jednak co, Heleno? Ci ludzie nie wiedzą nawet, co tak naprawdę robią. Klementyna po prostu się nie zjawiła. Zawiodła mnie. Nie przyjechała do nas.

– Romualdzie, czy ty zupełnie nic nie rozumiesz? Skup się! – zawołała pani Kopp. – Nasza córka nie żyje!

– Mimo wszystko nie wyciągajmy zbyt daleko idących wniosków – odezwał się Podgórski. – To leżało na ziemi przy studni?

Borys pokiwał głową.

– Trochę byłem zaskoczony, bo żadnej skody tu ostatnio nie widziałem. Jesteście pierwszymi gośćmi w Drozdach od kilku miesięcy. Nie wiem, skąd ten breloczek się tam wziął.

– Mógł tam leżeć już wcześniej? Mogliście go nie zauważyć?

– Ja byłem ostatnio przy studni w czwartek po południu i tego nie widziałem – poinformował pan Kopp, wskazując przedmiot z niejaką odrazą.

– Ja byłem tam dziś rano i też nie widziałem – odezwał się Kaj ze swojego miejsca.

– Był częściowo schowany pod zapasowym wiadrem – dodał Borys. – Łatwo przeoczyć.

Na chwilę w sali hetmańskiej zapanowała cisza. Słychać było tylko szum wiatru za oknem. Emilii zdawało się, że chłód przenika ją do szpiku kości, mimo że nadal miała na sobie kurtkę.

Podgórski sięgnął po plecak. Wyciągnął torebkę na dowody. Zabezpieczył ostrożnie breloczek i schował do plecaka. Zerknął na zegarek.

– Zadzwonię do Cybulskiego – powiedział i sięgnął po telefon.

Komendant odebrał po dłuższej chwili. Daniel wyjaśnił, co się stało.

– Trzeba koniecznie sprawdzić studnię – zakończył.

– Najlepiej, żeby… Ale… Chodzi o Klementynę. Kurwa, Wiktor, chodzi o Klementynę! Tak, przepraszam. Dobrze… Tak.

Policjant rozłączył się i przetarł twarz dłonią.

– Nie przyjadą? – zapytała Emilia.

– Najwcześniej jutro. Że niby, kurwa, mamy za mało dowodów. Ja pierdolę, co za syf.

– To wcale nie musi być jej – powtórzyła Strzałkowska pocieszająco.

Daniel wstał. Narzucił kurtkę i plecak. Potem ruszył do drzwi.

ROZDZIAŁ 35

Szuwary. Sobota, 22 listopada 2014. Godzina 22.40.
Waleria „Valerie" Żak

Waleria zamknęła ostrożnie klapę laptopa i odpięła kabelek dodatkowej klawiatury. Miała ją od bardzo dawna. Jeszcze w czasach, kiedy używała dużego komputera stacjonarnego. Litery na klawiszach niemal całkowicie się starły. Mimo to nie zamierzała jej wymieniać. Te nowe płaskie klawiatury to już nie było to.

Chociaż dziś trochę żałowała, że nie korzysta z czegoś cichszego. Klawisze stukały tak głośno, że teraz cisza zdawała się aż dzwonić w uszach. Oby tylko Nadzieja i Borys byli tak skupieni na filmie, że nie zwrócą na to uwagi.

Waleria podeszła do barku stojącego w kącie pokoju i wypiła kilka łyków wódki prosto z butelki. Tak dla kurażu. Zawsze pomagało. Dzisiejsza uwaga Róży o nowej książce zupełnie Walerię rozstroiła. Skąd dziewczyna znała tytuł nowej książki? No skąd? No i co będzie, jak wypaple o tym Grabowskiemu?

Jeszcze kilka łyków z butelki i Waleria poczuła się trochę lepiej. Musiała wymknąć się dosłownie na pół godziny. Tak. Więcej to raczej nie zajmie. No i będzie po wszystkim. Nie ma co się denerwować, powtarzała sobie.

Wyszła ostrożnie na korytarz i zaczęła nasłuchiwać. Całe szczęście telewizor w salonie nadal był włączony. Nadzieja wspominała, że będą oglądać z Borysem jakąś komedię romantyczną. Słyszała ich głosy, więc chyba zamiast skupiać się na filmie, o czymś rozmawiali. Tym lepiej.

Waleria podeszła ostrożnie do wieszaka i sięgnęła po kurtkę. Nałoży ją na dworze, żeby niechcący nie zaszeleścić. Wymknęła się cicho na dwór. Noc była ciemna i ponura. Typowo listopadowa. Pisarka żałowała, że nie wzięła szalika, ale przecież to niedaleko. Zaledwie kawałek przez łąkę.

Nasunęła kaptur i ruszyła w ciemność. Przed sobą miała domek ogrodnika.

ROZDZIAŁ 36

Dworek Weroniki w Lipowie. Sobota, 19 marca 2016.
Godzina 20.45.
Weronika Nowakowska

Weronika minęła tablicę witającą przyjezdnych w Lipowie i zjechała na polną drogę prowadzącą do jej dworku. Kiedy zaparkowała subaru obok padoków, ogarnęło ją uczucie niewypowiedzianej ulgi. Nie wiedziała, jak Daniel mógł jeździć tym samochodem. Ona miała wrażenie, że subaru albo pędzi do przodu jak szalone, mimo że prawie nie dociskała gazu, albo zatrzymuje się w miejscu, mimo że musnęła jedynie hamulec.

Męczyło ją wspomnienie dziwnej postaci przy pokrytych graffiti budynkach zaplecza Drozdów. Weronika miała wrażenie, jakby zobaczyła ducha. To było irracjonalne odczucie. Zdawała sobie z tego sprawę. Nie mogła jednak przestać o tym myśleć.

Siedziała przez chwilę bez ruchu zadowolona, że jest już u siebie. Daleko od Złocin. Dopiero po minucie czy dwóch zorientowała się, że palce nadal ma zaciśnięte na obszytej skórą kierownicy. Z domu dobiegało radosne szczekanie Igora. To sprawiło, że wróciła do rzeczywistości. Zostawiła psa samego na zdecydowanie zbyt długo.

Wysiadła z samochodu i wspięła się na ganek. Kiedy otworzyła drzwi, golden wyskoczył na dwór, machając ogonem jak szalony. Przywitała się z nim czule. On jednak szybko dał do zrozumienia, że ma do załatwienia swoje sprawy. Pobiegł w kierunku stajni, obwąchując krzaki.

Weronika ruszyła za nim. Klementyny nadal nie było, ale życie toczyło się dalej. Musiała oporządzić konie, wyprowadzić psa, coś zjeść. Na samą myśl zaburczało jej w brzuchu. Nic przecież nie jadła od rana.

Pościeliła Lancelotowi i Kofiemu słomą w boksach. Dorzuciła siana i owsa. Zapach stajni uspokajał. Odetchnęła kilka razy głęboko, napawając się jego znajomą aurą. Potem ruszyła z powrotem do domu. Kiedy szła przez podwórze, przypomniała sobie o książce Walerii Żak. *Dom czwarty* nadal leżał na tylnym siedzeniu subaru. Najwidoczniej Daniel zapomniał go zabrać.

Dom czwarty... była pewna, że już wcześniej słyszała te słowa. Nie tylko w rozmowie z matką i peanach na cześć jednej z lepszych polskich pisarek. Weronika sięgnęła po powieść i zamknęła samochód. Życie może i toczy się dalej, ale czuła, że jest Klementynie winna pomoc. Przecież pani komisarz nie wahała się zbyt długo, kiedy Nowakowska zwróciła się do niej podczas sprawy Łaskuna. Grabowski twierdził, że zbrodnia opisana przez pisarkę przypominała zabójstwo jego córki. Weronika zamierzała osobiście się przekonać, czy te oskarżenia nie są gołosłowne. Może przy okazji znajdzie jakiś istotny trop.

Z książką pod pachą udała się do kuchni. Wyciągnęła pierwsze lepsze produkty, żeby przygotować chociaż namiastkę kolacji. Zajęła miejsce przy drewnianym stole. Igor okręcił się wokół jej nóg. W końcu znalazł satysfakcjonującą pozycję i położył złocisty łeb na prawej stopie Weroniki. Ciepło psiego oddechu było przyjemne i sprawiało, że niepokój, który wzbudziły Drozdy, powoli mijał. Z talerzem kanapek i kartonem zimnego soku Weronika zagłębiła się w lekturze powieści Walerii Żak.

ROZDZIAŁ 37

Szuwary. Sobota, 22 listopada 2014. Godzina 22.50.
Nadzieja Dąbrowska

Nadzieja otarła łzy wierzchem dłoni. Trzeba było przyznać, że zrobiła całkiem niezłe przedstawienie przed Borysem. Mogła być z siebie zadowolona, gdyby nie to, że naprawdę czuła się okropnie nieszczęśliwa. Nienawidziła Róży z całego serca. Nawet te martwe kosy nie wydawały się już takim problemem. Niech zdzira się boi.

Dźwięk w telewizorze ustawiony był niemal na maksimum, ale i tak wyraźnie słyszała głośny, świszczący oddech brata. Zastanawiała się, czy jednak nie przesadziła z kreowaniem siebie na biedną poszkodowaną. Borys wyglądał teraz na naprawdę wkurzonego jej opowieściami.

– Nie pozwolę, żebyś tak cierpiała – wychrypiał.

Rzadko widziała, by brat był aż tak wzburzony, i trochę się obawiała, co z tego może wyniknąć.

– Dam radę – zapewniła szybko.

– Nie, mówię poważnie, zabiję ją!

– Borys, już w porządku.

Na ekranie dwójka aktorów oddawała się właśnie niezbyt romantycznej pogawędce, która potem zmieni się w miłość. Nadzieja widziała ten film już kilka razy. A zresztą nietrudno było się domyślić zakończenia.

– Nic nie jest w porządku – powiedział Borys. Wstał i zaczął iść w kierunku drzwi.

– Nie obejrzymy filmu? – zawołała za nim Nadzieja, chociaż pytanie było zupełnie bez sensu. Przecież właśnie wkładał buty.

– Nie mam ochoty.

Brat miał na policzkach czerwone plamy. Pewnie z emocji i wzburzenia. Nie było mu z tym do twarzy. Nie pasowało do jego rudych włosów.

– Borys, nie jest tak źle. Zobacz, już dochodzę do siebie. – Nadzieja uśmiechnęła się do brata na potwierdzenie swoich słów. – Muszę się pogodzić z tym, że oni biorą ślub. To nie koniec świata. W dzisiejszych czasach rozwody to normalka. Szkoda tylko, że muszę ich codziennie oglądać i że sąd pozwolił im zabierać Oskara. No ale teraz jak będą mieli własne dziecko, to może zostawią mojego syna w spokoju. Błażej już nawet przestał go tak niemożliwie rozpieszczać.

– Nie chcę, żebyś przez Różę płakała. Po prostu nie chcę. Zabiję ją, jak tak dalej pójdzie. Po prostu zabiję.

Nadzieja przyjrzała się bratu i w jego oczach zobaczyła coś dziwnego. Jakby naprawdę mógł wprowadzić swoje słowa w czyn. Patrzyła, jak Borys wychodzi bez słowa w listopadową noc. Stała dłuższą chwilę bez ruchu.

– Nic to – powiedziała do siebie w końcu.

Lepiej nie przejmować się na zapas. A może jednak powinna porozmawiać z Walerią? Może to był błąd tyle od Borysa żądać?

– Mamo?

Dopiero teraz Nadzieja zorientowała się, że dom tonął w ciszy. Nie było słychać charakterystycznego stukania w klawiaturę, zawsze zakłócającego nocny spokój.

Borys Borysem, ale gdzie jest Waleria?

ROZDZIAŁ 38

Drozdy. Sobota, 19 marca 2016. Godzina 20.55.
Aspirant Daniel Podgórski

Daniel wypadł na dwór i pobiegł przez trawę do studni. Chmury zakryły gwiazdy i księżyc. Było ciemno choć oko wykol. Wiatr ucichł. Policjant miał wrażenie, że zanurzył się w jednolitej, smolistej czerni.

Pochylił się nad studnią i poświecił sobie telefonem. Chuj z tego. W tych ciemnościach nie widział nawet powierzchni wody. Nie mówiąc już o tym, co znajdowało się na dnie.

Jak przez mgłę słyszał kroki wokół siebie. Pozostali musieli więc do niego dołączyć.

– Chyba nie zamierza pan tam schodzić?! – zawołała Helena Kopp z wyraźnym przerażeniem w głosie.

– Ta studnia jest naprawdę głęboka – odezwał się Borys. Trzymał Kaja na rękach jak dziecko. – To nie byłby dobry pomysł.

– Daniel, to nie musi być breloczek Klementyny – powiedziała po raz kolejny Emilia. Podgórski podejrzewał, że starała się go pocieszyć, ale to jeszcze bardziej go rozjuszyło.

– A kurwa czyj? – warknął.

Strzałkowska nie odpowiedziała.

– Ja pierdolę. Spodziewałem się więcej po Cybulskim.

Daniel znowu poświecił telefonem w głąb studni. Aplikacja latarki była całkiem niezła, ale na pewno nie do takich celów. Strzałkowska też wyciągnęła swoją komórkę, ale to niewiele pomogło. Mogli tu świecić do usranej śmierci, a i tak nic by w dole nie zobaczyli.

– Spójrzmy na to inaczej – odezwał się Kaj. – Nawet jeżeli ciało jest tam pod wodą, to i tak wiele nie zmieni, czy odkryjecie to dziś, czy jutro.

– Kaj! – zawołała pani Kopp.

– On ma rację – potwierdził Romuald. – Idę spać.

– Czy ciebie to zupełnie nie obchodzi? – zapytała Helena męża drżącym głosem.

– Obchodzi mnie. Ale to, że będziemy tu stali po nocy, nic nie da – oznajmił pan Kopp i powolnym krokiem ruszył z powrotem do Drozdów.

– Co teraz? – zapytała Helena cicho.

Daniel czuł się zupełnie bezsilny. Nie wiedział, co powinien zrobić.

Tymczasem Borys odchrząknął głośno.

– No to ja też się będę zbierał – powiedział. – Zostawmy to na razie. Przecież do tej studni nie zleziemy. Jakby co, to będę u siebie. Nigdzie się nie wybieram.

– Najpierw mnie odnieś – zażądał Kaj.

– Dam państwu klucze od pokoju – powiedziała głucho Helena i ruszyła za nimi do Drozdów.

Daniel i Emilia zostali sami przy studni.

– To naprawdę nie musi być Klementyny – zaczęła.

– Już mówiłaś – przerwał jej Daniel ostrzej, niż chciał.

– A nawet jeżeli jest jej, to nie znaczy, że ona nie żyje, a ciało jest w studni. Nie wyciągajmy za daleko idących wniosków.

– A jakie mam kurwa wyciągać? – Podgórski sięgnął do kieszeni, ale przypomniał sobie, że papierosy dawno się skończyły. Została tylko nalewka od Kaja. Dotknął butelki przez kurtkę niemal z czułością. Niczego bardziej teraz nie pragnął niż się zachlać. – Chodźmy.

Kiedy weszli do holu, Borys znikał właśnie za zakrętem korytarza. Nadal niósł Kaja. Pani Kopp czekała na nich w recepcji.

– Borys czasem mu pomaga – wyjaśniła. – Tak jest szybciej. Niestety Kaj z wiekiem ma coraz więcej problemów. Czasem przychodzi do niego rehabilitant, ale niezbyt często, bo do nas daleko i dojazd niezbyt dobry.

– Borys wspomniał nam o zniszczonym skobelku – powiedział Daniel. Przynajmniej tyle mógł dziś zrobić. Nie przestawać pytać. Niestety miał dziwne wrażenie, że czegoś istotnego nie widzi. To było nieprzyjemne. – Dlaczego nic nam pani o tym nie wspomniała?

– Skobelek?

– Tak. W szopie, gdzie były przechowywane strzelby i pozostała broń.

– Rzeczywiście! Zdążyłam już o tym zapomnieć – przyznała Helena z wyrazem skruchy na twarzy. – Myślą państwo, że to ma znaczenie?

– Na tym etapie trudno powiedzieć – włączyła się do rozmowy Emilia.

– Kto miał klucze od kłódki? – zapytał Daniel. – Tylko Błażej?

– Nie, nie. My też.

– Kto miał do nich dostęp?

Pani Kopp wskazała gablotę za kontuarem recepcji. Znajdowało się tam jakieś dwadzieścia pięć haczyków z kluczami. Pokój Kaja miał numer dwieście siedemnaście, więc musiał tu obowiązywać jakiś inny system numeracji.

– Wisiały tu razem z innymi – wyjaśniła gospodyni.

Podgórski pokiwał głową w zamyśleniu. Najwyraźniej do kluczy mieli dostęp wszyscy mieszkańcy Drozdów, czyli państwo Kopp i Kaj. Mogli więc otworzyć skobelek bez jego niszczenia. A jednak ktoś go wyłamał.

– To mógł być ktoś z zewnątrz – odezwała się Emilia, jakby domyśliła się, co właśnie przyszło Danielowi do głowy.

– Ktoś z zewnątrz? Że też nie wpadło mi to wcześniej do głowy! – zawołała Helena z wyraźną radością. – Czyli to naprawdę nie Błażej zabił? Ktoś się włamał, żeby zabrać sztucer z jego kolekcji, tak? Cóż za niesłychana ulga!

– Nie tak szybko – powstrzymała ją Strzałkowska. – Po prostu chodziło mi o to, że skobelek musiała uszkodzić osoba, która nie miała dostępu do klucza.

– Niekoniecznie – włączył się Podgórski. – Nie możemy przecież wykluczyć manipulacji.

Emilia pokiwała głową. Pani Kopp wyglądała, jakby nic z tego nie zrozumiała. Daniel nie czuł się na siłach, żeby jej tłumaczyć, że ktoś mógł celowo starać się wprowadzić śledczych w błąd.

Tymczasem korytarzem nadszedł Borys. Uśmiechnął się do Daniela.

– Kaj już u siebie – rzucił, jakby byli tu tylko we dwóch. – To do widzenia. Jakby co, to proszę walić śmiało. Bez krępacji, o każdej porze.

Olbrzym ukłonił się w staroświeckim geście pożegnania. Drzwi skrzypnęły głośno, kiedy wychodził z Drozdów.

– To może ja zaproszę państwa do apartamentu – zaproponowała pani Kopp. Znowu wyglądała na zmartwioną. Po chwilowym entuzjazmie nie zostało ani śladu. – Zrobiło się późno. Wszyscy jesteśmy zmęczeni. Trzeba odpocząć, to będziemy mieć więcej siły jutro.

Helena sięgnęła po klucz z numerem dwieście dwadzieścia i podała go Danielowi.

– Jeden klucz? – zapytała Emilia.

– Bardzo przepraszam, że nie możemy zaoferować dwóch pokoi – powiedziała Helena wyraźnie skrępowana. – Tu wszystko jest pozabezpieczane. Pokoje pozamykane. Rozumiecie państwo. Nie mamy ostatnio zbyt wielu gości. Tak naprawdę to wcale ich nie mamy. Gdyby nie emerytura i wpłaty Kaja, musielibyśmy sprzedać dwór. Nigdy bym sobie tego nie darowała. Od pokoleń należał do mojej rodziny. Po wojnie, kiedy zginęli moi rodzice, krótko zajmowali się nim moi przyszli teściowie, rodzice Romualda. Mieszkała wtedy z nami jeszcze Aniela, moja przyszywana siostra, bo jej rodzice też zginęli na wojnie. Smutne okoliczności, ale nam było wesoło. Potem teściowie zmarli, my wzięliśmy ślub z Romualdem, a Aniela poszła pracować na plebanię. No nic. Bardzo przepraszam. Za dużo mówię. Po prostu bardzo martwię się o córkę. Chodźmy, zaprowadzę państwa do apartamentu.

Gospodyni ruszyła obwieszonym portretami korytarzem.

– Wszyscy mieszkamy w zachodnim skrzydle – wyjaśniła, kiedy do niej dołączyli. – U Kaja już byliście. Jest w dwieściesiedemnastce. Ja i Romuald w dwieścieczwórce.

Nie wahajcie się, gdybyście czegoś potrzebowali. I tak często nie mogę w nocy spać.

Nagle od strony recepcji rozległo się głośne skrzypnięcie.

– Ktoś tam jest? – zapytała Strzałkowska. Wyglądała na zaniepokojoną.

– A nie – zaśmiała się cicho Helena. – Tak to u nas bywa. To stary dom.

– Podobno to ten spalony dwór, Igły czy jakoś tak, jest nawiedzony – mruknęła policjantka. – Blada Matylda i te sprawy. Tak przynajmniej mówił nam Grabowski.

Pani Kopp przystanęła na środku korytarza. Przez chwilę nic nie mówiła. Rozplotła długie włosy i związała z powrotem w ciasny kok.

– Drozdy też mają swoje tajemnice – powiedziała w końcu, ruszając dalej. – Czasem w nocy słyszę, jakby ktoś chodził korytarzami. Nawet w noc śmierci Róży słyszałam, skoro już o tym mowa.

– Słyszała pani kroki na korytarzu tamtej nocy? – podchwycił Daniel. Kolejna nowa informacja, o której pani Kopp zapomniała wcześniej wspomnieć. – O której godzinie?

– Nie wiem. Tylko że to naprawdę nie ma znaczenia. Duchy…

– Nie wierzę w duchy – przerwał jej Daniel. – To może być ważne.

– Nie sądzę. Naprawdę – ucięła Helena Kopp. Minęli pokój Kaja i stanęli pod drzwiami opatrzonymi numerem dwieście dwadzieścia. – Słyszę takie kroki bardzo często. Sami się pewnie państwo przekonają dzisiejszej nocy.

ROZDZIAŁ 39

Drozdy. Sobota, 22 listopada 2014. Godzina 22.50.
Helena Kopp

Helena otworzyła oczy. Nie wiedziała, która jest godzina. Odkąd się położyli, drzemała niespokojnie. Strasznie ją męczył obraz tego, co dziś zobaczyła w wychodku. Miała o Róży zdecydowanie lepsze mniemanie! Z jakiegoś powodu polubiła tę dziewczynę bardziej niż Nadzieję. Może dlatego teraz czuła się tak zraniona jej zdradą. Osobiście zraniona. I to bardzo, bardzo głęboko.

W ciemności rozległ się jakiś dźwięk. Chyba znowu kroki. Helena uniosła się delikatnie na ramieniu. Romuald chrapał w najlepsze. Nigdy nie miał problemów z zasypianiem. Nawet się nie poruszył. Nasłuchiwała. Chyba znowu coś skrzypnęło.

To stary dom, powiedziała sobie w duchu. Nie ma co się przejmować. Położyła się z powrotem, ale kiedy opadły jej powieki i była pewna, że zaraz zaśnie, przed oczami znowu stanęła jej Róża całująca Borysa. I to z ohydną namiętnością zauroczonej kochanki.

Helena zerwała się z łóżka, targnięta nagłą myślą, że trzeba to załatwić już dziś. Nie jutro. Natychmiast! Róży nie ujdzie to płazem.

ROZDZIAŁ 40

Dworek Weroniki w Lipowie. Sobota, 19 marca 2016.
Godzina 21.30.
Weronika Nowakowska

Weronika odłożyła *Dom czwarty* na stół i upiła łyk soku
prosto z kartonu. Nadal wydawał się nieprzyjemnie zimny.
Zwłaszcza po całym dniu spędzonym w Drozdach. Po
wyczerpującej podróży subaru Daniela Nowakowska nie
miała jednak ani siły, ani ochoty, żeby przygotowywać
sobie coś ciepłego.

Zegar w holu wybił jedno uderzenie oznaczające pół
godziny. Zerknęła na zegarek na nadgarstku. Dwudziesta
pierwsza trzydzieści. Nawet się nie zorientowała, kiedy losy
głównych bohaterów powieści, Anny Linde i niejakiego
Markusa, zajęły ją tak, że całkowicie straciła poczucie
czasu. Przeczytała sporą część książki. Oczekiwała ckliwego
romansu. Tymczasem historia była bardzo dobrze napisana.

Całość rozgrywała się jesienią trzydziestego dziewiątego roku. Anna zakochała się w hitlerowskim oficerze.
Jak można było się domyślić, wynikały z tego rozmaite

trudności. Weronika była zaskoczona sprawnością pióra Walerii. Na razie nie znalazła jeszcze co prawda powiązań pomiędzy śmiercią Róży a wydarzeniami z czasów drugiej wojny światowej opisanymi w *Domu czwartym*, ale być może w dalszej części książki sytuacja się wyjaśni.

Nagle zadzwoniła komórka, wyrywając Nowakowską z zamyślenia. Zerknęła na wyświetlacz. Dzwoniła matka.

– Halo?

– Cześć, Weroniczko. Co słychać?

Dominika zdawała się pełna energii. Pewnie znowu gdzieś szalała ze swoim nowym partnerem. Nowakowska nie wiedziała nawet, jak on się nazywa. Matka mieszkała przez jakiś czas u Weroniki, bo źle zniosła kolejny rozwód. Szybko jednak znudziła się wiejskim życiem i pod błahym pretekstem wróciła do Warszawy. W stolicy szybko znalazła kolejnego pocieszyciela. Życie nie znosi pustki, mawiała. Ani przez moment nie pomyślała, czy Weronika nie potrzebuje jej obecności po rozstaniu z Danielem. Opiekuńczość nie była zupełnie w stylu Dominiki.

– W porządku – odparła Nowakowska. W porządku. Co też to właściwie znaczy?

– Co porabiasz? – zapytała matka.

– Czytam.

– Nie powinnaś siedzieć w domu o tej porze! I to w sobotę! – skarciła ją Dominika. – Powinnaś wychodzić do ludzi!

– Mamo, jest prawie dziesiąta.

– Tym bardziej! Noc się nawet jeszcze nie zaczęła. Nie możesz w nieskończoność rozpatrywać nieudanych związków. Jak to mówią po angielsku: *There are plenty more fish in the sea*. To znaczy...

– Wiem, co to znaczy – przerwała jej Weronika.

Nie miała teraz najmniejszej ochoty na taką rozmowę. Już dawno wmówiła sobie, że rozstanie z Podgórskim niewiele zmieniło w jej życiu. Nie tęskniła za nim przecież ani trochę, prawda? Tym bardziej teraz, kiedy tak bardzo się zmienił.

– Skoro wiesz, to czemu siedzisz w domu? Daniel naprawdę nie jest jedyną rybką w oceanie – Dominika zaśmiała się wesoło. – Nawet tam, na tej twojej prowincji.

Weronika westchnęła zniechęcona. Igor uniósł łeb i spojrzał na nią pytająco. Poklepała go delikatnie. Pies zamknął oczy i z powrotem zasnął. Szczęściarz.

– Dobrze, że dzwonisz – powiedziała, próbując zmienić temat. Jej wzrok padł na książkę leżącą na blacie stołu. – Mam dla ciebie powieść Walerii Żak. Z autografem.

– Wspaniale – powiedziała matka.

Przy odrobinie dobrej woli można było uznać, że w jej głosie zabrzmiał umiarkowany entuzjazm. Weronika poczuła rozczarowanie. Kwestia książki wynikła co prawda zupełnie przypadkiem, ale z jakiegoś powodu wydawało jej się, że sprawi matce przyjemność tym prezentem. Znowu się nie udało.

Weronika miała czasem wrażenie, że jest ciągłym rozczarowaniem dla swojej rodzicielki. Że nigdy nie spełni jej oczekiwań i nie będzie taka, jak być powinna. Przekroczenie trzydziestego roku życia nic nie zmieniło w tym względzie. Rozmawiając z matką, nadal czuła się jak dziewczynka.

– A jaki tytuł? – zapytała Dominika, jakby zorientowała się, że milczenie córki zaprawione jest nutką goryczy.

– *Dom czwarty*.

– To jej ostatnia. Wydana dwa lata temu. Już mam oczywiście.

– Ale nie z autografem – syknęła niemal Weronika.

– Zgadza się – odparła matka.

Przez chwilę żadna z nich nic nie mówiła.

– A pierwsze wydanie czy drugie? – zapytała w końcu Dominika. Może jednak miała wyrzuty sumienia.

– A to ma jakieś znaczenie? – zapytała Nowakowska. Starała się nie okazywać irytacji, ale nie wyszło to najlepiej.

– Oczywiście – ofuknęła ją Dominika. – W pierwszym wydaniu zakończenie było beznadziejne.

– Beznadziejne?

– Tak. Główną bohaterkę zabił jakiś szajbus – stwierdziła matka takim tonem, że nie było najmniejszych wątpliwości, co o tym myśli. – Zupełnie bez sensu. Byłam rozczarowana. Zresztą nie tylko ja. Zajrzałam kiedyś na forum dyskusyjne Walerii na Facebooku…

– To się nazywa fanpage, mamo.

– Nieważne. Kilka innych czytelniczek pisało tam to samo. *Dom czwarty* po prostu nie mógł się tak skończyć. Całe szczęście Valerie poszła po rozum do głowy i to zmieniła. W drugim wydaniu jest zdecydowanie bardziej romantycznie. No nic, muszę lecieć! Buziaki, skarbie!

Połączenie zostało przerwane. Weronika ściskała komórkę w dłoni jeszcze przez chwilę. W starych telefonach towarzyszyłby jej sygnał przerwanego połączenia. Teraz była tylko cisza. Nawet ekran wygasł.

– Cześć – mruknęła Weronika i odłożyła telefon na stół.

Sięgnęła po książkę Walerii i przekartkowała pierwsze strony. Zatrzymała się tam, gdzie znajdowały się informacje o prawach autorskich, redakcji, okładce i… U dołu zauważyła napis: „Wydanie II poprawione przez autorkę". A więc była posiadaczką wersji z tak chwalonym przez matkę romantycznym zakończeniem. Ciekawe.

Otworzyła książkę przy końcu i trafiła od razu na epilog. Wahała się przez moment. Zazwyczaj tego nie robiła, ale tym razem uznała, że równie dobrze może poznać zakończenie historii od razu. Tym bardziej że czytała tę powieść, żeby sprawdzić jeden z tropów, a nie dla przyjemności.

„Czerwiec 1976" – zaczęła czytać Weronika. A więc akcja książki przeskakiwała w epilogu prawie o trzydzieści lat. I to akurat do roku siedemdziesiątego szóstego. Wtedy zginął Jędrzej. Ciekawe, czy to ma jakieś znaczenie? „Anna Linde czekała na niego straszliwie długo…".

Czerwiec 1976

Anna Linde czekała na niego straszliwie długo, bo niezmiernie go kochała miłością najprawdziwszą z najprawdziwszych, czystą jak śnieg. Właściwie można było powiedzieć, że to była miłość po sam grób, czyli bardzo romantyczna. Ale ile można było w końcu czekać? To dlatego Anna Linde zaczęła spotykać się z przystojnym Adamem.

Ależ on był przystojny, ten Adam! Jego włosy były czarne jak heban i czasem Adam robił je na żel, jego klatka piersiowa była bardzo szeroka, bo Adam trochę ćwiczył i zawsze eleganckie ubrania wkładał, takie trochę opięte, bo taka była moda, a on lubił być modny. Adam lubił muzykę i też czekoladki z likierem, które Anna Linde mu kupowała w sklepie na rynku, kiedy była dostawa w piątki, ale czasem jeszcze w poniedziałek były dostępne, jak ludzie nie wykupili.

No i Adam lubił też, jak się kochali z Anną Linde w świetle księżyca na łące albo nad rzeką, ale tam trochę mniej, bo go gryzły komary, a ich w ogóle nie lubił. Strasznie się kochali i dlatego zamieszkali razem w domu numer cztery. Na razie tylko we dwójkę, ale ponoć nigdy nie jest za późno i kiedyś na pewno jeszcze będą mieli dzieci, a jak nie, to zawsze mogą adoptować, bo to przecież nie jest wstyd, że się nie ma własnych.

No więc tamtej nocy Anna Linde i Adam też się kochali, a potem razem spali w łóżku, które kupili rok wcześniej na wyprzedaży. Było dwa razy tańsze, ale było bardzo romantyczne. Z serduszkami i w ogóle ze wszystkimi takimi bajerami, więc Anna Linde bardzo je lubiła.

I nagle Anna Linde usłyszała w nocy, że ktoś majstruje przy drzwiach. Anna Linde tak się przestraszyła, że nawet nie zdążyła się zastanowić, co robić, a przecież mogła obudzić ukochanego Adama, bo Anna tak go nazywała, zwłaszcza kiedy się kochali, ale nie obudziła, bo jej to wtedy akurat do głowy nie przyszło. Głównie dlatego, że przecież następnego dnia Adam miał iść do pracy, a wtedy lubił się wyspać, bo inaczej bolała go głowa.

I nagle do pokoju wchodzi Markus. Prawie się nie zmienił przez te lata. Też strasznie był przystojny, jak Adam, tylko w zupełnie innym stylu, bo on raczej był blondynem, co prawda teraz trochę posiwiałym, ale to nie szkodzi, bo mu to bardzo pasowało. To znaczy Markusowi. Nie Adamowi, bo Adam miał ciemne włosy i wcale nie był siwy.

– Co to ma być?! – wrzasnął Markus z całych sił.

– Czekałam! – zawołała Anna Linde też głośno.

Serce jej krwawiło. Czuła się splamiona, że nie czekała, tylko wzięła sobie innego, mimo że to był ukochany Adam i też wspaniały mężczyzna, ale przecież powinno się być wiernym, jak człowiek coś komuś obieca, a Anna Linde obiecała Markusowi lata temu, gdy jeszcze nawet nie pomyślała, że się będzie spotykała z Adamem.

– Nie czekałaś! – krzyknął Markus rozdzierająco.

I serce Anny Linde znowu krwawiło, że tak go straszliwie zawiodła. Miał pistolet jeszcze z czasów Hitlera i wziął zastrzelił Adama.

– Co ty robisz?! – krzyknęła Anna Linde rozdzierająco.

– Nie wytrzymam! – krzyknął Markus, łapiąc się za serce.

– Kochałam cię, ale nie mogłam czekać!

– Mogłaś! Powinnaś! Ja czekałem! Schroniłem się w Argentynie, żeby mnie nikt nie znalazł, i czekałem.

Anna Linde załkała głośno i Markus jej zawtórował.

– Kocham cię, ale muszę cię zabić! – krzyknął on.

– Nie rób tego! – odkrzyknęła Anna Linde.

– Muszę! – krzyknął Markus.

– Ale nie rób! – krzyczała Anna Linde, chwytając jego muskularne ręce i całując jego mięsiste usta.

– Muszę! – odkrzyknął Markus, odsuwając się od niej.

Nie musisz, chciała krzyknąć Anna Linde znowu, ale nie zdążyła, bo ją zabił.

Ale jej się należało, bo przecież tak naprawdę to trochę go jednak zdradziła. Powinna była czekać, nawet jeżeli to było bardzo, bardzo długie czekanie. A ona najlepsze lata miała już za sobą. Ale ci, co kochają prawdziwie, to ich zupełnie nie rusza, że muszą długo czekać, i ona powinna była też tak zrobić, a nie ulegać Adamowi, mimo że on był naprawdę przystojny. Z Markusem łączyła ją przecież prawdziwa miłość.

ROZDZIAŁ 41

Drozdy. Sobota, 19 marca 2016. Godzina 22.00.
Sierżant sztabowa Emilia Strzałkowska

Słynny apartament okazał się pokojem niewiele większym od tego, który zajmował Kaj. Podobno pełnił kiedyś funkcję głównej sypialni, jak wytłumaczyła im Helena, życząc jednocześnie dobrej nocy.

Emilia rozejrzała się wokoło. Zapełnione ciężkimi meblami wnętrze sprawiało nieprzyjemne, klaustrofobiczne wrażenie. W powietrzu unosił się wyraźny zapach stęchlizny i wilgoci, co potęgowało nieprzyjemne odczucia. Ogrzewanie chyba nie działało, bo było strasznie zimno. Mimo to policjantka i tak miała wielką ochotę odsunąć kotarę i otworzyć okno. Chociaż na chwilę. Kręciło jej się w głowie.

Szczęknął zamek. Odwróciła się w stronę drzwi. Daniel zamykał je właśnie na klucz. Ich spojrzenia się spotkały. Mieli nocować w jednym pokoju. Sytuacja co najmniej kłopotliwa. Emilia wyciągnęła telefon z kieszeni, starając się ukryć zmieszanie. Odblokowała wyświetlacz i zobaczyła, że Łukasz wreszcie odpisał na jej wiadomość, że zostaje w Złocinach na noc. „OK", napisał syn. Tylko dwie litery. Jak typowy nastolatek.

Ogarnęły ją wyrzuty sumienia. Przez te miesiące tak bardzo się nią opiekował. Nie powinna zapominać, że nie jest jeszcze dorosły. Powinna poświęcać Łukaszowi więcej czasu. Tak zwyczajnie. Jak matka synowi. Przecież śmierć Justynki i jego dotknęła.

– Przytulnie tu – mruknął tymczasem Daniel.

Oboje popatrzyli na dwuosobowe łóżko pośrodku pokoju.

– Prześpię się na fotelu – zaproponował policjant.

– Daj spokój. Jesteśmy dorosłymi ludźmi. Ja będę spać po swojej stronie, ty po swojej. I tyle.

– Mila…

Zbyła go ruchem ręki. Okrążyła łóżko, zajęła miejsce od okna. Sprężyny starego materaca stęknęły, kiedy Daniel usiadł po swojej stronie. Zdjął kurtkę, zostając tylko w czarnym T-shircie. Ona nie miała najmniejszego zamiaru się rozbierać.

– Masz tę książkę Walerii? – zapytała. Naprawdę potrzebowała zająć czymś myśli. – Ten *Dom czwarty*, czy jak to się nazywało.

– Chyba została w samochodzie.

– Szkoda. Teraz byłby czas, żeby ją przejrzeć.

Przez chwilę siedzieli w milczeniu.

– Wkurwia mnie, że Cybulski nie chciał wysłać ludzi – odezwał się w końcu Daniel. – Nie podoba mi się to.

– Wiem – powiedziała Emilia i znowu zadrżała. – Mnie też nie.

Mimo chłodu miała wrażenie, że zaraz naprawdę się udusi. Wstała i podeszła szybko do okna. Odsunęła kotarę gwałtownym ruchem. Zaczęła mocować się z oknem. Czy żadnego z nich nie da się otworzyć?

– Poczekaj, pomogę ci.

Podszedł do okna i bez problemu otworzył je na oścież. Wychodziło na tyły hotelu. Kawałek dalej w ciemności majaczyła szopa na narzędzia. Za nią musiała być grobla i stawy, ale czerń nocy skutecznie je kryła. Domku ogrodnika też nie było stąd widać. Drugie skrzydło Drozdów zasłaniało mniejszy dworek.

Policjantka zaczęła oddychać głębiej. Płuca wypełniło zimne powietrze. Może i zbliżała się wiosna, ale w nocy nadal był przymrozek. Przymknęła oczy i pozwoliła chłodnym podmuchom zrobić swoje. W końcu uspokoiła się na tyle, że mogła usiąść z powrotem na łóżku.

Daniel nic nie mówił. Przysiadł na parapecie. Zapatrzył się w ciemność, nie przejmując się chłodem.

– Myślisz, że znajdziemy Klementynę żywą? – zapytała Emilia, żeby przerwać ciszę. Dopiero kiedy skończyła mówić, poczuła, że pytanie zabrzmiało niezbyt subtelnie.

Podgórski odwrócił się powoli. Wyglądał na zmęczonego.

– Tak się zastanawiam, czy nie popełniamy błędu – powiedział zamiast odpowiedzi.

Wstał i zamknął okno. Zasunął kotarę. Strzałkowska miała ochotę prosić go, żeby tego nie robił, ale zrezygnowała.

– To znaczy? – zapytała.

– Założyliśmy, że Klementyna przyjechała tu, żeby przyjrzeć się zabójstwu Róży. I prawdziwy morderca ją zaatakował. Wydawało się, że to logiczny wniosek. A jeżeli jednak się myliliśmy?

Podgórski podszedł do Emilii i usiadł obok niej na łóżku.

– Mów dalej – poprosiła. Czuła, że gardło ma ściśnięte. Nie chciała tej bliskości.

– A jeżeli skupiamy się nie na tej sprawie, co trzeba? Mamy przecież dwa morderstwa.

– Mówisz o śmierci Jędrzeja w siedemdziesiątym szóstym? O nożowniku?

– Może – odparł Daniel enigmatycznie. Jego spojrzenie stało się nieobecne, jakby się nad czymś zastanawiał. – Myślałem też trochę o tym, że obie były w ciąży.

– Mówisz o Róży i o Klementynie? – zapytała Strzałkowska.

– Nie wiem, czy to ma jakieś znaczenie. Może przyszło mi do głowy ze względu na naszą... – nie dokończył. Oboje przecież wiedzieli, że chodzi o Justynkę. – Ale to jest jakieś powiązanie.

– Sama nie wiem.

– Nie mówię, że mamy się na tym jakoś szczególnie skupiać. Po prostu chciałbym jutro trochę dokładniej przyjrzeć się sprawie śmierci Jędrzeja. No i te wszystkie kwestie, o których Helena zapomniała nam wspomnieć. Kroki w środku nocy, wyłamany skobelek...

– Myślisz, że Helena celowo to przemilczała?

– Nie wiem.

– Przecież to ona wezwała tu Klementynę. Gdyby była winna, raczej by tego nie robiła, prawda?

– Nie wiem – powtórzył.

Znowu zapadło kłopotliwe milczenie. Siedzieli zdecydowanie zbyt blisko siebie, jak na gust Emilii. Dlaczego

Podgórski nie poszedł na swoją stronę łóżka? Zerknęła na jego umięśnione przedramiona. Dopiero dziś tak naprawdę zauważyła zmianę, jaka w nim zaszła. Przez ostatnie miesiące za bardzo skupiała się na żałobie. Nic do niej nie dochodziło.

– Naprawdę bierzesz sterydy? – zapytała.

– O ile pamiętam, twierdziłaś, że tak.

Daniel zaśmiał się głośno. Jej do śmiechu wcale nie było.

– Pytam poważnie – powiedziała.

– Oczywiście, że nie biorę – odpowiedział nagle wyraźnie rozeźlony.

– Wiesz, że to...

– Kurwa, Mila, daj mi już z tym spokój, okej? – przerwał jej gniewnie. Wstał i nareszcie poszedł na swoją część łóżka. – Nie biorę żadnych sterydów. Nie ochujałem jeszcze zupełnie.

– Chyba tak nie urosłeś na brokułach i kurczaku? – zaatakowała. Też nagle poczuła irytację. Nienawidziła być okłamywana. – Zastanów się trochę, co robisz...

Nie odpowiedział. To jeszcze bardziej ją zdenerwowało.

– Pamiętasz tego faceta z *Fight Club*? Tego z cyckami? Dobrze myślę, że to było w tym filmie?

– Ja pierdolę... – mruknął Daniel pod nosem i pokręcił głową.

Nagle gdzieś koło drzwi dało się słyszeć wyraźne skrzypnięcie. Brzmiało, jakby ktoś tamtędy przechodził. Oboje spojrzeli w tamtą stronę. Czyżby pani Kopp miała rację i we dworze naprawdę straszyło? Emilia poderwała się. Czuła, że nie zniesie niepewności. Ani tym bardziej milczenia, które zapadło.

Podbiegła do drzwi. Przekręciła klucz w zamku i uchyliła je delikatnie. Na korytarzu nie paliła się ani jedna lampa. Było zupełnie ciemno.

– Pani Heleno? – zawołała na próbę. Nie uzyskała żadnej odpowiedzi. – Jest tu kto?

Znowu nic. Zamknęła drzwi na klucz. Na wszelki wypadek zasunęła jeszcze zasuwkę, która miała gościom zapewnić więcej prywatności. Nie wyglądała na zbyt mocną, ale lepsze to niż nic.

Za plecami usłyszała dźwięk otwieranej butelki. Odwróciła się powoli. Daniel siedział po swojej stronie łóżka ze zwieszoną głową. Trzymał butelkę za szyjkę.

– Nie pij – poprosiła cicho.

Nie odpowiedział.

– Przynajmniej nie teraz – dodała. – W domu rób sobie, co chcesz.

– Wiesz, że myślę o niej cały czas – szepnął Podgórski.

– Mówisz o Justynce?

– Cały czas – podkreślił policjant zamiast odpowiedzi. – Staram się żyć normalnie, ale kogo ja oszukuję?

– Daniel…

Uniósł głowę. Emilia znowu zadrżała. W jego oczach było coś dziwnego. Wreszcie odwrócił wzrok i spojrzał na butelkę, jakby tam kryły się odpowiedzi. Pociągnął długi łyk, potem kilka kolejnych. Jego twarz na chwilę wykrzywił grymas.

– Mocne – stwierdził tonem zwyczajnej pogawędki. Zabrzmiało to nienaturalnie.

Strzałkowska poczuła, że serce bije jej szybciej. Naprawdę się bała. Tego starego dworu i ciemności wokoło, ale najbardziej mroku, który pojawił się w oczach Podgórskiego.

– Wiem, że oboje za nią tęsknimy – zaczęła. Nie chciała kończyć, ale słowa same płynęły. – Tylko że to ja ją zabiłam. To ja nie posłuchałam lekarza. Mówił, że powinnam odpoczywać...

– Tyle że wszystkie afery były spowodowane tym, że szukano mnie – stwierdził znowu z pozornym spokojem Daniel. Pociągnął kolejny łyk z butelki i raz jeszcze przyjrzał się jej uważnie. – Gdybym nie znał tamtej kobiety, nikt by mnie nie uznał za podejrzanego. Prowadziłbym sprawę w spokoju, a ty byś odpoczywała.

Przez ostatnie dziewięć miesięcy Strzałkowska oskarżała go w myślach, cały czas próbując bezskutecznie zagłuszyć w ten sposób własne wyrzuty sumienia. Doskonale znała więc wszystkie te argumenty. Teraz poczuła tylko wstręt do samej siebie. Przecież Daniel cierpiał tak samo jak ona. Zrobiło jej się go żal. Usiadła obok na łóżku.

– Tak naprawdę to nie jest niczyja wina – powiedziała, powtarzając słowa, którymi wszyscy ją pocieszali przez te miesiące. – Większość wcześniaków żyje i ma się dobrze. To nie nasza wina, że wystąpiły komplikacje. W szpitalu...

– Gdyby Justynka urodziła się w terminie, być może udałoby się ich uniknąć – przerwał jej natychmiast.

Jakbym słyszała siebie, pomyślała Emilia. Mogła powtarzać sobie słowa pocieszenia, ale to i tak zawsze wracało. Gdyby córeczka urodziła się w terminie, miałaby więcej szans. Tak w kółko przez ostatnie dziewięć miesięcy. To i łzy. Ciągle łzy.

– Gdyby – szepnęła. – Gdyby, gdyby, gdyby. Może pora już przestać gdybać? Odkąd tu przyjechałam, czuję, że mogę przynajmniej spróbować.

Daniel upił kolejny długi łyk alkoholu. Strzałkowska miała wrażenie, że butelka robiła się pusta w zastraszającym tempie.

– Ja wręcz przeciwnie – poinformował policjant, wracając do tonu pozornego spokoju.

– Zauważyłam – odparła Emilia kwaśno.

Daniel wypił jeszcze trochę i odstawił butelkę na stolik przy łóżku. Powoli odwrócił się w stronę Strzałkowskiej. Oczy miał teraz nieco szkliste. Naprawdę żałowała, że usiadła obok niego. Spróbowała wstać, ale Podgórski chwycił ją za rękę i przyciągnął do siebie.

– Mila... – wyszeptał prosto do jej ucha. Jego oddech śmierdział papierosami i alkoholem. Poczuła mdłości.

– Daniel, do cholery! Zostaw mnie!

Próbowała wyszarpnąć się z jego objęć, ale trzymał mocno. Pocałował ją w usta, zanim zdążyła odwrócić głowę. Kiedy w końcu odsunął się troszeczkę, zobaczyła na jego twarzy pojedyncze linie łez. Jej oczy dla odmiany były teraz suche.

– Puść mnie! – rozkazała.

– Nie tak szybko, Mila.

Pchnął ją na łóżko i przygniótł własnym ciałem. Bezskutecznie próbowała się wyrwać. Czuła, jak pot spływa jej po twarzy. To nie mogło się dziać naprawdę. Nie mogło. Nie mogło! Daniel nie siedział na niej okrakiem. Nie rozpinał jej kurtki szybkimi ruchami. Nie szarpał się z jej swetrem. To się nie dzieje naprawdę!

Widziała w swojej pracy wiele ofiar gwałtów. Najwyraźniej miała do nich dołączyć. I to przez tego właśnie mężczyznę. Człowieka, któremu kiedyś ufała. Ojca jej dzieci. Powoli zaczynała ogarniać ją desperacja. To nie mogło się dziać naprawdę. Po prostu nie mogło.

– Myślisz, że jak się nachlejesz, to wszystko ci wolno?! Zaczęła uderzać go pięściami. Na oślep. Chwycił ją za ręce i powstrzymał bez najmniejszego trudu. Przez chwilę patrzyli sobie w oczy. Daniel pierwszy odwrócił wzrok.

– Nie piłem od dziewięciu miesięcy – oznajmił z dumą.

– Chuj mnie obchodzi, ile czasu nie piłeś! – krzyknęła, oddychając ciężko pod jego ciężarem. – Puść mnie natychmiast. Czy ty w ogóle zdajesz sobie sprawę, co właśnie robisz?

Jego dłonie zacisnęły się jeszcze mocniej na jej rękach. Pochylił się i znowu chciał ją pocałować. Strzałkowska splunęła mu w twarz. Nie próbował tego zetrzeć.

– Tęsknię za naszą Justyncią – oznajmił niewyraźnie, jakby to miało wszystko wyjaśnić. Łzy znowu popłynęły mu po policzkach.

– Nie wykorzystuj jej teraz! Nie waż się! – zawołała wściekle Emilia. – Nie zamierzam na to pozwolić. Zwykły pijany kutas z ciebie, wiesz?

Daniel wyglądał, jakby to rozważał przez chwilę.

– Nie jestem pijany. Najwyżej trochę wstawiony – oznajmił w końcu, poluźniając nieco palce na jej ramionach. – To tylko nalewka. Nawet nie wypiłem jeszcze wszystkiego. Widzisz, umiem to kontrolować.

– Nie wiem, co to jest, ale puść mnie wreszcie – poprosiła nieco spokojniej. Krzyki i szarpanie najwyraźniej nie pomagały.

– Nie chcesz chociaż spróbować? To fakt, trochę wypiłem. Było mocne, nie powiem. Ale na pewno stanę na wysokości zadania.

Sięgnął do spodni i zaczął rozpinać pasek. Ruchy miał coraz bardziej niepewne.

– Pomóż mi – rozkazał, walcząc z guzikami dżinsów.

– Daniel, opanuj się i przestań bredzić! – zawołała. Teraz i ona płakała.

– Rób, co mówię!

– Proszę cię, puść mnie. Przecież wiem, że nie chcesz mnie skrzywdzić. – Ostatnie słowa zabrzmiały błagalnie. – Proszę…

Szarpnęła się w ostatniej desperackiej próbie ucieczki. Nieoczekiwanie Podgórski ją puścił. Emilia zerwała się z łóżka i podbiegła do okna. Sama nie była pewna, po co. Przecież tam się nie ukryje. Mimo to poczuła się bezpieczniej, kiedy odsłoniła grubą kotarę.

Wiatr rozgonił trochę chmury i do pokoju wpadło nieco księżycowego światła. Popatrzyła w jego okrągłą tarczę. Stała tak kilka minut, bojąc się ruszyć. Nie była pewna, co zrobi, jeżeli zobaczy Daniela tuż za swoimi plecami. A jeżeli będzie chciał posunąć się jeszcze dalej niż przed chwilą? Co wtedy?

Przez dłuższy czas nic się nie działo. Zapięła kurtkę i odważyła się odwrócić. Butelka na stoliku nocnym była pusta. Podgórski leżał na boku na swojej części łóżka. Widziała tylko, jak jego szerokie plecy delikatnie się poruszają. Jakby bezgłośnie płakał. A może już urwał mu się film i spał? Policjantka nie miała zamiaru sprawdzać.

Odetchnęła głębiej. Najwyraźniej najgorsze już minęło, ale wątpiła, żeby udało jej się zasnąć. Na pewno nie obok niego. Wyjrzała znowu przez okno. Chmury pędziły po niebie gnane wiosennym wiatrem, a światło księżyca robiło się coraz intensywniejsze. Teren za hotelem widziała jak na dłoni.

Zamarła. Wpatrywała się w ścianę szopy na narzędzia, gdzie kiedyś Błażej przechowywał strzelby. Co tam mignęło? Niestety kolejny poryw wiatru sprawił, że chmury znowu zasłoniły księżyc. Na powrót zrobiło się całkiem ciemno.

Policjantka czekała na trochę więcej światła. Być może wyobraźnia płatała jej figle, ale mogłaby przysiąc, że na ścianie szopy zobaczyła przed chwilą doskonale jej już znane graffiti. Czarna szubienica z odwróconą profilem czaszką i dziwny napis „Złociny = Złe czyny".

Uchyliła okno, w nadziei że to pozwoli jej lepiej zorientować się w sytuacji. Tym razem ustąpiło całkiem łatwo. Lodowaty powiew wiatru sprawił, że zadrżała. Chmury popędziły dalej po niebie, odsłaniając księżyc. Nie myliła się. Czarne litery graffiti zdawały się błyszczeć w zimnym świetle. Musiały być świeże.

Nagle kątem oka dostrzegła jakiś ruch. Grafficiarz musiał tam jeszcze być! Emilia otworzyła okno szerzej. Parter był niski, bez problemu wydostała się na zewnątrz. Zamierzała dowiedzieć się, o co tu chodzi! To na pewno lepsze niż spędzenie nocy w tym samym pokoju co Podgórski.

ROZDZIAŁ 42

Drozdy. Sobota, 22 listopada 2014. Godzina 23.00.
Romuald Kopp

Romuald obudził się z bardzo silnym uciskiem w podbrzuszu. Znowu musiał iść do toalety. Po chwili ogarnęło go podejrzenie graniczące z pewnością, że trochę popuścił. To było doprawdy upokarzające, że takie rzeczy zdarzają się człowiekowi na stare lata.

Usiadł na łóżku. Ze zdziwieniem zobaczył, że Helena nie leży na swoim miejscu. Gdzie ona poszła?

– Helena?

Nikt nie odpowiedział. Dziwne. Wstał z łóżka i podszedł do szafy, żeby włożyć szlafrok. Od pewnego czasu sedes w łazience w ich pokoju nie działał i musieli korzystać z toalety przy recepcji. Oby tylko zdążył tam dojść. Napór na pęcherz robił się coraz silniejszy.

Wyszedł na korytarz. Z dworu usłyszał warkot silnika. Pewnie Błażej wracał z polowania. Romuald rozważał przez moment, czy nie wyjść i się nie przywitać, ale uznał, że zrobi to rano. Przecież mieli iść razem do kościoła. Razem z Heleną opowiedzą mu prawdę o tej dziwce Róży.

Romuald miał teraz ważniejsze sprawy na głowie. Na przykład jak dojść do łazienki na czas. Przyspieszył kroku, mijając zbroję hetmana Drozdowskiego. Zawsze go bawiło, jak bardzo Helena była pewna, że to autentyk, podczas gdy na pierwszy rzut oka widać było, że to nic niewarta podróbka. Gdyby zbroja przedstawiała jakąkolwiek wartość, naziści skonfiskowaliby ją podczas okupacji. A tu nic.

Nacisnął klamkę, ale drzwi łazienki się nie otworzyły.

– Helena? Jesteś w środku? Naprawdę muszę wejść!

Nie otrzymał żadnej odpowiedzi, chociaż był prawie pewien, że usłyszał jakieś poruszenie. Ktoś chyba był w łazience. Szarpnął za klamkę jeszcze raz. Czyżby się jednak mylił? Może drzwi się zaklinowały. Nigdy wcześniej nic takiego się nie zdarzyło, ale Drozdy powoli się rozpadały, więc i do tego mogło dojść. Na przykład framuga się wypaczyła od tej wiecznej wilgoci.

– Jest tam kto? – zapytał jeszcze na próbę.

Znowu to poruszenie w środku. Tam na pewno ktoś był. Tylko dlaczego się nie odzywał? Ciekawe pytanie. Romuald nie miał jednak czasu rozważać go dalej. Musiał natychmiast załatwić potrzebę, bo źle się to skończy. Spojrzał w stronę wyjścia na tyły budynku. Wychodek! To dobry pomysł! Teraz tylko szybko na dwór.

Romuald był tak zaaferowany, że nie zauważył nawet, że drzwi z tyłu były tej nocy otwarte. Mimo że zawsze zamykali je na klucz.

ROZDZIAŁ 43

Dworek Weroniki w Lipowie. Sobota, 19 marca 2016.
Godzina 22.30.
Weronika Nowakowska

Weronika zaczęła przechadzać się po kuchni w tę i z powrotem. Książka Walerii leżała przed nią na stole. Postaci z okładki zdawały się wpatrywać w Nowakowską wyzywająco. Końcówka historii Anny Linde i Markusa, tak wychwalana przez Dominikę, była napisana po prostu fatalnie. Weronika ledwie przebrnęła przez toporny epilog, opisujący śmierć Anny z rąk ukochanego Markusa.

Grabowski twierdził, że Waleria jest podejrzana, ponieważ historia opisana w jej książce niebezpiecznie przypomina historię śmierci Róży. Była w tym odrobina prawdy. Zazdrosny Markus zastał ukochaną z innym mężczyzną i ją zastrzelił. Na tym kończyły się właściwie podobieństwa. To raczej niezbyt mocny trop, uznała Weronika. Dziwne, że Grabowski tak się przy tym upierał.

Weronika wzięła książkę i raz jeszcze zerknęła na stronę z informacjami redakcyjnymi. Były milicjant twierdził jeszcze, że Waleria wydała swoją książkę podejrzanie szybko po śmierci Róży. Ale w takim razie co z poprawkami w epilogu? Przecież zmiany zostały wprowadzone już później. Do którego z zakończeń w takim razie odnosił się Grabowski? Do pierwotnego czy tego zmienionego?

– No i ciekawe, jakie było zakończenie w pierwszym wydaniu książki – powiedziała Weronika ni to do siebie, ni to do psa. Miała potrzebę zwerbalizowania swoich myśli. Igor nie raczył nawet otworzyć oka. Typowe.

Sięgnęła po telefon. Było wpół do jedenastej. Chyba nie za późno, żeby zadzwonić do matki?

– Halo?

Dominika zdawała się równie radosna jak wcześniej. Weronika wolała nie wnikać, czym w tej chwili zajmuje się matka.

– To ja.

– Wiem, kochanie. Przecież mi się wyświetliło twoje imię.

– Jesteś w domu?

– Tak, właśnie spałam.

Weronika szczerze w to wątpiła.

– Nie wyglądasz na zaspaną.

– Skąd wiesz, jak wyglądam, skoro mnie nie widzisz? – zapytała Dominika nieco urażona.

– Wiesz, o co mi chodzi – powiedziała Nowakowska nieco bardziej ugodowo.

– Coś się stało?

– Mogłabyś mi przeczytać epilog z pierwszego wydania *Domu czwartego*? Ten, który tak ci się nie podobał.

Przez chwilę panowała cisza.

– Mamo?

– Tak, tak. Musiałam poprawić makijaż.

– Podobno właśnie spałaś.

– Po to do mnie dzwonisz w środku nocy? Żeby mi robić wykłady?

– Sama mówiłaś, że to nie jest środek nocy... Zresztą czy po prostu mogłabyś przeczytać mi zakończenie?

– Po co ci to? Już ci mówiłam, że w wersji poprawionej jest dużo lepsze.

Dyskusyjne, chciała powiedzieć Weronika, ale się powstrzymała.

– Po prostu mi to przeczytaj – poprosiła.

Po drugiej stronie linii dało się słyszeć głośne westchnienie. Potem kilka przytłumionych słów, jakby matka zakryła dłonią mikrofon i powiedziała coś do kogoś.

– Poczekaj. Idę po książkę – poinformowała w końcu Weronikę. – Od lat ci powtarzałam, że powinnaś poczytać książki Walerii. A ty tylko te kryminały i nic więcej. Waleria potrafi jak nikt inny pokazać prawdziwe oblicze człowieka. Cieszę się, że się do tego przekonałaś. Poczekaj... Już biorę z półki.

Nowakowska usłyszała kilka trzasków.

– Wszystko w porządku?

– Tak, tak. Tylko spadła mi ta figurka, którą kupiłyśmy w Barcelonie. Pamiętasz?

Weronika bezwiednie pokiwała głową. Doskonale pamiętała tamten wyjazd. To musiało być jakieś dziesięć lat temu. Zaczynała właśnie studia na wydziale psychologii. A może to było już po pierwszym roku? Tak czy inaczej trzeba było przyznać, że akurat wtedy bawiły się we dwie doskonale. Dominika zdawała się rozluźniona, skupiona na córce, a nie ciągle zaprzątnięta flirtami.

– Ale się nie zbiła! Całe szczęście – w głosie matki dało się słyszeć czułość. – To co? Przeczytać ci?

– Tak – odpowiedziała Weronika cicho.

– „Czerwiec 1976. Anna Linde otworzyła oczy. Wydawało jej się, że coś usłyszała" – zaczęła Dominika. – „Jakby chrobot zamka w drzwiach wejściowych".

Czerwiec 1976

Anna Linde otworzyła oczy. Wydawało jej się, że coś usłyszała. Jakby chrobot zamka w drzwiach wejściowych. Usiadła na łóżku zaniepokojona. Od lat mieszkała sama. Nikomu nigdy nie dała klucza. Kto to mógłby być?

Starała się przekonać samą siebie, że to sen. Niestety ogarniała ją coraz większa pewność, że ktoś majstruje przy drzwiach. Co powinna zrobić? Żaden pomysł nie przychodził jej do głowy. A przynajmniej żaden sensowny. Czym mogłaby się bronić? Widelcem i nożem? Broni żadnej nie miała. Szkoda, że lata temu Markus nie zostawił jej swojego lugera. Teraz pistolet byłby jak znalazł.

Poderwała się z łóżka, żeby pójść do kuchni. Kuchenny nóż nie na wiele się zda, ale przynajmniej będzie miała uczucie, że coś zrobiła. Bierne czekanie na to, co się może stać, było najgorsze. Bo że wydarzy się coś strasznego, czuła całym swoim ciałem. Przecież jej nienawidzili. Wszyscy.

Usłyszała skrzypnięcie drzwi. A była już na progu kuchni... Nie udało się.

– Witam, witam – powiedział.

Rzuciła mu tylko wymowne spojrzenie. Nie nastraszy jej. Nawet z pistoletem w dłoni. Niejedno w życiu widziała.

Stanęła wyprostowana, czekając na swój los. I tak za długo żyła. Za długo była opluwana. Ponad trzydzieści lat.

– No i co? – zadrwiła. – Zabrakło ci odwagi?

– Pogadamy sobie – powiedział. Ręka drżała mu lekko, jakby niewielki milicyjny CZAK był dla niego za ciężki.

– Tylko że ja nie chcę z tobą gadać. Rób swoje i zakończymy tę farsę.

Podszedł i przystawił jej lufę do głowy. Czuła zimny dotyk metalu.

– Który to dom czwarty? – wysyczał. – Który?! Gadaj!

Spojrzała na niego zdziwiona. A więc to o to im chodziło. O cholerny dom czwarty.

– Nie wiem.

– A ja myślę, że jest inaczej.

Spojrzała. W jego oczach czaiła się desperacja. Zabawne, przecież naprawdę nic nie wiedziała.

– Który to dom czwarty?! – krzyknął. Zupełnie się nie przejmował, że ktoś może go usłyszeć. Czy musiał się bać? Przecież inni na pewno go wspierali.

Pokręciła głową.

Huknęło.

ROZDZIAŁ 44

W kierunku lasu. Sobota, 19 marca 2016.
Godzina 23.30.
Sierżant sztabowa Emilia Strzałkowska

Emilia pędziła ile sił w nogach, ale mężczyzna w czarnym ubraniu ją wyprzedzał. Był niski i nieco przysadzisty, ale to nie sprawiało mu najmniejszego kłopotu. Oddychała ciężko. Chłodne wiosenne powietrze wypełniało jej płuca i kłuło małymi szpileczkami. Miesiące żałoby sprawiły, że zupełnie straciła kondycję. Była jednak zdeterminowana, żeby nie pozwolić mu uciec. Graffiti budziło w niej dziwny niepokój, jak zresztą całe to miejsce. Chciała się dowiedzieć, o co chodzi i czy ma to jakiś związek ze śmiercią Róży, a może też ze zniknięciem Klementyny.

Pędziła przez trawnik na tyłach Drozdów. W żadnym oknie starego dworu nie paliło się światło. Ciszę przerywały jedynie silne podmuchy wiatru i jej własny świszczący oddech. Księżyc znowu zniknął za chmurami i ubrany na czarno mężczyzna przepadł bez śladu.

Dobiegła do pudełkowatego budynku garażu i ostrożnie oparła się o jego murowaną ścianę. Nie chciała, żeby grafficiarz ją zaskoczył. Cegły były nieprzyjemnie chłodne, ale przynajmniej dawały pewność, że nie zostanie zaatakowana od tyłu. Posuwała się do przodu ostrożnie. W końcu dotarła do rogu budynku. Dopiero wtedy zobaczyła, że ścigany pędzi już w stronę ściany lasu. Kiedy ona skradała się przy garażu, zyskał jeszcze większą przewagę.

– Cholera – mruknęła pod nosem i puściła się biegiem po szerokiej łące.

Całe szczęście księżyc znowu się pokazał. Dzięki temu uniknęła potknięcia na zdradliwych, ukrytych wśród zeszłorocznej trawy wyrwach. Wyglądały na efekty buchtowania dzików. Może innych zwierząt. Przyspieszyła kroku. Wysiłek fizyczny sprawiał, że czuła się lepiej i nawet to, co stało się przed chwilą w apartamencie w Drozdach, przestawało mieć w tym momencie znaczenie.

Ubrany na czarno mężczyzna zniknął gdzieś pomiędzy drzewami. Tańczyły na silnym wietrze, wyciągając nagie konary w jej stronę. Gałęzie wyglądały jak powykręcane szpony. Znowu pojawiły się wspomnienia z Utopców, ale nie zamierzała zawracać do hotelu.

– Cholera – wydyszała znowu. – Gdzie on jest?

Dopiero teraz zauważyła wąską ścieżkę ukrytą pomiędzy drzewami. Mężczyzna musiał właśnie tamtędy pobiec. Ruszyła w tę stronę i wbiegła do lasu. Z miejsca otoczyły ją odgłosy targanych wiatrem drzew. Trzeszczały, jakby miały zaraz się połamać. Zrobiła kilka niepewnych kroków do przodu.

Znowu coś trzasnęło. Tym razem nieco inaczej. Jakby ktoś nadepnął na suchą gałązkę. Znowu to samo. Tylko z drugiej strony. Emilia rozejrzała się zaniepokojona. Księżyc kolejny raz zniknął za chmurami, więc niewiele mogła dojrzeć w ciemności.

Zaczęła się nerwowo wycofywać. Po co gramoliła się przez okno i ścigała tego człowieka? Sama! To było wyjątkowo głupie. Nagle poczuła pod stopą korzeń. Straciła równowagę i runęła na ziemię. Podniosła się z trudem. Dłonie ją piekły. Widocznie zdarła sobie skórę, chroniąc się przed upadkiem. Otrzepała spodnie z piasku. Serce biło jej szybko.

Znowu trzasnęła gałązka. Teraz Emilia była już całkiem pewna, że słyszy kroki. Zarówno za sobą, jak i przed sobą. A więc w ciemności czaiły się dwie osoby. Jej ręka odruchowo powędrowała w miejsce, gdzie powinna znajdować się kabura służbowej broni. Powinna. Bo przecież nie wzięła ze sobą ani blachy, ani tym bardziej pistoletu. Kolejna głupota.

– Policja! – krzyknęła w ciemność.

Miała wielką nadzieję, że zabrzmi to mocniej. Tymczasem głos wyraźnie jej drżał. Musiała przyznać sama przed sobą, że się boi. Po czole zaczęły spływać krople potu, mimo że naprawdę było zimno. Nienawidziła tego cholernego lasu.

Wzięła głęboki oddech, żeby się uspokoić.

– Policja! – krzyknęła raz jeszcze. Tym razem była bardziej zadowolona z efektu. – Pokaż się!

Ponownie usłyszała kroki. Chmury popędziły dalej po niebie i światło księżyca rozjaśniło ścieżkę. Jakieś trzy metry od niej stał postawny młody mężczyzna w czarnej kurtce, bojówkach i wojskowych butach. Głowę miał ogoloną na łyso. Uśmiechał się nieprzyjemnie. Sądząc po posturze, na pewno nie był to ten, za którym tu przybiegła.

Za jej plecami trzasnęła kolejna gałązka. Emilia odwróciła się szybko. Drugi mężczyzna był mniejszy i na pewno starszy od kompana. Może koło trzydziestki. To jego ścigała.

– Policja – poinformowała raz jeszcze.

– Wiemy, kim jesteś, suko – zaśmiał się niższy mężczyzna. Najwyraźniej był tu ważniejszy, bo wyższy natychmiast mu zawtórował.

– Policyjna sucz – rechotał, jakby powiedział właśnie najśmieszniejszy dowcip na świecie. Miał cienki głos, który zupełnie nie pasował do jego postury i groźnej miny. Za to do młodego wieku owszem.

Zrobił krok w jej stronę. W blasku księżyca zauważyła, że na skroni ma wytatuowaną swastykę. Strzałkowska przypomniała sobie, co mówił Grabowski o synach meneli z rynku. Podobno młodzi Cegielscy uwielbiali nazistowskie symbole. Emerytowany milicjant miał więc rację, że to oni malują graffiti.

– Suka – powtórzył ten ze swastyką jak nakręcony.

Emilia poczuła gniew. Tak silny, że przynajmniej na moment strach zupełnie zniknął.

– Znasz tylko to jedno przekleństwo? – zadrwiła, chociaż w tej sytuacji nie wydawało się to zbyt mądrym posunięciem. Bez broni, za to ze zbyt długim językiem i skłonnością do pakowania się w każdą kabałę.

– Zaraz się przekonasz, na czym znam się najlepiej – odparł z wściekłością tamten.

– O co chodzi z tym graffiti? – warknęła.

– Jakim graffiti? – zaśmiał się mniejszy z mężczyzn. Ten kwadratowy.

Zabrzmiało to jak dziwny starczy skrzek. Czegoś takiego można by spodziewać się po kimś, kto przeżył już swoje. Charkot nie pasował do krępego trzydziestolatka.

– Nie pieprz – Emilia wycelowała w niego palec. – Widziałam cię przez okno.

– Jak się odzywasz, suko jedna? – włączył się ten od swastyki.

– A ten znowu swoje – stwierdziła, przewracając oczami. Kpiarski ton pozwalał teraz lepiej panować nad lękiem, ale zdecydowanie wolałaby mieć przy sobie kaburę z bronią, telefon, cokolwiek. – Będziecie mieli kłopoty, jeżeli nie powiecie mi prawdy.

Kwadratowy roześmiał się, jakby jej słowa naprawdę go rozbawiły. Zakaszlał przy tym kilka razy.

– Kurewskie przeziębienie – burknął, kiedy odzyskał oddech. – Niby już wiosna, a człowieka może chwycić w każdej chwili.

– Jesteście synami braci Cegielskich? – spróbowała Strzałkowska znowu.

Potrzebowała czasu, żeby znaleźć jakieś wyjście z tej sytuacji. Zagadanie łysoli wydawało się najlepszym rozwiązaniem. Przynajmniej na chwilę.

– Co cię to kurwa obchodzi? – powiedział ten ze swastyką.

– Co to za „złe czyny"?! – krzyknęła policjantka. – Po co rysujecie wszędzie tę szubienicę i czaszkę?

– Bo nam się kurwa chce – zaśmiał się wyższy i podszedł bliżej.

Kwadratowy zrobił to samo. Byli tuż obok. Czuła ich oddechy na swojej twarzy. O dziwo pachniały miętą, jakby ta dwójka właśnie grzecznie umyła swoje parszywe ząbki.

– Odpowiesz tej pani – rozległo się nagle od strony ściany lasu.

Wszyscy odwrócili się w tym kierunku. Księżyc znowu zniknął za chmurami, ale Emilia dostrzegła sylwetkę Daniela. Nadal był w czarnym podkoszulku, bez kurtki. Najwyraźniej wcale nie spał. Musiał wyjść za nią przez okno, kiedy rozpoczęła pościg za Cegielskim.

Policjant szedł dość chwiejnie, ale jego głos był o dziwo całkiem wyraźny. Może chłód go nieco otrzeźwił. Nie sądziła, że jeszcze kiedyś ucieszy się na jego widok. Tym bardziej że najwyraźniej miał ze sobą glocka.

– Koleś, jesteś najebany w trzy dupy – powiedział mniejszy z Cegielskich. W jego głosie pojawiła się jednak ostrożna nuta.

– Już to gdzieś słyszałem – stwierdził Podgórski. – Mnie się zdaje, że to nie tak. Raczej trochę…

Policjant zamilkł, jakby szukał odpowiedniego słowa, ale za nic nie mógł go sobie przypomnieć. Chyba trochę się zgrywał. Przynajmniej taką miała nadzieję.

– Tak mi się coś wydaje, że to tylko pogarsza waszą sytuację – dodał Daniel po chwili i uniósł lekko glocka.

Księżyc znowu wychylił się zza chmur i Emilia zobaczyła, jak Cegielscy wymieniają spojrzenia. Swastyka ruszył w stronę Daniela.

– Uważaj! – rzuciła do policjanta.

Podgórski oddał pojedynczy strzał ostrzegawczy. Kula przecięła powietrze z zadziwiająco cichym świstem. A może

275

to Emilii huczało w głowie i wszystkie dźwięki zdawały się przytłumione.

– Hola, stary, bez jaj – odezwał się nieco bardziej ugodowo mniejszy z Cegielskich. Powstrzymał przy tym swojego kompana. – Nie chcemy kłopotów. Tylko sobie rozmawialiśmy.

– To odpowiedzcie tej pani na pytanie – odparł policjant spokojnie. W świetle księżyca jego twarz wydawała się ściągnięta.

– A jakie było pytanie? – zakpił swastyka. – Suka mówi niezbyt wyraźnie.

Daniel skierował pistolet w jego stronę.

– Kurwa, Robert, facet jest napruty – warknął mniejszy Cegielski.

– A wiesz, co mnie to…

– Stul japę! Mam pierdolone przeziębienie i nie będę tu wystawał jak jakiś kutas. Jeszcze mi tylko brakuje, żeby mnie cwel jeden postrzelił – kwadratowy odwrócił się do Emilii. – Robimy te bazgroły, bo można przytulić trochę kaski i tyle.

– Ale co znaczy ten napis? – zapytała Strzałkowska szybko. Chciała wykorzystać moment jego gadatliwości. – Co to za „złe czyny"? Po co czaszka? Po co szubienica?

– Chcecie wiedzieć, po co, to gadajcie sobie ze zleceniodawcą, dociera?

– Czyli z kim? – zapytał Daniel. Tym razem niezbyt wyraźnie. Nagle zgiął się wpół i zwymiotował w krzaki otaczające ścieżkę.

Cegielscy spojrzeli na niego z lekkim niedowierzaniem.

– Pięknie – mruknęła Strzałkowska. – Naprawdę pięknie.

Swastyka zaśmiał się cicho. Zanim kwadratowy zdążył go powstrzymać, ruszył do pochylonego ciągle nad ścieżką Daniela.

– To co, odważysz się mnie postrzelić, kurwa? Przyjebię ci tak, że cię, kurwa, własna matka nie rozpozna.

Podgórski uniósł się niespodziewanie szybkim ruchem i uderzył faceta prosto w twarz. Tamten zamachnął się, ponawiając atak. Policjant praktycznie bez trudu sparował uderzenie. Potem przystawił mężczyźnie lufę pistoletu w sam środek czoła. Tamten z miejsca stracił animusz. Wyglądało na to, że mimo pozorów dwójka neonazistów nie jest zbyt zaprawiona w bojach. Przynajmniej jedna dobra wiadomość.

– Zaczynam naprawdę tracić cierpliwość – poinformował Daniel rzeczowo. – Ludzie mówią, że jak trochę wypiję, to robię się agresywny. I wiesz co? To chyba prawda. Nie powinienem był pić tej nalewki, ale stało się. Cóż poradzić. Ta pani pewnie złoi mi skórę rano, ale teraz to wy macie kłopoty. Najbardziej ty, jeżeli mam być zupełnie szczery.

Policjant stuknął młodego w czoło lufą pistoletu.

– Daniel… – spróbowała powstrzymać go Emilia. Miała nieprzyjemne wrażenie, że sytuacja zaczyna wymykać się spod kontroli. Nie mogła pozwolić na to, żeby Daniel zastrzelił tego typa. To nie mogło się tak skończyć.

– Robert, zluzuj trochę – wychrypiał mniejszy Cegielski. On też najwyraźniej zaczynał rozumieć, że ta noc może skończyć się kiepsko dla wszystkich, i zamierzał tego uniknąć. – Odpuść, kurwa.

Robert cofnął się kilka kroków z wyraźną niechęcią. Podgórski opuścił broń.

277

– Mówcie, kto wam płaci za robienie graffiti – ponowiła pytanie Strzałkowska. – Potem się rozejdziemy. W spokoju – dodała jeszcze na wszelki wypadek. – W porządku? Rozumiemy się?

Mniejszy Cegielski skinął głową. Pochylił się i wyciągnął z zarośli jakiś kawał metalu. Przypominał Strzałkowskiej pokrywę studzienki kanalizacyjnej. A może takiej od szamba. W ciemności trudno było ocenić.

Daniel znowu uniósł pistolet.

– Tylko niech ten tam nie świruje – powiedział Cegielski, rzucając niechętne spojrzenie Podgórskiemu. – Biorę tylko, co moje.

– Daniel – upomniała policjanta Emilia.

Podgórski opuścił broń powolnym ruchem.

– Więc? – powiedział, ocierając usta. – Kto wam płaci?

CZĘŚĆ CZWARTA

KARL-HEINZ FISCHER

ROZDZIAŁ 45

Nad stawami. Czwartek, 21 września 1939.
Godzina 16.30.
SS-Sturmbannführer Karl-Heinz Fischer

SS-Sturmbannführer Karl-Heinz Fischer wyszedł z dworu i ruszył szybkim krokiem w kierunku stawów znajdujących się na tyłach posiadłości. Dzień był chłodny i ponury. Ciepły początek miesiąca odchodził w niepamięć, a świat zmierzał już powoli ku jesieni. Lubił tę porę roku. Zwłaszcza zapach palonych liści i ich intensywne kolory. Oczywiście na to wszystko jeszcze za wcześnie, ale ciekaw był, czy tu na Wschodzie będzie tak samo pięknie jak w domu.

Wspiął się na groblę. Otoczył go silny zapach wody i sitowia. Odetchnął głębiej. Mieszkał tu od czasu, kiedy zajęli miasto, i trzeba przyznać, że polubił Drozdy, jak nazywali dwór miejscowi. Tu nad wodą trudno było uwierzyć, że gdzieś tam, całkiem nawet blisko, trwa wojna.

Każdego ranka przechadzał się nad stawami, próbując zebrać myśli. A te niestety kłębiły się w głowie zupełnie poza kontrolą. Pytania i wątpliwości, których jako członek SS w żadnym wypadku nie powinien mieć.

Karl-Heinz doskonale pamiętał słowa Himmlera, które padły na konferencji w Breslau* cztery lata temu. Do SS należało się duszą i ciałem. Tak długo, jak trwało ziemskie życie. W żadnym razie nie można było odejść. Nie można było mieć wątpliwości. Największą cnotą było przecież bezwzględne posłuszeństwo.

Usłyszał kroki. Nie miał ochoty z nikim rozmawiać. Mimo to odwrócił się powoli, tłumiąc westchnienie. Ścieżką nadchodził Gottfried Kopp. Był kiedyś zarządcą majątku Polaków, do których należały Drozdy przed wojną. Karl--Heinz pozwolił Koppowi i jego żonie zostać w domku obok dworu. Teraz pracowali dla niego.

– Frau Fischer przyjechała – oznajmił Kopp. – Moja żona zaczęła ją już oprowadzać po domu. Wiem, że nie wolno mi przeszkadzać, ale tak sobie pomyślałem, że powinien pan wiedzieć, Herr Sturmbannführer.

Karl-Heinz uśmiechnął się pod nosem. Bawiło go, jak tamten zawsze zwracał się do niego „Herr Sturmbannführer". Kopp mówił ni to przyjacielskim, ni to uniżonym tonem. Wymowę miał silnie spolszczoną. Jakby w domu rodzinnym nie posługiwał się niemieckim zbyt często, mimo że przynależał podobno do mniejszości niemieckiej.

– Powiedz, że zaraz przyjdę, Gottfriedzie.

* Breslau (niem.) – Wrocław.

Mężczyzna ukłonił się niemal do ziemi i odszedł. Najpierw kilka kroków tyłem, jakby bał się odwrócić do Karla-Heinza plecami. Czy to ze strachu, czy przerysowanego nabożnego szacunku. Ciekawe, co też kłębiło się w jego głowie, pomyślał Fischer. Gottfried zdawał się prostym, wiernym człowiekiem, ale kto go tam wie?

Nie byłby to pierwszy raz. Praktycznie od początku wojny mieszkańcy Złocin próbowali aktywnie rozkręcić polski ruch oporu. Niedoczekanie. Przywódcę już rozstrzelali w miejskim lasku w Strasburgu*, ale mówiło się, że miejscowi nadal mimo to nie rezygnują. Trzeba się tym będzie w końcu zająć.

Karl-Heinz odetchnął głębiej. A teraz będzie miał jeszcze na głowie Evę. Kiedyś ją kochał albo tak mu się wydawało. Wzięli ślub niedługo po tym, jak Himmler ogłosił rozkaz o zaręczynach i małżeństwie. To była piękna uroczystość. Fischer czuł się wtedy szczęśliwy. Myślał, że oto stoi tam, gdzie powinien. U jej boku. Wśród ludzi, którzy uratują Rzeszę przed upadkiem.

Minęło prawie siedem lat i prawdę powiedziawszy, z ulgą przyjął skierowanie na front, wiedząc, że Eva zostanie w domu. Tymczasem przyjechała tu tak szybko. W listach pisała, że nie powinni dłużej czekać. Muszą postarać się o kolejne dziecko. Dla Rzeszy. W dobie wojny to był ich obowiązek. Na razie mieli tylko dwójkę. Prawie sześcioletnią córkę i kilkumiesięcznego syna. Eva uważała, że to za mało. Za wzór stawiała sobie rodzinę Goebbelsów.

---

* Strasburg in Westpreußen albo Strasburg an der Drewenz (niem.) – Brodnica.

Karl-Heinz spojrzał na stawy. Woda mieniła się w świetle szarego dnia. Gdzieś wśród zarośli coś się poruszyło. Mały czarny ptaszek ze złocistym dziobem. Kos wypiął dumnie pierś i zaśpiewał, nic sobie nie robiąc z nadchodzącej jesieni. Jego trel był tak piękny, że aż nie chciało się stąd iść. Może wszystko jeszcze będzie dobrze?

ROZDZIAŁ 46

Drozdy. Czwartek, 21 września 1939. Godzina 17.00.
SS-Sturmbannführer Karl-Heinz Fischer

Karl-Heinz wszedł do dworu i natychmiast usłyszał piskliwy głos żony. Niósł się długimi korytarzami i zdawał wypełniać całe Drozdy. Przez chwilę rozważał, czy nie wyjść stąd jak najszybciej. Miał świetną wymówkę. I tak przecież musiał pojechać do miasta, żeby kontynuować przesłuchania. Areszt na Ogrodowej szybko się zapełniał. Selbstschutz sprowadzał tam ciągle nowych ludzi.

Westchnął. Nie mógł przecież tak po prostu sobie pójść. Jak by to wyglądało? Musi się chociaż przywitać. Cieszyło go jedynie, że zobaczy wreszcie dzieciaki. Ruszył więc korytarzem do przestronnej jadalni. Ściany były puste, bo kazał pozdejmować miliony portretów polskiej szlachty, które przedtem tam wisiały. Na ścianach nadal widać było ślady po nich. Kazał też schować zbroję i kontusz, które zdobiły wejście do jadalni. Właściwie powinien był stanowczo zażądać, żeby to spalili, ale zlitował się nad

Drozdowskimi. Niech to sobie trzymają w szopie na pamiątkę. Karl-Heinz i tak tam przecież nie wchodził. Pozostali esesmani też nie.

Teraz przy wejściu do jadalni stało wielkie samotne lustro. Żona Gottfrieda uparła się, żeby je tam umieścić. Mówiła, że po zdjęciu portretów i zabraniu zbroi zrobiło się tak pusto. Karl-Heinz jej na to pozwolił. Było mu wszystko jedno. Teraz żałował, bo musiał codziennie oglądać swoją bladą twarz w czarnym mundurze od Hugo Bossa.

Minął lustro szybko. Miał wrażenie, że jeżeli popatrzy w nie trochę dłużej, zobaczy tam swoje prawdziwe oblicze. Po co mu to? Przecież był twardym człowiekiem. Wojna kiedyś się skończy. Zdobędą przestrzeń życiową na Wschodzie i Rzesza będzie tak trwać przez tysiąc lat. Przynajmniej jeśli wierzyć Führerowi.

Eva stała przy oknie z maleńkim Sebastianem w ramionach. Irene trzymała się jej spódnicy, ale na widok ojca rzuciła się biegiem. Karl-Heinz złapał córeczkę w ramiona.

– Ale się robisz ciężka – zażartował.

Irene zaśmiała się uroczo. Miała złote warkoczyki, niebieskie oczy i piękne dołeczki w pucołowatych policzkach. Widocznie Himmler się nie mylił. Eva była idealną matką przyszłych pokoleń rasy panów.

– *Heil Hitler* – powiedziała żona, wyciągając rękę do góry.

Naprawdę musiała? Przecież byli w jadalni sami. Westchnął i odpowiedział tym samym.

– Tak długo jechaliśmy! – poskarżyła się córeczka, kiedy postawił ją na ziemi.

– Ale na pewno byłaś dzielna – powiedział, głaszcząc ją po złotych włosach.

Pokiwała głową z zabawnym wyrazem powagi na twarzy.

– Jechaliśmy przez Dachau – wyjaśniła żona, podając mu Sebastiana. – Trochę nadłożyliśmy drogi, ale pomyślałam, że zajrzę do Alexa i obejrzę obóz. Jest tam prawie od roku, a dotąd nie było okazji. Teraz trochę żałuję, bo podobno we wtorek sam Führer był tutaj w okolicy.

– Tu nie. Był w Danzig[*] i w Gdingen. To znaczy teraz w Gotenhafen[**] – poprawił się Karl-Heinz. – Podczas wizyty Führer zmienił nazwę miasta. Zresztą ma kwaterę w Kasino-Hotelu w Zoppot[***]. Z tego, co wiem, nadal jest na miejscu.

Eva pokiwała głową z entuzjazmem.

– Tak blisko nas! Prawie na wyciągnięcie ręki – powiedziała z rozmarzeniem. – Gotenhafen brzmi zdecydowanie lepiej niż Gdingen. Żadnych słowiańskich naleciałości.

– A wujek pozwolił mi nawet strzelić do Żyda – poinformowała nagle Irene.

Pobrzmiewała w tym wyraźna duma. Zastrzelić Żyda? Jego mała córeczka? Karl-Heinz miał ochotę chwycić ją w ramiona i z dwójką dzieci pod pachami uciekać gdzieś daleko stąd.

– W Dachau? – zapytał zamiast tego.

Córeczka pokiwała głową.

– Świetnie sobie poradziłaś – pochwaliła córkę Eva.

– Mama też do jednego strzeliła – powiedziała dziewczynka. – Tylko Sebastian spał, bo on jest jeszcze za mały.

* Danzig (niem.) – Gdańsk.
** Gotenhafen (niem.) – Gdynia.
*** Zoppot (niem.) – Sopot.

Karl-Heinz znowu pokiwał głową. Spojrzał na swojego syna i przełknął ślinę. Cała przyszłość Sebastiana była już właściwie ustalona. Najpierw Hitlerjugend, potem...

– Na pewno jesteście zmęczeni – powiedział, porzucając te myśli. – Zawołam Gottfrieda.

– Karl? – odezwała się żona. Na jej twarzy malowało się niezadowolenie. – Ta kobieta, żona tego twojego służącego, powiedziała mi, że tu w willi nadal mieszkają Polacy.

– Tak. Rodzina Drozdowskich. To był ich dom. Zanim my tu przyszliśmy.

– To dlaczego nadal tu są?

Karl-Heinz spojrzał na Evę z góry. Nie mógł pozwolić, żeby weszła mu na głowę. Stałby się pośmiewiskiem.

– Zostawiłem im jeden pokój. Przydadzą się teraz, skoro przyjechaliście, nieprawdaż?

Skinęła powoli głową, przyglądając mu się uważnie.

ROZDZIAŁ 47

Strasburg in Westpreußen[*].
Wtorek, 3 października 1939. Godzina 17.00.
SS-Sturmbannführer Karl-Heinz Fischer

Zęby przesłuchiwanego mężczyzny leżały na betonowej podłodze piwnicy willi przy Ogrodowej 23. Było ich dokładnie cztery. Karl-Heinz nie mógł oderwać od nich wzroku. W uszach mu dzwoniło z wysiłku. Prawie nie słuchał tego, co mówią do niego SS-Standartenführer Julius Heiden i SS-Obersturmführer Markus Adler.

– Ta kolacja, co urządza twoja żonka, to o siódmej? – powtórzył Heiden. Starszy stopniem oficer był prawie równie tęgi jak Göring.

– No właśnie? – zapytał Adler. On z kolei przypominał wzorowego Aryjczyka Heydricha. Był wysoki i blondwłosy. Kobiety wzdychały na jego widok. Karl-Heinz z rozbawieniem zauważył, że nawet więźniarki nie mogły oprzeć się jego urokowi. Adler korzystał z tego, ile mógł.

---

[*] Strasburg in Westpreußen (niem.) – Brodnica.

Obaj oficerowie mieszkali w Złocinach, więc Eva postanowiła zorganizować dla nich proszoną kolację. Po pierwsze po to, żeby zacieśnić międzysąsiedzkie stosunki. Po drugie, żeby uczcić niedawną kapitulację Helu, a wcześniej Warschau*. Żona zdążyła już podporządkować sobie życie Drozdów.

– Tak – potwierdził Karl-Heinz, chociaż nie miał najmniejszej chęci uczestniczyć w żadnych wspólnych posiłkach.

Nie miał też wcale chęci niczego świętować. Czuł się bezgranicznie zmęczony. A teraz jeszcze więzień był wyjątkowo uparty i musieli poświęcić mu sporo czasu. Adler bił go pejczem tak, że cały mundur miał we krwi. Karl-Heinz podejrzewał, że sam wygląda niewiele lepiej. Z trudem wybił mu te zęby.

– Podwieśmy go – powiedział Heiden, kopiąc więźnia z całej siły.

Mężczyzna wydał z siebie zduszony kwik. Nagie, ponadpalane ciało zaczynało przypominać miazgę. Wykręcili mu ręce bez trudu. Teraz wrzeszczał z bólu tak, że na pewno było go słychać na ulicy.

– To będziesz mówił, gnido, czy nie? – zapytał Karl-Heinz. Silił się na ostry ton, mimo że gardło bolało go już od krzyków.

Więzień charczał odrażająco.

– Niech sobie tak powisi do jutra – zasugerował Markus Adler.

– Niezła myśl – poparł go Heiden.

Zaczęli się zbierać.

* Warschau (niem.) – Warszawa.

– Jeżeli będzie umierał, to go odwiążcie – rzucił Karl-Heinz do jednego ze strażników. – Chciałbym jeszcze sobie z nim pogadać.

Miał wielką nadzieję, że zabrzmiało to przekonująco. Starał się znaleźć w sobie siłę, której od nich wymagał Himmler, ale z każdym dniem było mu coraz trudniej tu przychodzić. Reichsführer co prawda wielokrotnie mówił, że zadanie, które im przypadło, jest sprzeczne z naturą germańskiego człowieka. Himmler dobrze to rozumiał. Podkreślał jednak, że trzeba pokonać ten trud, że po prostu robią to wszystko dla dobra narodu niemieckiego. Karl-Heinz bardzo starał się w to wierzyć. Niestety przychylał się raczej do opinii dowództwa Wehrmachtu. Oni szeroko otwierali oczy, kiedy dowiadywali się, co tu się dzieje. Wojna to wojna, tortury to co innego.

– A co nasza śliczna Eva planuje dla nas przygotować? – zapytał Heiden, kiedy szli po stromych schodach na górę. Często zrzucali z nich więźniów, więc całe były oblepione krwią. – Powiem szczerze, najbardziej liczę na deser. Moja Lina zupełnie się na tym nie zna.

– Nie wiem – przyznał Karl-Heinz. – Nie zaglądam do kuchni. To domena pań.

Wyszli na podwórze. Z małych zakratowanych okien piwnicy dochodziły krzyki i błagania nowych więźniów. Jeszcze nie nauczyli się, że to nic nie da.

ROZDZIAŁ 48

Drozdy. Wtorek, 3 października 1939.
Godzina 18.45.
SS-Sturmbannführer Karl-Heinz Fischer

Karl-Heinz patrzył, jak Eva zakłada naszyjnik. Przedtem należał do jakiejś Żydówki, którą aresztowali kilka dni wcześniej. Miał tego całą masę. Jak zniknie jeden czy dwa, nikt pewnie nie zauważy.

– Dobrze? – zapytała żona, odwracając się do niego.

Nie spytała, skąd wziął te kosztowności. Ani razu.

– Pięknie. Naprawdę pięknie.

Eva wstała od toaletki. Włożyła długą zieloną suknię. Kiedyś pewnie by się nią zachwycił. Teraz żona wywoływała w nim tylko niechęć.

– A jak było w pracy? – zapytała, całując go w policzek.

– W porządku – skłamał.

Od razu po powrocie do domu z przyjemnością zrzucił śmierdzący krwią i nadpalonym ciałem mundur. Natychmiast przebrał się w czysty. Mimo to nadal miał wrażenie, że czuje odór piwnic willi Krasińskiego.

– Kazałam tej Polce wypastować twoje buty jeszcze przed kolacją. A te plamy ze spodni to nie wiem, czy się dopiorą – poinformowała Eva rzeczowo, jakby odgadła, o czym właśnie pomyślał. – Ale nie martw się, spróbujemy.

– Dziękuję.

Przez chwilę żadne z nich nic nie mówiło.

– Na pewno wszystko w porządku? – zapytała w końcu. W jej głosie słychać było czułość. Jakby naprawdę jej zależało. Nie na Rzeszy. Na nim. Przez chwilę Karla-Heinza korciło, żeby jej wszystko opowiedzieć. Najbardziej o tym, jak bardzo nienawidzi tego wszystkiego. Tych krzyków i rozpaczy. Tego smrodu. Tego spojrzenia, kiedy oni powoli umierali. Wszystkiego.

– Oczywiście.

Znowu przyglądała mu się uważnie.

– No to chodźmy. Heidenowie i Markus Adler pewnie zaraz będą.

Minęło dopiero kilka dni od przyjazdu Evy, a ona już organizowała proszoną kolację dla oficerów, którzy mieszkali w dwóch pozostałych dworach. Żona Heidena przyjechała tu niedługo po Evie i nie zdążyła jeszcze się rozpakować, ale pewnie będzie chciała się zrewanżować. Adler nie był żonaty i wszyscy wiedzieli, że ma polską kochankę. To było zabronione, ale skoro Heiden przymknął na to oko, Karl-Heinz też nie zamierzał ingerować. Miał dosyć swoich problemów.

Poszli do holu. Przy samotnym lustrze stał teraz ozdobny stolik. Eva musiała kazać go skądś wyciągnąć. Pośrodku pysznił się ceramiczny świecznik.

– Musiałaś to tu targać?! – zapytał Karl-Heinz ostro.

Eva spojrzała na niego zdziwiona. Oddychała szybko, jakby bała się, że ktoś mógł go usłyszeć.

– Przecież to Julleuchter. Prezent od Himmlera. Wielkie wyróżnienie!

– On je daje wszystkim. Nie rozumiesz? To żadne wyróżnienie.

– Co się z tobą dzieje, Karl-Heinz?! – zawołała.

Na zewnątrz dał się słyszeć warkot silnika samochodowego. Całe szczęście, nie musiał więc odpowiadać. Zostawił ją i ruszył do drzwi. Wyszedł na ganek. Siąpiła lekka mżawka. W powietrzu czuło się chłód nadchodzącej jesieni.

– No i co tam, bracie?! – zawołał jowialnie Julius Heiden.

– *Heil Hitler* – powiedziała Lina Heiden.

Żona najwyższego stopniem oficera była niezbyt urodziwa. Prawdopodobnie przekroczyła już pięćdziesiątkę. Szyję obwiesiła naszyjnikami, a we włosy wpięła ozdobny grzebyk z wielkim czerwonym kamieniem. Najwyraźniej Heiden też podbierał zarekwirowane aresztantom rzeczy.

– Ależ uroczy ten wasz dom – dodała, rozglądając się po Drozdach. – Chociaż nasz zdecydowanie większy. I te lasy wokoło, to odosobnienie i prywatność. Podobno miejscowi nazywają nasz dom Igły. Strasznie to zabawne.

Lina roześmiała się głośno. Heiden i Eva zrobili to samo. Karl-Heinz spróbował przywołać na twarz uśmiech, chociaż zupełnie nie rozumiał, co ich tak bawi.

– No i jest Markus – powiedział Heiden, pokazując serdelowatym palcem łąki. – Chłop to ma kondycję, żeby tak łazić. I tak powinno być!

Wszyscy obrócili się w tamtą stronę. Adler minął starą studnię szybkim krokiem. Mimo chłodu miał na sobie cywilne, letnie ubranie.

– Och, to przecież zupełnie nie wypada – obruszyła się Lina Heiden. Eva też nie wyglądała na zachwyconą.

– Brak szacunku dla gospodyni.

– Przestańcie się boczyć – zaśmiał się w głos Heiden.

– Chłopak pewnie munduru nie zdążył doprać. Dziś mieliśmy sporo roboty. Bo wiecie, drogie panie, próbujemy się pozbyć wstrętnych zbrodniarzy. Ale niektórzy są naprawdę uparci. Na wieśniaków ze Złocin zresztą też przyjdzie pora. Niech nie myślą, że damy im organizować jakikolwiek opór. Naród niemiecki jest absolutnie bezpieczny. Zapewniam.

– Ale co się dzieje? Co oni planują? – zapytała Eva wyraźnie zaniepokojona. – Czy moje dzieci na pewno są tu bezpieczne? Karl-Heinz, nic nie mówiłeś.

Heiden zaśmiał się głośno.

– Niech pani nie ma do męża pretensji. Proszę się absolutnie nie martwić. Poradzimy sobie z tym oczywiście. Wszystko będzie dobrze. Włos wam z głowy nie spadnie, a te szumowiny zostaną ukarane. Trzeba tylko znaleźć odpowiednią osobę i ją po prostu dobrze przycisnąć. Pani mąż jest w tym mistrzem.

Heiden poklepał Karla-Heinza po ramieniu. Eva rozpromieniła się wyraźnie dumna. Zapomniała już chyba o kłótni na temat świecznika.

– Nawet mamy upatrzone następne osoby do przesłuchania.

– To czemu od razu tego nie załatwicie? – zdziwiła się Lina Heiden. – Po co czekać?

– Nie wszystko naraz, nie wszystko naraz! – zawołał Markus Adler, podchodząc do nich. – *Heil Hitler* i uszanowanie paniom.

Obie kobiety wyraźnie rozpromieniły się na jego widok.

– No to co zjemy? – zapytał Julius Heiden, klepiąc się po wydatnym brzuchu.

– Och, moja kucharka przygotowała zupę z soczewicy z wkładką z sadła – pochwaliła się Eva. – Do tego trzy rodzaje kiełbasy. Na deser ciasto.

Heiden głośno przełknął ślinę.

– Wspaniale, wspaniale.

– Zapraszamy – powiedział Karl-Heinz, siląc się na uprzejmość.

Poprowadził ich do jadalni. Znowu odwrócił wzrok od lustra, stojącego przy wejściu. Całą swoją złość skupiał na świeczniku.

– Nieźle – pochwalił Markus Adler, rozglądając się – ale z tego mojego małego domku to jest dopiero przepiękny widok na Drewenz*.

– Będzie pan nas musiał kiedyś zaprosić – zagruchała niemal Eva.

Karl-Heinz poczuł irytację. Od dawna miał wrażenie, że miłość, która łączyła go z żoną, wypaliła się, ale tak otwarty flirt tuż pod jego nosem to była przesada. I to z niższym stopniem oficerem. Rzucił jej wściekłe spojrzenie.

– Ależ oczywiście – zapewnił tymczasem Adler spokojnie. – Jeszcze nie zdążyłem się dobrze urządzić.

– Człowieku, to kiedy to będzie?! – zawołał Heiden wesoło. – Jesteśmy tu prawie miesiąc. Dobrze mówię?

* Drewenz (niem.) – Drwęca.

Grubas zaśmiał się głośno. Inni mu zawtórowali.

Nagle Karl-Heinz zobaczył Irene. Stała w końcu korytarza. Córeczka ubrana już była w koszulę nocną.

– Przepraszam na chwilę – powiedział i ruszył do niej.

– Dlaczego jeszcze nie śpisz, kochanie?

– Miałam koszmary – poinformowała dziewczynka rzeczowym tonem. – Było dużo krwi.

Karl-Heinz zdusił chęć pójścia do jadalni i nawrzeszczenia na Evę za zabranie sześcioletniej dziewczynki do Dachau, a już na pewno za pozwalanie jej na strzelanie do Żydów. Powstrzymał się jednak. Zdecydowanie to nie był czas i miejsce na awantury. Nie przy Heidenie i Adlerze. Julius był może jowialnym grubasem, ale Markus swoje wiedział i był sprytny.

– Poza tym boli mnie brzuszek – dodała Irene. – I to bardzo.

Karl-Heinz dotknął brzucha córeczki. Zdawał się twardy i wzdęty. Spojrzał w kierunku wejścia do jadalni. Dochodziły stamtąd śmiechy rozbawionych biesiadników. A w cholerę z celebrowaniem zwycięstwa i dobrymi manierami.

– Chodź, tata zaprowadzi cię do łóżka, dobrze? – szepnął.

Irene pokiwała głową.

– A Sebastian już śpi? – zapytał, kiedy szli korytarzem.

– Ta kobieta się nim zajmuje – wyjaśniła córeczka. Pogarda dla Drozdowskiej brzmiała w jej ustach ohydnie, ale przecież nie mógł jej upomnieć. Gotowa poskarżyć się Evie.

– To dobrze – powiedział więc tylko.

Weszli do pokoju, który przeznaczyli dla córeczki. Okna wychodziły na podjazd i aleję drzew prowadzącą do dworu.

O tej porze nie było już ich oczywiście widać. Zza szyb dochodził tylko szum tańczących na wietrze gałęzi.

– Już zawsze tu będziemy mieszkali? – zapytała Irene, kiedy kładł ją do łóżka.

– Nie wiem, córeczko. Jest wojna. Tatusia mogą przenieść gdzieś indziej. Zobaczymy. – Przysiadł obok niej na łóżku. – I jak? Troszkę lepiej? Mniej boli?

Dziewczynka pokręciła głową.

– Spróbuj trochę pospać – poprosił Karl-Heinz. – Poczujesz się lepiej.

– Obiecujesz, tatusiu?

– Oczywiście, że obiecuję – powiedział, mimo że wcale nie był tego pewien.

CZĘŚĆ PIĄTA

JĘDRZEJ ŻAK

ROZDZIAŁ 49

Pod śnieżnobiałym sufitem.
Niedziela, 20 marca 2016. Godzina 7.00.
Aspirant Daniel Podgórski

Daniel otworzył oczy. Bardzo powoli. Pierwsze wrażenie:
śnieżnobiały sufit. Drugie, i to bardziej dotkliwe: kac. Nie
za bardzo wiedział, gdzie się znajduje. Leżał w jakimś
łóżku. To było akurat bezsprzeczne. Pościel zdawała się
świeża i pachnąca, co w innych okolicznościach pewnie
byłoby całkiem przyjemne.

Gdzieś w innym pomieszczeniu zegar zaczął wybijać
pełną godzinę. Zza okna dochodziły tylko nieśmiałe trele
kosów. Daniel przetarł oczy i usiadł na łóżku. Był goły.
Przynajmniej od pasa w górę. Ściągnął z siebie kołdrę.
Poniżej pasa też. Nie wróżyło to najlepiej.

Rozejrzał się po pokoju. Pomieszczenie tonęło w lekkim półmroku ponurego poranka. Z jakiegoś powodu
miejsce wydawało się znajome. Siedział przez chwilę
na łóżku, próbując zebrać myśli. Wczorajszy wieczór
pamiętał jak przez mgłę. Kaj dał mu butelkę nalewki,

potem poszli na kolację. Czy to oznacza, że nadal jest w Drozdach?

Raz jeszcze rozejrzał się po dziwnie znajomej sypialni. Zauważył swoje ubranie. Spodnie, T-shirt, bokserki, skarpetki. Wszystko to leżało złożone w elegancką kostkę na fotelu. Buty stały równo na podłodze. Sądząc po stanie, w jakim się teraz znajdował, Daniel wątpił, żeby wczorajszego wieczoru stać go było na taką skrupulatność.

Wstał i ubrał się tak szybko, jak to było obecnie możliwe. Czyli mniej więcej z prędkością ślimaka na przechadzce. Bardzo kurwa poetyckie określenie. Podszedł do okna. Odsunął firankę i zobaczył ponury budynek Drozdów.

Serce zabiło mu szybciej, kiedy nagle zrozumiał, gdzie się znajduje. Był w domku ogrodnika. W sypialni, gdzie umarła Róża. Widział ten pokój wczoraj przez okno, kiedy Kaj prowadził ich na groblę do państwa Kopp.

Drzwi sypialni otworzyły się cicho. Podgórski odwrócił się szybko. To był błąd, bo z miejsca zakręciło mu się w głowie. Przytrzymał się szafy. W progu stał uśmiechnięty od ucha do ucha Borys. Jego potężna nalana sylwetka ledwie mieściła się pomiędzy framugami.

– Obudziłeś się? – zapytał ogrodnik niemal słodko.

– Tak.

Daniel przełknął z trudem ślinę. Zdaje się, że nie miał wcale ochoty pamiętać wczorajszej nocy. Niestety powoli zaczynało do niego docierać coraz więcej faktów. Po pierwsze to, co niemal zrobił Emilii. Poczuł wstyd tak wielki, że najchętniej wypiłby wszystkie nalewki świata, żeby wróciło poprzednie otępienie.

Niestety myśli krystalizowały się dalej wbrew jego woli. Pamiętał pogoń za Cegielskimi. Strzelił... Zaraz! Daniel zaczął rozglądać się gorączkowo po pokoju. Nigdzie nie widział służbowego glocka. Na ścianie wisiał myśliwski sztucer Borysa, ale pistoletu nie było.

Kurwa. Kurwa. Kurwa. Artykuł 263 kodeksu karnego. Dokładniej paragraf 4. Mimo kaca Podgórski mógł zacytować go niemal słowo w słowo. „Kto nieumyślnie powoduje utratę broni palnej lub amunicji, która zgodnie z prawem pozostaje w jego dyspozycji...". Przerwał. Po co recytować dalej? Praktyka była mu aż za dobrze znana. Postępowanie wewnętrzne, dyscyplinarka, zawiadomienie do prokuratury, wniosek do sądu... Liczył na to, że Strzałkowska wzięła jego klamkę*. Jeżeli nie... Tej opcji nie chciał nawet brać pod uwagę. Nie teraz. Kurwa!

– Zaraz wychodzę nad stawy, ale pomyślałem, że zaproponuję ci śniadanie – powiedział Borys z kolejnym uśmiechem.

Najwyraźniej zupełnie nie zdawał sobie sprawy z gonitwy myśli, która dosłownie rozsadzała głowę policjanta. Daniel spojrzał na ogrodnika spod oka. Miał go zapytać tonem pogawędki, czy przypadkiem nie widział pistoletu? No naprawdę? Kurwa!

– Nie, dzięki – powiedział Podgórski szybko, rezygnując z tej błazenady. Trzeba spróbować bardziej subtelnie.

– Jak się tu znalazłem?

– Ale powinieneś coś zjeść – nalegał Borys zamiast odpowiedzi. Znowu uśmiechnął się przyjaźnie.

---

* Klamka (slang.) – pistolet.

– Zrobiłem jajecznicę. Mam izotoniki do uzupełnienia elektrolitów. Miód, trochę owoców. Rosołek i sok pomidorowy. Miętę, rumianek... Zdobyłem nawet sok z kiszonej kapusty.

To wyliczanie sprawiło, że Podgórski miał wielką ochotę jak najszybciej stąd spierdalać. Niebezpiecznie przypominało o skrupulatnie poskładanych ubraniach i równo ustawionych butach. A co gorsza o tym, jak znalazł się w domku ogrodnika i co stało się potem.

Cegielscy zdradzili, kto płacił im za malowanie graffiti, a potem się zmyli. Danielowi wystarczyło sił akurat na tyle, żeby doczekać, aż znikną w lesie. Potem zupełnie urwał mu się film. Przynajmniej na chwilę.

Kiedy znowu otworzył oczy, czuł się całkiem nieźle. Stała nad nim Emilia razem z Borysem. Ogrodnik zaprowadził Daniela do siebie, a Strzałkowska wróciła do Drozdów. Nic dziwnego, że nie chciała być z nim.

Jak przez mgłę pamiętał, co się działo potem. Kiedy dotarli do domku ogrodnika, Borys zaproponował, że przy takiej okazji otworzy barek. Podgórskiemu nie przyszło do głowy pytać o okazję. I tak był już najebany. Z tego, co pamiętał, mieszali wszystko ze wszystkim. Ten pomysł wydawał się wtedy doskonały. Raczej nie myślał o tym, co będzie następnego ranka.

Policjant zerknął na Borysa. Ogrodnik wydawał się świeżutki jak pieprzony skowronek. Może on w ogóle nie pił? Chyba nie. Chyba tylko nalewał i...

– Poszedłem do Szuwarów z samego rana i wziąłem wszystko od matki – wyjaśnił tymczasem Borys. Znowu się uśmiechał. – Może w to nie uwierzysz, ale jej też zdarza się czasem wypić. W każdym razie wszystko przygotowałem w kuchni. Idealne naturalne środki na kaca.

Daniel znowu przełknął ślinę z trudem.

– Nie trzeba. Naprawdę.

– Zawsze mogę jeszcze zaproponować starego dobrego klina – dodał ogrodnik.

Wyciągnął z kieszeni piersiówkę z polerowanej stali i podał ją Danielowi. Podgórski wziął ją z poczuciem przegranej.

– Radziłbym też wziąć prysznic – ciągnął zadowolony Borys. – To pomaga. No i będziesz mógł pokazać się paniom. Dam ci świeże ubranie, jak chcesz. Jesteś szczuplejszy ode mnie, ale na pewno to będzie lepsze niż przepocona bluzka.

Zaśmiał się wesoło.

– Kiedy wczoraj mówiłem, że w razie czego pomogę – dodał ogrodnik – nie sądziłem, że to będzie w ten sposób.

Podgórskiemu zrobiło się niedobrze. Zawsze kiedy pił, wpierdalał się w kłopoty. Tym razem przeszedł jednak samego siebie. Może to przez długi okres abstynencji. Przez to, że nic nie jadł przez pół dnia. Przez te wszystkie…

– Chodź, pomogę ci – zaproponował Borys.

– Trzymaj się z daleka, kurwa.

– Ej, co tak ostro? Chcę tylko pomóc.

Przez chwilę obaj milczeli.

– Słuchaj – zaczął w końcu Borys. – Mam wrażenie, że może się pomyliłem. Nie chcę naciskać. Myślałem, że jesteś zainteresowany.

– Zainteresowany? – powtórzył Daniel powoli.

Ogrodnik zaczerwienił się nieco.

– Nie będę naciskał – powtórzył. – Po prostu wydawało mi się, że wczoraj dobrze się bawiliśmy.

Podgórski szukał gorączkowo w pamięci czegoś, co tamten mógł uznać za dobrą zabawę. Morze wypitego alkoholu skutecznie okryło koniec wczorajszej nocy błogosławioną kurtyną zupełnej niepamięci.

– Dobrze się bawiliśmy?

Borys wyglądał na urażonego.

– Do niczego nie doszło, jeżeli cię to martwi.

– Ja pierdolę…

– Po prostu myślałem, że było miło – odpowiedział ogrodnik z godnością. Uśmiech zniknął z jego twarzy.

– Już mówiłem, że nie będę się narzucał. Mógłbyś po prostu być milszy. A teraz idź się wymyć, bo zwyczajnie śmierdzisz. Potem przyjdź do kuchni coś zjeść i wypić, bo będziesz miał kłopoty.

Ogrodnik wycofał się na korytarz.

– Drugie drzwi po lewej – dodał jeszcze. – Przygotowałem ręcznik. Zęby możesz umyć moją szczotką.

Daniel wyszedł na korytarz. Ściany oklejone były tapetą w delikatny kwiatowy wzorek. Na wysokości oczu wisiały oprawione w ramki zdjęcia. Przedstawiały mężczyznę i kobietę, których nie rozpoznawał.

– To Błażej i Róża – wyjaśnił Borys, widząc jego zainteresowanie. – Nie zdążyłem jeszcze zdjąć tych zdjęć. Jakoś zawsze brakuje czasu.

Dopiero teraz do Podgórskiego dotarło, że nie wiedział, jak ta dwójka wygląda. Błażej miał ciemnobrązowe włosy poprzetykane siwizną i charakterystyczne znamię na policzku. Róża była pulchną blondynką o dużych piersiach, które najwyraźniej lubiła eksponować. Wyglądali raczej jak ojciec i córka, nie jak para.

– Tu jest łazienka – poinformował Borys, wskazując drzwi.

Zmierzył Daniela krótkim spojrzeniem i podszedł do niewielkiego kredensu, stojącego nieopodal. Wyciągnął stamtąd napoczętą paczkę mentolowych papierosów.

– Jesteś niezbyt miły, ale mi ciebie szkoda – oznajmił.

– Masz…

Daniel złapał papierosy i wszedł szybko do łazienki. Chciało mu się rzygać, poza tym zdecydowanie potrzebował chwili, żeby ułożyć sobie wszystko w głowie.

– Mógłbyś chociaż podziękować – rozległo się zza drzwi.

– To chyba wiele nie kosztuje.

Podgórski poczuł, że kręci mu się w głowie. Podszedł do niewielkiego okna. Na parapecie leżała kryształowa popielniczka. Przesunął ją szybko i otworzył okno szeroko. Potrzebował choć trochę świeżego powietrza.

Przez moment zupełnie nie docierało do niego, na co patrzy. Dopiero po chwili zrozumiał, że na parapecie leżało niewielkie ciałko martwego kosa. Czarna główka była groteskowo wykręcona.

ROZDZIAŁ 50

Szuwary. Piątek, 25 czerwca 1976. Godzina 7.30.
Jędrzej Żak

Jędrzej Żak wyszedł na dwór i przeciągnął się. Wyglądało na to, że na przekór wydarzeniom ostatnich dni dzień będzie piękny. Jakoś go to nie cieszyło. Za wiele problemów miał teraz na głowie. Chociażby to, że stało się tak, jak zapowiadał Grabowski na spotkaniu rady. Wczoraj premier Jaroszewicz faktycznie wygłosił przemówienie dotyczące podwyżek. Wieczorem w „Dzienniku Telewizyjnym" była obszerna retransmisja z jego wystąpienia w sejmie.

Cała Polska zacznie z pewnością wrzeć. Złociny może nieco mniej. Głównie dlatego, że od wczoraj wszyscy byli poruszeni śmiercią Hanny. Nikt nie ośmielił się nic powiedzieć wprost, ale Jędrzej czuł na sobie ich spojrzenia. A niech sobie patrzą do woli!

Zamknął drzwi Szuwarów i ruszył w dół wzgórza w kierunku Drwęcy. Kiedyś trzeba będzie coś zrobić z tą ścieżką. Drobne kamyki sprawiały, że można było łatwo stracić równowagę. Przydałyby się większe. Jak płyty chodnikowe. Na to oczywiście trzeba by pieniędzy, których nie mieli.

Dotarł nad rzekę i przystanął przy brzegu. Przez chwilę miał nawet ochotę się wykąpać, ale woda płynęła zbyt wartkim nurtem i jakoś stracił zapał. Drwęca może i nie była szeroka, ale bywała zdradliwa. Nie miał ochoty się utopić. Jeszcze nie zgłupiał.

Spojrzał w górę zbocza na Szuwary. Dwór się rozpadał, a z jednej strony już się zawalił. Pozostałość po wojnie. Wściekał się na to. Tym bardziej że niewiele dalej stały dumne Drozdy zmienione w pracowniczy ośrodek wczasowy. A obok nich domek ogrodnika. Jego dom. Tam powinien mieszkać, a nie w tej dziurze z siostrą. Spojrzał jeszcze raz na Szuwary ze złością. Powinien być z Klementyną.

Ruszył ścieżką wzdłuż rzeki w kierunku stawów. Był u niej wczoraj wieczorem, ale oczywiście go nie wpuściła. Nawet wczoraj. Nawet w taki dzień! Przecież musiała wiedzieć, co o nim szeptano. Bądź co bądź była kiedyś jego żoną. Mogła chyba okazać chociaż trochę zrozumienia i współczucia dla jego sytuacji.

Nagle na ścieżce wyrósł Romuald Kopp. Stanął w rozkroku i skrzyżował ręce na piersi. Miał nieprzyjazną minę. To było dziwne, przecież zawsze byli w dobrej komitywie.

– Dzień dobry, Jędrek – powiedział ojciec Klementyny.

– A no dzień dobry, dzień dobry.

– Idziesz może do mojej córki?

Jędrzej wzruszył ramionami. Sam nie był pewien. Może tym razem chciał po prostu przejść się po grobli i odsapnąć po wczorajszym dniu? To i nic więcej.

Romuald podszedł do niego i położył mu rękę na ramieniu.

– Wiesz, że zawsze byłem po twojej stronie – oznajmił niemal ciepło.

– Wiem.

– To dlaczego kurwa musiałeś zrobić coś takiego?

Jędrzej nie był pewny, czy Romuald mówi o Klementynie czy Hannie.

– Takie rzeczy się zdarzają – powiedział więc na wszelki wypadek defensywnie.

Czekał, aż Romuald sprecyzuje, o co mu chodzi. Ojciec Klementyny pokiwał jednak tylko głową. Na jego twarzy malowało się skupienie.

– Powinieneś się wyspowiadać, chłopcze – powiedział poważnym tonem.

ROZDZIAŁ 51

Drozdy. Niedziela, 20 marca 2016. Godzina 7.00.
Sierżant sztabowa Emilia Strzałkowska

Emilia zapukała do pokoju Kaja zdecydowanym ruchem.
Zrobiła się siódma. Nie zamierzała dłużej czekać. Tym
bardziej że zza drzwi dochodziła delikatna melodia pozytywki. W szarym świetle dnia wydawała się znacznie
cichsza niż wczoraj w nocy.

– Czego? – rozległo się zza drzwi.

– Proszę otworzyć – rozkazała Strzałkowska.

Była rozdrażniona i zmęczona. A pieczenie zdartej
w czasie wczorajszego upadku skóry na dłoniach potęgowało irytację. Co prawda udało jej się nad ranem zasnąć,
ale trudno było uznać, że się wyspała. Gratulowała sobie
pomysłu poproszenia Borysa o pomoc. Przynajmniej nie
musiała się martwić o Daniela. Ani go oglądać, dodała
w duchu.

Przez moment nic się nie działo. Przyłożyła ucho
do drzwi, ale nie słyszała kroków. Zapukała znowu. Otworzyły się nagle i Emilia prawie wpadła do pokoju. Kaj

cały czas musiał stać w pobliżu. Zaśmiał się teraz na widok zdziwienia, które pewnie malowało się na jej twarzy.

– Czego chcesz? – warknął.

– Co z tym graffiti? – zapytała ostro. Nie miała teraz czasu na grzecznościowe formułki.

Kaj uśmiechnął się kwaśno zamiast odpowiedzi.

– Tylko nie mów, że nie masz o niczym pojęcia – rzuciła.

– Nie mam teraz głowy do kłamstw.

– Niby o czym? – powiedział, nie przestając się uśmiechać.

Na jego dziecięcej twarzy ten cyniczny grymas wyglądał dość niepokojąco. Przez chwilę Emilia miała ochotę się wycofać. Bzdury, pomyślała. Nie odpuści tak łatwo.

– Na szopie jest wymalowana kolejna szubienica i napis „Złociny = Złe czyny". Ale przecież ty o tym doskonale wiesz.

Kaj pokręcił głową i splótł ręce na piersi.

– Niby skąd mam wiedzieć? Z mojego pokoju nie widać szopy. Moje okna wychodzą na dziedziniec.

Podeszła do niego i ukucnęła, żeby jej twarz znajdowała się na wysokości jego.

– Młodzi Cegielscy wczoraj wszystko wyśpiewali, więc może już sobie darujmy udawanie.

– Cegielscy? – zaśmiał się. – Ja bym na twoim miejscu nie zadawał się z tymi typami. Ludzie mówią, że to naziści. Człowiek by pomyślał, że młodzież powinna być mądrzejsza. No ale tyle lat minęło, że łatwo się zapomina.

Emilia spojrzała na niego spod oka. Powiedział niemal dokładnie to samo co wcześniej Grabowski.

– Dlaczego im płacisz za robienie tych malowideł?

– Nikomu nie płacę – odparł spokojnie Kaj.

Brzmiało to przekonująco, ale Emilia cały czas miała przed oczami sytuację z wczorajszej nocy. Cegielscy mówili prawdę. Była tego pewna. Zwłaszcza ten mniejszy nie był chyba w nastroju do ryzykowania ewentualnego przelewu krwi. Nie, to Kaj teraz kłamał. Naprawdę im płacił.

– O jakie złe czyny chodzi? – nalegała. – Co chcesz ludziom przekazać?

Kaj zdawał się wahać. Kiedy właśnie zaczął otwierać usta, w końcu korytarza rozległy się kroki. Były doskonale słyszalne przez otwarte drzwi pokoju. Oboje odwrócili się w tamtą stronę. Helena i Romuald nadchodzili ramię w ramię. W rękach nieśli wielkanocne palemki.

– Ruszamy do kościoła – powiedział pan Kopp bez przywitania.

– Tak, tak, już jestem gotowy – potwierdził Kaj.

To by było na tyle. Emilia przeklęła w duchu. Moment szczerości minął bezpowrotnie. Była pewna, że brakowało tylko chwili, a Kaj by się przed nią otworzył. Złe czyny, powtórzyła w myślach. Co tu się wydarzyło? Chodziło o śmierć Róży? A może o zabójstwo Jędrzeja, jak wczoraj zastanawiał się Daniel? A może o coś jeszcze innego?

– Chcieliby państwo do nas dołączyć? – zapytała Helena, odwracając się do Strzałkowskiej. – Niedziela Palmowa to w naszej parafii niezwykle barwna uroczystość. Ksiądz Ignacy zawsze bardzo się stara, żeby było co pamiętać przez cały rok.

– Nie, musimy kontynuować śledztwo.

– Pan Daniel jeszcze nie wstał? – zapytał Romuald.

W jego tonie czaił się niesmak. Emilia zastanawiała się, czy wszyscy słyszeli ich wczorajszą kłótnię. Czy wiedzieli, co się stało w nocy? W Drozdach było przecież tak cicho, że to całkiem możliwe. A strzał ostrzegawczy, który Daniel oddał w lesie? Ten musiał się przecież nieść daleko. Chyba że został zagłuszony przez silny wiatr. No i bądź co bądź las był trochę oddalony od dworu. W każdym razie póki nikt nie pytał, nie zamierzała do tego nawiązywać.

– Wybrał się do domku ogrodnika – odpowiedziała Emilia.

Cóż, to była poniekąd prawda. Miała nadzieję, że nie będą wnikali. Naprawdę nie miała ochoty niczego tłumaczyć.

– Ach tak – powiedział tylko Romuald.

– W nocy ktoś namalował graffiti na państwa szopie – poinformowała ich Strzałkowska, patrząc wymownie na Kaja. Nie zareagował.

– Pewnie znowu ci Cegielscy – westchnęła Helena.

Najwyraźniej wszyscy wiedzieli, że Cegielscy robią graffiti. Nikt jednak nie podejrzewał, że tak naprawdę stoi za tym Kaj.

– To nie pierwszy raz? – zapytała Emilia.

– Niestety. Borys już nieraz usuwał te rysunki. Budynków na zapleczu to już nawet nie staramy się zamalowywać. Nie ma sensu. Skaranie boskie z tymi chłopakami. No i ta nazistowska czaszka… Tatuaż ze swastyką… Tyle tu osób zginęło podczas wojny, a oni je malują jakby nigdy nic.

Emilia znowu odwróciła się do Kaja. Odwzajemnił jej spojrzenie bez najmniejszego skrępowania. Zastanawiała się, czy powinna go zdemaskować w obecności państwa

Kopp, ale uznała, że to nie najlepszy pomysł. Jeżeli rzeczywiście choć przez chwilę gotów był z nią szczerze porozmawiać, nie mogła go zrazić do siebie.

– Ciekawe, o co chodzi z tym napisem „złe czyny"? – zagadnęła po prostu. Starała się mówić neutralnym tonem.

– Pewnie o grę słów – powiedziała Helena zmęczonym głosem. – Brzmi to podobnie do nazwy naszej miejscowości.

– Chodźmy, bo się spóźnimy – wtrącił się pan Kopp. – Ksiądz Ignacy nie będzie czekał ze święceniem palemek tylko na nas.

– Ależ oczywiście – zreflektowała się matka Klementyny. – Śniadanie zostawiłam na stole w kuchni. Przybory toaletowe są w łazience na korytarzu, gdyby trzeba było. W szafce pod umywalką. Przed wyjściem proszę zamknąć dwór. Tu jest klucz. Niech go pani schowa potem pod wycieraczką.

Helena wręczyła policjantce pokryty śniedzią kluczyk.

– Chodźmy – ponaglił Romuald i pociągnął Helenę za sobą.

Kaj wypchnął Emilię z powrotem na korytarz. Jak na swój wzrost i rzekome niedomagania był niespodziewanie silny. Zamknął drzwi na klucz. Odwrócił się i spojrzał policjantce prosto w oczy.

– Hanna – szepnął tylko, po czym podążył za rodzicami Klementyny.

Strzałkowska patrzyła za nim zaskoczona. Tuż przed zakrętem korytarza Kaj odwrócił się. Na jego twarzy malował się złośliwy uśmiech.

ROZDZIAŁ 52

Złociny. Piątek, 25 czerwca 1976. Godzina 9.00.
Jędrzej Żak

Jędrzej sam nie wierzył, że to robi. A jednak szedł przez Złociny w kierunku kościoła. Nie spowiadał się od lat, ale w głosie Romualda było coś takiego, że nie widział innej opcji. Zresztą gdzieś głęboko naprawdę czuł się winny. Może jednak potraktował Klementynę zbyt ostro? Sam nie wiedział, dlaczego tak się zdenerwował i ją pchnął. To się po prostu stało.

Wszedł przez drewnianą furteczkę na teren plebanii. Pani Aniela bardzo dbała o skromny ogródek. Wszędzie pełno było kwiatów. Ich zapach oszałamiał. Wśród róż latały pszczoły. Ich bzyczenie zdawało się wprawiać powietrze w delikatne drgania.

– Dzień dobry – rzucił Jędrzej do gospodyni, która pracowała przy jednej z grządek. Aniela skinęła mu głową ze smutkiem. – Cześć, Błażej.

Kuzyn Klementyny pomagał matce w pieleniu. Na ramieniu miał tego swojego tresowanego kosa.

– Cześć – odpowiedział Błażej. W głosie chłopaka był pewien chłód.

Oni też? Jędrzej poczuł narastającą irytację. Przecież był tu w środę po wizycie u Hanny. Powinni doskonale wiedzieć, że nie zrobił nic złego!

– Ksiądz Ignacy u siebie?

– Modli się w kościele – poinformowała Aniela.

Uśmiechnęła się delikatnie, ale i u niej zauważył pewną sztywność. Czy teraz już wszyscy w Złocinach będą Jędrzeja tak traktować? Z przestrachem? Szacunkiem podszytym lękiem? Gorzej niż nożownika?

– Dzięki.

Kościół był niewielkim, śnieżnobiałym budynkiem. Jego ściany błyszczały w promieniach letniego słońca i raziły tak, że aż trudno było patrzeć. Przez chwilę Jędrzej miał irracjonalną ochotę, żeby zawrócić. To byłoby zupełnie bez sensu, uznał w duchu, skoro przeszedł tu całą drogę z Szuwarów. Może spowiedź naprawdę pomoże? Przecież żałował tego, co zrobił.

Otworzył drewniane drzwi. Nawet nie skrzypnęły. Ksiądz Ignacy musiał je naoliwić. W środku było przyjemnie chłodno. Prawdziwa ulga po skwarze, jaki panował na zewnątrz. Jędrzej rozejrzał się po świątyni. Dostrzegł księdza dopiero po chwili. Ignacy przycupnął z boku na ławeczce.

Jędrzej przeżegnał się i ruszył do niego. Jego kroki były wyraźnie słyszalne, ale ksiądz nie podniósł głowy.

– Niech będzie pochwalony Jezus Chrystus – powiedział Żak na przywitanie. Nie doczekał się żadnej odpowiedzi. Ignacy nadal zdawał się pogrążony w modlitwie. – Czy ksiądz mógłby mnie wyspowiadać?

Dopiero na te słowa kapłan uniósł głowę. Włosy na skroniach miał siwe. Wyglądały jak przysypane nierówno mąką. Poklepał dłonią miejsce obok siebie zapraszającym gestem. Jędrzej przysiadł na drewnianej ławeczce.

– Rozmawiałem z Grabowskim – powiedział bardzo cicho ksiądz Ignacy. – Już pozbył się tej broni. Dziś będzie rozmawiał z ludźmi u siebie. Bardzo się cieszę, że zdecydowałeś się przyjść. W ten sposób przeprosisz się z Panem Bogiem i możemy zamknąć tę sprawę.

– Ja nic Hannie nie zrobiłem – powiedział po raz nie wiadomo który Jędrzej. – Już przecież wczoraj mówiłem. I księdzu, i Grabowskiemu. Przyszedłem tu z powodu mojej winy wobec Klementyny i jej dziecka.

Jędrzej jakoś nie mógł zdobyć się na to, żeby powiedzieć „naszego".

Ignacy przetarł twarz ręką. Na jego czole perliły się kropelki potu, mimo że w kościele było przecież chłodno.

– Ja wiem, że to naprawdę niełatwe – powiedział ksiądz jakby do siebie. – Ale zrobiłeś to dla nas wszystkich. Tylko… nie trzeba było aż tak daleko się posuwać.

Jędrzej miał ochotę wstać z twardej drewnianej ławki i wyjść.

– Kiedy ja naprawdę tego nie zrobiłem. Cholera no!

– Nie wyrażaj się tak w Domu Bożym – upomniał ksiądz. – Zacznij od modlitwy.

– Niby za kogo mam się modlić?

– Za siebie. I o to, żeby Bóg pomógł ci odczuć skruchę. Bez skruchy nie ma odkupienia. Ja sam się teraz o to modlę, bo czuję, że wszyscy zbłądziliśmy. Zawładnęła nami jakaś złudna nadzieja. Podszepty szatana. Powinienem był bardziej postarać się u biskupa. Zawierzyć modlitwie. Na początek sam z Hanną po dobroci pomówić, a nie... Ja powinienem był wiedzieć, że to może tak się skończyć. Dlaczego się na to zgodziłem? Będę za to pokutował do końca życia.

– Chyba powinno w takim razie księdza pocieszyć, że ja naprawdę jej nie zabiłem.

– Za ciebie również będę się modlił – szepnął ksiądz.

ROZDZIAŁ 53

Złociny. Niedziela, 20 marca 2016. Godzina 8.00.
Weronika Nowakowska

Weronika jechała przez Złociny z niemałym trudem. Tym razem, mimo wczesnej pory, na brukowanych uliczkach roiło się od odświętnie ubranych mieszkańców. Wszyscy nieśli mniejsze lub większe palemki, więc zapewne zmierzali do kościoła na celebrację Niedzieli Palmowej.

Zatrąbiła, próbując utorować sobie drogę. Przechodnie w najmniejszym stopniu nie przejmowali się nadjeżdżającym samochodem. Weronika musiała zwolnić maksymalnie i cierpliwie posuwać się żółwim tempem. Całe szczęście przyjechała swoim starym dżipem. Gdyby w tych warunkach miała prowadzić samochód Daniela, najpewniej zrobiłaby krzywdę albo sobie, albo przechodniom.

Tłum przerzedził się dopiero, kiedy minęła rynek i zjechała na gościniec prowadzący przez nagie jeszcze pola do Drozdów i Szuwarów. Na rozstaju dróg, przy wielkim głazie narzutowym, napotkała państwa Kopp i Kaja.

Zatrzymała się i uchyliła okna, żeby się przywitać.

– Może podwiozę do kościoła? – zaproponowała.

Szczerze mówiąc, nie miała większej ochoty na wyświadczanie takiej przysługi. Po pierwsze, nie uśmiechało jej się ponowne lawirowanie pośród tłumów wiernych. Po drugie, chciała porozmawiać o książce Walerii z Danielem i Emilią. Weronika nie była pewna, czy jej odkrycie na temat *Domu czwartego* ma jakikolwiek związek ze zniknięciem Klementyny, ale zawsze był to jakiś punkt zaczepienia.

– Nie trzeba. To nasza tradycja – wyjaśniła Helena. – Co roku chodzimy pieszo.

– To żaden problem – zapewniła raz jeszcze dla porządku Weronika.

– Nie trzeba – uciął Romuald i pociągnął pozostałą dwójkę za sobą.

– Pani przyjaciele są w Drozdach – rzuciła jeszcze Helena, odwracając się.

– Klementyna się nie pojawiła?

– Nie…

Nowakowska skinęła głową. Zamknęła okno i pojechała dalej, co jakiś czas zerkając we wsteczne lusterko, dopóki trójka wędrowców nie zniknęła za zakrętem drogi. Przejechała przez aleję drzew i zaparkowała na podjeździe przed hotelem. Niebo zasnute było ciężkimi chmurami i stary dwór wyglądał jeszcze bardziej ponuro niż wczoraj.

Emilia stała na ganku. Przewiesiła przez ramię plecak Daniela, ale Podgórskiego nigdzie nie było widać.

– Cześć – rzuciła Weronika, wysiadając z samochodu.

– Cześć.

Strzałkowska miała podkrążone oczy i wyglądała na zmęczoną.

– Ciężka noc?

– Nawet sobie nie wyobrażasz – odparła Emilia dość opryskliwie. Poprawiła włosy i Weronika zauważyła, że skórę na lewej dłoni ma obtartą.

– Gdzie Daniel?

Policjantka wzruszyła ramionami. Stały przez chwilę w pełnej napięcia ciszy.

– Coś się stało? – zapytała Nowakowska ostrożnie.

Policjantka odwróciła się, unikając jej wzroku.

– Trzeba będzie sprawdzić studnię – mruknęła. – Borys znalazł tam breloczek, który mógł należeć do Klementyny.

– Wezwaliście ludzi z komendy?

– Na razie jest obłożenie. Przyjadą dopiero, kiedy będziemy mieli coś więcej.

Skrzypnęły drzwi w domku ogrodnika. Obie spojrzały w tamtą stronę. W progu pojawił się Borys. Pozdrowił je krótkim machnięciem i ruszył w kierunku stawów. Za nim na dwór wyszedł Daniel. Nie miał na sobie kurtki, tylko ten swój czarny T-shirt. Poszedł na przełaj przez trawnik w kierunku Drozdów. Szedł lekko przygarbiony i skupiony na drodze przed sobą. Przystanął, kiedy mijał studnię. Zajrzał do środka z wyrazem rezygnacji na twarzy. Już z tej odległości Weronika widziała, że jest niezdrowo blady, a pod oczami ma czarne cienie. Wzdrygnęła się. Kilkakrotnie miała okazję się przekonać, co to oznacza.

– Pił? – zapytała cicho.

Strzałkowska nie odpowiedziała. Spojrzała w ziemię i kopnęła jakiś mały kamyk.

– Cholera, Emilia, co tu się stało?

– Zapytaj swojego Danielka.

Obie przeniosły wzrok w stronę zbliżającego się policjanta. Weronika poczuła gniew. Nie była pewna, czy bardziej na niego, czy na siebie. Przecież wczoraj podejrzewała, że coś może się zdarzyć. Widziała to w jego oczach. Powinna była jakoś zareagować.

– Soki ci się znudziły? – rzuciła zaczepnie, kiedy do nich podszedł.

– Gdzie mój samochód? – zapytał. Głos miał zachrypnięty. Zapewne z przepicia albo od nadmiaru palenia. Na jedno wychodziło.

– Wolałam przyjechać swoim.

Emilia rzuciła Podgórskiemu plecak.

– W środku jest kurtka – poinformowała z wyraźną niechęcią. – Wszyscy poszli do kościoła. Kazali mi zamknąć dwór. Dlatego wzięłam twoje rzeczy.

Daniel otworzył szybko plecak. Wyciągnął kurtkę, ale najwyraźniej szukał czegoś jeszcze. Emilia przewróciła oczami.

– Klamkę też masz w środku.

– Dzięki – w głosie Daniela słychać było wyraźną ulgę. Włożył kurtkę i zawiesił plecak na ramieniu. Kaburę z bronią przyczepił do paska.

– Możecie mi powiedzieć, co tu się do cholery stało? – nie wytrzymała Weronika.

– Mieliśmy w nocy trochę przygód, co, Daniel? – burknęła Strzałkowska.

Podgórski rzucił policjantce trudne do zinterpretowania spojrzenie.

– Emilia, przepraszam, że trochę mnie poniosło – powiedział w końcu. – Ale chyba każde z nas ma prawo przeżywać żałobę inaczej, prawda?

– Nawet nie zaczynaj – odparowała policjantka.

– Przeprosiłem cię. Co jeszcze mam zrobić? – zapytał lodowatym tonem Daniel.

Weronika patrzyła to na jedno, to na drugie, ale żadne z nich nie kwapiło się do wyjaśnienia czegokolwiek. Postanowiła nie pytać. Być może w swoim czasie któreś jej to wytłumaczy. Sądząc z zachowania Podgórskiego, prawdopodobnie to on zrobił coś głupiego. Doskonale wiedziała, do czego był zdolny, kiedy wypił. Swojego czasu przekonała się o tym na własnej skórze.

– Może powinniśmy skupić się na razie na zrozumieniu, co mogło spotkać Klementynę? – dodał Daniel. – Nie sądzicie? Możecie mnie nienawidzić później. Obie. Droga wolna.

Wyciągnął z kieszeni pomiętą paczkę mentoli. Włożył papierosa do ust, ale nie zapalił. Zapadło milczenie. Nawet wiatr zupełnie ucichł i ciszę przerwała tylko nieśmiała piosenka ukrytego w krzakach kosa.

– Jest trochę nowości – zaczął Podgórski w końcu, odwracając się do Weroniki. – Po pierwsze, Borys znalazł wieczorem breloczek z napisem „Skoda". Tam koło studni.

– Emilia mi wspominała.

– Cybulski leci w chuja. Powinien był wysłać ludzi w nocy. Kurwa, mogłem po prostu zadzwonić do dyżurnego. Zamiast uderzać z tym do niego.

– Zadzwonisz do niego jeszcze raz?

Policjant pokręcił głową.

– Nie. Muszę mieć coś więcej. Sama wiesz, że Wiktor jest ostatnio ostrożny. Chłopaki z plutonu dali mi znać o jednej sprawie i też nie chciał tego rozwijać... Ale nie

odpuszczę, jak znajdziemy Klementynę, to do tego wrócę. W każdym razie w nocy mieliśmy spotkanie z braćmi
Cegielskimi. To oni rysują graffiti, ale twierdzą, że Kaj im
za to płaci. Myślę, że możemy od tego zacząć.

– Rozmawiałam z nim rano przez chwilę – odezwała
się Emilia.

– I? – zapytał Daniel.

– Zapytałam go, o co chodzi z tymi złymi czynami. Nie
był zbyt chętny do mówienia, chociaż w pewnym momencie
miałam wrażenie, że się otworzy. W końcu powiedział
tylko: „Hanna".

– Hanna? – zdziwił się Podgórski.

Przysiadł na ganku. Przyszło mu to z pewnym trudem.
Wyglądało na to, że naprawdę kiepsko się czuje.

– Lepiej tam nie siadaj – mruknęła Emilia. – Chcesz
dostać...

– Nic więcej nie powiedział? – uciął Daniel, nie po-
zwalając Strzałkowskiej skończyć pytania.

– „Hanna". Tylko tyle. Nie mam pojęcia, co chodzi. To
imię pojawia się po raz pierwszy. Macie jakieś pomysły?

– Hanna – powtórzyła Weronika w zamyśleniu. – To
prawie jak Anna. Jesteś pewna, że nie powiedział „Anna"?

Strzałkowska i Podgórski spojrzeli na nią zdziwieni.

– Dlaczego Anna? – zapytała policjantka.

– Anna Linde to bohaterka powieści Walerii Żak – wyjaśniła Weronika. – Mówię o *Domu czwartym*. Książka została
w samochodzie, więc wczoraj wieczorem ją przejrzałam.

– Rzeczywiście są analogie do śmierci Róży, jak twierdzi
Grabowski? – zapytał Daniel, zaciągając się papierosem.
Zakaszlał przy tym głośno.

– W tym tempie niedługo się wykończysz, stary – rzuciła Emilia. – Gratuluję.

– Nie rozumiem, skąd ten sarkazm – odpowiedział Daniel. – Chyba powinno cię to cieszyć. Bo chyba mnie kurwa niezbyt lubisz, czy się mylę?

Weronika odchrząknęła, żeby zwrócić na siebie ich uwagę.

– A wracając do książki – powiedziała z naciskiem. – Dowiedziałam się, że są dwa wydania.

– Co z tego? – rzuciła Emilia gniewnie. – Jaki to ma związek z czymkolwiek?

– Taki, że Waleria zmieniła zakończenie. W wydaniu poprawionym końcówka faktycznie przypomina historię Róży. Mamy morderstwo z zazdrości. Strzał w głowę i tak dalej.

– Czyli Grabowski miał jednak trochę racji.

– Tylko że on upierał się, że podejrzane jest to, że Waleria tak szybko wydała książkę. Tuż po śmierci Róży. Skąd mogła znać przebieg morderstwa, jeżeli sama go nie zaplanowała, i tak dalej. Z tym że w pierwszym wydaniu zakończenie było inne. To drugie zostało dopisane później.

– To zmienia trochę postać rzeczy – powiedział Daniel. Zgasił do połowy wypalonego papierosa i zakaszlał znowu. – Jakie było to pierwsze zakończenie?

– Anna Linde zostaje zamordowana przez nieznanego sprawcę, który usiłuje się dowiedzieć, który z domów jest czwarty.

– Który z domów jest czwarty? Co to może oznaczać? – zdziwiła się Strzałkowska.

– Nie wiem – przyznała Weronika. – W drugim wydaniu dom, w którym mieszkała Anna Linde, miał po prostu numer cztery. Pamiętacie, że Grabowski z kolei uważał to za odniesienie do domku ogrodnika, jako czwartego z dworów. W pierwotnym zakończeniu adres Anny nie był podany. Natomiast na koniec padło takie właśnie pytanie: „Który z domów jest czwarty?".

– Ciekawe, czemu zmieniła zakończenie – zastanawiał się Daniel.

Podniósł się powoli i Weronika zauważyła, że ma coś w tylnej kieszeni spodni. Szybko zasłonił się kurtką.

– Rozmawiałam z mamą – powiedziała. – Podobno czytelniczki uważały je za mało romantyczne. Mnie się podobało zdecydowanie bardziej niż to z drugiego wydania.

Podgórski spojrzał na pyszniące się na wzgórzu Szuwary.

– Ciekawe, czemu Waleria nie wspomniała wczoraj o zmianie zakończenia – powiedział. – Przecież wściekała się na oskarżenia Grabowskiego. Wystarczyło powiedzieć, że początkowo zakończenie było zupełnie inne.

– No może niezupełnie inne – uściśliła Weronika – ale faktycznie na pewno to drugie jest zdecydowanie bardziej podobne do historii Róży. No i jeszcze jedno. Cała historia Anny Linde rozgrywa się podczas drugiej wojny światowej. Anna zakochuje się w niemieckim oficerze. Potem czeka na niego przez trzydzieści lat. Aż do tysiąc dziewięćset siedemdziesiątego szóstego roku.

– Wtedy umarł Jędrzej – zauważyła Emilia.

– Do tego właśnie zmierzam.

– Jak mówiłem wczoraj, myślę, że warto się sprawie Jędrzeja dokładniej przyjrzeć – stwierdził Podgórski. – Może to właśnie od jego śmierci, a nie Róży, się wszystko zaczęło.

– Chodzi ci o oskarżenia Żaków? – zapytała Weronika.

– Że Klementyna zabiła swojego męża w siedemdziesiątym szóstym?

– Mniej więcej. Uważam, że powinniśmy skupić się na osobach, które tu wtedy żyły i były jakoś związane z Klementyną i Jędrzejem. Czyli Grabowski, Kaj i Waleria. Zauważcie, że Grabowski i Kaj wszystkiego się wypierali już wczoraj. Nie sądzę, żeby zmienili nagle zdanie. Dlatego myślę, że powinniśmy bardziej przycisnąć Walerię. Przy okazji będzie też można popytać ją o ten *Dom czwarty*.

Znowu zerwał się wiatr. Weronika zadrżała.

– A podobno zaczyna się astronomiczna wiosna – mruknęła.

– No i jeszcze jedno – dodał Podgórski. – Ktoś znowu podrzucił martwego ptaka pod dom ogrodnika.

Weronika i Emilia spojrzały na niego.

– Dlatego tam poszedłeś? – zapytała Nowakowska.

– Leżał na parapecie w łazience – powiedział Daniel zamiast odpowiedzi.

– W takim razie trzeba też pogadać z Nadzieją – odezwała się Strzałkowska. – Podobno to ona prześladowała w ten sposób Różę.

– Po co miałaby podrzucać tego ptaka własnemu bratu? – zapytała Weronika. Ogarnęła ją wściekłość. Nienawidziła bezsensownej przemocy wobec zwierząt.

– Ten Borys też mi się nie podoba – powiedział Daniel. Przez chwilę wyglądało, jakby chciał coś dodać, ale się powstrzymał.

– Rozwiniesz myśl?

Podgórski spojrzał na Weronikę przelotnie.

– Nie wiem. To tylko takie przeczucie – wykręcił się szybko.

– Chodzi ci o to, że był kochankiem Róży? – zapytała Emilia.

– Nie wydaje mi się, żeby był nią zainteresowany.

– W jakim sensie?

– Damsko-męskim. A w jakim?

– Przecież z jej zdrady miała wyniknąć cała afera – powiedziała Strzałkowska.

Daniel wzruszył ramionami.

– Skoro przyjmujemy, że Błażej jest niewinny, to nie chodziło o zdradę Róży. O co konkretnie, musimy dopiero ustalić.

Przez chwilę milczeli. Ukryty w krzakach kos znowu zaśpiewał melodyjnie.

– Ten martwy ptak na parapecie w łazience – powiedziała Nowakowska w zamyśleniu. – A jeżeli to jakiś symbol? Jeżeli wszystko zaczyna się od nowa? I jeżeli nasz przyjazd zdenerwował mordercę jeszcze bardziej niż pojawienie się Klementyny i…

Nie dokończyła.

– Uważasz, że ktoś jeszcze zginie? – zapytała Strzałkowska. – Nie wiemy nawet, co się stało z Klementyną.

Weronika wsłuchiwała się w piosenkę kosa w skupieniu.

– Nie wiem, co się stanie, ale boję się, że kogoś naprawdę zdenerwowaliśmy – szepnęła tylko.

ROZDZIAŁ 54

Złociny. Piątek, 25 czerwca 1976. Godzina 10.00.
Jędrzej Żak

Jędrzej wyszedł z kościoła i popędził przez ogródek plebanii jak oparzony. Nie pożegnał się nawet z panią Anielą i z Błażejem. Wypadł na ulicę. Wszędzie roiło się teraz od ludzi. Niektórzy rzucali mu ukradkowe, ale pełne uznania spojrzenia. Zapragnął nagle znaleźć się jak najdalej od Złocin i od tego wszystkiego. A już na pewno od tych porozumiewawczych zerkań.

Ruszył razem z tłumem w kierunku rynku. Nie miał wyjścia, jeżeli chciał wrócić do domu. To znaczy mógł oczywiście obejść całe miasteczko, ale ogarnęło go takie zmęczenie, że to wydawało mu się jeszcze gorszym pomysłem.

Kiedy mijał pomnik na rynku, pożałował swojego lenistwa. Tu było jeszcze więcej ludzi. Stali w długiej kolejce do sklepu. Na aptekę „U Dawida" nawet nie spojrzeli. Jak to możliwe, że sklep został otwarty, skoro Hanna nie żyła, przebiegło mu przez myśl.

Nagle ktoś pociągnął go za ramię. Odwrócił się szybko.

– No jesteś! – powiedziała Waleria. Ogarnęła go ulga, że to tylko siostra. – Grabowski kazał Cegielskim otworzyć sklep. Tylko oni nie brzydzą się dotykać rzeczy Hanny. Wszyscy wiedzą, jakie mają poglądy.

Waleria zaśmiała się lekko jakby nigdy nic. Jędrzej miał ochotę uderzyć ją w twarz.

– Przestań – mruknął zamiast tego.

– Co jesteś taki spięty?

– A ty co taka zadowolona? Nie rozumiesz, co tu się stało?

Jędrzej pokazał w stronę sklepu.

– Doskonale rozumiem. Załatwiłeś ją.

– Może tak trochę ciszej? – syknął Jędrzej, rozglądając się wokoło.

Waleria uśmiechnęła się szeroko i uniosła dumnie głowę.

– Przecież wszyscy wiedzą. I wiesz co? Nikomu to nie przeszkadza. Hannie należała się śmierć! Wszyscy się co do tego zgadzają. Nie martw się. Nikt cię nie wyda.

Jędrzej pokręcił z niedowierzaniem głową.

– Chodźmy do domu.

– Nigdzie nie idę – powiedziała Waleria. – Podobno podwyżki mają być nawet do siedemdziesięciu procent. Cegielscy sprzedają bodaj po starych cenach. Ludzie w kolejce szepczą, że oni jutro rano pojadą do Brodnicy i może im się uda coś ugadać u znajomych, którzy tam prowadzą sklep. Trzeba robić zapasy.

Jędrzej machnął ręką na ten potok słów. Podwyżki go teraz nie obchodziły. Co gorsza, w ich stronę zmierzał Grabowski. Milicjant prowadził pod rękę swoją żonę.

Zośka uśmiechała się pogodnie. Zawsze miała taką minę. Jak idiotka. W sumie nic dziwnego, że hycel uganiał się za Klementyną. W Złocinach nie było ładniejszej dziewczyny niż ona.

– Dzień dobry! – zawołała Zośka na ich widok. Miała lekkiego zeza i trudno było stwierdzić, czy patrzy teraz na niego, czy na Walerię.

– Dzień dobry – odparł Jędrzej chłodno.

Miał ochotę zerwać Zośce z twarzy ten sztuczny uśmiech. Można by pomyśleć, że Grabowscy i Żakowie są najbliższymi i najserdeczniejszymi znajomymi. A przecież musiała wiedzieć, że jej mężulek nadal widuje się z Klementyną.

– Dobry – rzuciła tylko Waleria zjadliwie.

Siostra nienawidziła Grabowskiego od lat. Uważała, że jest największym wrogiem Jędrzeja. Nie zamierzał wyprowadzać jej z błędu. Musiałby się wtedy przyznać do wszystkiego, co zrobił dla tego komucha.

Grabowski skinął głową.

– Zakupy? – zagadnął.

– Owszem – odparła Waleria. – A pan to nie powinien szukać tego nożownika, co to grasuje po okolicy? Zamiast tak sobie z żoną spacerować? Macie zamiar go w końcu złapać? Całe Złociny żyją w strachu, że i u nas kogoś napadnie. Tylko czekać. Z jednym człowiekiem sobie nie mogą poradzić. A niby tacy silni.

Podniosła głos na tyle, że ludzie dookoła mogli ją doskonale słyszeć. Kilka osób pokiwało dyskretnie głowami i rzuciło niezadowolone spojrzenia Grabowskiemu.

– Proszę mi wierzyć, Walerio, że niedługo go dorwiemy – zapewnił milicjant.

– Och, proszę wybaczyć, ale jakoś nie chce mi się w to wierzyć – nie ustępowała siostra.

– Zresztą śmiem twierdzić, że to pani braciszek jest teraz głównym tematem rozmów – syknął Grabowski, zniżając głos do szeptu. – Chodźmy na bok.

Grabowski pociągnął Jędrzeja za sobą. Waleria i Zośka chciały pójść z nimi, ale milicjant powstrzymał je ruchem ręki.

– To zajmie tylko chwilę – powiedział ostro.

– Widziała pani te piękne róże w ogrodzie na plebanii? – mówiła Zośka do Walerii, kiedy mężczyźni odchodzili. – Jeżeli kiedyś będę miała córkę, nazwę ją Róża. Te kwiatowe imiona są takie piękne.

Jędrzej nie usłyszał więcej, bo Grabowski pchnął go w boczną uliczkę.

– Nieźle narozrabiałeś – warknął milicjant, kiedy znaleźli się poza zasięgiem słuchu ludzi na rynku.

– Chyba bardziej ci twoi ulubieńcy z KC. Będziemy głodowali!

– Przestań pieprzyć bzdury, człowieku. Skup się. Raczej powinieneś się cieszyć, że to wszystko się dzieje. Milicja i tak ma nadmiar roboty z niezadowolonym motłochem. A my tu jeszcze mamy tego szaleńca z nożem. Gadałem z przełożonym. Zamknę sprawę Hanny i do widzenia. Broni już się pozbyłem. Możesz spać spokojnie, chujku.

Jędrzej splunął Grabowskiemu pod nogi. Wolałby w twarz, ale się nie odważył.

ROZDZIAŁ 55

Szuwary. Niedziela, 20 marca 2016. Godzina 8.40.
Aspirant Daniel Podgórski

Wspięcie się na wzgórze do Szuwarów zdawało się teraz zupełną niemożliwością. Strzałkowska i Nowakowska poszły przodem. Daniel nie starał się nawet ich dogonić, chociaż o dziwo czuł się nieco lepiej niż z samego rana. Może to te specyfiki Borysa, a może po prostu stalowa piersiówka w tylnej kieszeni spodni. Lek na zapomnienie w zasięgu dłoni. Ta myśl była uspokajająca.

Kiedy dotarł na szczyt, Weronika i Emilia stały już na ganku Szuwarów w towarzystwie Walerii, Nadziei i Oskara. Wyglądało na to, że rodzina Żaków wybiera się na spacer, a nie do kościoła, jak państwo Kopp i Kaj. Kobiety ubrane były w dobrej jakości ortalionowe dresy i buty do trekkingu. Oskar włożył długie, ciemnozielone kalosze i kurtkę moro. Wyglądał jak młody myśliwy.

– O co chodzi? – mówiła właśnie Nadzieja. Chyba od wczoraj złość jej nie minęła. Na wszelki wypadek objęła syna obronnym gestem. – Będą nas państwo nękać z samego rana?!

Daniel podszedł do nich i natychmiast został uraczony zniesmaczonym spojrzeniem żony Błażeja. Waleria też spojrzała na niego spod oka. Bez mocnego makijażu i natapirowanych włosów nie przypominała już demonicznej bohaterki oper mydlanych.

– O co chodzi? – powtórzyła za córką. – Wczoraj skończyłam pisać powieść. Z tej okazji zawsze wybieramy się następnego dnia na wspólny spacer. Bardzo nam zależy, żeby w spokoju celebrować ten moment.

– To tylko kilka pytań – poinformował Daniel.

– Przecież już wczoraj rozmawialiśmy – wtrąciła się Nadzieja.

– Dlaczego podrzuciła pani bratu martwego kosa?

– Ja? Borysowi? Chyba pan żartuje. Nic takiego nie zrobiłam.

Podgórski nawet nie zaszczycił jej spojrzeniem. Właściwie nie spodziewał się innej odpowiedzi. Był zły na siebie, że nie poczekał z tym pytaniem do jakiegoś bardziej odpowiedniego momentu.

– Głównie to chodzi o pani brata – wyjaśnił, odwracając się do Walerii.

– O Jędrzeja? – zdziwiła się pisarka. – To już nie szukacie Klementyny?

Wymówiła imię komisarz Kopp, jakby było jej wyjątkowo wstrętne.

– Mieliśmy właśnie wyjść – piekliła się Nadzieja.

– To nie zajmie zbyt długo – zapewniła Emilia.

Nadzieja chciała coś powiedzieć, ale Waleria położyła jej rękę na ramieniu w uspokajającym geście.

– Mogą się państwo z nami przejść i wtedy porozmawiamy – powiedziała i odwróciła się do Nadziei. – Musimy to zrobić dla Jędrzeja, córeczko. Twój wuj nigdy nie doczekał się sprawiedliwości. Klementyna już od dawna powinna gnić w więzieniu, a nie pracować w policji.

Nadzieja zrobiła niezadowoloną minę, ale nic nie powiedziała.

– Chciałyśmy pójść wzdłuż rzeki na południe – wyjaśniła Waleria – ale równie dobrze możemy pójść w drugą stronę, do mostu. Pokażę państwu, gdzie znaleziono ciało Jędrzeja.

– Świetnie – zgodził się Daniel, chociaż w obecnym stanie jakakolwiek wędrówka była ostatnią rzeczą, na jaką miał ochotę.

Waleria zamknęła drzwi i ruszyli w dół zbocza tą samą wyłożoną kamieniami ścieżką co wczoraj. Mimo że pogoda niezbyt dopisywała, Podgórski miał wrażenie, że przez noc zrobiło się bardziej zielono, pąki były jakby odrobinę większe, a trawa stała się żywsza.

– Czytałam wczoraj pani książkę – zagadnęła Weronika.
– *Dom czwarty*.

– Naprawdę? – zapytała Waleria nieco podejrzliwie.
– A myślałam, że to miał być prezent dla pani mamy.

– Będzie – zapewniła Nowakowska.

– Podobała się pani powieść?

– Muszę powiedzieć, że bardzo.

– Dziękuję – rozpromieniła się pisarka. Tym razem wyglądała na autentycznie zadowoloną z komplementu.

– Zastanawiałam się tylko, dlaczego zmieniła pani zakończenie?

Waleria nie odpowiedziała od razu. Daniel spojrzał na nią, żeby ocenić reakcję. O mało się przy tym nie potknął na jakimś kamieniu. Poczuł nieprzyjemny ból w całym ciele, kiedy usiłował złapać równowagę. Piersiówka Borysa wysunęła się z kieszeni spodni i z głuchym trzaskiem upadła na kamienną ścieżkę. Daniel podniósł ją szybko i wrzucił do plecaka. Kobiety zmierzyły go karcącym spojrzeniem, jakby nagle zjednoczone wspólnym frontem. Nawet Waleria, która według Borysa nie stroniła od kieliszka. Tylko Oskar uśmiechnął się uprzejmie.

– Wszystko w porządku? – zapytał grzecznie.

– Yhm. Dzięki – zapewnił Podgórski. Nie miał najmniejszego zamiaru z niczego się tłumaczyć.

– Pięknie – mruknęła Strzałkowska.

Daniel ją zignorował.

– To co z tym zakończeniem książki? – zapytał pisarkę. – Dlaczego je pani zmieniła?

– Moim czytelniczkom niezbyt się podobało pierwsze – stwierdziła Waleria.

– Proszę mi wybaczyć, ale mnie przypadło do gustu bardziej to pierwsze – powiedziała Weronika.

– Cóż, nie wszystkich da się zadowolić – odparła cierpko tym razem pisarka.

Dotarli do grobli biegnącej wzdłuż Drwęcy. Zerwał się lekki wiatr. Zarośla porastające brzegi rzeki kołysały się, miarowo szeleszcząc. Kac sprawił, że Daniel miał wielką ochotę uciszyć cały świat. Szkoda, że jeszcze nie wynaleziono takiego pilota.

– Skoro już mówimy o pierwotnym zakończeniu, przyznam, że nie do końca zrozumiałam, o co chodzi z tym domem czwartym – mówiła dalej Nowakowska. – Chodzi o to pytanie, które zadaje Annie tajemniczy mężczyzna. Ten, który ją zabija. Pamięta pani?

– Oczywiście, że tak. Przecież to napisałam.

– „Który to dom czwarty?" – powtórzyła mimo to Weronika. – Tak to chyba brzmiało. O co w tym chodzi?

– Takie tam głupoty – mruknęła Waleria. – Lubię sobie pozmyślać.

– Skoro to nieważne, to dlaczego nazwała tak pani książkę? – zapytał Daniel sceptycznie.

– Kaprys – mruknęła pisarka. – Mieliśmy rozmawiać o moim bracie. O moim Jędrzeju.

Pisarka zatrzymała się w pół kroku, akcentując imię brata. Znajdowali się na wysokości domku ogrodnika. Pokazała palcem budynek. Paznokcie nadal miała pomalowane krwistoczerwonym lakierem. Jedyny element, który pozostał z wczorajszej stylizacji.

– Jędrzej i Klementyna mieszkali w tym domu – wyjaśniła. Znowu mówiła o Kopp z wyraźnym wstrętem. – Potem, już po rozwodzie, Jędrek wrócił do nas do Szuwarów, a ona została w domku ogrodnika.

To powiedziawszy, Waleria ruszyła dalej groblą. Weszli w obręb stawów. Nad wodą unosiła się szarawa mgła. Wilgoć zdawała się przenikać przez kurtkę, a świat zupełnie się rozmywał. Jakby tracił kontury.

– Wuj miał zwyczaj odwiedzać Klementynę – powiedziała Nadzieja. Tym razem bez wcześniejszej złości. Raczej jakby chciała przynieść ulgę matce i oszczędzić jej mówienia na ten temat. – Tamtej nocy w siedemdziesiątym szóstym też tak było.

338

– Co konkretnie ma pani na myśli, mówiąc, że ją odwiedzał? – zapytała Emilia ostro.

Daniel poczuł nieprzyjemne ukłucie wyrzutów sumienia. Całe szczęście kac nie tylko blokował drogę żałobie po śmierci córeczki, ale też w dużej mierze utrudniał zbyt dogłębne rozpamiętywanie tego, co wydarzyło się wczorajszej nocy. Przynajmniej tyle z tego pożytku.

– Chciał ją namówić do powrotu.

– Jasne. Już to sobie wyobrażam – zakpiła cicho Strzałkowska. – Podobno niezły był z niego przyjemniaczek.

Nadzieja zatrzymała się w pół kroku i zmierzyła policjantkę wściekłym spojrzeniem. Przez chwilę wyglądało na to, że zaraz Emilię zaatakuje.

– Przestańcie się kłócić. Pokażę wam, gdzie znaleziono ciało Jędrzeja – odezwała się Waleria z naciskiem. Wzrok miała skupiony na majaczącym w delikatnej mgle moście. – Potem możecie pytać, o co chcecie.

Pisarka ruszyła szybkim krokiem. W jej głosie było coś takiego, że podążyli za nią bez słowa.

– Mówimy na tę drogę duża grobla – wyjaśnił tymczasem z zapałem Oskar. Chłopiec najwyraźniej nie był świadom napięcia, jakie zapanowało wśród dorosłych. – Często tu chodziłem z tatą, jak doglądał stawów. Jeszcze przed…

Oskar nie dokończył, teraz dla odmiany on był zakłopotany.

– Pomagałeś mu? – zapytała Weronika miło.

Chłopiec uśmiechnął się z wdzięcznością.

– Czasem. Wuj Borys sam nie daje rady i dlatego to wszystko takie pozarastane. Ja nie mogę mu wystarczająco dużo pomagać, bo muszę się uczyć.

– To jest teraz twoje główne zadanie, synku.

Nadzieja wzięła Oskara za rękę. Chłopiec wyrwał dłoń i pokazał palcem pokryte graffiti budynki zaplecza Drozdów.

– O, wuj Borys!

Daniel odwrócił się w tamtą stronę. Rzeczywiście w oparach mgły dało się zauważyć, że ogrodnik porządkował coś przy budynkach gospodarczych. Na ich widok Borys uniósł rękę w geście powitania, ale nie przerwał roboty.

– Szybciej, szybciej – ponagliła ich tymczasem Waleria, jakby ciało jej brata nadal na nich czekało. Podbiegła niemal do mostu i wyszła na szosę. – To tam!

Podgórski podszedł do balustrady i spojrzał w dół. Nurt Drwęcy był bystry. Woda szumiała głośno. Pomyślał o piosence, którą wytrwale wygrywała pozytywka Kaja. Znowu woda. Czy to był przypadek? Czy pomysł, na który wpadła Emilia, był ważnym tropem?

– Ciało leżało tam, gdzie rzeka zakręca? – upewnił się.

– Tak.

Brzegi były w tym miejscu zarośnięte i trudno dostępne.

– W siedemdziesiątym szóstym wyglądało to podobnie? – zapytał.

– To znaczy?

– Pytam, bo zastanawiam się, jak ciało się tam znalazło.

– Było tam zwalone drzewo. Jędrzej… to znaczy jego ciało… ono się zaczepiło o to drzewo. Gdyby nie to, popłynęłoby dalej.

Emilia podeszła do poręczy mostu. Daniel odsunął się trochę, żeby zrobić jej miejsce.

– Aż dziw, że jeszcze nie kopcisz – mruknęła. – Czyżby za bardzo…

– Jak ciało znalazło się w wodzie? – zapytał głośno Podgórski, przerywając jej.

– Milicja twierdziła, że wuj został zrzucony z tego mostu – poinformowała Nadzieja. – Znaleźli tu ślady krwi. Mniej więcej tu, gdzie pan stoi, Jędrzej został zaatakowany nożem. Potem wystarczyło wypchnąć ciało przez balustradę.

Daniel przyjrzał się poręczy, zamyślony. Ciekawe, czy to była nadal ta sama co czterdzieści lat temu. Metal pokrywała rdza i złuszczone warstwy różnych kolorów farby, więc bardzo możliwe, że tak. Oczywiście po tylu latach nie było raczej szansy znaleźć jakichś śladów. Ani tu, ani tym bardziej wzdłuż brzegu rzeki.

Przechylił się przez poręcz i spojrzał w dół. Most wsparty był na grubych betonowych filarach. W wielu miejscach ich powierzchnia była popękana i porośnięta mchem. Z tego po lewej wystawał samotny zardzewiały gwóźdź.

– Najpierw Klementyna zaatakowała Jędrka nożem, a potem zrzuciła – powiedziała bardzo cicho Waleria. – Pieprzona policyjna bohaterka.

– Mamo, Oskar… – Nadzieja wskazała milczącego teraz syna. – Umówiłyśmy się przecież, że przy nim nigdy nie używamy brzydkich słów.

Pisarka machnęła tylko ręką.

– Milicja nie znalazła żadnych śladów jej udziału – podjęła. – Mówili, że to nożownik i że rzeka zmyła jego ślady. Tak że nic nie zostało. Dobre sobie! Wiem, że Grabowski zataił dowody, żeby pomóc Klementynie. Potem załatwił jej pracę w Gdańsku. A jak już włożyła mundur, to stała się nietykalna. Tak to się odbyło. Powinnam to opisać w książce! To by dopiero była historia!

Brzmiało to, jakby Waleria uznawała swoje poprzednie książki za co najmniej mierne. Jakby się liczyła tylko historia śmierci jej brata.

– Kto znalazł ciało? – zapytał Daniel.

– Cegielscy. To bracia. Mieszkają...

– Mieliśmy już przyjemność ich poznać. Synów również – przerwał jej Daniel. Wpatrywał się w zakole rzeki, gdzie czterdzieści lat temu leżało ciało Jędrzeja. – Co oni tam robili?

– Zobaczyli go z mostu, kiedy jechali do Brodnicy – wyjaśniła Waleria. – To był akurat czas wprowadzania podwyżek. W czwartek było przemówienie Jaroszewicza. W piątek ludzie wyszli w proteście na ulice. Nie było wiadomo, co to będzie. W sobotę Cegielscy jechali do miasta zobaczyć, czy nie da się czegoś jeszcze zdobyć w sklepach. Podobno mieli jakieś znajomości.

Pisarka odwróciła się powoli i oparła plecami o balustradę mostu.

– Nie twierdzę, że Jędrzej był aniołem – podjęła. – Mój brat był... temperamentny. No ale który mężczyzna nie jest, czyż nie?

– Oj tak – rzuciła kwaśno Strzałkowska.

– Potrafił stracić nad sobą kontrolę, nie przeczę – ciągnęła Waleria. – Ale to nie jego wina! Naprawdę dużo przeszedł. Walczył z komunizmem. U nas już od czasów wojny były tradycje walk wolnościowych, więc wszyscy go tu za to szanowali.

Daniel sięgnął do kieszeni po papierosy, które dał mu Borys. Miał wrażenie, że wszystkie kobiety wpatrują się w niego uparcie.

– Jest jakiś konkretny powód, dla którego oskarża pani Klementynę o to zabójstwo? – zapytał, zapalając. Szlugi były mentolowe, ale musiały wystarczyć.

– Wuj poszedł do niej tamtej nocy – wtrąciła się Nadzieja. – Już mówiłyśmy.

Waleria skinęła powoli głową.

– Nigdy więcej nie widziałam Jędrka żywego. Pokazali mi zwłoki. Ledwie mogłam go rozpoznać. Cały był pocięty. Klementyna zadawała ciosy w szale. Czytałam o tym wielokrotnie. Rozległość obrażeń, nadzabijanie... Ciosy są chaotyczne. W klatkę piersiową, w kończyny...

Pisarka przerwała, żeby zaczerpnąć oddechu.

– Chaotyczne, liczne ciosy rzeczywiście mogą świadczyć o tym, że stosunek pomiędzy sprawcą a ofiarą był bliski – odezwała się Weronika – ale wtedy moglibyśmy raczej oczekiwać morderstwa w afekcie. Tymczasem mówi pani, że wszystko odbyło się tu, na tym moście. Po co Klementyna miałaby tu przyjść z Jędrzejem? Gdyby pani teoria była prawdziwa, raczej zabiłaby go na miejscu, w domu.

Daniel zaciągnął się papierosem i pokiwał głową. Nowakowska miała rację.

– Może to zaplanowała – rzuciła Waleria, nie dając się zbić z tropu. – Klementyna była przebiegła.

– Liczymy na to, że nadal jest – powiedział Daniel, podkreślając czas teraźniejszy. Mimo wszystko nie chciał zakładać, że stało się najgorsze. Przynajmniej jeszcze nie teraz.

– Nie wiem, jaka jest i czy jeszcze żyje – warknęła pisarka, na dobre porzucając uprzejmość. – Nie będzie mnie pan tu łapał za słówka.

– Jakiego wzrostu był pani brat? – wtrąciła się Emilia.

– Dość wysoki. Nie wiem teraz, ile mierzył dokładnie. Skąd to pytanie?

– Klementyna jest niższa ode mnie – poinformowała Strzałkowska, patrząc na Podgórskiego wymownie.

– Zastanawiam się, jak mogłaby poradzić sobie z mężczyzną dużo od siebie większym. To wcale nie takie proste.

– Nie wiem – powiedziała pisarka. – W każdym razie jestem pewna, że ona to zaplanowała i przeprowadziła. Uważają państwo, że nie byłaby do tego zdolna?! To powiem państwu, że kobieta, która straciła dziecko, zdolna jest do wszystkiego!

– A więc to prawda, że Klementyna była w ciąży? – zapytała Emilia bardzo powoli. – I że Jędrzej doprowadził do poronienia?

Daniel zmusił się, żeby na nią spojrzeć. Była blada, ale wyglądała na zdeterminowaną.

– Tak – szepnęła Waleria. – Przecież nie twierdzę, że Jędrzej nie zawinił. Już chyba mówiłam! Ale czy zasłużył na to, żeby zginąć w ten sposób? Czy zasłużył na samosąd? Po tym, co zrobił dla całej naszej społeczności?

– Wujek Borys chyba nas woła – powiedział nagle milczący od dłuższego czasu Oskar.

Podgórski odwrócił się. Ogrodnik faktycznie machał do nich przyzywająco. Wyglądał na zaaferowanego. Dzieciak pobiegł w tamtą stronę, nie czekając na nich.

– Sto razy mu mówiłam, żeby nie przebiegał tak przez jezdnię – mruknęła Nadzieja i ruszyła szybkim krokiem za synem.

– Idźcie państwo. Chyba coś się stało. Mój syn rzadko się tak denerwuje – odezwała się Waleria. – Ja zaraz dołączę.

Daniel wcale nie miał ochoty na kolejne spotkanie z ogrodnikiem. I nie chciał jeszcze stąd odejść. Czuł, że pisarka może powiedzieć mu coś więcej. Być może to właśnie ona miała klucz do tej zagadki. Może nawet doskonale wiedziała, gdzie jest Klementyna. Żywa lub martwa.

– Chodźmy – ponagliła Emilia.

Poszły z Weroniką w kierunku budynków gospodarczych. Daniel i Waleria zostali na moście sami. Przez chwilę pisarka przyglądała mu się uważnie.

– Mój brat spieprzył wiele rzeczy – poinformowała. – Niech pan tego nie zrobi. Taka rada od bardziej doświadczonej życiem.

Podgórski chciał coś odpowiedzieć, ale w tym momencie Weronika krzyknęła:

– Daniel!

Zostawił Walerię na moście i pobiegł w stronę budynków gospodarczych. Starał się ignorować łupanie w czaszce, które czuł przy każdym kroku. Borys, Weronika i Emilia stali przy otwartym włazie do szamba.

– Ktoś znowu ukradł klapę – poinformował ogrodnik. – Mówiłem panu Kopp, że trzeba zrobić betonową, bo te żeliwne ciągle dostają nóg. Budynki nie są tu strzeżone, więc kradną na złom. Już chyba z pięć wymienialiśmy. Można tak bez końca.

Daniel spojrzał na otwarty właz. Nie za bardzo rozumiał, czemu kradzież kawałka metalu wywołała takie poruszenie.

– Tam w środku – powiedziała cicho Weronika.

ROZDZIAŁ 56

W drodze do Szuwarów. Piątek, 25 czerwca 1976.
Godzina 11.00.
Jędrzej Żak

Jędrzej i Waleria dotarli już prawie na rozstaje polnych dróg, kiedy zobaczyli idącą od strony Drozdów Klementynę. Wiatr rozwiewał jej włosy. Były w kolorze falującego wokoło zboża. Wyglądała pięknie.

Towarzyszył jej Kaj. A jakże! Jędrzej poczuł wściekłość. Był pewien, że Klementyna kręciła się z tym pokurczem wszędzie specjalnie, żeby go zdenerwować. Przecież to było niemożliwe, żeby naprawdę lubiła tego typa.

Waleria pociągnęła Jędrzeja za ramię.

– Zostaw – mruknęła. – Idziemy do domu.

Rzeczywiście najmądrzej byłoby skręcić w drogę prowadzącą do Szuwarów, ale Jędrzej nie mógł się powstrzymać. Grabowski wystarczająco go rozeźlił. Oddał siostrze torbę z nędznymi zakupami, które udało im się zrobić, i przyspieszył kroku.

– Teraz nie da się już ich minąć – powiedział pod nosem.

– Jędrek! – zawołała Waleria, ale nawet się nie odwrócił. Pędził w stronę Klementyny.

Zatrzymała się na środku drogi i patrzyła na niego, jakby rzucała mu nieme wyzwanie.

– Spieprzaj stąd! – warknął Kaj.

Jędrzej nawet na niego nie spojrzał.

– Niezłego sobie obrońcę znalazłaś. Doprawdy pełnowymiarowy!

Kaj wymamrotał coś i sięgnął nagle do kieszeni. Stal krótkiego nożyka błysnęła w letnim słońcu. Zanim Jędrzej zdążył coś zrobić, poczuł dziwne pieczenie na łydce. Po nodze popłynęła mu krew.

– Co ty wyprawiasz?! – zawołała Waleria. – Zraniłeś go!

– Masz zostawić Klementynę w spokoju – nakazał Kaj, chowając nóż do kieszeni.

– Niedoczekanie! – zawołał wściekle Jędrzej. – Będę dziś wieczorem, jak zwykle.

Klementyna rzuciła mu przelotne spojrzenie. Było w jej oczach coś nowego. Jakaś dziwna determinacja, której nie widział tam wcześniej. No i mógłby też przysiąc, że mimowolnie dotknęła brzucha.

– Powinieneś wytrzeć krew z ostrza – powiedziała do Kaja sucho, jakby w ogóle nie usłyszała słów Jędrzeja.

– Masz rację. Za dużo zapłaciłem za pozytywkę, żeby ją zniszczyć juchą tego nędznego kutasiny – stwierdził Kaj i wyciągnął nóż, żeby go oczyścić.

Klementyna wzięła go od niego i delikatnie skinęła głową.

– Pomogę ci – powiedziała.

Jędrzej czuł, że dłużej tego nie wytrzyma.

– To dziecko właściwie nawet jeszcze nie istniało!
– krzyknął. Jego głos niósł się po polu. – Przypadkiem się
dowiedziałaś, że w ogóle jesteś w ciąży. Upadek ze schodów
wcale nie musiał spowodować poronienia! To nie moja
wina! Rozumiesz?

Znowu na niego spojrzała. W jej oczach było tyle smutku, że miał ochotę zapaść się pod ziemię.

ROZDZIAŁ 57

Koło budynków zaplecza. Niedziela, 20 marca 2016. Godzina 11.20.
Sierżant sztabowa Emilia Strzałkowska

Emilia stanęła kilka kroków od grupy pochylającej się nad odkrytym szambem. Tym razem komendant Cybulski nie protestował i przysłał techników. Być może dręczyły go wyrzuty sumienia, że nie zareagował wczoraj, bo dziś przyjechał na miejsce osobiście. I to w towarzystwie prokuratora Gawrońskiego.

Podgórski właśnie referował im dotychczasowe wydarzenia, kiedy z szamba wyłonił się szef techników kryminalnych. W ochronnym kombinezonie wyglądałby zapewne dość zabawnie. W innych okolicznościach.

– Ten zbiornik nie jest używany – poinformował. – Chyba nigdy nie był. Pewnie jest połączony z tymi budynkami, a nie z głównym dworem. I całe szczęście. Inaczej robota byłaby naprawdę parszywa. A tak same liście.

– Same liście? – powtórzył Gawroński z naciskiem.

Prokurator jak zwykle ubrany był w elegancki garnitur, a przyprószone delikatną siwizną włosy ułożył w idealną fryzurę. Przypominał Emilii George'a Clooneya. Może dlatego tak łatwo mu uległa. Spotykali się jakiś czas. Potem przyszło śledztwo w Utopcach i jedna, brzemienna w skutki noc z Danielem. Kiedy umarła Justynka, Gawroński próbował Strzałkowską wspierać, ale nie potrafiła przyjąć jego pomocy. Nie chciała współczucia dawnego kochanka. Czuła się wtedy z tym wszystkim jeszcze gorzej. Dlatego od miesięcy nie odbierała jego telefonów. Mimo to Gawroński nie zniechęcał się i regularnie próbował się z nią skontaktować.

– Ciała nie ma – przytaknął szef techników.

– Całe szczęście – odezwał się komendant Cybulski. – Czyli mamy tylko rzeczy, które znalazł tamten człowiek?

Komendant skinął głową w kierunku Borysa, który stał nieco dalej w towarzystwie Walerii, Nadziei i Oskara. Ogrodnik porządkował budynki gospodarcze, kiedy zauważył, że klapa od szamba została ukradziona. Kiedy zajrzał do środka, zauważył plecak i szary szal.

– Tyle że te rzeczy bez wątpienia należą do Klementyny – powiedział Daniel cicho. Świeże powietrze najwyraźniej mu służyło. Wyglądał już dużo lepiej, chociaż twarz nadal miał bladą, a oczy podkrążone.

– Bez wątpienia – zgodził się szef techników. – W plecaku były nawet dokumenty. Prawo jazdy, dowód osobisty, karta kredytowa. I zupełnie rozładowany telefon. Tak czy inaczej w tym szambie raczej byśmy go nie namierzyli. Ten zbiornik jest prawie jak schron.

– Kluczyków od samochodu nie ma – powiedział Gawroński. Rzucił okiem na Borysa i jego rodzinę. – Powiedzieliście, że ten rudy olbrzym znalazł też breloczek, tak?

– Tak, informowałem o tym wczoraj Wiktora – powiedział Daniel oficjalnym tonem, mimo to irytacja w jego głosie była wyraźnie słyszalna.

– Nie podoba mi się, że to ogrodnik znajduje wszystkie te rzeczy po kolei – powiedział komendant Cybulski. Nie zareagował na zaczepny ton Podgórskiego.

– Uważasz, że to on maczał w tym palce? – zapytał Gawroński.

– Ja mimo wszystko nie jestem tego taka pewna – wtrąciła się Emilia. – Są jeszcze ci, którzy ukradli klapę.

– Wiecie, kto to zrobił?

– Cegielscy. Lokalni chuligani, którzy bawią się w nazizm – wyjaśniła policjantka. – Oni też malowali graffiti na polecenie Kaja.

– Wczoraj, kiedy wracałam do domu, chyba widziałam, jak ktoś się tu kręcił – odezwała się Weronika. – To musieli być oni.

Ani Cybulski, ani Gawroński nie wnikali w powody, dla których Nowakowska wracała sama. Może nie zwrócili uwagi na ten szczegół. Całe szczęście. Z jakiegoś powodu Emilię ogarnął dojmujący wstyd. Nie chciała, żeby ktoś wiedział, co o mało nie wydarzyło się wczorajszej nocy.

– Niepokoi mnie jeszcze ta zagadkowa Hanna – powiedziała szybko. – Bardzo bym chciała wiedzieć, dlaczego Kaj o niej wspomniał. I kto to w ogóle jest.

– Skupmy się na razie na jednej sprawie – powiedział Cybulski ku jej niezadowoleniu. – Zabezpieczyliście oczywiście ten breloczek?

– Jasne. – Daniel zdjął plecak. – Trzeba też sprawdzić studnię. Technik otrzepał kombinezon.

– Oczywiście – potwierdził. – To będzie trudniejsze niż zejście do tego szamba. Może zająć trochę czasu, więc chciałbym zacząć od razu.

Podgórski przykucnął i położył plecak na ziemi. Przeglądał jego zawartość coraz bardziej nerwowo.

– Nie ma go, kurwa. Nie ma tego breloczka.

– Sprawdź jeszcze raz – powiedziała Emilia. Nie mogła sobie przypomnieć, czy był tam, kiedy rano wkładała do plecaka pistolet i kurtkę.

Podgórski raz jeszcze przejrzał zawartość plecaka. Jego twarz zrobiła się kredowobiała.

– Pokaż – mruknęła Emilia.

Kucnęła obok niego. Nie miała najmniejszej ochoty się do niego zbliżać, ale czuła się osobiście odpowiedzialna za tę sytuację. Przecież to ona nocowała w Drozdach i przez to niejako miała plecak pod opieką.

– Nie ma – szepnęła głucho.

– Jak to nie ma? – powiedział prokurator Gawroński bardzo powoli.

– Danielu? – w głosie Cybulskiego pobrzmiewała konsternacja. Poprawił okulary nerwowym ruchem.

– Powinieneś był wysłać tu ludzi już wczoraj – syknął Daniel.

Komendant zmierzył Podgórskiego niechętnym spojrzeniem.

– Uważaj, Danielu. Dobrze się znamy, ale nie zapominaj, że mówisz do przełożonego – powiedział oficjalnie. – Mieliśmy już kłopoty przez ciebie. Wolałbym, żeby to się nie powtórzyło.

– Przecież został całkowicie oczyszczony z zarzutów w sprawie Łaskuna – włączyła się Weronika. – Może nie wywlekajmy starych grzechów.

Szef techników odchrząknął głośno.

– Wezmę chłopaków i pojedziemy zająć się studnią – oznajmił. Taktownie na nikogo nie patrzył. – To może trochę potrwać.

Odszedł, nie czekając na odpowiedź.

– Możecie mi wyjaśnić, jak mogło dojść do tego, że zniknął wam dowód? – zapytał komendant, siląc się na spokój. Najwyraźniej nie miał ochoty zostawić tego tematu.

– Wczoraj nie uważałeś, że jest ważny – powiedział Daniel, nie robiąc sobie nic z wcześniejszych ostrzeżeń Cybulskiego.

– Ścigaliśmy podejrzanych – odezwała się Emilia. Mogła nienawidzić Daniela, ale jej też nie podobał się ton komendanta. – Jak mówiłam wcześniej, to graffiti równie dobrze mogło być powiązane ze sprawą. Nie było nas w pokoju tylko przez chwilę. Potem wróciłam... wróciliśmy. Do rana nie spuszczaliśmy tego plecaka z oczu. Ktoś musiał tam wejść, kiedy ścigaliśmy Cegielskich.

Prokurator Gawroński spojrzał na nią z wyrazem troski.

– Coś takiego nie powinno mieć miejsca – powiedział cicho. – Tym bardziej że skoro ktoś zadał sobie taki trud, breloczek musiał faktycznie być istotnym dowodem.

– Nie rozumiem, jak mogliście do tego dopuścić – powtórzył Cybulski.

– Może o tym będziemy dyskutować potem – powiedziała Weronika. – Zastanówmy się, kto mógł wejść do pokoju i zabrać breloczek.

Emilia spojrzała na nią z wdzięcznością. Tak naprawdę wchodząc w polemikę z Cybulskim, mogli sobie tylko narobić kłopotów. Cieszyła się jednak, że pozostają solidarni.

– W hotelu byli państwo Kopp i Kaj – wyjaśniła policjantka. – Ale zostawiliśmy otwarte okno. To niski parter. Można bez problemu dostać się do środka. Ja tak wyszłam, kiedy zobaczyłam, że ktoś się kręci przy szopie.

– Kto w ogóle wiedział o breloczku?

– Wszyscy, którzy byli obecni na kolacji. Czyli dokładnie te same osoby. Helena, Romuald, Kaj i Borys. No ale ogrodnika możemy chyba wykluczyć. Przecież nie dałby nam breloczka po to, by go potem ukraść.

– Chętnie porozmawiałbym z nimi wszystkimi – powiedział Gawroński. Skinął głową w stronę Borysa, Walerii, Nadziei i Oskara. – Z tamtymi też.

Weronika odchrząknęła cicho. Wszyscy odwrócili się do niej.

– Tak sobie teraz pomyślałam… – zaczęła nieco niepewnie. Zaczerwieniła się przy tym jakby speszona. – Rozmawialiśmy już ze wszystkimi indywidualnie i to niewiele dało. Nie znam się na tym, ale może powinniśmy podejść do sprawy nieco mniej standardowo.

– Co masz na myśli, Weroniko? – zapytał Cybulski na powrót uprzejmym tonem.

354

– Każda z tych osób mogła mieć coś wspólnego ze zniknięciem Klementyny. Spróbujmy skonfrontować ich wszystkich ze sobą podczas jednego przesłuchania. Może to da nam więcej informacji.

ROZDZIAŁ 58

Szuwary. Piątek, 25 czerwca 1976. Godzina 11.20.
Jędrzej Żak

Waleria ciągnęła Jędrzeja w stronę Szuwarów. Ledwie
za nią nadążał. Łydka strasznie go bolała.

– Ten gnojek mógł ci przeciąć żyłę, tętnicę, czy co tam
jeszcze – mówiła siostra, oddychając szybko. – Kaj powinien
trafić z powrotem do aresztu! A my nawet nie możemy
zawiadomić milicji, bo Grabowski prędzej sam cię zabije,
niż ci pomoże. Czeka tylko na okazję.

– Waleria – spróbował powiedzieć coś Jędrzej.

– Zapamiętaj moje słowa!

– Waleria! – krzyknął.

Siostra zatrzymała się w pół kroku.

– Co?

– Może by tak wolniej? Nie nadążam za tobą. To strasznie boli.

Prychnęła głośno, ale ruszyła dalej dużo wolniejszym
krokiem.

– Trzeba ci będzie opatrzyć tę ranę, żeby się nie wdało zakażenie – powiedziała. – A to co znowu?

Jędrzej spojrzał na szczyt wzgórza. Szuwary wyglądały smętnie nawet w pełnym słońcu czerwcowego dnia.

– Po co ona tu przyszła? Znowu będzie się wywyższała, że Drozdy takie piękne? Nudzi się cholerze, bo goście akurat wyjechali?

Na progu stała Helena Kopp. Jędrzej jakoś nigdy nie polubił teściowej. W przeciwieństwie do Romualda zawsze patrzyła na niego krzywo. Oczywiście nigdy nie ośmieliła się przeciwstawić mężowi i otwarcie Jędrzeja skrytykować. To dało się jednak wyczuć. Teraz też na jej twarzy malował się wyraz dezaprobaty.

– Po co tak łobuzujesz? – zapytała, kiedy tylko się zbliżyli.

Jędrzej naprawdę miał tego dosyć.

– Chodzi o Klementynę czy o Hannę? – zapytał wprost. – Bo jeżeli o Hannę, to jestem niewinny, a jeżeli o Klementynę, to spierdalaj i tyle. To sprawa pomiędzy mną a twoją córką.

Helena wyglądała na zupełnie zaskoczoną tak ostrą odzywką. Bolała go łydka i nie miał ochoty przebierać w słowach.

– Myślisz, że co się dzieje w domu, powinno pozostać w domu? – wykrztusiła w końcu.

– Mniej więcej.

Helena pokręciła głową. Wyglądało na to, że chce coś jeszcze dodać, ale rozmyśliła się i odeszła. Z jakiegoś powodu czuł, że nie powiedziała ostatniego słowa.

ROZDZIAŁ 59

Drozdy. Niedziela, 20 marca 2016. Godzina 13.10.
Weronika Nowakowska

Weronika nie była pewna, z jakiego właściwie powodu Cybulski darzy ją tak dużym zaufaniem, ale komendant najwyraźniej uważał, że to właśnie ona doskonale poprowadzi spotkanie ze wszystkimi podejrzanymi. Zgoda, konfrontacja to był jej pomysł, ale przecież nie miała żadnego doświadczenia. Liczyła na to, że koledzy włączą się i w odpowiednim momencie przejmą stery.

Zgromadzili się w ogromnej, pachnącej kurzem jadalni w Drozdach. Pomieszczenie tonęło w mroku, mimo że kotary w oknach zostały rozsunięte. Dzień wstał ponury i nie wyglądało na to, żeby cokolwiek miało się zmienić w tym względzie. Słońce nadal kryło się za grubą warstwą chmur.

– To może zaczniemy – powiedziała nieco drżącym głosem i rozejrzała się po zebranych.

Ustawiła wcześniej krzesła w niezbyt równym kręgu. Myślała, że to świetny pomysł, bo śledczy będą mogli obserwować reakcje wszystkich podejrzanych. Teraz wydawało się to głupotą. Zaczerwieniła się zawstydzona. Zerknęła na Daniela. Uśmiechnął się, jakby chciał dodać jej otuchy.

– Będziemy tak tu siedzieć? – zapytał Kaj wyraźnie znudzonym tonem.

– Nie za bardzo rozumiem, po co nas tu przywieziono – powiedział zadziornie jeden ze starszych Cegielskich. Twarz miał czerwoną, czy to z nerwów, czy z przepicia. Jego brat pokiwał głową. Ubrani na czarno synowie tych dwóch siedzieli z założonymi rękami, rzucając wszystkim wściekłe spojrzenia.

Weronika zastanawiała się, czy sprowadzenie tu klanu Cegielskich było dobrym pomysłem. Może na początek powinni skupić się na rodzinach Żaków, Grabowskich i Koppów. Z drugiej strony to przecież starzy Cegielscy znaleźli ciało Jędrzeja w siedemdziesiątym szóstym, a teraz ich synowie rysowali okropne graffiti. Podobno na polecenie Kaja. Wyglądało więc na to, że oni również mogą w tym wszystkim tkwić po uszy.

– Nie skończyłam jeszcze rozmowy z pańską latoroślą – odezwała się Strzałkowska, kiwając głową w stronę ogolonych na łyso młodzieńców. Jej głos zabrzmiał ostro. Weronika zazdrościła policjantce stanowczości. – Wczoraj nie było okazji.

– Jasne, że nie było pieprzonej okazji, paniusiu – warknął ten, który miał na twarzy wytatuowaną swastykę. – Ten koleś groził nam bronią.

Wskazał Daniela. Podgórski patrzył prosto na niego. Nie spuścił wzroku.

– Do tego był najebany – wychrypiał niższy z młodych Cegielskich. – O, przepraszam za słownictwo, był pijany. Czy tak powinien wyglądać funkcjonariusz na służbie?

Zachrypnięty głos neonazisty aż ociekał sarkazmem.

– Ten pan podobno jest prokuratorem – dodał jeszcze, wskazując Gawrońskiego.

Weronika zauważyła, że komendant i prokurator wymieniają spojrzenia.

– Chcą panowie zgłosić skargę? – odezwał się Podgórski.

– Radziłbym postarać się o dowody.

Weronika zupełnie go nie poznawała. Jej Daniel był człowiekiem z zasadami. Porządnym i prawdomównym. Jeżeli popełnił błąd, potrafił się do tego przyznać. Kim był ten człowiek?

– A żebyś wiedział, że mam dowody, chuju! – rzucił młody Cegielski w stronę Daniela i wskazał siniaki na swojej twarzy. – Ty mi to kurwa zrobiłeś. Widział pan, prokuratorze?

Gawroński uśmiechnął się nieznacznie.

– Porozmawiamy o tym później, jeżeli będzie miał pan takie życzenie – poinformował z przesadną uprzejmością.

– Wszyscy jesteście kurwa jego mać tacy sami – mruknął zachrypnięty.

– Jeżeli nadal będziecie panowie używać takiego słownictwa, zamierzam stąd wyjść – oznajmiła Nadzieja. – Nie pozwolę, żeby mój syn słuchał takiego języka. I tak przeszedł zbyt wiele!

Prokurator Gawroński westchnął głośno. On w przeciwieństwie do komendanta Cybulskiego nie wyglądał na zbyt zachwyconego pomysłem grupowej konfrontacji.

– Bardzo proszę o zachowanie spokoju – powiedział. W jego głosie dało się wyczuć delikatny nacisk. – Wiem, że jeden z panów przebywa na zwolnieniu warunkowym, więc radziłbym się opamiętać. Nie potrzebujemy chyba komplikacji, prawda?

Cała czwórka Cegielskich poczerwieniała, ale żaden nie zdecydował się na kolejny komentarz.

– Zacznijmy od pana, panie Romualdzie – zaczęła Weronika. Z całych sił starała się mówić pewnym głosem, ale zjadała ją trema. Naprawdę miała nadzieję, że potem śledczy zaczną sami zadawać pytania. – Powiedział nam pan wczoraj, że czekał na Klementynę codziennie.

– Tak. Od czasu kiedy w zeszły piątek powiedziała, że zjawi się w przyszłym tygodniu. Gdyby podała konkretny dzień, nie musiałbym tak się męczyć, a tak…

Starszy pan nie dokończył.

– Czy dobrze rozumiem, że czekał pan w pobliżu budynków na zapleczu? – dopytywała się Nowakowska. Miała wrażenie, że zadaje oczywiste pytania, ale potrzebowała czasu, żeby choć trochę się rozkręcić.

– Tych za stawami?

Pan Kopp pokiwał powoli głową.

– Proszę to powiedzieć. Nagrywamy – odezwał się Podgórski, wskazując pracujący dyktafon i niewielką kamerę.

Romuald obrzucił wzrokiem urządzenie z podejrzliwością starszej osoby, niemającej najmniejszego pojęcia o nowinkach technicznych.

– Tak, to tam – powiedział przesadnie głośno. – Tam stałem. Na szutrze.

– Czyli ze swojego miejsca widział pan szambo, w którym znaleziono rzeczy pańskiej córki? – upewniła się tymczasem Emilia, wybawiając Weronikę z opresji.

– Tak. Ktokolwiek wrzucił tam rzeczy Klementyny, musiał to zrobić w nocy. W przeciwnym razie bym go przyłapał.

– Chyba nie stał tam pan bez przerwy – odezwał się komendant Cybulski.

– Owszem, stałem. Moja małżonka może zaświadczyć, że nawet na obiady nie przychodziłem.

– To prawda – potwierdziła Helena Kopp i pokiwała głową ze smutkiem.

Rozpuściła długie siwe włosy, co nadało jej nieco eteryczny wygląd. Oczy miała zaczerwienione, więc zapewne płakała. Chyba wszyscy zaczęli zdawać sobie sprawę z powagi sytuacji. Technicy pracowali właśnie przy studni. Być może wkrótce zyskają pewność.

– A wcale nie – odezwał się nagle Borys Żak.

Wszyscy odwrócili się w jego stronę.

– To znaczy? – zapytała Emilia.

Ogrodnik wyciągnął palec i wskazał Romualda.

– To znaczy, że w czwartek, jak pracowałem przy stawach, przez jakiś czas pana nie widziałem.

Ojciec Klementyny skrzyżował ręce na piersi.

– Chyba mnie nie podglądałeś, chłopcze, co?

– Oczywiście, że nie – zaśmiał się dobrodusznie Borys. – Zwróciłem uwagę, bo akurat przez jakiś czas pracowałem przy zimochowie*. Może przez godzinę, potem poszedłem. Wtedy pana tam nie było.

* Zimochów – staw używany do przetrzymywania ryb w zimie.

362

Romuald zastanawiał się.

– Być może poszedłem się przejść na chwilę – przyznał.

– W moi wieku ciężko tak stać przez kilka godzin bez przerwy. Niby już wiosna się zbliża, ale człowiek robi się coraz starszy i chłód doskwiera inaczej niż młodym.

Jakby dla potwierdzenia swoich słów szczelniej okręcił się wytartym swetrem.

– Czwartek to dla nas kluczowy dzień – powiedziała Weronika. Czuła, że mimo wszystko powinna cokolwiek powiedzieć. – Wtedy po raz ostatni mieliśmy z Klementyną kontakt.

– O której poszedł pan na spacer? – zapytał Daniel.

– Nie pamiętam.

Jeden z Cegielskich zaśmiał się głośno. Prokurator zerknął na niego przelotnie. Tamten natychmiast ucichł.

– Czy my naprawdę musimy tu siedzieć? – zapytała Waleria. Odezwała się po raz pierwszy, odkąd tu przyszła. Wcześniej zdążyła zrobić makijaż i przebrać się w elegancki żakiet i dżinsy, które wyglądały na drogie.

– Mama ma rację – poparła ją Nadzieja.

– O tym właśnie mówię – mruknął Cegielski ledwie dosłyszalnie.

– I po co Oskar ma tego słuchać? – żona Błażeja otoczyła syna ręką. – Na to na pewno jest jakiś paragraf, panie prokuratorze.

Gawroński milczał.

– Romualdzie, zastanów się, proszę, o której stamtąd odszedłeś – powiedziała Helena Kopp, nie słuchając pozostałych. – Tu chodzi o naszą córkę.

– Niby co się miało wydarzyć, kiedy poszedłem na chwilę do lasu? Nie wiem, o której to mogło być.

– Ja za to pamiętam. To było około szesnastej, siedemnastej – wtrącił się Borys. Mówił tak samo spokojnie jak przedtem.

– Może, może, może – powtórzył pan Kopp. – Nie noszę zegarka, więc nie wiem.

– Ja zawsze zabieram zegarek męża – wyjaśniła Helena.

– Potrzebny mi przy gotowaniu. Drugi się zepsuł. Zresztą na co dzień nie potrzebujemy dwóch. My...

Zamilkła zakłopotana.

– Co to ma wspólnego z nami? – odezwał się młody Cegielski. Znowu ten ze swastyką. Chłopak ewidentnie lubił pyskować.

– Zamknij się – wychrypiał jego kuzyn. Najwyraźniej wziął sobie do serca wcześniejszą groźbę prokuratora. A może po prostu miał nieco więcej oleju w głowie.

– Mogę wiedzieć, po co my tu tak naprawdę siedzimy?

– zapytała Nadzieja z irytacją. – Naprawdę uważają państwo, że ktoś z nas zabił Klementynę?

– Chcielibyśmy się dowiedzieć, gdzie państwo byli w czwartek siedemnastego marca po południu – powiedziała Weronika. Zamiast się rozluźnić, coraz bardziej się denerwowała. Miała wielką nadzieję, że tego nie widać.

Tym razem to Waleria prychnęła głośno.

– Jeżeli o mnie chodzi, to kontakt z Klementyną ostatni raz miałam czterdzieści lat temu, kiedy zabiła mojego brata. Już mówiłam rano.

Na te słowa Helena Kopp niemal zerwała się z krzesła.

– Wypraszam sobie! – krzyknęła. – Moja córka nie zabiła Jędrzeja! Śledztwo wykazało, że to tamten nożownik.

Weronika zauważyła, że Kaj i Grabowski też wyglądali na zirytowanych tym oskarżeniem.

– Pani znowu swoje, Walerio – zaśmiał się emerytowany milicjant. – Czekam tylko, aż zacznie pani oskarżać mnie o zatajanie dowodów, czy co tam pani zazwyczaj wygaduje. Nie widzi pani, że to jest śmieszne?

– Dla mnie to zdecydowanie śmieszne nie jest – odcięła się pisarka. – Mój brat został zamordowany.

– Z tym się zgodzę. Nawet w bardzo paskudny sposób – potwierdził Grabowski. Jego głos stał się głęboki i niski. – Ujęliśmy sprawcę i odpowiedział za swoje czyny. Doskonale pani wie.

– Doskonale wiem, że może i zamknęliście tamtego schizofrenika, ale to nie on zabił Jędrzeja. To Klementyna. Ale nie kłóćmy się bez sensu. Im szybciej przez to przebrniemy, tym szybciej będę mogła wyjść z tego okropnego miejsca. – Waleria odwróciła się do Podgórskiego. – Pytał pan, co robiłam w czwartek po południu. Otóż jechałam na spotkanie autorskie do biblioteki w Rypinie. Całe popołudnie tam byłam. No i proszę. Jestem bardzo ciekawa, co powiedzą inni.

– Rozumiem, że ktoś może to potwierdzić – powiedział Podgórski wyraźnie zmęczonym głosem.

– Żartuje pan? Wstawiłam już nawet zdjęcia na moją stronę. Było co najmniej trzydzieści osób. Może pięćdziesiąt. Chyba tyle świadków wystarczy, prawda?

– Ja już mówiłem, że pracowałem przy stawach – powiedział Borys. – Przez cały czwartek. W różnych miejscach. Trzeba tam wszystko przygotować do wiosny.

– Ja byłam wtedy w domu z Oskarem – poinformowała Nadzieja. – Pomagałam mu odrabiać lekcje. Widzicie, możecie nas wszystkich wykluczyć.

– Pieprzenie! Seriali paniusia nie ogląda? – zaśmiał się jeden ze starszych Cegielskich. – Żadne z was nie ma tak naprawdę alibi. Albo sami byliście, albo z rodziną. A rodzina to wiadomo: zawsze potwierdzi, że niewinny.

– Detektyw się znalazł – prychnęła Nadzieja, spoglądając na mężczyznę z wyraźną wyższością. – A ta wasza banda to gdzie była?

– W czwartek był Dzień Świętego Patryka – odparł tamten z wyraźnym zadowoleniem.

– Byliśmy w mordowni – dodał drugi ze starszych tonem wyjaśnienia. – W Brodnicy.

– Od której? – zapytał prokurator Gawroński.

– Od południa. Cała grupa kolegów to potwierdzi. Jesteśmy czyści. Nic nie zrobiliśmy tej waszej Klementynie. Ani Róży, ani nikomu. No chłopaki trochę narozrabiali z tym graffiti. Odmalują i będzie po wszystkim.

– Zresztą o to powinniście pytać konusa – rzucił młody ze swastyką na twarzy i wycelował palcem w Kaja. Ten wzruszył tylko ramionami ze złośliwym uśmieszkiem.

– Kim jest Hanna, o której mi pan wspomniał? – zapytała Emilia, podchodząc do niego.

W jadalni zapanowała cisza. Weronika rozglądała się po zebranych, ale nikt nie odwzajemnił jej spojrzenia. Napięcie było wyraźnie wyczuwalne. Tylko Kaj uśmiechał się krzywo.

– Musiała mnie pani źle zrozumieć.

Po tych słowach napięcie wcale nie zelżało.

– Sprawdzimy to oczywiście – obiecał Daniel – więc równie dobrze możecie powiedzieć już teraz.

Odpowiedziało mu milczenie.

– Mojej córki nie ma już prawie siedemdziesiąt dwie godziny – odezwała się w końcu pani Kopp. – Może moglibyśmy skupić się na niej.

Grabowski zaśmiał się cicho.

– Co w tym zabawnego? – zapytała właścicielka Drozdów.

– A to, że jakoś przez czterdzieści lat niezbyt się pani przejmowała, że Klementyny nie ma, pani Heleno.

– To, czy się przejmowałam, czy nie, to moja sprawa, panie Grabowski. Tylko i wyłącznie moja.

– Klementyna nigdy nie była pańską sprawą – włączył się Romuald Kopp. – Ubecka świnia!

Grabowski pokręcił głową z uśmiechem pozornego rozbawienia.

– Proszę państwa – odezwał się komendant Cybulski – bardzo proszę o zachowanie spokoju. W przeciwnym razie będę zmuszony zaprosić państwa do Brodnicy na komendę. Chyba znacznie przyjemniej jest tu, na miejscu. Sądzę, że wszyscy chcemy się dowiedzieć, co się stało z Klementyną?

Kaj zaśmiał się z rozbawieniem.

– Piękne słowa. Doprawdy piękne, ale tak naprawdę każde z was pilnuje tylko własnej dupy. Tak było – zerknął na Grabowskiego – i tak będzie zawsze. Policja, milicja, cokolwiek chcecie. Nic się nie zmieniacie.

– Co to, to prawda – mruknął jeden z Cegielskich. – Człowiek nie ma ochoty z nimi rozmawiać, bo i tak kurwa wszystko przekręcą. I na dołek zaraz biorą.

– Ja nie jestem z policji – przypomniała Weronika delikatnie. Miała nadzieję, że to pomoże nawiązać jej nić porozumienia z Kajem. – Chcę tylko pomóc Klementynie.

– Ja nigdy jej nic złego nie zrobiłem – oznajmił. – W przeciwieństwie do niektórych.

– Więc niech pan powie, gdzie pan był w czwartek po południu.

Kaj jakby przez chwilę walczył ze sobą.

– W pokoju – odparł w końcu. – Najczęściej siedzę u siebie. Wszyscy to wiedzą.

– To czemu nie powiedział pan od razu? – zaśmiała się Waleria. – Tracimy tu tylko czas. Nienawidzę tego zagrzybiałego miejsca.

Zatoczyła ręką po jadalni.

– Zagrzybiałego? Nikt tu pani nie zaprasza – warknęła Helena Kopp wyraźnie poruszona tą zniewagą.

– Zgadza się – syknęła pisarka. – Tyle że teraz nie pozwolą mi wyjść, póki ktoś z was nie zacznie mówić prawdy.

– Ktoś z nas? – zaśmiał się Kaj. – A to dobre. Zresztą podejrzewanie mnie jest niedorzecznością. Nie należę raczej do gigantów. Niby jak zdołałbym kogokolwiek zabić?

Weronika już dawno obiecała sobie, że będzie traktować Kaja jak pozostałych. Bez uprzedzeń. Trudno jednak było nie zgodzić się z jego słowami. Nie miał warunków fizycznych zabójcy.

– Wystarczająco sprawnie posługujesz się kiesą – stwierdził Grabowski, wskazując Cegielskich. – Skąd wiemy, że nie opłaciłeś tamtych, żeby to załatwili? Znowu.

– Cała nasza czwórka ma alibi – przypomniał jeden z braci Cegielskich z wyraźnym zadowoleniem.

– A to tak trudno wymknąć się z pubu na chwilę? – zapytał emerytowany milicjant. – Ale mnie zastanawia co innego.

– Co takiego? – zapytał Podgórski.

Grabowski spojrzał na Kaja i zaśmiał się głośno.

– Co znowu?! – prychnął tamten. – Co cię tak śmieszy? Moja choroba?

– Twoja choroba mnie nie interesuje. Śmieszą mnie raczej wasze kłamstwa. – To mówiąc, Grabowski pokazał palcem Kaja, a potem odwrócił się do Walerii.

Pisarka poruszyła się niespokojnie.

– Kłamstwa? – powiedziała, cmokając niezadowolona. Czerwona szminka rozmyła się nieco i utworzyła smugę tuż przy dolnej wardze.

– Dokładnie tak. Kłamstwa – przeliterował Grabowski.

– Mógłby pan powiedzieć, o co chodzi? – poprosiła Weronika.

– Oczywiście. Do tego właśnie zmierzam – Grabowski wstał, jakby w ten sposób chciał podkreślić wagę swoich słów. – Widziałem tę dwójkę razem.

Znowu pokazał na Kaja i Walerię.

– Niby kiedy? – zapytała pisarka.

– Właśnie w czwartek siedemnastego marca bieżącego roku. Po południu.

– To dopiero jest kłamstwo. Już mówiłam, że w czwartek po południu byłam na spotkaniu autorskim w Rypinie. W internecie można sobie obejrzeć zdjęcia z tej imprezy.

– To było, zanim tam pani dojechała, Walerio. Zanim – podkreślił znowu Grabowski.

– Niby gdzie pan nas widział, panie Grabowski?

– Już chyba wspominałem, że często jeżdżę na rowerze dla zdrowia. Byliście na leśnej ścieżce. Tej, która prowadzi od garażu tu w Drozdach do szosy. Staliście prawie przy asfalcie. Obok pani samochodu. Tego czarnego GLE. Tak byliście zajęci rozmową, że nawet mnie nie zauważyliście, jak przejeżdżałem szosą.

– Niedorzeczność – zaśmiał się Kaj.

– Naprawdę bardzo mnie interesuje, czemu ukrywacie tę swoją schadzkę? – mówił dalej Grabowski, jakby to on teraz prowadził przesłuchanie. – Może dlatego, że to wy zabiliście Klementynę? Co?

Waleria zakrztusiła się i przez chwilę nie mogła złapać oddechu.

– Wszystko w porządku, mamo? – zapytała Nadzieja.

– Niech pan już przestanie, panie Grabowski. Nie wystarczy panu, co pan narobił!

– Co ja narobiłem? – powtórzył za nią emerytowany milicjant. – Święta rodzina Żaków! Tak bardzo lubicie rzucać oskarżeniami o morderstwo, no to proszę. Uważam, że Kaj i Waleria zabili Klementynę.

Pisarka znowu się zakrztusiła.

– Przyniosę pani coś do picia – zaproponował Daniel.

– Tam jest kuchnia. – Helena Kopp wskazała drzwi w drugim końcu sali.

Weronika patrzyła, jak Podgórski znika w pomieszczeniu obok. Wrócił ze szklanką wody i podał ją Walerii. Pisarka wypiła długimi łykami. Zaczynała chyba powoli dochodzić do siebie.

– Ja i pan Kaj zabiliśmy Klementynę? – powtórzyła, oddając szklankę policjantowi. – W życiu nie słyszałam czegoś tak głupiego. Jaki niby moglibyśmy mieć powód?

Grabowski otwierał właśnie usta, żeby odpowiedzieć, kiedy Kaj oznajmił nagle:

– Taki jesteś mądry, Grabowski, co? Tak wszystko świetnie widzisz? To niespodzianka. Bo ja z kolei widziałem ciebie w noc śmierci Róży. W dwa tysiące czternastym. Dwudziestego drugiego listopada. W nocy.

– Jak to? – wymamrotała pani Kopp. – O niczym takim nie wspominałeś, Kaju.

Kaj nie zareagował na jej słowa. Skupiony był na Grabowskim.

– Tak, tak, mój drogi. Teraz tobie jest nie do śmiechu, prawda?

Twarz emerytowanego milicjanta rzeczywiście przybrała nieco posępny wyraz. Trudno było stwierdzić, czy naprawdę przestraszył się oskarżeń Kaja, czy może samo wspomnienie śmierci córki było tak bolesne.

– W jakich okolicznościach? Proszę opowiedzieć – poprosiła Weronika.

– To było w nocy. Jakiś czas, zanim rozległy się strzały. Wychodziłeś z szopy, Grabowski – kontynuował Kaj. – Z szopy! Tam, gdzie Błażej trzymał strzelby! Stamtąd wychodziłeś! Niedługo później rozległy się strzały! Jaki z tego morał? Zabiłeś własną córkę.

– Niby jak mogłeś mnie widzieć? – zapytał powoli Grabowski. – Masz pokój od drugiej strony, od dziedzińca.

Kaj odkaszlnął cicho.

– Panie Kaju? – ponaglił go komendant Cybulski.

– Nie mogłem spać – wyjaśnił Kaj po wyraźnej sekundzie zawahania. – Wydawało mi się, że drzwi z tyłu trzaskają na wietrze. Jakby ktoś ich nie zamknął. Przeciąg mnie dobijał. W listopadzie łatwo się przeziębiam. Dlatego tam poszedłem. Przy okazji wyjrzałem i buch. Byłeś tam. Ot co!

– To twoje kroki słyszałam tamtej nocy na korytarzu, Kaju? – zapytała Helena Kopp jakby z ulgą.

Kaj wzruszył ramionami.

– Zaraz! Ja też pana widziałem tamtej nocy, panie Grabowski – odezwał się Borys, jakby nagle coś sobie uświadomił – jak szedłem do siostry na film. Minęliśmy się we wsi. Niech pan nie mówi, że nie pamięta. To musiało być przed dwudziestą drugą. Róża zginęła chyba godzinę później. Miałby pan sporo czasu, żeby dostać się do szopy, a potem ją zastrzelić.

Emerytowany milicjant znowu skrzyżował ręce na piersiach, ale nie zaprzeczył.

– To pan wyłamał skobelek?! – zawołał ogrodnik. Na jego piegowatej twarzy pojawiły się rumieńce. – Naprawdę zabił pan własną córkę?

Wytatuowany Cegielski zagwizdał głośno.

– To się porobiło – rzucił z rozbawieniem i podrapał się po skroni w miejscu, gdzie wytatuowaną miał swastykę.

– Stul pysk – mruknął jego kuzyn, wyprzedzając reakcję prokuratora.

– I dlaczego kłócił się pan z Różą rano, kiedy ja jadłem naleśniki?! – zawołał nagle Oskar, ośmielony chyba tym, że wszyscy atakują Grabowskiego.

Nadzieja pogłaskała syna po głowie uspokajająco.

– Już dobrze, kochanie.

– Czy to wszystko prawda? – zapytał komendant Cybulski.

Grabowski rozejrzał się po zebranych i uśmiechnął nieznacznie. Nie było w tym wesołości, przekory czy cynizmu. Raczej smutek.

– Tak, byłem tu w nocy, kiedy zginęła moja Róża. I tak, to ja wyłamałem skobelek w szopie.

– Dlaczego? – zapytał Daniel.

– Chodziło o zdjęcie.

Wszyscy czekali, co Grabowski jeszcze powie, ale milczał. Usiadł z powrotem na swoim krześle i założył nogę na nogę.

– O jakie zdjęcie? – zapytała więc Weronika.

– Róża chyba mówiła o zdjęciu, kiedy robiła mi naleśniki – znowu wtrącił się Oskar. Miał wypieki na pulchnej twarzy.

– Naprawdę nie powinieneś był jeść tych naleśników, synku – włączyła się znowu Nadzieja.

– Och, przestań już! – krzyknęła nagle Waleria. – Mam tego dosyć. Trzymasz chłopaka na smyczy, jakby był jakiś niepełnosprawny. Dajże mu trochę wolności.

– Mamo! – zawołała Nadzieja. – Ja się nim tylko opiekuję.

– Co to było za zdjęcie? – ponowił pytanie Podgórski, krzywiąc się lekko na ich kłótnię.

– Moje i Klementyny – wyjaśnił Grabowski. Kiedy wymawiał imię komisarz Kopp, w jego głosie pojawiła się nuta czułości.

– Powinieneś był trzymać się od mojej córki z daleka – warknął Romuald z irytacją. – Ty komuchu.

373

– Komuch czy nie, ja przynajmniej jej nie lałem. W przeciwieństwie do waszego ulubieńca Jędrzejka! Uważaliście go za świętego, za pogromcę komunizmu. – Wyglądało na to, że Grabowski po raz pierwszy zupełnie stracił panowanie nad sobą. Zerwał się znowu z krzesła i zaczął chodzić po jadalni wielkimi krokami. – A tymczasem to był kapuś. Podpisywał donosy na was wszystkich, jak leciało.

Waleria też poderwała się z krzesła.

– Donosy? Jędrek nigdy by tego nie zrobił!

– Jesteś taka tego pewna, to zajrzyj do teczek. Agent Leszek. Taki miał pseudonim.

– Tego tylko brakowało. – Romuald Kopp również wstał. – Jędrzej brał udział w strajkach w sześćdziesiątym ósmym. Po zdjęciu *Dziadów*. On...

– Tak, jasne – przerwał mu Grabowski. – Brał udział w jednym strajku. Jednym! I tylko tyle. Milicja go zgarnęła, a on zgodził się na nasze warunki, byle uniknąć konsekwencji. Donosił nam na wszystkich po kolei! Był nie tylko damskim bokserem, ale i zdrajcą. Żadnym tam bojownikiem o wolność!

– Proszę państwa, naprawdę chyba zdecydowanie mniej wygodnie będzie jechać teraz na komendę – odezwał się Cybulski. – Coraz mniej mi się to podoba i myślę, że zaraz zaproponuję takie rozwiązanie.

– Zgadzam się w zupełności – poparł go prokurator Gawroński. – Niech państwo usiądą.

Waleria szybko zajęła swoje miejsce. Grabowski zwlekał, ale w końcu i on usiadł.

– Świetnie. Wróćmy do tego zdjęcia, o którym pan wspomniał – powiedział Gawroński. – Jaki ono ma związek z pańską nocną wizytą na terenie Drozdów?

Grabowski roztarł skronie okrężnymi ruchami.

– Róża znalazła je rano w rzeczach Klementyny. Poszła na strych po sukienkę ślubną. Chciałem je mieć, dlatego się tam w nocy włamałem.

– Dlaczego to zdjęcie było takie ważne? – zapytała Weronika delikatnie.

– Bo kochałem Klementynę – wyznał Grabowski. Zabrzmiało to zwyczajnie, jakby była to najbardziej oczywista rzecz pod słońcem. – Kochałem ją, ale nigdy nie mogliśmy być razem. Była młoda, niedoświadczona. Słuchała wtedy we wszystkim rodziców. Zakazali jej.

Skinął głową w kierunku państwa Kopp i uśmiechnął się melancholijnie.

– Czyż to nie zabawne? – podjął ze smutkiem. – Gdybyście wtedy pozwolili jej zostać moją żoną, może nadal byłaby tu z wami. Nie wpadłaby w łapska waszego świętego Jędrzeja. Nie musiałaby uciekać do Gdańska. Nie straciłaby dziecka…

Helena Kopp zaczęła głośno szlochać. Romuald objął ją kościstym ramieniem.

– Zamknij się, komuchu, bo pożałujesz! – zawołał, ale zabrzmiało to słabo. – Zdrajco ojczyzny!

– Chyba czas kończyć to przedstawienie – odezwał się komendant Cybulski.

– Chwileczkę! – zawołał Grabowski. – Proszę pozwolić mi spokojnie dokończyć. Mam dosyć niedopowiedzeń i kłamstw.

– A to bardzo ciekawe! – zaatakował Kaj. – Bo ja myślałem, że się w tym specjalizujesz. Ty i pozostali.

– Pozostali? – podchwyciła Emilia, która od dłuższego

czasu siedziała w milczeniu, przysłuchując się coraz bardziej zagorzałej dyskusji.

Kaj znowu się zaśmiał.

– Zdjęcie zostało zrobione już po moim ślubie z Zośką, matką Róży – powiedział tymczasem Grabowski. – Klementyna też była już po ślubie z Jędrzejem, ale od początku im się nie układało. Spotykaliśmy się w sekrecie, chociaż oboje czuliśmy, że tak być nie powinno. Że to nie w porządku, skoro mamy na palcach obrączki. Tak czy inaczej powiedziała mi któregoś dnia, że musimy z tym skończyć. Zrobiliśmy sobie zdjęcie, żeby móc wspominać wspólne chwile. Jedno zdjęcie. Wywołałem je potem sam, żeby nikt o tym nie wiedział. Myślałem, że Klementyna zabrała je ze sobą do Gdańska, ale najwyraźniej się myliłem, bo właśnie tę fotografię znalazła moja córka. Z tyłu były dedykacja i data napisane moją ręką. Róża zadzwoniła do mnie rano, w dzień swojej śmierci. Miała do mnie pretensje, że zdradziłem Zośkę. Nie potrafiłem córce wyznać, że mój ślub z jej matką to było tylko... że Zośki nigdy nie kochałem.

Grabowski zamilkł. O dziwo nikt się nie odezwał.

– Tak czy inaczej bardzo chciałem mieć to zdjęcie. Miało dla mnie olbrzymią wartość sentymentalną – podjął w końcu. – Postanowiłem włamać się w nocy do szopy i je zabrać, bo córka mówiła, że tam zostało. Że się brzydziła wziąć je ze sobą. Oto i cała historia. Teraz, skoro już wiecie, jaki ze mnie romantyk – dokończył ostrzejszym tonem i znowu wskazał Kaja i Walerię – powiedzcie, co wy robiliście w ostatni czwartek na ścieżce! O czym tak gadaliście w sekrecie? Prawda za prawdę.

– To, o czym rozmawialiśmy, nie ma nic wspólnego ze śmiercią Klementyny – powiedział Kaj bardzo powoli.

– Doskonale wiesz, że ona i dla mnie była ważna. Przyjaźniliśmy się.

– Po tobie można spodziewać się wszystkiego. Może ci się odwidziało. Ty i Waleria zabiliście najpierw moją Różę, a teraz Klementynę, żeby tego nie odkryła? – zaatakował Grabowski. – Tak było?! Dorzuciłbym wam śmierć Jędrzeja, ale wiem, że to zrobił nożownik. Facet do wszystkiego się przyznał. Zgnił w więzieniu.

Emerytowany milicjant zaśmiał się teraz niemal histerycznie.

– Dosyć tego – powiedziała prawie szeptem Waleria.

– Co powiedziałaś?! – zawołał Grabowski.

– Nie chcę być oskarżana o zabójstwo – oznajmiła pisarka. Dla odmiany teraz to jej drżał głos. – Powiem wszystko, ale proszę o dyskrecję! Czy mogę na to liczyć?

ROZDZIAŁ 60

Obok domku ogrodnika. Piątek, 25 czerwca 1976.
Godzina 22.45.
Jędrzej Żak

Zrobiła się prawie jedenasta, ale nadal było upalnie. Znad stawów unosiła się gorąca para, jakby się gotowały po skwarnym dniu. Jędrzej otarł pot z czoła i odgonił komara, który przysiadł obok rany na łydce. Musiał czuć zapach świeżo zasklepionej krwi. Ależ ten Kaj go urządził! To będzie się goiło i goiło. Mimo to Jędrzej nie zrezygnował z przyjścia pod domek ogrodnika. O nie. Po tym, co się stało, miał zamiar porozmawiać sobie z Klementyną dosadniej.

Niestety jak zwykle była uparta. Walił w drzwi, krzyczał, ale nie otwierała. Ogarnęła go taka złość, że miał ochotę zbić szybę. Powstrzymał się. W końcu to był jego dom. Nie będzie niszczyć swojej własności. Jak się potem wprowadzi z powrotem, musiałby naprawiać. A na to teraz nie było pieniędzy.

Znowu spróbował włożyć swój klucz do zamka. Wiedział, że to na nic, ale co tam. Klucz oczywiście nie pasował. Kaj musiał pomóc Klementynie zmienić zamek. Romualda Jędrzej o to nie podejrzewał. Teść by na to nie pozwolił.

– Otwieraj, kurwa! – zawołał i po raz ostatni naparł na drzwi. – Słyszysz?

Oczywiście Klementyna nie odpowiedziała. Jędrzej usłyszał trzask uchylanego okna i spojrzał w górę. Była żona wychylała się i wpatrywała w niego uważnie. Wyglądała strasznie. Długie włosy gdzieś zniknęły. Wokół twarzy sterczały jedynie jakieś strzępki.

– Co ty ze sobą zrobiłaś?

Wyciągnęła rękę przed siebie. Trzymała w niej krótki nóż. Może ten, którym Kaj go wcześniej zaatakował. Po chwili wystawiła drugą rękę. Zaciskała w dłoni pukle włosów.

– No i po co to zrobiłaś?! Wyglądasz teraz jak wariatka!

Zmierzyła go jeszcze jednym spojrzeniem. W jej oczach czaiła się dziwna groźba. Zupełnie jak wcześniej. Bez słowa przymknęła okno i zniknęła w pokoju.

– Klementyna! – zawołał, ale tak naprawdę nie miał już ochoty tu stać.

Noga go bolała i zrobiło mu się dziwnie nieswojo. Z tymi strzępkami na głowie w świetle dogasającego dnia Klementyna wyglądała naprawdę niepokojąco. Nie mówiąc już o nożu.

– Jutro też jest dzień! – krzyknął Jędrzej jeszcze. Nie mogło przecież wyjść na to, że odchodzi stąd na tarczy. Nie kolejny raz. Był pewien, że Klementyna go słyszy, mimo że schowała się w domu. Okno zostawiła przecież delikatnie uchylone. – Wrócę! Zrozumiesz w końcu, że twoje miejsce jest przy mnie!

Jędrzej ruszył powoli z powrotem w stronę łąki. W oddali na wzgórzu widział światła Szuwarów. Bardzo chciał już być w domu.

– Pomocy! – usłyszał nagle za sobą.

Odwrócił się powoli.

– Błagam! Pomocy! Na moście!

ROZDZIAŁ 61

Drozdy. Niedziela, 20 marca 2016. Godzina 14.20.
Aspirant Daniel Podgórski

Nie chcę być oskarżana o zabójstwo – oznajmiła Waleria.
– Powiem wszystko, ale proszę o dyskrecję.

Zebrani w sali hetmańskiej wyraźnie się ożywili. Daniel
poczuł znajome podniecenie. Byli blisko przełomu w sprawie. Poza tym czuł się coraz lepiej. Nadal nie był może
w najlepszej formie, ale w głowie przestało mu szumieć,
a ruchy miał pewniejsze.

– Nawet nie próbuj – warknął Kaj.

– Tylko jeszcze raz bardzo proszę o dyskrecję – powtórzyła Waleria, ignorując go. Jej głos przeszedł teraz
w nieprzyjemny falset.

– Zabiję cię, jeżeli coś powiesz! – krzyknął Kaj histerycznie. – Chcesz wszystko zepsuć?! Wszystko!

Pisarka odwróciła się do niego. W oczach miała łzy.

– Oj daj już spokój, Kaj. Przecież ty nic na tym nie
tracisz. Tylko i wyłącznie ja. To ja tracę wszystko. – Waleria
rozpłakała się na dobre. Tusz do rzęs zaczął spływać po jej

policzkach. – Nie chcę, żeby mnie zamknęli do więzienia za zabójstwo.

– Nikt cię nie zamknie. Nie mają żadnych dowodów. Zresztą nic nie zrobiłaś – przekonywał Kaj pełnym napięcia głosem. – Grabowski kłamie, żeby zrzucić winę na nas. Nie daj się podpuścić!

Grabowski się uśmiechnął z przekąsem. Daniel był zły na siebie, że od razu nie spytał go o wyłamany skobelek. Chodziło mu to po głowie, kiedy Borys opowiedział im o tym w jadalni. Przecież ojciec Róży interesował się śledztwem, a nie wspomniał nic o potencjalnie istotnym fakcie. Teraz było jasne, że chronił siebie. Gdyby Daniel od razu go przycisnął, już wczoraj by o tym wiedzieli.

– Grabowski nie kłamie! – odkrzyknęła pisarka. Wyglądało na to, że podjęła już decyzję i nie zamierza się cofnąć.

– Myślisz, że możesz liczyć na dyskrecję tych ludzi?! – zawołał znowu Kaj. – Nie bądź głupia.

– Wszystko mi jedno – powiedziała Waleria dobitnie i odwróciła się do prokuratora Gawrońskiego, jakby uznała, że to on jest tu najważniejszy. – Grabowski nie kłamał. Naprawdę widział nas w czwartek po południu. Rozmawialiśmy tam na ścieżce tak, jak on mówi. Dopiero potem pojechałam do biblioteki w Rypinie.

– O czym państwo rozmawiali? – zapytał Podgórski szybko. Nie chciał, żeby pisarka się rozmyśliła.

– O książce.

– Waleria, proszę! – jęknął Kaj. Po raz pierwszy z jego głosu zniknęła nuta złośliwości.

– To nie ja pisałam te książki, to Kaj! – zawołała Waleria. – To Kaj! Musieliśmy uzgodnić szczegóły, żebym wiedziała, co mam mówić na spotkaniu!

– A to dobre! – zawołał jeden z Cegielskich. Nikt nie zwrócił na niego uwagi. Wszyscy wpatrywali się w pisarkę, wstrzymując oddech.

– Jak to? – zdziwienie w głosie Nadziei było tak wielkie, że Daniel prawie się roześmiał. – Mamo, co ty mówisz? Przecież to ty! Słyszałam, jak piszesz na komputerze. Czasami całe dnie tak stukałaś!

– Ja tylko przepisywałam rękopisy Kaja. Jestem zwykłą sekretarką, a nie pisarką. Sekretarką!

Waleria płakała teraz niemal spazmatycznie. Borys wstał i podszedł do niej szybko. Objął matkę wielkim ramieniem. Daniel starał się na niego nie patrzeć. To nieprzyjemnie przypominało o wczorajszej nocy.

– Wszystko będzie dobrze, mamusiu – mówił ogrodnik, zupełnie nie zwracając uwagi na policjanta. – Wszystko będzie dobrze!

– Ja dostawałam część zysków, a resztę oddawałam Kajowi – tłumaczyła Waleria, uspokajając się trochę. – Wysyłałam mu w kopertach. Jak wcześniej jego rodzice, żeby nikt się nie dowiedział o naszym układzie.

Kaj patrzył w podłogę i kręcił głową.

– No i po co o tym mówisz? – mruknął jakby do siebie. – Przecież nic na nas nie mieli. Co to kogokolwiek obchodzi, kto pisze te dyrdymały. Ważne, że się sprzedają i podatki płyną do państwa. Pracowaliśmy na ten układ tyle lat! Waleria, ty to naprawdę jesteś idiotką, wiesz?

383

Kobieta otarła łzy z twarzy i odetchnęła głębiej. Uspokajała się. Wyznanie tajemnicy sprawiło jej wyraźną ulgę.

– Nigdy nie mówiłam, że nie – powiedziała. – Byłeś zadowolony, że dobrze się prezentuję jako autorka romansów, i po to miałam w to wejść. Po nic innego. Nie ze względu na moją inteligencję. Poza tym... Pani się pytała o to zmienione zakończenie w *Domu czwartym*.

Waleria zwróciła się do Weroniki.

– Tak.

– No więc to, które się pani tak nie podobało, dopisałam ja sama. To pierwsze, oryginalne, stworzył Kaj, słyszycie? To on, nie ja.

Daniel miał dziwne wrażenie, że Waleria z jakiegoś powodu mówi wprost do Grabowskiego. Emerytowany milicjant zmarszczył czoło, ale milczał. Cegielscy wymienili spojrzenia.

– To nie moja wina – dodała jeszcze cicho kobieta. – Nie moja.

Kaj znowu pokręcił głową, jakby z niedowierzaniem.

– Będę bardzo wdzięczny, jeżeli ta informacja nie opuści Drozdów – powiedział. Nie wyglądało jednak na to, żeby miał wielką nadzieję, że tak się stanie. – To nie ma żadnego związku ze sprawą.

– A graffiti, które kazałeś robić? – włączyła się Emilia. – A „złe czyny"? Czy to ma coś wspólnego z Klementyną? Kim jest Hanna?

W jadalni znowu zapadło milczenie. Podgórski napotkał spojrzenie Strzałkowskiej. Przez chwilę było jak dawniej. Jakby nie było wczoraj. Jakby nie było tego dnia dziewięć miesięcy temu, jakby nie było tamtej nocy w Utopcach. Po prostu dwójka śledczych, która jest bardzo blisko rozwiązania zagadki.

Komendant Cybulski, prokurator Gawroński i Weronika również czekali w napięciu. Cisza była idealna. Z dziedzińca dochodziły tylko głosy pracujących przy studni techników. Podgórski liczył na to, że skoro Ziółkowski nie przyszedł do jadalni, ciała Klementyny tam nie było.

– Kaj zostawiał dla mnie rękopis w łazience przy recepcji. Tak to się odbywało – powiedziała w końcu Waleria, ku wyraźnej uldze pozostałych. – Za toaletą. Mamy tam taką skrytkę.

– Zrobiłem ją ze stojaka na nuty – wyjaśnił Kaj zrezygnowanym głosem.

– Znalazłam ją, jak próbowałam naprawić spłuczkę – powiedziała w zamyśleniu Strzałkowska. – Nie wiedziałam tylko, co to jest.

– Kiedy książka jest gotowa, Kaj stawia pozytywkę na parapecie w swoim pokoju i wtedy wiem, że tej nocy mam przyjść po manuskrypt. Teraz też postawił. Trochę bałam się przyjść, bo państwo zostali na noc.

Waleria wskazała głową najpierw Daniela, a potem Emilię. Podgórski przypomniał sobie, jak Kaj siedział wczoraj na parapecie z pozytywką w dłoni i bez końca ją nakręcał. Teraz melodia *Oh, My Darling Clementine* wydawała się odległym wspomnieniem. Nóż ukryty w figurce baletnicy również.

– W końcu się odważyłam.

– Była pani ostatniej nocy w Drozdach? – zapytała Strzałkowska szybko. – Słyszałam jakieś kroki.

– To ja wychodziłem, żeby otworzyć drzwi z tyłu budynku i zostawić manuskrypt w toalecie – mruknął Kaj. Najwyraźniej nie zamierzał już niczego ukrywać.

– Do naszego pokoju też zajrzałeś? – zapytał Podgórski.

Nie mógł powstrzymać wściekłości. Skoro Kaj kręcił się w nocy po Drozdach, być może to on wszedł do apartamentu.

– Niby po co?

– Na przykład żeby zabrać breloczek od samochodu Klementyny?

– A co, nie macie go? – zadrwił Kaj. Najwyraźniej zaczynał odzyskiwać humor.

Kurwa. Daniel wolał nie patrzeć w stronę Cybulskiego i Gawrońskiego. Ciągle miał w uszach słowa komendanta: „Już raz były z tobą kłopoty". To było ostrzeżenie.

– Breloczek zniknął? – odezwał się Borys.

Daniel żałował, że w ogóle poruszył tę kwestię.

– W każdym razie tamtej nocy, kiedy Róża została zabita, też szłam po rękopis – zaczęła nagle mówić Waleria. Najwyraźniej bardzo chciała wszystko wyrzucić z siebie.

– Poczekałam do nocy. Słyszałam, jak Nadzieja i Borys zaczynają oglądać film. Potem zebrałam się do wyjścia. Mogło być wpół do jedenastej, może troszeczkę później. Musiałam okrążyć domek ogrodnika i wejść do Drozdów werandą z tyłu. No więc tamtej listopadowej nocy w dwa tysiące czternastym roku byłam w Drozdach i powiem wam, że ktoś tu nie mówi całej prawdy! Ktoś tu kłamie!

CZĘŚĆ SZÓSTA

ZABÓJCA PTAKÓW

Jestem Zabójca Ptaków.
PoGroMca
MściCieL
!!! I nienawidzę tej kurwy!!!
Jebana kurwa
KurwiszczE
Sucz
RóŻa
Chuj jej w tą grubą dupę!
Chcę, żeby była tak pogięta jak te ptaki.
O tak.
KuRwA
Róża to Kurwa.
Kurwa.
Nie zabierze tego, co moje. Nie zabierzE.
Nienawidzę jej
.Kurwy jednej.
Róża we krwi!
Róża ze złamanym karkiem.
Róża przecięta na pół!
RóŻa z wyrwanymi nogami.
Co ona sobie wyobraża? KuRwA
Że tak się śmieje?
Albo z dziórą w głowie.
Kurwa!!!

CZĘŚĆ SIÓDMA

KTO KŁAMIE?

ROZDZIAŁ 62

Drozdy. Niedziela, 20 marca 2016. Godzina 15.00.
Sierżant sztabowa Emilia Strzałkowska

Emilia przyglądała się Walerii, jakby z jej twarzy można było wyczytać jakieś odpowiedzi. Niestety po wcześniejszym oświadczeniu, że ktoś ze zgromadzonych kłamie, kobieta straciła nagle ochotę do dalszych wynurzeń. Wpatrywała się w swoje czerwone paznokcie z miną niewiniątka.

– Kto pani zdaniem nie mówi prawdy? – zapytała więc Strzałkowska.

Waleria nie podniosła nawet wzroku.

– Widziała pani kogoś tamtej nocy, kiedy umarła Róża? – włączył się Daniel.

Znowu milczenie. Wszyscy zgromadzeni czekali w napięciu, jakby każdy obawiał się, że to on zostanie wskazany.

– Raczej najpierw słyszałam, a potem widziałam – odezwała się w końcu Waleria.

– Mogłaby pani wyrazić się nieco bardziej precyzyjnie? – poprosił prokurator Gawroński.

Strzałkowska słyszała w jego głosie nutę irytacji. Rzadko tracił nad sobą panowanie, ale teraz miał już wyraźnie dosyć. Nie dziwiła się. Drozdy potrafiły działać na człowieka przytłaczająco.

Waleria uniosła głowę i rozejrzała się po zebranych. Najpierw uśmiechnęła się z czułością do swoich dzieci i wnuka. Potem omiotła Cegielskich i Grabowskiego wyraźnie niechętnym spojrzeniem, a na Kaja zerknęła jakby ukradkiem. W końcu jej wzrok zatrzymał się na rodzicach Klementyny.

– To pan, Romualdzie! – powiedziała, celując palcem w pana Koppa. – To pan kłamie! To pan zabił Różę!

Staruszek skulił się w sobie. Usta mu drżały. W sali hetmańskiej zapadła grobowa cisza.

– Co też pani mówi? – obruszyła się Helena. – Mój mąż by jej nie skrzywdził! Może nie darzył jej wielką sympatią, ale Błażej zawsze był dla nas jak syn! Róża miała zostać jego żoną. Chciałam nawet oddać jej sukienkę Klementyny...

– Co to ma do rzeczy? – zapytał jeden z Cegielskich wyraźnie ucieszony, że nikt nie oskarża ani jego, ani jego kompanów.

Pani Kopp go zignorowała.

– Zresztą Romuald spał, kiedy ja wychodziłam, aby porozmawiać z Błażejem – powiedziała do Walerii. – Nie mogła go pani widzieć!

– Wcale nie spał! – upierała się pisarka.

– Przecież wiem, że spał! – nie ustępowała Helena.

– Może staruch udawał – zaśmiał się swastyka Cegielski.

– Śpimy razem od pięćdziesiątego trzeciego roku. Twojego ojca nie było wtedy jeszcze na świecie, Robercie

– powiedziała pani Kopp z godnością. – Potrafię takie rzeczy rozpoznać.

– Tym razem musiała się pani pomylić, bo ja jestem pewna tego, co słyszałam i widziałam tamtej nocy – oznajmiła Waleria. – Już mówiłam, że tamtej nocy zakradłam się do Drozdów po manuskrypt *Domu czwartego*. Weszłam drzwiami z tyłu budynku. Jak wspomniałam, Kaj zostawił je dla mnie otwarte. Poszłam do łazienki w holu, do naszej skrytki za sedesem. Na wszelki wypadek zamknęłam drzwi. Wydawało mi się, że jest mała szansa, że ktoś mnie nakryje, ale wolałam się zabezpieczyć.

– To jest jawna bezczelność, że pani się tu zakradała – walczyła dalej Helena. – Prawda, Romualdzie?

Ojciec Klementyny siedział skulony. Nie patrzył na nikogo. Emilia była w firmie wystarczająco długo, żeby umieć rozpoznać, kiedy ma przed sobą kogoś, kto ma coś za uszami. Zerknęła na Podgórskiego. To był odruch, bo pracowali razem od dłuższego czasu. Policjantka zobaczyła w jego oczach tę samą pewność. Romuald coś ukrywa.

– Weszłam od tyłu, więc nie wiedziałam, że pani spotkała się na dziedzińcu z Błażejem – mówiła dalej Waleria. – To znaczy słyszałam silnik. Podejrzewałam, że to pewnie on wraca z polowania, ale nie sądziłam, że pani wstała, Heleno. Siedziałam zamknięta w łazience i wydobywałam manuskrypt ze skrytki.

– Czekaj! Co ma do tego mój mąż? – zapytała Helena nerwowo.

– Otóż, widzi pani, bardzo dużo. Ktoś próbował otworzyć drzwi do łazienki, kiedy tam byłam. – Waleria znowu wycelowała palec w Romualda. – Pan!

– Niby skąd pani wie, że to on?

Głos matki Klementyny drżał coraz bardziej. Patrzyła na męża z rosnącym niedowierzaniem. Emilia miała ochotę podejść i objąć starszą panią pocieszająco. Doskonale rozumiała jej uczucia. Nie ona jedna zawiodła się na człowieku, któremu ufała.

– Poznałam go po głosie – oznajmiła Waleria. – Nacisnął klamkę i powiedział coś w stylu: „Kochanie, to ty?".

– Tak było? – zapytała powoli Helena Kopp.

– Obudziłem się i zachciało mi się do toalety – odezwał się Romuald. Szczęka mu drżała. Słowa stawały się niewyraźne. – Ciebie nie było już w łóżku. Wstałem i poszedłem do łazienki.

– Dlaczego nie skorzystał pan z łazienki w pokoju? – zapytała Weronika. Wyglądała na bardziej rozluźnioną niż na początku przesłuchania.

– Nasza wtedy nie działała. Dopiero później zrobiliśmy remont – wyjaśniła pani Kopp. Jej głos brzmiał teraz pusto. – Co z tego, że Romuald poszedł do łazienki? To przecież nie zbrodnia.

– Wtedy pierwszy raz spotkałam go tamtej nocy – podjęła Waleria.

Znowu pokazała palcem ojca Klementyny. Po jego wychudzonej twarzy płynęły łzy. Wyjął z kieszeni małą Biblię. Tę samą, którą miał wczoraj przy kolacji. Położył ją na stole drżącą ręką. Chciał się chyba przeżegnać, ale zrezygnował w połowie ruchu. Wyglądał, jakby zupełnie się pogubił.

Cegielscy szeptali coś między sobą, ale żaden nie odważył się głośniej odezwać. Grabowski i Kaj patrzyli na państwa

Kopp z wyraźną wrogością. Oskar płakał cicho otoczony opiekuńczym ramieniem Nadziei. Tylko Borys nie patrzył na winowajcę. Strzałkowska podążyła zdziwiona za jego wzrokiem. Ogrodnik przyglądał się Podgórskiemu.

Borys wyczuł chyba spojrzenie Emilii, bo odwrócił się do niej i uśmiechnął równie przyjaźnie jak wcześniej. Mimowolnie poczuła się nieswojo. Ten uprzejmy uśmiech nijak nie pasował do sytuacji.

– Kiedy zobaczyła pani Romualda po raz drugi? – zapytał tymczasem Daniel.

– Wzięłam manuskrypt i odczekałam chwilę, żeby upewnić się, że sobie poszedł i nie natknę się na niego w korytarzu – wyjaśniła Waleria. – Nie sądziłam, że jeszcze się tej nocy spotkamy. Myślałam, że wrócił do sypialni. Wymknęłam się tyłem, tak jak przyszłam. Chciałam pójść za szopą, żeby na pewno nikt mnie nie zobaczył ani z hotelu, ani z domku ogrodnika. Właśnie kiedy się upewniałam, że droga wolna, zobaczyłam pana Koppa po raz drugi! A właściwie po raz pierwszy, bo wcześniej słyszałam tylko jego głos. Już mówiłam.

– Gdzie? – włączył się do rozmowy komendant Cybulski.

– Czaił się przy domku ogrodnika!

– To było, zanim usłyszała pani strzał? Czy potem? – zapytał Podgórski.

Waleria zmieszała się.

– Nie wiem. Nie jestem pewna.

– Bardzo proszę się zastanowić – poprosił Gawroński.

– Nie wiem! Czy to ważne?! Czaił się przy domu! Zaglądał do sypialni! Tam przecież spała Róża, prawda? Prawda?!

– Czekaj! Pani nawet nie wie, kiedy to było: przed czy po strzale – wydusiła znowu Helena, jakby czepiała się ostatniej nadziei. – Mój mąż nikogo nie zabił!

– Kochanie, to wszystko prawda – powiedział nagle pan Kopp. Łzy nie przestawały płynąć mu po twarzy. – To ja. To ja ją zabiłem. Potem wróciłem szybko do hotelu. Spotkałem na korytarzu Kaja. Udawałem, że się obudziłem, bo usłyszałem strzały. I razem poszliśmy tam z powrotem.

W jadalni znowu zapadła całkowita cisza.

– Romualdzie, powiedz, że to kłamstwo! – błagała Helena. – Nie wierzę, że zabiłeś Różę!

Pan Kopp podniósł głowę i spojrzał na żonę przepraszająco.

– Ale dlaczego? – oddech Heleny przeszedł w głośny świst.

Emilia zobaczyła, że Cybulski i Gawroński wymieniają spojrzenia. Miała nadzieję, że zaraz przerwą tę scenę. Weronika się przecież nie myliła, konfrontacja przyniosła efekty – mieli zeznanie. A wyglądało na to, że pani Kopp nie zniesie więcej.

– Nie toleruję rozwodów – szepnął Romuald.

– Jesteście chorzy! – krzyknął Grabowski, zrywając się z krzesła. – Nazywasz mnie komuchem, a sam jesteś pierdolonym mordercą! Zniszczyłeś życie Klementynie, bo nie tolerowałeś rozwodów, zabiłeś moją córkę, bo nie tolerowałeś rozwodów. Bo nie tolerowałeś rozwodów!

Grabowski ruszył w stronę pana Koppa. Zanim Emilia zdążyła zareagować, Daniel chwycił go za ramię. Były milicjant zaczął się szarpać. Mimo poważnego wieku wydawał się w pełni sił. Borys wstał i przyszedł Podgórskiemu z pomocą.

Cegielscy też zerwali się z miejsc wyraźnie rozbawieni obrotem sprawy. Swastyka zagwizdał, jakby znajdowali się na meczu lub walce bokserskiej. Niespodziewanie Grabowski uspokoił się, jakby na jakieś hasło.

– Klementynę też zabiłeś? – zapytał Romualda. – Ją też?

Pan Kopp potwierdził lekko głową.

– Udawałem, że upadły mi okulary. Kiedy się schyliła...

– To niemożliwe, to niemożliwe – przerwała mu Helena, szlochając.

Emilia chciała do niej podejść, ale Weronika ją ubiegła. Objęła starszą panią ramieniem. Helena zdawała się niknąć w objęciach Nowakowskiej.

– Czekałeś na nią codziennie, żeby ją dopaść – atakował dalej Grabowski. Jego głos stał się na powrót głęboki. Każde słowo wydawało się jak cięcie noża.

– Tak... Czekałem... W czwartek się zjawiła. Myślała, że wyszedłem na powitanie. Udałem, że spadają mi okulary, i wtedy...

Ciałem Romualda wstrząsały dreszcze, jakby nie mógł już przyjąć więcej ciosów.

– Dlaczego nie powiedziała pani o tym wszystkim, kiedy trwało śledztwo w dwa tysiące czternastym roku? – zapytał prokurator Gawroński, odwracając się do Walerii. Chciał chyba dać staruszkowi trochę czasu na uspokojenie.

Pisarka wzdrygnęła się, jakby sądziła, że w emocjach towarzyszących przyznaniu się do winy Romualda wszyscy o niej zapomnieli.

– To chyba oczywiste – mruknęła bezsilnie. – Nie mogłam przecież przyznać się, że byłam w Drozdach w noc śmierci Róży. To by była dekonspiracja. Wszyscy by się dowiedzieli, że to nie ja jestem autorką tych książek, tylko Kaj.

– Zaraz, zaraz, ale przecież przymknęli Błażeja, bo się chłop przyznał – powiedział nagle jeden ze starszych Cegielskich. – To się za przeproszeniem państwa kupy nie trzyma.

– I to jak cholera – dodał drugi.

Zachrypnięty przewrócił oczami na komentarze ojca i stryja. Najwyraźniej on jeden z całej tej bandy miał głowę na karku. Przynajmniej czasami.

Romuald odwrócił się do Heleny.

– Błażej nie chciał, żebym poszedł do więzienia – szepnął do niej, jakby nikogo innego w jadalni nie było. – Nakrył mnie, kiedy wrócił do domu po rozmowie z tobą, kochanie. Powiedział, że weźmie to na siebie... że ja jestem za stary, żeby iść do więzienia... że nie dam rady, a on sobie poradzi... Że nie pozwoli cierpieć swojemu ojcu.

Wyraźnie podkreślił ostatnie słowo.

– Ojcu? – powtórzyła głucho matka Klementyny, wyswobadzając się z objęć Weroniki.

Pan Kopp wstał bardzo powoli. Poruszał się z wyraźnym trudem, jakby zupełnie opadł z sił.

– Nie chcę już kłamać – szepnął. – Nie tobie, Heleno. Błażej jest moim synem.

– Zawsze tak go traktowaliście – odezwała się Nadzieja. Strzałkowska po raz pierwszy słyszała, żeby jej głos brzmiał tak miękko.

– Tak, tak, tak – powtarzał Romuald. – Tylko że Błażej naprawdę jest moim synem.

– O czym ty mówisz, Romualdzie? – zapytała Helena. Jej głos pozbawiony był teraz jakichkolwiek emocji.

– Ja i Aniela, my... Błażej nie jest synem księdza Ignacego, jak niektórzy gadali, ale moim.

Swastyka Cegielski znowu gwizdnął. Kuzyn uderzył go w ramię i mruknął coś, czego Strzałkowska nie dosłyszała. Nie za bardzo rozumiała, dlaczego komendant i prokurator nie kończą konfrontacji. Przecież powinni przenieść się na komendę. Przeprowadzić porządne, oficjalne przesłuchanie.

– Kto to jest Aniela? – chciał wiedzieć Gawroński.

– To moja przyszywana siostra – wyjaśniła pani Kopp prawie beznamiętnie. – Zamieszkała z nami, kiedy jej rodziców zabili hitlerowcy. Zmarła w dwa tysiące czternastym po długiej chorobie.

– Błażej wiedział, że jesteś jego biologicznym ojcem? – wtrąciła się Nadzieja.

Jej twarz wykrzywił grymas. Najwyraźniej i ona poczuła się oszukana. Znowu objęła Oskara. Chłopiec wtulił się w nią, jakby czuł, że teraz to ona potrzebuje pocieszenia.

– Tak – przyznał pan Kopp. – Jest moim ukochanym synem! A teraz w godzinie próby też to udowodnił, biorąc winę na siebie. Tak naprawdę Klementyna nigdy się dla mnie nie liczyła. Nie chciałem córki! Syn, którego dała mi Aniela, był jak dar.

Helena zaszlochała. Podgórski zrobił kilka kroków w stronę Romualda. Emilia widziała teraz na bladej twarzy policjanta gniew. Nie podobało jej się to. Za bardzo przypominało wydarzenia wczorajszej nocy. Odwróciła się do Gawrońskiego, ale prokurator całkowicie skupił uwagę na Romualdzie.

– Gdzie jest Klementyna? – zapytał Daniel przez ściśnięte zęby. – Co jej kurwa zrobiłeś?

– Zabiłem ją! Komuch ma rację! Czekałem na nią tylko po to! – wrzasnął Romuald, zrywając się z miejsca. – Nie wiedziałem, kiedy przyjedzie, a nie chciałem ryzykować. Dlatego czekałem na szutrze! Tam w ustronnym miejscu było najłatwiej to przeprowadzić. Poza tym chciałem, żeby wszyscy się przyzwyczaili, że tam stoję. Żeby nikogo nie dziwiło, że mnie długo nie ma. Musiałem mieć czas, żeby potem pozbyć się ciała!

– Jak pan to zrobił? – zapytał komendant Cybulski.

– Wziąłem buławę hetmana Drozdowskiego, zawsze wisi przy zbroi. Ukryłem ją w rękawie. – Romuald uniósł rękę, demonstrując zbyt luźne ubrania. – Czekałem i czekałem, ale Klementyna się nie zjawiała. Wreszcie nadszedł czwartek. Przyjechała po południu. Nie wiem, o której, bo nie miałem zegarka. Wyglądała jak jakaś dziwaczka. Ogolona głowa, tatuaże. Jak z więzienia! Brzydziłem się nią! Brzydziłem się nią! Brzydziłem się nią!

– Przestań już! – krzyknęła pani Kopp. – Nie chcę tego słuchać!

– Jak to się dokładnie odbyło? – zapytał Gawroński.

Emilia spojrzała na prokuratora wymownie, ale on skupiony był nadal na Romualdzie. Zaczął iść w jego stronę. Daniel zrobił to samo. Pan Kopp odchrząknął głośno i przetarł oczy dłonią. Nie wyglądało na to, żeby zamierzał uciekać.

– Upuściłem okulary na ziemię i poprosiłem, żeby mi podniosła – wyjaśnił spokojniej. – Kiedy się pochyliła, uderzyłem ją buławą hetmana w głowę. Niczego się nie spodziewała. Myślała, że tatuś naprawdę na nią czeka.

– Kurwa – przeklął niespodziewanie Borys.

Emilia odwróciła się w stronę ogrodnika. Wyglądał na autentycznie poruszonego.

– Rzeczywiście kurewstwo – wydusił Kaj, który o dziwo siedział od dłuższego czasu zupełnie bez słowa.

– Jednak naprawdę jesteś sukinsynem – stwierdził Grabowski. Całe szczęście nadal stał na swoim miejscu. Jeszcze tego brakowało, żeby znowu stracił panowanie nad sobą. Strzałkowska czuła, że są o krok od jakiejś tragedii.

– Kiedy się schyliła, uderzyłem ją buławą – powtórzył pan Kopp. Patrzył w podłogę. – Kilka razy. O tak. O tak. O tak.

Zaczął machać ręką, jakby nadal dzierżył śmiercionośne narzędzie. Helena zawyła. Nie przypominało to ludzkiego krzyku, raczej głos rannego zwierzęcia.

– Już spokojnie – szeptała Weronika.

Podniosła wzrok i spojrzała na Strzałkowską bezradnie. Ona też chyba uważała, że sytuacja wymyka się jakby spod kontroli i prowadzi ku jakiejś katastrofie. Emilia czuła, że powinna coś zrobić, ale stała w miejscu jak sparaliżowana. Może dlatego, że wrzask Heleny przypominał jej własne zawodzenie, kiedy dziewięć miesięcy temu lekarz oznajmił, że Justynka nie żyje. Naprawdę nie rozumiała, dlaczego Gawroński albo Cybulski ciągną przesłuchanie. Trzeba zawieźć pana Koppa na komendę. Tam przesłuchać oficjalnie. Co jeszcze chcieli osiągnąć? Jak mogli być tak nieczuli?

– Co zrobiłeś z Klementyną… z jej ciałem… – poprawił się Podgórski. Gardło miał ściśnięte. Emilia doskonale go rozumiała. Do tej pory mogli mieć jeszcze złudzenia, ale teraz wszystko stało się jasne. – Gdzie ona jest?

Jak na zawołanie drzwi sali hetmańskiej otworzyły się i stanął w nich szef techników kryminalnych. Zatrzymał się w pół kroku. Najwyraźniej już od progu wyczuł napięcie w jadalni. Na jego twarzy odmalowała się konsternacja.

– Studnia jest czysta – powiedział niemal pytająco. – Wszystko w porządku?

– Nie, nie, nie – zaczął mówić pan Kopp. – Nie w studni! Nie w studni! Nie w studni!

– Wszystko w porządku? – zapytał Ziółkowski raz jeszcze i rozejrzał się po zebranych zdziwiony.

Emilia nigdy nie przepadała za technikiem, ale teraz wydawał się jedynym, który nie dał się ponieść emocjom. To wyglądało, jakby osoba z zewnątrz wreszcie przerwała czar. Poczuła, że się uspokaja. Inni też wydawali się wracać powoli do rzeczywistości.

– Otworzyłem szambo i wrzuciłem tam jej rzeczy – poinformował Romuald, jakby on z kolei niczego nie zauważył. – Początkowo chciałem tam też wrzucić ciało, ale w końcu uznałem, że jednak minimalny szacunek jej się należy.

Na te słowa Helena się wyprostowała. Długie włosy sprawiały, że wyglądała jak mityczna wojowniczka. Spojrzała na męża bez najmniejszego uczucia, jakby nic już dla niej nie znaczył.

– Minimalny szacunek? – powtórzyła z goryczą. – Zabiłeś naszą córkę i mówisz o szacunku?

Romuald wbił wzrok w podłogę.

– Co pan zrobił z ciałem Klementyny? – zapytał Cybulski i zaczął iść do Koppa.

– Wsadziłem do samochodu i wywiozłem. Nie chciałem, żeby ktoś zbyt szybko ją znalazł. Porzuciłem samochód. Wróciłem potem do domu na piechotę. To znaczy najpierw poszedłem dokończyć czekanie, a wróciłem o tej porze co zawsze. Kiedy dochodziłem do Drozdów, zorientowałem się, że kluczyki od jej auta mam nadal w kieszeni. Wrzuciłem je do studni. Nie zauważyłem, że wypadło mi to.

Sięgnął do kieszeni i wyciągnął zapakowany nadal w torebkę na dowody breloczek z napisem „Skoda".

– Musiało wpaść pod zapasowe wiadro. Było oparte o murek. Potem pewnie wiatr je przewrócił i zakryło breloczek… Można powiedzieć, że miałem szczęście…

– No nie do końca – warknął Borys. – Znalazłem go przecież.

Romuald pokiwał głową powoli.

– Czyli to pan zakradł się do apartamentu, kiedy nas nie było? – zapytała Emilia, chociaż nie to było teraz najważniejsze. Odchrząknęła.

Pan Kopp znowu skinął głową.

– Gdzie ją pan wywiózł? – zapytał Daniel ostro. – Gdzie jest ciało Klementyny?

– Tam, gdzie nikt nie chodzi. Tam ją zostawiłem. I samochód też.

ROZDZIAŁ 63

Igły. Niedziela, 20 marca 2016. Godzina 16.25.
Weronika Nowakowska

Igły były naprawdę ponurym miejscem. Budynek spłonął czterdzieści trzy lata temu i nigdy nie został odnowiony. Ponure zamczysko niszczało więc przez lata. Szyby były popękane, a sosnowy bór przejął w swoje władanie piękny niegdyś ogród. Spomiędzy wielkich kamiennych płyt, którymi wyłożony był podjazd, wyrastały chwasty. Z jeziorka położonego na tyłach posiadłości unosił się nieprzyjemny zapach. Właściwie trupi odór, przyszło Weronice na myśl. Wzdrygnęła się mimowolnie.

– Nie wiem, nie wiem, nie wiem – powtarzał pan Kopp. Najwyraźniej taki miał zwyczaj, kiedy targały nim silne emocje.

Przyjechali do wzbudzającego niepokój dworu po tym, jak Romuald zeznał, że właśnie tu porzucił samochód Klementyny. W środku miało być jej ciało. Skoda była jednak pusta.

– Zostawiłem ją tu w aucie. Dokładnie w tym miejscu, gdzie teraz jesteśmy. Dokładnie tu.

Staruszek wskazał czarną skodę. Stała niebezpiecznie blisko ściany budynku, jakby Romuald zahamował w ostatnim momencie. Być może tak właśnie było. W końcu wcześniej zabił własną córkę. Musiał być roztrzęsiony.

– Ciało na pewno było w środku? – upewnił się prokurator Gawroński.

Mówił oschłym, urzędowym tonem. Nie uśmiechał się promiennie, jak to miał w zwyczaju. Wszyscy byli w ponurych nastrojach. Weronika starała się nie płakać, ale łzy same płynęły do oczu. Ocierała je co jakiś czas ukradkiem. Trudno było uwierzyć, że komisarz Kopp już nie ma wśród żywych.

– Tak, tak, tak. Położyłem ją na kanapie z tyłu.

Komendant Cybulski zerknął pytająco na szefa techników.

– W środku jest trochę krwi – oznajmił Ziółkowski.

– Pewnie będzie więcej innych śladów biologicznych. Zaraz się tym zajmiemy.

– Tak, tak, tak. – Pan Kopp zapłakał bezgłośnie. Jego ciało wydawało się jeszcze bardziej zniszczone i wychudzone niż wcześniej. – Myślałem, że tu jej nikt nie znajdzie. Miejscowi uważają, że ten dom jest nawiedzony.

Wszyscy spojrzeli na potężne ściany Igieł. Dwór był olbrzymi. Przypominał zamek z obronnymi wieżycami. Podmuch wiatru sprawił, że drzewa wokoło zatańczyły. Weronika znowu się wzdrygnęła. Nietrudno było uwierzyć, że Blada Matylda, o której opowiadał im Grabowski, nadal spaceruje korytarzami opuszczonego domostwa.

– Wysiadłem i poszedłem. Kluczyki włożyłem do kieszeni – przypomniał pan Kopp, wkładając dłoń do kieszeni kurtki, jakby chciał to zademonstrować. – To z przyzwyczajenia. Już dawno nie jeździłem samochodem. Ale tego się nie zapomina. Zawsze tak robiłem, chociaż Helena powtarzała, że kiedyś te kluczyki zgubię. Nigdy tak się nie stało... Nigdy...

Jego głos brzmiał słabo. Weronika musiała powtarzać sobie, że nie warto go żałować. Przecież zabił nie tylko Różę, ale też własną córkę. I to z zimną krwią. Czekał na Klementynę pod pozorem pojednania po latach, a tak naprawdę chodziło mu o jedno. O ochronę własnej skóry.

– Proszę was tu na chwilę – powiedział komendant Cybulski, odchodząc nieco dalej.

Śledczy stanęli w niewielkim kręgu, co jakiś czas zerkając w stronę pana Koppa, który został przy samochodzie pod opieką jednego z mundurowych z grupy oględzinowej.

– Co o tym wszystkim myślicie?

– Musimy znaleźć ciało – powiedział Daniel twardo. Zapalił papierosa. Ręce drżały mu nieznacznie. Twarz miał niezwykle bladą.

– To oczywista – zgodziła się komendant. – Tylko co Kopp z nim zrobił?

Weronika wskazała głową leśne jeziorko. Nie mogła przestać myśleć o smrodzie, który się z niego wydobywał.

– Może jest tam – szepnęła.

Wszyscy spojrzeli w tamtą stronę.

– Trzeba przeszukać cały teren – zarządził prokurator Gawroński. – Sprowadźcie więcej ludzi. Ja i Wiktor zabieramy łobuza do komendy i przesłuchamy jeszcze raz.

– Chyba nie mamy wyjścia – zgodził się Cybulski.

Nagle podbiegł do nich jeden z mundurowych. Weronika rozpoznała dwudziestokilkulatka, który podał Podgórskiemu ogień wczoraj przed komendą. Tak jak podejrzewała, nad górną wargą ledwie sypał mu się delikatny wąs. Był czerwony z emocji aż po same czubki uszu. Zdecydowanie nie pasował do tego miejsca.

– Podejrzany chyba źle się czuje – poinformował, oddychając ciężko.

– Jeszcze tego brakuje, żeby nam tu kurwa zaliczył zgona – warknął prokurator Gawroński. Jego przystojną twarz wykrzywił grymas. Weronika chyba po raz pierwszy słyszała, żeby przeklinał.

– Karetka jest już w drodze – poinformował młody funkcjonariusz dumny z siebie.

– Niech Aleksander pokaże, gdzie oni mogą wjechać – powiedział komendant Cybulski. – Nie możemy zniszczyć śladów, zanim technicy nie przeczeszą terenu. Doprowadźcie tam Romualda. Ja i Leon pojedziemy na komendę. Jak Kopp dojdzie do siebie, to go przesłuchamy. Wy zostajecie przeszukać teren. Danielu, zostawiam ci prowadzenie sprawy.

Podgórski skinął głową.

– Oczywiście.

Weronika przestępowała z nogi na nogę. Coś nie dawało jej spokoju. Jakby o czymś zapomniała. Czymś, co teraz mogło mieć kluczowe znaczenie.

ROZDZIAŁ 64

Igły. Niedziela, 20 marca 2016. Godzina 19.30.
Aspirant Daniel Podgórski

Poszukiwania na terenie Igieł trwały już kolejną godzinę. Podgórski miał wrażenie, że napędza go li tylko absurdalna chęć zemsty. No i popijana ukradkiem zawartość piersiówki, którą rano dostał od Borysa. Niestety niewiele już w niej zostało. Papierosy od ogrodnika też się kończyły. Co będzie potem, Podgórski wolał się nie zastanawiać.

Zrobił kilka kroków w stronę jeziorka, mimo że przy brzegu smród był taki, że trudno było oddychać. Potrzebował trochę samotności. Miejsce było do tego celu idealne.

– Przyniosłem kanapki!

I chuj wziął moment, żeby to wszystko sobie poukładać. Daniel odwrócił się szybko. O ile dobrze pamiętał, chłopak nazywał się Siemieniuk. Rumieńce na twarzy młodego trochę zbladły, ale spojrzenie nadal miał niewinne. Pewnie wierzył jeszcze, że przyszedł tu chronić prawa i porządku. Podgórski tęsknił za taką czystością. Przecież sam kiedyś myślał, że coś w tym świecie zmieni. Tymczasem to było zwykłe pieprzenie.

– Ludzie byli głodni, no to pojechałem do Złocin do sklepu – dodał młodzik. – Widziałem, że pan jest zajęty, aspirancie. Więc nie chciałem przeszkadzać. Zapytałem pani sierżant. Ona mi pozwoliła się oddalić.

Daniel skinął głową. Siemieniuk miał pewnie na myśli Strzałkowską.

– Panu też przyniosłem. – Chłopak podał Podgórskiemu kanapkę owiniętą w folię i butelkę soku pomarańczowego. – No i sok. Wiem, że pan lubi. Widziałem, jak pan sobie przynosi na komendę i czasem do siłowni.

– Witek, prawda?

Chłopak pokiwał głową z zapałem.

– Jo. Witek Siemieniuk.

Daniel spojrzał na niego spod oka. Dzieciak niedawno trafił na służbę. To była pewnie jego pierwsza większa akcja. I od razu śmierć legendarnej komisarz Klementyny Kopp. Podgórski przejechał ręką po włosach. Klementyny nie ma. Tak po prostu. Nie ma Justynki, nie ma Klementyny. Jego właściwie też już chyba nie ma. Rzucił niedopałek papierosa do śmierdzącego stawu. Pewnie nie powinien, ale co to teraz zmieni?

– Posterunkowy – powiedział Daniel, zerkając na pagony chłopaka. – Jesteś z ruchu*?

– Jo.

Chłopak był tak zadowolony z poświęcanej mu uwagi, że Podgórski postanowił zadać chociaż jeszcze jedno pytanie.

---

* Ruch (slang.) – ogniwo ruchu drogowego, potocznie „drogówka".

– To ty przyjechałeś tu motocyklem?

– Tak jest. – Siemieniuk zasalutował rozpromieniony i znowu się zaczerwienił. – Mam jeszcze sok jabłkowy, jeżeli pan woli.

– Nie, ten jest w porządku – zapewnił Podgórski.

Tak naprawdę potrzebował chociaż namiastki spokoju, żeby uporządkować rozgardiasz panujący w głowie. Wątpił, żeby był w stanie zrobić to na trzeźwo. Chyba nawet nie chciał. W przypływie fali czarnego humoru rozważał przez chwilę, czy wypada poprosić Siemieniuka, żeby wrócił do Złocin po coś mocniejszego, aby uzupełnić kończącą się zawartość piersiówki.

– Daniel?

Emilia podeszła szybkim krokiem.

– Macie coś?

– Technicy znaleźli ślady opon w lesie. Są niewyraźne, ale prawdopodobnie był tu drugi samochód. Zastanawiam się, czy ktoś jej stąd nie zabrał.

Podgórski był Strzałkowskiej wdzięczny, że nie użyła znienawidzonego słowa „ciało".

– Już idę. Dzięki za kanapki i sok – rzucił raz jeszcze, odwracając się do Siemieniuka. – Dobrze się spisałeś.

Chłopak uśmiechnął się promiennie. Za kilka lat doświadczenie zapewne zmyje mu ten radosny grymas z twarzy.

– Ojciec dyrektor się z ciebie zrobił? – mruknęła Strzałkowska pod nosem, kiedy odeszli już kawałek.

– To znaczy?

– Nieważne.

– Mila, przepraszam jeszcze raz za to, co się stało w nocy – powiedział Daniel. Zapewne nie był to najlepszy moment.

Widział to po jej twarzy, zanim skończył mówić. – To się nie powtórzy. Obiecuję.

Policjantka zatrzymała się w pół kroku.

– Żałujesz, tak? – szepnęła wściekle. – To czemu znowu pijesz? No co? Taki zdziwiony? Myślałeś, że nie zauważyłam, jak pociągasz z piersiówki? Że nikt nie zauważył? Człowieku, tu się kręci tyle ludzi, że naprawdę nie wystarczy się odwrócić.

Podgórski ruszył do przodu bez słowa.

– Śmierdzisz wódą – szepnęła znowu, idąc za nim. – Nie tylko ja to czuję.

– Jak ci nie odpowiada, to spierdalaj – powiedział Daniel równie cicho. Sam nie był pewien, czy to jego własny głos. Pewnie tak, bo czyj?

Szli wyłożonym wielkimi kamiennymi płytami podjazdem w kierunku drogi prowadzącej do Igieł od szosy. Tworzyła półksiężyc, tak że do spalonego dworu można było wjechać od dwóch stron. Podgórski widział już Ziółkowskiego otoczonego grupką techników. Weronika stała nieopodal z rękami skrzyżowanymi na piersi.

– Co tam masz, Aleksander? – zapytał szefa techników.

Mężczyzna wyglądał na speszonego. Może chodziło o wczorajsze spotkanie z pewną panią, o którym powiedział Danielowi podczas rozmowy telefonicznej. A może Emilia miała rację i wszyscy wiedzieli, że Podgórski przed chwilą pił.

– Zestaw śladów opon.

– Mogła je zostawić skoda Klementyny, kiedy Romuald ją tu wiózł? – zapytał Daniel.

Szef techników wzruszył ramionami.

– Stawiałbym na coś większego.

– Terenówka?

– Niekoniecznie. Ale rozstaw kół jest na pewno większy niż w fabii.

– I nie zostawił go nikt z naszych?

– Wjeżdżaliśmy od drugiej strony. – Technik wskazał północną część półksiężyca, który tworzyła droga. – No i jeszcze są te ślady.

Daniel spojrzał we wskazanym przez Ziółkowskiego kierunku.

– To o to mi chodziło! – zawołała nagle Weronika. – To tego nie mogłam sobie przypomnieć!

ROZDZIAŁ 65

Igły. Niedziela, 20 marca 2016. Godzina 19.50.
Sierżant sztabowa Emilia Strzałkowska

Emilia patrzyła na ślady opon roweru, które pokazywał szef techników. Znajdowały się nieco z boku, prawie przy linii zieleniejących się już lekko krzaków.

– Grabowski! – zawołała Weronika. – To tego nie mogłam sobie przypomnieć! Przecież on mówił, że jeździ tu na rowerze. Że tylko on się zapuszcza do Igieł, bo wszyscy inni uważają, że dwór jest nawiedzony. Pamiętacie? Wtedy, kiedy byliśmy u niego wczoraj po raz pierwszy!

Zanim Strzałkowska zdążyła cokolwiek odpowiedzieć, Daniel bez słowa ruszył w kierunku yamahy zaparkowanej obok radiowozów i vana techników kryminalnych. Wsiadł na motocykl i uruchomił silnik.

– Ale… – wykrztusił młody funkcjonariusz. Emilia nawet nie zauważyła, kiedy tu podszedł.

– Jedziemy – zarządziła, patrząc za oddalającym się Podgórskim.

Siemieniuk, czy jak się ten dzieciak nazywał, wskoczył do pierwszego z brzegu radiowozu. Zajęła miejsce obok niego. Weronika usiadła z tyłu.

– Dlaczego te siedzenia są z plastiku? – zapytała zdziwiona.

Emilia wolała jej nie mówić, że zatrzymani czasem nie mogą się powstrzymać przed dawaniem wyraźnie znać, za pomocą czynności fizjologicznych, jak bardzo nie podoba im się sytuacja. Niektórzy byli w takim stanie, że robili to wbrew sobie.

– Takie łatwiej wyczyścić – odpowiedział Siemieniuk, dodając nieco za dużo gazu. Silnik radiowozu zawył i samochód skoczył do przodu.

Wjechali na szosę. Yamahy, którą prowadził Daniel, nie było już widać. Zniknęła za zakrętem. Podgórski miał nad nimi przewagę i mocy, i szybszego startu.

Kogut na dachu radiowozu migał miarowo, kiedy wjeżdżali do Złocin. Tablica z nazwą miejscowości nadal pokryta była graffiti, a na twarzy świętej figury widniała wymalowana czarnym sprayem czaszka. Widocznie ksiądz nie zdołał jej domyć. Emilia miała wrażenie, że wszystko rozgrywa się w zwolnionym tempie, mimo że Siemieniuk nie żałował gazu.

– Szybciej – ponagliła go mimo to.

Wolała być na miejscu, kiedy Daniel zacznie przesłuchiwać Grabowskiego. Nie wiedziała, jaką rolę odgrywa emerytowany milicjant w tych wydarzeniach. Jedno było natomiast całkiem jasne. Podgórski się sypał. To groziło kompletną katastrofą.

– Nie dam rady, tu są ludzie! – wysapał Siemieniuk.

Rzeczywiście uliczki Złocin wypełniały tłumy. Zrobił się wieczór, ale przechodnie nadal ściskali w rękach palemki. Jakby dopiero co opuścili kościół.

Siemieniuk zahamował gwałtownie, kiedy na drogę wybiegła grupka dzieci. Koła buksowały przez chwilę, a hamulce zaprotestowały głośno. Strzałkowska zamknęła oczy przerażona tym, co nieuchronnie miało nastąpić.

Poczuła, że radiowóz skręca, podskakuje na jakichś wybojach i w końcu staje. Bała się otworzyć oczy.

ROZDZIAŁ 66

Zakład Karny w Starych Świątkach.
Niedziela, 20 marca 2016. Godzina 18.50.
Podinspektor Wiktor Cybulski

Cybulski upił krótki łyk wody i odstawił szklankę na stół. Z drewnianego blatu obłaził lakier. Mebel zupełnie tu nie pasował. Wyglądał jak wyciągnięty z domu jakiejś starszej pani, a nie standardowe wyposażenie zakładu karnego, który przez wiele lat cieszył się niezmiernie złą sławą. Przynajmniej wśród kryminalistów. Policja oceniała to nieco inaczej. Mówiło się, że w Świątkach z każdego łobuza potrafią wyciągnąć wszystko.

Najwyraźniej jednak nie z tego człowieka. Cybulski spojrzał na mężczyznę siedzącego po drugiej stronie stołu. Błażej Dąbrowski niczym właściwie się nie wyróżniał. Miał szare oczy, ciemnobrązowe włosy przyprószone lekko siwizną. Budowa ciała typowa. Ani wysoki, ani niski. Właściwie żadnych znaków szczególnych oprócz charakterystycznego znamienia na policzku.

Mężczyzna zaciskał dłonie w pięści. Przez całą trwającą już chyba niemal godzinę rozmowę trzymał je na kolanach i przypatrywał się kłykciom, jakby były nad wyraz interesujące. Cybulski i Gawroński przyjechali tu w nadziei, że dowiedzą się więcej o motywacji Romualda Koppa, ale wyglądało na to, że niewiele wskórają.

Sam podejrzany znajdował się obecnie w szpitalu w Brodnicy. Lekarze zdecydowanie odradzali teraz dalsze przesłuchania. Trzeba poczekać, aż Romuald poczuje się lepiej. Być może będzie to możliwe jutro rano, ale o tym mieli się przekonać dopiero po kolejnym telefonie ze szpitala.

Cybulski westchnął. Stanowczo wolałby teraz siedzieć w domu i raczyć się butelką Châteauneuf Du Pape Rouge, które dostał w prezencie od znajomych. Do tego na przykład omlet z kurkami. Byłoby pięknie.

W każdym razie w niedzielny wieczór na pewno można było znaleźć sobie znacznie lepsze zajęcia niż siedzenie w dusznej sali przesłuchań. Niestety Gawroński uparł się jeszcze dziś odbyć rozmowę z Błażejem. Cybulski nie chciał oponować, żeby niepotrzebnie nie zwracać na siebie uwagi prokuratora.

Chodziło o martwych bezdomnych i wahadełko. Im mniej osób się tym interesuje, tym lepiej. Cybulski pomyślał o Podgórskim. Tak, Daniel był ostatnio kłopotliwy. Po co tak się w piątek uparł, żeby o tym rozmawiać? Po co wracał do tego wczoraj rano? Dobrze, że chociaż tak dogodnie się złożyło, że Klementyna nie żyje. Inaczej Podgórski zapewne popędziłby z tym do niej.

Cybulski nie był głupi. Nie zamierzał dać się wpędzić w kłopoty. Więcej. Postanowił zrobić wszystko, żeby tego uniknąć. Zerknął na Gawrońskiego. Komendant ufał, że w prokuratorze znajdzie sojusznika w rozgrywce z Podgórskim. Przecież zazdrość o kobietę to narzędzie wielkiej siły. Musi tylko nadarzyć się odpowiednia okazja. Oby jak najszybciej, dodał w duchu Cybulski. Oby jak najszybciej.

– Zapytam ostatni raz – powiedział tymczasem prokurator bardzo powoli. – Jaki był przebieg wydarzeń w nocy dwudziestego drugiego listopada dwa tysiące czternastego roku, kiedy zginęła pańska konkubina Róża Grabowska?

Błażej po raz pierwszy podniósł wzrok. Spojrzał najpierw na Cybulskiego, a potem na Gawrońskiego.

– Już mówiłem podczas rozprawy.

– Proszę zatem powtórzyć raz jeszcze – poprosił Gawroński.

– W sobotę dwudziestego drugiego listopada dwa tysiące czternastego wyjechałem rano na polowanie. Wróciłem późno.

– O której?

– Musiało być po dwudziestej drugiej, może już była prawie dwudziesta trzecia. Tak, chyba coś koło jedenastej zaparkowałem przed garażem. Wyszła do mnie Helena. Powiedziała mi, że Róża zdradziła mnie z Borysem.

– Jak pan na to zareagował?

Błażej skrzyżował ręce na piersi.

– Chyba panowie wiedzą, że się wściekłem. Wziąłem broń i ruszyłem do domu. Tam strzeliłem jej w głowę.

Komendant nie mógł oprzeć się wrażeniu, że to doskonale wyuczona formułka. Skoro Błażej chronił starego ojca przed pójściem do więzienia, najprawdopodobniej tak właśnie było.

– A drugi strzał? – włączył się do przesłuchania Cybulski. – Widziałem akta. Były dwa.

Błażej spojrzał na niego spod oka.

– Strzeliłem raz jeszcze ze złości. Róża już wtedy nie żyła. Szczerze mówiąc, krew mnie po prostu zalała na wieść o zdradzie. Borys był moim pomocnikiem, ale traktowałem go jak przyjaciela. Uczyłem wszystkiego, co sam wiedziałem o stawach i ogrodnictwie. Nie sądziłem, że byłby skłonny zrobić mi takie świństwo, zwłaszcza że on...

Mężczyzna zrobił niedbały ruch ręką.

– Co on? – podchwycił Gawroński.

– Nieważne. Widocznie się myliłem. Nie moja sprawa.

– Czyli zaprzecza pan, że to Romuald Kopp, pański biologiczny ojciec, zabił Różę Grabowską? – zapytał prokurator oficjalnym tonem.

– Jak najbardziej zaprzeczam. To ja ją zabiłem – potwierdził Błażej Dąbrowski. Głos drżał mu nieznacznie. Znowu spojrzał na swoje zaciśnięte pięści. – Tylko ja jestem temu winien.

– Więc dlaczego Romuald Kopp twierdzi inaczej?

– Naprawdę nie wiem.

– Klementyny Kopp pan nie zabił – naciskał Cybulski. – Zrobił to pański ojciec z obawy, że mogłaby odkryć, że to on zamordował Różę. Romuald przyznał się do wszystkiego. Nie musi go pan już chronić.

– Nie chronię go – trzymał się uparcie swojego Błażej. – To ja zabiłem Różę.

Przez chwilę nikt nic nie mówił. Taka metoda wielokrotnie działała lepiej niż kolejne pytania.

– Jestem zmęczony – mruknął w końcu Błażej. – Zresztą nie sądzę, żebyście mieli prawo mnie tu trzymać. Powiedziałem wszystko.

– Zamknij się, gnoju – warknął strażnik stojący w drzwiach. – O twoich prawach my tu decydujemy.

Błażej tylko wzruszył ramionami. Cybulski zerknął na Gawrońskiego. Tamten pokręcił głową. Nie było sensu ciągnąć tego przesłuchania.

– Zapewne jeszcze wrócimy do tej rozmowy – powiedział komendant. – Ale na dziś to już wszystko.

Drzwi do sali przesłuchań zamknęły się za nimi z hukiem. Na korytarzu czekał na nich naczelnik więzienia. Był wysoki i miał wysportowaną sylwetkę osoby, która bardzo o siebie dba. Cybulski nie znał go zbyt dobrze, bo Robert Sikora przejął to stanowisko po swoim poprzedniku dopiero dwa albo trzy tygodnie temu. Efekt powyborczego przetasowania.

– Jak poszło? – zapytał Sikora.

– Jeszcze z nim nie skończyliśmy – wyjaśnił Gawroński.

– Bardzo mnie to cieszy, panie prokuratorze – powiedział Sikora z uśmiechem, który bardziej przypominał grymas.

– Czy Błażej Dąbrowski sprawia jakieś problemy? – zapytał Cybulski.

– Nie, wręcz przeciwnie. Muszę przyznać, że zachowuje się wzorowo. W każdym razie odkąd tu jestem, nie było na niego żadnej skargi.

– Powiedziałby pan, że to typ mordercy?

Naczelnik zaśmiał się cicho.

– A jaki to tak naprawdę typ mordercy, panie komendancie? Jestem tu od niedawna, ale w więziennictwie pracuję już prawie dwadzieścia lat. Różne typy ludzi widziałem. Po telefonie od panów zerknąłem do jego akt. Morderstwo w afekcie. To zupełnie co innego niż recydywa. Człowiek popełnił błąd, można powiedzieć, i tyle. Ale teraz mówią panowie, że jednak jest niewinny?

– Wszystko na to wskazuje – przyznał Cybulski.

Sikora pokręcił głową z uśmiechem.

– Nie zazdroszczę – powiedział.

– No nic, dziękujemy bardzo – mruknął Gawroński.

– Nie ma problemu – zapewnił Sikora. – Rozumiem, że do zobaczenia.

Wyszli na parking przed zakładem karnym. Niebo znowu całkowicie zasnuły chmury. Przeszli na drugą stronę ulicy w niedozwolonym miejscu i wsiedli do nieoznakowanego mondeo, którym jeździł na co dzień Cybulski.

– Nie podoba mi się to – powiedział Gawroński, kiedy tylko zamknął drzwi.

– Uważasz, że Błażej kłamie? – zapytał komendant, włączając silnik.

Prokurator wzruszył ramionami, ale nic nie powiedział.

– Przyznam, że zupełnie go nie rozumiem. Dlaczego nie chce wykorzystać szansy, żeby stąd wyjść? – zastanawiał się dalej głośno Cybulski. – To byłaby dla niego idealna okazja. Sprawa zostałaby wznowiona. Mógłby wrócić do domu.

Gawroński znowu nie odpowiedział. Komendant wycofał samochód i wjechał na jezdnię. O tej porze było już praktycznie pusto. Dotarcie z powrotem do Brodnicy nie powinno potrwać długo. Wino i omlet stanowiły coraz bardziej realną perspektywę.

– Romuald się przyznał, więc takie uparte chronienie go jest pozbawione zasadności – mówił dalej komendant. Irytowało go milczenie prokuratora. – Jak uważasz?

– Widzę tylko jedną możliwość – oznajmił Gawroński.

ROZDZIAŁ 67

Złociny. Niedziela, 20 marca 2016. Godzina 20.00.
Aspirant Daniel Podgórski

Daniel zeskoczył z yamahy. Przejazd przez zatłoczone Złociny i manewrowanie na wąziutkiej ulicy Cichej okazały się zdecydowanie łatwiejsze na dwóch kółkach niż samochodem. Policjant wbiegł na podjazd przed domem Grabowskiego. Tak jak wcześniej stał tam zaparkowany srebrny ford focus kombi. Być może to właśnie ślady opon tego pojazdu pozostały na drodze prowadzącej do Igieł.

Wokoło panowała zupełna cisza. Wiatr ucichł. Chmury wisiały na czarnym niebie. Zdawały się tak ciężkie, że lada chwila mogło lunąć. Mimo że zapadła już noc, na ulicy nie zapaliły się jeszcze latarnie. Wszystko tonęło w ciemności.

Podgórski wyjął glocka i wszedł na ganek. W oknach na parterze budynku było ciemno, ale delikatny blask sugerował, że ktoś jest na piętrze. Daniel zdawał sobie sprawę, że powinien poczekać na resztę. Powinien wejść do tego domu, pokazując szmatę i pouczając o prawach i obowiązkach. Powinien przeprowadzić oficjalne przesłuchanie.

A już na pewno nie powinien przyjeżdżać tu na kacu zaprawionym zawartością piersiówki Borysa.

Chuj z tym, co powinno czy nie powinno się robić. Daniel nie zamierzał się tym teraz przejmować. Grabowski nie piśnie ani słowa, jeżeli zaczną się z nim cackać. To nie ten typ. A Daniel chciał wiedzieć, gdzie jest ciało Klementyny. Natychmiast. Przynajmniej tyle był jej winien. Zemstę.

Nacisnął klamkę ostrożnie. Drzwi ustąpiły, nie stawiając oporu. Widocznie w Złocinach, tak jak w Lipowie, nikt nie zawracał sobie głowy zamykaniem domu. Daniel odetchnął głębiej i wszedł powoli do środka. Nasłuchiwał. Z piętra dochodziły odgłosy telewizora.

Ruszył w stronę schodów. Dywan na korytarzu skutecznie tłumił kroki. Niestety same stopnie były drewniane. Kiedy wszedł na pierwszy z nich, deska zaskrzypiała lekko pod jego ciężarem. Zatrzymał się i czekał, ale nic się nie działo. Wszedł więc na kolejny stopień. I kolejny. I kolejny. W końcu znalazł się w korytarzu na piętrze.

Dźwięki, które usłyszał wcześniej, dochodziły z pokoju po lewej. Drzwi były uchylone. Daniel widział poświatę telewizora. Z miejsca, w którym stał, zobaczył fotel. Grabowski siedział w nim przykryty kraciastym kocem. Zdawał się drzemać.

Nagle w pokoju coś się poruszyło. Grabowski otworzył natychmiast oczy. Patrzył teraz prosto na Daniela.

ROZDZIAŁ 68

Złociny. Niedziela, 20 marca 2016. Godzina 20.05.
Weronika Nowakowska

Ludzie otoczyli radiowóz. Najwidoczniej nie mieli najmniejszego zamiaru ich przepuścić.

– Jak jeździcie, psy?! – zawołała jakaś kobieta.

– Skandal! – zawtórował jej ktoś.

– To się w głowie nie mieści.

– Mało dziecka nie rozjechali!

– Skandal! Myślą, że są bezkarni!

– Kurwy jebane!

Szyby radiowozu tłumiły nieco głosy niezadowolonych mieszkańców Złocin, ale wyzwiska nadal były doskonale słyszalne. Weronika podejrzewała, że gdyby uchylili okno, okazałyby się nie do zniesienia.

– Wszystko w porządku? – zapytał Siemieniuk, odwracając się najpierw do siedzącej z przodu Emilii, a potem do Weroniki. Zrobił się cały czerwony na twarzy.

– Uderzyliśmy w coś? – zapytała Strzałkowska.

– Nie, to tylko wysoki krawężnik. Przepraszam. Ja... Mam nadzieję, że nie wgniotłem zderzaka. To...

– Najważniejsze, że nie uderzyłeś tego dziecka – pocieszyła go Weronika. – Zderzak nie jest ważny. Na pewno...

– Jedźmy – przerwała jej Emilia.

Spojrzeli na tłum wściekłych ludzi, którzy otoczyli samochód. Kilka kobiet zaczęło okładać radiowóz poświęconymi palemkami.

– Bardzo bym chciał, pani sierżant, tylko że nie za bardzo jest jak – jęknął młody funkcjonariusz. Zrobił się jeszcze bardziej czerwony na twarzy.

– Cholera, o co tym ludziom chodzi? – warknęła Emilia jakby do siebie. – Nie dość, że ich chronimy, to jeszcze mają niekończące się pretensje. Daj mi swoją blachę.

– Ale... – wydusił Siemieniuk.

– Dawaj. Ja nie wzięłam wczoraj swojej. Nie wiem, jak to się stało.

– Ale...

– Dawaj.

Młody funkcjonariusz wyciągnął odznakę z kieszeni i podał Emilii. Wysiadła z radiowozu i uniosła ją wysoko nad głowę. Gwar na chwilę ucichł.

– Bardzo proszę się rozejść! – zawołała głosem nieznoszącym sprzeciwu. – Musimy natychmiast przejechać.

Siemieniuk zatrąbił kilka razy. Ludzie zaczęli niechętnie schodzić z drogi. Emilia wsiadła z powrotem do radiowozu.

– Wycofaj i ruszamy z kopyta – rozkazała. – Póki gawiedź się nie rozmyśli.

– Tak jest, pani sierżant.

Samochód podskoczył, kiedy zjeżdżali z chodnika. Siemieniuk manewrował pomiędzy ludźmi, aż w końcu wyjechali na rynek. Tam zrobiło się zdecydowanie luźniej. Minęli pomnik rozstrzelanych podczas wojny mieszkańców miasteczka.

– Teraz w lewo – powiedziała Weronika.

O ile dobrze kojarzyła trasę, byli już niedaleko. Nie myliła się. Wjechali w wąską rynnę ulicy Cichej. Tonęła w mroku. Latarnie najwyraźniej nie działały.

– To tam, na końcu ulicy – powiedziała Emilia. W jej głosie słychać było napięcie. – Numer dziewięć.

– Mój motor! – zawołał Siemieniuk i przyspieszył. – Pan aspirant jest już w środku!

Prawy bok samochodu otarł się o zbyt wysoki krawężnik, ale młody policjant nie zwolnił. Już się chyba nie przejmował, że uszkodzi policyjną kię. Podjechał pod dom Grabowskiego. Wyskoczył z radiowozu i pobiegł przodem.

Emilia szarpnęła klamkę. Drzwi uchyliły się odrobinę i zatrzymały na wysokim krawężniku.

– Cholera! Młody tak zaparkował, że nie mogę otworzyć drzwi!

– Pomóż nam! – krzyknęła Weronika do Siemieniuka.

Młody funkcjonariusz zatrzymał się na podjeździe niezdecydowany, co powinien zrobić. Emilia zaczęła gramolić się na siedzenie kierowcy, żeby wydostać się z drugiej strony samochodu. Otworzyła Weronice.

Nagle wieczorną ciszę przeszył strzał. Siemieniuk pobiegł do domu Grabowskiego, nie czekając na nie.

ROZDZIAŁ 69

W drodze do Brodnicy. Niedziela, 20 marca 2016.
Godzina 20.05.
Podinspektor Wiktor Cybulski

Cybulski przejechał przez rondo w Rypinie. Zrobił to nieco zbyt szybko i mondeo podskoczyło na wybojach. Gawroński siedział pogrążony w myślach, zupełnie tego nie odczuł. Trwał tak od momentu, kiedy opuścili Świątki. Mimo to komendant postanowił dać mu jeszcze chwilę spokoju.

Sam też potrzebował skupienia, żeby sobie wszystko przemyśleć. Czuł, że musi uderzyć nie tylko w Podgórskiego, ale też w jego damską świtę. Miał nadzieję, że policjant nie zdążył jeszcze opowiedzieć Weronice i Emilii o swoich wątpliwościach dotyczących śmierci kloszarda i o wahadełku. No i że Nowakowska nie zwróciła uwagi na te kilka słów, które padły wczoraj przed komendą.

Istniała duża szansa, że nie, pocieszył się Cybulski w duchu. Przecież teraz wszyscy byli zajęci Klementyną.

Szczęście w nieszczęściu. Dlatego tak chętnie wysłał ich do Złocin. Żeby zajęli się czymś innym niż grzebaniem w sprawach, które nie powinny ich interesować.

Jednakowoż nigdy nie wolno lekceważyć kobiet. Bywają najgorszymi przeciwniczkami. Komendant przeklinał w duchu, że w ogóle złożył Weronice propozycję bycia profilerką. Zaakceptował jej pomysł konfrontacji w jadalni Drozdów, bo myślał, że to będzie klapa. Tylko że nieoczekiwanie jej się udało i jego plan spalił na panewce. Nie można było z triumfem oznajmić, że chyba się co do niej pomylił, i wycofać propozycji współpracy.

No i Strzałkowska. Ta mogła okazać się jeszcze gorsza, bo przecież była z firmy. Trzeba będzie stopniowo odsunąć je obie od śledztwa i pokazać im, gdzie ich miejsce, uznał Cybulski. Przygotować grunt do ataku na Daniela.

– Mamy dwóch mężczyzn, którzy przypisują sobie śmierć Róży – odezwał się nagle prokurator, przerywając rozmyślania Cybulskiego. – Błażeja Dąbrowskiego i Romualda Koppa. Obaj upierają się, że są winni.

– Po raz pierwszy kolejka chętnych do odsiadki.

– Tak – odparł Gawroński lakonicznie.

– Z czymś takim raczej nie spotykamy się zbyt często – powiedział Cybulski, żeby zachęcić go do kontynuowania. Miał swoje kłopoty, ale bieżącą sprawę przecież trzeba było doprowadzić do końca.

– Raczej nie – zgodził się prokurator, ciągle zajęty swoimi myślami.

Wyjechali z Rypina i droga pogrążyła się w ciemności. Tak było zdecydowanie lepiej. Reflektory samochodów nie raziły. Cybulski z miejsca się rozluźnił. Jakoś sobie z tym poradzi. W końcu jest najważniejszą osobą w komendzie. Powoli wszystko załatwi.

– To nie ma sensu – powiedział.

– Ma, ale tylko w jednym wypadku.

– To znaczy?

– Przypuśćmy, że obaj, Błażej i pan Kopp, kogoś chronią – powiedział Gawroński. – Tę samą osobę.

– Osobę, która jest im na tyle droga, że gotowi są nawet na maksymalne poświęcenie – podchwycił komendant, zwalniając na zakręcie tuż za Strzygami.

– No właśnie. A jeżeli tak jest – mówił dalej prokurator – to obaj wiedzą, kto zabił Różę. Błażej wygląda mi na twardego zawodnika, więc to Romualda musimy przycisnąć.

– Kogo twoim zdaniem chronią?

– Rozważam trzy osoby.

ROZDZIAŁ 70

W domu Grabowskiego. Niedziela, 20 marca 2016.
Godzina 20.10.
Aspirant Daniel Podgórski

Przez chwilę żaden z nich się nie poruszył. Patrzyli w skupieniu na siebie. Daniel ze swojego miejsca u szczytu
schodów, mierząc do Grabowskiego ze służbowej broni.
A emerytowany milicjant z fotela widocznego zza uchylo-
nych drzwi do pokoju. Wydawało się, że ten impas może
trwać wiecznie.

Nagle za oknem dał się słyszeć warkot zbliżającego się
samochodu. Grabowski zrzucił koc, którym był przykryty.
Jego ruchy były niespodziewanie szybkie jak na mężczyznę
w jego wieku. Dopiero teraz Daniel zobaczył, że emerytowany milicjant miał na kolanach niewielki pistolet.
Starego P-64. Podgórski sam długo się takim posługiwał.
Do momentu, kiedy przeniósł się z Lipowa do komendy.
Wraz z awansem na aspiranta przydzielono mu glocka,
którego teraz ściskał w dłoniach. Aż nazbyt mocno, jakby
w obawie, że znowu go straci.

– Odłóż broń – rozkazał Podgórski głośno i wyraźnie.

Grabowski nie odpowiedział. Powoli zaczął unosić swój mały pistolet.

– Odłóż kurwa tę klamkę – warknął Daniel. Nie bardzo jeszcze rozumiał, jaką rolę odgrywał Grabowski w tym wszystkim, co się działo, ale najwyraźniej to on z jakiegoś powodu zabrał ciało Klementyny z Igieł. – Ostrzegam, że...

Grabowski strzelił w ścianę po swojej lewej stronie. Posypał się tynk.

– Wtargnąłeś do mojego domu – wysyczał. – Ty pierwszy schowaj gnata, bo będą kłopoty.

– Czekaj! Stop! Zwariowaliście obaj, co?

Podgórski miał wrażenie, że cały świat zawirował. Z miejsca, w którym stał, nie widział, kto znajduje się w drugiej części pokoju telewizyjnego, ale tego głosu nie dało się pomylić z żadnym innym. Nieco bełkotliwe sylaby, które padały szybko jak wystrzały z karabinu maszynowego.

– Klementyna? – wydusił policjant.

– A niby kto, co?

Jej głos brzmiał słabo, ale bez wątpienia to była ona. Daniel miał trudności, żeby złapać oddech. Żyła?

– Ale... – zaczął.

– Spoko – przerwała mu. – Pogadamy sobie. Ale! Najpierw obaj chowacie pukawki.

Z dołu rozległo się trzaśnięcie otwieranych kopniakiem drzwi. Dziwne, bo przecież wystarczyło nacisnąć klamkę, przebiegło Danielowi przez myśl. Dom wypełniły dudniące kroki. Odwrócił się i zobaczył nadbiegającego Siemieniuka. Młody funkcjonariusz trzymał służbowy pistolet w drżącej dłoni.

– Rzuć broń! – zawołał chłopak, mierząc do Grabowskiego.

– Zaraz, zaraz, spokojnie – powiedział szybko Podgórski. Nie było nic gorszego niż broń w rękach rozedrganego nowicjusza.

– A ten kot tu co? – rzucił Grabowski. Zabrzmiało to drwiąco. W tych okolicznościach nie był to najlepszy pomysł.

Podgórski miał wrażenie, że cały świat na chwilę zamarł. Widział jak w zwolnionym tempie.

Klatka po klatce.

Grabowski opuszcza dłoń, chcąc odłożyć broń, ale Siemieniuk najwyraźniej rozumie to opacznie. Twarz młodego wykrzywia się w grymasie.

Palec Siemieniuka na spuście.

Zaraz nastąpi strzał. Prawdopodobnie dosięgnie Grabowskiego. Z tej odległości trudno nie trafić, a stary milicjant nie ma się jak bronić.

Słowa ślubowania policjanta…

Strzec bezpieczeństwa Państwa i jego obywateli…

Nawet z narażeniem życia…

Daniel sam nie wiedział, kiedy jego ciało wykonało szybki ruch. To działo się jakby bez udziału woli.

Wystrzały.

Nienaturalnie ciche. Znacznie cichsze niż krzyk, który rozdarł potem powietrze. To on tak krzyczał? Podgórski nie był pewien. Osunął się na ziemię.

– Daniel! Daniel!

Chaotyczne wrzaski. Szybkie kroki. Weronika? Emilia? Klementyna? Grabowski? Siemieniuk?

– Ranny policjant! – mówił ktoś. – Przyślijcie karetkę! Natychmiast!

– Ja przepraszam… myślałem… Miałem chyba skurcz i strzeliłem kilka razy… ja…

– Zamknij się kurwa!

– Spróbuj to zatamować!

– Przecież się staram!

– Staraj się bardziej!

Podgórski spróbował otworzyć oczy. Widział teraz twarz Strzałkowskiej tuż przy swojej. Była cała we krwi. Swojej? Jego? Znowu urwał mu się na chwilę film. Ktoś chyba uderzył go w twarz? Ktoś przyciskał ręce do jego klatki piersiowej? Ktoś zaciskał z całych sił miejsce, gdzie trafiła kula? Co oni robili?

– Zabiję cię, jak tego nie przeżyjesz! – wrzeszczała Strzałkowska. A może tylko tak mu się wydawało. – Daniel, patrz na mnie. Zaraz będzie karetka. Tylko nie zamykaj oczu! Pieprzony bohater się znalazł! Patrz na mnie! Nie zamykaj oczu! Słyszysz? Patrz kurwa na mnie!!!

No więc patrzył tak, jak kazała. Aż dookoła zrobiło się zupełnie ciemno i nie słyszał już jej rozkazującego głosu.

CZĘŚĆ ÓSMA

KARL-HEINZ FISCHER

ROZDZIAŁ 71

Drozdy. Wtorek, 3 października 1939.
Godzina 23.50.
SS-Sturmbannführer Karl-Heinz Fischer

SS-Sturmbannführer Karl-Heinz Fischer przyglądał się bezradnie, jak jego mała córeczka cierpi. Eva przykładała jej okłady na czoło, ale to niewiele pomagało. Dziewczynka była cała rozpalona i nadal skarżyła się na ból brzucha. Co gorsza wymiotowała i miała ostrą biegunkę.

– Po co my w ogóle przyjeżdżaliśmy do tego barbarzyńskiego kraju – mruczała żona. – Trzeba było zostać w Rzeszy. Po co my tu jechaliśmy?!

Miał ochotę odpowiedzieć, że nie wie, ale się powstrzymał. Ktoś zapukał do drzwi pokoju.

– Wejść – rozkazał Karl-Heinz.

Gottfried Kopp stanął nieśmiało w progu.

– Czego on chce?! – zawołała histerycznie Eva. – Nie widzi, że jesteśmy zajęci?!

– Herr Sturmbannführer – powiedział cicho Gottfried.

Wyglądało na to, że chce pociągnąć Karla-Heinza za rękaw

marynarki, ale w ostatniej sekundzie się powstrzymał.

– Mogę na słówko?

– Zaraz wrócę – poinformował żonę Fischer.

Poszedł za służącym do holu. Stała tam żona Koppa i małżeństwo Drozdowskich, którzy mieszkali wcześniej w tym dworze. Polacy wpatrywali się w Karla-Heinza z wyraźną odrazą.

– Tak pomyśleliśmy, że z córką Herr Sturmbannführera jest coraz gorzej i trzeba by posłać po Esterę – wyjaśnił Gottfried. – Może ona coś zaradzi. W końcu to żona aptekarza.

Pozostali pokiwali głowami w milczeniu.

– To lepiej byłoby posłać po niego – mruknął Karl-Heinz.

– Nie za bardzo się da, bo go zabiliście – warknął Drozdowski. – Na samym początku. Pod zarzutem, że organizował ludzi przeciwko wam. I że to Żyd. Już pan nie pamięta, Herr Sturmbannführer?

Ostatnie słowa wypowiedział z wyraźnym jadem. Żona chwyciła go za rękę przerażona. Zapanowała pełna napięcia cisza. Tak naprawdę Karl-Heinz doskonale wiedział, kim była ta Estera. Jutro mieli aresztować i ją, i jej szwagra. Szykowało się bardzo brutalne przesłuchanie. Karl-Heinz nie wątpił, że wyciągnie coś albo z niej, albo z niego. Potem winni zostaną ukarani. Przykładnie.

– Nie wiem, po co mu w ogóle chcemy pomagać – dodał Drozdowski. Tym razem po polsku. Myślał pewnie, że Karl-Heinz nie rozumie. A Fischer znał ten język doskonale. W dzieciństwie mieszkał długo w Provinz Pommern*.

---

* Provinz Pommern (niem.) – Prowincja Pomorze.

Osłuchał się z tą dziką mową. Nie zamierzał się jednak przed nimi zdradzać.

– Poślijcie po nią – rozkazał po niemiecku.

– O ile będzie chciała przyjść – mruknęła żona Gottfrieda po polsku. Potem przeszła na niemiecki: – Oczywiście, Herr Sturmbannführer.

– Tylko się pospieszcie. Moja córka bardzo cierpi.

Karl-Heinz odszedł, nie patrząc na nich. Słyszał szybki oddech swojej małej Irene już z korytarza. Wszedł do pokoju. Córeczka wymiotowała do blaszanego kubła. Eva głaskała ją po głowie wyraźnie przerażona.

– Zaraz przyjdzie tu ktoś, kto jej pomoże – oznajmił Karl-Heinz i podszedł do łóżka.

Eva pokiwała głową. Wstała i podeszła do okna. Zapaliła papierosa. W małym pomieszczeniu zrobiło się duszno od dymu. Irene zakaszlała głośno.

– Nie powinnaś palić – upomniał żonę Karl-Heinz. – Führer tego nie pochwala.

Doskonale wiedział, że tylko taki argument trafi do Evy. Zgasiła natychmiast papierosa o parapet. W ogóle się nie przejmowała, że może go zniszczyć. Wyglądała na wściekłą.

– Pójdę zobaczyć, czy Sebastian śpi – oznajmiła. – Całe to zamieszanie mogło go obudzić.

– Zostaniesz – rozkazał.

Eva zatrzymała się w pół kroku i skrzyżowała ręce na piersiach. Irene znowu zaczęła wymiotować. Karl--Heinz podszedł do córeczki. Czuł się zupełnie bezsilny.

– Już dobrze, już dobrze – powtarzał cicho.

Nie był pewien, jak długo to trwało, ale w końcu usłyszał, że drzwi pokoju się otwierają. Gottfried bez słowa wprowadził do środka ciemnowłosą kobietę. Wokół oczu miała kurze łapki, jakby kiedyś często się uśmiechała. Teraz jej twarz była wyraźnie spięta. W rękach zaciskała lekarską torbę.

– Przecież to Żydówka! – krzyknęła Eva, zagradzając jej drogę do Irene. – Karl-Heinz! Chyba nie pozwolisz jej dotknąć naszej córki! Nie zgadzam się na to!

– Pani córka może umrzeć, jeżeli jej nie pomogę – odezwała się Estera po niemiecku. Patrzyła wszystkim prosto w oczy. Nie spuściła wzroku ani na chwilę. – Niech pani mnie przepuści.

Eva uderzyła ją w twarz i splunęła.

– Zabierzcie ją! Nie pozwolę żydowskiej kurwie tknąć mojego dziecka!

– Jak sobie chcecie, nazistowskie ścierwa – mruknęła Estera po polsku. – Tylko szkoda dziecka. Rodziców nie wybierało.

Wyszła szybko, zabierając torbę. Karl-Heinz wybiegł za nią na korytarz. Dogonił ją przy drzwiach wyjściowych. Zatrzymała się, słysząc jego kroki.

– Naprawdę możesz jej pomóc, Żydówko?

Estera sięgnęła do torby i podała mu fiolkę.

– Trzeba jej dawać często małe porcje płynów, żeby się nie odwodniła. Najlepiej chłodną wodę. No i ten lek. Dwa razy dziennie, aż do ustąpienia objawów. I niech się pan nie martwi. Nie otruję jej, mimo że zabiliście mi męża. A tak w ogóle nie jestem Żydówką – dodała wściekle. – Dawid też nie był. Ale gdybym była, to byłabym z tego dumna. Nie kryłabym się. I tak z nami nie zwyciężycie.

Z tymi słowami wyszła, zostawiając Karla-Heinza w holu samego.

ROZDZIAŁ 72

Strasburg in Westpreußen. Poniedziałek,
9 października 1939. Godzina 10.00.
SS-Sturmbannführer Karl-Heinz Fischer

Karl-Heinz szedł środkiem ulicy Ogrodowej. Była teraz zamknięta dla ruchu, więc mógł iść bezpiecznie. Zaparkował samochód przed willą, ale przed przystąpieniem do przesłuchania wybrał się jeszcze na krótką przechadzkę po mieście.

Czuł się lekko. Nie tylko dlatego, że Polska praktycznie upadła. Führer podpisał już dekret o włączeniu jej ziem do Rzeszy. Może choć na chwilę zrobi się spokojniej. Humor dopisywał mu głównie dlatego, że stan Irene znacznie się poprawił. Eva nie pytała, jak to się stało, że Irene ozdrowiała. Nie kwapił się więc do wyjaśniania, że to dzięki żydowskiemu lekowi.

Przyspieszył kroku. Widział już ceglany budynek. Willa miała dwa piętra. Na górze mieszkali obecnie esesmani. Na parterze mieściły się biura. Po ulicy spacerowali żołnierze z psami, bo Polacy notorycznie próbowali wedrzeć się do budynku, żeby pomóc swoim. Niedoczekanie. Początkowo co prawda pozwalano na podawanie jedzenia przez piwniczne okna, ale teraz wszystko się zmieniło. Głód był wspaniałym narzędziem w rękach przesłuchujących.

Karl-Heinz wszedł na teren ogrodu otaczającego willę. Słychać stąd było krzyki. Bardzo możliwe, że to szef brodnickiego Selbstschutzu wygonił część więźniów na podwórze z tyłu, żeby trochę zabawić się ich kosztem. Lubił używać pejcza. Heiden i Adler pozwalali na to, bo uważali, że to dodatkowo buduje respekt. Karl-Heinz nie próbował się przeciwstawiać. Jeszcze mu życie było miłe.

Wszedł do środka i pozdrowił Ivonne. Folksdojczka pracowała tu od samego początku, jak tylko stworzono Inspektorat. Była przyjazną starszą kobietą, która miała w zwyczaju opiekowanie się wszystkimi oficerami, jakby byli jej synami.

– Niby już październik, a całkiem ładny dzień – zagadnęła po wymianie przywitań. – Jak szef skończy z więźniami na zewnątrz, to otworzę okno. Zamknęłam, bo przez te krzyki nie mogę się skupić na dokumentach. Chociaż noce bywają zdradliwe – dodała jeszcze. – Ja to staram się wkładać szalik i płaszcz. Jak się człowiek zaziębi, to koniec. Można to leczyć i leczyć.

Karl-Heinz pokiwał głową.

– Tę moją też wzięli na podwórze?

– Nie, nie. Mówiłam im, że pan będzie rano. Jest w piwnicy.

– Świetnie.

Zszedł na dół po stromych schodach. Panował tu półmrok, bo światło wpuszczały tylko umieszczone nisko przy ziemi zakratowane okienka. Areszt składał się właściwie z trzech pomieszczeń, które dodatkowo zostały podzielone ściankami. Więźniowie leżeli na gołej ziemi w przepełnionych celach.

– Przyprowadzić mi tę moją – rozkazał Karl-Heinz jednemu ze strażników.

Podwinął rękawy. Dziś jest ten dzień, kiedy Estera wszystko wyśpiewa. Mieli też jej szwagra, ale mężczyzna trzymał się twardo i nie pisnął nawet słowa, nie wydał swoich, by uratować własną skórę.

To Estera stanowiła słaby punkt. Karl-Heinz przesłuchał już w życiu tylu ludzi, że po prostu to czuł. I tak wytrzymała długo. Od czasu kiedy ją tu przyprowadzili, dostawała głodowe racje żywnościowe. Praktycznie tyle co nic i do tego sama woda. Wczoraj ją podtapiali. Potem Markus wbijał jej igły pod paznokcie i wyłamał dwa palce. Heiden proponował wlanie roztworu ługu do gardła, ale Karl-Heinz się sprzeciwił. Chcieli przecież, żeby mówiła. Dziś miał zająć się nią sam.

Kiedy strażnik przyprowadził Esterę, Karl-Heinz zobaczył potwierdzenie w jej przerażonych oczach. Tak bardzo się bała, że być może nawet nie będzie musiał zbytnio się napracować. Uśmiechnął się szeroko.

– Jak tylko dowiedziałem się, że też masz córkę – poinformował tonem pogawędki – postanowiłem się odwdzięczyć za to, że pomogłaś mojej Irene, i umieściłem ją w domku mojego służącego. Na razie ma się dobrze, ale przecież mogę zmienić zdanie. W każdej chwili.

Po twarzy Estery przebiegł grymas. Bała się o córkę jak każda matka, ale Karl-Heinz rozpoznał też wstyd.

445

Odetchnął głębiej. Naprawdę było po wszystkim. Dziś nawet nie będzie musiał się brudzić. To była wielka ulga. Gdyby ci ludzie rozumieli, że życie byłoby łatwiejsze, gdyby przestali się tak bezsensownie opierać. Ile przemocy można by uniknąć.

– Chcę poznać nazwiska wszystkich, którzy byli lub są zamieszani w konspirację przeciwko Rzeszy, rozumiesz? Wszystkich!

Pokiwała nieznacznie głową. Buta zniknęła z jej oczu zupełnie.

– Ale mnie pan stąd wypuści, Herr Sturmbannführer? – Ledwie docierały do niego jej słowa. Usta miała spieczone i wydobywał się z nich tylko szept. – Błagam.

I wtedy Karl-Heinz zrozumiał. Bała się śmierci. Nie chodziło jej o córkę, tylko o siebie samą. Nie chciała umierać. Nikt nie chce. Skrzyżował ręce na piersiach i czekał. Zaczęła mówić jak najęta.

ROZDZIAŁ 73

Karl-Heinz pomógł żonie wysiąść z samochodu. Podjazd dworu zwanego przez miejscowych Szuwarami wyłożony był drobnymi kamykami. Ubrana w pantofle na obcasach Eva miała trudności z zachowaniem równowagi. Musiała przytrzymywać się jego ramienia.

– Mniejszy od naszego – szepnęła z zadowoleniem, kiedy wspinali się po schodach.

Markus Adler stał przy drzwiach, by powitać gości. Tym razem był w pełnym umundurowaniu, z elegancko wypastowanymi oficerkami.

– Ciekawe, czy to ta jego kochanka tak go wystroiła – dodała Eva cicho. Zadziwiająco szybko odnalazła się w świecie tutejszej plotki. – Nie rozumiem, czemu woli jakąś Polkę... tyle jest niemieckich kobiet bez mężów. Wystarczy spojrzeć na Lebensborn. Rozumiem oczywiście, że można mieć kochankę. Podobno nawet Himmler jest z tą swoją Hedwig Potthast. Na marginesie ciekawe, czy Marga* o tym wie... Nie sądzę, żeby była zachwycona. W każdym razie Markus powinien mieć żonę i spłodzić dzieci...

– Przestań już – mruknął Karl-Heinz.

Podeszli do ganku.

– *Heil Hitler!* – zawołał na ich widok Adler.

Odpowiedzieli tym samym.

– Wspaniale, że jesteście – powiedział gospodarz, uśmiechając się. – Zapraszam w moje skromne progi. Heidenowie już są przy stole.

Weszli do przestronnego pokoju, który służył Adlerowi za jadalnię. W kominku płonął ogień, więc otoczyło ich przyjemne ciepło.

Julius Heiden z trudem uniósł się z krzesła na ich widok. Przywitali się i zajęli miejsca.

– Słyszałem, że sukces – powiedział dowódca, nalewając sobie wina. – Ta Estera sypnęła?

– Tak, mam wszystkie nazwiska – przyznał Karl-Heinz.

– No to teraz tylko aresztować tych potworów – odezwała się Lina Heiden z zadowoleniem.

– Problem polega tylko na tym, drogie panie, że nie mamy już miejsca – wyjaśnił Markus Adler, otwierając butelkę wina. – Ani na Ogrodowej w Inspektoracie, ani w siedzibie gestapo.

– To co będzie? – zapytała Eva przerażona.

Karl-Heinz odchrząknął.

– Poradzimy sobie z tym problemem – powiedział oględnie.

* Marga – Margarete Himmler.

– Jasne, że sobie poradzimy, drogie panie. Nie ma powodów do obaw! – zawołał jowialnie Julius Heiden.

– Część pewnie pójdzie do obozu w Stutthofie. A resztę…

Heiden zawiesił głos. Przejechał ręką po szyi w teatralnym geście i rzucił wymownym spojrzeniem po zebranych. Wszyscy się roześmiali. Karl-Heinz spróbował zrobić to samo. Wyszło sztucznie, ale chyba nikt tego nie zauważył.

– Nie rozmawiajmy o pracy – poprosił, siląc się na lekki ton.

– Jasne. Trzeba odpocząć! – zawołał Adler. – Hanna!

Do pomieszczenia weszła ta jego Polka. Najwyraźniej faktycznie sprowadził ją do siebie na stałe. Hanna była przedtem guwernantką w Iglach. Zajmowała się synem rodziny Wronów, która tam mieszkała przed wojną. Heiden przejął dwór, kiedy Karl-Heinz mieszkał już w Drozdach, a Markus w Szuwarach. Obaj pomagali dowódcy zagospodarować się w willi. Na początku bardzo często tam więc bywali, jakby to był ich wspólny dom. Wtedy Adler przyuważył piękną Polkę. I wziął ją do siebie.

– *Heil Hitler!* – zawołała posłusznie kobieta na widok zgromadzonych.

– Przynieś główne danie – rozkazał gospodarz i odwrócił się z powrotem do gości. – Doszliśmy do wniosku, że sprawę załatwimy w majątku Birkenek. Mieszkał tam nasz działacz spółdzielczy. Polacy najpierw go internowali, a potem zginął podczas ewakuacji we wrześniu. Pomyśleliśmy, że to będzie idealne miejsce, żeby pokazać tym śmieciom, że takie rzeczy nie popłacają. To będzie miało symboliczne znaczenie.

– A gdzie to jest? – zapytała żona Heidena. – Ten majątek?

– No kawałek stąd – wyjaśnił Heiden. – Nad jeziorem.

– Miejscowi nazywają je Bachotek. Tylko ani słowa, drogie panie – poprosił Adler z tym swoim czarującym uśmiechem. – Dobrze?

Eva i Lina pokiwały głowami przejęte.

– Jutro będzie po wszystkim. Aresztujemy też ludzi stąd. Trochę sobie z nimi pogadamy dla pewności. Potem też ich zlikwidujemy i nie będzie się czego bać.

Karl-Heinz pomyślał o Esterze. Żona aptekarza opozycjonisty. Pobita i zmaltretowana tak, że Fischer ledwie rozpoznawał jej twarz. Spojrzał na swoją rękę. Miał wrażenie, jakby nie była jego. Jutro jej użyje, żeby Esterę zabić. Kobieta, która uratowała jego córeczkę, zginie. Sięgnął po kieliszek wina i wypił szybko.

ROZDZIAŁ 74

Strasburg in Westpreußen i Birkenek.
Wtorek, 10 października 1939. Godzina 19.45.
SS-Sturmbannführer Karl-Heinz Fischer

Wieczór zrobił się chłodny, ale atmosfera była tak pełna napięcia i oczekiwania, że zdawało się o wiele cieplej. Karl-Heinz patrzył, jak strażnicy pakują więźniów
do ciężarówek. Związani byli parami, żeby trudniej było
im uciekać. Chociaż i tak większość z nich była zupełnie
wycieńczona. Pobita tak, że ledwie szli. Zauważył Esterę.
Szła w parze ze swoim szwagrem. Fischer odwrócił się
szybko. Nie chciał na nią patrzeć.

– Gdzie nas wieziecie?! – krzyknął któryś z więźniów.
Jeden ze strażników uderzył go kolbą karabinu w głowę.
Mężczyzna upadł na ziemię bez życia, pociągając za sobą
drugiego więźnia. Widocznie to była jego granica. Każdy
może znieść tylko określoną liczbę razów.

– Wrzućcie ich do ciężarówki – rozkazał strażnikom
Karl-Heinz, strzelając do drugiego z więźniów.

Wsiadł do samochodu osobowego, który miał jechać na przodzie kawalkady. Markus Adler i Julius Heiden będą jechali z tyłu.

Ruszyli na północ. Karl-Heinz wyglądał przez okno w ciemność. Starał się nie słuchać pełnej emocji rozmowy gestapowców siedzących z tyłu. Czuli już krew. A może tylko udawali, przeszło mu przez myśl. Tak jak on sam.

Starał się nie myśleć o Esterze. Mimo to jej twarz ciągle stawała mu przed oczami. Ale nie ta pobita. Raczej to butne spojrzenie, kiedy wręczała mu fiolkę leku dla Irene. Leku, który sprawił, że jego mała córeczka wyzdrowiała.

Dlaczego nie miał odwagi powiedzieć na głos, że to, co tu się dzieje, to zbrodnia? Dlaczego sam brał w tym wszystkim udział? Pytania były idiotyczne. Karl-Heinz doskonale przecież wiedział. Bał się konsekwencji. Tylko kiedy nastąpił ten moment, że zupełnie się zagubił we własnym strachu? Gdzie się podział honor żołnierza?

Wyjechali z miasta i przejechali przez niewielką wieś położoną wśród pól. Samochód nieubłaganie zbliżał się do ściany lasu. Tuż przy krańcu jeziora Bachotek, gdzie rozpoczynała się rzeczka łącząca je z drugim jeziorem, wykopano rowy strzeleckie. Tam właśnie zmierzali.

Dojechali na miejsce niespodziewanie szybko. Zaraz będzie po wszystkim, powtarzał sobie Karl-Heinz w duchu. Jeszcze trochę i pojedzie do domu na kolację... Teraz powinien tam być. Przy stole, a nie tu w lesie, odezwał się jakiś głos w głowie. Z całych sił starał się go zagłuszyć.

– Stań tak, żeby reflektory oświetlały rowy – poinstruował kierowcę. – Będziemy przynajmniej coś widzieć.

Jak we śnie nadzorował wypakowywanie więźniów z ciężarówek. Słyszał głosy przerażonych Polaków. Doskonale już wiedzieli, co ich czeka. Trudno się nie zorientować, kiedy wokoło przechadzają się ludzie z karabinami gotowymi do strzału.

Niżsi stopniem ustawili więźniów wzdłuż rowu.

– Bliżej! – krzyknął gdzieś z prawej Markus Adler.

– Mają wpaść prosto do środka. Będzie mniej roboty. Potem przysypiemy ich ziemią.

Nagle Karl-Heinz usłyszał w ciemności śpiew kosa. Wokoło panował harmider, ale jemu i tak wydawało się, że delikatna pieśń tłumi wszystkie inne dźwięki. Przed oczami stanęły mu stawy za Drozdami. Ich spokój. Ile by dał, żeby tam teraz być.

Ktoś szarpnął go za ramię, wyrywając z zamyślenia. Karl-Heinz rozejrzał się nerwowo. Nawet nie zauważył, kiedy zbliżył się do szpaleru więźniów. Do niej. Dlaczego stanął akurat z tej strony?

– Obiecałeś – szeptała gorączkowo Estera. – Obiecałeś, że przeżyję, jak ci powiem.

– Wydałaś mu naszych? – wycharczał jej szwagier z niedowierzaniem. – Jak mogłaś! Dawid walczył, żeby…

– Mój Dawid nie żyje – zapłakała z makabrycznym grymasem na spuchniętej po torturach twarzy. – Muszę myśleć o naszej córce… Obiecałeś, że wrócę do mojej córki!

Karl-Heinz pchnął ją wściekle. Gdyby nie to, że była przywiązana do szwagra, pewnie wpadłaby do rowu.

– Błagam! Przecież uratowałam twoją Irene! – szeptała dalej. – Błagam! Wiem, że może mi pan pomóc, Herr Sturmbannführer. Błagam… Błagam…

Karl-Heinz rozejrzał się wokoło. Panowało zamieszanie. Wszyscy byli zajęci ustawianiem więźniów nad rowami, nikt nie zwracał teraz na niego uwagi. Dla wielu z tych chłopaków to była pierwsza egzekucja w życiu, więc nic dziwnego, że adrenalina buzowała im w żyłach.

– Błagam! – szeptała znowu Estera.

– Jak mogłaś... Jak mogłaś – powtarzał cicho jej szwagier. – Oni przez ciebie wszyscy zginą. Tak jak my. Nie rozumiesz? Co ty zrobiłaś?

– Błagam – nie poddawała się kobieta, ignorując słowa krewniaka. – Uratowałam przecież małą Irene. Uratowałam!

Karl-Heinz poczuł, że oblewa go fala gorąca. Pieśń kosa zdawała się teraz jeszcze głośniejsza, jakby wypełniała mu czaszkę po brzegi. Nie mógł znieść jej naglącej nuty. Znowu rozejrzał się wokoło. Był tu najwyższy rangą. Nie licząc oczywiście Heidena, ale jemu było zawsze wszystko jedno. Ważne, żeby się najeść i napić. Nie, Heiden nie będzie robił problemów. Gorzej może być z Adlerem. Tylko że i Markus miał słaby punkt. Polską kochankę. Niby blondynkę, ale jednak Słowiankę.

– Uratowałam ją... uratowałam... Błagam! Nie chcę umierać! Jeszcze nie!

Kos znowu zaśpiewał. Karl-Heinz zaklął w duchu. Będą kłopoty? Trudno. W tym momencie było mu wszystko jedno. Czuł, że musi pomóc tej kobiecie. Nie dla niej. Dla siebie. Sięgnął po sztylet, który dostał w dniu złożenia przysięgi, wstępując do zakonu SS. Grawerunek na ostrzu głosił dumnie, że honor to lojalność. Nie tej nocy.

Wbił sztylet prosto w serce szwagra Estery i zaczął rozcinać więzy na jej rękach. Mężczyzna bełkotał coś jeszcze, więc Karl-Heinz strzelił mu w głowę. Pozostali potraktowali to jako sygnał do rozpoczęcia egzekucji. Nocny las natychmiast pogrążył się w huku wystrzałów.

CZĘŚĆ DZIEWIĄTA

DOM CZWARTY

ROZDZIAŁ 75

Szpital. Poniedziałek, 21 marca 2016. Godzina 10.20.
Sierżant sztabowa Emilia Strzałkowska

Dlaczego on cały czas śpi? – zapytał Łukasz cicho.
Emilia spojrzała na Daniela. Leżał na szpitalnym łóżku pogrążony we śnie. Lekarze wyciągnęli kule, pozszywali rany, pokręcali Podgórskiego kilometrami bandaży, podali kroplówkę i kto wie co jeszcze podczas tej szalonej nocy. Teraz oddychał miarowo, więc chyba było w porządku. Taką przynajmniej Strzałkowska miała nadzieję.

Kręciło jej się w głowie, bo znowu spała tylko kilka godzin. Siedziały z Weroniką w szpitalu prawie do wpół do szóstej. Potem Emilia zdążyła wrócić na chwilę do Lipowa, przyłożyć głowę do poduszki na niecałe dwie godziny, przebrać się w mundur, zabrać rzeczy i przyjechać z powrotem do szpitala. Ale brak snu ma też swoje dobre strony, pomyślała. Nie pozwala myśleć o tym, że w tym samym budynku umarła Justynka. Dziewięć miesięcy temu.

– Pewnie podali mu jakieś leki – powiedziała. – Stracił dużo krwi. Muszą go doprowadzić do stanu używalności.

Starała się mówić lekkim tonem. Może nawet nieco żartobliwie, żeby nie martwić syna. Nie było to wcale łatwe, kiedy przed oczami ciągle miała wczorajszą jatkę. Bo jak inaczej to nazwać? Krew płynęła z rany wlotowej, jakby ktoś za mocno odkręcił kran. Na nic się zdały próby jej zatamowania. Całe szczęście karetka zjawiła się na tyle szybko, że nie doszło do wykrwawienia.

– On mógł umrzeć – powiedziała z wyrzutem Maria Podgórska, jakby to była ich wina, że nadgorliwy młodzik zupełnie ześwirował. – Mój jedyny syn mógł umrzeć.

Znały się dobrze nie tylko przez Podgórskiego. Matka Daniela pracowała na komisariacie w Lipowie jako recepcjonistka i okazjonalna dostarczycielka domowych wypieków. Emilia i Weronika zawiadomiły ją o tym, co się stało, dopiero rano. Maria uparła się, że musi przyjechać i siedzieć przy synu. Właściwie nic w tym dziwnego. Na jej miejscu Strzałkowska zrobiłaby to samo.

– Ale do tego nie doszło – rzuciła policjantka gniewnie.

Maria Podgórska spojrzała na nią zaskoczona. Emilia też zdziwiła się, że nadal ma w sobie tyle złości. Spojrzała na Daniela. Miała ochotę walić z całych sił pięściami w tę jego cholerną zabandażowaną klatkę piersiową. Co mu strzeliło do tego durnego łba, żeby silić się na bohaterstwo? Oczywiście spyta go o to, jak tylko idiota się obudzi. Odwróciła się z godnością.

– To najważniejsze – odezwała się Weronika miękko.

Stała nieco z boku, jakby sądziła, że nie ma prawa podejść do łóżka. Emilia nie zamierzała wyprowadzać jej z błędu. Przynajmniej na razie.

Ktoś zapukał do drzwi i zaraz potem szybko je otworzył.

– Idziemy porozmawiać z Klementyną – oznajmił prokurator Gawroński, stając w progu. Za jego plecami komendant Cybulski skinął im głową. – Pomyślałem, że skoro stan Daniela się ustabilizował, to może chcecie w tym uczestniczyć.

– Jak cholera – mruknęła Strzałkowska.

Kopp. Kolejna osoba, którą miała ochotę zabić choćby gołymi rękami. Emilia zerknęła w stronę Weroniki. Ona też wyglądała na rozjuszoną.

– Nie wiem, ile nam to zajmie – rzuciła jeszcze Strzałkowska do Łukasza i Marii.

– Zadzwonię do Mareczka Zaręby, żeby nas potem zabrał z powrotem do Lipowa – uspokoiła ją Podgórska. – Poradzimy sobie. Idź robić, co trzeba.

Emilia i Weronika ruszyły za prokuratorem i komendantem. Przed pokojem Klementyny stała Liliana w towarzystwie siwowłosego lekarza.

– Nie lepiej byłoby poczekać z tymi przesłuchaniami? – zapytała kobieta, kiedy tylko podeszli.

– Pozwolę na krótką rozmowę, ale proszę uważać – oznajmił lekarz. – Pacjentka jest jeszcze słaba.

– Co właściwie jej dolega? – zapytała Emilia ostro.

Wczoraj nie zauważyła, żeby Kopp była w szczególnie złym stanie. Leżała na kanapie w pokoju telewizyjnym Grabowskiego. Była może trochę blada i wymizerowana, ale żyła. Zdaniem Emilii nic nie usprawiedliwiało jej zachowania. Gdyby od razu się ujawniła, uniknęliby całej tej strzelaniny. Podgórski o mało przez nią nie został zabity.

– Prawdopodobnie wstrząśnienie mózgu – wyjaśnił lekarz. – Zalecałbym jeszcze odpoczynek. Z samego rana zrobiliśmy badania. Nie doszło do uszkodzenia mózgu, ale w takich sytuacjach wolę dmuchać na zimne. Lepiej, żeby została jeszcze pod naszą obserwacją. To nie przelewki. Nie chcemy powikłań.

Emilia zadrżała na te słowa. Nieprzyjemnie przypominały te, które usłyszała od lekarzy tuż po urodzeniu Justynki. Nie chcemy powikłań. Jakże prorocze to były obawy.

– Spoko. Ale! Czuję się całkiem nieźle – dało się słyszeć zza drzwi. – Mogę już stąd wyjść.

– Fantastycznie – rzuciła Strzałkowska i wparowała do środka, nie czekając na pozostałych. – Zwariowałaś już zupełnie?

Klementyna leżała na łóżku do połowy przykryta. Szpitalna koszula odsłaniała pokryte starymi tatuażami ramiona. Innych pacjentów w salce nie było. Może z nią nie wytrzymali?

– Zwariowałaś już zupełnie? – powtórzyła Emilia. – Wiedziałam, że jesteś szajbnięta, ale że aż do tego stopnia?

– Może sobie tak nie pozwalaj – powiedziała Liliana, wchodząc do salki razem z pozostałymi.

– Spoko – mruknęła tylko Kopp.

Komendant Cybulski odchrząknął głośno, próbując chyba skierować uwagę zebranych na siebie.

– Klementyno, muszę przyznać, że ostatnie dwa dni miały dość… nieoczekiwany przebieg.

Kopp skinęła tylko głową.

– Dlaczego nie dałaś znaku życia, do cholery?! – krzyknęła Emilia. Naprawdę nie mogła się powstrzymać. – Ten gnojek o mało nie zastrzelił Daniela.

Weronika położyła jej dłoń na ramieniu w uspokajającym geście. Strzałkowska strąciła ją szybko.

– Bohater z tego waszego chłopaka, co? – zaśmiała się Klementyna. – Wziął kulę na siebie.

– Może mogłabyś jednak nie żartować – poprosiła Weronika oschle. Ona też chyba była wkurzona. – Daniel leży na oddziale z raną po kuli w piersi, a ty...

– Niezwykle poetycko to określiłaś... Spoko. Bardzo jestem mu wdzięczna – powiedziała Kopp. Nadal trudno było stwierdzić, czy mówi poważnie. – Grabowski nigdy mnie nie skrzywdził. Wręcz przeciwnie. Był jednym z nielicznych mężczyzn, którym zawsze mogłam ufać. Nie darowałabym sobie, gdyby zginął, bo wpuściliście tam jakiegoś żółtodzioba z pukawką.

– Masz pretensje do nas? – warknęła Emilia. – Siedziałaś sobie cały czas w domu tego cholernego Grabowskiego. A my cię szukaliśmy!

– To nie było też tak, że jakoś szczególnie się ukrywaliśmy – zaśmiała się znowu Klementyna. – Grabowski nakupował dla mnie coli. Nawet was poczęstował. On nigdy nie tyka cukru, więc powinniście byli trochę pomyśleć.

Emilia miała wrażenie, że jeszcze moment i wybuchnie.

– Butelki z colą? To miał być dla nas znak, że jesteś cała i zdrowa?! To przechodzi ludzkie pojęcie! Czy ty w ogóle wiesz, co mówisz?

Kopp uśmiechnęła się tylko pod nosem.

– Trochę spokojniej – oburzyła się Liliana. – Lekarz powiedział, że Klementynie nie wolno się denerwować.

Strzałkowska spiorunowała ją wzrokiem. Partnerki Kopp też nigdy nie zdołała polubić. Jej twarz wiecznie emanowała wystudiowanym chłodem doświadczonej bizneswoman.

– Ja też chętnie usłyszę, co tobą kierowało – odezwał się Gawroński.

Emilia spojrzała na niego z wdzięcznością. Prokurator skinął delikatnie głową i uśmiechnął się nieznacznie.

– Dostałam w głowę – oznajmiła Klementyna. – Obudziłam się w samochodzie. W pierwszej chwili nie wiedziałam, co się dzieje. Coś tam mi świtało, że jechałam do Drozdów. Tylko że mętnie. Potem zjawił się Grabowski. Przyjechał na rowerze.

– Zabrał cię spod Igieł siłą? – zapytał komendant Cybulski.

Kopp zaśmiała się cicho.

– Oczywiście, że nie. Poprosiłam go, żeby mnie przenocował. – Znowu nie wiadomo było, czy nie żartuje.

– Dlaczego? – zapytała Weronika.

– Chciałam sobie to wszystko poukładać. A poza tym ani myślałam iść do szpitala. Nie po miesiącach w wariatkowie. Wystarczy mi na całe życie.

– Czemu nie ujawniłaś się, kiedy przyjechaliśmy do Grabowskiego? – zapytała Strzałkowska ostro. – Musiałaś nas słyszeć, skoro cały czas byłaś na górze! A jeżeli nawet nie, to pewnie ci powiedział, że byliśmy. I to dwa razy.

Wszyscy spojrzeli na Klementynę wyczekująco. Nawet Liliana, która dotychczas stała po jej stronie. Kopp westchnęła cicho.

– Przeceniłam niestety swoje siły i musiałam zostać dłużej, żeby jakoś dojść do siebie. Nawet nie myślcie o tym, żeby Grabowskiego o coś oskarżyć.

– Nie odpowiedziałaś na moje pytanie!

– Nie wiedziałam, komu mogę ufać – odparowała Klementyna. – Nie mogłam sobie przypomnieć, kto mi to zrobił.

– I zdecydowałaś się zaufać mężczyźnie, którego nie widziałaś przez czterdzieści lat? – zapytał Cybulski.

– Ja i Grabowski kiedyś byliśmy blisko – mruknęła Kopp. – No i po raz kolejny nie zawiódł mojego zaufania. Kiedy przyszliście, mocno spałam. Zdecydował więc, że nic wam nie powie. Nie wiedział, czy sobie życzę. Potem, już w niedzielę, chciałam się nawet ujawnić. Ale! Ustaliliśmy, że pozwolimy wam prowadzić śledztwo. Nadal nie pamiętałam, kto mnie tak urządził. Chciałam to wiedzieć.

Emilia miała ochotę krzyczeć. Sądząc po wyrazie twarzy pozostałych, nie ona jedna.

– Lekarz powiedział, że Klementyna może być trochę zdezorientowana – odezwała się Liliana, jakby usiłowała samą siebie przekonać. – Nie działała racjonalnie. Niepamiętanie wydarzeń sprzed urazu też podobno jest rzeczą typową, więc nic dziwnego, że Klementyna nie wiedziała, kto ją zaatakował.

Gawroński westchnął, jakby ta tyrada pozbawiła go sił.

– Dobrze. Zostawmy to na chwilę – zaproponował. – Teraz już pamiętasz, kto cię zaatakował?

– Sami to odkryliście. Mój ojciec – powiedziała cicho Klementyna. Emilia mogłaby przysiąc, że tym razem zobaczyła w jej oczach łzy. To było tak nieoczekiwane, że policjantka zapomniała o gniewie.

– Pamiętasz to? Czy mówisz tak, bo się przyznał?

– Coraz lepiej pamiętam. Czekał na mnie na drodze. Upadły mu okulary. Chciałam je podnieść. Wtedy mnie zaatakował.

– Czyli to się zgadza z jego zeznaniami – powiedział Cybulski wyraźnie usatysfakcjonowany.

– Świetnie. To chyba już wystarczy – włączyła się Liliana. – Lekarz powiedział, że Klementyna potrzebuje odpoczynku.

Jak na zawołanie do salki wszedł siwowłosy doktor.

– Już kończymy – zapewnił Cybulski.

– A Hanna? – zapytała Emilia. – Co ona ma z tym wszystkim wspólnego?

– A niby co Hanna mogłaby mieć z tym wspólnego? – zapytała Klementyna.

Jej twarz zrobiła się nieprzenikniona. Zupełnie jak wszystkich pozostałych mieszkańców Złocin, kiedy słyszeli to imię. Nikt nie chciał pisnąć na temat Hanny ani słowa. Ta zmowa milczenia sprawiała, że policjantka miała ochotę kopać głębiej i głębiej, nawet jeżeli nie wiązało się to ze sprawą, którą musieli rozwiązać.

ROZDZIAŁ 76

Szpital. Poniedziałek, 21 marca 2016. Godzina 11.45.
Podinspektor Wiktor Cybulski

Cybulski i Gawroński podeszli do starego automatu z kawą, który stał w szpitalnym korytarzu. Komendant nie zamierzał jej nawet próbować, ale prokurator wrzucił kilka monet do maszyny i odebrał z podajnika kubeczek parującej cieczy. Cybulski zmarszczył nos. Nie uważał się za smakosza kawy, ale jego zdaniem napój nie nadawał się do spożycia.

– Chodźmy do Romualda – powiedział Gawroński, przełykając szybko kolejne łyki. Może to był jego sposób poradzenia sobie z pozostawiającym wiele do życzenia smakiem lurowatego płynu.

– Lekarz dał zielone światło, więc ja tym bardziej nie widzę przeciwwskazań – powiedział Cybulski, przyglądając się z niechęcią kubeczkowi w ręce prokuratora. – Nadal uważasz, że pan Kopp i Błażej kogoś kryją?

Gawroński skinął głową. Zaczęli rozmawiać o tym wczoraj podczas powrotu ze Świątek. Potem wynikła sprawa postrzelenia Daniela i nie dokończyli. Bardzo dogodna afera, dodał w duchu komendant, jeżeli wziąć pod uwagę wyniki badań krwi Podgórskiego. Wreszcie nadarzała się okazja, żeby uderzyć w aspiranta. No i wystarczyło zamienić kilka słów z młodym Siemieniukiem. Poza tym znalazł już chłopaków z wczorajszej ekipy, którzy gotowi byli zeznać, co trzeba. Teraz zostawało tylko odpowiednio nastawić prokuratora.

– Tak. Bo dlaczego obaj tak pchaliby się do odsiadki?

– Czyli Romuald zaatakował Klementynę nie po to, żeby bronić siebie.

Prokurator przełknął ostatni łyk kawy i zgniótł kubeczek.

– Właśnie. Zaatakował ją, bo chciał bronić kogoś innego. Tę samą osobę uparcie chroni Błażej.

– Wspominałeś wczoraj, że podejrzewasz trzy osoby.

– Tak. Biorę pod uwagę osoby, które są ważne dla nich obu. Na tyle, żeby chcieli się dla nich poświęcić. Moje typy to: Oskar, Helena lub Nadzieja.

– Nadzieja? – zdziwił się Cybulski.

O ile Helena i Oskar także i jemu przyszli do głowy, o tyle o Nadziei nie pomyślał w ogóle. Helena, ukochana żona Romualda i kobieta, która była dla Błażeja prawie jak matka. Oskar, syn Błażeja i wnuk Romualda. Jedenastoletni chłopiec i osiemdziesięcioletnia kobieta. Żadne z nich nie wydawało się kandydatem na mordercę. Życie układało się jednak czasem zupełnie nieprzewidywalnie. Nadzieja mogłaby być zabójczynią. Miała idealny motyw i podobno już wcześniej nękała Różę, ale dlaczego Romuald i Błażej chcieliby ją za wszelką cenę chronić?

– Romuald wielokrotnie powtarzał, że nie toleruje rozwodów. A jeżeli ta obsesja posunięta jest do ekstremum? I był w stanie zaakceptować śmierć Róży, byle Błażej i Nadzieja byli razem.

– No nie wiem, Leonie...

– Na tym etapie nie chcę niczego wykluczać – przerwał mu Gawroński. – Ale zgadzam się, że Helena i Oskar są zdecydowanie bardziej prawdopodobni jako sprawcy. Chodźmy się przekonać, czy mam rację.

– Helena też nie całkiem pasuje. Przecież to ona wezwała Klementynę, żeby zajęła się sprawą śmierci Róży. Gdyby to ona była winna...

– Wiem – przerwał mu prokurator. – Ale już mówiłem, nie chcę nikogo wykluczać.

– Trzeba też będzie porozmawiać o tej wczorajszej strzelaninie – zaczął Cybulski ostrożnie. Postanowił powoli zacząć podsuwać prokuratorowi ten temat. – I o Podgórskim.

– Oczywiście, ale najpierw zajmijmy się Romualdem.

ROZDZIAŁ 77

W drodze do Złocin. Poniedziałek, 21 marca 2016.
Godzina 12.00.
Weronika Nowakowska

Przejechały przez most nad Drwęcą i zagłębiły się w sosnowy bór. Dziś dla odmiany dzień wstał piękny. Promienie słońca tańczyły na przedniej szybie radiowozu. Było też zdecydowanie cieplej niż wczoraj. Być może wreszcie zaczynała się prawdziwa wiosna. Nie tylko ta w kalendarzu. Weronika uchyliła lekko okna. Pachniało budzącym się do życia lasem.

– Co o tym wszystkim myślisz? – odezwała się Emilia.

Weronika patrzyła na drogę przed nimi. Van techników zniknął za zakrętem, mimo to Strzałkowska nie przyspieszyła. Wyglądała na zamyśloną.

– O podejrzeniach Leona i Wiktora? – zapytała Nowakowska.

Po wizycie u Klementyny i potwierdzeniu, że to Romuald ją zaatakował, Cybulski i Gawroński zamierzali przesłuchać pana Koppa raz jeszcze. Uważali bowiem, że zarówno starszy pan, jak i Błażej kryją prawdziwego winnego. Mordercę, który miał na sumieniu śmierć Róży Grabowskiej. Weronika i Emilia otrzymały zadanie pojechania do Złocin w celu nadzorowania dalszych przeszukań w domach wskazanych przez prokuratora.

– Dobrze wiesz, o co mi chodzi – powiedziała Emilia.

– O Hannę – oświadczyła Weronika spokojnie.

Nie było to trudne do odgadnięcia. Odkąd Kaj szepnął to imię Emilii, Strzałkowska najwyraźniej nie mogła przestać o tym myśleć. To zmieniało się w małą obsesję. Policjantka bardzo się więc ucieszyła, kiedy Cybulski i Gawroński wysłali je z powrotem w rodzinne strony Klementyny. Weronika podejrzewała, że Strzałkowska chce to wykorzystać, żeby przy okazji dalej prowadzić prywatne śledztwo dotyczące Hanny.

– Nie zamierzam odpuścić – przytaknęła Emilia, potwierdzając tym przypuszczenia Nowakowskiej.

Weronika uśmiechnęła się pod nosem. Pomyślała, że właściwie powinny się nie lubić. Może i przez dłuższy czas tak było. Teraz jednak czuła do policjantki nić sympatii. Może ze względu na wczorajsze przeżycia i na wspólne czuwanie przy łóżku Daniela? Takie wydarzenia potrafią łączyć.

– Wiem, to nie w twoim stylu. Słuchaj, nie znam się na policyjnej robocie, ale może zróbmy najprostszą rzecz na świecie – zaproponowała Nowakowska, wyciągając telefon.

– To znaczy?

Weronika odblokowała ekran i otworzyła przeglądarkę. Zasięg był kiepski. No nic, to będzie musiało wystarczyć.

– Chcesz wygooglować Hannę? – zaśmiała się Emilia.

Zwolniła trochę, kiedy mijały drogę prowadzącą do Igieł. Nadal powiewały tam fragmenty policyjnej taśmy.

– A czemu by nie? To pomysł równie dobry jak każdy inny. Najlepiej byłoby oczywiście pogadać z Kajem i zapytać go wprost. Ale sama mówisz, że on nie piśnie ani słowa. Może w ten sposób znajdziemy jakiś punkt zaczepienia. A później mogłybyśmy do niego zajrzeć…

– Co chcesz wpisać? Przecież nic o niej nie wiemy.

– Na początek może „śmierć Hanny Złociny" – zaproponowała Weronika. – Nie wiemy, czy umarła, ale od czegoś trzeba zacząć.

Samochód znowu podskoczył na nierówności i Weronika kliknęła niechcący przycisk cofania. Przeklęła cicho. Musiała zacząć wpisywać hasło od początku. W końcu zatwierdziła wyszukiwanie i spojrzała na listę wyników.

– I co? – zainteresowała się Emilia.

Weronika wybrała pierwszą stronę.

– Wygląda bardzo obiecująco.

Nagle Strzałkowska przyhamowała. Telefon o mało nie wypadł Weronice z rąk.

– Co ty robisz?!

– Zobacz tam!

Weronika spojrzała na ścianę drzew. Biegła wśród nich ścieżka. Być może to ta, na której spotkali się w sekrecie Waleria i Kaj. Nieco dalej w głębi lasu ktoś stał.

– To Borys? – zapytała. – Co on tam robi?

ROZDZIAŁ 78

Szpital. Poniedziałek, 21 marca 2016. Godzina 12.00.
Podinspektor Wiktor Cybulski

Romuald Kopp siedział na łóżku odwrócony do nich tyłem. Cybulski widział więc tylko jego wychudzone plecy. Drżały, prawdopodobnie staruszek płakał. Komendant zerknął na Gawrońskiego. Lekarz pozwolił im co prawda porozmawiać z ojcem Klementyny, ale teraz Cybulski zastanawiał się, czy to dobry pomysł. Romuald wyglądał, jakby zaraz miał dostać kolejnego zawału.

– Pańska córka żyje – oznajmił Gawroński.

– Ale, ale, ale… – powtarzał staruszek.

Przysunął dyktafon bliżej do siebie, jakby bardzo mu zależało, żeby wszystko się nagrało. Nawet bardziej niż im. To mogło potwierdzać teorię Gawrońskiego. Romuald kogoś chronił.

– Pańskie uderzenie jedynie ją ogłuszyło – włączył się do rozmowy Cybulski. – Klementyna miała szczęście. Kto wie, co by się stało, gdyby leżała tam dłużej i nikt by jej nie znalazł. Może i dopiąłby pan swego.

Klementyna i Grabowski zachowali się oczywiście nieodpowiedzialnie, ale nie można było zaprzeczyć, że emerytowany milicjant dobrze się Kopp zajął. Zapewnił jej spokój i odpoczynek, a to podobno po takich urazach najważniejsze.

– Wczoraj pojechaliśmy do Starych Świątek porozmawiać z pańskim synem – poinformował prokurator.

Plecy pana Koppa znieruchomiały. Najwyraźniej przestał płakać.

– Po co? Przecież już wam powiedziałem, że to ja zabiłem Różę, a potem zaatakowałem moją córkę, żeby tego nie odkryła.

– Darujmy sobie te bzdury, dobrze? Wiemy, co się stało – powiedział Gawroński.

To był oczywiście blef, ale mieli nadzieję, że Romuald da się nabrać. Wysłali już ekipę do Złocin. Teraz wystarczy zatelefonować, żeby technicy w towarzystwie Emilii i Weroniki udali się pod wskazany adres.

– Błażej powiedział? – szepnął staruszek. – Jak on mógł?

Teraz mówił tak cicho, że Cybulski ledwie go słyszał.

– Powiedział, powiedział – zapewnił prokurator. Nie zawahał się dalej blefować. – Nie ma w takim razie powodu, żeby pan upierał się przy kłamstwie. I tak pan odpowie za napaść na córkę. To znaczy, jeżeli Klementyna zdecyduje się pana oskarżyć. Nie chce pan chyba, żebym ja też coś tam od siebie dołożył za utrudnianie śledztwa? Skoro prawdziwy winny idzie do więzienia, to chyba nie ma sensu w to brnąć? Mam rację?

Plecami Romualda wstrząsnął pojedynczy szloch, ale potem znowu znieruchomiał. Cybulski i Gawroński wymienili spojrzenia. Czekali.

– Szuwary potrafią mieć na człowieka zły wpływ – odezwał się w końcu pan Kopp. W jego głosie pobrzmiewały smutek i rezygnacja. – Tak to sobie tłumaczę.

ROZDZIAŁ 79

Las koło Złocin. Poniedziałek, 21 marca 2016.
Godzina 12.15.
Sierżant sztabowa Emilia Strzałkowska

Emilia zjechała na pobocze i wyskoczyła z radiowozu.
Popędziła ścieżką prowadzącą w głąb sosnowego boru.
Gdyby nie to, że teraz świeciło radośnie słońce, czułaby
się trochę jak przedwczorajszej nocy, kiedy goniła ubranych na czarno Cegielskich. Prawdopodobnie była nawet
na drugim końcu tej samej dróżki co wtedy.

– Borys! – zawołała.

Ogrodnik zatrzymał się w pół kroku. W ręce trzymał
sztucer. Strzałkowska przypomniała sobie, że to właśnie
od strzału z takiej broni zginęła Róża. Dlaczego nie pomyśleli o tym wcześniej?

– Co ty robisz? – rzuciła Weronika, dobiegając do nich.

Borys odwrócił się powoli. Na pasie z przodu wisiały
mu trzy czarne ciałka martwych kosów. Pracując w firmie,
Strzałkowska była świadkiem wielu makabrycznych rzeczy.

Mimo to zadrżała, widząc jego miły uśmiech, który nijak nie pasował do bezwładnych truchełek.

– Nic szczególnego – poinformował mężczyzna spokojnie. – Mam na to pozwolenie – dodał, unosząc broń.

Las jakby zamarł na te słowa. Zrobiło się tak cicho, że Emilia słyszała, jak Weronika przełyka ślinę.

– Dlaczego zabijasz te ptaki? – zapytała.

Borys nie odpowiedział, zacisnął tylko usta.

– To ty podrzucałeś je Róży? – drążyła Strzałkowska. Próbowała mówić jak najspokojniej. Atmosfera zrobiła się napięta i nie chciała dodatkowo ogrodnika denerwować.

– A czy to ma teraz jakieś znaczenie? – odparł.

Emilia zerknęła na Weronikę, ale Nowakowska delikatnie pokręciła głową.

– To ty podrzucałeś je Róży? – powtórzyła policjantka. – Dlaczego? Przecież byliście parą.

Dotychczas wszyscy byli przekonani, że martwe ptaki podrzucała Róży Nadzieja, że w ten sposób dawała wyraz swojej wściekłości za rozbicie małżeństwa. Strzałkowska przypatrywała się Borysowi, próbując zebrać rozbiegane myśli. Z tego, co wiedziała, ogrodnik znajdował się obecnie poza wszelkimi podejrzeniami. Spojrzała na martwe kosy wiszące u jego pasa. Czy to oznaczało, że Cybulski i Gawroński się mylili?

ROZDZIAŁ 80

Szuwary mogą mieć na człowieka zły wpływ – powtórzył za Romualdem Cybulski. – Co pan ma na myśli?

Staruszek usiadł głębiej na szpitalnym łóżku i odwrócił się do komendanta. Na twarzy miał wyraz całkowitej rezygnacji.

– Mówię o dworze Szuwary oczywiście. O rodzinie Żaków – uściślił.

Cybulski zerknął w stronę Gawrońskiego. Prokurator wyglądał na usatysfakcjonowanego. Jak na razie blef działał idealnie. Teraz trzeba było to dalej dobrze rozegrać. Komendant poczuł dreszcz ekscytacji. Zapomniał nawet o kłopotach, jakie sprawia wścibstwo Daniela.

– To przez rodzinę Żaków doszło do morderstwa? – zapytał Gawroński oględnie.

Nadal nie padło żadne imię. Nie mogli więc mieć pewności, kogo miał na myśli pan Kopp. Skoro jednak ojciec Klementyny mówił o Szuwarach, mogli chyba założyć, że to wyklucza Helenę jako winną. Przecież ona mieszkała w Drozdach.

– Nie chcę rzucać oskarżeń, ale tak właśnie myślę. Bo jak inaczej? Przecież to nie my.

Tym razem to prokurator spojrzał na Cybulskiego. Skinął delikatnie głową. Chyba zamierzał zaryzykować.

– Proszę nam opowiedzieć o Oskarze – poprosił.

Chłopiec był zdecydowanie najbardziej prawdopodobnym podejrzanym. Syn Błażeja i wnuk Romualda. Krew z krwi. Dziecko, które należy bronić. Wszak miłość do dziecka to uczucie niezwykle silne. Trudno było co prawda wyobrazić sobie jedenastolatka w roli mordercy, ale nie byłby to pierwszy taki przypadek.

– Nie chcę – zapłakał pan Kopp. – Proszę…

Błagalny ton w jego głosie był tak przejmujący, że Cybulski poczuł, że trafili w samo sedno. Gawroński najwyraźniej też, bo podszedł bliżej do Romualda. Stanął przed nim i skrzyżował ręce na piersi.

– Tak będzie dla niego lepiej – powiedział miękko. Tym razem nie spojrzał nawet na Cybulskiego. Obaj wiedzieli, że nie powinien tego mówić, ale czego się nie robiło, żeby dowieść prawdy. – Być może chłopiec potrzebuje pomocy specjalisty…

– On… on… on… – zaczął powtarzać Romuald.

– Spokojnie. Wszystko będzie dobrze – zapewnił Cybulski. Kolejne kłamstwa, ale czasem i te były konieczne. – Niech pan tylko opowie, jak to wszystko przebiegło.

– Ja… Obudziłem się w środku nocy – zaczął pan Kopp. – Żony nie było w łóżku. Teraz już wiem, że poszła, żeby przed garażem poczekać na Błażeja… Ja… ja musiałem do toalety, ale… ale… ale…

– Ale ta u państwa w pokoju nie działała, więc poszedł pan do tej na korytarzu – przyszedł mu z pomocą Cybulski.

– To już wiemy.

Nie powinien sugerować odpowiedzi, ale nie mógł się powstrzymać. Skoro mieli już wszystkie dane jak na tacy, nie warto było tracić czasu. Dobrze będzie mieć w zanadrzu rozwiązaną sprawę.

– Poszedłem do tej na korytarzu, ale była zajęta. Podobno ukrywała się tam...

Pan Kopp urwał, nie kończąc zdania.

– Waleria – dopowiedział tym razem Gawroński. On też nie zważał na to, że potem obrońca będzie mógł twierdzić, że starali się wpłynąć na świadka. Trudno.

– Tak, tak, tak. Postanowiłem pójść do wychodka. Kiedy tam szedłem, zobaczyłem światło w sypialni na dole.

– W domku ogrodnika? – upewnił się prokurator.

– Tak. Zaniepokoiło mnie to.

– Dlaczego?

Pan Kopp zapłakał, ale nie odpowiedział.

– Dlaczego to pana zaniepokoiło? – naciskał Gawroński.

– Ja... nie wiem... Po prostu było późno. Wszyscy powinni spać.

– Co dalej?

– Ja nie chcę mówić... Ja nie chcę. Nic więcej nie powiem... Wolę iść do więzienia. Przecież Oskar ma całe życie przed sobą... Ma dopiero jedenaście lat...

– Tak będzie lepiej dla wszystkich. Niech pan pamięta, że my i tak już to wszystko wiemy. Błażej nam powiedział – zapewnił znowu Gawroński. – Co pan zobaczył?

– Podszedłem do okna – odezwał się nieoczekiwanie pan Kopp. – Zobaczyłem Oskara ze strzelbą w dłoniach. Róża już nie żyła.

Starzec osunął się na łóżko. Leżał na boku, oddychając ciężko.

– Chyba powinniśmy przerwać tę rozmowę – szepnął Cybulski.

Gawroński potwierdził głową.

– Dzwonię do Ziółkowskiego i do Emilii, żeby jak najszybciej wkroczyli do Szuwarów.

ROZDZIAŁ 81

Las koło Złocin. Poniedziałek, 21 marca 2016.
Godzina 12.20.
Sierżant sztabowa Emilia Strzałkowska

Wyjaśnisz w końcu, dlaczego zabijasz te ptaki? – naciskała Emilia.

Borys stał bez ruchu, jakby wsłuchiwał się w odgłosy lasu wokół nich. Gdzieś wśród krzewów zaśpiewał nieśmiało kos. Zapewne nieświadomy tego, że trzej jego pobratymcy wiszą martwi u pasa tego człowieka.

Nagle ogrodnik uniósł sztucer powolnym ruchem. Strzałkowska szybko sięgnęła do kabury. Całe szczęście po nocnym czuwaniu w szpitalu zdążyła wrócić do Lipowa, przebrać się w mundur i zabrać sprzęt. Wreszcie nie była zdana tylko na łaskę innych.

– Odłóż to – rozkazała.

Telefon w jej kieszeni zaczął dzwonić głośno, psując efekty jej starań. Doskonale znała tę skoczną melodyjkę. Kiedyś przyprawiała ją o szybsze bicie serca. Gawroński.

– Nie odbierze pani? – zapytał Borys lekkim tonem.

– Najpierw powiedz, dlaczego podrzucałeś te ptaki Róży.

Ogrodnik spojrzał na nią spod oka. Potem odwrócił się do Weroniki.

– Najwyraźniej stałem się teraz głównym podejrzanym – powiedział. – Mam rację?

– Jak cholera – warknęła Emilia. – Odłóż to żelastwo.

Ku jej zaskoczeniu Borys pochylił się i położył sztucer na ścieżce.

– Teraz cofnij się kilka kroków – rozkazała Emilia, nadal trzymając go na muszce. – Weronika, idź po broń.

Nowakowska podbiegła po sztucer i wróciła szybko do Emilii.

– Zadowolone? – zapytał Borys cierpko.

– Po co ci te kosy?

– Chcę je pochować.

– Pochować? – powtórzyła za nim Strzałkowska.

Telefon znowu zadzwonił.

– Nie odbierze pani? – zapytał ogrodnik, unosząc brwi.

Emilia nie potrafiła na razie rozgryźć tego człowieka. Nie zamierzała więc opuszczać broni ani na sekundę.

– Weronika, wyjmij mój telefon i zobacz, czego chce Leon.

Nowakowska sięgnęła do kieszeni Strzałkowskiej i odebrała. Policjantka słyszała przyciszony głos Gawrońskiego. Prokurator chyba naciskał, aby natychmiast pojechały do Szuwarów.

– Dlaczego podrzucałeś te ptaki? – zapytała już po raz nie wiadomo który Emilia. Pojedzie do Szuwarów, jak chce Leon, ale najpierw pozna odpowiedź.

– Nie podrzucałem. Już mówiłem, że ja tylko je grzebię. Lubię zwierzęta. Nie chciałem, żeby tak po prostu leżały i gniły. Tego, którego znalazł rano ten wasz policjant, ja tam położyłem. Miałem pochować później. Nie sądziłem, że wcześniej ktoś go znajdzie.

– Więc kto je zabija?

Borys zawahał się.

– Kto? – naciskała policjantka.

– Oskar – powiedział w końcu ogrodnik.

Emilia zerknęła na Weronikę, która kończyła właśnie rozmowę z prokuratorem. Czy to możliwe, że Borys usłyszał, jak prokurator kazał im jechać do domu Żaków, i dlatego teraz oskarża swojego siostrzeńca? Nie, to chyba było niemożliwe. Stał za daleko.

– Twierdzisz, że to Oskar je podrzucał?

– Nie twierdzę. Wiem. Najpierw zabijał, a potem przynosił na ganek.

– Skąd wiesz?

– Przyuważyłem go. Wszyscy myśleli, że to moja siostra, ale to on.

– Nadzieja o tym wie? Że jej syn podrzucał ptaki?

Borys wzruszył ramionami.

– Jo. Powiedziałem jej, jak tylko się zorientowałem. Nie wiedziała, co z tym zrobić. Sugerowałem, żeby pogadała z Błażejem. Przecież takie rzeczy powinien załatwiać ojciec. Ale potem chyba jej się spodobało, że Róża się boi. Moja siostra naprawdę jej nienawidziła.

– A te, które tam masz? – Emilia wskazała myśliwski pas ogrodnika.

484

– Po śmierci Róży Oskar nie przestał zabijać. Zawsze lubił polować. Błażej go nauczył. Chłopak strzela lepiej ode mnie. W każdym razie co jakiś czas znajduję te kosy w różnych miejscach. W lesie i przy stawach. Ja ich nie zabijam – zapewnił raz jeszcze z naciskiem Borys. – Ja je tylko zakopuję. Z szacunku.

Zapadła cisza.

– On chyba mówi prawdę – szepnęła Weronika po chwili. – Gawroński kazał nam jechać do Szuwarów. Podobno pan Kopp zeznał, że to Oskar zabił…

– Słyszałam – ucięła Strzałkowska i opuściła powoli służbowy pistolet. Spojrzała na wiszące bezwładnie ciała martwych kosów. Dopiero teraz dotarło do niej, że na czarnych piórach nie widać krwi. – Jak on je zabijał? Mówiłeś, że świetnie strzela, ale nie widzę żadnych śladów po kuli.

Borys westchnął po raz kolejny.

– Oskar do nich nie strzela. On strzela tylko do puszek. Przynajmniej na razie. Najpierw je oswaja, a potem ukręca im łebki – poinformował. – Przynajmniej z tego, co wiem. Nadzieja nieraz mu zakazywała, ale to nic nie daje. Może dlatego tak na Oskara chucha i dmucha, bo jej się wydaje, że coś tym wskóra.

Emilia poczuła, że po jej ciele przebiega dreszcz.

– Jeżeli kłamiesz… – rzuciła.

– Nie kłamię – zapewnił Borys. – Niestety.

Policjantka odwróciła się i ruszyła do radiowozu. Trzeba było jak najszybciej dostać się do Szuwarów. Weronika wsiadła do samochodu bez słowa. Wyglądała na jeszcze bardziej zdruzgotaną niż Strzałkowska. Żadna z nich nie odezwała się, kiedy jechały przez Złociny w kierunku rozstaju dróg. Po tłumach nie było śladu. Miasteczko na powrót wydawało się wymarłe.

Na podjeździe Szuwarów zaparkowany był już van techników. Ziółkowski stał obok z założonymi rękami.

– Nareszcie panie przyjechały – mruknął. – Pan prokurator co chwila zmywa mi głowę, że nie wchodzimy. Oni też tu jadą, ale nie musimy na nich czekać. Miałem wejść z paniami. Bardzo niedobrze, że to tyle trwało. Mogli wszystkie dowody pochować. Ta kobieta z tapirem obserwuje nas przez okno, odkąd tu przyjechaliśmy.

Emilia spojrzała w stronę dworku. Waleria rzeczywiście stała w oknie na parterze. Policjantka uniosła odznakę i zaczęła iść do wejścia. Drzwi otworzyły się, zanim zdążyła zapukać.

– O co chodzi?! – zawołała pisarka histerycznie. – Kim są tamci ludzie?

Wskazała szykujących się do pracy techników.

– Koledzy – mruknęła Emilia. – Proszę mnie przepuścić.

– A mają panie nakaz? – pisnęła Waleria.

– Prokurator zaraz tu będzie – poinformowała Weronika.

Strzałkowska zaśmiała się pod nosem. Zabrzmiało to całkiem dobrze. Nowakowska najwyraźniej zaczynała wczuwać się w swoją rolę.

– W takim razie poczekamy sobie na niego. Nie macie prawa wejść!

– Skąd te nerwy? – zapytała Emilia. – Ma pani coś do ukrycia?

– Nic. Już przecież wiecie, że nie ja pisałam te książki. Ale to nie sprawa dla was. Więcej tajemnic nie mam.

– Taki ciepły dzień, a panie palą w kominku? – zapytała nagle Weronika.

Emilia spojrzała na dach dworku. Z jednego z kominów faktycznie unosiła się wąska smużka dymu. Z miejsca przyszły jej do głowy słowa Ziółkowskiego. Niszczyli dowody? Policjantka odepchnęła Walerię na bok i wbiegła do budynku. Nie musiała długo szukać. Korytarzyk otwierał się na przestronny salon.

Kominek znajdował się po lewej stronie pomieszczenia. Nadzieja kucała przy nim, próbując najwyraźniej rozniecić większy ogień. Oskar stał w kącie wyraźnie przerażony. Strzałkowska wzdrygnęła się na jego widok.

– Proszę stąd wyjść! – wrzeszczała Waleria od progu.

Chwyciła Strzałkowską za ramiona, ale policjantka wyswobodziła się z jej objęć bez większego trudu i popędziła w stronę kominka. Nadzieja chwyciła pogrzebacz i zaczęła nim wymachiwać. Najwyraźniej za wszelką cenę chciała coś spalić i nie dopuścić do tego, żeby ktoś ją powstrzymał. Z tego, co Emilia widziała, w kominku miał spłonąć cienki zeszyt ze zdjęciem jakiegoś piłkarza. W czerwcu miały być mistrzostwa Europy w piłce nożnej, więc takie kajety robiły się coraz bardziej modne.

– Nie dostaniesz tego! – krzyknęła Nadzieja, widząc jej spojrzenie. – Prędzej zginę!

Do salonu wbiegła grupa techników, ale żaden z nich nie kwapił się do rozbrajania oszalałej kobiety wymachującej wściekle gorącym pogrzebaczem.

– Prędzej zginiesz? – mruknęła Emilia rozbawiona.

– W takich okolicznościach to by było trochę melodramatyczne. No przyznaj.

Sięgnęła do paska i wyciągnęła paralizator. Naprawdę się cieszyła, że tym razem przyjechała do Złocin z pełnym służbowym wyposażeniem. Nie sądziła, żeby ktoś miał do niej pretensje, że zużyła kartridż z elektrodami, oddając strzał z dystansu. To było zdecydowanie lepsze niż użycie broni palnej. I bezpieczniejsze dla wszystkich.

Paralizator wypalił ze świstem. Nadzieja upadła, kiedy jej ciało poraził prąd o wartości kilkudziesięciu tysięcy woltów. Pogrzebacz uderzył o podłogę obok niej.

– Wyjmijcie ten zeszyt z kominka, zanim spłonie! – zawołała Strzałkowska, skuwając ręce Nadziei. Po raz pierwszy od dziewięciu miesięcy nie czuła się jak pogrążona w żałobie matka. Znowu była policjantką.

ROZDZIAŁ 82

Szuwary. Poniedziałek, 21 marca 2016. Godzina 13.30.
Weronika Nowakowska

Świetnie sobie poradziłyście – pochwalił komendant Cybulski po raz kolejny.

Weronika przypatrywała się Emilii z pewnym rozbawieniem. Strzałkowska stała na rozstawionych nogach z wyrazem rozwścieczonej kotki na twarzy. Mimo wszystko Nowakowska musiała przyznać, że i ją opanowała irytacja. Przecież to one powstrzymały Nadzieję przed spaleniem jednego z dowodów. Może nawet najważniejszego!

Tymczasem kiedy na miejscu zjawili się Cybulski i Gawroński, poinformowali, że to oni teraz zajmą się sprawą. I to by było na tyle. Od tamtej chwili stały bezczynnie na podjeździe Szuwarów. Komendant i prokurator co jakiś czas wyłaniali się z dworku, okazjonalnie rzucając pod ich adresem wymuszone pochwały.

– Nienawidzę takiego protekcjonalnego tonu – warknęła Emilia, kiedy komendant i prokurator z powrotem weszli do dworu. Kopnęła kamyk. Potoczył się aż pod eleganckiego mercedesa Walerii. – Poza tym o co im chodzi? Nie pozwolili nam nawet zajrzeć do tego cholernego zeszytu.

Nowakowska skinęła głową. To przecież Cybulski tak bardzo chciał, żeby została policyjną profilerką. To on naciskał. Co się zmieniło?

– I co teraz? – zapytała.

Strzałkowska znowu kopnęła kamyk. Nie odpowiedziała.

– Zadzwonię do Marii i zapytam, co z Danielem – powiedziała więc Weronika. – Może pojedziemy do szpitala, skoro tu nas nie chcą.

Wyciągnęła telefon i odblokowała ekran. Pokazało się nadal otwarte okienko przeglądarki. Zupełnie zapomniała, że zanim natknęły się na Borysa, szukała informacji o Hannie. Odwróciła się do Strzałkowskiej.

– Nie zdążyłam ci powiedzieć, co znalazłam o tej twojej Hannie!

Twarz policjantki rozjaśniła się.

– Co?

– Wpisałam „śmierć Hanny Złociny", pamiętasz?

– Tak. I co wyskoczyło?

– Pierwsza strona to jakiś blog – poinformowała Weronika, przeglądając pobieżnie zawartość. – Nazywa się *Głupie psy, czyli największe błędy śledcze organów ścigania*.

– Chwytliwie – mruknęła Strzałkowska, jakby autor strony osobiście ją uraził. – No i co tam jest?

– Jak wyszukiwarka wypluwa rezultaty, to zawsze pod nazwą stron jest taki skrót z fragmentem, gdzie występują słowa kluczowe.

– Wiem.

– Teraz próbuję znaleźć, gdzie jest na stronie to, co wtedy tam zobaczyłam.

– A co to konkretnie było?

Weronika przesuwała palcem po ekranie, żeby szybciej przejrzeć kolejne wpisy. Niewielka czcionka nie ułatwiała lektury. Blog miał niewiele ponad trzysta odwiedzin, jak głosił licznik z boku ekranu. Raczej niezbyt imponująca liczba.

– Mam! – zawołała. – „I wreszcie rzekomo samobójcza śmierć Hanny R. ze Złocin. Trudno wyobrazić sobie bardziej idiotyczną wpadkę milicji. Chyba że przyjmiemy, że MO celowo zamiotła sprawę pod dywan”.

Weronika przerwała i spojrzała na Emilię.

– Czytaj dalej – ponagliła policjantka. – Dlaczego przestałaś?

– Bo dopiero teraz zauważyłam, kto jest autorem tego wpisu! – wyjaśniła Nowakowska podekscytowana. Zerknęła na Szuwary. – Proszę, proszę… Myślisz, że ktoś zauważy, że się ulotniłyśmy?

Strzałkowska też spojrzała w tamtą stronę.

– Przecież i tak już nas tu nie chcą – stwierdziła z uśmiechem. – Sprawa rozwiązana, mają swojego winnego. My możemy spokojnie zająć się Hanną.

ROZDZIAŁ 83

Szuwary. Poniedziałek, 21 marca 2016. Godzina 13.45.
Podinspektor Wiktor Cybulski

Cybulski był z siebie zadowolony. Świadkowie przewiny Daniela zostali znalezieni. Teraz komendantowi udało się nadspodziewanie gładko spławić Weronikę i Emilię, więc i to załatwione. Musi jeszcze tylko popracować nad prokuratorem i gotowe. Nikt nie będzie się interesował sprawą tamtych bezdomnych.

Ze spokojem ducha zaczął przeglądać ostrożnie zeszyt, który technikom udało się ocalić przed ogniem. To był zwyczajny brulion, jaki można kupić w każdym sklepie papierniczym albo supermarkecie. Natomiast zawartość zdecydowanie odbiegała od standardowej. Podał kajet Gawrońskiemu, mimo że prokurator już wcześniej go obejrzał.

– Wygląda na to, że go mamy – mruknął. – Zabójca ptaków...

– Dzieciak ma pojebane we łbie – rzucił któryś z młodszych techników. – Popierdoliło go zupełnie.

Faktycznie trudno się nie zgodzić z tym wulgarnym określeniem, pomyślał komendant. Zeszyt pełen był drastycznych rysunków. Róża z połamanymi kończynami, postrzelona, otoczona rzeką krwi. Wokoło pozabijane ptaki. Dokładne, precyzyjne linie wykonane czarnym tuszem sprawiały, że w malunkach było coś niezwykle drastycznego. Do tego krótkie wpisy, głównie wyzywające Różę od kurw.

– Pojebane we łbie? Popierdoliło? Nie życzę sobie, żeby pan tak mówił! – zawołała Nadzieja. – Można to tak wdzierać się do cudzego domu? Atakować mnie paralizatorem? Ta wasza policyjna suka mogła mnie zabić!

– Proszę się liczyć ze słowami – pouczył prokurator. Cybulski widział gniew na jego twarzy. – Paralizator jest całkowicie bezpiecznym środkiem przymusu bezpośredniego. Funkcjonariuszka użyła go, ponieważ nie chciała się pani podporządkować wydanym poleceniom. Jest to jak najbardziej zgodne z ustawą. Tym bardziej że kierowała się przy tej interwencji zasadą minimalizacji skutków.

– Będę wyrażała się, jak chcę, jestem u siebie! – zawołała Nadzieja, ignorując wykład Gawrońskiego. – Kurwa jego mać!

– Ale mamo, a ja? – powiedział cicho Oskar. – Przecież przy mnie nie można przeklinać.

Nadzieja poprawiła włosy.

– Oczywiście, synku. Przepraszam.

– Będą mnie panowie przesłuchiwali? – zapytał Oskar.

Cybulski poczuł, że ciarki przebiegły mu po plecach, i zerknął na Gawrońskiego. Był ciekaw, czy prokurator czuje to samo, patrząc na chłopaka i go słuchając.

– Obawiam się, że to będzie konieczne – wyjaśnił komendant. Miał wrażenie, że dzieciak aż pali się, żeby zaistnieć. – Musimy poczekać na biegłego psychologa dziecięcego.

Bardzo się cieszył, że Gawroński nie zaproponował Weroniki.

– Chyba raczej adwokata – odezwała się Waleria. – Zadzwoniłam już do mojego prawnika. Ma mi kogoś polecić. Powiedział, żebyśmy z panami nie rozmawiały do jego przyjazdu. Zresztą z tego, co zrozumiałam, sprawa ma potem trafić do sądu rodzinnego, bo Oskar jest nieletni. Czy się mylę?

Nadzieja uśmiechnęła się szeroko.

– No właśnie – powiedziała z satysfakcją. – Proszę oddać ten zeszyt.

– To dowód w sprawie – oznajmił Cybulski.

– Ale zdobyty nielegalnie.

– To też powiedział wam prawnik czy sama pani wymyśliła? – zapytał Gawroński i zaśmiał się cicho.

Nadzieja zmierzyła go niechętnym spojrzeniem.

– Nie ze mną takie gierki. Że niby taki z pana twardy prokurator. Niech pan to wciska swoim psom. Nie rozmawiamy z wami aż do przyjazdu naszego adwokata.

– Ale ja chcę mówić! – zawołał nagle Oskar. Oczy mu błyszczały. – Nie chcę czekać!

Cybulski zauważył, że Gawroński wyciąga telefon. Oby zechciał to nagrać. Druga szansa może się nie powtórzyć.

– O niczym nie będziesz mówić tym ludziom, synku.

Chłopiec oddychał ciężko. Patrzył wyczekująco to na Cybulskiego, to na prokuratora.

– Ja nawet nie wiem, czy to zrobiłem! – poskarżył się. Łzy zaczęły płynąć mu po twarzy. – Nie pamiętam! Ja zupełnie nic nie pamiętam! Tylko tyle, że potem stałem ze strzelbą taty. On mi ją zabrał i kazał iść do pokoju. Powiedział, że mam powtarzać, że to on jest winny. Masz mówić: „Tata jest winny". Tak mi powiedział. Potem do niej strzelił, znaczy do Róży, jak już nie żyła.

– Dlaczego? – zapytała Waleria cicho.

– Powiedział, że w ten sposób nie będzie wątpliwości.

Komendant przypomniał sobie determinację na twarzy Błażeja, kiedy przesłuchiwali go wczoraj w Świątkach. Wyglądało na to, że mężczyzna oddał drugi strzał, żeby badania balistyczne na pewno wykazały, że to on zabił Różę, a nie jego syn. Nikomu nie przyszło wtedy do głowy, żeby sprawdzić ręce Oskara. Kto mógłby podejrzewać jedenastolatka?

– Oskar, przestań natychmiast! – rozkazała Nadzieja. Próbowała chwycić syna i zatkać mu usta dłonią, ale się wyrwał.

– Chcę mówić! – zawołał.

Nadzieja wycelowała palec w pierś Cybulskiego.

– Pozwę was!

– Tata cały czas kazał mi mówić, że to on zrobił. Ja nic nie pamiętam! Spałem, a potem byłem na dole. A ona nie żyła. Róża nie żyła... Ja trzymałem broń.

– Skąd ją miałeś? – zapytała Nadzieja, jakby zapomniała o potrzebie ochrony chłopca.

– Jak tata rano szykował się na polowanie, to wziąłem z szopy...

– Po co?

495

– Chciałem postrzelać do puszek. Wziąłem takie po fasoli. Myślałem, że później odłożę strzelbę. Tata zawsze zostawiał torbę w przedpokoju i odkładał wszystko dopiero rano. Myślałem, że ją podłożę do torby i nikt nic nie zauważy… – Chłopak przerwał na chwilę i wytarł łzy z policzków. – Róża chciała odebrać mi mój pokój i dać go temu swojemu nowemu dziecku. Byłem na nią zły! Straaasznie zły!

Krzyk Oskara był przejmujący. Waleria sapnęła głośno przerażona. Cybulski miał ochotę zrobić to samo, ale w porę się opamiętał. Jeżeli ktokolwiek miał do tej pory jakiekolwiek wątpliwości co do winy tego małego potwora, teraz wszystkie się rozwiały.

ROZDZIAŁ 84

Drozdy. Poniedziałek, 21 marca 2016. Godzina 13.55.
Weronika Nowakowska

Mimo ostrego wiosennego słońca Drozdy wyglądały tak samo ponuro jak wcześniej. A może nawet jeszcze bardziej, bo ostre światło dnia wydobywało wszystkie defekty. Tynk zdawał się bardziej obłazić, dachówki osuwać z dachu, a litery wiszące nad gankiem drżały przy najmniejszym powiewie wiatru. Weronika wysiadła z radiowozu i zamknęła ostrożnie drzwi. Wokoło panowała głucha cisza.

– Idziemy? – szepnęła Emilia. Jej chyba też udzieliła się ta grobowa atmosfera.

Wspięły się na ganek i zapukały do drewnianych drzwi. Weronika dopiero teraz zauważyła, że są mocno wypaczone. Pewnie dałoby się je łatwo otworzyć nawet bez klucza. Tylko czy ktoś by chciał? Teraz to miejsce wydawało się pełne złej energii. Niechętne do wpuszczania kogokolwiek w swoje zniszczone progi. Żałowała, że nie ma tu Igora. Jej pies miał talent do odczarowywania takich sytuacji.

– Nawet ptaki nie śpiewają – szepnęła Weronika. Kiedy przyjechali tu po raz pierwszy dwa dni temu, miała wrażenie, że kosy towarzyszą im na każdym kroku. Teraz nie było żadnego.

Emilia nie odpowiedziała, tylko raz jeszcze zapukała do drzwi. Znowu nie doczekały się odpowiedzi. Policjantka nacisnęła klamkę. Było otwarte. Weszły do środka. Korytarze tonęły w mroku, jak podczas ich wcześniejszych wizyt. Szlachta z portretów nie spuszczała z nich oka.

Recepcja była pusta.

– Halo! – zawołała Emilia. – Pani Kopp powinna tu być.

Weronika pokiwała głową. Mimo zapewnień o skrywanej przez lata miłości do córki Helena nie zjawiła się w szpitalu, żeby odwiedzić Klementynę.

– Halo! – włączyła się Weronika.

Przy wejściu do jadalni coś się poruszyło. Weronika dopiero teraz zauważyła, że zbroja hetmana Drozdowskiego jest przewrócona. Obok na podłodze siedziała Helena Kopp i z nieobecnym wyrazem twarzy cięła wyliniały szlachecki kontusz.

– Co pani robi?! – zawołała Emilia.

– Nie chcę tu tego. Gdybym tego tu nie ustawiła, Romuald nie miałby czym zaatakować naszej córki. Nie byłoby buławy. Dobrze, że ją zabrali na te badania. DNA czy jak wy to nazywacie. Nie mogłabym na nią patrzeć.

Staruszka rozpłakała się, ale nadal cięła kontusz z zapamiętaniem.

– A skoro tak pani kocha tę swoją Klementynę, to czemu jej pani nie odwiedziła w szpitalu? – zapytała Strzałkowska.

– Rozumiem, że męża wolała pani nie widzieć, ale córkę?

– Nie byłam pewna, czy ona chce mnie widzieć – szepnęła Helena. – Wolałam więc zostać tu. I tak wiele przez... przez nas przeszła. Nie chciałam się narzucać.

– Czy jest Kaj? – zapytała Weronika.

Przyjechały tu porozmawiać z nim o Hannie, graffiti i blogu. Kiedy Strzałkowska próbowała wypytywać go wcześniej, nie był zbyt rozmowny. Teraz jednak Weronika odkryła, że pisał nie tylko książki, ale też bloga. Być może poprzednie milczenie było tylko grą i teraz będzie chciał mówić.

Nagle ciszę przerwał stłumiony dźwięk jakiejś melodii.

– Chodźmy tam – rzuciła Emilia. – To ta jego pozytywka. Bez przerwy ją nakręca.

Weronika ruszyła za policjantką korytarzem. Po raz pierwszy od śmierci córeczki Emilia naprawdę przypominała dawną siebie. Kobietę może niepozorną z wyglądu, ale za to o mocnym, niezłomnym charakterze.

Melodia pozytywki robiła się coraz głośniejsza. Kiedy dotarły pod pokój dwieście siedemnaście, drzwi otworzyły się natychmiast. Wyglądało na to, że Kaj na nie czekał. Okna jego pokoju wychodziły na podjazd przed dworem, więc pewnie po prostu zobaczył, że przyjechały.

Przepuścił je w drzwiach bez słowa. W ustach miał fajkę. Niewielkie pomieszczenie wypełniał dym. Weronika rozejrzała się po pokoju zaciekawiona. Była tu po raz pierwszy i dostosowane do wzrostu gospodarza meble zupełnie ją zaskoczyły.

Kaj wspiął się po drabince na parapet i zajął miejsce obok stojącej tam pozytywki. Baletnica kręciła się coraz wolniej do taktu cichnącej muzyki.

– To naprawdę był znak dla Walerii? – zagadnęła Nowakowska, żeby jakoś zacząć rozmowę.

Pokiwał głową.

– System działał bezbłędnie przez lata. No może prawie bezbłędnie, bo Róża zobaczyła mój manuskrypt.

– Kiedy?

– W dzień swojej śmierci. Weszła tu mimo mojego zakazu. Widziałem, że się przyglądała papierom. Bez sensu zostawiłem je na biurku. Nie wiem, czy się zorientowała, że ja piszę te książki. Wiem, że trochę Walerię wypytywała, ale nie wprost... Nigdy się nie dowiedziałem, co myślała, bo tamtej nocy umarła... Ha! Teraz mogę to powiedzieć otwarcie. Już się na mnie nie rzucicie z podejrzeniami.

Przez chwilę trwała cisza.

– Czyli sprawcą jest Oskarek. Nieźle się porobiło – podjął w końcu Kaj. Na jego twarzy malował się złośliwy uśmieszek. Wglądało na to, że cała sytuacja go bawi. – No i biedny stary Romuald zaatakował Klementynę. Kto by pomyślał.

– To wszystko już wiemy. Opowiedz nam o Hannie – zażądała Emilia.

Kaj znowu się uśmiechnął.

– Nie mnie powinniście o nią pytać.

– A kogo? Przecież to ty kazałeś Cegielskim rysować graffiti! Znalazłyśmy też twojego bloga. Po co cały ten kamuflaż, skoro jesteś tam podpisany?

– W sieci nic nie ginie, co? – zachichotał.

– Napisałeś, że jej śmierć to nie był samobój. Że milicja popełniła błąd.

– Błąd? Dobre sobie!

Weronika i Emilia czekały, ale dalszy ciąg nie nastąpił. Zamiast tego Kaj znowu nakręcił pozytywkę. Melodia *Oh, My Darling Clementine* wypełniła pokój. Wydawała się teraz Weronice płaczliwa i rzewna.

– Chciałeś sprawiedliwości dla Hanny? – zapytała. To była pierwsza myśl, jaka przyszła jej do głowy. – Co cię z nią łączyło?

Kaj zaśmiał się głośniej.

– Ja? Sprawiedliwości? A gdzie tam! Nie znałem tej kobiety ani trochę, chociaż, co zabawne, była kiedyś guwernantką mojego ojca. Ale wracając do rzeczy, to był dwa tysiące czternasty rok. Zbliżała się siedemdziesiąta rocznica Powstania Warszawskiego. Wszędzie o tym trąbiono. To przypomniało mi o tym, co się u nas działo podczas drugiej wojny światowej.

– Chodzi o ten wielki pomnik rozstrzelanych, który jest na rynku? – zapytała Emilia. – Pod którym nadal są składane kwiaty?

– Uznałem, że to ciekawe – odparł, nie precyzując. – Ciekawe i tyle. Żadnych innych powodów nie było.

– To po co to graffiti? – zdziwiła się Strzałkowska. – Po co ta czaszka, szubienica i „złe czyny".

– Miałem ochotę trochę poirytować tych wszystkich ważniaków. Wydaje im się, że są nietykalni. Poza tym nudzi mi się w tym pokoju. Pisanie książek mi nie wystarcza. Zresztą jak długo można tkwić w romansach? Ale do tej idiotki Walerii nic innego nie pasowało.

– Nie mógł pan napisać czegoś innego? – zapytała Weronika. – Pod własnym nazwiskiem? Ten *Dom czwarty* naprawdę mi się spodobał. Dobrze pan pisze.

– Nie lubię rozgłosu – odparł niechętnie. – Wszyscy już mnie oceniliście. Widzicie tylko wzrost i wygląd! Zawsze tak było.

Znowu sięgnął po pozytywkę. Weronika myślała, że ją nakręci, ale on chwycił baletnicę i pociągnął. Miała ochotę go powstrzymać. Pozytywka była zbyt piękna, żeby ją niszczyć. Tymczasem figurka wysunęła się bez problemu, ukazując krótkie ostrze noża. Kaj wbił je z całej siły w parapet.

– Spokojnie – szepnęła Emilia. – Chcemy tylko usłyszeć o Hannie.

– To nie ma związku ze śmiercią Róży – mruknął Kaj, bawiąc się nożem. – Macie już Oskara i dajcie mi spokój.

– Nie szkodzi, że nie ma związku. Ja po prostu chcę wiedzieć – szepnęła Strzałkowska. – Tylko tyle. Proszę opowiedzieć o Hannie.

Kaj spojrzał na nią zamyślony.

– Napisał pan na blogu, że umarła w tysiąc dziewięćset siedemdziesiątym szóstym i że w wyniku oficjalnie przeprowadzonego śledztwa milicja potwierdziła samobójstwo – podsunęła Weronika szybko.

– Tak, tak. Samobójstwo przez powieszenie.

– Dlatego kazał pan rysować Cegielskim szubienicę?

– Tak. Totenkopf dodali od siebie Cegielscy, ale w sumie też pasowało. – Kaj przerwał i zaraz podjął: – W każdym razie tak… Samobójstwo przez powieszenie. Tylko że Hanna miała kulkę w głowie. Zupełnie jak Róża, nawiasem mówiąc.

– I jak Anna Linde z pańskiej książki.

– Tak, zupełnie jak Anna.

– Czyli miałam rację, że to jedna i ta sama osoba – ucieszyła się Weronika. – Hanna i Anna?

– Prawdziwa detektywka – zakpił Kaj. – Nawet się nie postarałem, żeby imię jej zmienić. Nazwisko to i owszem. Annie dałem Linde, Hanna miała Ross. Ale ogólnie to gratuluję. Wspaniała dedukcja. I to znalezienie bloga. Naprawdę jestem pod wrażeniem umiejętności śledczych. Tak się z tym kryłem, że nie wiem.

Nowakowska poczuła, że się czerwieni, słysząc ten sarkazm.

– Ale cóż, strzał w głowę można przecież łatwo przeoczyć, prawda? – podjął i zmierzył mundur Strzałkowskiej niechętnym spojrzeniem. – Policji czy tam milicji takie rzeczy łatwo przychodzą. Kiedy im to potrzebne. Tym bardziej że w głowie miała kulkę z milicyjnego P-64.

– Co według ciebie tak naprawdę się stało? – zapytała Emilia kwaśno.

– To chyba jasne. Hanna została zamordowana.

– Przez kogo?

– Przypomnijcie sobie najpierw, kim była Hanna. Pani powinna wiedzieć, skoro przeczytała książkę. – Kaj popatrzył na Weronikę. – *Dom czwarty*, tak… Matko, jak Waleria cholernie spieprzyła to zakończenie w drugim wydaniu.

– Czyli to ona je dopisała, nie pan? – podchwyciła Weronika. – Zmiana stylu była wyraźnie wyczuwalna. Dziwiłam się…

– No, ale trzeba powiedzieć, że Waleria nie miała innego wyjścia – przerwał jej Kaj. – Przyszli do niej z bronią i ją zmusili, żeby napisała to przy nich i od razu wysłała do wydawcy. Gdyby miała czas, przyszłaby z tym do mnie. Tak naprawdę to ona od początku nie chciała, żebym tak zakończył książkę. Bała się, jak oni zareagują. Ale postawiłem na swoim. No i faktycznie się wściekli. Poszli do Walerii, bo nie wiedzieli, że to ja piszę.

– Kto to są ci „oni"? – zapytała Emilia.

– Grabowski i inni.

– Inni?

– Grabowski, ksiądz Ignacy, burmistrz i inni – Kaj podkreślił ostatnie słowo z uśmieszkiem. – Same szychy. Rada miasteczka.

Weronika przypomniała sobie korpulentnego księdza. Czyścił figurę Matki Boskiej przy wjeździe do Złocin, kiedy przyjechali tu w sobotę. Grabowskiego znała oczywiście aż za dobrze. Reszta pozostawała tajemnicą.

– Rada miasteczka? – zapytała więc Weronika.

– Nieformalna struktura, która tu zarządza i uważa, że decyduje, co dla nas najlepsze. To oni zatuszowali sprawę śmierci Hanny. W siedemdziesiątym szóstym był taki kołowrót z tymi strajkami po podwyżkach cen, że Grabowski z łatwością zamiótł morderstwo pod dywan i pozbył się trefnej broni. Nawet za bardzo się nie musiał starać. Założyli Hannie linę na szyję i nie maskowali nawet rany postrzałowej. Myślę, że jego koledzy z MO tylko zacierali ręce, że nie trzeba dalej prowadzić dochodzenia. Ba! Dziwię się, że nie przypisali tego nożownikowi.

– Naprawdę grasował wtedy w okolicy?

– Tak. Szalony biedak faktycznie zabił ileś tam osób, ale nie wahano się też zrzucać na niego nierozwiązanych spraw.

Kaj włożył rzeźbiony nóż z powrotem do pozytywki i nakręcił ją szybko.

– Chwileczkę, po kolei – poprosiła Emilia. – Zaczynam się gubić w tych wszystkich teoriach. Uważasz, że ta cała „rada mieszkańców"...

– Rada miasteczka – poprawił ją Kaj.

– No dobrze. Rada miasteczka. Uważasz, że to oni zabili Hannę, tak?

– Można tak powiedzieć. To znaczy nie własnoręcznie – uściślił. – Wysłali swojego człowieka.

– Kogo?

– Nie domyślacie się?

Weronika i Emilia wymieniły spojrzenia. Nowakowska też zaczynała się już w tym wszystkim gubić.

– Przecież to proste – stwierdził Kaj z westchnieniem. – Jędrzeja. Wysłali Jędrzeja Żaka.

– Męża Klementyny? – zdziwiła się Weronika.

– Byłego męża – poprawił ją Kaj z naciskiem. – Tak, jego. Tego damskiego boksera. Wielkiego bojownika o wolność. Pogromcę komunizmu.

Ostatnie słowa ociekały wręcz jadem.

– I to on zabił Hannę?

– Miał ją tylko przesłuchać, ale sprawy zapewne wymknęły się spod kontroli. Nie byłem przy tym. Grabowski załatwił mu gnata, żeby miał większą siłę oddziaływania. No i klops.

– O co miał ją pytać? – zapytała Weronika powoli. Kaj potwierdził przed chwilą, że Hanna i Anna z książki to jedna i ta sama osoba. Czyli pierwotne zakończenie książki jej właśnie dotyczyło. – O dom czwarty?

505

Kaj rzucił jej przelotny uśmiech.

– Który to dom czwarty? Tak – przytaknął. – Kolejna świetna dedukcja.

– O co chodzi z tym czwartym domem? – zapytała Strzałkowska, przypominając sobie o teorii Grabowskiego.

– O domek ogrodnika?

Kaj tylko się zaśmiał.

– Chyba nie o numer domu?

– Tak pewnie powiedziała wam Waleria, prawda? – zaśmiał się znowu Kaj. – I tak potem napisała w tym swoim zakończeniu, jak sprawdziłem. Biedaczka umierała z przerażenia. Tak naprawdę chodzi o coś zupełnie innego. O legendę o domu czwartym.

Weronika spojrzała na niego uważniej. Kiedy czytała powieść Walerii, nie mogła skojarzyć, kto użył określenia „dom czwarty". Teraz sobie przypomniała. Helena Kopp wspomniała o nim, kiedy pierwszy raz pokazywała im zbroję hetmana Drozdowskiego. Powiedziała wtedy, że Romuald twierdzi, że hetman wcale nie istniał, że jest równie nieprawdziwy jak legenda o domu czwartym.

– Co to za legenda? – zapytała Strzałkowska.

– Hitlerowcy zajęli dwory w Złocinach niedługo po tym, jak wkroczyli do Brodnicy. Umieścili tu swoich ludzi, oficerów SS albo innych ważniaków. Mieszkali oni tu aż do końca wojny. To znaczy jednego wysłali potem do pomocy przy tłumieniu Powstania Warszawskiego, ale reszta tkwiła u nas do czterdziestego piątego. Musicie wiedzieć, że już od początku wojny w Złocinach ludzie próbowali zorganizować opór. Ich przywódcą był aptekarz Dawid. Hitlerowcy zastrzelili go jeszcze we wrześniu. Mimo to ludzie nie rezygnowali z konspiracji.

Niemcy aresztowali więc żonę i szwagra Dawida i poddali brutalnym torturom. Nie zdradzili nazwisk konspiratorów. Szwagra rozstrzelali w egzekucji pod Birkenkiem, Estera trafiła do obozu koncentracyjnego Stutthof. Ale na nic ich trud, bo ktoś i tak doniósł hitlerowcom, kto działa w konspiracji. W październiku trzydziestego dziewiątego cała grupa naszych konspiratorów trafiła do willi Krasińskiego. Nie wiem, czy o niej słyszałyście?

Weronika zerknęła na Emilię.

– Żadna z nas nie jest stąd.

– To była siedziba tak zwanego Selbstschutzu. To chyba wiecie?

– Nie.

– To taka organizacja zrzeszająca niektórych rdzennych Niemców, którzy tu wtedy mieszkali. Takie oddziały paramilitarne. Willa znajdowała się przy ówczesnej Ogrodowej w Brodnicy. Teraz to jest ulica Nad Drwęcą. W piwnicach była katownia. Stamtąd zabrano naszych na egzekucje. Zresztą niedaleko tego waszego Lipowa. Tuż obok jeziora Bachotek. Majątek nazywał się wtedy Birkenek, ale to są Brzezinki. Niemcy aresztowali nie tylko ludzi od nas, lecz z całego powiatu. No ale ten pomnik na rynku w miasteczku jest wystawiony dla naszych.

– Jaki to ma związek z domem czwartym? – zapytała Weronika delikatnie. Nie chciała, żeby zabrzmiało to obcesowo.

– Właściwie żaden. Chciałem tylko nakreślić sytuację, skoro nie macie pojęcia o historii regionu – żachnął się Kaj. – W każdym razie przez cały czas okupacji naziści konfiskowali Polakom, co mogli. Futra, kosztowności, obrazy, co tam chcecie. Uzbierał się z tego podobno niezły skarb. Umieścili to w jednym z tych naszych dworów. Tylko nie było wiadomo, w którym, bo zarówno w Igłach, Drozdach, jak i Szuwarach zrobili sobie sejfy. Ktoś kiedyś usłyszał, jak jeden esesman mówi do drugiego, że to wszystko jest w domu czwartym. *Im vierten Haus*. Czy jak oni to mówią.

– Tylko że tu są trzy dwory – powiedziała w zamyśleniu Weronika. – Chodziło o domek ogrodnika?

Kaj uśmiechnął się. Po raz pierwszy bez złośliwości.

– Dobre spostrzeżenie. Po wojnie przeszukano i domek ogrodnika, i wszystkie dwory. Nic nie znaleziono. Ale legenda była mocno zakorzeniona wśród mieszkańców. Kiedy w tysiąc dziewięćset siedemdziesiątym szóstym przyszedł kryzys gospodarczy, ktoś wpadł na pomysł, że trzeba jeszcze raz poszukać skarbu. No i wtedy wszyscy przypomnieli sobie o Hannie, która przecież...

– Była kochanką jednego z Niemców – dokończyła za niego Weronika. – Nazywał się Markus, prawda?

Kaj pokiwał głową.

– Tak, gratuluję czytania ze zrozumieniem – szydził znowu. – A skoro Hanna była nazistowską suką, to istniało podejrzenie, że mogła coś wiedzieć o skarbie.

– I ukrywać to przez lata? – zapytała Emilia sceptycznie.

– Trudno powiedzieć, czemu nie miałaby wziąć tego skarbu dla siebie – powiedział Kaj, wzruszając ramionami. – Nie pytajcie. To była logika rady miasteczka.

– Więc wysłali do niej Jędrzeja – podsunęła Weronika.

– Tak. Dokładnie tak. Dwudziestego trzeciego czerwca tysiąc dziewięćset siedemdziesiątego szóstego Jędrzej poszedł do Hanny. W nocy. Pracowała w sklepie przy rynku. Tuż obok starej apteki, która kiedyś należała do Dawida. Mieszkała na piętrze nad sklepem.

– Dlatego kazałeś Cegielskim zrobić tam graffiti? – chciała wiedzieć Strzałkowska.

– Tak. Kolejna świetna dedukcja – mruknął Kaj i nakręcił pozytywkę raz jeszcze. – Następnego dnia ludzie ustawili się pod sklepem, a tu nic. Zamknięte. Ksiądz Ignacy też tam był. Poszedł sprawdzić do mieszkania. Znalazł Hannę zastrzeloną. Nikogo tam nie wpuścił. Zawołał Grabowskiego i resztę. Potem już wiecie, co i jak. Orzeczono, że Hanna się powiesiła. Z kulką w głowie.

Przez chwilę żadne z nich się nie odzywało. Ciszę przerywała tylko melodia pozytywki.

– Skąd pan o tym wszystkim wie? – zapytała w końcu Weronika.

– Zwariowała pani? Wszyscy tu o tym wiedzą. Tylko nikt nie chce mówić.

– Dlaczego?

– Że niby Jędrzej zrobił to dla naszego wspólnego dobra. Zamordował Hannę, żeby nam wszystkim pomóc. Jeden za wszystkich, wszyscy za jednego. Rada zakazała mówić, to wszyscy zasznurowali usta. Nikt się nie odważy o tym nawet wspomnieć. Zresztą wszyscy tu Hanny nienawidzili, co mógłby jej żałować? Od lat podejrzewano, że to właśnie ona doniosła na naszych konspiratorów. Tych, co to zginęli w egzekucjach nad Bachotkiem. Ludzie gadali, że tak czy inaczej jej się należało i właściwie to Jędrzej wymierzył sprawiedliwość w imieniu całego miasteczka. No a skarbu jak nie było, tak nie ma. Jeżeli w ogóle był, to zapewne esesmani go zabrali ze sobą, kiedy się stąd wycofywali. Uciekali przed Sowietami, ale o kosztownościach nie zapominali.

– A Jędrzej? Naprawdę został zabity przez nożownika? – odezwała się Emilia.

Kaj wzruszył ramionami.

– Prawdopodobnie. W każdym razie dwa dni później już nie żył. Hannę znaleziono martwą w czwartek. Cegielscy znaleźli ciało Jędrzeja w sobotę rano. Został zasztyletowany w nocy. Uważam, że jemu też się jak najbardziej należało. Już mówiłem, że to był skurwiel. Nie dość, że morderca, to jeszcze zniszczył życie Klementynie.

– A co z oskarżeniami Walerii? – powiedziała powoli Weronika. Bała się jego odpowiedzi. – Klementyna zabiła Jędrzeja, żeby się zemścić za śmierć dziecka, i upozorowała atak seryjnego mordercy?

Kaj pyknął po raz ostatni z fajeczki i wyjrzał przez okno.

– To już musiałybyście jej zapytać – odparł, nie patrząc w ich stronę.

ROZDZIAŁ 85

Szuwary. Poniedziałek, 21 marca 2016. Godzina 17.30.
Borys Żak

Borys siedział w salonie Szuwarów i popijał herbatę. Tak naprawdę najchętniej wróciłby już do Drozdów. Przy stawach było mnóstwo pracy. Trzeba je było przygotować na nadchodzący sezon. I tak miał już opóźnienia. Poza tym musiał jeszcze zmyć bazgroły Cegielskich z szopy.

Westchnął. Tymczasem tkwił w Szuwarach z matką, siostrą i Oskarem. Przyjechał adwokat, a one nie chciały zostać same z tą tragedią i oczekiwały wsparcia. Zadzwoniły po niego, kiedy kopał grób dla kosów. Waleria powiedziała, że potrzebują mężczyzny. Chyba po raz pierwszy w życiu tak Borysa nazwała. Prawdopodobnie dlatego, że był obecnie jedynym osobnikiem płci męskiej w całej rodzinie. Nie licząc Oskara oczywiście.

– Omówmy to raz jeszcze – poprosił prawnik. Miał wyprasowane w kant spodnie od garnituru i nieszczere spojrzenie kogoś, komu zależy tylko i wyłącznie na pieniądzach. Ogrodnik nienawidził takich ludzi. – Zgoda?

511

Oskar skinął bardzo powoli głową. Borys zerknął na siostrzeńca spod oka. Nadzieja obejmowała syna kurczowo, jakby mógł nagle zniknąć. Chłopak patrzył przed siebie niewidzącym spojrzeniem. Powtarzał jak katarynka:

– Nie pamiętam, nie pamiętam, nie opamiętam.

Widocznie przejął tę manierę od pana Romualda.

Szczerze mówiąc, trudno było wytrzymać w jednym pomieszczeniu z tym małym mordercą. Borys wyrzucał sobie, że nie domyślił się prawdy wcześniej. Przecież w dzień śmierci Róży nakrył Oskara z bronią. Chłopak strzelał do puszek, jak to często wcześniej bywało. Wszyscy uważali, że to niewinna zabawa. Nawet sam Borys pokazał mu kiedyś kilka sztuczek. Skąd mógł wiedzieć, że dzieciak już być może planował swoje makabryczne dzieło.

– Nie pamiętam! – powiedział raz jeszcze Oskar. Wyszło to bardzo dobitnie.

Prawnik westchnął. Siedzieli tu już od dłuższego czasu. Chyba facet zaczynał tracić cierpliwość.

– Obawiam się, że sąd i policja nie będą aż tak wyrozumiali, jak byśmy chcieli – ostrzegł prawnik. – Na nasze nieszczęście mają ten zeszyt.

– Powinieneś był mi wcześniej powiedzieć o tym zeszycie – strofowała Nadzieja syna. Oskar skulił się w sobie. – Gdybym wiedziała, że masz coś takiego, dawno bym go spaliła. Nie byłoby kłopotów.

– Nie chciałem tego spalić. Te rysunki mi się udały – szepnął chłopak. – Tylko było mi szkoda, że dziadek idzie do więzienia. Dlatego w końcu powiedziałem.

Siostra pogłaskała syna po głowie, jakby był niewinnym dzieciaczkiem, a nie bezwzględnym mordercą.

– Trzeba się liczyć z tym, że prasa rzuci się na ten temat jak hieny – podjął prawnik, ignorując tę przesłodzoną scenkę. – Tym bardziej że jest pani osobą publiczną.

Skinął głową w kierunku matki. Waleria zaszlochała cicho. Zaraz jednak otarła łzy, jakby nawet teraz obawiała się rozmazania makijażu. Już taka była.

– Ale ja nawet nie pisałam tych książek.

Mecenas machnął ręką, jakby to nie miało teraz znaczenia.

– Nie możemy tracić ducha – orzekł chytrze. – Nie takie sprawy wygrywałem.

Borysowi znowu zrobiło się niedobrze. Matka i siostra zapłacą temu cynikowi wielkie pieniądze, żeby Oskar uniknął poprawczaka. A najlepiej jakiejkolwiek kary. Nieważne było, że chłopak zabijał nie tylko ptaki. Wynajęły człowieka, którego obchodziło to równie mało. Ogrodnik zerknął na prawnika. Facet bronił największych zwyrodnialców. A teraz będzie bronił jego siostrzeńca. Ogromnie to Borysa mierziło.

– Bardzo dobrze się składa, że ojciec chłopca cały czas utrzymuje, że jest winny – mówił dalej prawnik.

– Błażej przynajmniej na coś się przydaje – prychnęła Waleria gniewnie.

– Mamo, nie przy Oskarze – wtrąciła się natychmiast Nadzieja. – Przecież umawiałyśmy się, że nie krytykujemy ojca przy dziecku. To bardzo ważne dla jego psychiki.

Dla jego psychiki? Borys pokręcił głową z niedowierzaniem. Czy siostra już zupełnie zwariowała? Krytykowanie Błażeja nie było dobre dla psychiki Oskara? Jakie to teraz miało znaczenie? Chłopiec zabił Różę z zimną krwią, oswajał ptaki, żeby potem ukręcić im łebki. Z jego psychiką na pewno nic nie było w porządku.

– Proszę mi wierzyć, policja dysponuje jedynie poszlakami – stwierdził mecenas z cyniczną miną. – Podejmę się tej sprawy oczywiście. Tylko ostrzegam, że to będzie kosztować.

Borys miał wielką nadzieję, że teraz, kiedy wyszło na jaw, że to Kaj jest autorem książek, Waleria nie będzie mogła zapłacić tej prawniczej gnidzie.

– Zdaję sobie z tego sprawę – zapewniła matka z uśmiechem. Najwyraźniej więc nie poniosła żadnych strat finansowych. Przynajmniej na razie.

– Ja chyba już pójdę – oznajmił Borys. Nie mógł dłużej tego słuchać.

– Nie możesz nas tak zostawić! – zawołała matka.

Rzuciła mu to swoje spojrzenie. Zupełnie jak wtedy, dawno temu, kiedy wyznał jej, że woli mężczyzn. Liczył na zrozumienie. Nic z tego. Nigdy nie znalazł w Walerii ani odrobiny akceptacji. Potrafiła tylko gadać o zmarłym bracie i usprawiedliwiać jego parszywe zachowanie. Tak, bronić wuja Jędrzeja to potrafiła. Zaakceptować własnego syna już nie bardzo.

Borys westchnął przeciągle. O ileż lepiej mu było, kiedy w samotności pracował przy stawach. Z dala od innych ludzi. Za kompana mając tylko kosy i drozdy. O ileż lepiej. Ludzie są za okrutni, za skomplikowani, za bardzo kłamliwi, żeby dało się z nimi żyć.

– Nie wolno ci! – poparła matkę Nadzieja. – Nie wolno ci tak po prostu sobie iść.

Borys spojrzał na siostrę ze złością.

– Nie wolno ci! – powtórzyła.

Ogrodnik wstał powoli z kanapy i poprawił kraciastą koszulę. On sam zresztą nie jest tak naprawdę lepszy od nich. Uwiódł Różę tylko dlatego, że siostra i matka mu kazały. Uważały, że Błażej wścieknie się na Różę i wróci do Nadziei.

Borys przystał na to nie tylko dlatego, że nalegały. Musiał przyznać sam przed sobą, że chciał się też sprawdzić. Zobaczyć, czy może być prawdziwym mężczyzną, jak zawsze pragnęła tego matka.

Nic z tego nie wyszło. To znaczy Borys dopiął swego. Doprowadził do tego, że państwo Kopp ich nakryli. Pocałunki w wychodku nie były szczytem romantyzmu, ale cel został osiągnięty. Wiedział, że przekażą nowinę Błażejowi. Wykonał powierzone mu zadanie. Poza tym przekonał się, że potrafi uwieść kobietę jak każdy inny.

Tylko co z tego, skoro czuł się nieszczęśliwy? Był marionetką w tej grze. Kłamliwą marionetką. Ale z tym już koniec, powiedział sobie. Teraz będzie żył po swojemu.

– Tak po prostu wyjdziesz?! – zawołała za nim Waleria. Zabrzmiało to histerycznie.

– Radźcie sobie same – odparł pod nosem Borys.

Wyszedł na dwór i odetchnął głęboko. Wyrzuty sumienia, które odczuwał, nieco się zmniejszyły. Może przez tę historię z Oskarem. Borys co prawda zniszczył związek Róży i Błażeja, ale to przecież nie on pociągnął za spust. To zrobił ten mały okrutnik. Z zazdrości o drugie dziecko.

Przed bramą do Szuwarów stało kilka samochodów lokalnej prasy. Prawnik miał rację, że dziennikarze szybko się zlecą. Borys nie miał najmniejszej ochoty z nimi rozmawiać. Ruszył więc ścieżką na tyłach domu. Schodził powoli w dół pagórka, w kierunku Drwęcy. Przejdzie do Drozdów groblą i nikt nie będzie go niepokoił.

Im dalej odchodził od Szuwarów, tym lepiej się czuł. Jakby sama obecność Oskara przytłaczała. Przyspieszył kroku. Minął domek ogrodnika. Zastanawiał się, czy nie wejść do środka po papierosy. Palił bardzo rzadko. Tylko w momentach dużego stresu. I zawsze mentolowe. Chyba dlatego, że Róża go tego nauczyła. Jedyne, co mu po niej zostało.

W końcu jednak odetchnął głębiej i napełnił płuca wszechobecnym tu zapachem wody. To było znacznie lepsze niż jakikolwiek dymek. Po co się truć? Papierosy kojarzyły mu się teraz z Danielem. Borys nie chciał do tego wracać, bo wbrew sobie odczuwał wtedy nieprzyjemną tęsknotę.

Trzeba wziąć się w garść, pomyślał. Najlepiej pomaga w tym praca fizyczna. Ściemniało się powoli, więc postanowił darować sobie robotę w terenie. Chciał pójść pod szopę i zamalować graffiti. Liczył na ciszę i spokój. Niestety już z daleka usłyszał jednego ze starych Cegielskich.

– Tu jeszcze?

Kiedy Borys minął domek ogrodnika, zobaczył, że cała czwórka Cegielskich zeskrobuje farbę ze ściany budynku. Obok stał Grabowski. Przypominał strażnika pilnującego więźniów. Helena Kopp wspierała się na jego ramieniu. Borys chciał się wycofać, ale go zobaczyli.

– Dobry wieczór! – zawołał więc, podchodząc.

– Dobry, dobry – odparł Grabowski.

Nie wyglądał na człowieka, który wczoraj o mało nie zginął. Stary esbek musiał mieć faktycznie twardą skórę.

Helena Kopp była za to zupełnie rozstrojona. Na widok Borysa wydała z siebie tylko krótkie „och". Nic więcej.

– A Kaj gdzie? – zapytał ogrodnik. Tylko jego brakowało w tym zgromadzeniu.

– Zamówił taksówkę i pojechał do rodziców do Brodnicy. Pomyślałem, że mu pozwolę – wyjaśnił Grabowski. – Tym bardziej że nasi poczciwi Cegielscy pracują, jak trza.

Mężczyźni rzucali im wściekłe spojrzenia. Żaden z nich nie pisnął jednak nawet słowa. Obawiali się pewnie konsekwencji.

– Naprawdę ukrywał pan Klementynę przez te dni? – zapytał Borys. Skoro już tu przyszedł, równie dobrze mogli porozmawiać.

– Yhm.

– Dlaczego nie zawiózł jej pan do szpitala?

– Ona nienawidzi szpitali – odparł krótko były milicjant.

– Co miałem zrobić? Nie chciałem znowu jej stracić.

– Nawet z tobą nie utrzymywała kontaktu przez te lata? – zapytała bardzo cicho Helena. – Przecież wysłałeś ją do Gdańska… Przecież się kochaliście.

– Podejrzewam, że chciała się odciąć od tego wszystkiego. – Grabowski zatoczył ręką po Drozdach, domku ogrodnika, stawach. – Ja też się do tego zaliczałem. Kiedy jechałem w czwartek koło Igieł na rowerze i ją zobaczyłem… To było, jakbym się cofnął w czasie. Mimo że wyglądała inaczej…

– My też się zmieniliśmy – powiedziała pani Kopp równie cicho jak wcześniej.

Grabowski przytaknął bez słowa. Borys miał ochotę zostawić ich samych. Czuł się jak intruz, mimo że przecież byli tu też Cegielscy.

Nagle poczuł, że telefon wibruje mu w kieszeni. Wyjął go zirytowany. Pewnie matka i siostra chciały namówić go, żeby wrócił i pomógł im dogadać się z prawnikiem. Zerknął na wyświetlacz. To nie była ani Waleria, ani Nadzieja. Dzwonił pan Romuald.

– Borys?! – zawołał pan Kopp, kiedy ogrodnik odebrał. – Daj mi Helenę z łaski swojej! Jest tam gdzieś?

Borys miał surrealistyczne wrażenie, jakby nic się nie stało. Pan Romuald zawsze tak zaczynał rozmowę. Państwo Kopp mieli tylko jedną komórkę i używali jej bardzo rzadko. Kiedy jedno chciało porozmawiać z drugim, Borys służył za pośrednika. Podał telefon Helenie.

– Pan Romuald dzwoni ze szpitala – poinformował.

Pani Kopp sapnęła głośno. Cegielscy nadstawili ucha zaciekawieni.

– Chyba nie chcecie mieć kłopotów. Nie przerywać – rozkazał im natychmiast Grabowski i odwrócił się do Heleny. Najwyraźniej pojawienie się Klementyny zjednoczyło ich po latach. A może nieobecność Romualda? – Nie musi pani rozmawiać z mężem. Za dużo złego narobił, żeby mu się to należało.

Helena wyciągnęła jednak rękę i wzięła telefon od Borysa.

– Chcę rozwodu – powiedziała tylko do słuchawki.

Ogrodnik uśmiechnął się pod nosem. Może jednak ta historia ma swój happy end.

ROZDZIAŁ 86

Szpital. Poniedziałek, 21 marca 2016. Godzina 18.00.
Sierżant sztabowa Emilia Strzałkowska

Było już po godzinach odwiedzin, ale blacha Emilii pomogła i zostały bez problemu wpuszczone do szpitala. Łukasza i Marii Podgórskiej oczywiście już nie było. Marek faktycznie odwiózł ich do domu.

Zajrzały z Weroniką do Daniela, ale znowu spał. Nie wyglądał najlepiej. Strzałkowska straciła już ochotę, żeby tłuc go pięściami i karać za niepotrzebne bohaterstwo. Zdusiła też idiotyczną chęć pogłaskania go po ręce. Skoro go nienawidziła, taki gest byłby zupełnie nie na miejscu.

– Panie to niech lepiej wyjdą – oznajmiła pielęgniarka, która była na dyżurze. – Aspirant szybciej dojdzie do siebie, jak te rany porządnie odeśpi. Już i tak niepotrzebnie ta dwójka u niego siedziała.

Pielęgniarka mówiła zapewne o Łukaszu i Marii. Emilia spojrzała na Podgórskiego raz jeszcze. Mimo potężnego ciała, w tych wszystkich bandażach wyglądał dziwnie krucho. A z nieprzytomnym zdecydowanie łatwiej było wytrzymać.

Przynajmniej nie palił. Strzałkowska wcale nie miała więc ochoty już stąd iść. Dyżurna mówiła jednak takim tonem, że żadna z nich nie odważyła się sprzeciwić.

– I jak już z tego wyjdzie, niech mu panie wbiją do głowy, że ma się szanować chłopak – dodała salowa. – Zdrowie ma się jedno.

– Zna go pani? – zapytała Weronika.

– Jo. A co raz chłopy z komendy do nas przyjeżdżają. Ze zgniłkami do doktora i inne takie.

Pielęgniarka wypchnęła je na korytarz, jakby chciała pokazać, że nie da się zagadać.

– Czyli wychodzą już panie, tak?

Emilia porozumiała się wzrokiem z Weroniką.

– Zajrzymy jeszcze do jednej pacjentki – powiedziała.

Udało im się znaleźć mordercę Róży. Był nim Oskar, chroniony później przez ojca i dziadka. Wiedziały też, jak zginęła Hanna. Została zabita przez Jędrzeja, bo ludzie ze Złocin myśleli, że to ona wydała konspiratorów w czasie wojny. Poza tym mogła znać miejsce ukrycia hipotetycznego skarbu nazistów. Do wyjaśnienia pozostała więc tylko śmierć samego Jędrzeja. Emilia nie mogła zapomnieć słów Kaja. To z Klementyną powinny sobie porozmawiać. Strzałkowska wątpiła co prawda, że Kopp powie im prawdę, ale postanowiła przynajmniej spróbować.

Pielęgniarka westchnęła głośno.

– Będę w dyżurce – poinformowała.

Poszły do drugiego skrzydła. Emilia starała się nie rozglądać, żeby nie rozpłakać się na wspomnienie śmierci córeczki. Gdzieś głęboko czuła jednak, że coś się w niej zmieniło. Że czy tego chce, czy nie, będzie w stanie przynajmniej spróbować żyć dalej.

Budynek zdawał się zupełnie cichy. Kolację rozdawano zapewne koło siedemnastej, jak zwykle w takich placówkach, i teraz korytarze świeciły pustkami. Z pobliskiego pokoju dochodziły odgłosy telewizji. Pewnie któryś z chorych wykupił możliwość oglądania ukochanego serialu albo filmu. A może po prostu mu się nudziło.

Emilia zapukała do sali, w której leżała Klementyna.

– Co? – rozległo się ze środka.

Najwyraźniej Kopp była już w formie, przebiegło Emilii przez myśl.

– To my – poinformowała.

Czekały przez chwilę, ale Klementyna nie odpowiedziała.

– Możemy wejść? – zapytała Weronika.

– A mam wybór, co?

Weszły do pokoju. Klementyna nadal była tu sama. Siedziała na krześle przy oknie i wyglądała tęsknie na ulicę.

– Znowu chcesz pytać o Hannę, co? – rzuciła do Emilii.

– O niej już wszystko wiemy.

Klementyna skinęła głową. Ni to zaskoczona, ni to niewzruszona.

– Spoko.

– Chodziłoby nam raczej o Jędrzeja.

– Co z nim? – zapytała beznamiętnie Kopp.

– Zabiłaś go? – zapytała Strzałkowska wprost.

– Chętnie bym to zrobiła. Ale! Zostałam wyręczona – odparła Klementyna. Podrapała się po wytatuowanej szyi. Właściwie tylko twarz nie była pokryta rysunkami.

– Przez kogo?

– Przez nożownika, który grasował wtedy w okolicy Złocin. Na pewno to wiecie, co?

– Stara śpiewka – nie ustępowała Emilia. – Niektórzy twierdzą, że to ty zrobiłaś.

Klementyna zawahała się.

– Spoko. Ale! Niektórzy się mylą. A jeżeli ci niektórzy nazywają się Waleria Żak, to tym bardziej. Nigdy nie potrafiłyśmy jakoś się dogadać. Ciekawe dlaczego, co?

– Ja mam wrażenie, że nie mówisz nam prawdy – odezwała się Weronika.

– Och, naprawdę? – zakpiła komisarz Kopp. – Niezmiernie mi przykro. A teraz chyba czas, żebyście stąd wyszły, co? Nie jestem zbyt dobra w przestrzeganiu zasad. Ale! Jestem prawie pewna, że jakaś na to jest. Za późno na odwiedziny.

– Na pewno – odcięła się Strzałkowska.

Weronika odchrząknęła cicho, żeby skierować ich uwagę na siebie.

– Twój ojciec zaatakował cię, bo uważał, że w ten sposób bronił Oskara – powiedziała, kiedy obie na nią spojrzały. – Błażej poszedł do więzienia, żeby jego syn pozostał na wolności. I teraz tak sobie myślę o śmierci Jędrzeja i dochodzę do wniosku, że być może ty też kogoś bronisz. Tej osoby, która z jakiegoś powodu zabiła twojego byłego męża.

Przez chwilę panowało pełne napięcia milczenie.

– Niby kogo? – zapytała Klementyna kpiąco. – Uważasz, że Oskar cofnął się w czasie i kropnął też mojego zacnego mężulka, co?

– Myślę, że może chodzić o Grabowskiego – oznajmiła Nowakowska. – Mam rację? Chciał ukarać Jędrzeja za to, co ci zrobił?

Kopp tylko się zaśmiała. Emilia nie za bardzo wiedziała, jak to rozumieć. Denerwowało ją, że najpewniej nigdy nie pozna odpowiedzi.

Nagle zadzwoniła komórka policjantki. Znowu znajoma skoczna melodia. Gawroński. Przez chwilę miała zamiar nie odbierać. Była na niego wściekła za to, jak razem z Cybulskim potraktowali ją w Szuwarach. W końcu jednak uznała, że dalsza rozmowa z Klementyną i tak nie ma sensu. Pociągnęła za sobą Weronikę. Kiedy wyszły na korytarz, prokurator zadzwonił ponownie. Tym razem Strzałkowska odebrała.

– Halo?

– Emilia?

– A kto?

– Wszystko w porządku?

– Leon, mogę wiedzieć, z czym konkretnie dzwonisz? Jest późno.

Emilia dała znać Weronice i ruszyły do wyjścia. Strzałkowska dopiero teraz poczuła, jak bardzo jest zmęczona. Pora wrócić do domu. Spędzić spokojny wieczór z Łukaszem. Dla odmiany synowi poświęcić trochę czasu.

– Rozmawiałem z Cybulskim – oznajmił prokurator, kiedy wsiadały do radiowozu. Emilia przełożyła telefon do drugiej ręki.

– Gratuluję.

– O tej strzelaninie w domu Grabowskiego – ciągnął Gawroński, ignorując jej sarkazm.

– Nie bądźcie dla tego Siemieniuka zbyt okrutni – mruknęła, chociaż sama miała ochotę powiedzieć chłopakowi do słuchu. Pewnie to zrobi.

Prokurator przez chwilę nic nie mówił.

– Jesteś tam jeszcze? – zapytała policjantka.

– Daniel może mieć kłopoty.

Emilia przekręciła kluczyk, ale nie wrzuciła biegu. Silnik samochodu pracował cicho. Weronika przysunęła się do niej bliżej, żeby lepiej słyszeć. Obie nachylały się teraz do telefonu.

– Cholera, Leon, co ty gadasz? Przecież to ten dzieciak go postrzelił.

– Miał alkohol we krwi, kiedy został przyjęty do szpitala. Cybulski ugra Siemieniuka, jak będzie chciał. Praktycznie już to zrobił. Znalazł też podobno kilka osób, które widziały, jak Daniel pił podczas poszukiwań w Igłach. Zwrócił się z tym do mnie – prokurator Gawroński zawahał się. – Picie podczas służby jest absolutnie niedozwolone. Przecież sama doskonale wiesz.

– Ale on miał wolne – wydusiła Emilia.

– Może w sobotę – podsunął prokurator z wyraźną satysfakcją. – W niedzielę zaczęliśmy regularne śledztwo. Komendant powierzył Podgórskiemu prowadzenie sprawy. Zapewne sobie przypominasz.

– Ale...

Nie dokończyła. Pomyślała o sobotniej nocy, kiedy Daniel o mało jej nie zgwałcił. O tym, jak popijał z piersiówki, kiedy szukali Klementyny w Igłach. Ale przecież to nie był prawdziwy Podgórski. Złożyły się na to żałoba, stres, niepokój o życie Klementyny...

Wszystko razem. Każdy człowiek ma prawo do błędów, prawda? Prawda?

– Chciałem ci tylko powiedzieć, że jak będziemy bardzo chcieli, mogą być kłopoty. Co ja mówię! Nie musimy nawet chcieć bardzo. Wystarczy troszeczkę.

Zabrzmiało to nieco histerycznie, ale Strzałkowska czuła, że Gawroński mówi poważnie. To była groźba.

– Ale przecież nie będziecie chcieli mu robić kłopotów, co? – zapytała powoli. – Doskonale wiesz, że Daniel to porządny glina. Kocha tę robotę. Nie możecie mu odebrać szmaty. On...

– On nie powinien był mi ciebie zabrać – przerwał jej Gawroński i rozłączył się, nie czekając na odpowiedź.

ROZDZIAŁ 87

Dom Seniora „Brzozowa Willa".
Poniedziałek, 21 marca 2016. Godzina 19.00.
Kaj Wrona

Kaj wszedł do domu seniora, czy jak to tam nazywali, i od razu ogarnęło go wrażenie, że wszyscy się na niego gapią. Był tu po raz pierwszy, więc spodziewał się, że tak będzie. Nie pomogło mu to zaakceptować te wybałuszone gały. Był mały, miał ponad sześćdziesiąt lat i twarz dziecka. Czy to jego wina? Wiele złego w życiu zrobił, ale chyba za to nie można go karać. Przeklinał impuls, który kazał mu tu przyjechać. Pewnie rozmowa z tą policjantką i rudą olbrzymką tak na niego podziałała. Trzeba było siedzieć na dupie w Drozdach. Miał wielką ochotę zwiać stąd szybko. Szkoda tylko, że taksówka na pewno już odjechała.

– Pan Wrona? – zapytała usłużna pielęgniarka w białym kitlu.

Przykucnęła przy nim, jakby był zagubionym małym chłopczykiem. Czuł się jak wystawiony na pośmiewisko. Naprawdę żałował swojej głupoty. Powinien był siedzieć w Drozdach, gdzie jego miejsce. Tam przynajmniej nie patrzono na niego jak na wybryk natury. Chociaż teraz, kiedy zaczęli się zjeżdżać żądni krwi dziennikarze, wszystko mogło się zmienić.

– Tak – mruknął wściekle. – To ja.

– Nie spodziewaliśmy się odwiedzin o tej porze, ale bardzo nam miło, że się pan z nami skontaktował. Rodzice już na pana czekają – zaćwierkała pielęgniarka i wyciągnęła do niego rękę.

– Nie jestem dzieckiem – niemal wrzasnął.

Wszyscy zgromadzeni w holu na niego spojrzeli. Sami starcy. Nie powinni siedzieć już w łóżkach? Patrzyli na niego jak cielę na malowane wrota. Kaj nienawidził być w centrum uwagi! To był jeden z powodów, dla których wolał, żeby to Waleria była uważana za autorkę jego powieści. O ile łatwiej oddać te wszystkie spotkania, promocje i tak dalej w jej wymanikiurowane dłonie.

– Ależ oczywiście – odpowiedziała pielęgniarka i się podniosła. Cała się zaczerwieniła. I dobrze. Niech się wstydzi. – Chodźmy.

Kaj z trudem za nią nadążał. Teraz chyba dziewczyna postawiła sobie za cel za wszelką cenę pokazać mu, jak bardzo normalnie go traktuje. Tylko że człowiek, który ma nieco ponad metr wzrostu i problemy z tym związane, raczej nie nadąży za smukłą sarenką w kwiecie wieku.

Zaraz zniknęła mu z oczu. Kaj poczuł się zagubiony. Od lat nie bywał w nowych miejscach. Wymacał w kieszeni figurkę baletnicy, w której ukryty był nóż. Całe szczęście, że wziął ją ze sobą z Drozdów. Już sam dotyk sprawił, że się uspokoił. Nie potrzebował nawet muzyki. Znowu pomyślał, że dobrze zrobił, że zamówił tę pozytywkę tyle lat temu. Nóż dawał pewność, że można z tym parszywym życiem skończyć w każdej chwili. Przez te wszystkie dziesięciolecia. Kiedy to zleciało?

Spróbował przyspieszyć kroku. Pot zaczął spływać mu po czole.

– Proszę pana?

Moda pielęgniarka zawróciła po niego i skierowała do jednego z pokoi. To było coś w rodzaju bawialni. Przy stolikach grano w karty, a w drugim końcu sali zorganizowano kącik telewizyjny. Kilka osób oglądało jakiś film.

Kaj rozejrzał się po pomieszczeniu. Całkiem przyjemne, ale płaciło się za to doprawdy niemało. Nigdzie nie dostrzegał rodziców. Wszędzie same siwe głowy. Znowu miał ochotę się wycofać.

– Kaj? – usłyszał gdzieś z boku.

Głos matki. Niewątpliwie! Nie zmienił się przez te lata, kiedy się nie widzieli. Ostatni raz chyba w dziewięćdziesiątym szóstym, kiedy powiedzieli mu, że pieniądze się skończyły i musi radzić sobie sam.

– Podejdź no tu, Kajetanie – rozkazał ojciec. Nadal mówił tubalnie.

Kaj stał jak wmurowany w ziemię. Wcale nie chciał się odwracać. Nie chciał patrzeć, jak oni teraz wyglądają. Upływ czasu zawsze go dołował.

– Nikt mnie tak nie nazywał od bardzo dawna – powiedział, wpatrując się w podłogę. – Wszyscy mówią na mnie Kaj.

– Twój problem, trzeba było nas odwiedzać – zaśmiała się matka. Wesolutko, jak zawsze. – Czy to prawda, że to ty pisałeś te świetne romanse?

Zdawał sobie sprawę, że ich rozmowa musi wyglądać dosyć dziwacznie, ale nadal nie miał odwagi się odwrócić.

– Skąd wiecie? – zapytał.

– A w telewizji przed chwilą mówili. O tym, że wnuk Walerii Żakowej zabijał, i o tym, że to nie ona pisała książki, ale ty.

– Aha – mruknął tylko Kaj.

– Wszystkie panie zaczytują się – ciągnęła matka. – Podejdź no do nas. Będziesz tak stał cały czas plecami odwrócony? Chcę cię zobaczyć!

Nie było wyjścia. Kaj odwrócił się powoli. Tak, ostatni raz widzieli się, kiedy rodzice oznajmili mu, że majątku już nie ma. Pieniądze ze skarbu, który Niemcy ukryli w Igłach, też się skończyły. Byli biedakami. To wtedy Kaj postanowił wziąć sprawy w swoje ręce i napisał pierwszy romans. Nie spodziewał się takiego sukcesu.

– Mój synek – ucieszyła się matka.

Wtedy miała włosy poprzetykane siwizną, ale ciągle wydawała się w kwiecie wieku. Teraz była nieskończenie stara i pomarszczona. Zupełnie inna, niż Kaj ją pamiętał. Wypełniło go dręczące uczucie rozżalenia i melancholii z powodu mijającego czasu.

– Och, to pani syn, pani Wrona?! – zawołała jakaś kobieta.

– To on?! – zawołała druga.

– Tak, tak – potwierdziła matka z zadowoleniem. – Mówiłam, że w końcu przyjedzie.

W głosie matki czaiła się duma. Kaj zupełnie jej nie rozumiał. Jak mogła się cieszyć na jego widok? Przecież wiedziała, że śmierć Matyldy i spalenie Igieł to była jego wina.

Bardzo tego nie chciał, ale myśli znowu wróciły do tysiąc dziewięćset siedemdziesiątego trzeciego roku. Zgrywał starszego brata. Takiego, co to wszystko potrafi. Nawet naprawić zepsutą instalację elektryczną. Taką, w której dochodzi do spięcia i wybucha pożar. Taki pożar, który niszczy cały wielki dwór i zabija jego siostrę.

Kaj włożył rękę do kieszeni. Baletnica symbolizowała Matyldę. Jeśliby zabił się kiedyś tym nożem, to byłaby najlepsza kara za to, że siostra przez niego zginęła. Niestety ciągle brakowało mu odwagi, choć się z nożem nie rozstawał.

Tak naprawdę rozstał się tylko raz. W dzień śmierci Jędrzeja. Pożyczył baletnicę Klementynie, bo bała się, że tym razem Jędrek będzie agresywny. Kaj nadal nie wiedział, czy ostrze posłużyło przyjaciółce do morderstwa. Pewnie nigdy się nie dowie.

– Och, synku – zachwycała się dalej matka, wyrywając go z zamyślenia. – Jak ja się cieszę, że przyjechałeś nas odwiedzić!

Skąd ta pieprzona duma? Przecież musiała wiedzieć, że to przez niego umarła Matylda. Musiała! To był środek Peerelu, ale strażacy na pewno bez trudu ustalili, jaki był powód pożaru. Na pewno wiedzieli, że to Kaj wszystko zniszczył. Więc dlaczego matka była teraz z niego taka dumna?! Z takiego dziwadła! Wybryku natury!

– Ależ pan cudownie pisze! – rozmarzyła się młoda pielęgniarka.

– Nawet pani? – mruknął Kaj. Musiał jednak przyznać, że zachwyt w oczach tych ludzi sprawiał mu coraz mniej przykrości.

– Często chodziłam na spotkania z panią Valerie, ale jakoś zawsze czułam, że te rozmowy z nią… To nie to, że w książkach jest więcej. Jakby ona nie… no nie mogła tego napisać. Miałam rację – ogłosiła triumfalnie pielęgniarka. Jej wcześniejsze zakłopotanie zupełnie zniknęło.

– Miałam rację. I pomyśleć, że to syn państwa Wronów, którzy przebywają u nas tak długo!

– Podpisze mi pan książeczkę? – poprosiła jakaś prawdopodobnie chuda staruszka.

– I mnie!

– Mnie też!

Poczuł się osaczony przez te wstrętne okładki. Okropniejszego kiczu nie można było sobie wyobrazić, a jednak po raz pierwszy w życiu Kaj żałował, że jest na nich wydrukowane nazwisko Walerii. Kto wie, może jak wróci do Drozdów, napisze coś pod swoim własnym nazwiskiem, jak sugerowała Weronika.

Strzałkowska i Nowakowska. Cóż za dziwnie dobrana para. Jedna zupełnie niepozorna, drobna. Druga ogniście ruda, wysoka pod niebo. Spodobały mu się. Do tego stopnia, że przez chwilę Kaj chciał im nawet wyznać, że „dom czwarty" to Igły.

Nigdy nie dowiedział się, dlaczego esesmani uznali ich dwór za czwarty. Może dlatego, że był położony najdalej od rzeki, już za szosą? Niby największy, ale jakby dodatkowy? Dom czwarty… A może Niemcy w ogóle nigdy tak Igieł nie nazwali, tylko ktoś z miejscowych puścił plotkę, bo coś źle usłyszał? Potem powstała z tego legenda. Nawet bardzo prawdopodobne, uznał Kaj w duchu.

Bądź co bądź jednak nie to było najważniejsze. Najważniejsze, że skarb istniał i Kaj mógł oczywiście powiedzieć Emilii i Weronice, że napisał historię Hanny nie tylko dlatego, że planował zirytować ważniaków z rady miasteczka. Że tak naprawdę zrobił to głównie ze wstydu. Wstyd to wstrętne uczucie. Nie daje człowiekowi spokoju. Sprawia, że jest słaby.

Tak. Mógł im opowiedzieć, że jego dziadkowie i ojciec wrócili do Igieł, jak tylko hitlerowski oficer Heiden uciekł w popłochu, kiedy wojska jego pobratymców się wycofywały. Jakże się Wronowie zdziwili, odkrywszy w jednej z piwnic zrabowane skarby. Leżały po prostu porzucone. Widocznie Heiden na tyle bał się o własną skórę, że ucieczka była dla niego ważniejsza niż bogactwa. Miał rację, bo podobno nigdy go nie schwytano. W przeciwieństwie do Adlera i Fischera, którzy odpowiedzieli za swoje zbrodnicze czyny.

Rodzina Wronów debatowała nad znaleziskiem przez całą noc. Wiedzieli oczywiście, że to rzeczy zrabowane sąsiadom i po ludzku wypadałoby je pooddawać. Tylko jak ułoży się ten powojenny świat? Co będzie? Jak sobie poradzą w nowej rzeczywistości? Bo że nadchodziło nowe, nikt nie wątpił.

W końcu zapadła decyzja, że zatrzymają całe to znalezisko dla siebie. Teraz trzeba to było dobrze ukryć. Znacznie lepiej, niż zrobił to hitlerowski oficer. Przecież mieszkańcy wsi na pewno wcześniej czy później przyjdą przeszukać dwór. Wronowie znali Igły jak nikt inny. Nad ranem po skarbie nie było więc już śladu. Postanowili, że będą z niego rozsądnie korzystać. Tak, żeby nikt się nie zorientował, że weszli w jego posiadanie.

Kaj spojrzał na rodziców spod oka. Jakie ma prawo, żeby ich oceniać? Zapewnili mu godziwe życie. Skarb pomógł przetrwać w dostatku trudne czasy Peerelu. Fundusze skończyły się dopiero wiele lat po wojnie. Przy rozsądnym gospodarowaniu wystarczyłyby nawet na dłużej. Gdyby Kaj nie spowodował pożaru Igieł i śmierci siostry. To, co udało się uratować, Wronowie przenieśli do brodnickiego domu, ale nigdy nie było już jak dawniej. Duch w rodzinie upadł. Przez niego.

Tak, mógł o tym wszystkim opowiedzieć Emilii i Weronice. Tylko po co, skoro po skarbie już nawet śladu nie było. Kogo teraz obchodziło, który to był dom czwarty?

ROZDZIAŁ 88

Szpital. Poniedziałek, 21 marca 2016. Godzina 23.30.
Klementyna Kopp

Klementyna spojrzała na zegar wiszący nad wejściem do pokoju, gdzie ją umieszczono. Wpół do dwunastej. W nocnej ciszy tykanie było tak donośne, że niemal rozsadzało jej czaszkę. Może głowa nie doszła jeszcze do siebie po uderzeniu. Cholerny ojciec prawie ją wykończył.

Lekarze twierdzili, że powinna zostać w szpitalu jeszcze kilka dni. Na obserwacji. Początkowo się zgodziła. Jednak z każdą minutą coraz bardziej ogarniała ją nieuchronna pewność, że nie spędzi na oddziale ani chwili dłużej. Za bardzo przypominał miesiące przymusowego pobytu w psychiatryku. Jeszcze nie zwariowała, żeby dać się zamknąć jak wtedy. W otoczeniu ludzi w białych kitlach, co? Niedoczekanie.

Wstała powoli. Ostrożnie ruszyła do szafki, gdzie Liliana poukładała jej rzeczy. Niby z miłością i tak dalej. Klementyna widziała jednak na twarzy kochanki niemy wyrzut. Doskonale domyślała się oskarżeń. *Dlaczego nie skontaktowałaś się ze mną? Myślałam, że umarłaś!* I inne równie gorzkie, choć niewypowiedziane jeszcze słowa. Klementyna miała już kilka dobrych lat na karku i doskonale wiedziała, że te słowa kiedyś padną. Wcześniej czy później. Zrzuciła z siebie wstrętną spraną koszulę nocną. Kazali jej włożyć to świństwo, kiedy ją tu przywieziono wczoraj wieczorem. Nie miała ani jednej własnej. Nigdy w czymś takim nie spała. Cisnęła łach na łóżko. Włożyła czarny sweter i bojówki. Od razu poczuła się lepiej. Rozejrzała się po pokoju. Liliana nie zostawiła jej kurtki ani butów. Być może obawiała się, że Klementyna będzie chciała stąd uciec.

Kopp poczuła, że z miejsca ogarnia ją wściekłość. Nienawidziła, kiedy ktoś próbował kierować jej życiem. Za bardzo przypominało to dawne czasy. Za bardzo przypominało to Jędrzeja. Niepotrzebnie zgodziła się pojechać do Złocin na wezwanie Heleny. Przez tyle lat dbała o to, żeby najmniejsze wspomnienie tamtego okresu nie wróciło.

Trzeba było zapomnieć i o złym, i o dobrym. O utraconym dziecku, o piekle małżeństwa z Jędrzejem, o rodzinie, która nigdy jej nie pomogła, o miłości do Grabowskiego, o przyjaźni z Kajem, o pięknie stawów i lasów. Zapomnieć o wszystkim. Nie dopuścić do siebie nic. Żadnych wspomnień. Zamknąć w tu i teraz. Tu-i-teraz. Tylko w ten sposób można było zagłuszyć cały ból i żyć dalej. Nie było innej drogi. Przynajmniej Klementyna jej nie widziała.

Lata spędzone w Gdańsku nie były może idealne. Ileż błędów wtedy popełniła! Ile nieodpowiednich osób poznała! Ile razy została skrzywdzona i sama krzywdziła! Ten czas sprawił jednak, że w końcu i ona sama uwierzyła, że stamtąd właśnie pochodzi. Że piekielne Drozdy wcale nie istnieją. Ani trochę.

To dało jej tyle siły, że kilkanaście lat temu przyjęła propozycję pracy w brodnickiej komendzie. I wróciła. Może ta decyzja była błędem? Oznaką głęboko skrywanej słabości? Może powrót do Złocin był tylko konsekwencją tamtej decyzji? Z drugiej strony to właśnie w Brodnicy poznała Teresę. *Teresa*. Jedyna miłość jej życia.

Klementyna włożyła skarpetki. Będą musiały wystarczyć zamiast butów. Do domu w końcu niedaleko. Zebrała resztę swoich rzeczy. Całe szczęście Liliana nie odważyła się zabrać jej kluczy od mieszkania. Jeszcze tego by brakowało, pomyślała Kopp i wyszła na pogrążony w ciszy korytarz.

Pewnie rano mogłaby się stąd wypisać, przebiegło jej przez myśl. Na własną odpowiedzialność, czy inne takie tam. Rano? Klementyna zdecydowanie nie miała zamiaru tak długo czekać. Ani tym bardziej ryzykować, że znajdą jakiś pretekst, żeby uniemożliwić jej opuszczenie szpitala. Splunęła z wściekłością na podłogę. Niedoczekanie.

Szła cicho. Krok za krokiem. W ciągu dnia dowiedziała się, gdzie położyli Daniela. Tak na wszelki wypadek. Skoro miała wynieść się stąd, to przynajmniej się pożegna. To, co zrobił dla Grabowskiego, stanowiło doskonałą rehabilitację za zeznania w Utopcach.

Weszła do salki, w której leżał Podgórski. W nos uderzył ją zapach kwiatów. W wazonie obok łóżka stały czerwone róże. Nie zauważyła żadnego bileciku. Z jakiegoś powodu była jednak pewna, że to od Grabowskiego. Westchnęła. Gdyby naprawdę pozbył się tego starego P-64 w siedemdziesiątym szóstym, nie byłoby tyle problemów.

Odwróciła wzrok i spojrzała na łóżko. Daniel zdawał się pogrążony we śnie. Zapewne czymś go nafaszerowali, jak to oni. Stracił sporo krwi. Ale! Postrzał nie był chyba aż tak poważny, żeby się przesadnie martwić, uznała, podchodząc do łóżka. Materac zakołysał się, kiedy przysiadła obok. Podgórski lekko poruszył się we śnie. Nie otworzył jednak oczu.

– I po co daje się takim żółtodziobom procę*, co? – mruknęła.

– Po chuj – szepnął Daniel i nieoczekiwanie otworzył oczy.

– Ty lepiej nie mędrkuj – powiedziała Klementyna. – Kiedyś się zrobił taki chojrak, co?

Daniel tylko się uśmiechnął.

– Mam jedną sprawę, która mnie strasznie męczy – dodał powoli. – Zginęło ostatnio kilku nurków.

– Co z nimi?

– Przy ciałach leżały jakieś ustrojstwa. Coś w rodzaju wahadełek. Za każdym razem inne. Cybulski chce to olać, że to niby przypadek. Tylko że nie daje mi to spokoju. Nie chcę tego tak zostawić. Będziesz miała czas o tym jutro pogadać? Może coś razem wymyślimy?

– Spoko – rzuciła Klementyna i machnęła ręką. – To ja spadam, co?

– Spoko – szepnął Daniel, naśladując jej ton. Głos miał słaby. Musiała jednak przyznać, że wyszło to niezgorzej. – Ja jeszcze zostanę.

Wskazał na bandaże, w które go wcisnęli.

* Proca (slang.) – pistolet.

537

– Odpoczywaj, co? No i potem będziecie musieli trochę wziąć w obroty tego młodzika – dodała i zaśmiała się pod nosem.

Pomyślała o sobie, kiedy zaczynała. Rozbawiło ją to. Była starsza niż ten wąsik Siemieniuk. Ale! chyba równie naiwna i nieopierzona. Kaj nauczył ją co prawda, jak otworzyć każdy zamek. To było jednak nic w porównaniu z tym, co potem zobaczyła w firmie.

Zerknęła na pachnące hipnotyzująco róże. Gdyby nie Grabowski, nigdy nie trafiłaby do milicji w Gdańsku. Nie znalazłaby swojego miejsca na ziemi. Miejsca, gdzie mogła zapomnieć o Złocinach na dobre. Zahartowała się i z biegiem lat zmieniła w twardoskórą komisarz Kopp. Przynajmniej tak jej się wydawało.

Tymczasem pytania mysiej policjantki i Weroniki rozdrapały stare rany. One obydwie podejrzewały, że Klementyna kryła Grabowskiego. Że to on zabił Jędrzeja. Jakże się myliły. Nie o niego chodziło. Nie jego Kopp osłaniała. Prawdę mówiąc, mogłaby wyznać prawdę. Ale! wcale nie miała ochoty wracać myślami do siedemdziesiątego szóstego.

Fakty są takie, że sama powinna była wtedy zabić Jędrzeja. A tak? Klementyna nienawidziła czuć, że jest komuś coś winna, że ktoś zrobił coś za nią. To był impuls, który sprawił, że w końcu odeszła ze Złocin. Kropla, która przepełniła czarę goryczy.

Nie potrafiła patrzeć zabójcy Jędrzeja w oczy. Bała się, że Błażej będzie oczekiwał wdzięczności, którą nie potrafiła go obdarzyć. Kiedy tamtej nocy usłyszała przez okno jego głos, nie od razu zrozumiała, co młody planował.

Wołał pomocy. Pociągnął za sobą Jędrzeja w stronę mostu. Dopiero następnego dnia rano Klementyna dowiedziała się, co zaszło.

Błażej zabił Jędrzeja i upozorował to na działanie nożownika. Klementyna była pewna, że kuzyn zrobił to, by jej pomóc, mimo że nigdy nie byli szczególnie blisko. Bo z jakiego powodu miałby zabić Jędrka? Chyba tylko żeby pomścić maltretowaną przez męża kuzynkę?

Westchnęła. Błażej. Tak naprawdę to ze względu na niego uległa prośbie matki i zgodziła się przyjechać do Złocin. Zrobiła to, żeby spłacić niechciany dług zaciągnięty czterdzieści lat temu. Wyszło, jak wyszło.

Nagle drzwi szpitalnej salki otworzyły się na oścież, wyrywając ją z zamyślenia. Światło z korytarza poraziło przyzwyczajone do ciemności oczy. Klementyna osłoniła je dłonią. W progu stały zaaferowane pielęgniarki.

– Co się stało? – zapytał Daniel, unosząc się z trudem na ramieniu.

Najstarsza pielęgniarka spojrzała na Klementynę.

– Tu pani jest! – zawołała ze złością. – Wszędzie pani szukamy.

Klementyna poczuła, że mięśnie jej tężeją. A więc jej szukały! Może i nadal była słaba. Ale! Nie pozwoli się tu zamknąć.

– Pani ojciec – wykrztusiła młodsza z pielęgniarek. – On... On... on się powiesił. Ja robiłam teraz obchód i... i... go znalazłam. Na pasku... on...

– Zostawił list, że nie zniesie rozwodu z Heleną – oznajmiła urażonym tonem przełożona pielęgniarek.

– On nie żyje – załkała najmłodsza.

Klementyna uśmiechnęła się pod nosem. Czuła na sobie pytające spojrzenie Daniela. Nie łudziła się. Za długo siedziała w policji, żeby nie znać mechanizmów działania. Pewnie zaraz zadzwonią na komendę. Chłopaki przyjadą, żeby zorientować się w sytuacji. Wezwą proroka[*] i techników, żeby sprawdzili, czy to nie ona pomogła Romualdowi odstrzelić samobója. Nie obchodziło jej to.

Teraz wreszcie czuła się w pełni wolna.

[*] Prorok (slang.) – prokurator.

ROZDZIAŁ 89

Zakład Karny w Starych Świątkach.
Poniedziałek, 21 marca 2016. Godzina 23.30.
Błażej Dąbrowski

Błażej Dąbrowski leżał na pryczy w celi i patrzył w sufit. Prokurator i komendant z Brodnicy dziś nie przyjechali, ale naczelnik więzienia zapowiedział, że wrócą jutro. Przy okazji uciął sobie z Błażejem pogawędkę. Nie należała do najprzyjemniejszych. Robert Sikora nie był tu długo, ale zdążył już sobie wyrobić konkretną reputację wśród osadzonych. W pełni zasłużoną, jeżeli już o to chodzi.

– Śpisz? – zapytał Grzesiek. Od dwóch miesięcy dzielili celę. Facet był w porządku.

– Nie.

– Hycle cię poturbowali?

– Nie za bardzo.

Błażej niemal żałował, że naczelnik nie potraktował go ostrzej. Zdecydowanie wolałby fizyczny ból niż ten, który rozsadzał mu głowę.

– Ludzie gadają, żeś jest stuprocentowo niewinny – ciąg-nął Grzesiek. – Że to twój dzieciak zajebał tę twoją starą. A nie ty.

– Ludzie gadają pierdoły – zapewnił Błażej.

– Taaa – odparł Grzesiek. Sprężyny jego łóżka skrzyp-nęły głośno. Pewnie przewrócił się na drugi bok, żeby spać dalej. – Ty to masz, chłopie, szczęście.

Ostatnie słowa wypowiedział bardzo cicho, jakby przez sen. Trudno było jednak nie wyczuć w jego głosie zazdrości. Błażej westchnął. Spróbował ułożyć się wygodniej. Jego materac też jęknął.

Wpatrywał się w popękany sufit, jakby tam kryły się odpowiedzi. To było niepojęte. Im bardziej zapewniał o swojej winie, tym bardziej ludzie mu nie wierzyli. Uwa-żali, że broni syna, a sam jest kompletnym niewiniątkiem. A przecież to on, Błażej, zabił Różę. Nie Oskar. On! Był mordercą. I to potrójnym, jeżeli liczyć też śmierć Jędrka i Hanny Ross.

Błażej zabił ich wszystkich, żeby ukryć niewygodną, bolesną tajemnicę. I to udało mu się tak doskonale, że nikt się nie zorientował. Nikt nie poznał prawdziwego powodu śmierci tej trójki, a o to przecież chodziło.

Tylko że w najgorszych sennych koszmarach Błażej nie pomyślał, że ktokolwiek poważnie oskarży o śmierć Róży jego syna. Oskar na to nie zasługiwał. Przecież zabijał tylko kosy. Błażej sam go zresztą tego nauczył.

Oswajać, potem zabijać. Jak wtedy Lesia. W siedem-dziesiątym szóstym.

*

542

Czerwiec 1976

Siedemdziesiąty szósty rok. Błażej pamiętał tamten czas jak dziś, mimo że minęło już tyle lat. Skończył właśnie osiemnastkę. Mieszkali z matką na plebanii. Aniela pracowała jako gospodyni księdza Ignacego.

Mimo biedy i konieczności dorabiania u Koppów w Drozdach Błażej wspominał ten czas bardzo dobrze. Dąbrowscy cieszyli się bowiem w Złocinach szczególnym szacunkiem. A to z powodu dziadka Dawida i babci Estery, prawdziwych bohaterów wojennych. Błażej zawsze chodził z podniesioną głową. Jego rodzina mogła być biedna, ale to oni byli chlubą Złocin.

Dlatego wizyta Hanny Ross tak bardzo go przeraziła.

Środa, 23 czerwca 1976

Hanna była chyba najbardziej znienawidzoną osobą w miasteczku. Gdyby nie to, że prowadziła sklep, pewnie nikt by się do niej słowem nie odezwał. Kiedy szła przez rynek, ludzie spluwali na jej widok. Wszyscy byli pewni, że to właśnie ona wydała hitlerowcom grupę złocińskich konspiratorów i posłała ich na pewną śmierć.

Podczas wojny spotykała się z esesmanem, który został zakwaterowany w Szuwarach. Oficer nazywał się Markus Adler. Kiedy naziści zaczęli wycofywać się z Polski, podobno Adler obiecał Hannie, że kiedyś po nią wróci. Czekała więc wierna przez lata. Błażej nie mógł sobie wyobrazić większej głupoty. Na jej miejscu dawno porzuciłby jałowe oczekiwanie i zaczął gdzieś indziej żyć od nowa. Gdzieś, gdzie nikt nie wiedziałby o jej zdradzie.

Zwykle po skończeniu pracy Hanna chowała się w swoim mieszkaniu nad sklepem, dlatego Błażej tak bardzo się zdziwił, kiedy zapukała do nich w środku nocy.

– To ma się nigdy nie powtórzyć – oznajmiła, kiedy Aniela wpuściła ją na plebanię.

– Co konkretnie? – zapytała matka.

– Przestań. Mieszkasz z księdzem, to wiesz, co wymyślili. Doskonale wiesz, że przysłali do mnie Jędrzeja Żaka. Z pistoletem!

Aniela pokręciła głową, chociaż ona i Błażej doskonale wiedzieli o planach rady miasteczka względem Hanny. Ksiądz Ignacy faktycznie im o tym opowiedział. Przy kolacji. Nadchodzi trudny czas, mówił. Grabowski pracował w milicji, więc wiedział, że rząd od miesięcy przygotowuje się na społeczne niezadowolenie i rozruchy. Następnego dnia Jaroszewicz miał wystąpić przed kamerami i ogłosić podwyżki cen żywności. Rada miasteczka uznała, że trzeba przygotować się na ten trudny czas. Cóż może być lepszego niż zapas gotówki, który pomógłby przetrwać mieszkańcom?

Tylko skąd wziąć na to pieniądze? Ktoś przypomniał legendę z czasów wojny. Historię o tym, że w którymś z dworów ukryty został skarb. Podobno jeden z esesmanów wygadał się, że chodziło o „dom czwarty". Nigdy nie udało się ustalić, który z dworów został nazwany czwartym. Ale może był ktoś w miasteczku, kto znał odpowiedź na to pytanie. Kto, jak nie kochanka hitlerowca?

Dlatego właśnie rada wysłała do Hanny Jędrzeja. Żak wydawał się doskonałym wyborem. Przecież miał doświadczenie w walce z komunizmem. Był zaprawiony w bojach. Nawet Grabowski przystał na ten wybór, mimo że ta dwójka szczerze się nienawidziła. Co więcej, załatwił pistolet, żeby Jędrzej miał dodatkowy atut w ręku.

Błażej zerknął w stronę kuchennej szafki. Przed chwilą ostrożnie ukryli tam z Anielą ten P-64. Jędrzej przyniósł go, zanim zjawiła się u nich Hanna. Żak prosił, żeby przekazali broń księdzu wraz z wiadomością, że przesłuchanie nie przyniosło żadnych efektów. Aniela oczywiście się zgodziła. Samego księdza Ignacego nie było. Pojechał na spotkanie z biskupem. Próbował szukać pomocy dla miasteczka również i w boskich progach.

– Nie mam o niczym pojęcia – skłamała Aniela. – Prawda, Błażej?

Błażej pokiwał głową.

– Właśnie mieliśmy kłaść się spać – dodał. – Jest późno.

Hanna nawet nie odwróciła się w jego stronę. Nie spuszczała wzroku z Anieli.

– Nie życzę sobie, żeby to się powtórzyło – powiedziała. – Nie chcę, żeby mnie nękano. Czy jakoś wam wadzę? Co wam przeszkadza, że czekam na Markusa?

– To, że jesteś nazistowską suką – wyrwało się Błażejowi. Wszyscy tak tu o niej mówili.

Hanna znowu nawet na niego nie spojrzała. Cały czas skupiała wzrok na Anieli.

– Ja jestem nazistowską suką? – powiedziała bardzo powoli i wycelowała w nią palec, jakby to Aniela tak ją przed chwilą nazwała. – A ja myślę, że to raczej twoja matka nią była.

– Babcia Estera walczyła przeciwko takim jak ty – wydyszał Błażej. Tego jeszcze brakowało, żeby ta kobieta szkalowała jego rodzinę. Rodzinę, która poświęciła wszystko walce z hitlerowskim najeźdźcą. – Wytrzymała najgorsze tortury i nigdy się nie poddała!

Hanna zaśmiała się autentycznie rozbawiona.

– Ależ się cieszę, że trzymałam tę informację na czarną godzinę – powiedziała z wyraźną satysfakcją. – Wiedziałam, że kiedyś się przyda.

Błażej spojrzał na matkę. Aniela zbladła. Zupełnie nic z tego nie rozumiał.

– Żadna z tej waszej Estery bohaterka – wysyczała Hanna. – Wygadała Karlowi-Heinzowi Fischerowi wszystko. Wszystkie nazwiska! Dzięki temu uniknęła egzekucji.

– Kłamiesz! – warknął Błażej. – Po torturach w willi Krasińskiego zabrano babcię do Stutthofu.

– Tak, ale najpierw mieli ją rozstrzelać nad Bachotkiem. Karl-Heinz zmiękł i ją oszczędził. Wysłał ją do obozu. Błagała o to łajdackie życie. Nie chciała umierać. Tak się szczycicie, że przetrwała mordercze warunki w obozie? To też zasługa Fischera. Znał w Stutthofie kilku ludzi. Gdyby nie słówko od niego, Estera zdechłaby tam jak inni. Naprawdę nigdy nie wydało ci się podejrzane, że przetrwała tam prawie sześć lat? Nie wiem, dlaczego Karl-Heinz tak się starał, ale to tylko dzięki niemu Estera mogła pociągnąć jeszcze te kilka parszywych lat.

– Kłamiesz! – nie ustępował Błażej. – Ty nazistowska suko!

Hanna zaśmiała się głośno.

– Mój Markus mi o wszystkim powiedział. Zawsze mnie nienawidziliście, a to wasza bohaterka was zdradziła. Nie ja! Ja tylko kochałam mojego Niemca. To cała moja wina. Miłość!

– To czemu dopiero teraz to mówisz, kłamliwa suko?

– Czekałam na dobry moment. Jestem cierpliwa.

– Nie wierzę ci. Wymyśliłaś to! Babcia Estera nigdy by nie zdradziła! Przecież dziadek Dawid organizował ruch oporu i...

– Zapytaj matkę! – przerwała mu Hanna.

Błażej spojrzał na Anielę z niedowierzaniem. Matka odwróciła wzrok.

– Nikt ci nie uwierzy – szepnęła gniewnie. – Nikt!

– Doprawdy? – zapytała Hanna z cichym śmieszkiem. – Już ja wiem najlepiej, jak działają pomówienia. Od lat jestem ich ofiarą. Wystarczy, że zacznę o tym szeptać to tu, to tam, a ludzie zaczną się zastanawiać. Ziarenko niepewności zakiełkuje. I ani się obejrzycie, a i na was będą pluli, zamiast wychwalać pod niebiosa tak jak teraz. Zobaczycie wtedy, jak to jest. Oj, zobaczycie.

– Nikt ci nie uwierzy – powtórzyła Aniela. Zabrzmiało to jednak dużo słabiej niż wcześniej.

Sklepikarka pokręciła głową z uśmiechem.

– Nie mam nic do was. Tak naprawdę nie jestem mściwa. Nie znajduję przyjemności w tym, żeby was pogrążyć. Chodzi mi tylko o to, że nie życzę sobie, żeby mnie nachodzono i straszono pistoletami – oznajmiła i wycelowała palec w stronę Anieli. – Masz pogadać z tym twoim księdzem i resztą rady, żeby dali mi spokój. Kochałam Markusa. Nadal go kocham! Ale nic nie wiem o żadnym pieprzonym skarbie i domu czwartym. Dajcie mi żyć w spokoju.

To powiedziawszy, wyszła z plebanii.

– Mamo? – odważył się zapytać Błażej. – O czym ona mówiła? Przecież babcia Estera...

– Moja matka była bohaterką – przerwała mu Aniela. Odetchnął z ulgą.

– Ale nie tak, jak wszyscy myślą – dodała matka po chwili. – Była gotowa do poświęceń. Dla mnie. Przecież gdyby zginęła w egzekucji, ja zostałabym sama. Tatę zabili, więc byłyśmy tylko we dwie.

– Skąd ty o tym wszystkim wiesz?

– Mama sama mi powiedziała. Przecież wiesz, że wróciła do domu, kiedy Sowieci wyzwolili obóz w czterdziestym piątym. Była schorowana i wycieńczona! Oto jak Karl-Heinz jej się przysłużył. Sam wiesz, że przeżyła na wolności tylko miesiąc. Wtedy wyznała mi prawdę.

– Dlaczego nigdy nic mi nie powiedziałaś?

Aniela zawahała się.

– Bałam się, że nie zrozumiesz – powiedziała w końcu. – Dla niej pobyt w obozie był odpokutowaniem win. Cieszyła się, że tam trafiła. Tak bardzo żałowała, że zdradziła swoich, ale było za późno, żeby to naprawić. Nie mogła ich ostrzec.

– Ona naprawdę wydała konspiratorów? – szepnął Błażej. Pomyślał o pomniku na rynku. O postaciach padających pod gradem kul. Nie mógł uwierzyć, że to wszystko się stało przez babcię Esterę. Po prostu nie mieściło mu się w głowie.

– Zrobiła to, żeby móc opiekować się mną! Ten parszywy kłamca Karl-Heinz obiecał, że ją uwolni i pozwoli wrócić do mnie, a zamiast tego wysłał ją do obozu! A ja zostałam na dobre u Drozdowskich i Koppów.

– Nie rozumiem, jak ona mogła wydać tych ludzi – szepnął znowu Błażej.

– Jesteś za młody – powiedziała Aniela jak w transie.

– Zrozumiesz to, jak będziesz miał kiedyś dzieci. Zobaczysz.

Błażej nie mógł wydusić ani słowa. Miał wrażenie, że wszystko, w co wierzył przez całe życie, właśnie runęło. W swojej osiemnastoletniej głowie, pełnej czerni i bieli, to wydawało mu się najgorszym, co mogło go spotkać. Wstyd. Taki wstyd. Jego rodzina wcale nie jest chlubą Złocin. Są zwykłymi biedakami. Do tego zdrajcami. Co może być gorszego?

– Nikt się o tym nie może dowiedzieć – powiedziała Aniela. W jej głosie czaiło się napięcie. – Zlinczują nas. Rozumiesz? To nie może wyjść na jaw!

Tego Błażej był pewny. Prawda była nie do zaakceptowania!

– Co zrobimy?

Aniela wysunęła szufladę i wyciągnęła pistolet, który przyniósł wcześniej Jędrzej.

– Szczęście w nieszczęściu, że nie ma Ignacego! Weź to – rozkazała, podając Błażejowi broń. – Idź do Hanny i ją zabij! Tylko wtedy będziemy mieć pewność, że prawda pozostanie ukryta.

To brzmiało logicznie, więc wziął od matki broń. Dotąd strzelał tylko dwa razy w życiu, był jednak pewien, że sobie poradzi. Ciężar milicyjnej broni idealnie układał się w jego ręce.

Zagwizdał, kiedy wyszedł w ciemność. Lesio zjawił się natychmiast i z cichym trelem usiadł mu na ramieniu. Błażej doskonale go wytresował. Nazwał tak kosa, bo spodobał mu się tytuł powieści Joanny Chmielewskiej, chociaż nigdy jej nie czytał. Ptak prawie nic nie ważył, ale jego obecność dodawała otuchy w czekającym Błażeja zadaniu.

Bez problemu przedostał się przez pogrążone we śnie Złociny. Zapukał do drzwi mieszkania nad sklepem. Jego ruchy były pewne, jakby czekał na ten moment przez całe życie. Hanna wpuściła go bez zbędnych pytań. Głupia myślała chyba, że Błażej ma jej coś do przekazania od Anieli. Może jakieś obietnice. Strzelił, kiedy zamknęła za nim drzwi swojego mieszkania. To była egzekucja. Zupełnie jak te, w których brał udział jej kochaś z SS.

Po wykonaniu zadania Błażej wyszedł na rynek z poczuciem dziwnej lekkości. Nie bał się, że ktoś słyszał strzał. W kamienicy mieszkała tylko Hanna. Ściany były grube. Zresztą gdyby istniało jakiekolwiek zagrożenie, rada miasteczka nie wyposażyłaby Jędrzeja w broń. Jedynym świadkiem całego zdarzenia był więc tresowany kos. Błażej był jednak pewien, że kto jak to, ale Lesio nikomu nic nie wyśpiewa. Choć trel miał nadzwyczaj piękny.

Wrócił do domu i oddał matce pistolet. Aniela starannie go wytarła i schowała w szafce, żeby czekał na powrót księdza.

– Ignacy się nie dowie, że używał go ktokolwiek inny niż Jędrzej – powiedziała zadowolona. Na jej twarzy malowała się wyraźna ulga.

Czwartek, 24 czerwca 1976

Ksiądz Ignacy wrócił ze spotkania z biskupem dopiero nad ranem.

– Był w nocy Jędrek? – zapytał od progu z nadzieją.

Aniela pokiwała głową.

– Przyniósł – wyjaśniła. Głos nie zadrżał jej ani na moment. – Powiedział, że nie udało się z Hanny niczego wyciągnąć.

Ignacy wyglądał na załamanego fiaskiem całego przedsięwzięcia. Tym bardziej że u biskupa też niewiele udało mu się zdziałać. Po przespaniu jakichś trzech godzin ksiądz zjawił się z powrotem w kuchni. Błażej i Aniela byli już na nogach, bo żadne z nich tej nocy nie zmrużyło oka. Za wielkie targały nimi emocje. Przecież dziś na pewno ktoś odkryje, co się stało. Czy ktoś będzie podejrzewał Błażeja?

– Pójdę do Hanny i sam spróbuję z nią pomówić. Zanim otworzy sklep – oznajmił ksiądz. – Po dobroci. Może zrozumie naszą sytuację. Że dla dobra nas wszystkich tu w Złocinach dobrze byłoby ujawnić, gdzie podziały się skonfiskowane kosztowności. Niepotrzebnie zaczęliśmy od straszenia pistoletem. Tak nie uchodzi.

– Nie możecie po prostu znowu przeszukać wszystkich dworów? – zapytała Aniela ostrożnie.

Błażej miał wrażenie, że matka chce tę rozmowę przeciągnąć najbardziej, jak się da. Jakby sądziła, że im dłużej nikt nie odkryje ciała sklepikarki, tym większa szansa, że nikt nie powiąże jej śmierci z Błażejem.

– Sami wiecie, że niedługo po wojnie wszystkie dwory zostały dokładnie przeszukane, potem też co jakiś czas i nic. Na logikę wydawałoby się, że chodzi o Igły. Tam przecież mieszkał dowódca esesmanów i miejsce jest najbardziej na uboczu. Taka myśl sama się narzuca. Tylko że tam nic nie ma.

– Wronom całkiem nieźle się powodzi, może coś ukrywają – brnęła dalej matka.

Ignacy pokręcił głową.

– Nie sądzę. To dobrzy ludzie. Nigdy by się do czegoś takiego nie posunęli. Zresztą wpuścili nas do dworu, tak jak Koppowie, Drozdowscy i Żakowie do swoich. Och, gdybyśmy chociaż wiedzieli, który to dwór, moglibyśmy szukać tylko w nim. Może znaleźlibyśmy jakąś tajną skrytkę. Ukryty pokój... Och, wiem, że brzmi to już doprawdy niedorzecznie. Najprawdopodobniej Niemcy po prostu wywieźli zrabowane rzeczy, kiedy stąd odchodzili. Ale tonący brzytwy się chwyta. Idę do Hanny.

Błażej wielokrotnie próbował wyobrazić sobie minę Ignacego, kiedy dotarł na rynek i zobaczył rozwścieczoną kolejkę pod sklepem. Poszedł na górę do mieszkania Hanny. Natknął się na trupa. Zdziwienie, przerażenie, ale też trochę satysfakcji. To na pewno odczuwał ksiądz. Przecież wszyscy nienawidzili tej niemieckiej suki.

Błażej żałował, że nie mógł tego wszystkiego zobaczyć osobiście. Na wszelki wypadek został w domu. O coraz to nowych wieściach z rynku dowiadywali się od miejscowych plotkar, które co chwila wpadały na plebanię. Błażej i Aniela przysłuchiwali się, chłonąc każdy szczegół. Wszystko zdawało się iść po ich myśli.

Ksiądz Ignacy wrócił dopiero wieczorem. Wyglądał na zdruzgotanego.

– Czy to prawda, co ludzie mówią? – zapytała Aniela. Była rozgorączkowana. Wcale nie musiała udawać.

– Jędrzej chyba przesadził podczas przesłuchania – powiedział Ignacy. W jego oczach błyszczały łzy. – Hanna nie żyje.

– Jak to się stało? – zapytał Błażej jakby nigdy nic. W duchu skakał z radości. A więc nikt go nie zauważył. Udało się!

– Biedny Jędrzej... tak bardzo chciał nam pomóc znaleźć ten skarb – powiedział ksiądz z autentycznym smutkiem. – Zastrzelił ją...

– Niemożliwe – sapnęła Aniela. Grała tak dobrze, że Błażej sam był skłonny uwierzyć w jej zaskoczenie. – Kiedy tu przyszedł, by oddać broń, wyglądał zupełnie normalnie. Nie mogę uwierzyć, że zrobił coś takiego! Prawda?

– Nigdy bym się nie domyślił – poparł matkę Błażej.

– Poproś no tego twojego Lesia, żeby zaśpiewał – powiedział Ignacy wyraźnie załamany. – Potrzeba mi trochę piękna w tym strasznym świecie.

Błażej dał znak i kos posłusznie wykonał swoją piosenkę. Ksiądz nie wyglądał jednak na uszczęśliwionego. Minę nadal miał zafrasowaną.

– I co teraz będzie? – zapytała Aniela. Rzuciła przy tym Błażejowi krótkie spojrzenie. Oboje czekali w napięciu na odpowiedź.

– Grabowski pozbył się tej broni. Pamiętajcie, żeby nikomu nie mówić, że była tu na plebanii!

– Oczywiście – obiecali zgodnie. – Ale co ze śledztwem?

– Grabowski porozmawiał już, z kim trzeba. Założyliśmy jej stryczek. Wymyliśmy podłogę z krwi. Uznają, że to samobójstwo przez powieszenie.

– Łykną to? – wyrwało się Błażejowi.

– Jasne. Milicja jest zajęta szukaniem tego okropnego nożownika. No i teraz będzie miała jeszcze więcej problemów. Po tym, co ogłosił Jaroszewicz, ludzie już zaczynają się buntować. Strajki będą, mówię wam. Dla nas to szczęście w nieszczęściu. Łatwiej będzie zatuszować sprawę. Pójdę się pomodlić, kochani. Bądźmy dobrej myśli. Pamiętajmy, że Jędrzej zrobił to, żeby ratować nasze miasteczko.

Kiedy tylko ksiądz wyszedł z plebanii, Błażej i Aniela rzucili się sobie w ramiona. Ulga była niesłychana. Udało się!

Piątek, 25 czerwca 1976

Niestety radość nie trwała długo.

– A jeżeli Hanna coś mu powiedziała? – zaczęła się zastanawiać Aniela już następnego ranka.

– Jędrzejowi?

– Ciszej – upomniała go matka. – Chyba nie chcesz, żeby ksiądz usłyszał!

– Przecież jest w kościele – wymamrotał Błażej, zniżając jednak posłusznie głos do szeptu. – Gdyby coś mu powiedziała, toby przyszedł do nas o tym pomówić. Jak odnosił pistolet, to…

– Ale nie możemy mieć pewności – przerwała mu Aniela. Oddychała ciężko. – Nigdy nie będziemy już mieć. Musimy coś zrobić!

– Coś – powtórzył za nią Błażej.

– Dobrze wiesz co – odszepnęła matka. – Trzeba się go pozbyć. Jak Hanny.

– Tylko że pistoletu już nie ma…

Rozważali różne możliwości przez cały dzień.

– Weźmiesz nóż – zdecydowała wieczorem Aniela. Wyraźnie się rozpromieniła na myśl, że znalazła rozwiązanie patowej sytuacji. – Przecież wszyscy teraz mówią tylko o tym nożowniku.

– Chcesz, żebym upozorował działanie nożownika?

– Tak. I musisz się pospieszyć! – powiedziała matka gorączkowo. – Przecież Jędrzej codziennie chodzi pod dom Klementyny. Jak będzie stamtąd wracał, to idealny moment, żeby zaatakować. Doskonale się składa, że w Drozdach mają teraz przerwę między turnusami, im mniej osób w okolicy, tym lepiej! Wszystko idealnie się składa! Dasz sobie radę, synu? Po co ja w ogóle pytam. Wiem, że tak! Pamiętaj, że dobre imię naszej rodziny w twoich rękach. Nikt nie może poznać prawdy!

Błażej skinął powoli głową. Wcale nie był zachwycony czekającym go zadaniem, ale czuł, że matka ma rację. Trzeba to było zrobić. Nawet jeżeli nie miał ochoty. Nie chodziło o to, że było mu jakoś szczególnie szkoda Jędrzeja. Wręcz przeciwnie. Nigdy go nie lubił. Był draniem dla Klementyny. Największym jednak problemem i powodem do zmartwień było, jak tego dokonać.

Aniela dobrze to wszystko obmyśliła, ale nie wzięła pod uwagę jednego. O ile Hanna była zniszczoną przez życie dojrzałą kobietą, o tyle Jędrzej był dwudziestoośmiolatkiem w kwiecie wieku i siły. Gdyby Błażej miał pistolet, łatwo mógłby go pokonać, ale nożem? I jeszcze upozorować działanie szaleńca?

Tu potrzeba planu, pomyślał Błażej. Coś zaczynało mu już nawet świtać. Chwycił garść gwoździ ze skrzynki na narzędzia. Już wiedział, że pewne poświęcenie będzie konieczne. No i element zaskoczenia też.

Przywołał Lesia i pobiegł w ciemność. Bez trudu dostał się przez łąki prosto nad stawy. Ledwie widział ścieżkę na grobli. Kilka razy o mało się nie wywrócił. Kos frunął wesoło obok. Biedak nie domyślał się, że to będzie jego ostatni lot.

Kiedy dotarli na most nad Drwęcą, Błażej kazał Lesiowi zaśpiewać. Niech odejdzie z pieśnią wypełniającą małą czarną pierś. Chociaż tyle był mu winien. Nie czekał, aż ptak skończy. Chwycił go i jednym ruchem skręcił mu kark. Delikatne ciałko poddało się bez oporu.

– A więc stało się – powiedział Błażej do siebie. Sam nie wiedział, skąd te słowa się wzięły.

Powstrzymał łzy i zszedł ostrożnie stromym brzegiem. Zanurzył się po pas w wodzie. Musiał dotrzeć do pierwszego filaru mostu, żeby zainstalować przynętę. Prąd był silniejszy, niż się spodziewał, a może pod wpływem emocji robiło mu się słabo. W końcu jednak dotarł na miejsce. Beton filaru był popękany. Udało mu się wsunąć jeden z gwoździ w szparę. Przyczepił do niego bezwładne ciało kosa. Musiał użyć cienkiego sznureczka, ale nie sądził, żeby Jędrzej to zauważył. Nie w tej ciemności. Idealna zasadzka. Odwróci uwagę ofiary i Błażej będzie mógł w spokoju zaatakować.

Teraz trzeba było biec z powrotem groblą pod dom ogrodnika i modlić się, żeby Jędrzej jeszcze tam był.

– Klementyna!

Już z daleka Błażej usłyszał wściekły lament Jędrzeja. W nocnej ciszy głos niósł się po grobli daleko. Trzeba ostrożniej stawiać kroki, uznał, i podkradł się niemal bezszelestnie na miejsce. Widział, że Jędrzej stał przed drzwiami i się dobijał. Klementyna znowu go nie wpuściła. Idealnie. Teraz trzeba było tylko poczekać, aż Żak się znudzi i będzie chciał wrócić do Szuwarów.

– Jutro też jest dzień. Wrócę! – zawołał mężczyzna butnie, oszczędzając Błażejowi czekania. Widocznie było później, niż się początkowo wydawało, i Jędrzej tkwił tu już od jakiegoś czasu. – Zrozumiesz w końcu, że twoje miejsce jest przy mnie!

Błażejowi zachciało się śmiać z tych zapewnień. Jeżeli plan wypali, dla Jędrzeja nie będzie żadnego jutra. Patrzył, jak mężczyzna rusza ścieżką nieświadomy, że ktoś go obserwuje. Odczekał jeszcze moment i zawołał:

– Pomocy!

Jędrzej zatrzymał się w pół kroku. Błażej wybiegł na ścieżkę i zrobił przyzywający ruch ręką.

– Błagam! Pomocy! Na moście!

– Co ty tu robisz o tej porze? – zdziwił się były mąż Klementyny, idąc w jego stronę. – Dlaczego jesteś mokry?

– Lesio! On się zaklinował! – krzyknął Błażej, ignorując pytanie. Nie musiał nawet za bardzo się wysilać. Szło mu doskonale. – Na moście! Proszę!

– To za daleko. Boli mnie noga. Ten idiota Kaj dźgnął mnie w łydkę.

Cóż za ironia losu, zaśmiał się w duchu Błażej.

– Proszę! – zawołał, nie wychodząc z roli.

Jędrzej wahał się, ale w końcu dał się pociągnąć po grobli w stronę szosy. Przecież nie mógł się spodziewać, że to zasadzka.

– Po co tu przyszedłeś w nocy? – zapytał tylko, kiedy już dotarli na most.

– Chciałem, żeby Lesio sobie pośpiewał – skłamał Błażej. Głos mu drżał z emocji. Nic nie szkodzi. To tylko uwiarygodniało historię. – Zobacz, tam jest!

Poczekał, aż Jędrek wychyli się przez balustradę. Wtedy dźgnął go nożem w plecy. I kolejny raz, i kolejny. To przecież miało wyglądać na robotę szalonego nożownika. Musiał się postarać jak najlepiej. Dźgał więc tak długo, nawet gdy tamten już się przestał bronić. Rana na łydce zniknęła pośród wszystkich pozostałych. Dopiero wtedy Błażej wrzucił ciało do rzeki.

Prąd poniósł je dalej. Wszystko szło doskonale, póki konary zwalonego drzewa nie chwyciły trupa łapczywie w miejscu, gdzie Drwęca zakręcała. Błażej miał ochotę głośno przeklinać. Przez chwilę rozważał, czy nie spróbować się tam dostać. Uznał jednak, że może to przynieść więcej szkody niż pożytku.

Jedną rzecz musiał jednak zrobić. Zszedł do wody i dotarł do filaru mostu. Odczepił truchło Lesia, ale gwoździa nie zdołał wyjąć. Zaklinował się w szczelinie. Nie szkodzi. Przecież nikt nie zwróci na taki mały gwóźdź uwagi. Bo jak?

Wyszedł z powrotem na brzeg. Mimo wszystko poczuł smutek, że kos musiał umrzeć. Z drugiej strony przyjaciel wypełnił przecież swoje zadanie idealnie. A Błażej oswoi następnego. Przy odrobinie szczęścia nikt nawet się nie zorientuje, że to nowy ptak. Przecież wszystkie kosy tak pięknie śpiewają. A jak nie, to po prostu powie, że ptak zginął w nocy. Znał ich wszystkich, wiedział, że nikt nie będzie wypytywał.

Sobota, 26 czerwca 1976

Następnego dnia Cegielscy znaleźli ciało. W drodze do Brodnicy. W świetle dnia było doskonale widoczne. Cóż z tego! Nikt ani przez sekundę nie podejrzewał Błażeja. Oskarżono od razu nożownika.

Błażej chyba miał szczęście. Dopiero potem zrozumiał, jak wiele śladów mógł zostawić na brzegu rzeki. Tylko że nikt ich nie szukał. Nikt się nimi nie interesował. Poza tym tak się złożyło, że akurat nożownik został złapany kilka dni później. Co lepsze, facet naprawdę miał pokręcone we łbie. Przypisywał sobie wszelkie zło tego świata. Śmierć Jędrzeja też chętnie przygarnął.

Błażej mógł więc odetchnąć z ulgą. Wytresował kolejne ptaki. Zabił kilka, bo dreszczyk emocji okazał się uzależniający. Wkrótce zaczął polować, żeby nadal go czuć. Życie potoczyło się dalej.

*

Lata mijały w spokoju. Błażej zbliżył się do przyszywanych wujostwa i objął na stałe posadę ogrodnika w Drozdach. Wtedy matka zdecydowała się zdradzić mu jeszcze jeden długo skrywany rodzinny sekret. Nie był synem księdza Ignacego, jak swojego czasu szeptali niektórzy w miasteczku. Jego ojcem okazał się Romuald.

Błażej nie winił matki, że tak długo skrywała ten sekret. Przecież wychowała się z Heleną i Romualdem pod jednym dachem. Karl-Heinz Fischer umieścił ją we dworze po aresztowaniu Estery. Cała trójka była prawie jak rodzeństwo. Prawie. Romuald najwyraźniej potraktował obie „siostry" jako środek do zaspokojenia swoich męskich potrzeb. Nie łączyły ich więzy krwi, więc nic nie stało na przeszkodzie, żeby jedną z nich poślubił. Wybrał Helenę, ale z rozkoszy łóżka Anieli nie zrezygnował. Upokorzona matka wyprowadziła się co prawda na plebanię, ale nadal ukradkiem go przyjmowała. I zaszła w ciążę.

Błażej nie dziwił się, że Aniela błagała go o dyskrecję. Nie zamierzał nikomu mówić prawdy. Bo i po co postronni mieli wiedzieć, że Romuald jest jego ojcem? Zamierzał natomiast uciąć sobie pogawędkę z tatusiem. W jej wyniku dostał mieszkanie w domku ogrodnika i obietnicę, że cały majątek trafi kiedyś w jego ręce. Romuald był pewien, że przekona Helenę. Przecież Klementyna od lat nie pokazała się w okolicy.

Wkrótce Błażej ożenił się z Nadzieją. Urodził im się wspaniały syn. Błażej był z niego dumny. Ich relacja była jedyna w swoim rodzaju. Opierała się na całkowitym zaufaniu. Nauczył Oskara polować i tresować kosy. Po jakimś czasie, gdy chłopiec trochę podrósł, zdradził mu kolejny sekret. Pokazał, jak skręcić oswojonym ptakom kark. Był pewien, że Oskarowi się to spodoba i nikomu nic nie zdradzi. Nie mylił się. Wspólna tajemnica jeszcze bardziej ich do siebie zbliżyła.

Tylko pożycie z Nadzieją robiło się coraz trudniejsze. Żona niesłychanie Błażeja męczyła. To jej ciągłe narzekanie i nadopiekuńczość wobec syna. Te ciągłe wymówki. Pewnie dlatego zwrócił uwagę na Różyczkę. Była taka urocza, taka atrakcyjna. Dziewczyna, która niczego od niego nie chciała. Tylko miłości.

Jeszcze w 2013 Błażej oznajmił Nadziei, że to koniec ich małżeństwa. Nie wzięli rozwodu. Formalnie byli w separacji. Romuald kręcił nosem, ale jakoś to przełknął. Nadzieja została wyekspediowana do Szuwarów, a Róża zajęła jej miejsce w domku ogrodnika. W połowie 2014 roku zaszła w ciążę. Błażej nie mógł być bardziej szczęśliwy. To był naprawdę piękny czas. A raczej byłby. Gdyby nie wizyta pewnego Niemca.

Sobota, 1 listopada 2014

W Dzień Wszystkich Świętych Błażej zabrał państwa Kopp i Kaja na cmentarz do Brodnicy. Oskar poszedł do Szuwarów do Nadziei. Róża została w Drozdach sama. Niemiec przyjechał po południu razem z córką. Jego włosy były bielsze niż śnieg, a twarz pomarszczona. Mimo to nadal trzymał się prosto i był imponującej postury.

– Nazywam się Sebastian Fischer – wyjaśnił Róży po angielsku, kiedy wszedł do recepcji.

Nic jej to nie mówiło.

– Pokój chce pan wynająć? – zapytała łamaną angielszczyzną. Nigdy nie miała do tego języka szczególnego talentu.

– Nie, nie. Szukam rodziny niejakiej Estery. Mieszkała tu w czasie wojny. Nie znam nazwiska, ale jej mąż miał aptekę. Widziałem, że nadal jest na rynku. Dziś zamknięta, bo tam bym popytał. A tak przyjechałem tu.

– Dlaczego akurat do Drozdów? – zdziwiła się Róża.

– Z bólem muszę przyznać, że mój ojciec, Karl-Heinz Fischer, był członkiem SS. Zbrodniarzem wojennym. W tym roku była rocznica Powstania Warszawskiego. Wiem, że niestety aktywnie je tłumił. Przyjechałem podążać śladami ojca.

Róża spojrzała na niego zgorszona.

– Nie, nie. To nie tak – zapewnił szybko Sebastian. – Ja nie jestem nazistą. Po prostu próbuję ojca choć trochę zrozumieć. Byłem w Warszawie i teraz wracamy z córką do Berlina. Postanowiliśmy nadłożyć drogi i zajrzeć też tu.

– Po co?

– Zanim oddelegowano ojca do Warszawy, miał tu kwaterę. Przyjechała nawet moja matka. Ze mną i moją starszą siostrą – wyjaśnił Sebastian, rozglądając się po korytarzu. – Ja oczywiście nic z tego nie pamiętam, bo urodziłem się w trzydziestym dziewiątym.

– A co ma do tego Estera?

– Tak jak powiedziałem, próbuję zrozumieć ojca. Więcej! Próbuję znaleźć w nim choć iskrę dobra. Matka powiedziała mi, że pomógł tej kobiecie. Eva oczywiście nie ujęła tego w ten sposób – zaśmiał się Sebastian ze smutkiem. – Nawet po wojnie i denazyfikacji dalej wierzyła w te okropieństwa. Moja siostra też. Tylko ja… No nic, w każdym razie matka powiedziała nam wiele lat po wojnie, że uratował tę kobietę. Eva i Irene widziały w tym słabość, a ja tę odrobinę dobra właśnie. Chociaż może się łudzę.

– Niby jak pomógł tej Esterze? – zapytała Róża ostrożnie. Jak wszyscy w Złocinach słyszała o bohaterstwie rodziny Dąbrowskich i okrucieństwie hitlerowców. Nie bardzo wiedziała, o co chodzi.

– Estera miała zginąć w egzekucji, a Karl-Heinz powstrzymał strzelających. Wysłał ją do obozu Stutthof i szepnął o niej dobre słowo. Wiem, to niewiele, ale ja czepiam się tego dobra, jak mogę. Nawet pani nie wie, jak to jest być synem kogoś takiego.

– Dlaczego akurat ją uratował?

Słuchała opowieści Sebastiana z bijącym sercem. A więc to nie Hanna zdradziła, to Estera! Gdyby Błażej wiedział, załamałby się! A Aniela? W ostatnim czasie przyszłą teściową dopadło jakieś choróbsko. Podobno dni miała policzone.

Róża pogłaskała się po brzuchu. A ona sama? Przecież nosiła pod sercem dziecko Błażeja! Wszyscy wiedzą, co spotkało Hannę! Kto wie, jakie gromy spadłyby na nich, gdyby historia Estery rozniosła się po wsi.

– Żyje ktoś jeszcze z jej rodziny? – zapytał Sebastian Fischer na koniec. – Chciałem ich chociaż zobaczyć. Wiem, że to trudny temat, ale bardzo mi zależy.

– Tylko że oni już nie żyją – zapewniła Róża nerwowo. – Nikt nie żyje z jej rodziny. Bardzo mi przykro.

Sebastian chciał jeszcze porozmawiać, ale odprawiła go z kwitkiem. Całe szczęście nie zwlekał długo z odjazdem, bo siedząca za kierownicą czarnego volkswagena córka się niecierpliwiła.

– Zostawię pani moją wizytówkę – powiedział Niemiec, wsiadając do samochodu. – Może kiedyś zechce pani ze mną porozmawiać.

Róża patrzyła, jak odjeżdżali. Zamierzała zachować to wszystko dla siebie i modlić się, żeby Sebastian nigdy tu już nie wrócił. Mimo to wsunęła jego wizytówkę do kieszeni.

Sobota, 22 listopada 2014

O tym, że Róża poznała prawdę o Esterze, i to w takich właśnie okolicznościach, Błażej dowiedział się dopiero trzy tygodnie później. W dzień jej śmierci.

Rano wybrał się na polowanie. Aniela podupadła na zdrowiu. Zawsze był z matką blisko i bardzo się martwił jej chorobą. Potrzebował trochę czasu tylko dla siebie. Chciał chociaż przez jeden dzień się zrelaksować. Od dawna najlepiej mu to wychodziło, kiedy tropił i ścigał zwierzynę.

Polowanie poszło dobrze. Czuł się spełniony i szczęśliwy, kiedy jechał z powrotem do domu. W najśmielszych snach nie podejrzewał, że ten wieczór skończy się katastrofą.

Wrócił do Drozdów jakoś tak przed dwudziestą trzecią. Helena czekała na niego przy garażu. Zaniepokoiło go to oczywiście, bo przecież zazwyczaj kładła się dosyć wcześnie. Zwłaszcza jesienią i zimą, kiedy dni były krótkie.

– Coś się stało? – zapytał, wysiadając z samochodu.

– Chodzi o Różę i Borysa – poinformowała Helena. Grobowym tonem wyjaśniła mu, jak to zastała ich *in flagranti*.

Błażej był zaskoczony. Przecież jego pomocnik nie interesował się kobietami. Najwyraźniej jednak musiał się co do Żaka mylić.

Bez słowa wziął strzelby i resztę sprzętu. Zostawił Helenę przed garażem i poszedł do domu. Był wściekły. Nie na tyle oczywiście, żeby zabić. Zamierzał jednak powiedzieć Róży to i owo do słuchu. A już na pewno oczekiwał wyjaśnień i przeprosin. Przeprosiny. Od tego zacznie. Potem wymyśli, jak ukarze tę dwójkę.

Róża zostawiła mu otwarte drzwi, więc wszedł do domku ogrodnika bez problemu. Liczył na to, że Oskar już śpi i nie będzie nawet wiedział o tej nieprzyjemnej rozmowie. Szedł korytarzem niemal na palcach. Dopiero kiedy znalazł się w sypialni, pozwolił sobie odetchnąć głośniej.

– Ty suko – warknął, szarpiąc śpiącą Różę za ramię.

Obudziła się, ale w pierwszej chwili jakby nie zrozumiała, o co chodzi. Wyjaśnił jej dosadnie, że wie o zdradzie. To natychmiast postawiło ją na nogi.

– To dziecko jest chociaż moje, kurwo jedna?! – wrzasnął na koniec, uderzając ją w twarz. Skóra na policzku zrobiła się czerwona, ale zaraz wróciła do dawnej bladości. Powinien był mocniej walnąć. Miałaby ślad do jutra.

– Przynajmniej nie jestem wnuczką niemieckiej suki! – krzyknęła Róża. – Donosicielki!

Na te słowa Błażeja ogarnęła fala gniewu pomieszana ze strachem. Skąd ona wiedziała?!

– O czym ty mówisz? – powiedział, siląc się na większy spokój.

– Te pieniądze, co Aniela dostała jako odszkodowanie, też jej teraz odbiorą! Rozpowiem wszystkim, jak było! – zagroziła Róża i przycisnęła dłoń do twarzy, w miejscu gdzie przed chwilą ją uderzył. – Nie powinieneś był mnie bić! Damski bokser!

Błażej myślał gorączkowo. Z racji tego, że Aniela straciła w wyniku wojny rodziców, jakiś czas temu fundacja wspierająca ofiary nazizmu przyznała jej spore odszkodowanie. Nikt ani przez chwilę nie podejrzewał, że to babcia Estera doniosła na współrodaków i wydała ich na śmierć. Skrzywił się. Nikt nie wiedział. Nie mógł pozwolić, żeby to teraz się zmieniło.

– A widzisz, czyli wiedziałeś o tym! Ty kłamco! – zaśmiała się Róża zadowolona. – Widzę to po tobie. Estera nie była bohaterką, tylko zdrajczynią! Przez nią zginęło tylu dobrych Polaków. Był tu jakiś koleś z Niemiec. Sebastian

565

Fischer. Pomyśleć, że przed chwilą spaliłam jego wizytówkę! Pomyśleć, że chciałam cię chronić!

– Co to za Niemiec? – warknął.

Róża streściła mu przebieg wizyty Sebastiana z wyraźną
satysfakcją.

– Nie powinieneś był mnie bić! – rzuciła jeszcze na zakończenie.

Wyraźnie się nakręciła i gotowa była wprowadzić swoje
groźby w czyn. Do tego Błażej zdecydowanie nie mógł dopuścić. Myślał gorączkowo. Przede wszystkim o trawionej
chorobą Anieli. Nie zniosłaby, gdyby prawda wyszła na jaw.
To by ją zabiło. Jako jej syn, nie mógł do tego dopuścić.
Po prostu nie mógł.

Niewiele więcej myśląc, wyciągnął sztucer, załadował
i strzelił Róży w głowę. Niemal tak samo jak Hannie Ross
tyle lat temu. Huk wystrzału był jak grom w tę listopadową
noc. Błażej nie mógł oderwać wzroku od bezwładnego
ciała Róży i plamy krwi rosnącej wokół jej ciała. Dopiero
po chwili cofnął się kilka kroków.

Nagle usłyszał za plecami ruch. Odwrócił się szybko. Stało
się to, czego tak bardzo chciał uniknąć. Do sypialni wbiegł
Oskar. W ręce ściskał strzelbę. Pewnie znowu podebrał ją,
kiedy Błażej szykował się na polowanie. Może wtedy, kiedy
byli z Różą na stryszku. Błażej przymykał oko na tę drobną
niesubordynację syna. Wiedział, że chłopak lubi postrzelać
sobie do puszek. Zbierał wszystkie. Komu to mogło szkodzić?

– Synu, idź do siebie – powiedział powoli. Przesunął
się, próbując zasłonić ciało Róży, chociaż to nie miało
większego sensu. Krew zdawała się płynąć z niej bez końca
i zajmowała już dużą część podłogi.

Oskar miał na twarzy wyraz całkowitej dezorientacji. Jakby popadł w stan katatonii.

– Synu? Odłożę teraz to, dobrze? – mówił Błażej spokojnie. Podszedł do ściany z boku i oparł o nią sztucer. – Widzisz? Ty też odłóż, dobrze?

Oskar zdawał się nie słyszeć, co Błażej do niego mówi. Zaciskał kurczowo dłonie na strzelbie. Wyglądało to, jakby chciał bronić, czy to siebie, czy to Róży. Kogokolwiek. W końcu Błażej z trudem mu ją wyrwał. Sytuacja wydawała się opanowana. Przynajmniej chwilowo. Skąd mógł wiedzieć, że Romuald stał wtedy za oknem? Skąd mógł wiedzieć, że stary podglądał i dodatkowo jeszcze wszystko opacznie zrozumiał?

– Idź na górę, synku – rozkazał Błażej gorączkowo. – Jak będą pytali, to mów, że ja to zrobiłem. Mów: tata to zrobił. Tata zabił. Pamiętasz? Pamiętasz?

W końcu Oskar kiwnął głową, choć Błażej nadal nie był pewny, czy cokolwiek do chłopca dotarło. Doprowadził syna do schodów. Patrzył, jak idzie na górę. Oskar poruszał się jak automat. Nie powinno było do tego dojść, pomyślał Błażej wściekły na samego siebie, nie powinno. Działał gorączkowo, bez przygotowania. Nie zachował ostrożności!

Nie był głupi. Wiedział, że zaraz przybiegnie tu Helena. Przecież nie spała. Musiała usłyszeć strzał. Romuald i Kaj też. Nie zdoła ukryć tego morderstwa. Jedyne, co Błażej mógł zrobić, to dopilnować, żeby Oskara w to nie mieszano. I żeby prawdziwy motyw zabójstwa nigdy nie wyszedł na jaw!

Wrócił do sypialni i na wszelki wypadek strzelił do martwej Róży raz jeszcze. Niech policja ma pewność, że to on zabił. Niech myślą, że to był gniew zdradzonego kochanka. Byle tylko nie dowiedzieli się, że zginęła, bo poznała prawdę o Esterze.

*

Poniedziałek, 21 marca 2016

I tak oto Błażej trafił do Świątek z wyrokiem dziesięciu lat za morderstwo w afekcie.

Poruszył się na pryczy. Więziennym łóżkom daleko było do wygody. Mimo to Grzesiek chrapał już głośno, choć dopiero co rozmawiali. W sumie nic dziwnego. Współwięzień nie miał przecież takich dylematów jak Błażej. Nie musiał ustawicznie zapewniać o swojej winie, żeby zupełnie niewinny syn nie został oskarżony.

Tak. Błażej był cholernym mordercą, a im bardziej zapewniał o swojej winie, tym bardziej wszyscy uparcie uważali go za niewinnego. Czy świat może być bardziej popieprzony, pomyślał i przewrócił się na drugi bok.

ROZDZIAŁ 90

Brodnica. Poniedziałek, 21 marca 2016.
Godzina 23.59.
Podinspektor Wiktor Cybulski

Cybulski wyciągnął z szafy świeży garnitur. Przed chwilą dostał telefon od chłopaków z krymu[*], że Romuald Kopp popełnił samobójstwo. Podobno tak to na pierwszy rzut oka wyglądało. Biorąc jednak pod uwagę fakt, że w tym samym czasie w szpitalu przebywała Klementyna Kopp, można było żywić zasadne podejrzenia, że brała w tym udział. Przecież o mało nie zginęła z rąk ojca. A bywała mściwa. Wszyscy dobrze o tym wiedzieli.

Cybulski liczył na to, że coś uda się znaleźć, chociaż przecież nie mógł otwarcie nikomu tego nakazać. Zabrnął tak, że naprawdę lepiej by było, gdyby Klementyna została skutecznie unieszkodliwiona. Była już co prawda na emeryturze. Ciągle jednak mogła zaleźć człowiekowi za skórę.

[*] Krym (slang.) – wydział kryminalny.

Podszedł do szuflady i wyciągnął niewielkie wahadełko. Zważył je w dłoni. Jego ciężar był ledwie wyczuwalny. Przynajmniej ten fizyczny. Bo wszystko, co się z nim wiązało, zdawało się przygniatać komendanta do ziemi. Nawet światła w pokoju jakby dziwnie przygasły.

Otrząsnął się i włożył wahadełko do kieszeni. Od razu poczuł się lepiej, kiedy zniknęło mu z oczu. Nie ma co się martwić, pomyślał. Przecież wszystko załatwione. Udało mu się nastawić prokuratora przeciwko Podgórskiemu. Zazdrość to wyjątkowo silne uczucie. Zaślepia nawet najlepszych. Cybulski był więc pewien, że Gawroński załatwi Daniela na amen.

A jak zabraknie Podgórskiego, nikt nie będzie niepotrzebnie grzebał w sprawie śmierci tych bezdomnych. Cybulski wmówił przecież wszystkim, że sam się tym zajmie, bo brakuje mu pracy w terenie. Nikt tego nie kwestionował. Nieraz już tak się zdarzało.

Wkrótce wycofa się też powoli z umowy z Weroniką. Strzałkowska wróci do Lipowa, żeby szukać zaginionych kotów. Klementyna będzie miała na głowie wydział kryminalny. Tak. Wszystko jakoś się ułoży.

Cybulski zawiązał krawat i spojrzał na siebie w lustrze.

– Jest pan gotowy? – zapytał tamten.

Komendant wzdrygnął się na ton jego głosu. Żałował, że się w to wpakował. To, co miało się stać tej nocy...

– Tak. Jestem gotowy – powiedział, próbując opanować drżenie głosu.

– Świetnie. Czekamy już tylko na pana.

Wiem, pomyślał Cybulski, i tego właśnie się boję.

OD AUTORKI

2016

W okolice Brodnicy przyjeżdżałam od dziecka, ponieważ mieszkali tu moi Dziadkowie. Mimo że mieszkam w Warszawie, tereny te są mi niezmiernie bliskie. Choć brzmi to może górnolotnie, uważam, że to moje miejsce na ziemi. Spędziłam tu bardzo dużo czasu i nadal wracam, kiedy tylko mogę.

Moje przyjaciółki, mieszkanki tych terenów, opowiedziały mi kiedyś o egzekucjach Polaków w okolicach jeziora Bachotek. Słyszały o nich od swojego dziadka. Ta historia bardzo mnie wtedy poruszyła. Była we mnie bardzo długo i czekała na moment, kiedy odważę się do niej wrócić.

Dopiero teraz zdecydowałam się to zrobić. Kiedy czytałam materiały i dokumenty związane z egzekucjami dokonanymi na tych ziemiach i wydarzeniami, które rozegrały się tu w 1939 roku, trudno było uwierzyć, że do tego wszystkiego naprawdę doszło, że tyle osób zginęło.

Według publikacji, z którymi się zapoznałam*, aresztowani Polacy trafiali do siedziby Selbstschutzu (zwanej willą Krasińskiego). Więźniowie często byli tam torturowani. Zbrodnie te były do tego stopnia przerażające, że wzbudzały sprzeciw nie tylko Polaków, ale również miejscowych Niemców, w tym także niektórych członków samego Selbstschutzu.

Masowych egzekucji hitlerowcy dokonali w lesie w Brzezinkach. Obecnie w tym miejscu znajduje się pomnik ku czci poległych. Zwłoki rozstrzelanych zakopano. Później zostały wydobyte i spalone w celu zatarcia śladów.

Te zdarzenia zainspirowały mnie do napisania *Domu czwartego*. Podkreślam jednak, że moja powieść nie jest w żadnej mierze książką historyczną i odbiega od realiów. Wszystkie opowiedziane tu wydarzenia, choć inspirowane wspomnianymi wyżej faktami, są jak zwykle wytworem mojej wyobraźni. Ludzie, których opisuję, także. Wszelkie podobieństwo do prawdziwych osób i zdarzeń jest więc przypadkowe. Nie istnieją Złociny ani ich mieszkańcy. Trzej nazistowscy oficerowie i ich rodziny także nigdy nie żyli. Nie było pełnej słabości Estery ani dzielnego Dawida i jego równie bohaterskiego szwagra. I choć moja opowieść to fikcja literacka, będę zaszczycona, jeżeli choć w drobnej mierze i na swój sposób przyczyni się do zachowania pamięci o ludziach pomordowanych w 1939.

* Informacje dostępne między innymi w następujących tekstach: Maria Wardzyńska: *Był rok 1939. Operacja niemieckiej policji bezpieczeństwa w Polsce Intelligenzaktion*. Warszawa: Instytut Pamięci Narodowej Komisja Ścigania Zbrodni przeciwko Narodowi Polskiemu, 2009. Oraz: Jerzy Dygdała (redakcja): *Brodnica. Siedem wieków miasta*. Brodnica: Rada Miejska w Brodnicy, Towarzystwo Miłośników Ziemi Michałowskiej, 1998.

PODZIĘKOWANIA

Drodzy Czytelnicy, dziękuję, że odbyliśmy tę wspólną podróż już po raz siódmy. Dziękuję za wszystkie wyrazy sympatii, wsparcia i tyle wiadomości, które od Was dostaję. To niezwykłe przeżycie wiedzieć, że moje książki są dla Was ważne. Dziękuję z całego serca i kłaniam się nisko!

Dziękuję serdecznie mojemu ukochanemu Mężowi. Krzysiek, bez Twojego wielkiego wsparcia nic z tego nie byłoby możliwe! Dziękuję również mojej Mamie, całej mojej Rodzinie oraz mojej przyjaciółce Magdzie. Kocham Was nieustająco, choć za każdym razem znikam na tak długo w Lipowie. Dziękuję za Waszą cierpliwość.

Dziękuję też następującym osobom: Annie Derengowskiej, Agnieszce Obrzut-Budzowskiej, Elżbiecie Kwiatkowskiej, Agnieszce Taterze, Marii Balkan, Magdalenie Zaleskiej, Weronice Doboszyńskiej oraz całej reszcie fantastycznej ekipy wydawnictwa Prószyński Media; dziękuję Gregowi Messinie (*Thank you, Greg!*), Małgorzacie Grudnik-Zwolińskiej, Maciejowi Korbasińskiemu oraz Mariuszowi Banachowiczowi.

Dziękuję też wszystkim recenzentom, redaktorom portali internetowych dotyczących literatury oraz blogerom książkowym, którzy aktywnie uczestniczą w popularyzowaniu polskiej literatury. Dziękuję moim patronom medialnym oraz pisarzom, którzy mnie wspierają.

Dziękuję funkcjonariuszom z Komendy Powiatowej Policji w Brodnicy za ich codzienną wymagającą służbę. W szczególności zaś dziękuję starszemu sierżantowi Maciejowi Rosińskiemu za to, że poświęcił tyle czasu, rzetelnie odpowiadając na moje pytania i wątpliwości. Jeżeli gdzieś wkradł się błąd, to jest to tylko moja wina. Jak zwykle trochę też pozmyślałam w kwestiach związanych z pracą policji. Celowo, bo w końcu taka właśnie jest rola pisarza. Jak już wspomniałam wcześniej, wydarzenia i bohaterowie – w tym również policjanci (a także ich historie i działania) opisani w tej książce – są wytworem mojej wyobraźni. Wszelkie ewentualne podobieństwo personaliów i zdarzeń jest przypadkowe.

Dziękuję mieszkańcom „Lipowa" (jak wiecie, miejscowość ta naprawdę nazywa się zupełnie inaczej), Brodnicy i okolic za to, że zawsze tak ciepło mnie przyjmują i nie gniewają się, że na kartach powieści krew się u nich leje strumieniami. W rzeczywistości to przepiękne, spokojne i gościnne tereny. Najpiękniejsze! Zachęcam wszystkich gorąco do odwiedzenia tej części Polski.

Trudno byłoby mi wymienić wszystkie osoby, które mnie wspierają i pomagają spełnić marzenie o snuciu kolejnych historii. Na koniec powiem więc tylko raz jeszcze: Dziękuję Wam wszystkim serdecznie.

Do zobaczenia przy okazji kolejnej historii!

Kasia Puzyńska